W0329753

La falaise de la Repentie

MARIE-BÉATRICE
GAUVIN

La falaise de la Repentie

ROMAN

J'AI LU

Ouvrage paru sous la direction de Julie Fallon

© Les Moissons, 2020

Le Code de la propriété intellectuelle interdit les copies ou reproductions destinées à une utilisation collective. Toute représentation ou reproduction intégrale ou partielle faite par quelque procédé que ce soit, sans le consentement de l'auteur ou de ses ayants droit ou ayants cause, est illicite et constitue une contrefaçon sanctionnée par les articles L335-2 et suivants du Code de la propriété intellectuelle.

Prologue

C'est là, sur cette terre à l'horizon que je suis née. Là, sur mon île que les vagues en colère se disputent aux nuages noirs. Déjà les grandes marées s'annoncent, le temps change rapidement et jettera bientôt la houle sur les fortifications de Saint-Martin.

De retour aujourd'hui, me voilà à contempler mon île, fière et sauvage dans la lumière du soir. Malgré la tempête dont les bourrasques soudaines tentent à chaque pas de m'emporter, je ne peux m'empêcher de courir vers le bord escarpé. Quel démon m'attire inexorablement ici, sur la falaise de la Repentie où la douleur a élu domicile depuis des siècles, entraînant mon cœur dans la tourmente des bonheurs perdus et de ceux à venir ?

Une rafale humide et glacée me gifle en pleine face. Enfin éveillé, mon esprit semble faire la part des souvenirs sombres et lumineux, comme ce ciel d'orage qui s'éclaire au loin. Je trouve le début du sentier qui contourne la falaise et, emportée par l'élan, descends sans me soucier des ronces qui retiennent ma robe. La pente est mauvaise, et plusieurs fois je m'écorche les mains en m'agrippant aux hautes herbes qui ont percé la roche, mais je ne me sens pas en danger car la nature me porte, mêlant sa violence à mes propres sentiments. Une terrasse rocheuse me permet de reprendre mon souffle pour emprunter la dernière portion jusqu'à la plage.

Devant moi, l'océan est noir, troublé, nerveux, comme un animal prêt à bondir dont je connais les humeurs. Je comprends sa colère, ses vagues qui gonflent et s'écrasent lourdement sur mes chevilles. Je ne recule pas, laissant les embruns se mêler aux larmes salées et tordre les mèches échappées de mon capuchon. Mes vêtements alourdis me collent à la peau, ma robe de gros drap pèse comme un linceul et le col de lièvre de mon manteau dégouline le long de mon cou. La pluie parvient à s'immiscer sur mes épaules, sous mon corsage et glisse sur mon ventre douloureux. Je serre les poings en essayant de rester droite, plantée dans le sable.

Me voilà, je reviens vers toi, mon île qui ne pardonne ni la tromperie ni le mensonge, mais me reconnaîtras-tu, maintenant que tout va changer ?

LA FLOTTE-EN-RÉ

La crique aux coquillages

Août 1747

Le soleil d'été traversait par intermittences les nuages lents, créant sur la mer des ombres furtives. Malgré la brise matinale, l'air était chaud et annonçait une journée caniculaire qui ralentirait les occupations de l'après-midi. Les mâts de quelques navires marchands apparaissaient au loin, croisant les barques des pêcheurs de l'île le long du pertuis breton, face à La Rochelle. Les côtes vendéennes étaient découvertes, fermant une partie de l'horizon qui s'ouvrait vers l'ouest sur l'immensité. La crique déserte, juste bercée par les vagues et les cris lointains des oiseaux marins, offrait un abri sans pareil.

Camille jeta un dernier regard alentour puis entreprit de délacer son corsage, avant de dégrafer sa jupe qui tomba à ses pieds sur le sable. Un dernier coup d'œil et sa chemise vola sur les autres vêtements entassés, pendant qu'elle glissait dans l'eau en frissonnant. Elle nagea quelques minutes, enfin libérée de toutes les entraves qu'on lui imposait : « Camille, ne cours pas, tais-toi, rajuste ton bonnet, tire sur ton jupon, ne t'adresse pas aux gens comme ça ! »

Elle s'imagina à bord d'un bateau à grand tonnage, le regard au loin vers les Amériques où s'était installé Mathurin Renaud un siècle plus tôt. Mathurin Renaud, ce nom la faisait rêver : un voyageur, un aventurier, un pionnier du Nouveau Monde, mais avant tout un Rétais, comme elle. Pourquoi faire taire ses espérances alors que le monde ne demandait qu'à être exploré ?

Elle fit encore quelques brasses en gardant la tête hors de l'eau pour ne pas mouiller ses cheveux, qu'elle portait relevés dans un chignon doré et désordonné. Elle essayait bien chaque matin de les faire tenir sous la coiffe empesée mais les mèches folles, couleur de blé mûr, retombaient toujours sur le cou, ce qui faisait pester Amélie, si attentive aux bienséances. Camille sourit en imaginant la tête de la vieille servante si elle la surprenait dans les vagues. Dieu sait qu'elle entendrait des remontrances interminables. Amélie commencerait par bafouiller en devenant toute rouge, crierait qu'une jeune fille ne se conduit pas ainsi et finirait par chercher à culpabiliser l'effrontée. « Toute nue ! Dans l'eau ! Not'seigneur ! Votre mère ne vous aurait pas laissé faire ça ! Ma pauv'dame ! Paix à son âme ! »

À l'évocation de sa mère, morte en couches à la naissance de son plus jeune frère, Camille sentit un vide familier lui creuser la poitrine, un vide qui s'invitait depuis huit ans dans chaque petit interstice de ses pensées. Cette douleur, elle l'avait combattue à coups de larmes et de colère, puis elle l'avait apprivoisée pour en faire une force.

Et désormais, dès qu'elle pensait à sa mère, elle s'accrochait à la bouée qu'elle s'était créée en son for intérieur : cette vie maternelle trop brève, cette destinée avortée la poussaient, dans sa quinzième année, à profiter pleinement de ce que le monde lui offrait.

Fidèle à son tempérament, pour se prouver à nouveau qu'elle était bien vivante, Camille prit sa respiration et plongea toute entière dans les profondeurs plus froides, oubliant Amélie et ses principes. Elle avait senti, sous son pied, les reliefs d'un rocher couvert de gros coquillages roulants, sans doute des huîtres. Après tout, le vent doux sécherait rapidement les cheveux d'or brun poissés par l'eau salée et les algues. Elle plongea ainsi plusieurs fois, savourant la sensation de fraîcheur dont elle voulait s'imprégner pour résister aux grandes chaleurs à venir.

— Camille ! Camille !

La voix qui venait de la plage était bien trop reconnaissable, tout comme la silhouette robuste et les cheveux sombres en bataille. Gaspard Fournier scrutait la mer d'un regard inquiet. Il avait trouvé le petit sentier pour descendre dans la crique et se tenait sur la plage, à côté des vêtements abandonnés. Camille, un peu peste, se réjouit de lui causer du tracas. Puis elle se souvint qu'elle était toute nue et qu'il faudrait bien sortir de l'onde.

Cela faisait des années que Gaspard, un peu plus plus âgé qu'elle, la suivait dans toutes ses escapades, malgré l'animosité et la rivalité qui séparaient leurs deux familles. Mais l'enfance n'a cure de la bêtise des adultes et leur amitié clandestine les menait dans tous les recoins de l'île, à la découverte de ses trésors. Le temps béni de leurs dix ans avait tissé des liens forts et fraternels que Camille, en quête d'absolu, croyait éternels. Pourtant, l'hiver passé avait changé le regard du jeune garçon, habitué à suivre avec fascination la « comtesse aux pieds nus » comme il l'appelait parfois. Il traînait désormais en chemin et jouait parfois au grand protecteur, ce qui énervait Camille au plus haut point. Ils en venaient à se chamailler, prononçant à chaque fois des sentences définitives que le matin suivant faisait oublier allègrement.

De temps en temps, la jeune fille éprouvait le besoin d'être seule et sortait plus tôt le matin pour éviter toute rencontre. Gaspard, après avoir expédié efficacement les tâches que son père lui confiait au moulin, la cherchait souvent. Il se promenait d'abord distraitement vers les lieux qu'elle fréquentait, avec la nonchalance propre à l'adolescence, puis n'avait de cesse de découvrir sa retraite.

Ce matin, il avait parcouru les ruelles aux roses trémières, les plages et les sentiers bordés de fougères mûres. Il avait poussé sa recherche au-delà de la chapelle des oratoriens, construite dans les ruines de l'abbaye Sainte-Marie des Châteliers après les ravages huguenots du siècle précédent. Puis il avait laissé derrière lui le fort La Prée, quasi à l'abandon depuis que Vauban l'avait qualifié de « fort d'opérette », pour continuer vers l'est en longeant la côte. Le paysage de l'île, couvert de vignes, était peu arboré, mais cet endroit précisément offrait un petit bois où l'on pouvait encore se perdre. Un passage entre les chênes pédonculés et les saules marins ouvrait sur la crique déserte où l'on ramassait huîtres et pétoncles à marée basse.

Les vêtements froissés de Camille s'étalaient sur les galets. La jeune fille revenait sans enthousiasme vers la rive, buvant la tasse à répétitions car ses bras ramenaient la petite pêche qu'elle n'aurait lâchée sous aucun prétexte. Ses jambes fuselées, musclées par une vie de sauvageonne, se battaient contre le courant et les vagues. Dès qu'elle eut pied, elle se reposa un instant et marcha lentement dans l'eau pour ne pas s'écorcher sur les patelles cassées. Gaspard l'attendait toujours mais elle pouvait maintenant discerner son expression gentiment moqueuse.

— Tu aurais pu m'attendre pour te baigner !

Camille lui lança une moue dédaigneuse, comme une princesse à son valet. Pourtant, combien de filles de l'île se seraient pâmées pour une proposition pareille ? À presque dix-sept ans, il se savait du charme et en jouait naturellement sur tout ce qui portait jupons. Car les femmes le considéraient désormais et certaines grandes bourgeoises, épouses respectables et pieuses, rougissaient facilement quand elles le croisaient.

Gaspard était fils de meunier, ce qui en faisait un parti tout juste honorable pour une paysanne, mais son teint hâlé par la vie au grand air et ses yeux vieil or lui ouvraient des possibilités qu'il commençait juste à percevoir. En effet, par un mystère qui avait nourri de nombreux commérages, il était aussi grand et bien fait que son père était râblé et bossu. Il fallait les voir marcher côte à côte pour comprendre combien la nature distribuait inégalement ses bienfaits.

— Tourne-toi que je sorte de l'eau !

L'ordre était sans appel et sans coquetterie. Camille ne voulait pas entrer dans ce jeu de séduction que lui recherchait depuis quelques temps. Car il avait beau avoir à ses pieds toutes les damoiselles de Ré, leurs mères, leurs tantes et jusqu'aux Rochelaises qui lui lançaient des œillades quand il débarquait sur les quais du continent, la seule à occuper ses pensées était cette Camille Lemonnier, qui lui tenait la dragée haute et se permettait encore de lui donner des directives. Fille d'un meunier concurrent, elle était pourtant la dernière personne dont il aurait dû se préoccuper, puisque tout les opposait. Mais le sort semblait se jouer de lui, récupérant en quelque sorte sa mise.

— Gaspard, tourne-toi !

Elle était sur le point de lui lancer les huîtres de sa pêche au visage quand, lentement, il pivota, dirigeant son regard vers la forêt. Camille sortit rapidement de l'eau et courut vers ses vêtements, enfilant sa chemise à la hâte.

— Ton père n'avait plus besoin de toi ? demanda-t-elle pour combler le silence devenu pesant, pendant qu'elle nouait son caraco tant bien que mal.

Gaspard avait encore sur les épaules et dans les revers de sa veste des traces de farine brune : il avait dû aider à charger les chariots. Camille dénoua ses cheveux pour les laisser sécher et s'amusa à répandre des gouttelettes moirées autour d'elle. Le soleil était au centre du ciel et les nuages s'étaient déplacés au loin vers La Rochelle, créant autour de l'île de Ré un parfum de paradis terrestre.

— Gaspard, je te parle !

Il s'était retourné et tentait de reconnaître son amie d'enfance dans cette naïade aux jambes nues que la lumière auréolait de façon irréelle. Il s'approcha mais son air bête agaça Camille qui passa sa jupe en lui tournant le dos et ramassa ses huîtres précipitamment.

— Vite ! Mon père et mes frères m'attendent aux moulins de Bellevue pour déjeuner. Le soleil est déjà bien haut. Je leur avais dit que j'allais chercher des coquillages et quelques herbes pour agrémenter mes pains. J'ai repéré des plants de moutarde noire sur le chemin et...

— Ne sois donc pas si pressée ! la coupa-t-il, ayant repris peu à peu ses esprits. Tu sais bien que tes frères ne voient jamais le temps passer lorsqu'ils sont à l'ouvrage. Au fait, il paraît que ta famille veut s'acheter un des deux moulins que vous avez déjà en fermage ? Tu ne m'avais rien dit.

Camille détestait que Gaspard fasse allusion aux ambitions pourtant modérées de son père. Elle savait bien que c'était le seul véritable sujet de dispute entre eux et qu'il y avait recours dès qu'il souffrait de son indifférence. Antoine Lemonnier était juste un bon chef de famille, prévoyant et confiant dans l'avenir. Il fallait bien planifier le futur des ses trois frères ! Lazare et Jean, déjà solides et bien bâtis, n'aspiraient qu'à devenir meuniers comme tous leurs ancêtres depuis des siècles. C'est d'ailleurs de là qu'ils tenaient leur patronyme. Quant à Paul, le pétillant et malicieux garçon de huit ans, il ne rêvait que d'aventures en mer, très loin, jusqu'en « Zamérique » comme il disait.

— Et alors ? En quoi ça t'intéresse ? Ça change quelque chose ? répondit-elle sèchement.

— Tu sais bien que ça n'est pas important pour moi mais tu n'es pas non plus obligée de me cacher la bonne fortune de ta famille. Inutile de me protéger. De toute façon, je l'apprends par d'autres, et c'est pire. Je ne suis pas jaloux mais je déteste cette pitié ! lança-t-il en serrant les poings.

Camille se radoucit et essaya de parler plus lentement pour contenir son agacement.

— Je sais bien, Gaspard, que tu n'es pas comme ton père, vil et bouffi d'orgueil. Mais oui, le mien espère devenir propriétaire d'un moulin pour pouvoir l'exploiter avec mes frères. Plus de bail, plus de loyer, plus de seigneur sur le dos ! Enfin !

— Ce n'est pas parce que nous, les Fournier, ne sommes pas meuniers depuis des générations et que nous ne prenons pas de grands airs que je t'autorise à insulter mon père ! Notre farine de froment est aussi fine que la vôtre !

— Tu vois, ça recommence ! Allez, changeons de sujet et aide-moi à trouver ces herbes.

Camille essayait de remettre un peu d'ordre dans ses boucles ambrées pour refaire son chignon, pendant qu'ils traversaient le bois à grands pas. Elle découvrit bientôt un petit massif d'herbes aromatiques où elle fit sa récolte. Elle s'était toujours intéressée aux goûts et aux saveurs. Leurs variations, par l'ajout d'une seule pincée d'un nouvel ingrédient, la fascinaient. C'était devenu, depuis quelque temps, une véritable passion que son père encourageait doucement. Elle respira le parfum poivré et fourra les plantes dans sa besace avant de continuer sa route, sous l'œil intrigué de Gaspard qui ne voyait pas bien l'intérêt de changer continuellement les recettes. Mais sur ce point aussi, il l'aurait suivie au bout du monde.

En dépassant l'abbaye des Châteliers et contournant le village de La Flotte à travers les vignes, il ne leur fallut qu'une vingtaine de minutes pour apercevoir au loin les moulins de Bellevue. Ils étaient silencieux, chacun dans ses pensées sous un soleil devenu brûlant. Camille connaissait bien la situation des Fournier : le père n'avait qu'un moulin en fermage, qu'il avait obtenu grâce à l'appui d'un oncle, meunier depuis longtemps à Sainte-Marie. Ce n'était pas le meilleur emplacement mais il n'avait guère eu le choix. La famille nombreuse vivait chichement et n'employait aucun domestique. Au moins avaient-ils toujours de quoi manger à leur faim, ne manquant pas de farine et donc pas de pain. C'était le privilège des meuniers. Ils payaient un loyer et la taille royale, mais ils étaient bien mieux lotis que les paysans, pour qui une mauvaise récolte sonnait une année de maigres pitances et de soupes d'orties.

Camille se demandait souvent si là-bas, à Paris, Louis XV était conscient de la misère de son peuple. Il était pourtant roi de droit divin, choisi par Dieu et devait donc prendre les meilleures décisions pour son royaume. Car Dieu ne se trompait jamais, sauf peut-être le jour où il avait emporté Sophie Lemonnier, sa mère. Elle s'en voulait de son ironie mais cela faisait déjà quelque temps qu'elle doutait de la clairvoyance divine. Elle n'osait guère en parler autour d'elle, ni à son père, ni au prêtre avec lequel elle conversait pourtant assez librement. Ils avaient tous l'air tellement persuadés que le salut de leur âme reposait sur la prière et la pénitence. Amélie, la servante, en ferait une attaque de plus !

— Camille !

— Quoi ? répondit-elle en reprenant ses esprits.

— On se voit demain ?

Gaspard n'allait bien sûr pas la suivre jusqu'à Bellevue. Leurs parents ne savaient pas qu'ils se voyaient, du moins si souvent. Il allait rejoindre son père à mi-chemin, en direction de Sainte-Marie.

— Demain, oui. Ah non ! Pardon ! On est jeudi. Je dois passer chez la baronne. Peut-être après à l'abbaye, mais il sera tard.

Il reprit son air renfrogné en serrant la mâchoire avant de jeter avec une fausse indifférence :

— Je ne sais vraiment pas ce que tu trouves à cette bonne femme qui nous refuse tous nos privilèges ! Alors va donc chez ta baronne et adieu !

Il lui tourna le dos et s'élança en courant sur le chemin.

— Gaspard ! Ne fais pas l'enfant ! On se verra après ! s'époumona Camille.

Mais il était déjà loin et n'avait pas dû ou pas voulu entendre grand chose. Camille ne comprenait pas pourquoi il prenait la mouche si vite. Il était devenu d'un capricieux qu'elle comprenait de moins en moins.

Elle reprit sa marche et arriva rapidement au pied des moulins de Bellevue, toujours aussi impressionnants à ses yeux. Leurs lourdes silhouettes de bois se découpaient sur un fond bleu azur. À mesure qu'on s'en rapprochait, on prenait alors conscience de la finesse et de la précision de ces édifices et du génie des architectes qui en étaient à l'origine. Chaque pièce de bois avait son sens et participait au fonctionnement de l'ensemble. Ces masses familières la rassuraient depuis qu'elle était enfant, comme des dieux protecteurs qui assuraient le pain de chaque jour à toute la famille. Leurs ailes formaient pour l'heure une croix de Saint-André immobile, ce qui signifiait que les meuniers ne travaillaient pas.

Au pied du géant, les frères et le père de Camille s'affairaient autour d'une charrette écrasée de sacs de grains. C'était du blé nouveau, doré au soleil de l'île et fauché en juillet. Les trois silhouettes familières avaient ouvert un sac et y plongeaient leurs mains tour à tour. Camille adorait cette sensation. La fraîcheur du blé. En général, elle y fourrait le bras tout entier jusqu'à ce qu'elle ait mille peines à le bouger. Tous ces grains minuscules formaient alors une masse compacte qui épousait parfaitement le membre, avec douceur et autorité.

— Attendez-moi ! cria-t-elle essoufflée, en courant vers Antoine, Lazare et Jean.

— Te voilà enfin ! lui répliqua son père. Où étais-tu donc ? Encore à jouer sur la plage ?

— Je ne jouais pas, père ! Je cherchais des herbes pour mes pains, et j'ai aussi quelques coquillages !

Elle exhiba fièrement sa pêche.

— C'est ça, tu musardais ! ajouta son père en souriant, connaissant par avance la réaction de sa fille.

— Mais non ! Je te dis que...

— Camille, dit Antoine d'une voix plus grave, je sais que tu cherchais de nouveaux arômes, je sais aussi l'importance qu'ont ces pains pour toi et l'intérêt que tu portes à ce métier. Mais je te l'ai déjà dit : une femme ne peut pas devenir boulanger. Aucun maître boulanger ne prendra une fille comme apprentie. Allons, dis-moi donc ce que tu penses de ce blé !

Camille savait bien que son père avait raison, que ses rêves étaient compromis par des règles ancestrales et injustes qui ne donnaient aux femmes que les rôles d'épouse et de mère. Mais il fallait bien un début, un vrai changement, une révolution, une première femme boulanger. Et ce serait elle ! Elle en était intimement persuadée.

Elle prit quelques grains de froment entre ses doigts et vérifia leur couleur, leur forme, leur poids. Elle en croqua un, qui résista à la pression de ses dents avant de céder. C'est son père qui lui avait appris à juger ainsi la qualité d'un grain de blé. Le verdict tomba.

— C'est un blé de bonne qualité, d'un jaune clair, à l'écorce fine, luisant et jeune. Il fera une belle mouture.

Ceci dit, elle jeta un regard inquiet à son père, redoutant son avis.

— C'est aussi ce que nous pensons, ma fille ! Déjeunons, et ensuite nous nous remettrons au travail. Nous avons plusieurs setiers à moudre avant la nuit, et le vent est avec nous.

Assise en tailleur à l'ombre du chariot, Camille entreprit d'ouvrir les huîtres qu'elle avait ramenées dans sa besace, avec son couteau fin. Elle l'avait toujours sur elle pour couper les plantes ou graver les écorces afin de se repérer dans le bois ou la lande.

— Lazare, tu peux aller me chercher une gueille[1] et une assiette ?

---

1. Chiffon, tissu de peu de valeur (patois du Sud-Ouest).

Le garçon, du haut de ses onze ans, regardait avec admiration cette sœur si belle qui semblait attirer le soleil comme un aimant, mais qui montrait aussi une force surprenante pour entrouvrir les coquilles. Il lui amena rapidement le tissu qu'elle demandait et un plat de bois. D'un mouvement sec et précis, Camille perçait la jointure des huîtres, enfonçait sa lame et soulevait par levier le couvercle, dans un bruit de succion qui mettait l'eau à la bouche. Les huîtres ouvertes formaient une étoile nacrée sur l'assiette.

— C'est la couleur de tes yeux, Camille ! Surtout quand tu es en colère.

La sœur regarda Lazare avec attendrissement alors qu'il prenait des mains de Jean le lourd panier de victuailles préparé par Amélie. Un drap fut étendu sur le sol sableux et Jean disposa un pot de beurre baignant dans l'eau salée pour conserver sa fraîcheur. Antoine, le père, trancha de grosses portions de pain et ouvrit un linge plié en quatre d'où il sortit un fromage de brebis frais. À ce butin, Camille ajouta les premières mûres qu'elle avait récoltées le matin, savourant le parfum de chaque aliment et échafaudant déjà les mariages sucrés et salés qu'elle pourrait mettre en œuvre.

L'encensoir de sainte Catherine

Au terme de cette journée, Camille s'était assoupie rapidement, malgré les jérémiades de son plus jeune frère qui suppliait qu'on raconte une dernière histoire à la lueur des bougies. La veillée était un moment privilégié grâce à Amélie, conteuse hors-pair qu'on s'arrachait dans les maisons du hameau : elle était l'héritière d'une tradition orale qui mêlait légendes, histoires véritables et commérages du dernier cri. C'est avec l'esprit habité de dragons des mers, de filles du vent, de pêcheurs de baleine mais aussi du père Gatien ou de la voisine d'en face, que les enfants s'endormaient loin des tracas des adultes. Les décors familiers prenaient alors des formes surnaturelles qui berçaient encore leur imagination au petit jour.

Mais ce soir-là, alors qu'elle glissait doucement dans les bras de Morphée, Camille fut réveillée par des chuchotements inquiets et reconnut les voix de son père et de sa belle-mère qui devisaient plus loin. Il était rare que ces deux-là se disputent, pour la bonne raison qu'ils parlaient peu. Chacun savait ce qu'il avait à faire dans l'organisation familiale et on ne passait pas des heures à refaire le monde ou à se lancer des reproches. Camille tendit l'oreille mais ne surprit que quelques bribes :

— Je comprends, disait la voix assourdie d'Antoine, mais c'est un accord qui nous permet de…

Camille se redressa, essayant de repérer le lieu de la conversation pour en saisir le sens.

— … acheter un moulin… aussi pour les garçons…

— Mais à quel prix ? dit un peu plus fort Marie-Anne, sa belle-mère. Et si ça se sait, que pourras-tu…

La conversation s'éloignait et Camille ne percevait plus grand chose. Elle se leva dans la pénombre et se dirigea à l'aveugle à travers la chambre qu'elle partageait avec ses trois frères. Les voix venaient du chais attenant à la maison. Autrefois utilisé par un vigneron local, il avait été aménagé pour ranger les outils et les réserves de nourriture, car il y faisait frais, même en été. La famille s'était installée quelques années auparavant dans cette maison plutôt confortable, située du côté des moulins, à la sortie du village de La Flotte, en direction de Saint Martin-de-Ré. Camille ne savait pas comment son père avait pu acquérir ces murs, qui offraient une grande pièce de vie mais aussi des chambres séparées et une cuisine. Un petit jardin avec son puits et son « cabinet d'aisance » comme l'appelait ironiquement Camille, ajoutaient charme et fonctionnalité à la maison des Lemonnier. C'était un patrimoine important pour un simple meunier, même si Antoine s'investissait dans la corporation et avait noué des ententes profitables avec de riches marchands de Marans et de La Rochelle.

Depuis quelques mois, alertée par les remarques parfois acerbes de Gaspard, mais aussi par les commérages mêlés de respect des gens du village, Camille sortait peu à peu des illusions de l'enfance. Cette dispute entre son père et sa belle-mère l'intriguait en ce sens. Elle savait l'honnêteté et la droiture du meunier mais elle commençait à se rendre compte qu'il avait acquis un statut un peu trop enviable.

Agrippée aux barreaux de la lucarne du chais, Camille essayait de distinguer la fin de la conversation. Son père se tenait debout, appuyé sur un tonneau. Son visage, éclairé par une lanterne posée un peu plus loin, était douloureux et préoccupé. Marie-Anne, assise sur une caisse à outils, ne semblait pas plus apaisée :

— Nous ferons pour le mieux, Antoine. Mais essaie de ne pas provoquer davantage le père Fournier. Je connais tes convictions, et je les ai épousées, avec tout le reste, mais j'ai besoin de sérénité pour nos enfants.

Camille vit Antoine acquiescer et tendre la main vers sa femme, qui se leva doucement. Elle était en chemise, avec les cheveux dénoués qui tombaient en masse brune jusqu'à ses reins. Marie-Anne était une belle femme, au teint hâlé et au visage rieur, qui avait fait tourner malgré elle bien des cœurs avant de se lier à Antoine, alors veuf et bon parti, du fait d'un héritage providentiel. Le couple semblait uni, au regard de ce que Camille percevait de l'amour et du mariage, ce qui fut confirmé par les rires retenus et les murmures intimes qui suivirent, alors que la lanterne était soufflée. La pudeur et une gêne innocente ramenèrent rapidement la jeune fille vers la maison.

La nuit était étoilée et, avant de franchir le seuil, Camille leva les yeux sur le ciel d'août, immense et dégagé, qui semblait envelopper le paysage sous une lune immense. L'envie d'aller se recoucher quitta rapidement son esprit désormais bien réveillé et elle se dirigea, pieds nus, dans la ruelle. Tout était silencieux dans le village endormi. Camille passa comme une sylphide, forme blanche et légère, à la chevelure vivante. Elle savait exactement où elle allait.

L'église Sainte-Catherine de La Flotte se dressait entre les maisons de pêcheurs, avec son clocher bas et son portail sculpté. Elle avait été saccagée par l'occupation anglaise et les guerres religieuses du siècle précédent, mais retrouvait peu à peu son rôle central dans la vie du village. Agrandie quelques années auparavant pour accueillir le nombre grandissant de fidèles, elle présentait une forme originale orientée vers le sud-est et la ville de Jérusalem. Avec sa large salle, l'église offrait un havre de paix que Camille affectionnait, non pour les offices interminables auxquels elle devait assister, mais pour le calme impérieux qu'on y trouvait. Le jeune prêtre en charge de la paroisse, le père Jean-Baptiste, lui avait donné une petite clé qui ouvrait la récente sacristie et lui permettait de se « recueillir » quand elle le souhaitait. En échange, elle faisait divers petits travaux de rangement et fleurissait régulièrement le Chœur.

L'homme d'Église, un fils de bonne famille voué à la prêtrise, n'était pas dupe des motivations de la jeune fidèle, mais considérait cela comme un pas possible vers Dieu. Il était arrivé sept ans plus tôt, sous l'influence du curé de Sainte-Marie, un brillant intellectuel qui avait mis cette cure voisine à sa disposition. Très vite, le père Jean-Baptiste avait fait l'unanimité par ses qualités religieuses et sa bienveillance. Sa beauté androgyne le faisait même passer, aux yeux des esprits incultes, pour une sorte d'envoyé séraphique.

À l'âge de dix ans, Camille avait été fascinée par l'un de ses prêches, où il rappelait la vie de martyre de sainte Catherine, qui avait donné son nom à l'édifice. Le père Jean-Baptiste, attiré par le regard fasciné d'une petite fille au premier rang, était allé lui parler en fin de messe et avait répondu, avec une patience teintée d'étonnement, aux questions de l'enfant. Sainte Catherine était née à Alexandrie au début du quatrième siècle ; jeune fille intelligente et instruite, elle avait été torturée pour renoncer à sa foi. Camille s'était immédiatement identifiée à cette figure féminine, moins pour sa piété que pour sa différence et sa volonté. Le père Jean-Baptiste, homme éclairé, intrigué par la curiosité et la mémoire de la gamine, n'avait pas voulu limiter la réflexion naissante, laissant s'épanouir les interrogations de ce jeune esprit. Et, par étapes, s'était nouée une relation riche, un peu en dehors du temps, qui répondait à la soif culturelle de l'adolescente et comblait la solitude du jeune curé.

Camille tourna la clé doucement et entra sans faire de bruit dans la maison du Seigneur. La fraîcheur des murs et l'odeur si particulière du lieu, teintée d'encens, la rassurèrent immédiatement. Elle s'orienta comme un chat dans la pénombre, jusqu'à la nef où elle s'installa sur un prie-dieu, orienté vers l'autel. Elle avait besoin de réfléchir, et cet endroit accueillait toujours ses états d'âme. Quelle conversation avait-elle surprise ? Son père était préoccupé par quelque affaire qui semblait également inquiéter Marie-Anne. L'achat du moulin, qu'Antoine Lemonnier projetait pour se libérer du fermage auquel il était astreint, posait-il problème ? Camille ne savait rien des finances, des rapports de force, des hiérarchies, mais elle avait perçu la peur dans la voix de sa belle-mère, dont le caractère était habituellement calme et confiant. Il y était question de Joseph Fournier, le père de Gaspard, un homme rustre et sans scrupules, lui aussi meunier, dont la jalousie n'avait d'égal que la bêtise. « Si ça se sait... » Quel secret était à l'œuvre ?

L'esprit romanesque de l'adolescente s'envolait déjà, mêlant les histoires des veillées aux racontars villageois. Et qu'en penserait Gaspard ? Le jeune homme était bien plus fin que son père, compensant le manque de culture et d'éducation familiale par une grande curiosité. Mais Camille n'osait plus se confier à lui comme avant. Encore aujourd'hui, il avait eu ce regard un peu trop fixe et ces gestes maladroits, dont elle comprenait peu à peu le sens, à la fois mal à l'aise et néanmoins flattée.

Elle se redressa sur le prie-dieu et fit face à la croix qu'elle devinait dans l'obscurité. Elle aurait aimé trouver des réponses et un réconfort dans la voix du Seigneur, mais elle ne l'entendait jamais. Son père, ses frères, Amélie, même Gaspard, semblaient entretenir avec lui une conservation constante, par des prières ou des actions de grâce mais elle ne sentait pas sa présence. Elle l'attribuait à la rage qu'elle avait ressentie à la mort de sa mère : Dieu n'avait pas aimé sa révolte et la punissait sans doute de son silence.

Soudain, elle entendit du bruit venant de la petite salle du fond. On allumait une chandelle pour venir dans l'église. Camille se faufila sur sa gauche et longea le mur de pierres, puis se tapit dans l'ombre. Elle n'avait qu'à attendre que l'intrus avance pour se glisser derrière lui et sortir par la porte. Une haute silhouette se détacha bientôt dans l'encadrure et fit quelques pas, aux aguets.

— Il y a quelqu'un ?

La voix était grave et méconnaissable. Sur le qui-vive, Camille sentit son cœur battre à tout rompre mais, au moment de s'élancer, elle heurta un objet métallique, sans nul doute un encensoir, qui tomba à terre et roula bruyamment dans le transept. L'homme fit volte-face et se jeta sur elle, la ceinturant à l'étouffer, tout en faisant bâillon de sa paume. Camille se débattit, cherchant à mordre et à griffer, mais la poigne était de fer.

— Laissez-moi ! essaya-t-elle de crier, mais sa voix s'étrangla dans sa gorge.

L'homme se figea et, soudain, desserra l'étau de ses bras.

— Camille ? Camille, c'est toi ?

La jeune fille entendait les mots qui prenaient sens doucement, mais la panique la laissait tétanisée et hagarde. Elle était libre de ses mouvements mais restait immobile, se demandant même comment elle tenait encore debout, sur ses jambes tremblantes.

— Tout va bien, chuchota la voix rassurante du père Jean-Baptiste.

Le prêtre la fit asseoir et reprit d'un ton plus dur :

— Mais Camille ! Qu'est-ce que tu fais là, à cette heure ?

Il se leva et alla chercher la bougie laissée dans la sacristie. Quand il revint, Camille vit qu'il ne portait pas sa soutane habituelle mais une chemise nouée au cou par un galon, sur une culotte sombre. Il avait l'air inquiet et elle devina, à son regard scrutateur, qu'elle devait avoir bien mauvaise mine.

— J'espère que je ne t'ai pas blessée, mais que fais-tu dans l'église en pleine nuit ? Tu m'as causé une belle peur ! Je suis venu prier et préparer l'office de demain, car je dors mal et... enfin, j'ai trouvé la porte déverrouillée. À aucun moment, je n'ai pensé que cela pouvait être toi ! Il y a toujours des gens pour croire qu'il se cache quelques richesses dans notre tabernacle, mais à part un pauvre ciboire en étain, sainte Catherine est bien pauvre. Et je ne pense pas que tu sois venue voler notre Trésor, alors je te le redemande, Camille : que fais-tu ici ? Et dans cette tenue ?

Camille réalisa qu'elle s'était échappée en chemise longue, dans une insouciance complète dont elle eut secrètement honte, car elle aurait pu croiser n'importe qui dans les ruelles. Elle se rendit compte, au froid de la pierre sous ses pieds, qu'elle était également sortie sans chaussures, tellement habituée à courir la lande qu'elle se passait sans problème de sabots ou de chaussons de cuir. Offrir l'image d'une telle inconséquence à un homme qu'elle admirait, et qui la félicitait souvent pour sa maturité et sa lucidité, la mortifia. Mais elle retrouva un semblant de superbe et répondit d'un air de défi :

— Vous m'aviez dit que je pouvais venir à tout moment, si j'en avais besoin, et j'en avais besoin ! Il se passe des choses autour de moi. Il me faut y réfléchir au calme. Je crois que mon père a des ennuis et…

— Camille ! l'interrompit-il.

La voix était basse et rauque. Le prêtre cherchait ses mots.

— Camille, tu ne peux pas venir ici la nuit ! D'abord parce qu'une jeune fille doit rester dans son lit, en sécurité, chez elle. Ton père serait extrêmement en colère, et à juste titre, s'il l'apprenait. J'ai eu tort d'encourager ton esprit d'indépendance, je m'en rends compte. Oui, je t'ai incitée à réfléchir par toi-même, et à chercher du sens, en projetant sur toi mes propres désirs d'élévation spirituelle. Mais tu n'en fais qu'à ta tête, sans te soucier des bienséances. Tu te mets en danger, et tu me mets en danger ! Mes fidèles et ma hiérarchie ne comprendraient pas les libertés que je prends vis-à-vis des dogmes. Cela me torture assez l'esprit pour ne pas avoir à trouver, au beau milieu de la nuit, un farfadet dans mon église !

Camille sourit timidement car il avait retrouvé son humour, et elle savait qu'il avait raison.

— Et puis, comment t'expliquer sans te faire peur ? reprit-il. Tu ne peux plus te retrouver seule avec… En fait, tu ne peux plus te retrouver seule avec un homme, quel qu'il soit, et encore moins la nuit. Dieu ! Personne n'a fait ton éducation, qu'il faille que je m'abaisse à ces paroles ridicules ! Est-ce que tu comprends, Camille ?

Elle comprenait, d'autant plus en regardant cet homme jeune, dont la beauté hiératique fascinait les bonnes croyantes. Elle comprenait que le voile de l'innocence se déchirait peu à peu, et que certaines choses ne seraient plus comme avant. Elle comprenait enfin que sa propre perception était en train de changer, puisque la main du prêtre posée sur son poignet lui procurait un mélange de gêne et d'autre chose, qu'elle n'identifiait pas. Elle retira son bras doucement et le croisa autour de son épaule car elle commençait à grelotter. Elle se sentait vide, comme après la perte d'un élément essentiel.

— Vous voulez dire que nous ne pourrons plus converser ? Votre enseignement m'est précieux. Je suis désolée de m'être mal comportée et je ne recommencerai plus. Je vous le promets !

— Nous verrons, Camille, répondit-il durement. Je souhaite pour l'instant que tu me rendes la clé et que tu rentres chez toi. Inutile de parler de ton escapade.

Et devant son air contrit, il reprit plus aimablement :

— Allez, va te reposer, car tu as sûrement une bonne journée qui t'attend demain, et moi aussi. C'est jour de confession.

— Je vais à Saint-Martin, répondit Camille, chez la baronne qui m'a invitée.

Il marqua un temps d'arrêt, puis elle sentit qu'il souriait dans la pénombre.

— Eh bien, voilà qui fera ton éducation ! souffla-t-il ironiquement. Une femme de lettres à l'esprit acéré, quoi de plus adapté pour une sauvageonne de ton espèce ?

Chocolat amer chez Mme de Tencin

C'était la troisième fois que Camille rendait visite à la baronne en quatre ans. Claudine-Alexandrine-Sophie Guérin de Tencin était une femme de soixante-cinq ans, marquée par la maladie et les désillusions. Elle avait acquis la baronnie de l'île de Ré dans des circonstances troubles, à ce qu'on racontait dans les chaumières insulaires. Elle y résidait d'ailleurs rarement, préférant de loin le confort de sa vie parisienne, mondaine et littéraire, même si son « Salon » était moins en vogue et ne recevait plus que quelques fidèles.

Camille savait qu'elle avait possédé le domaine de la Grainetière à La Flotte, mais elle « descendait » désormais à la baronnie, une demeure récente et cossue, près du port de Saint-Martin. C'est là, face à l'îlot, qu'elles s'étaient rencontrées un beau matin de juillet 1740. La baronne semblait promener sa tristesse sans se soucier du monde extérieur, sous les regards désapprobateurs des habitants, mais Camille avait été fascinée par sa prestance, ses vêtements riches et chamarrés et surtout le parfum entêtant qui la suivait, même en plein air. La gamine, déjà espiègle, n'avait pas mis longtemps à charmer cet esprit réputé difficile.

Ayant réussi à dormir quelques heures après son escapade nocturne, Camille marchait d'un pas alerte le long du petit sentier côtier. Elle pensait aux lettres échangées, aux conseils prodigués, aux livres offerts et à l'affection discrète mais profonde qui s'était nouée entre elle et cette femme du monde. À sa droite en contrebas, laissé nu par la grande marée, s'étendait l'estran, couvert d'algues brunes et de sable envasé entre les rochers. Elle imagina la pêche aux crabes et aux pétoncles avec regret, espérant que ses frères feraient une bonne récolte sans elle.

La cité fortifiée de Saint-Martin se réveillait sous le soleil. Camille entra par la porte de La Flotte, située dans la demi-lune construite par Vauban soixante ans plus tôt. L'effervescence de la capitale rétaise la réjouissait toujours : le commerce du sel, du vin et des eaux-de-vie amenait au port une animation cosmopolite que Camille aurait pu observer pendant des heures. Elle croisa un groupe de marins du continent, sans doute débarqués la veille, mais déjà fortement avinés à cette heure matinale :

— Regardez donc ! *Ine bèle drôlesse ! bin agralante*[1] *!* T'es bien fraîche, ma jolie !

— Rien à voir avec ces vieilles rombières de La Rochelle !

— Surtout la tienne !

1. « Une belle fille ! bien gentille ! » (patois charentais).

Des rires gras, ponctués de claques viriles, résonnèrent dans la ruelle, mais Camille y échappa en entrant rapidement sous le porche de la grande demeure. Un valet apprêté l'y attendait :

— Mme de Tencin est au jardin. Elle est de fort bonne humeur.

— Merci Pierre ! A-t-elle reçu mes lettres ?

— Oui, toutes, mademoiselle ! Et elle les lit chaque fois avec bonheur. Votre venue lui fera du bien.

— Elle ne va pas mieux ?

— Sa santé n'a jamais été bonne mais cela a empiré depuis l'an dernier et cette atteinte au foie. Vous allez la trouver changée. Et elle ne voit plus très bien.

Camille suivit le valet dans la cour pavée, entra dans la grande demeure qu'elle traversa pour ressortir côté jardin, jusqu'à un petit bosquet à l'abri des regards. Là, légèrement à l'ombre, assise sur un banc de pierres à balustres, Mme de Tencin attendait. Elle avait fortement grossi depuis la dernière entrevue l'an passé, et semblait fatiguée, malgré un teint rehaussé de maquillage. Elle se leva pour accueillir Camille, soulevant ses lourdes jupes de taffetas lie de vin.

— Mon enfant ! Quel bonheur de vous retrouver !

— Bonjour madame ! J'ai été si heureuse d'apprendre dans votre dernière missive que vous arriviez dans l'île. Le temps me semble long chaque mois à attendre vos lettres.

— Que vous avez changé ! reprit la baronne en serrant les mains de Camille. Vous êtes une jeune fille désormais, et ravissante de surcroît, au peu que j'en aperçois ! Ma vue me joue des tours, et j'ai bien peur que cela soit la dernière fois que je visite ces lieux.

— Ne dites pas cela ! Vous allez profiter du grand air ici, et repartir pour Paris en pleine forme, comme à chaque fois.

— Jean, mon médecin et tendre ami, que vous connaissez par mes lettres, souhaite que je cesse mes déplacements. Je vais songer à acquérir un appartement plus petit à Paris, qui abritera mes vieux jours, où je pourrai continuer à vous écrire à mon aise, pour deviser du monde qui vous attend.

Claudine-Alexandrine de Tencin invita Camille à s'asseoir et fit un signe à son domestique qui comprit aussitôt et entra dans la maison, puis revint chargé d'un grand plateau ciselé.

— Ma chère enfant, je veux vous dire le plaisir que j'ai à recevoir de vos nouvelles. Votre style enfantin s'orne déjà de bien des attraits : faites confiance à une vieille épistolière ! Et j'apprécie particulièrement le ton et les idées que vous développez. Je veux être honnête avec vous et vous avouer que nos échanges m'ont inspiré l'écriture d'un nouveau roman. Il me manquait juste la flamme. Je suis en effet épuisée par les efforts que consent une femme de notre époque, afin d'obtenir moins de la moitié des droits des hommes. Mais votre fraîcheur et votre innocence, non dénuées de lucidité, me ravissent.

Camille remercia d'un hochement de tête ému. Elle se demandait encore ce qu'elle avait pu faire pour emporter ainsi le cœur de la baronne, connue pour ses intrigues et son caractère protestataire. Claudine-Alexandrine avait passé sa jeunesse au couvent, prononcé ses vœux monastiques sous la contrainte, s'en était libérée puis avait opté pour une vie de mondaine, s'essayant avec succès à la politique et aux finances avant d'embrasser une carrière littéraire. Camille remarqua d'ailleurs, au moment où elle saisissait une tasse de porcelaine sur le plateau d'argent, sa main marquée d'encre, dépassant des poignets en dentelle de son corsage.

— J'ai pensé à vous, mon enfant, et à votre gourmandise de chat. Nous avons amené de Paris du chocolat et du thé. Je vous ai fait faire un petit colis, vous verrez, pour les « expériences » culinaires dont vous m'entretenez dans vos lettres. Où en êtes-vous dans votre projet ?

— Je ramasse des plantes et je tente des recettes de pains différentes, mais mon père en rit gentiment et ne m'encourage pas. Je veux apprendre la boulangerie, mais je ne serai pas acceptée parce que je suis...

— Savez-vous, l'interrompit-elle, que mon ancêtre Pierre Guérin n'est parti de presque rien mais que, par son mérite, il est passé de modeste colporteur à commerçant joaillier. Son fils Antoine a pu s'instruire et ainsi acheter les lettres de noblesse de la famille. Vous êtes capable, Camille, de réussir et de gravir les échelons sociaux. Car vous êtes curieuse et bien plus intelligente que la plupart des gens que je fréquente.

— Mais je suis une fille !

— Et EN PLUS, vous êtes une fille ! Vous aurez le charme et l'adresse pour obtenir ce que vous souhaitez, car les hommes sont aisément manipulables. Vous commencez juste à vous en apercevoir.

Camille fut un peu choquée des sous-entendus à peine voilés de la baronne, dont les mœurs apparaissaient comme dissolues aux bonnes gens : n'avait-elle pas eu un enfant hors-mariage, abandonné dès la naissance à d'autres éducateurs ? N'avait-elle pas connu la Bastille pour ses intrigues ? N'était-elle pas l'entremetteuse de la liaison entre Louis XV et Mme de Pompadour ? Et c'est la baronne elle-même qui ne lui avait rien caché de ses turpitudes. Cela lui semblait difficile de croire à cette vie trépidante, face à cette dame élégante et mûre, à l'apparence dévote.

— Le père Jean-Baptiste dit que vous avez « l'esprit acéré », répliqua timidement la jeune fille, et que moi je suis une sauvageonne.

Alexandrine de Tencin éclata de rire, bousculant dans son élan la coupe de gâteaux fins déposée par son domestique.

— Ce curé est un visionnaire, en plus d'être beau comme un dieu ! ajouta-t-elle, prête à s'étouffer dans un hoquet.

La baronne, qui avait du mal à refréner sa brusque hilarité, jeta un rapide coup d'œil sur la jeune fille, dont les joues s'étaient colorées.

— Oh ! Pardon, Camille, je vous ai choquée. C'était juste un bon mot. N'y voyez pas un manque de respect mais la confiance que je vous porte. Il ne faut point s'empêcher de dire les choses, encore moins de les penser. Mais il est important d'être sûre du lieu et des oreilles qui vous écoutent.

— Je ne suis pas vraiment choquée, répondit Camille, mais je n'ai pas l'habitude de cette liberté de parole. Elle me réjouit au contraire, car ce sont des réparties qui me viennent souvent à l'esprit, mais je me tais.

— Et vous faites bien, pour l'instant ! Vous apprendrez très vite qu'on pardonne encore moins à une femme son esprit critique. Et son intelligence est toujours suspecte : ne serait-elle pas, il est vrai, l'œuvre du démon ? Demandez donc à votre prêtre ce qu'il en pense, et à Dieu ce qu'il en dit.

La baronne roulait de grands yeux, dans une mise en scène quasi-théâtrale de l'hystérie féminine, pendant que Camille riait de cet affranchissement des bienséances.

— Le père Jean-Baptiste partage certaines de vos idées sur la liberté de pensée, reprit-elle, mais sa fonction exige plus de retenue, je crois.

— Je le connais un peu, car il me rend visite à l'occasion quand je viens ici. Autant vous dire que nous ne sommes d'accord sur rien, si ce n'est à votre propos. Il vous apprécie, Camille, et je sais que vous pouvez lui faire confiance. C'est un homme brillant, dont je me demande encore ce qu'il fait dans les Ordres. Cela lui permet sans doute d'observer le monde, sans trop souffrir de ses injustices.

— Il est sincère dans son amour envers Dieu, souffla la jeune fille dans un élan mystique. Je l'envie pour cela.

— Vous avez raison : il est sincère. Et ne manque pas d'une vision éclairée de la foi. Cela m'écorche quelque peu de le reconnaître car je vous ai raconté mes vingt longues années au couvent, qui furent un calvaire intellectuel, sans mauvais jeu de mot aucun. J'ai dû lutter, à votre âge, contre la bêtise pieuse de mon père et l'hypocrisie de ma mère. Mais j'ai appris à taire mon mépris, et à le déguiser. Parce que c'était trop tard pour moi. Mais vous, Camille, vous pouvez sans doute libérer votre pensée, sans renier votre idéal. Un monde nouveau.

La baronne se tut un instant. Camille crut que la conversation la fatiguait trop et se leva pour prendre congé.

— Je vais vous laisser. Je peux repasser demain si vous préférez ?

— Non, ma chérie, reste ! souffla Alexandrine. Ce n'est rien, un moment de faiblesse.

Elle fit un signe au valet qui apporta un panier garni, recouvert d'un fin linge brodé.

— Vous souvenez-vous de notre première rencontre sur l'îlot du port ? reprit-elle doucement. Vous m'aviez accostée sans aucune cérémonie, pour me demander la composition de mon parfum ? Vous étiez déjà lumineuse, et pourtant si jeune. Votre père s'était excusé de votre effronterie sans savoir que, me promenant face à la mer, j'étais à la recherche d'un peu d'espoir, et que vous me l'apportiez, en quelque sorte, par votre vivacité.

Camille acquiesça, surprise soudain de ce ton de confidence.

— Ma vie a été bien remplie, continua la baronne, et dans le même temps, d'une certaine vacuité, puisque je me retrouve relativement seule au crépuscule de l'existence. Mais je n'ai aucun regret. Et il me plaît de participer à votre chance.

Elle poussa le panier vers la jeune fille qui souleva le linge et découvrit alors, émerveillée, des fioles de toutes sortes, des essences de fleurs, des pots d'herbes séchées aux noms exotiques : cannelle, poivres, girofle, muscade, vanille, gingembre, safran, angélique, verveine… Il y avait également un recueil des Simples, pour une utilité médicinale en premier lieu, qui répertoriait les plantes, et dont elle saurait faire bon usage. Mais le livre le plus précieux était ce *Nouveau Traité de cuisine* de Menon[1]. Camille cria de bonheur à la vue de la reliure de veau brun marbré, serra l'ouvrage contre son cœur et se mit à sautiller comme un cabri.

— Merci ! Merci ! Merci ! C'est trop d'attentions ! Je suis si heureuse !

— Je l'espère bien, coupa la baronne d'un air tendrement ironique. Ce pauvre Pierre a couru tout Paris pour composer cette corbeille.

— Merci ! s'exclama à nouveau Camille, se retenant de sauter au cou du vieux valet qui, tout en restant immobile, esquissa un sourire et hocha lentement la tête.

— Et cela, c'est moi qui l'ai choisi.

Alexandrine prit sur le banc un petit coffret de bois qu'elle tendit à l'adolescente. Sur un coussin de satin rose trônait un flacon de verre dépoli, coiffé d'un capuchon en argent ceint d'un galon violet. On pouvait lire sur l'étiquette « Fargeon Ainé, Maison Oriza, distillateur du roi ».

— Un parfum !

---

1. Intitulé exact : *Nouveau traité de la cuisine avec de nouveaux desseins de tables et vingt quatre menus ; où l'on apprend ce que l'on doit servir suivant chaque Saison, en gras, en maigre, & en Pâtisserie ; & très-utiles à toutes les personnes qui s'en mêlent, tant pour ordonner, que pour exécuter toutes sortes de nouveaux ragoûts, & des plus à la mode,* David, Paris, 1739, 2 volumes.

— Oui, Camille, un parfum, créé pour vous à base de musc blanc, de rose, d'œillet, de jasmin et de fleur d'oranger. J'espère qu'il vous plaira.

— Mais c'est trop ! Je ne peux pas accepter autant de présents, si coûteux en plus.

— Ne vous inquiétez pas de cela. J'ai fait, en mon temps, des placements fructueux qui me mettent à l'abri de ces considérations. Cela m'amène à vous faire une dernière proposition.

Camille se sentait prise dans un tourbillon d'émotions que les senteurs de la boîte à épices exacerbaient encore. Elle sentit que la baronne réfléchissait aux mots qu'elle allait prononcer.

— Je m'affaiblis beaucoup ces derniers temps, et je suis en train de mettre de l'ordre dans mes affaires. Je ne reviendrai pas à l'île de Ré, Camille, car c'est un voyage trop fatigant et éprouvant, à mon âge. Mais toi, tu peux venir me voir.

Le tutoiement la surprit moins que le sens des mots qui parvenaient à son esprit : Camille entendait distinctement mais sentait qu'elle peinait à réaliser l'offre qui lui était faite. Claudine-Alexandrine avait joint ses mains, faisant tinter les bagues qu'elle portait à chaque doigt.

— Tu as quatorze ans, bientôt quinze, et il me semble envisageable de t'accueillir quelque temps à Paris, pour parfaire ton éducation. Je ne veux pas te voler à ta vie de « sauvageonne » car tu y puises ta force, mais on tourne vite en rond dans un espace confiné, même quand la mer et le vent s'y invitent. Tu sais que je hais Voltaire, mais il a raison sur ce point : les voyages ouvrent l'esprit. Tu connais Voltaire ?

— Oui, de nom, répondit Camille dans un souffle, tellement surprise par ces paroles qu'elle ne parvenait toujours pas à canaliser l'arborescence de ses idées.

— Donc j'ai pensé que tu pourrais me tenir compagnie, quelques mois.

Devant le silence de l'adolescente, Alexandrine se voulut rassurante mais reprit aussi ses distances :

— Prenez quelques jours pour y réfléchir, mon enfant. Je quitte Saint-Martin la semaine prochaine. Mais prenez garde de ne pas choisir pour me contenter ! Faites-le pour vous, librement.

La baronne, en parlant ainsi à Camille, ne savait pas à quoi s'attendre, car elle connaissait l'attachement viscéral de la jeune fille à sa famille, mais aussi à sa terre isolée au milieu de l'eau. Cependant, elle savait également, par expérience, que l'adolescence amène souvent d'autres désirs et que l'île, aussi paradisiaque soit-elle pour une enfant, pouvait vite devenir une prison pour une jeune femme intelligente et ambitieuse. Et ces années précieuses ne se renouvelleraient pas.

— Je ne vous remercierai jamais assez de toutes ces bontés et de cette invitation, répondit Camille. J'ai besoin effectivement d'y réfléchir au calme, et surtout d'en parler à mon père. Il ne sera pas d'accord.

Elle ne savait pas si c'était la voix de la sagesse qui la faisait parler de la sorte ou un subterfuge enfantin pour repousser les échéances. Il ne lui arrivait pas si souvent de reconnaître de bon gré l'autorité de son père.

— J'ai déjà informé M. Lemonnier de mon idée, intervint la baronne. Il vous en parlera. Mais profitons de ce moment ensemble, sans y penser pour l'instant, voulez-vous ? Que diriez-vous de goûter ce chocolat ? J'ai assisté moi-même à sa préparation dans un atelier des Halles. Savez-vous que les ouvriers travaillent à genoux et broient les fèves de cacao à la main avec un cylindre ? Certains de mes amis en raffolent, mais j'ai tendance à trouver cette mixture un peu amère. C'est un effet de mode qui passera sans doute.

Camille lui sut gré de combler la conversation. Tout y passa : du thé venu de Chine aux taux commerciaux pratiqués par les épiciers, des confidences de Mme de Pompadour aux débats intellectuels enflammés qu'elle organisait chez elle. Camille eut en quelques heures un tableau de la société parisienne qui lui donna le vertige. Mais Mme la baronne avait le talent pour raconter et mettre en mouvement tout ce petit monde, par touches successives, colorées d'ironie ou de gravité. Tous ces grands hommes, politiques, écrivains, financiers, philosophes, formaient sa « Ménagerie », insolente, libertaire et bouillonnante. L'idée de voir cela de ses propres yeux faisait doucement son chcmin.

Cannelle, gingembre et muscade

La journée était déjà bien avancée quand Camille reprit le chemin de La Flotte. Elle avait quitté la baronne en lui promettant de répondre à sa demande dans les jours suivants, mais elle ressentait surtout le besoin, en cet instant, de trouver un endroit calme pour remettre ses idées en ordre. La tête lui tournait de toutes ces images, de toutes ces senteurs, de toutes ces promesses grisantes.

En pressant le pas, elle quitta les remparts de Saint-Martin, retroussant sa jupe de drap à hauteur du genou, ce qui découvrait ses bas blancs à chaque pas. Elle aurait tout donné pour pouvoir les enlever, sous la chaleur torride de cet après-midi, en se débarrassant également de son mouchoir de cou qui collait à sa peau moite. Il lui restait plus d'une lieue à parcourir en plein soleil, et elle sentait ses forces l'abandonner, en même temps qu'un mal de tête lancinant la gagnait. Comme un vent chaud rendait l'atmosphère encore plus étouffante, elle s'arrêta un instant et chercha un appui, car le coffret offert par la baronne lui semblait peser vingt livres.

— Eh ! Mignonne ! Tu s'rais pas la p'tite Lemonnier ?

Camille leva les yeux et aperçut dans un léger éblouissement le père Thuillier, assis sur sa charrette. Il retenait les rênes de sa vieille mule, et la fixait d'un œil inquiet.

— Tu vas bien, petite ?

— Oui, ça va, répondit lentement la jeune fille. Je voulais rentrer à La Flotte, mais je ne m'attendais pas à cette chaleur. J'ai la tête qui tourne.

— Grimpe ! Marguerite et moi, on va t'ramener chez ton père. T'es d'accord, Marguerite ?

L'animal semblait comprendre qu'on lui parlait et bougea la tête de façon comique. Camille bénit le pauvre équipage et grimpa sur le siège, à coté du vieil homme. Il revenait des parcelles cultivées qui permettaient aux insulaires de varier les activités pour subvenir à leurs besoins. Le père Thuillier partageait ainsi son temps entre les champs, la pêche et le travail du sel à l'occasion. Son chariot était chargé de sa récolte du jour qu'il ramenait au village.

— Je suis pas en avance non plus, confia-t-il. J'crois bien m'être endormi à l'ombre d'un orme. Oh, pas longtemps ! Mais la mère Thuillier doit me bénir à c'tte heure.

L'attelage partit au petit trot et arriva rapidement en vue de La Flotte.

— Est-ce que vous pouvez me laisser ici ? demanda Camille bien avant les premières habitations. J'aimerais marcher un peu sur le sable.

— Tu es sûre ? Tu m'as l'air bien pâle. Tu d'vrais rentrer chez toi.

— Oui, juste après, je vous le promets. Merci beaucoup ! C'est la providence qui vous a mis sur mon chemin, vous et Marguerite !

La mule acquiesça, sans doute dressée à reconnaître son nom, et le père Thuillier fit un signe du bras en s'éloignant sur la route. Camille quitta la voie principale et se dirigea vers la plage, au-delà des genêts et des buissons d'obione. La marée désormais haute couvrait la partie légèrement vaseuse de ce coté de l'île. L'endroit était désert, balayé par une brise marine bienvenue. La jeune fille se laissa tomber sur le sable graveleux et s'empressa d'ôter ses chaussures et ses bas, qu'elle jeta derrière elle. Elle arracha également le foulard de cou qui couvrait ses épaules et délaça un peu son bustier. Elle respirait enfin !

L'expérience du chocolat n'avait pas été concluante, car elle en gardait un goût amer et une douleur au ventre qui ne s'estompait pas. Tout était allé trop vite. Camille n'avait pas l'habitude des cadeaux et des attentions, bien qu'elle ne manquât de rien. Et elle n'avait jamais songé aller à Paris ! Son ambition s'arrêtait à La Rochelle, qui lui paraissait déjà une bien grande ville pour apprendre son métier et installer sa boutique. Oui, elle avait rêvé des Amériques, du Nouveau Monde mais elle n'avait jamais eu à portée de main la possibilité de voyager, de quitter son île. Elle se sentait prise entre un désir nouveau et une peur de perdre son insouciance, auxquels s'ajoutaient les inquiétudes qu'elle nourrissait depuis peu sur les affaires de son père.

Elle se leva et fit glisser le sable chaud sur ses pieds endoloris. S'avançant vers la mer, elle savoura la fraîcheur de l'eau salée qui se jetait par petites vagues sur ses chevilles. Elle dénoua les tresses dorées qu'Amélie avait serrées sur sa tête le matin même, et secoua sa longue chevelure avec soulagement. Camille avait un caractère spontané pour les petits obstacles de la vie, mais sentait quand les choses devaient être appréhendées plus posément et là, elle comptait bien profiter de quelques jours pour décider, en se laissant le temps nécessaire.

Elle remonta doucement la courte dune, le coffret sous un bras, ses vêtements sous l'autre, et marcha jusqu'au village. Avec la chaleur, tout était calme et elle put atteindre sa ruelle sans avoir vu grand monde. Elle souhaitait être seule et jeter un œil à tête reposée sur les trésors offerts par la baronne.

Par chance, la maison était vide : Amélie avait fini son ouvrage et devait écouter les commérages de la voisine, Marie-Anne et les garçons étaient aux moulins, pendant qu'Antoine négociait à La Rochelle. Il rentrerait le lendemain matin avec la marée. Camille ouvrit le panier et respira le mélange surprenant de toutes les fragrances qui lui donnèrent l'envie d'essayer une recette nouvelle. Elle saisit un plat creux en bois et y versa la farine, à laquelle elle ajouta un bol d'eau et un peu du levain qu'elle préparait elle-même tous les jours. Elle versa un filet d'huile de noix et piocha parmi les épices, en hésitant. Elle ouvrit les différentes fioles et sachets pour s'imprégner de ces odeurs nouvelles, et mouilla l'un de ses doigts pour goûter chacune des poudres aux couleurs si franches. La cannelle brune avait un goût sucré et boisé en même temps. Le gingembre jaune vif la fit tousser. C'était fort comme du poivre mais atténué par une saveur fruitée. Le mariage de ces deux épices lui sembla aussitôt heureux et évident. Enfin, elle ajouta la noix de muscade qu'il fallait frotter avec une petite râpe en étain pour en saisir l'arôme chaleureux. Elle pétrit un peu sa pâte en y incorporant les trois épices et goûta du bout des doigts : cela lui parut fort et difficile à marier avec du fromage ou des fèves.

Changeant d'idée, elle ajouta une grosse cuillère dégoulinante de miel, un peu de lait et cassa deux œufs frais dans sa terrine. Cela ne ressemblait plus trop à la boule de pain imaginée au départ, mais la pâte avait un goût engageant. Un peu de saindoux la rendit brillante et lisse avant de couler l'appareil dans un plat en terre. Camille recouvrit le tout d'un torchon pour laisser reposer avant qu'Amélie ne l'aide à la cuisson.

Ce moment de cuisine l'avait détendue mais elle avait toujours mal au ventre, et se sentait gagnée par une sensation oppressante, dont elle ne comprenait pas l'origine, qui la laissait à la fois lasse et énervée. Elle mit cela sur le compte de la fatigue et sortit puiser de l'eau fraîche.

Gaspard arrivait à l'entrée du jardin. La lumière descendante auréolait sa haute taille comme une apparition, cachant son expression, mais quand il s'approcha, Camille vit qu'il était en colère. Il portait une chemise entrouverte découvrant ses bras fermes, sur une culotte couleur rouille qui laissait ses mollets nus. Paradoxalement, pour la première fois, elle s'avoua qu'il était beau avec cet air sombre et irascible qui lui donnait de la maturité.

— Je t'ai attendue comme promis, à côté de l'abbaye, reprocha-t-il. J'ai travaillé plus vite toute la journée pour te retrouver. Mais Madame a mieux à faire ! Madame fréquente le grand monde et oublie les petites gens !

— Gaspard, je suis désolée, je suis rentrée tard. Et c'est vrai, je n'y ai plus pensé.

— Tard ? Et qu'est-ce cette fois ? Un grain de pollen que tu n'as pas encore goûté ? Un buisson de baies rares à l'autre bout de l'île ? Ou peut-être les beaux yeux d'un marin du port ? On m'a dit qu'on t'avait vue dans les rues cette nuit !

Camille s'était d'abord sentie coupable d'avoir oublié le rendez-vous, mais le ton de Gaspard, son ironie, jusqu'à ses allusions vulgaires, l'exaspérèrent. Son sang ne fit qu'un tour et elle lui répondit vertement, avec une intonation qui la surprit elle-même.

— Mais je n'ai pas de comptes à te rendre : je ne t'appartiens pas, à ce que je sache ! Je fais ce que je veux de mes journées : estime-toi heureux du temps que je t'accorde déjà. Et si j'ai envie de fréquenter un marin la nuit, je fréquente un marin la nuit ! lança-t-elle pour le provoquer, levant son menton d'un air de défi. Tu es odieux !

— Moi, je suis odieux ? C'est toi qui ne respectes aucun de tes serments et moi, je suis odieux ?

Le jeune homme en resta bouche bée et Camille put lire sur son visage tous les sentiments par lesquels il passait. Sa mâchoire se contracta sous l'effort qu'il faisait pour garder un minimum de calme et il serra les poings, rendant saillants les muscles de ses avant-bras. Il ne lui faisait pas peur, mais elle prenait conscience de sa force naissante et de ses sentiments exacerbés. Fixant Camille d'un regard incrédule, il allait de ses joues enflammées à sa bouche pincée, descendant lentement sur ses épaules nues.

— Et arrête de me regarder comme ça ! souffla-t-elle.

Il y eut un silence pesant, uniquement troublé par le cri lointain des mouettes.

— Il n'y a rien que je ne ferais pour toi, reprit-il plus bas. Tu le sais, et tu t'en moques ! J'avais amené ce roman que tu m'as prêté, pour qu'on le lise ensemble, ajouta-t-il en montrant l'exemplaire du *Paysan parvenu* de Marivaux, qu'il jeta à terre. Mon père et mes frères se sont moqués de moi mais j'ai marché près de deux lieues, en plein soleil, juste pour te voir !

Devant sa tristesse où n'affleurait aucune fierté, Camille sentit tout son ressentiment s'évanouir d'un coup, et les larmes lui montèrent aux yeux. C'était comme si elle n'avait pas respecté une part du contrat avec un partenaire fiable, qu'elle appréciait profondément. Elle se trouvait totalement bouleversée par l'intensité de ses émotions, qui la portaient si rapidement de la colère à la compassion.

— Je suis désolée, répéta-t-elle, cette fois avec sincérité.

Gaspard, fasciné par le visage empourpré de Camille et par ses yeux embués, avança lentement et saisit son poignet. Son contact était chaud et doux, et ses doigts remontèrent lentement le long du bras délicat. De son autre main, il attrapa une mèche dorée avec laquelle il joua un instant. Camille, immobile, ne sachant comment réagir, le laissait faire, mais c'est quand il s'approcha plus près, leurs lèvres presque jointes, qu'elle posa une main sur sa poitrine pour le repousser doucement.

— Gaspard, non !

— Pourquoi ? supplia-t-il. Je t'aime. Il n'y a que toi, depuis toujours...

Il parcourait son front de baisers légers, descendant lentement le long de l'oreille et du cou. Camille sentait son souffle chaud et ses mains qui encerclaient sa taille maladroitement. Le soleil terminait sa course dans le ciel mais la jeune fille, levant les yeux pour échapper à l'étreinte, le trouva aveuglant et sa chaleur insoutenable. « Je suis fiévreuse », se dit-elle. Elle se laissait bercer par la respiration heurtée de Gaspard sur ses tempes, et ses doigts qui s'accrochaient à l'ouverture de son corsage, mais tout lui paraissait lointain peu à peu. La tête lui tourna de façon vertigineuse et elle se sentit défaillir.

— Camille, Camille ! entendit-elle comme à travers un mur.

Renversant sa nuque, elle s'abandonna de tout son poids dans les bras inquiets de Gaspard qui, malgré sa robustesse, eut du mal à rester debout. Elle sentit alors qu'il la portait vers la maison, entendit les cris exagérés d'Amélie qui rentrait à propos, puis sombra dans un sommeil de plomb.

À son réveil, la nuit était tombée. Elle était allongée sur un lit d'appoint, installé dans la grande salle, à coté du four dont disposait la maison depuis quelques mois, duquel émanait une odeur agréable de gâteau chaud qui se répandait dans la pièce. Marie-Anne s'approcha et lui prit la main. Ses frères devaient être couchés car tout était calme.

— Comment vas-tu, ma chérie ? Tu nous as fait une belle peur. Gaspard est venu nous chercher : nous l'avons croisé sur le chemin du retour, puis nous l'avons renvoyé chez lui, mais cela n'a pas été chose facile. Le pauvre garçon, tu lui en fais voir !

Petit à petit, Camille reprenait ses esprits : la chaleur, la marche depuis Saint-Martin, l'entrevue avec la baronne, la dispute avec Gaspard, ses lèvres dans son cou, et puis plus rien.

— Tu t'es évanouie, mais il n'y a rien de grave. Tu grandis, ma belle, et tu deviens une jeune fille. Il fallait que cela vienne une première fois. Tu as même eu un peu de répit. Et maintenant, chaque mois, ce sera la même chose.

— Je m'évanouirai chaque mois ?

— Je ne te le souhaite pas, rit Marie-Anne, mais tu te sentiras peut-être mal, nauséeuse, énervée. C'est le prix que paient les femmes pour être mères.

À ces mots, elle caressa son ventre tendrement. Camille suivit son regard vers sa taille épaissie qui tendait déjà son corsage.

— Je voulais que ton père t'en parle en premier, mais je suis heureuse d'avoir ce moment avec toi, de femme à femme. Nous allons avoir un enfant, le premier pour moi, sans doute un autre garçon, dit-elle en riant, mais si c'est une petite fille, je voudrais qu'elle te ressemble, Camille.

Marie-Anne était émue et serra les mains de l'adolescente, qui lui rendit son étreinte. Cette nouvelle la rendait heureuse car son père méritait bien ce bonheur familial.

— Nous avons également pensé, avec ton père, que nous pourrions t'aménager une des pièces qui sert de cellier pour l'instant, puisque nous avons déjà le chais pour les réserves. Tu aurais une chambre à toi où ranger tes trésors, avec un petit bureau pour tes recettes. Partager encore la chambre avec tes frères, et le bébé qui arrive, cela peut être inconfortable pour une jeune fille. Qu'en penses-tu ?

— Oui, souffla Camille qui n'avait jamais espéré avoir un endroit à elle. Oui !

— Alors, c'est entendu !

Dans un bruissement de jupons, Marie-Anne se leva et se dirigea vers l'âtre.

— Veux-tu goûter ta préparation ? Amélie l'a fait cuire ce soir, en même temps qu'une fournée de pain et de petits pâtés. C'est original mais délicieux. Nous n'avons pu résister, enfin surtout les garçons.

Camille se redressa, encore un peu étourdie. On lui avait enfilé une longue chemise blanche, qui sentait bon le laurier.

— C'était à ta mère, précisa Marie-Anne devant son regard interrogateur. Regarde ! Il y a ses initiales brodées sur la poitrine.

Camille caressa le relief des lettres entrelacées : « SL » Sophie Lemonnier. Elle se sentait un peu différente, comme si de nouveaux chemins s'ouvraient sous ses pas, et il fallait avouer que la journée avait apporté son lot d'évènements. Elle mesura la chance d'être entourée et se laissa du temps pour les décisions qui s'imposeraient dans les jours à venir.

Amélie, jusque là affairée à la cuisine, s'approcha, lui tapota affectueusement le dos et posa sur un tabouret un petit plateau appétissant.

— Faut r'prendre des forces, ma Camille. Te v'là in p'tite goulée[1] pour te remplumer.

La jeune fille découvrit un bol de bouillon, un petit pâté chaud, la spécialité d'Amélie qu'elle tenait de sa grand-mère, et une tranche généreuse du gâteau aux épices encore tiède. Elle y retrouva avec bonheur le piquant du gingembre et la saveur raffinée de la cannelle. C'était ça, c'était exactement ce qu'elle recherchait ! Avec toutes ces merveilles venues des autres mondes, une infinie palette de saveurs s'ouvrait à ses papilles et à celles de tous ceux qui oseraient goûter, se dit-elle en souriant.

Repue, étendue sous les draps parfumés, elle se sentit gagnée par une sensation de bien-être. Elle aperçut alors sur le petit tabouret *Le Paysan parvenu*, le roman que Gaspard avait laissé. C'est Mme De Tencin qui le lui avait envoyé, lui vantant les mérites de Marivaux, l'un des ses amis auteurs connu principalement pour ses pièces de théâtre mais qui s'essayait aussi au roman. Il était ici question d'un jeune homme issu de la paysannerie, qui se hissait dans le monde, non par sa naissance mais par son mérite.

Depuis plusieurs mois, Camille entraînait Gaspard à la découverte d'ouvrages auxquels il n'aurait jamais eu accès sans elle. Il lisait au

1. Un petit repas.

départ difficilement, mais apprenait vite et se laissait guider. Qu'avait-il dit ? « Il n'y a rien que je ne ferais pour toi. » La phrase résonna dans sa tête, lui réchauffant le cœur mais faisant, par là-même, peser un sentiment de culpabilité. Elle ne pouvait pas lui donner ce qu'il désirait, en tout cas pour l'instant, mais au moins ne se sentait-elle pas complètement fautive car, à son contact, il apprenait à réfléchir. Faisait-elle bien cependant de lui mettre tout cela en tête ? Elle ne savait pas si Gaspard profiterait des connaissances que son père, Joseph Fournier, trouvait inutiles et nocives, tout comme elle ignorait si la pensée parfois subversive de Mme de Tencin lui serait bénéfique à elle. Mais les idées nouvelles étaient fascinantes et lui faisaient l'effet de ces parfums enivrants qui ouvraient l'appétit et le champ des perceptions.

À ce stade de réflexion, Camille se laissa tenter par une deuxième tranche de gâteau aux épices qu'elle dévora goulûment, avant de s'endormir. C'était décidément d'une saveur exquise, tendre en bouche et entêtant longtemps après.

Chardon-marie et camomille

Le petit marché de La Flotte étalait ses panières colorées dans une ambiance chaleureuse, où les harangues des vendeurs cherchaient à surpasser les conversations animées des chalands. Au cœur des ruelles du village, qui comptait un peu plus de trois mille âmes, on venait chercher le retour de pêche, un tonnelet de vin ou les produits du continent qui manquaient dans l'île. C'était un marché agréable mais qui se limitait à l'appoint car le port-vieux de La Flotte n'accueillait que de petites embarcations. Le creusement et la consolidation du havre avaient en effet été refusés au début du siècle par l'intendant de la Généralité, et le site ne permettait donc pas l'entrée des grands navires. Les raisons en étaient simples mais difficilement acceptables pour les habitants : le représentant du pouvoir royal, le sieur Beauharnais, avait jugé que la concurrence serait fatale à Saint-Martin et contraire à « l'intérêt du roi » qui souhaitait « que les négociants de l'île, leurs familles et leurs employés fassent résidence et puissent être surveillés, la plupart étant de nouveaux convertis »[1]. Dans ce contexte de tensions religieuses violemment réprimées, on avait limité les lieux d'échanges, et le port de La Flotte était resté une baie aux quais friables.

Chaque jour, c'était donc un peu plus loin au port La Prée, mais surtout à Saint-Martin, que les bateaux débarquaient les marchandises volumineuses puis repartaient, chargés de sel ou d'alcool, dans une danse bien organisée qui enrichissait les armateurs.

Et pourtant, le village de La Flotte évoluait peu à peu, avec la construction de riches demeures de négociants et de maisons de commerce lucratives. Il y faisait bon vivre, avec la sécurité assurée par la Marine royale, mais sans les inconvénients des grands ports, qui charriaient vermines, maladies et agitations diverses.

Le soleil entrait sur la baie comme par une fenêtre, jouant sur les arbres et les toits pour projeter de grandes ombres sur les pavés. Camille admira un brick[2] qui glissait au-delà de la pointe du Couronneau puis se dirigea vers le marché, se faufilant entre les petits attroupements d'acheteurs.

Elle s'approcha d'un présentoir en rotin, à l'angle de la rue, et salua la Grande Margot qui préparait des sachets de feuilles et de fleurs séchées pour décoctions et tisanes. Camille l'aimait bien car elle avait son franc parler et se montrait très

1. Lettre du 14 novembre 1714 sur le refus de développer le port de La Flotte (voir Dr Kemmerer, *Histoire de l'île de Ré*).
2. Gréement à voiles à deux mâts, rapide et maniable, très répandu au XVIIIe siècle.

indépendante. On ne lui connaissait ni mari, ni amant ce qui faisait un peu jaser à la sortie de la messe.

L'adolescente déplia un bout de papier où elle avait noté les prescriptions d'Amélie, qui ne savait pas écrire mais possédait de grandes connaissances sur les plantes et les médecines de la nature. Elle lui avait conseillé d'acheter du chardon-Marie et de la camomille, pour apaiser ses douleurs menstruelles. Camille n'avait pas tout compris dans les remarques évasives de sa belle-mère et de la vieille servante, sinon qu'elle avait irrémédiablement quitté l'enfance. Sans doute aurait-elle dû se sentir mélancolique, mais ce changement répondait aussi à son désir de voir les choses bouger, enfin.

— Te voilà devenue grande, Camille, si je comprends bien ! dit Margot en préparant les sachets demandés. Ma pauvre : c'est le début des ennuis ! À toi le lit bassiné[1] et les linges à bouillir ! Et fini de courir dans le bois des Garennes avec ta bande de garçons, finit-elle en riant.

— Pourquoi ça ?

Margot en resta bouche bée. Ce n'était certes pas à l'école paroissiale, où l'enseignement religieux primait, que le sujet pouvait être abordé. Et les familles s'en tenaient à la perception impure voire maléfique, héritage ancestral de la société patriarcale. Mais le milieu de Camille était instruit et Margot s'étonna de la candeur de la jeune fille.

— Eh bien, désormais, tu peux porter un enfant, Camille, et comme il y a peu de chance que le

1. Passer une bassinoire en cuivre remplie de braises pour réchauffer les draps.

Saint-Esprit te visite, il faut te méfier de la fréquentation des garçons, surtout avec ton joli minois. C'est par là que ça arrive, finit-elle avec un clin d'œil en montrant son bas-ventre. Tu comprends ?

— Mais je ne suis pas encore mariée.

— Ces choses là n'attendent pas toujours le mariage, répondit Margot en riant mais sans se moquer. Pas toujours. Et je te souhaite de ne pas te marier trop vite !

Elle lui tendit les plantes et lui offrit en plus quelques brins d'aneth.

— Tu verras : non seulement cela sent bon, mais c'est efficace !

Camille reprit sa balade, humant l'odeur subtile et anisée des tiges feuillues, tout en saluant les visages connus. Elle savait que certains baissaient le regard ou médisaient à son passage, mais elle n'en avait cure. Sa relation connue avec Mme de Tencin, que les Rétais détestaient pour ses manigances et la façon dont elle avait acquis la baronnie, lui portait préjudice. Camille n'y comprenait pas grand-chose mais, de fait, Claudine-Alexandrine était haïe de tous. À cela s'ajoutait sa classe sociale car son père, bien que respecté dans l'île, exerçait la profession mal aimée de meunier : on les pensait malhonnêtes, cherchant toujours à extorquer quelques marcs[1] de farine par-ci et par-là. Antoine dérogeait à cette réputation par ses qualités humaines reconnues, mais cela ne suffisait pas à renverser les idées reçues dans

1. Ancienne unité de masse, équivalant à 489,5 grammes, soit environ 1/2 livre.

les esprits simples car, dans le même temps, son concurrent direct Joseph Fournier faisait un point d'honneur, pour le peu qu'il en avait, à conforter cette médiocre renommée.

— Bonjour, Camille ! fit la voix du père Jean-Baptiste.

Le prêtre se tenait devant elle, dans sa soutane noire serrée au col, bordé d'un rabat blanc. Il avait le regard franc et bienveillant. Dans un réflexe qui la surprit, Camille cacha les sachets médicinaux dans ses jupes comme un secret inavouable, se maudit intérieurement de ce manque de naturel qui lui ressemblait si peu, puis reprit contenance.

— Oh ! Je suis ravie de vous voir, mon Père, car je m'en veux encore de mon inconséquence, dans l'église l'autre soir.

Jean-Baptiste sourit de l'entendre s'exprimer ainsi, comme une princesse égarée au milieu du menu peuple. Cette gamine avait le don d'amadouer n'importe quel cœur de pierre. Il l'avait vue déambuler entre les étals, à la fois rêveuse et attentive, bien forcé de reconnaître qu'elle avait beaucoup changé ces derniers mois. Elle était plutôt grande pour une fille de son âge et montrait déjà une grâce dans ses mouvements qui ferait tourner bien des têtes. Ses cheveux souples, tressées à la va-vite, laissaient s'échapper des mèches rebelles qui formaient comme un écrin autour de son visage doré. Elle portait des vêtements simples, un peu étroits désormais, qui marquaient sa taille et sa poitrine naissante. Jean-Baptiste y voyait la beauté créée par Dieu mais aussi les pièges tendus aux faibles volontés.

Il n'avait pas oublié, alors qu'il arrivait juste à l'île de Ré ignorant de tout, ce serment fait à sa mère, Sophie Lemonnier, agonisant des suites d'une fièvre puerpérale. Il n'avait pas oublié ses mots et la douleur qu'ils recouvraient : « Protégez mes enfants, mon Père ! Protégez ma Camille, pour qu'elle ne porte pas le poids de mon pêché. » Il revoyait souvent ses yeux implorants, à la teinte si particulière, qu'il retrouvait chez l'adolescente.

— Ce n'est rien, jeune fille ! répondit-il. Chaque inconséquence porte son lot d'expériences pour un esprit bien fait. Et tu n'es pas en reste de ce coté là. Ton père est-il rentré ? Je voulais l'entretenir d'une affaire. Mais cela peut attendre.

— Il est à La Rochelle et rentre cet après midi, me semble-t-il. Je crois qu'il accoste au port La Prée. Je lui dirai de passer vous voir.

— Je t'en sais gré. As-tu vu ta bienfaitrice, notre bien-aimée baronne ?

— Oui, j'ai passé un long moment avec elle, hier, à Saint-Martin. Mais vous ne devriez pas faire tant d'ironie, releva tristement Camille. C'est une femme brillante qui porte bien des malheurs.

— Sans doute, comme chacun d'entre nous. Mais elle a elle-même posé les pierres coupantes de son chemin, et ne connaît pas le sens du repentir, ajouta-t-il amer alors qu'ils s'éloignaient lentement du marché, en remontant vers l'église.

— Où est passée votre miséricorde, mon Père ?

Elle hésita un instant puis se lança :

— Elle m'a proposé de l'accompagner quelques mois à Paris.

Il y eut un silence pesant. Jean-Baptiste continua à marcher, frottant ses longues mains blanches l'une contre l'autre puis les portant à ses tempes. Il toussota avant de reprendre :

— Voilà une offre surprenante. En as-tu parlé avec ton père ?

— Pas encore. Vous êtes le premier à qui je me confie.

— Je t'en remercie, mais je ne peux faire preuve de naïveté, continua-t-il en plissant les yeux comme un chat. Si tu m'en parles, sachant à l'avance ma position, c'est que tu souhaites entendre ce qui pourrait t'en dissuader. Non ?

— Sans doute.

— Et toi, qu'en penses-tu ?

Voilà ce qu'elle appréciait chez lui : il accordait de l'importance à son ressenti et à son avis, dans une accointance intellectuelle qui lui manquait souvent avec d'autres interlocuteurs. Bien sûr qu'il ne cautionnerait pas ce départ, mais il essaierait peut-être de comprendre.

— Je crois que c'est une chance qui n'est pas donnée à tout le monde, comme si cela confirmait une intuition de toujours, que j'aurais une vie différente, un peu à part. Et si c'était ma chance ?

— Mais cette vie différente, à quel prix souhaites-tu la mener ? Je sais que tu ne supportes pas certaines règles, certains obstacles édifiés par ceux qui nous ont précédés, mais tu es si jeune et si naïve encore. Et vulnérable.

— Vous me trouvez orgueilleuse ?

— Le fait même que tu le demandes me prouve ta bonne foi. Mais tu n'as pas conscience du danger, et de ce que tu as à perdre.

— Mme de Tencin me protégera. Elle va m'aider aussi pour mon apprentissage. Et ce n'est que pour quelques mois.

— Je vois que tu as plus ou moins déjà décidé, dit-il gravement.

— Non, pas encore mais c'est tellement enivrant.

— Oui, le mot est bien choisi, je trouve. Avec tout ce qu'il véhicule. Voyons ce qu'en dira ton père. Mais laisse moi t'avertir que la baronne ne te protégera pas, qu'elle le veuille ou non d'ailleurs. Elle va t'exhiber comme le dernier petit singe à la mode, la fille de Ré qui découvre le monde civilisé. C'est très en vogue dans les salons parisiens. Tu vas amener la fraîcheur qui l'a fuie et concentrer les sujets de conversation de ces beaux messieurs.

— Vous êtes bien trop sévère ! répondit-elle outrée.

— Excuse-moi, Camille, je prends des libertés quand je converse avec toi. Je souhaite juste te mettre en garde.

— Vous ne lui pardonnez rien, parce que c'est une femme ! lança-t-elle brusquement, le menton en l'air. Et parce qu'on vous a enseigné la méfiance de ce sexe.

Le prêtre se figea un instant, fixant l'adolescente dont les yeux brillaient de colère, puis éclata d'un rire franc. Camille en fut terriblement vexée et s'arrêta net, cherchant à comprendre.

— Crois-tu que je serais là, à perdre mon temps avec une gamine insolente, si je méprisais, comme tu m'en accuses, la moitié de l'Humanité ? Tu me prêtes de noirs desseins ! continua-t-il plus sérieusement. Et tu me reproches de céder aux idées reçues alors que tu t'en repais toi-même, jeune écervelée. Parce que je suis prêtre, je ne considérerais pas les femmes ? Allons, Camille, ne te laisse pas influencer : je crois entendre la baronne parler à travers toi. Les choses ne sont jamais si simples.

Camille allait répliquer, piquée de la condescendance amusée du prêtre, mais elle en fut empêchée par l'intervention cavalière de Joseph Fournier. Le père de Gaspard dressait sa petite taille, tel un roquet, sur le parvis de Sainte-Catherine, accompagné de deux hommes aussi trapus que lui, qu'elle ne connaissait pas.

— Bonjour, monsieur le curé ! salua-t-il, ignorant ostensiblement Camille. Je vous attendais.

— Bonjour Joseph. Nous devions nous voir ?

— Non, mais en fait, je préfér'rais vous parler en privé, dit-il en faisant un signe de tête peu discret vers Camille. C'est comme on dit une affaire d'hommes !

— Bien. C'est justement un sujet que nous abordions avec la jeune Camille, répondit le prêtre dans un sourire entendu.

— Et ça peut pas lui faire de mal, à c'tte dévergondée ! Elle court après mon garçon qu'a même plus l'goût à manger. Elle me l'a encore tourmenté hier au soir. Il est rentré à pas d'heure, avec une humeur de chien.

— Gaspard ? demanda Jean-Baptiste, sachant bien que le jeune homme donnerait une toute autre version des faits. Envoyez-le moi à l'occasion, nous en parlerons.

— Déjà que son père me fait la misère avec ses moulins, accusa-t-il en regardant Camille d'un air mauvais. Paraît qu'il est sur le point d'en acquérir un. C'est pas honnête tout ça, j'vous le dis ! Dieu en est témoin.

— Oui, Joseph, Dieu est témoin de tout.

— Merci, m'sieur le curé, acquiesça-t-il, ne relevant pas le double sens possible des mots du prêtre. Je vous suis ?

— Je vous en prie, invita-t-il en montrant la porte du presbytère. Et toi Camille, tiens-moi informé.

De retour chez elle, la jeune fille fit bouillir de l'eau pour infuser les plantes qu'elle avait achetées, autant pour soulager son mal de ventre que pour calmer ses nerfs. Ce Joseph Fournier ne se contentait pas de son idiotie mais cherchait constamment à médire et à nuire. Elle le détestait ! Comment avait-il pu engendrer un fils comme Gaspard, dont elle reconnaissait la douceur et l'ouverture d'esprit ?

L'arôme de la tisane lui amena immédiatement une sensation de bien être, car le mélange était étonnant, en particulier le parfum de l'aneth qui l'emportait. Elle pensait en avoir vu grimper dans le bois de Gazillot, ou peut-être un peu plus loin sur le chemin du Paradis, au-delà de la petite crique. Elle projeta d'en trouver dans les jours à venir, puis se souvint qu'elle avait désormais d'autres projets. L'idée que les journées ne seraient plus ponctuées par la mer, le soleil, le grain moulu ou les herbes odorantes la heurta de plein fouet. Dans quelle mesure pourrait-elle cuisiner à Paris ? Mme de Tencin mettrait-elle à sa disposition des ustensiles et du matériel ? Elle s'aperçut qu'il n'en avait pas été question, et que le séjour dans la capitale se plaçait plutôt sous le signe d'un tout autre apprentissage. Peut-être devrait-elle poser quelques conditions.

Elle se dirigea vers le « panier à trésors » comme elle l'appelait désormais, et fit l'inventaire de ce qu'il contenait : la baronne avait choisi en toute conscience des ingrédients peu accessibles dans l'île, des choses qui amenaient l'envie du voyage et de la découverte, ouvrant une écoutille, mais vers quoi ? Le ciel ou les bas-fonds ? Camille écarta les sachets et les fioles, et trouva un petit objet ovale prolongée d'une tige ouvragée qu'elle n'avait pas vu jusque là, car il était protégé d'un linge épais. Un miroir ! L'adolescente n'en avait jamais encore tenu dans ses mains. Elle le retourna plusieurs fois et s'approcha de la fenêtre pour s'observer un instant : elle tourna la tête à gauche, à droite, chercha son reflet de profil. Elle sourit, découvrant ses dents blanches et bien alignées, qu'Amélie tenait pour un don de Dieu, fronça le nez, loucha. Elle se trouva jolie, le tain métallique du miroir ajoutant une impression irréelle à ses pommettes bien dessinées et ses yeux en amande.

— Tu es très belle, ma fille !

Antoine se tenait dans l'embrasure de la porte. Camille courut l'embrasser et le libéra d'un grand sac de toile qu'il avait ramené. Il lui sembla soucieux, mais décidé à le cacher.

— Dans la lumière tamisée, j'ai cru voir ta mère. Tu lui ressembles de plus en plus. À ton âge, elle courait la lande comme toi. J'entends encore son rire parfois, quand je passe dans certaines ruelles de Saint-Martin.

Camille fut surprise d'entendre son père faire des confidences sentimentales, et terriblement émue. Il ne parlait jamais de Sophie, si bien que la jeune fille se raccrochait au peu de souvenirs qui lui en restaient. Elle tenta de forcer l'avantage d'un air détaché :

— Tu ne m'as jamais dit comment vous vous étiez rencontrés.

— Non, c'est vrai.

Et après un temps :

— Il faut mettre au frais les victuailles, changea-t-il de sujet. J'ai acheté deux gros mulets à la criée. Peux-tu lever les filets et les saler ? Tu garderas les restes pour un bouillon ce soir ? Il doit y avoir quelques légumes au chais.

Face au silence qui lui répondit, il baissa les yeux vers le visage de Camille. De fines larmes roulaient sur ses joues, jusqu'au tremblement enfantin de ses lèvres qu'elle pinçait pour ne pas crier. Il sut que le moment était venu.

Bouillon anisé

— Ta mère était lumineuse, comme toi, commença Antoine, et comme toi, elle avait perdu sa mère jeune. La pauvre femme, qui était magayante[1], n'est pas revenue un soir de la récolte nocturne. C'était en mars 1725, je crois. Son corps a été retrouvé sur une plage, plus à l'ouest. Sophie avait neuf ans. Elle est restée vivre à Saint-Martin, élevée par sa grand-mère dans sa famille maternelle. Je l'ai rencontrée un peu plus tard. Comme elle aidait au travail des champs et de la vigne, nous nous croisions à l'occasion et, à peine plus âgé qu'elle, j'étais déjà sous son charme. Elle était virevoltante, comme si les malheurs de nos vies éprouvantes n'avaient pas prise sur elle.

Camille écoutait, fascinée par cette veillée avant l'heure où, pour la première fois, elle appartenait à l'histoire. Sa mère prenait corps peu à peu, sous un jour nouveau : une jeune fille pleine de vie, joyeuse

1. Pêcheuse à pied, qui ramassait le varech pour fertiliser les sols cultivés, souvent le soir. Cette technique était répandue depuis le Moyen Âge sur les îles de Ré et d'Oléron.

et volontaire. Tout en parlant, Antoine retournait les filets de poisson dans le sel, libérant une odeur marine et piquante qui, loin de heurter l'odorat développé de Camille, offrait une perception olfactive propre à nourrir le récit. De son côté, la jeune fille avait gardé les parures pour les faire bouillir, et préparait son assaisonnement sur le haut billot de chêne de l'office.

— Vous vous êtes mariés tôt ? relança-t-elle, en hachant menu des herbes aromatiques.

— Non, ta mère avait dix-sept ans, et moi vingt-quatre. C'est relativement tard. Regarde la petite Lise qui vient de se marier alors qu'elle a ton âge. Et mon frère qui a épousé Jeannette à quinze ans. Mais ce sont des mariages arrangés par les parents, il est vrai.

— Pas pour vous ?

Antoine prit le temps pour répondre et alla déboucher une bouteille sombre, soigneusement cachée derrière une étagère de vaisselle et pots divers. La vente de fenouillette[1] était interdite mais il se fournissait sans problème auprès de l'un de ses clients, fidèle à la réputation des Rétais qui n'étaient pas toujours disciplinés pour le moins qu'on puisse en dire.

— Non, pas pour nous. Mes parents n'étaient pas favorables à ce mariage. Ta mère avait une

1. Alcool anisé dont la fabrication dans l'île de Ré était importante au XVIIe siècle mais fut interdite par décret royal vers 1704 pour mettre de l'ordre dans la confrérie des limonadiers (dont dépendaient les distillateurs de liqueur). Seuls quelques privilégiés eurent le droit de continuer à exploiter la recette.

histoire familiale compliquée. Son père ne l'avait pas reconnue mais il se disait en ville que c'était le sieur de Beaulieu, l'ancien sénéchal chargé de faire régner l'ordre civil. Elle vivait convenablement, mais se trouvait sans dot si bien que, malgré sa beauté et son intelligence, elle faisait un mauvais parti. Et chose plus importante, ajouta-t-il en riant, elle n'était pas aussi sensible à mes charmes que je ne l'étais aux siens.

— Tu veux dire qu'elle ne t'aimait pas ? questionna Camille que cette information angoissait brusquement. Ce n'est pas possible, je vous ai toujours vus unis et...

— L'amour et la tendresse mettent parfois du temps à s'installer, ma chérie. J'ai été patient, voilà tout.

Il attrapa deux petits verres à liqueur et servit l'alcool jaune et sirupeux, dont le parfum se répandait très vite. Camille, qui avait l'habitude de boire du vin coupé d'eau, ne se fit pas prier et mouilla ses lèvres avec gourmandise. C'était fort et entêtant, rappelant l'aneth que lui avait donné la Grande Margot, avec cette amertume sucrée propre à l'alcool. Une idée de recette germait déjà dans son esprit, avide de toutes les nouveautés.

— Après ses quinze ans, reprit Antoine, ta mère est partie quelque temps à Paris en tant que domestique, dans une famille bourgeoise qui s'élevait dans l'échelle sociale. Le chef de famille était maître vitrier, me semble-t-il. Tout le monde a pensé que c'était le sénéchal Beaulieu qui lui avait trouvé la place. Elle y est restée près d'un an mais je l'ai attendue.

Camille découvrait cette histoire avec étonnement. Sa mère était allée à Paris ? Elle n'en avait jamais entendu parler auparavant. Elle laissa Antoine, qui avait fini son verre et s'en servait un deuxième généreusement, poursuivre ses confidences.

— Oui, je l'ai attendue, et elle est revenue. Quand elle est rentrée, elle était différente. Son expérience parisienne avait été difficile. Les mentalités sont dures là-bas et elle y a été malheureuse et déçue. Mais elle avait réussi à réunir une petite somme, qui a fait office de dot.

— Tes parents ont accepté ?

— C'étaient de bonnes gens, paix à leur âme ! Ils avaient cherché à me marier à tout ce qui portait jupon alentour mais m'avaient vu si malheureux. À près de vingt-cinq ans, j'avais mon mot à dire ! Ce qui simplifiait les choses, c'est que, chez nous, il n'y avait pas d'enjeu de blason ou d'héritage, comme chez les gens de la haute, finit-il en riant à moitié. Mais il fallait une dot.

Il avait les yeux brillants, en partie à cause de l'alcool, mais Camille savait bien qu'il était ému. Assis sur un tabouret, le dos affaissé, il semblait désormais plongé dans ses pensées. Lui laissant un peu de répit, la jeune fille s'occupa du bouillon qu'elle avait mis sur le feu dans un gros pot suspendu à la crémaillère, d'où sortait déjà un fumet prometteur. Elle avait eu l'idée d'ajouter à son bouquet aromatique cinq brins d'aneth et un petit verre de Fenouillette. Son père coupa quelques panais et une carotte des sables, auxquels Camille ajouta encore des feuilles de choux en lamelles. Les parures de mulet furent tamisées pour en extraire le goût concentré, et le tout bouillonnait lentement, emplissant la pièce d'une vapeur anisée. Camille se décida :

— J'ai fait ma visite à la baronne hier. Elle m'a offert des ingrédients pour mes préparations, des livres et du parfum. Et elle m'a proposé...

— Je sais ce qu'elle t'a proposé Camille, coupa-t-il en se redressant. Elle m'en a informé par lettre il y a déjà quelques semaines, en me faisant promettre de ne pas t'en parler avant, par peur que je t'influence, sans doute.

— Tu es contre ? demanda-t-elle angoissée.

— Je ne suis pas contre, comme tu dis. Mais il y a des choses que tu dois savoir, avant de décider.

— Je t'écoute.

Elle avait entrepris de préparer une sorte de pâte à pain parsemée d'herbes, qui accompagnerait le bouillon sous forme de galettes. Antoine la regardait avec affection manipuler la farine d'orge qu'elle avait choisie, goûter du bout des doigts et rectifier l'assaisonnement. Il prit une profonde respiration et commença :

— La baronne te porte un intérêt marqué, je ne peux le nier. Depuis qu'elle s'est mis en tête d'être ta bienfaitrice, pour des raisons qui la regardent, j'ai reçu de courtes missives assez régulièrement, ainsi que des colis que je réceptionnais à La Rochelle : les livres, les jeux, certains ustensiles de cuisine que tu utilises. Le mois dernier, sa lettre était plus longue et mentionnait ce séjour à Paris que tu pourrais faire.

— Oui, elle m'a dit tout cela, répondit machinalement Camille, en pétrissant sa préparation.

— Mais il n'y avait pas que ça. Elle m'a également offert une grosse somme pour que j'accepte de te laisser partir, en précisant qu'elle subviendrait elle-même à ta pension et tes dépenses, pour les six mois de ton séjour.

— Combien ? demanda Camille qui n'en revenait pas.

— Trente écus.

— Trente écus ? C'est une offre énorme !

— Qui s'accompagnera d'une lettre de recommandation, pour acquérir un des moulins de Bellevue et se libérer du fermage.

Camille prit le temps de réfléchir. Elle tapota sa pâte, la recouvrit d'un linge puis s'essuya les mains.

— Je n'ai pas le choix alors, dit-elle calmement, sur un ton qui se voulait léger.

— Si ! Tu as le choix ! Nous en avons parlé avec Marie-Anne, et j'y ai longuement réfléchi. Nous ne ferons pas peser sur tes épaules cette décision et pourtant, j'ai pris le risque, ce soir, de t'en parler. Te le cacher me paraissait malhonnête. Je veux exorciser cette idée, et ne pas ressentir d'aigreur si nous n'achetons pas le moulin. Nous avons fait sans toutes ces années, et nous ne sommes pas malheureux.

— Mais tu as fait des démarches en ce sens, à La Rochelle ?

— C'était mon intention, avoua-t-il, admirant la rapidité de réaction de sa fille. J'ai cherché conseil auprès d'un homme de loi. Je me cachais derrière l'idée que ce voyage à la capitale répondrait à tes vœux une fois qu'elle t'en aurait parlé, puisque ton apprentissage ici paraît limité.

— Mais ? demanda Camille attendant le contre-argument qui ne tarderait pas à venir.

— Mais le souvenir de ta mère ne me quitte pas. Je sais que son expérience parisienne a été traumatisante. Ces gens ne sont pas comme nous : ils s'ennuient et inventent toutes sortes de perversions morales et intellectuelles pour combler leur oisiveté. Mme de Tencin, si je ne mets pas en doute son affection pour toi, fait partie de ce monde. Pas toi. Et je ne suis pas sûr que tu puisses t'en protéger.

Camille pesait les révélations sur sa mère et sur l'offre de la baronne. Ces deux femmes, qui comptaient tant pour elle, semblaient dessiner deux voies qui s'éloignaient l'une de l'autre : une vie dans l'île, simple mais heureuse, nourrie par les bienfaits de la nature, ou une aventure parisienne, peut-être risquée mais stimulante. Elle se rendit compte que l'offre d'achat du moulin, de manière égoïste, n'avait que peu d'incidences dans sa réflexion, et s'en voulut immédiatement : c'était une chance unique pour sa famille, et surtout pour ses frères et l'enfant à naître. En fait, sans être décisif, cela ne fit que la conforter un peu plus. Car elle avait déjà décidé, bien avant l'aveu d'Antoine qui lui avait coûté tant de nuits blanches.

— Je veux aller à Paris.

Et devant la mine indéchiffrable de son père, elle précisa :

— Ne te sens pas coupable pour cette histoire de moulin. Cela n'a fait qu'appuyer mon envie. Mon choix aurait été identique sans cette offre.

— Je vois.

— Mais peut-être que toi, tu ne m'aurais pas laissée partir ? ajouta-t-elle en le taquinant.

Antoine sourit tristement, à la fois fier de sa fille et terriblement inquiet pour la suite. Il avait fait le choix depuis longtemps d'une éducation stricte pour ses enfants, mais attentive à leurs aspirations. Camille l'y avait bien aidé, avec son caractère indépendant et parfois fantasque.

Il la regarda prélever des boules de pâte, qu'elle aplatit avec dextérité en saupoudrant de la farine sur son plan de travail. En un tour de main, une dizaine de galettes furent formées et badigeonnées d'huile parfumée.

— Je vais les faire cuire contre la paroi du four pour qu'elles restent croustillantes, et on les trempera dans le bouillon ce soir.

Antoine s'approcha et, levant le bras, caressa la joue enfarinée de Camille.

— Je n'aurai qu'une demande, ma chérie, que je n'ai pas encore faite à la baronne, mais qui ne devrait par remettre en cause notre arrangement. Je ne souhaite pas que tu partes la semaine prochaine, comme elle l'a demandé. Cela vient trop vite. Et la saison des vendanges va démarrer. Nous aurons besoin de bras ici quand les vendangeurs vont arriver par bateaux. Nous nous organiserons pour le voyage plutôt à l'automne. J'ai des connaissances à La Rochelle, qui font le trajet tous les deux mois en hiver et...

— Ça me va ! Ma seule réserve était de vous quitter si vite, répondit Camille en enlaçant son père. C'est entendu : je partirai après la fête des vendanges.

Le grain et l'ivraie

Le vent d'octobre jouait doucement dans les ailes du moulin dont la calotte, bien orientée, offrait une prise idéale. Depuis la veille, Antoine Lemonnier avait légèrement modifié l'aiguillage et la vrille des montants afin d'offrir au Noroît, ce vent frais venant de la côte vendéenne, une plus grande surface de toile. Le mouvement, en sens inverse des aiguilles d'une montre, projetait par intermittences régulières dans le ciel lumineux les quatre grandes ailes, comme si le temps s'écoulait à rebours.

La famille, aidée de ses journaliers, travaillait d'arrache-pied depuis plusieurs jours pour mieux exploiter les caprices du vent. L'arrivée à l'île de Ré de nombreux vendangeurs saisonniers demandait un approvisionnement décuplé en farine, mais ce n'était pas chose facile d'alimenter les réserves car la production de blé de cette année 1747 avait été calamiteuse. Et les farines du continent arrivaient peu sur le territoire insulaire, puisque priorité était donnée au ravitaillement des navires pratiquant le commerce avec les Antilles. Il fallait donc travailler doublement pour l'approvisionnement, mais aussi pour acquitter les taxes qui n'attendaient pas le bon vouloir du ciel. Antoine, gestionnaire efficace, organisait les réserves et les ventes afin de garder une autonomie vitale pour sa famille. *La Misaine*[1], comme on avait baptisé le moulin du nom d'une voile de navire, fendait les airs, fidèle à son capitaine et son équipage.

Camille, allongée sur un îlot de mousse au milieu de la terre sablonneuse, se laissait bercer par le bruit sourd des meules qui, l'une contre l'autre, broyaient inexorablement le blé. Elle imaginait le ciel et ses divins habitants, penchés sur ces minuscules mortels affairés au gré des saisons. Assise sur un nuage, la déesse Mola[2] semblait regarder ce petit monde d'en haut, disséminant tout autour une légère poussière de grains.

Cela faisait plus d'un mois que Mme de Tencin avait quitté l'île pour n'y plus revenir. Elle avait accepté de recevoir Camille à Paris un peu plus tard dans la saison, trouvant même dans ce voyage différé un avantage commercial sur lequel elle ne s'était pas étendue. Il était donc convenu que la jeune fille prendrait la route à la fin du mois, escortée à partir de La Rochelle par un ami de la

1. Grande voile basse à l'avant des bateaux à voile (deux-mâts).

2. Mola vient du latin *mola*, « meule ». Dans la mythologie, la déesse Mola patronnait l'action des meules pour obtenir la farine. La *mola salsa* (« farine salée ») était d'ailleurs préparée par les vestales (prêtresses gardiennes du feu sacré de la ville) et versée sur le front des animaux avant leur sacrifice.

baronne. Cela avait permis à Camille de travailler aux moulins, mais aussi d'aider aux vendanges avec ses frères et de marchander ainsi quelques tonnelets de trousseau gris[1] pour la consommation familiale.

Elle avait les mains et le dos douloureux, d'autant plus qu'elle avait continué à pêcher dès que le temps le permettait. Cette vie au grand air lui laissait le teint hâlé, éclaircissant un peu plus la masse de ses cheveux, naturellement châtain clair. Elle aurait bien du mal, quand elle serait à Paris, à cacher sa bonne mine sous des fards et imiter ainsi la baronne, qui portait toujours des chapeaux ou des voiles pour garder un teint d'albâtre. Camille se releva, secoua la tête pour faire tomber les brins d'herbe qui s'y étaient nichés, lissa sa jupe et interpella son père, juché sur une charrette où s'entassaient les sacs de farine de la journée.

— Je vais rentrer pour me préparer ! Est-ce que tu as encore besoin de moi ?

— Je veux bien que tu passes voir Marie-Anne pour noter la production sur l'ardoise. Demande-lui si la mouture est restée fine, ou s'il faut que je passe vérifier la meule supérieure. Vu la cadence, ça va commencer à moudre gras, et on va récupérer du gros sable, plutôt que de la fleur de farine. Et renvoie moi Lazare avec les informations !

Camille fit un signe de main et se dirigea vers *La Brigantine*[2], deuxième moulin de Bellevue que

---

1. Le trousseau gris ou chauché est un cépage blanc très cultivé en Charentes.

2. Grande voile basse à l'arrière des bateaux à voile (mât d'artimon).

son père exploitait. C'était son moulin préféré car il était plus petit, mais robuste et volontaire. Antoine Lemonnier avait acquis cette charge de meunier de père en fils, payant les droits au seigneur de Ré, mais profitant d'un système féodal qui s'assouplissait un peu devant les revendications des corporations d'une part, et l'organisation bien particulière d'une société insulaire d'autre part.

Marie-Anne et Jean comptabilisaient les setiers[1] produits par *La Brigantine*, pendant que Lazare et Paul attelaient le deuxième chariot. La journée avait été fatigante mais efficace, comme le prouvait l'amoncellement des sacs qui iraient à la vente. La plus grande partie de production de *La Misaine* paierait le fermage et les différentes charges de la famille.

Une fois sa mission accomplie, Camille prit le chemin du retour. Les moulins étaient un peu excentrés du village pour éviter tout risque d'incendie, mais elle aimait la marche et en profita pour s'imprégner du paysage de son île qu'elle allait quitter prochainement. La végétation se préparait à l'hiver et une odeur de terre humide, nourrie par les fougères et les feuilles en décomposition, emplissait déjà l'air. À cette heure, la mer, apparaissant au loin entre les branches, épousait encore les teintes du ciel avant qu'il ne rosisse légèrement. Il y avait une sorte de plénitude à l'idée d'appartenir à cette harmonie qui émouvait Camille aux larmes. Elle savait cependant que ce n'était pas la seule raison de sa sensibilité exacerbée.

1. Ancienne mesure de capacité qui vient du latin *sextarius*, qui veut dire « sixième partie ».

Depuis plusieurs semaines en effet, elle n'avait plus aucune nouvelle de Gaspard. Inconsciemment, elle avait toujours cru qu'il lui passerait tous ses caprices et, elle en convenait aisément, en abusait parfois. Mais l'annonce du départ vers la capitale avait été un moment particulièrement douloureux. Camille l'avait proclamé joyeusement avant de disserter sur la vie parisienne, avec une légèreté qui figea peu à peu le visage du jeune homme en un masque de cire. Il n'avait pas parlé, mais dans ses yeux, elle avait lu une profonde tristesse, vite balayée par une rage silencieuse. Tous les reproches qui lui venaient sans doute aux lèvres, il les avait contenus, en serrant les dents. Elle avait tenté de saisir sa main, mais il l'avait retirée avec violence puis il était parti.

Depuis, personne ne l'avait plus vu à La Flotte, alors qu'il y venait régulièrement auparavant. Le père Jean-Baptiste avait juste pu rassurer Camille sur la présence de Gaspard aux offices de Sainte-Marie, le village voisin où habitaient les Fournier.

En rentrant chez elle, la jeune fille sentit dans les ruelles l'effervescence naissante : la fête des vendanges se préparait. Des charrettes commençaient à transporter des bancs de bois vers l'est de la commune, où un champ servirait de salle de bal face à la mer. Des échoppes nomades s'étaient montées dans la journée, avec l'aide des journaliers qui avaient terminé leur mission : ramasser et presser les millions de grappes mûres qui seraient vinifiées rapidement. Plus de trente mille tonneaux étaient ainsi consacrés à la consommation des habitants et à l'exportation vers les pays du Nord. L'île de Ré entrait en effet sous le régime spécial de « province étrangère », ce qui obligeait à payer paradoxalement plus de droits pour vendre aux Rochelais qu'aux Hollandais. Les tonneaux prenaient donc la mer depuis le port de Saint-Martin ou le Port-aux-Vins du village du Bois, sur la côte sud.

Chez elle, Camille retrouva Amélie qui préparait les habits de fête de la famille. Elle avait empesé les coiffes de dentelles et les tabliers de cotonnine. On avait fait confectionner une jupe neuve en flanelle sombre en prévision du voyage, ainsi qu'un bustier assorti, qui viendrait couvrir la chemise en lin de tous les jours. Une sorte de châle brodé à croiser sur la poitrine pourrait soustraire les rondeurs indécentes aux regards appuyés.

Amélie était pressée que Camille enfile sa tenue, car elle ne la voyait jamais dans des atours féminins, et rêvait de faire de sa « sauvageonne » une jeune fille comme il faut. Mais l'adolescente avait d'autres projets en tête : on lui avait confié un étal pour quelques heures, où elle pourrait vendre ses créations culinaires. Elle avait préparé ses pâtes à l'aube et rentrait plus tôt pour finir les préparations et les cuissons. Comme le four familial ne suffirait pas, elle avait réservé une cuisson au four banal en fin de braise, et ne devait pas trop traîner car les places étaient chères. Les Rétaises y faisaient la queue pour cuire leur pain, et en profitaient pour colporter toutes les nouvelles du village avec plus ou moins de médisance.

Quand elle arriva au four, Camille reconnut un groupe de magayantes, épouses de pêcheurs flottais, et des servantes œuvrant pour des paysannes plus aisées. Près du bâtiment rectangulaire, percé d'une arche en pierre en encorbellement pour enfourner, une troupe de jeunes filles d'à peu près son âge la dévisageait sans vergogne. Parmi elles, Blandine, la fille d'un tonnelier local, montrait ouvertement son mépris, gâchant par ce méchant rictus le visage qu'elle avait pourtant joli. Elle était depuis toujours amoureuse de Gaspard et ne supportait pas son indifférence, tenant Camille pour seule responsable.

Chaque femme avait apporté sa boule de pain crue, marquée afin de la reconnaître après cuisson, et une bûche de bois pour nourrir les braises. Cela parlait haut et fort, l'excitation de la fête des vendanges ajoutant encore au tumulte habituel.

— Tu nous amènes quoi, là, Camille ? demanda la Grande Margot derrière elle, en montrant du doigt la brouette que poussait la jeune fille.

— Ce sont des grilles de pâtisseries pour la fête de ce soir. J'ai autorisation d'en vendre sur le marché nocturne.

— Tu as « autorisation » ? lança ironiquement la jeune Blandine, prenant les autres à parti. C'est incroyable le nombre de passe-droits que vous avez dans la famille Lemonnier !

— Et tu vas doubler tout le monde, peut-être ? reprit une servante dont le visage avait été marqué par la vérole. Et faire cuire tes croûtes sans payer ?

— Pas du tout, répondit calmement Camille habituée à la jalousie de Blandine et de sa troupe, je vais attendre la fin des cuissons pour que la température baisse, et je paierai le boulanger comme vous toutes.

— Tu paieras ? Et avec quel argent ? continua la servante, particulièrement remontée. Celui de la Tencin ? Celui qu'elle nous vole pour payer ses mignons parisiens ?

Camille ne comprenait pas cet élan de haine qui semblait éclater d'un coup, comme contenu trop longtemps. Les tensions avec certaines jeunes filles du village étaient réelles, mais elle s'étaient jusque là limitées à une animosité latente, dont les manifestations restaient supportables.

— Arrêtez ! s'interposa Geneviève, la veuve d'un tisserand. Et toi, Blandine, que ton père règle ses comptes avec Antoine Lemonnier s'il lui en dit, mais tiens ta langue de vipère quand tu viens au four !

— Blandine a raison, contra une petite bonne femme dont les joues rouges semblaient remplies de nourriture. Moi aussi, j'va aller secouer mes fesses d'vant les aristo, et j'me paierai un four pour faire mes p'tits gâteaux dans ma chaumière !

— Si tu commences à balancer ton cul de jument, ricana Margot, préviens nous avant, qu'on se mette à l'abri !

— Toi, le sac d'os avec de fcusses de guerlets[1], j'va te...

— Arrêtez donc d'vous garocher à la goule[2], intervint le boulanger, habitué à ces débordements, qui se calmaient souvent aussi vite qu'ils avaient commencé. Allez, c'est tout bon pour la dernière fournée de pain !

Dans un apaisement relatif, toutes s'avancèrent et déposèrent leurs pâtons que l'ouvrier incisa un

1. Fesses de grillons.
2. Se jeter au visage.

à un, formant des grignes à la surface pour permettre à la croûte de se fendiller pendant la cuisson. Camille resta en retrait, un peu abasourdie par l'échange venimeux auquel elle avait assisté. Son enthousiasme était retombé, et elle aurait voulu courir chez elle pour se cacher. Le village avait ses clans, ses amitiés et inimitiés, souvent ancestrales, entretenues par des commérages, des cupidités, des idées reçues, mais jamais encore Camille ne s'était retrouvée au centre d'un conflit ouvert où les unes et les autres avaient, de toute évidence, déjà choisi leur camp. Un immense sentiment d'isolement la saisit. Elle s'adossa au mur extérieur du four, retenant ses larmes car elle ne voulait pas leur faire ce plaisir.

Une fois les pains déposés, le groupe de femmes se dispersa pour vaquer à ses occupations. Margot et Geneviève s'approchèrent de Camille et vinrent lui tapoter l'épaule.

— Ça va leur passer. Elles ont appris que tu partais chez la baronne à Paris, et certains maris sont jaloux de la réussite de ton père. Mais c'est une minorité. Tu sais comment sont les gens ici : ça parle beaucoup, ça grogne, ça crie. Si seulement tu étais laide et bête comme tes pieds ! s'amusa Margot.

— Comme la Marguerite ! se moqua Geneviève, évoquant la petite femme aux joues rondes. Ne t'inquiète pas, Camille ! Il ne faudra pas trois jours avant qu'elles aient changé de sujet de conversation ! Allez ! Va faire cuire tes gâteaux !

La jeune fille remercia et revint sans assurance vers l'entrée du four où le boulanger, qui avait sorti les grilles de la brouette, admirait le travail.

C'était un homme fin mais vigoureux, curieux de nouveautés. Il huma l'onctueuse pâte couleur or, couchée dans des moules en terre et parsemée d'éclats de noisettes, et s'enthousiasma pour les petits chaussons aux mûres.

— Dame ! C'est de la belle ouvrage ! affirma-t-il. Comment veux-tu cuire tout ça ?

— Si on peut les ajouter pour la toute fin de cuisson du pain jusqu'à ce que ce soit doré, répondit-elle rassérénée par le regard gourmand du boulanger. J'ai juste un sirop à couler une ou deux fois sur les chaussons. Je vais rester, si cela ne t'embête pas.

— Installe-toi, ma belle ! J'ai ma réserve à bois à nettoyer avant de rentrer.

Le jour s'atténuait et la chaleur du fourneau était la bienvenue en ce début d'octobre. Camille s'assit sur un banc à côté du four et resserra son châle sur ses épaules. Il lui tardait désormais que le temps passe plus vite, pour précipiter son départ. Les animosités de paroisse lui pesaient et, même si elle cherchait par sa cuisine à créer des liens, elle se sentait depuis peu à l'écart du monde, comme si elle était déjà partie.

Après avoir arrosé plusieurs fois ses préparations d'un sirop au miel, elle vit sortir avec bonheur les pains arrondis et les pâtisseries dorées. L'odeur était alléchante, autant que l'aspect croquant qui invitait l'œil de la plus belle façon. Ne pouvant résister à l'envie de goûter sa nouvelle création, Camille saisit un des chaussons encore brûlant, enrubanné dans un torchon pour protéger ses mains de la morsure du feu, et croqua délicatement dans la pâte croustillante. « Magnifique petit goût de beurre salé, conclut-elle, bien meilleur que le saindoux. » Après avoir soufflé sur la pâtisserie pour la refroidir, elle osa avancer ses lèvres un peu plus loin, et mordit dans la compotée de mûres. Elle avait eu raison de conserver les grains lorsqu'elle avait fait ses confitures en août, qui éclataient délicieusement en bouche. Le fruité de la mûre attaquait le palais en premier, puis le sirop de miel venait adoucir les papilles. Elle sourit, satisfaite du résultat obtenu, mais elle était surtout impatiente d'avoir l'avis de ses futurs clients. Elle espérait provoquer surprise et plaisir lors de cette douce soirée qui ranimait pour quelques heures les souvenirs d'été.

Le crépuscule s'annonçait déjà. Camille remercia et offrit deux gâteaux fumants au boulanger ravi. Calant les grilles sur sa brouette de bois, elle prit le chemin du retour pour enfiler sa « robe de bal » et faire plaisir à Amélie. Soudain, au détour d'une rue peu fréquentée, elle entendit rire méchamment.

— Tiens, la petite baronne rentre en calèche, vers son palais en sucre !

Camille reconnut Blandine et trois autres gamines qui avaient pris l'habitude de suivre la fille du tonnelier sans réfléchir. Elle continua sa route, cherchant à les ignorer, mais les jeunes filles ne l'entendaient pas de cette façon.

— Dis donc, ça sent rudement bon ta cuisine ! Tu nous fais goûter ?

Camille pressa le pas mais déjà elles la rattrapaient, immobilisant la roue avant. L'une souleva le linge de lin et commença à piocher parmi les petits chaussons aux fruits. Les autres se servirent sans gêne, tâtant par-ci, écrasant par-là.

— Arrêtez ! Je dois les amener ce soir pour la fête !

— Et en quoi ça nous intéresse ? répondit Blandine, la bouche pleine de génoise qu'elle avait prise à même le plat, saccageant un moule entier.

— Vous n'avez pas le droit !

À la fois offusquée et paniquée par le tour fatal que prenaient les événements, Camille ne trouvait plus les mots et se jeta sur les gamines toutes griffes dehors, écorchant des bras et des joues indistinctes dans un tumulte de cris rageurs. Mais les adversaires, tout aussi déchaînées, étaient plus nombreuses et la jetèrent au sol. Blandine la toisa d'un air triomphant :

— Tu fais ta maligne dans le village avec tes soupes et tes pains ridicules ! Tu te dandines devant les hommes, même le curé ! Mais Gaspard, tu l'as perdu ! Il ne veut plus entendre parler de toi. Et moi, je ne veux plus que tu l'approches ! Jamais !

Pour marquer ses menaces, elle attrapa les poignées de la brouette qu'elle renversa violemment, puis piétina les petits gâteaux encore fumants.

Ravir les papilles

La maison respirait la joie quand Camille passa le pas de la porte. Les garçons étaient si bien habillés et coiffés qu'on aurait dit des enfants de chœur. Eux-mêmes semblaient ne pas en revenir et, exceptionnellement, restaient assis sagement, en attendant le départ de la famille pour la fête des vendanges. Antoine n'était pas en reste : il s'était lavé et vêtu avec soin. Son corps, rompu aux travaux des moulins et des champs, conservait de belles proportions à la quarantaine. Marie-Anne regardait son mari avec satisfaction, en nouant un galon à sa boutonnière, pendant qu'Amélie courait en tous sens, dans une alacrité partagée.

L'arrivée d'une Camille échevelée mit un terme à ces réjouissances. Elle avait ramené la brouette vide qu'elle avait abandonnée à l'entrée de la cour, avant d'entrer dans la pièce principale, et de s'écrouler en larmes sur une grande chaise de bois sculpté.

— Que s'est -il passé ? demanda Antoine inquiet.

Camille eut toutes les peines du monde pour expliquer, entre deux sanglots, qu'elle avait renversé ses préparations sur le chemin, et que rien n'était récupérable au milieu du sable et des graviers. Elle ne voulait plus aller à la fête, elle ne voulait plus sortir, ni voir qui que ce soit. Tout en parlant, elle serrait nerveusement l'assise de la chaise et tapait du pied avec colère. Cette soirée, qu'elle avait imaginée idyllique, prenait des airs de cauchemar et faisait affluer toutes les angoisses du départ parisien. Antoine ne posa pas de questions mais n'en imagina pas moins, au vu des griffures qu'elle arborait sur les avant-bras. Il savait que Camille avait besoin de se calmer avant tout, et que le reste viendrait ensuite.

— Y a les fournées qu'j'ai fait ici, consola Amélie avec un débit rapide qui empêchait toute intervention. J'ai arrosé les chaussons avec l' sirop, bien comme tu m'as dit, et j'ai vérifié la cuissons des génoises. Reste encore des pots d'marmelade de mûres. C'est moitié moins que ce qu' t'avais prévu, mais y aura de quoi goûter.

— Non, gardons-les pour nous, coupa Camille. Je préfère rester ici. Allez vous amuser ! Je suis fatiguée, et je me sens un peu fiévreuse.

— Je vais veiller avec toi, répondit gentiment Marie-Anne dont le ventre s'arrondissait désormais. Je ne suis pas sûre de pouvoir danser la bourrée ou le rigodon.

— Merci, mais je sais que tu attendais cette fête, et j'ai envie de rester seule, s'il vous plaît.

Il fut convenu que tout ce petit monde irait s'amuser, mais ne rentrerait pas trop tard. Lazare proposa de tenir l'étal de Camille et de lui rapporter le bénéfice des ventes, pour le peu de pâtisseries restantes. Elle accepta, en lui faisant promettre de bien expliquer la dégustation « pour ravir les papilles », pas uniquement pour rassasier et équilibrer les humeurs du corps[1].

Amélie se lamenta sur la robe qui ne serait pas portée mais, sous le regard grave d'Antoine, abandonna le combat et enfila sa coiffe de dentelles. Tout la famille prit place sur la charrette, déguisée en calèche pour l'occasion avec rubans et fleurs séchées. Le petit convoi en rejoignit d'autres, tous en route vers le champ de parées[2], entre La Flotte et les ruines de l'abbaye des Châteliers. Une courte cérémonie religieuse allait s'y tenir à la nuit tombée mais auparavant, on allait réserver un emplacement pour s'asseoir.

Restée seule, Camille recommença à pleurer : un sentiment d'injustice la dévorait et ne lui permettait pas encore d'éclaircir ses idées. Cette Blandine n'était pas seulement une sotte sous ses airs de dévote, elle faisait aussi preuve d'une méchanceté instinctive, apte à servir ses intérêts, où la miséricorde n'avait plus aucune place. Si encore il y avait eu une once d'intelligence, Camille aurait su comment répondre, mais elle se heurtait ici à une conscience animale, prête à tout pour défendre son territoire. Tout cela pour les beaux yeux de Gaspard ? Elle en conçut un ressentiment injuste contre lui, comme s'il était cause de sa mésaventure parce qu'il laissait espérer à tout ce qui portait

---

1. Théorie des Humeurs de Galien (IIe siècle) : un régime strict (et idéologique) était censé garder le corps en bonne santé par l'équilibre des quatre Humeurs, tout comme les saignées !

2. Places vides et non aptes à la culture.

jupon un peu plus qu'il ne ferait vraiment. Serait-il à la fête de La Flotte ? Il y venait habituellement tous les ans, car sa mère Maria était originaire du village et retrouvait sa famille à l'occasion. Elle l'imagina faire les yeux doux à Blandine, lui frôler la taille et glisser des baisers appuyés sur sa nuque quand il l'inviterait à danser. Camille ne comprenait pas pourquoi cela l'énervait autant. C'était à la fois simple et compliqué : elle aussi avait cette notion de territoire, une pulsion naturelle pour défendre ce qu'elle croyait lui appartenir. L'éloignement de Gaspard, ses reproches justifiés, ses infidélités supposées, la blessaient plus intimement qu'elle ne se l'était avoué.

Elle était encore perdue dans ses pensées contradictoires quand on toqua à la porte. Le père Jean-Baptiste apparut dans l'embrasure, sa fine silhouette se découpant dans l'obscurité. Son visage émergea bientôt de l'ombre, harmonieux et racé, mais empreint d'une expression indéchiffrable.

— Bonsoir, Camille ! Excuse-moi de te déranger à cette heure tardive mais j'avais l'espoir qu'avec tes frères, vous ne soyez pas encore partis à la fête. Je prends mes quartiers ce soir à la Chapelle Saint-Laurent. J'y resterai la semaine, comme tous les ans… Bref, je venais voir si, par hasard les garçons et toi seriez disponibles pour m'aider à décharger la carriole une fois là-bas. Cela vous rapprocherait du champ des parées et du feu de joie. Bien sûr, après je peux vous ramener, si ça vous arrange.

Le prêtre jouait très mal la comédie et Camille s'en amusa. Quand on voue sa vie à la sincérité, il est bien difficile de faire semblant, même pour la bonne cause. Elle le laissa s'emmêler dans ses explications alambiquées qui n'avaient d'autre but que la faire sortir de chez elle, sans doute à la demande de son père.

Elle savait qu'il officiait le soir-même à la Chapelle Saint-Laurent, au cœur de l'ancienne abbatiale des Châteliers. L'abbaye, en ruine, n'avait pas résisté au saccage huguenot, puis au pillage de pierres pour la construction du fort La Prée[1] lors des siècles précédents mais on continuait à y venir en pèlerinage. Une messe était donnée avant les grands événements religieux et depuis peu, pour éviter les débordements et participer à l'ordre civil, le père Jean-Baptiste officiait juste avant l'ouverture de la fête des vendanges, puis séjournait quelques jours pour accueillir les pèlerins et évangéliser les enfants. En cette période, la population, mêlée des autochtones et des vendangeurs extérieurs, avait en effet besoin d'être rappelée aux devoirs religieux pour contenir les excès d'une nuit de fête. Le jeune prêtre y voyait le cœur même de sa mission, ce qui lui permettait également de se mêler, en tout bien tout honneur, aux réjouissances populaires.

— Mes frères sont déjà là-bas, répondit Camille, et je ne sors pas ce soir. Je ne me sens pas bien.

— Ah ? fit-il faussement surpris d'une voix par ailleurs peu crédible, mais je comptais sur toi et… Bon sang ! Camille ! Vas-tu m'aider un peu ? Tu

---

1. Abbaye Notre-Dame-de-Ré, dite des Châteliers : fondée au XIIe siècle par des moines cisterciens, détruite au XIIIe siècle par la flotte anglaise puis pendant la guerre de Cent Ans (XVe siècle), ravagée définitivement par les Huguenots au XVIe siècle puis abandonnée par les moines. Les pierres servirent ensuite à construire le fort La Prée de Vauban.

ne vois pas comme il m'est difficile de parler pour ne rien dire ?

— Ou pour mentir ?

— Je ne mens pas ! J'ai effectivement besoin d'aide et je vais bien à la Chapelle. Ton père m'a dit que...

— Tiens, tiens, vous avez croisé mon père ?

— Oui, là ! Bon, cessons les controverses sans intérêt, prends tes affaires et viens avec moi : tu ne seras pas obligée d'assister aux festivités mais viens suivre l'office. Il y aura une bénédiction pour les vignerons, mais aussi pour les jeunes voyageuses qui quittent bientôt le nid.

Camille fit une moue boudeuse pour garder contenance, mais elle suivit le prêtre sans sourciller, prenant place à côté de lui dans la carriole. Elle se sentait mieux et n'avait plus envie de se torturer l'esprit. Comme pour la cuisine, elle refusait de bouder son plaisir. Dans sa conscience qui s'éveillait, elle tentait de lutter contre les sautes d'humeur, les à-priori, les entêtements qui, pour des raisons discutables, entravaient trop souvent les décisions. Jean-Baptiste, dont les sermons prônaient plutôt l'abnégation et le sacrifice, aurait peut-être du mal à en convenir alors elle se tut, et il fit de même.

La jument attendait patiemment et, sur un coup de rênes, battit le pavé de son pas lourd de percheron, éclairée par deux lanternes octogonales. À la sortie du village, l'agitation battait déjà son plein : les gens venaient à pieds, à dos de mule ou en charrette et parlaient bien fort. Des chandeliers et des lampions commençaient à s'allumer un peu partout. Au centre du champ avait été dressé un immense fagot prêt à s'enflammer, autour duquel couraient les enfants et devisaient les parents, alors que les jeunes gens arriveraient un peu plus tard pour prolonger la soirée. Une troupe de musiciens, composée de Flottais et d'itinérants, répétait sur une estrade et peinait de toute évidence à accorder les instruments, dans un joyeux charivari. Camille embrassa des yeux tout ce petit monde, alors que la carriole poursuivait son chemin vers l'abbaye. Jean-Baptiste fut salué plusieurs fois mais ne s'arrêta pas.

Soudain, appuyé près du grand chêne où les Lemmonier avaient l'habitude de s'installer, elle reconnut Gaspard. Ses cheveux avaient poussé et balayaient son visage en boucles souples, jusqu'à sa mâchoire. Il se détachait dans la lumière des fanaux car il portait une ample chemise blanche, nouée au cou par un long nœud clair. Les mains calées dans les poches de son gilet, il scrutait l'assemblée, peu attentif au discours de Blandine qui se tenait à ses cotés dans une robe colorée, particulièrement seyante. Pouffant dans son mouchoir, elle minaudait atrocement, la bouche pulpeuse et la poitrine en avant. C'était de toute évidence sa soirée et elle avait certains projets en tête, mais le regard de Gaspard se portait ailleurs, balayant de droite à gauche les groupes qui se formaient.

Ce n'est qu'au dernier moment qu'il aperçut Camille, et son regard fixe ne laissa aucun doute sur l'objet de sa recherche. Déjà, la carriole s'éloignait vers l'abbaye, retrouvant la nuit sombre où l'animation villageoise s'assourdit dans le lointain. Le cœur de Camille reprit peu à peu un rythme régulier, lui laissant une impression à la fois délicieuse et agaçante au plus haut point.

Bourru et puterelle

L'assemblée recueillie était silencieuse. Trop exiguë pour le monde qui se pressait à sa porte, la chapelle fut ouverte et le père Jean-Baptiste s'avança pour officier devant des fidèles rassemblés sous la voûte céleste. La soirée était fraîche en ces premiers jours d'automne mais chacun trouva un peu de chaleur dans la bénédiction tant attendue, parce qu'elle louait le travail de la terre et ses artisans, autant qu'elle rendait grâce au Tout-Puissant. L'ancien vicaire de Sainte-Marie avait gagné le cœur des Flottais par ses prêches, à la fois modérés sur les dogmes mais aussi chaleureux et attentifs dans la forme. Pour autant, il n'était pas totalement dupe ce soir de l'écoute fervente qu'on lui accordait : le cadre incroyable, entre ruines consacrées et nuit constellée, y était pour beaucoup mais pas autant que l'attente impatiente des festivités.

Camille écoutait les derniers mots du prêtre, bercée par la douceur de son intonation. Pour la première fois, elle sentit la présence d'une force supérieure, dont les racines et les ramifications se mêlaient en elle. Elle aperçut son père et le reste de la famille, et leur fit un signe apaisé. Tous attendaient le dernier « Amen » pour se ruer sur l'esplanade champêtre et laisser libre cours aux farandoles bien arrosées.

Quand Jean-Baptiste ouvrit enfin les bras, invitant chacun à faire preuve de sagesse dans la consommation de vin nouveau, une rumeur joyeuse lui répondit. Toutes les jambes, chaussées de sabots, de bottes ou de souliers de cuir, prirent rapidement leur place dans l'allègre procession du retour. Le vin bourru, trouble et laiteux, qu'on avait tiré des premières vendanges, n'attendait que la musique entraînante pour commencer à répandre ses bienfaits.

Le site de l'abbaye se vida peu à peu. Camille en éprouvait un regret indicible, comme si la séparation d'avec son île était en marche et que la nature elle-même la libérait. Elle partirait dans quelques jours, plus rien ne l'empêcherait.

Elle se rapprocha du prêtre qui conversait avec un homme du continent. Ils semblaient se connaître et devisaient aimablement sur des souvenirs communs. Mais quand Camille fut à leur hauteur, ils se turent un instant. Elle eut un étrange sentiment, vite effacé par la reprise d'une conversation enjouée et brillante car les deux hommes se retrouvaient avec une complicité évidente. M. de Chesnel était un noble saintongeais qui avait connu Adrien Guillet d'Orvillac, avant que celui-ci ne prononce ses vœux et ne devienne le père Jean-Baptiste. Les deux familles se côtoyaient entre Mesnac et Cognac, où chacune possédait ses terres. Appelé par une affaire d'héritage à La Rochelle, M. de Chesnel en avait profité pour venir saluer son ami d'enfance. Des dévotes apprêtées se pressant autour d'eux pour une bénédiction individuelle, ils mirent un terme à leur entretien à regret, se promettant de se retrouver le lendemain. Le jeune noble saintongeais enlaça chaleureusement son ami, sous le regard curieux des paroissiennes, et lui souhaita bonne nuit dans sa chapelle. Avisant Camille toujours auprès d'eux, dont Jean-Baptiste avait vanté les nombreux mérites, il lui proposa de la raccompagner sur le chemin qui longeait la mer, afin qu'elle ne fasse pas de mauvaises rencontres. Le vin devait couler à flots, et il ne faudrait pas longtemps avant que les bosquets ne reçoivent quelques visiteurs étourdis.

M. de Chesnel était tout à fait charmant et discourait avec élégance, sans la fatuité honnie des aristocrates de province. Il s'enquit du voyage prochain de Camille, puis il prit congé et lui précisa qu'il profiterait un peu de la fête avant de se retirer à l'auberge où une chambre lui était réservée.

— Mes hommages, jolie demoiselle ! Peut-être vous croiserai-je à nouveau, à l'occasion d'un menuet ou d'une contredanse, qui sait ?

Il accompagna sa remarque, gentiment moqueuse au vu de la salle de bal bucolique, d'un léger baise-main. Camille, conquise par ses manières et la finesse de ses réflexions tout au long de leur marche, le regarda s'éloigner vers la taverne de plein air, puis se mit en quête de ses frères. Elle trouva Lazare assis derrière l'étal vide, qui comptait ses pièces. Il ne restait pas un seul gâteau de la petite fournée sauvée in extremis en fin d'après-midi.

— Camille ! Te voilà ! J'ai tout vendu ! Cela n'a pas duré dix minutes ! J'aurais pu prendre des commandes jusqu'au petit matin. J'ai même vendu les deux morceaux que je m'étais mis de côté.

Puis reprenant d'un air faussement pincé :

— Tout le monde s'accordait à dire que « c'était exquis » et gourmand. Il n'y a que la mère Marois qui a trouvé à critiquer : « trop bon pour être honnête ! » qu'elle a dit devant tout le monde, « y a du diable là-d'ssous » !

Camille rit d'entendre son frère imiter la vieille bigote du village et le remercia pour son enthousiasme, en lui offrant la moitié de la recette. Il en rougit jusqu'aux oreilles.

— Je vais chercher une cruche de bourru[1] ! Attends-moi ! Ah oui : Gaspard te cherche. Il est déjà passé trois fois et je crois qu'il a un peu bu... et pas que du vin nouveau, tu peux me croire.

Camille embrassa du regard la fête chaleureuse : on alimentait les feux par petit groupes, en lançant de courts fagots sur les flammes hautes. La musique battait son plein, emmenée par une vielle à roue et des flûtes à bec. Partout, les corps épuisés par les vendanges exultaient à trinquer, chanter et danser. Les mains se joignaient dans des farandoles endiablées, où les hanches se frôlaient, avec certaines œillades appuyées, porteuses de promesses sans lendemain.

Lazare revint avec quelques châtaignes grillées et le fameux vin sucré, légèrement pétillant, que Camille goûta avec délectation. Il était peu chargé

1. Moût en cours de fermentation alcoolique, troublé par des levures en suspension, très sucré, parfois pétillant, qui se boit juste après les vendanges, sur une période très courte.

en alcool à ce stade de la vinification et se buvait trop facilement, si on n'y prenait garde. Était-ce le goût en lui-même qui ravissait Camille ou la réminiscence des vendanges passées, moments de bonheur et d'insouciance ? La saveur se mêlait intimement aux souvenirs et aux sentiments, reliant « l'gosier à l'âme », comme disait Amélie.

Alors que le bourru commençait à la rendre un peu plus gaie, Camille se laissa entraîner dans une ronde désordonnée et rapide, où les éclats de rire couvraient presque la musique. Soudain, entre les visages hilares et les flammes qui illuminaient le champ jusqu'au ciel, elle aperçut Gaspard assis sur l'un des bancs de la taverne, qui la fixait d'un air un peu sauvage. Sa beauté saine et évidente la heurta de plein fouet, alors qu'elle continuait à danser, emportée par l'accélération de la cadence. Il la suivait du regard mais elle discernait mal ses traits dans l'auréole des flammes. Déstabilisée par l'inconstance de ses sentiments, elle eut envie de courir vers lui et de fuir dans le même temps.

Quand les musiciens firent une pause et que ses comparses de danse la libérèrent, Camille avait véritablement le tournis et se maudit d'avoir tant bu. D'un pas un peu vacillant, elle se dirigea vers la taverne pour renouer avec Gaspard, partagée entre l'envie et l'angoisse. Mais il avait disparu. Elle le chercha d'abord distraitement, parlant à droite à gauche, comme si de rien n'était, recevant les félicitations de la Grande Margot pour ses génoises, de Geneviève pour ses pâtisseries aux mûres, acceptant en rougissant les compliments sur sa taille fine ou ses yeux brillants. Mais bientôt, elle n'eut de cesse de le trouver au milieu des danses et des rires.

À l'autre du bout du champ, elle tomba sur Joseph Fournier et Étienne, son fils aîné, qui éructaient sur les taxes et les privilèges, au milieu d'un groupe aussi aviné qu'eux. Elle les évita soigneusement, se gardant bien de leur demander s'il avaient vu Gaspard, au risque d'alimenter le conflit ouvert entre les deux familles. Joseph ne la vit pas, mais Étienne lui jeta un regard mauvais et méprisant.

Camille s'éloigna peu à peu de la fête, rejoignant le sentier maritime vers l'abbaye, et s'assit sur le bord du parapet naturel, en laissant pendre ses jambes dans le vide. Un mètre plus bas, la mer se mouvait doucement sur la plage de galets, comme un miroir sombre admirant la lune. Elle releva légèrement sa jupe pour sentir le vent sur ses chevilles et ferma les yeux un instant.

Les bruits de la fête étaient assourdis, et la nature reprenait ses droits, ponctuant la nuit d'hululements de chouettes et de cris de rongeurs. Sur le chemin, Camille entendit peu à peu des pas qui se rapprochaient et un rire cristallin, mêlé à une voix rauque. Pour éviter toute justification, elle eut l'instinct de se cacher dans un bosquet voisin, mais déchira dans sa hâte le haut de sa chemise. Protégeant de sa main son épaule écorchée, elle se recroquevilla dans l'ombre et attendit que le couple passe son chemin.

Par malchance, les deux tourtereaux s'arrêtèrent juste à coté, près d'un rocher qui les cachait sommairement. L'homme, bien bâti, avait l'air entreprenant tandis que sa compagne le repoussait lascivement, dans un bruissement d'étoffes sans ambiguïté. Ils se livraient, en chuchotant, à une négociation sensuelle que la silhouette féminine perdit peu à peu, s'abandonnant aux injonctions de son compagnon. Les chevelures brunes se mêlèrent dans un baiser avide. Camille devina les deux corps enlacés, hanches contre hanches, tandis qu'une main, émergeant d'une manche de coton blanc, glissait sur la poitrine offerte et s'aventurait plus bas, en suivant la ligne des reins. Dans la pénombre, l'éclat d'une cuisse féminine commença à se mouvoir au rythme de l'homme, dont la respiration heurtée emplissait le silence nocturne. Les amants semblaient possédés d'une frénésie commune, cherchant l'assouvissement dans cette danse amoureuse et violente, à laquelle Camille assistait pour la première fois, à la fois fascinée et proche du malaise. Au gémissement étouffé que poussa la jeune femme, plus douloureux qu'autre chose, un doute se fit dans son esprit : le rire exagéré, le parfum trop fort, la robe chiffonnée dont on devinait les couleurs vives... La nausée saisit Camille d'un coup, et elle se retint de crier, tandis que Blandine, éclairée par la lune, se rajustait rapidement. Son compagnon s'était déjà écarté et lui tournait le dos, dans une indifférence dénuée de tendresse. Le couple s'éloigna sans un mot, bifurquant un peu plus loin, chacun de son coté, pour ne pas arriver ensemble sur l'esplanade où la fête continuait.

Camille sortit de sa cachette totalement dégrisée. La surprise avait cédé la place à une douleur lancinante, qui se teintait peu à peu de colère. « Il n'y a que toi, depuis toujours. » Les mots que Gaspard lui avaient dits résonnaient désormais dans sa tête, hypocrites et vénéneux. Il avait beau jeu de lui faire des reproches ! Si c'était pour ensuite aller se vautrer dans la luxure, avec une Blandine Boutonneau ! Elle avait reconnu ses cheveux sombres, sa chemise du dimanche, et cherchait encore à rapprocher sa voix grave des râles lubriques qu'elle venait d'entendre. Elle lui en voulait, à lui surtout, n'ayant jamais eu aucune illusion sur l'objet de sa concupiscence. Cette idiote ! Mais lui ? Elle le pensait sensible et différent. Une petite voix lui rappela qu'elle n'avait aucun droit sur ses amours, qu'elle l'avait rabroué trop souvent, mais elle la fit taire : il l'avait trahie, il s'était comporté en goujat, et avec cette catin qui avait écrasé ses gâteaux et qui devait jouer les Saintes Vierges à présent, au milieu des danseurs. Des larmes de rage et de dépit lui montèrent aux yeux : elle s'en voulait de la jalousie qui la consumait désormais et de ce sentiment qu'elle croyait honteux. Sans se l'avouer clairement, elle regrettait simplement de ne pas être celle qu'il avait étreinte.

Totalement submergée par ses émotions, prise d'une soudaine envie de courir pour y échapper, elle s'élança dans l'obscurité, trébuchant sur les pierres du chemin et agrippant ses jupes aux buissons, en direction de l'abbaye des Châteliers. À bout de souffle, elle ralentit l'allure près de l'édifice abandonné qui s'élevait majestueusement dans la nuit, comme un port pour les étoiles.

Elle ne mit pas longtemps à comprendre qu'elle n'était pas seule, mais ne put discerner les traits de celui qui la fixait en silence, dans la pénombre. Comme un chat, l'inconnu se déplaça silencieusement vers elle. Elle chercha à fuir mais son corps, épuisé, resta paralysé par la peur. Un bras possessif encercla sa taille, goûtant la chaleur de la peau à travers la fine étoffe, pendant que l'autre main écartait ses cheveux, sur cet endroit plus tendre du cou. Les yeux fermés, Camille ne bougeait pas, attendant que ses membres lui répondent pour se débattre et s'enfuir. Une bouche hésitante se posa sur ses lèvres, cherchant lentement à les entrouvrir, pour en cueillir la douceur. Elle entendit chuchoter son prénom, le souffle court, et reconnut le timbre masculin.

— Arrête ! hurla-t-elle en le repoussant violemment. Cela ne t'a pas suffi ! Comment oses-tu ? Tu me dégoûtes !

Et elle cracha à terre la salive échangée, s'essuyant la bouche comme après avoir embrassé un pestiféré. Gaspard la regardait sans comprendre, surpris de cette réaction, trop violente pour un simple baiser volé. Il ne reconnaissait pas la jeune fille déchaînée qui lui faisait face, les épaules dénudés, les cheveux emmêlés, et un regard de haine qui brillait même dans le noir.

— Je suis désolé, je ne voulais pas te brusquer. Je t'ai cherchée et...

— Bien sûr, tu m'as cherchée ! Tu me cherches toujours ! J'ai l'impression que tu répètes cette phrase à longueur de temps ! Mais tu as trouvé plus consentante ! Et tu viens encore quémander les restes ? Je t'ai vu ! Je t'ai vu ! Tes mains sur elle, et ton attitude après ! C'est cela qui m'a le plus choquée !

Et comme il restait interdit, sans aucune réaction, elle lui asséna une gifle maladroite, qu'il évita en partie. La colère en fut décuplée :

— Retourne à ta putain !

Elle fit demi-tour pour partir mais Gaspard lui saisit le bras, sans douceur. En un instant, il fut contre elle, la serrant gauchement, chuchotant contre sa nuque des phrases inachevées que son souffle rauque maîtrisait mal :

— De quoi parles-tu ? Quelle putain ? Et mes mains sur elle ? Je ne comprends rien. Mes mains ? Mes mains ne veulent que toi.

Dans son délire naissant, il la plia sous lui et l'allongea à terre, avec une force qu'elle ne lui soupçonnait pas. Immobilisant ses bras au dessus de sa tête, il parcourait son corps avec brusquerie, pesant de tout son poids sur elle, pour l'empêcher de se débattre.

— Tu m'as vu te regarder ce soir, souffla-t-il, mais tu t'en moquais ! Tu riais avec les autres.

Tout en parlant, il emprisonnait ses jambes entre les siennes et, de sa main libre, tentait de défaire son corselet. Camille s'épuisait contre sa force, pendant que les pierres du chemin lui labouraient les reins. Gaspard enfouit son visage contre la poitrine découverte, qu'il couvrit de baisers désordonnés.

— Laisse-moi ! Tu as bu ! Laisse-moi !

— Oui, j'ai bu ! Parce que tu me détruis ! J'étais prêt à accepter un amour sans retour, juste pour te suivre, mais pas ton mépris !

Camille se débattait toujours, et rua violemment quand elle sentit sa main remonter sous sa jupe.

— Gaspard ! NON !

Il entendit ce cri ultime et sembla peu à peu prendre conscience des sanglots nerveux du corps qu'il violentait. Les doigts s'attardèrent sur les genoux écorchés de Camille, souvenir de leurs escapades innocentes puis, après un long moment de silence, rabaissèrent pudiquement le jupon. Il s'écarta sur le coté, les mains en avant dans un geste d'apaisement et s'assit avec lenteur, entourant ses genoux, dans une position presque enfantine. Quand il parla, sa voix sourde et douloureuse manquait grandement d'assurance. Les mots s'engluaient dans les effluves d'alcool qu'il cherchait à éloigner :

— Blandine m'a dit ce que tu racontais sur moi, et qu'on t'avait promis un mari de la haute, là-bas, à Paris. Je... je t'ai vue faire la coquette avec ce noble de Saintes. Et puis danser avec les autres, tous les autres ! Mais pas avec moi !

Camille ne bougeait pas, attentive aux mots, aux intonations. Elle le haïssait pour ce qu'il avait tenté de faire, pour la foi qu'il avait accordée à des commérages, pour l'idée qu'il se faisait d'elle. Elle le haïssait d'avoir détruit, en quelques secondes, ce qu'ils partageaient depuis si longtemps. Mais elle retrouvait aussi sa fragilité à fleur de peau, et sa sincérité sans masque.

— C'est vrai, j'ai bu pour oublier. Et ce vin nouveau est une calamité. Et puis je suis venu ici, sans but précis. J'ai croisé le père Jean-Baptiste, qui rentrait vers la Chapelle. Il était lui aussi un peu mélancolique. Nous avons parlé un long moment de toi, et d'autres choses encore. Je croyais m'être apaisé mais quand je t'ai vue arriver en courant, ça a été comme une apparition. Je ne sais pas ce qui m'a pris.

La jeune fille se redressa, rajustant sa chemise comme elle pouvait, sous le regard coupable de Gaspard.

— Je suis désolé, tellement désolé, mais tu me rends complètement fou, Camille !

Une autre vérité se faisait jour peu à peu, qui n'effaçait pas la violence dont il avait fait preuve, mais donnait une version toute différente de la soirée. Elle le croyait : ce n'était pas dans les bras de Gaspard qu'elle avait surpris Blandine, sans doute dépitée par l'indifférence du jeune meunier. Elle avait juste ramassé un marin ou un saisonnier, auquel elle n'avait pas su dire non. Les torts s'amenuisaient, d'autant plus qu'un sentiment nouveau étreignait Camille : elle s'était trompée ! Par orgueil, ou par jalousie, elle avait vu ce que ses plus bas instincts voulaient voir. Oui, il était entier, emporté, parfois brutal, mais elle lui avait injustement prêté de plus grands vices. Elle tendit la main et caressa le poignet du jeune homme, immobile.

— Je me suis trompée, souffla-t-elle, j'ai cru que... ça n'a plus d'importance.

Lentement, elle saisit sa main et la porta à ses lèvres. Sa peau était imprégnée du parfum des herbes vivaces qu'il avait dû égrener nerveusement, aux abords de l'abbaye.

— Pardonne-moi et je te pardonnerai peut-être un jour, fit-elle mutine.

Gaspard ne savait plus comment réagir, dans ce déferlement contradictoire d'émotions violentes et de douceur tant espérée. Ce fut elle qui chercha sa bouche, dans un premier baiser d'abord maladroit qui mêla leurs langues lentement. Attentif à la montée du désir, Gaspard sentait le cœur de Camille sous sa main mais ne précipitait rien. C'était l'instant dont il avait tant rêvé : que le ciel et la mer en soient les seuls témoins ajoutait à son ravissement.

Tout à leur étreinte, les jeunes gens n'entendirent point les pas furtifs de deux courtes silhouettes qui fonçaient sur eux. En un instant, Camille fut violemment séparée de Gaspard par des mains rustres, pendant que le jeune homme se débattait sous la poigne de son père.

— On savait bien qu'on t'trouverait avec c'tte garce de Lemonnier ! Ah, elle t'a bien embobiné la cervelle ! T'as toutes les filles du coin à tes pieds, et tu prends celle-là...

Joseph Fournier, tenait son fils par le col et le secouait fortement, bien que celui-ci le dépassât d'une quinzaine de centimètres. Mais l'homme était solide, et terriblement énervé. Étienne Fournier, l'aîné de la fratrie, copie fidèle de son géniteur, regardait Camille et sa chemise descendue sur les épaules :

— J'ai l'impression qu'on est arrivé à temps ! fit-il goguenard.

Puis il la menaça d'un long bâton, en lui intimant de se taire :

— Ferme-la ! Tu fais la fière et la sainte nitouche, mais t'es pas contre un p'tit pelotage à la fraîche. J'aimerais voir la tête d'ton paternel quand il va l'savoir !

Il ricanait méchamment, assenant des vulgarités de son haleine fétide, pendant que le père continuait à pousser Gaspard sans ménagement. Le jeune homme se soumettait de mauvaise grâce, mais ne parlait pas, implorant Camille des yeux pour qu'elle ne se révolte pas. Son père avait bu et il savait, par expérience, que cela ne présageait rien de bon.

— Sacrebleu ! Qu'est-ce qui m'a foutu un drôle pareil ? Ah ça ! Pour essayer d'lire et d'se creuser la tête, y a du monde ! Mais ça sert à rien, j'te dis ! Ça sert à rien ! T'es un meunier et tu rest'ras un meunier ! Et cette puterelle, avec son faquin de père, va te voler le peu qu't'as, bougre d'âne !

Il montra Camille avec dégoût :

— J'aurais dû t'laisser l'engrosser pour lui rabattre son caquet ! Mais j'ai d'autres projets pour toi, tout jean-foutre que tu sois ! Et t'as intérêt à filer doux, sinon l'Étienne va s'occuper d'elle à coups de bâton. Ça surprendra personne qu'une gueuse qui court la lande toute seule le soir fasse de mauvaises rencontres.

Les deux hommes riaient cruellement et entraînèrent Gaspard avec eux, sans lui laisser le choix.

Camille, esseulée au beau milieu de la campagne sombre, sentit un vide vertigineux la saisir sous le coup d'émotions trop grandes pour un cœur si neuf. Le paysage nocturne qui lui avait paru accueillant et magnifique lui fit soudain l'effet d'un cauchemar acéré, entre les griffes des arbres et les yeux lumineux des petits prédateurs. Elle qui cherchait à tout comprendre, à tout maîtriser, s'était abandonnée pour la première fois, et se sentait perdue.

Les algues noires de la Repentie

Une dizaine de personnes attendaient au port La Prée pour embarquer vers le continent, la « Grande Terre » comme disaient les Rétais, dont on apercevait la côte d'Aunis au loin. Le temps se montrait plutôt clément mais un vent froid soufflait par à-coups, agitant la mer qui battait le rivage. Antoine espérait que la traversée se ferait sans encombres, et surtout que la chaloupe se présenterait comme prévu, car le transport des particuliers n'était pas prioritaire. Les fermiers, qui avaient acquis la concession du droit de passage auprès de l'intendant de la Généralité, se livraient à toutes sortes de commerces entre les différents ports de l'île de Ré, et n'étaient pas toujours au rendez-vous. Si l'on ajoutait le tribut des vents et des marées, il n'était pas si aisé de rejoindre La Rochelle, ou Marans sur la côte vendéenne. Pour ces raisons, Camille n'avait encore jamais traversé le bras de mer du Pertuis breton et sentait une légère angoisse teintée d'excitation en attendant sur le quai, au côté de son père. Elle allait quitter son pays pour une terre inconnue et porteuse de toutes les chimères, la France.

Au grand soulagement d'Antoine, une chaloupe à pavillon blanc apparut au loin. Cela prouvait qu'elle embarquerait des particuliers, au contraire des pavillons rouges spécialement affrétés pour le service du pouvoir royal. Il serra le bras de Camille et décala de quelques mètres en avant le sac de voyage qu'elle emmenait avec elle. Il n'était pas lourd, car la jeune fille ne possédait que deux tenues à sa taille, en plus de sa robe de voyage. Mais elle y avait glissé ses trésors : son parfum, le livre de cuisine et un échantillonnage d'épices. Amélie lui avait également fabriqué un petit nécessaire de toilette avec des linges brodés, une brosse à cheveux et une fiole d'huile de passerose[1]. La vieille servante avait pleuré à chaudes larmes au moment du départ, vite rejointe par Jean et Paul, les deux plus jeunes frères. Lazare serrait les dents comme un petit homme, assumant le rôle d'aîné qu'il allait jouer désormais. En montant dans la carriole qui l'emmenait au port, Camille avait jeté un dernier regard sur la maison familiale, les êtres chers serrés les uns contre les autres dans la brume matinale. Au ventre arrondi de Marie-Anne, elle eut conscience de tout ce qu'elle allait manquer, mais aussi de tout ce qu'elle avait à vivre.

Elle n'avait pas revu Gaspard. C'était sa plus grande douleur au moment du départ. Après la

1. Ancien nom de la rose trémière, très présente à Ré, mais longtemps arrachée comme mauvaise herbe. On peut en faire un macérat huileux qui apaise et hydrate la peau.

fête des vendanges, Fournier voulut en découdre avec Antoine Lemonnier mais sa femme Maria, plus modérée, avait réussi à le calmer, et on ne les revit plus à La Flotte. Étienne Fournier colporta des immondices sur Camille, auxquels peu de gens accordèrent créance, et un autre scandale prit bientôt le relais dans les commérages. Ce fut cependant l'occasion pour Antoine de parler avec sa fille et de lui expliquer certaines choses, dont elle commençait à saisir le sens. Il n'avait rien contre Gaspard Fournier, qui avait le grand mérite de ne pas être ce que son père attendait de lui, mais l'éloignement parisien arrivait à propos.

Antoine regarda Camille, emmitouflée dans une cape de laine bleu nuit et la trouva belle. Quinze ans… Ses traits commençaient à se défaire des rondeurs enfantines, sans en perdre le charme. Elle souriait au moment de s'embarquer, curieuse de toutes les nouveautés, innocente aussi. Cela l'inquiétait, mais il savait que ce moment arriverait et s'y était préparé, autant que peuvent le faire les parents aimants.

Il la vit adresser un signe amical au père Jean-Baptiste, posté un peu plus haut sur le quai. D'un grand mouvement de bras, elle salua également M. de Chesnel qui s'avançait parmi les derniers voyageurs, prêt à embarquer. Il lui sourit en retour, inclinant la tête avec galanterie, dans une semi-révérence. La jeune fille fut un peu gênée, non de l'attention rendue, mais plutôt de l'exaltation qu'elle avait montrée en le reconnaissant. Comme le lui avait fait remarquer son père, elle aurait désormais à contenir son enthousiasme,

« charmant au demeurant », de petite provinciale, extasiée de tout. M. de Chesnel ne lui était rien ou presque, puisqu'elle ne l'avait croisé que trois fois depuis les dernières semaines, mais il était un peu libre penseur, ce qui le rendait à la fois agréable et intrigant. Elle savait qu'il avait prolongé son séjour et qu'il rentrait maintenant en Saintonge. Ils navigueraient donc ensemble jusqu'à l'embarcadère de la Repentie.

À l'appel du capitaine, tout le monde prit place à bord et, après diverses manœuvres, la voile de la chaloupe se gonfla et fendit les flots en direction de la côte éloignée qu'on devinait dans la grisaille de ce matin d'octobre. D'un dernier regard, Camille embrassa toute la partie visible de l'île, du fort La Prée à la pointe de Sablanceaux. Imperceptiblement, ses yeux furent attirés par la plage de la petite crique, entre deux pans de falaise peu élevés, où elle aimait tant se baigner. Les arbres courts, en arrière-plan, formaient un décor sombre sur lequel se détachait une silhouette immobile, à la chevelure brune : Gaspard était venu... Camille chuchota un « adieu » vite emporté par le vent, et tendit son visage aux embruns légers pour cacher ses larmes.

— Connaissez-vous la légende de la Repentie, mademoiselle ? lui demanda M. de Chesnel, assez fort pour se faire entendre dans le bruit de la navigation.

— Non, répondit Camille, je sais juste que c'est la falaise que nous voyons en face, sur la côte rochelaise. Mais le nom semble recouvrir une bien tragique histoire.

— En effet ! Vers le XIe siècle, on raconte que l'épouse d'un seigneur mort à la guerre conduisit ses troupes de paysans pour trouver des terres, comme une Amazone. Connaissez-vous les Amazones ?

— Oui, Amélie, notre servante, ne sait pas lire mais elle connaît de nombreux mythes et nous en raconte le soir. Mais cette histoire de « Repentie », je n'en ai jamais entendu parler.

— Trop triste pour vos petites oreilles, sans doute ! Notre Amazone était donc une femme d'une grande beauté, à la chevelure rousse et à l'humeur guerrière, qui réussit à s'établir à la Mare à la Besse[1] que vous voyez là-bas à droite de la Repentie, fit-il en tendant le bras pour indiquer l'endroit. Mais le seigneur en place exigea des taxes trop élevées et Myria – c'était son nom – entra à nouveau en guerre, chargeant son fils unique d'aller chercher des soutiens dans les fiefs alentour. Pour subvenir aux besoins de ses gens, elle en fit des naufrageurs : la nuit, ils allumaient des feux sur la côte pour faire échouer les navires, qu'ils pillaient de leurs marchandises, en tuant les équipages. Mais lors d'une nuit maudite, un bateau violemment naufragé s'échoua avec de nombreux cadavres, parmi lesquels se trouvait le propre fils de Myria. Folle de douleur, elle se jeta du haut de la falaise, qu'elle hante encore certains soirs de ses cris inhumains. Voilà pourquoi on l'appelle la « Repentie », théâtre tragique d'une mère infanticide.

1. Lieu où sera construit le port de La Pallice. Au Moyen Âge, ce site se nommait également *conche putrida*, du fait des algues accumulées sur le rivage, qui renvoyaient une forte odeur.

— Vous avez le don de raconter les histoires, remercia Camille fascinée.

— Et vous, celui de les écouter, sourit-il. Adrien – pardon ! reprit-il en riant, « monsieur le curé de La Flotte » – y voit une parabole pour condamner les mauvaises actions, j'y vois juste une bonne histoire qui donne des frissons.

Avec cette dernière phrase, Camille comprit ce qui le liait intellectuellement à Jean-Baptiste, mais aussi la vision du monde qui les séparait. Ils avaient, semble-t-il, le mérite d'en débattre ouvertement. Le trajet ne parut pas long avec un tel compagnon de voyage car M. de Chesnel, très cultivé, partageait généreusement son savoir, aussi bien sur les légendes que sur les sciences de la physique pour lesquelles il se passionnait.

— Je me procure dès que possible les articles scientifiques les plus fameux, précisa-t-il. Vous rencontrerez peut-être à Paris ces célèbres philosophes, physiciens et mathématiciens qui tentent d'expliquer notre monde, autrement que par les superstitions et l'action unique de Dieu. Votre hôtesse, Mme de Tencin, a semble-t-il ses entrées partout. Profitez-en !

L'accostage fut laborieux : des planches mobiles avaient été installées pour éviter que les passagers se mouillent les pieds, mais l'ensemble était bancal et manquait de verser à chaque nouveau pas. Une bourgeoise de Sainte-Marie, engoncée dans ses jupes, bascula et se rattrapa à Camille qui n'eut d'autre choix que mettre un pied à l'eau, en perdant l'équilibre au milieu des algues noires. Il fallut la poigne d'un marin pour la soulever et la ramener au sec, mais sa jupe était gorgée d'eau et ses bas en piteux état.

Après avoir salué M. de Chesnel, qui rentrait chez lui à cheval, Antoine conduisit sa fille au chaud, dans un des cabarets du petit port. Il était bondé de voyageurs énervés, à qui l'on venait d'annoncer un retard dans le départ de la prochaine chaloupe car un grain se préparait. Les noyades étaient trop nombreuses pour prendre des risques inutiles mais les Rétais, pressés de rentrer, ou les Rochelais en affaire dans l'île ne l'entendaient pas de cette oreille. La marée ne les attendrait pas.

— Nous avons rendez-vous à La Rochelle avant midi, expliqua Antoine en regardant la montre qu'il portait attachée à son gilet, avec un gentilhomme qui t'escortera jusqu'à Paris – un Hollandais, je crois. Mme de Tencin a fait affréter un carrosse que tu partageras avec une domestique et une jeune veuve accompagnée de son enfant qui rejoint sa famille près de Blois. Vous avez près de dix jours de voyage avec autant de nuitées dans les villes étapes. C'est tout ce que me dit sa dernière lettre, termina Antoine en repliant la missive.

Le père et la fille prirent ensuite un coche qui assurait la liaison entre la Repentie et le port de La Rochelle, situé plus au sud. La ville aux rues étroites leur ouvrit bientôt ses portes. Même à Saint-Martin, Camille n'avait jamais vu autant de belles bâtisses, de commerces richement pourvus et de gens si bien vêtus. Il se dégageait un parfum de prospérité des toits d'ardoise, des maisons cossues et des rues grouillantes, où se pressait une population cosmopolite. Le rendez-vous avec le gentilhomme était fixé au cœur de la ville, dans le « canton des Flamands », où se réunissaient les négociants.

— Nous y sommes. Il nous attend à la fontaine Dauphin, indiqua Antoine en s'arrêtant sur une petite place encadrée d'arcades.

Près d'une haute fontaine en forme de tourelle, surplombée d'un buste de pierre, se tenaient quatre hommes qui parlaient fort dans une langue étrangère, que Camille n'identifia pas bien. Pourtant, elle avait déjà croisé des marins de tous horizons dans l'île. La discussion était animée, et l'on se tapait sur l'épaule en riant volontiers. Deux d'entre eux, les mains sur le ventre, montraient l'embonpoint rassurant des riches marchands du quartier, où s'étaient installées les populations du nord de l'Europe, en particulier flamandes. Les deux autres étaient tournés et l'un, mince et nerveux, avait le profil du navigateur buriné, prêt à reprendre la mer. Le dernier, de dos, dépassait tous les autres de son tricorne noir et devait faire au moins six pieds. Il paraissait plus jeune, mais dominait de toute évidence la conversation. Camille et Antoine s'approchèrent.

— Excusez-moi, commença timidement la jeune fille.

Personne ne sembla faire attention à elle, et l'échange animé continua comme si de rien n'était.

— Excusez-moi ! répéta-t-elle un peu plus fort.

L'un des marchands posa les yeux sur Camille avec étonnement, puis il fit un signe entendu au géant qui lui faisait face. Celui-ci se retourna à regret et toisa l'adolescente d'un regard bleu acier. Le visage à la fois jeune et sévère, d'une beauté différente de celles auxquelles elle était habituée, impressionna Camille qui se sentit minuscule et mit du temps à retrouver son assurance, d'autant plus que le gentilhomme la scrutait sans aucun effort de courtoisie. Antoine entoura les épaules de sa fille pour la soutenir, et prit les devants :

— Bonjour messieurs, excusez-nous de vous déranger. Je suis Antoine Lemonnier, et voici ma fille Camille. Nous avions rendez-vous à cet endroit avec…

— … avec moi, j'en ai bien peur, asséna l'homme aux yeux azur, avec un léger accent.

On ne pouvait être plus mal aimable. Il se tourna vers ses amis et prit congé, en montrant clairement combien cela lui pesait. Puis avec un soupir de lassitude :

— Bien. Vous voilà donc ! Camilla, c'est cela ?

Il avait prononcé son nom en néerlandais. Elle n'osa le contredire et hocha sagement la tête, refroidie par cet accueil qui semblait la jauger, comme on soupèse un colis avant l'expédition. La mise du gentilhomme paraissait simple au premier abord, mais un bref examen de son manteau suffisait à reconnaître la richesse des étoffes et l'élégance de la coupe.

— Je suis Jan Hendrick, un ami de Mme de Tencin. C'est moi qui vous accompagnerai jusqu'à Paris. J'ai ici la lettre de recommandation promise, monsieur « Lemmônière » ?

Il écorchait un peu les noms propres mais son français était excellent, si bien que Camille le soupçonna de surjouer l'étranger pour les déstabiliser davantage, et les dissuader de trop parler. Le regard à demi-caché sous son feutre, il tendit une lettre cachetée, avec une moue narquoise qui semblait dire « procédons donc à l'échange, cette gamine contre un moulin » mais il se garda de tout commentaire, et reprit avec le minimum de politesse :

— Tout est prêt pour le départ. Avez-vous des malles à faire chercher ?

— Non, Camille n'a que ce sac, répondit Antoine sur le même ton sec, en tendant le bagage à main.

Le gentilhomme parut surpris du maigre paquetage, mais le saisit rapidement.

— Mademoiselle, nous avons beaucoup de route à faire et nous partons sur l'heure. Je vous laisse dire adieu à votre père, et je vous attends en bas de la rue.

Il s'éloigna puis revint sur ses pas, se sentant sans doute obligé à plus de courtoisie :

— Ne vous inquiétez pas, monsieur. Je veillerai à ce que rien n'arrive à votre fille. Elle est en sécurité avec moi, je peux vous l'assurer.

Sur ce, il baissa la tête dans une sorte de salut militaire et s'écarta rapidement. Antoine, peu habitué à ces manières, grommela sur les Hollandais en général et sur celui-ci en particulier, ce qui eut le don de détendre un peu Camille qui rit et enlaça son père tendrement.

— Fais attention à toi, ma chérie. Emplis ta tête de connaissances et d'expériences, mais n'oublie jamais d'où tu viens.

Sur ces mots, il glissa dans sa main un petit sac de lin fermé par un ruban, l'embrassa sur le front avec émotion et l'obligea à rejoindre Jan Hendrick, à l'angle de la rue qui menait à la Grosse Horloge.

Puis il se détourna rapidement pour qu'elle ne voie pas ses yeux s'embuer.

Le Hollandais impatient attendait Camille et lui saisit le bras pour accélérer le pas, de ses doigts fermes et sans douceur. Il marchait à vive allure, ce qui obligeait la jeune fille à courir, si bien qu'elle manqua plus d'une fois trébucher avant qu'ils n'atteignent le port. Ils passèrent sous la Grosse Horloge qui venait d'être rénovée, et arrivèrent sur les quais. L'effervescence était partout : ici les sardiniers débarquaient des paniers de pêche, là on marchandait sous les auvents, pendant que, sur le quai opposé, les marins déchargeaient du bois ou des colis de fourrures venues du Canada. Le port envasé obligeait à de multiples allers et venues sur de petites barges car les navires à gros tonnage restaient ancrés plus loin.

Camille essayait de tout voir, des immeubles de pierre aux grandes Tours qui gardaient l'entrée du port, se promettant de revenir dans cette ville fascinante, sans être littéralement traînée par un guide indélicat. Vers l'est, ils parvinrent enfin sur une placette entourée d'auberges, où un domestique s'empressa d'amener un grand étalon bai, scellé et harnaché. Jan Hendrick ne daigna pas remercier et se tourna vers la jeune fille :

— Vous êtes déjà montée à cheval ?

C'était à peine une question, comme une évidence, que Camille détrompa l'air affolé, en secouant négativement la tête. Il leva les yeux au ciel :

— Bien. Nous ferons avec. Ce ne sera pas long. Nous devons juste sortir de la ville, où nous attendent le carrosse et vos compagnes de voyage.

Puisque vous avez eu la bonne idée de n'emmener qu'un petit bagage, et que vous ne devez pas peser plus qu'un fétu de paille, vous allez monter avec moi.

Pendant qu'un domestique tenait la bride de la monture et qu'un autre attachait le maigre paquetage à l'arrière du troussequin, Jan Hendrick fixait Camille de façon énigmatique. Au bout d'un moment, il lui fit signe d'approcher et la hissa avec facilité sur la selle. Il avisa alors le bas de sa robe détrempé par l'eau de mer. Pour la première fois, un sourire en coin effleura sa bouche :

— Où diable êtes-vous donc passée ? Auriez-vous rallié le continent à la nage ? Mme de Tencin ne m'avait pas dit que je convoierais une sauvageonne ! Voilà qui va changer mes habitudes.

Il monta derrière elle avec souplesse, glissa son bras gauche autour de sa taille avec autorité, dans un contact embarrassant pour l'adolescente, et chuchota contre sa nuque avant d'éperonner le cheval :

— Accrochez-vous ! Et surtout, ne fermez pas les yeux.

VOYAGE VERS LA CAPITALE

Tourte chaude à l'angélique

Le carrosse attelé de quatre chevaux attendait sur une esplanade ombragée à côté de la grande route droite, en direction de Niort. Le cocher était un petit homme un peu rougeaud, aux traits pleins, qui semblait très contrarié en abordant Jan Hendrick.

— Le temps se gâte, monsieur, et nous avons pris du retard : même en menant grand train, nous ne serons pas à Niort avant la nuit.

— Eh bien, nous terminerons à la lanterne. Ces dames n'y verront pas d'inconvénients.

Tout en parlant, le Hollandais bascula souplement à terre puis fit descendre Camille, sans même s'enquérir de son confort, tandis que le cocher, nerveux, continuait à exprimer ses craintes :

— Pardonnez-moi d'insister, monsieur, mais je dois vous rappeler que nous ne pouvons pas circuler de nuit. La voie doit être laissée aux chevaux de poste et la route n'est pas sûre dans l'obscurité.

— Ne vous inquiétez pas, il y a peu de circulation ce soir, et les brigands resteront chez eux ! Allons, embarquons !

Il mena Camille près de deux jeunes femmes qui attendaient à côté du véhicule, alors qu'un petit garçon d'environ cinq ans jouait un peu plus loin.

— Mesdames, salua Jan en soulevant son tricorne, installez-vous, je vous en prie, afin que nous puissions prendre la route. Vous aurez tout le temps de faire connaissance pendant les six heures qui nous séparent de la première étape. Nous ferons des pauses pour le bien de l'enfant et pour vous dégourdir les jambes. Je vous suis à cheval.

D'un geste souple et décidé, il rangea le sac de Camille dans un coffre de bois situé à l'arrière du carrosse, où s'entassaient déjà d'autres bagages. Les trois femmes prirent place sur les banquettes en vis-à-vis, la jeune mère et son fils s'installant côte à côte, puis on ferma les portières. Camille se demanda pourquoi les montants étaient garnis de tissu épais mais le premier cahot la renseigna bien vite. Elle s'était déjà mordu la lèvre jusqu'au sang, alors qu'ils quittaient à peine La Rochelle.

Plongeant la main dans son escarcelle de cuir pour y trouver un mouchoir, elle sentit le petit sac de lin que lui avait confié son père. Les larmes affluèrent quand elle fit glisser entre ses doigts une poignée de sable et quelques minuscules coquillages nacrés. Cette fois, elle était vraiment partie.

Quand une pluie fine se mit à battre les fenêtres à mi-parcours, elle ne s'inquiéta pas pour Jan Hendrick, à qui elle souhaitait même d'en découdre un peu, mais pour le cocher, installé dehors, qui surveillait la route pour éviter les ornières. Ses compagnes de voyage ne semblèrent pas s'en émouvoir le moins du monde, et gardaient un silence pesant.

En regardant le paysage défiler par la fenêtre, entre plaines et forêts, elle apercevait le gentilhomme hollandais qui avançait au trot à même hauteur que le carrosse, car la route était large sur cette portion. De temps en temps, il accélérait, puis revenait se caler sur le même rythme, jetant de rapides coups d'œil à l'habitacle du véhicule. Quand il croisait le regard de Camille qui l'observait sans vraiment s'en rendre compte, il avait un sourire froid, qui forçait la jeune fille à détourner son attention sur ce qui se passait à l'intérieur, bien que l'impression d'enfermement l'indisposât un peu.

Camille sourit à sa voisine, une jeune fille aux cheveux auburn d'environ vingt ans, rose et joufflue, avec les yeux rieurs, qui n'attendait que ce signe pour se lancer.

— Bonjour mademoiselle, c'est moi qui suis à votre service pendant le trajet, et je resterai avec vous à Paris, chez Mme de Tencin.

Camille n'était absolument pas habituée à ce genre de discours et resta un moment interdite. Chez elle, Amélie était au service des Lemonnier mais la hiérarchie était presque imperceptible car la vieille servante vivait avec eux, comme un membre de la famille.

— Bonjour, répondit-elle gênée, saluant la jeune mère également. Vous pouvez m'appeler Camille. Je suis heureuse de vous connaître et de voyager avec vous. Quel est votre nom ?

Ce fut au tour de la jeune servante de marquer un temps d'arrêt. Elle n'était pas habituée au vouvoiement et s'était préparée à jouer des courbettes pour une jeune noble capricieuse, mais la maîtresse qu'on lui servait ne correspondait pas du tout aux critères attendus. Elle ne savait pas si elle devait s'en réjouir bien que sa première impression, quand elle avait aperçu Camille avec Jan sur le cheval, l'ait détendue un peu. La jeune fille avait l'air fragile et simple, à coté du fier Hollandais.

— Je m'appelle Louison. Et voici Mme Renaud, ajouta-t-elle en présentant la jeune femme assise en face d'elles, et son fils Samuel. Elle part comme vous de...

Un écart du carrosse l'interrompit brutalement, alors que tout le monde était ballotté de gauche à droite. L'enfant, qui s'était endormi, ouvrit de grands yeux terrifiés puis replongea aussi vite dans le sommeil, sous la caresse apaisante de sa mère.

— Elle part comme vous de La Rochelle, reprit Louison comme si de rien n'était, pour rejoindre sa famille. Moi, je suis toulousaine à l'origine mais là, j'arrive de Saint-Émilion près de Bordeaux.

Camille s'expliquait désormais l'accent chantant et le débit rapide. Elle n'eut pas besoin de poser les questions : Louison était partie à raconter son parcours, avec force anecdotes et plaisanteries. Elle s'excusait régulièrement des mots employés, du ton un peu badin mais, voyant que Camille n'y trouvait rien à redire, elle reprenait de plus belle, égayant le tumultueux trajet. Elle était orpheline et avait été confiée à l'Hôtel-Dieu de Toulouse, près duquel elle était née au début de l'année 1725.

— On me trouva quelques qualités et surtout celle de survivre, en particulier lors de la grande inondation de 1727 ; pourtant je n'avais pas encore trois ans. Les religieuses m'ont appelée la « miraculée » et j'ai été traitée avec affection. Très vite, je me suis rendue utile à l'Hôpital auprès des médecins et des sœurs grises[1]. Je suis capable de vous soigner si c'est nécessaire, et si ce n'est pas trop grave !

Elle riait et parut à Camille la joie de vivre personnifiée, en comparaison de l'austère jeune femme qui suivait les échanges sans aucune expression, réservant à son fils ses seuls sourires attendris.

— Quand j'avais à peu près votre âge, on m'a envoyée au couvent des Ursulines, à Saint-Émilion près de Bordeaux, grâce à l'intervention d'un gentilhomme gascon qui m'avait vue si dévouée à l'Hôtel-Dieu et dont la sœur enseignait là-bas. J'y ai beaucoup appris et j'y ai servi aussi.

— Et comment vous retrouvez-vous dans ce carrosse ? demanda Camille intriguée.

Une nouvelle secousse les projeta l'une sur l'autre, ce qui eut le don de détendre un peu plus l'atmosphère. Elles pouffaient toutes les deux, s'apprivoisant peu à peu et confirmant en quelques heures la bonne impression de départ.

— Mon bienfaiteur a une connaissance qui lui est chère à Paris, un homme originaire de ma région où il a exercé en tant que médecin. C'est le bon ami de Mme de Tencin : peut-être le connaissez-vous ?

— Jean ? C'est un des seuls noms que j'ai retenus parmi son entourage proche, quelqu'un qu'elle estime beaucoup et dont je sais qu'il est médecin.

1. Nom donné aux Sœurs de Saint-Vincent-de-Paul, inspiré de la couleur de leur robe de bure.

— C'est sûrement lui ! M. Jean Astruc[1] ! Bref, il recherchait une domestique instruite et ayant quelques notions de santé car la baronne n'est pas au mieux, vous le savez sans doute. Et me voilà ! Entre-temps, on m'a informée que je vous servirai pendant la durée de votre séjour.

— Je m'en réjouis, Louison, mais je serais curieuse de savoir comment on a pu vous présenter la chose.

Camille se sentait gênée face à cette jeune fille instruite et expérimentée qui se mettait à son service, alors qu'elle-même était fille de meunier, et n'avait eu comme seul enseignement que l'école paroissiale, les échanges familiaux et les expériences dans la nature. Elle se savait privilégiée dans l'île, mais les premiers échanges avec Jan Hendrick et maintenant Louison lui faisaient prendre conscience qu'il n'en serait pas de même à Paris. Un sentiment d'imposture la saisit, auquel s'ajouta un état nauséeux latent provoqué par les remous du carrosse. Louison, pour sa part en pleine forme, était prête à discourir sans discontinuer, mais le cocher ralentit bientôt puis stoppa le véhicule. Jan ouvrit la portière.

— Nous nous arrêtons quelques minutes, mesdames. Essayez de marcher un peu et de prendre vos précautions. Nous continuerons ensuite sans pause jusqu'à Niort, car la nuit tombe.

Il parlait à nouveau de façon sèche et autoritaire, évitant toute galanterie, mais se radoucit

1. Jean Astruc (1684-1766), né dans le Gard, était un médecin spécialisé dans les maladies vénériennes et la gynécologie-obstétrique, ayant enseigné à Toulouse et Montpellier, et héritier de Mme de Tencin.

un peu en voyant le teint cireux de Camille. D'un regard à Louison, il la chargea tacitement de s'en occuper, puis s'approcha de Mme Renaud, à qui il s'adressa à voix basse. Le petit Samuel était un enfant singulièrement calme pour son âge et s'accrochait à sa mère. Le gentilhomme se pencha pour caresser sa tête brune et lui tendit un petit navire en bois, sans doute acheté à La Rochelle, qu'il gardait dans une sacoche.

À l'idée de remonter en voiture, Camille fut soudain prise de hoquets incoercibles et vomit le peu qu'elle avait dans le ventre, devant le marchepieds. Elle entendit Jan Hendrick jurer sourdement, et fut heureuse de sentir le bras de Louison qui la soutenait, puis lui tendit un mouchoir.

— Cela va aller, M. Van Lynden. Je vais m'occuper d'elle.

Il acquiesça et remonta à cheval, pendant que le cocher allumait en bougonnant les deux lanternes à l'avant du carrosse. Les jeunes femmes prirent place en silence dans la pénombre qui s'installait. Camille se sentait un peu mieux et questionna Louison :

— Pourquoi l'avez-vous appelé d'un autre nom ? Il ne se nomme pas Hendrick ?

— Si ! Hendrick Van Lynden. Il appartient à une grande famille hollandaise, mais il vit la plupart du temps en France. Je crois qu'il est un peu aventurier en fait, gloussa-t-elle.

Elle regarda par la fenêtre le gentilhomme qui montait en selle, et reprit sur le ton de la confidence, en oubliant toute réserve :

— Il a sacrément fière allure ! J'ai toujours rêvé qu'un homme comme lui m'enlève et m'entraîne dans ses aventures.

— Mon Dieu, non ! rétorqua Camille en riant, se réjouissant de la tournure amicale que prenait la conversation. Je le trouve vraiment désagréable, et terriblement présomptueux !

Mme Renaud soupira bruyamment et les jeunes filles reprirent en chuchotant. Camille parla un peu d'elle et de sa famille sans rentrer dans les détails, en chantant surtout les louanges de l'île de Ré que Louison ne connaissait que de nom.

— Il paraît qu'il y a des familles entières de protestants qui y vivent encore. Est-ce vrai ? On m'a bien mise en garde contre ces gens et leurs pratiques. Et on m'a parlé des baleines aussi, et des enfants sauvages qui leur parlent.

Camille riait de ce mélange improbable d'idées reçues et de folklore. Elle savait que l'île avait abrité de nombreux huguenots au siècle précédent, en particulier des familles de sauniers qui récoltaient le sel dans les marais du bout de l'île, mais les persécutions et la répression, après la révocation de l'Édit de Nantes, les avaient peu à peu fait disparaître ou, en tout cas, rendus invisibles. Certaines familles avaient publiquement renié leur foi ou s'étaient montrées très discrètes à la pratiquer, ce qui ne constituait pas dans l'île un délit si abominable. Songeant que Louison ne comprendrait peut-être pas, elle n'alla pas plus loin sur ce point.

— Pour les baleines, et les enfants sauvages, c'est vrai ! Et il y a les serpents de mer, et les sirènes aux yeux jaunes, commença-t-elle sur un air faussement docte, en donnant des preuves fantaisistes, piochées dans les veillées d'Amélie.

Le petit garçon écoutait attentivement, de toute évidence plus intéressé par les légendes que par le verbiage incessant qui avait bercé le début du voyage.

En milieu de soirée, alors qu'il pleuvait à verse depuis plus d'une heure, le carrosse arriva enfin à Niort, une petit ville en bord de rivière, protégée par son enceinte médiévale. Pendant que ces dames descendaient pour trouver enfin le réconfort de *L'Auberge de la Chamoiserie,* le cocher, trempé jusqu'aux os, exprima à nouveau son mécontentement :

— Nous aurions dû nous arrêter au *Cheval Blanc,* à Mauzé-sur-le-Mignon[1]. C'est une très bonne hostellerie, et la maîtresse de maison est tout ce qu'il y a de plus charmante. On y mange de ces petits pâtés aux herbes qui vous...

— Rien ne vous empêche d'y retourner ! coupa Jan, lui aussi dégoulinant. Si vous partez maintenant, et en courant, vous aurez peut-être le temps de vous y goinfrer et d'être de retour demain aux aurores.

Le cocher baissa la tête devant ce persiflage et ne fit plus de remarques. D'un dernier coup d'œil, Camille vit deux valets prendre en charge les chevaux dans la cour, selon un protocole bien rôdé, puis pénétra à la suite de ses compagnes dans la salle commune de l'auberge.

Il y avait beaucoup de monde malgré l'heure tardive, mais l'entrée de Jan amena tout de suite une

1. L'un des relais de poste de la route Paris-La Rochelle (à peu près le 60e au milieu du XVIIIe siècle).

grande sollicitude. La maîtresse des lieux, une belle femme dans la force de l'âge, vêtue d'une robe bleu roi aux boutons dorés, vint le saluer immédiatement et ils furent installés près de la grande cheminée. On leur servit sur le champ une soupe fumante et de grosses tranches de pain blanc. Camille, qui n'avait pas mangé depuis la veille, se sentait un appétit d'ogre et se régala du potage, puis des œufs à la coque accompagnés de mouillettes beurrées. À côté d'elle, Jan conversait avec le maître des lieux qui s'était assis en face de lui et remplissait son verre d'un vin clairet :

— Je suis surpris d'une telle animation en soirée, disait-il avec son accent germanique, et j'ai eu peur un instant que vous n'ayez pu garder notre table et nos chambrées.

— Nous vous attendions, M. Van Lynden, et vous aussi mesdames, ajouta-t-il avec courtoisie. Avec la pluie à la nuit tombée, nous avons eu peur pour vous, surtout que les inondations par la Sèvre rendent le quartier difficilement accessible. Ça peut monter jusqu'à vingt-cinq pieds le long des murailles ! Mais le temps semble s'apaiser. En ce qui concerne la fréquentation ce soir, elle s'explique par la prospérité des manufactures niortaises, de peaux et d'étoffes. Cela draine beaucoup de monde, d'autant plus que s'annonce la foire royale, dans un mois.

— Oui, je connais un peu ce commerce des peaux : j'ai ramené une cargaison du Canada il y a quelques années, d'où mes contacts avec les marchands de La Rochelle qui m'ont recommandé votre établissement, adapté à de jeunes dames, m'a-t-on dit.

En parlant, il jetait de temps en temps un regard curieux sur Camille, qui continuait à dévorer sans perdre une miette de la conversation. Elle découvrait qu'il avait voyagé et qu'il savait aussi s'exprimer sans être acerbe.

— Comment une si petite personne peut-elle manger autant ? lui demanda-t-il pourtant, alors qu'elle entamait une tourte chaude aux pommes. Je croyais qu'il était de bon ton pour une jeune fille de manger avec parcimonie, et du bout des doigts ?

— D'abord je ne suis pas petite, rétorqua-t-elle vexée, et je n'ai jamais prétendu être au fait des usages et du bon ton !

Puis, après un court silence, elle lança :

— Mais il me semble que je vais beaucoup apprendre en votre compagnie, surtout en ce qui concerne les bienséances, car vous m'avez l'air d'être d'une galanterie exemplaire !

Elle fut surprise elle-même de sa répartie mais, ayant repris des forces, elle avait retrouvé sa combativité et ne comptait pas se laisser tancer de la sorte. Il eut l'air amusé et, riant à demi, poussa vers elle une deuxième tourte, que Mme Renaud avait dédaignée.

— Excusez-moi monsieur, demanda Camille au maître aubergiste, je suis curieuse de savoir ce que vous ajoutez à ces gâteaux pour qu'ils soient si parfumés.

L'homme parut surpris mais répondit de bonne grâce :

— Nous avons ici une petite cuisinière, qui a été formée par un maître queux bordelais. Je vais vous la chercher. Monsieur, si vous permettez.

Jan regarda Camille avec désapprobation, mais répondit poliment à l'aubergiste :

— Faites ! Pour ma part, je vais installer ces dames dans leur chambre. Je reviens vous chercher, mademoiselle Lemonnier. Mais de grâce, ne commencez pas à questionner ensuite les commis et les palefreniers sur le nombre de tables, ou la qualité du fumier.

La cuisinière montra un grand enthousiasme à parler de ses plats et de sa formation, ce qui laissa espérer Camille sur les possibilités laissées à une femme. Elle avait démarré comme servante à l'auberge, puis s'était naturellement imposée avec l'appui de la maîtresse de maison qui, selon elle, « portait la culotte », en glissant des idées au vieux cuisinier. À la mort de ce dernier, elle avait pris sa place.

— Pour la tourte chaude, j'ajoute des graines d'angélique dans ma compote, confia-t-elle. C'est une plante qui pousse bien dans le marais poitevin. J'en mets très peu, car sa saveur poivrée est forte, mais cela relève l'ensemble.

Quand Jan Hendrick revint chercher Camille une demi-heure plus tard, il la trouva dans une conversation toujours aussi animée, sur des sujets qui lui étaient étrangers : levain, farines, graines diverses et huiles de fleurs. Ayant réussi, non sans mal, à la persuader de gagner l'étage pour se coucher, il l'accompagna vers la chambre qu'elle partageait avec Louison, lui souhaita bonne nuit avec une courtoisie exagérée, puis referma la porte. « Quel drôle de petit animal m'avez-vous confié là, Mme de Tencin ? »

Infusion de thym et orviétan

Même si le train était plus raisonnable, le voyage du lendemain fut identique : des heures à rouler, avec des projections boueuses sur les fenêtres, le balancement rude des essieux et les craquements sourds de l'habitacle qui, à chaque écart, inquiétaient les voyageuses. On avait divisé sur deux jours la distance pour rejoindre Poitiers, afin d'épargner les chevaux sur ces routes où l'on s'embourbait de peur. Mais il fallut tout de même rouler plus de six heures dans des conditions difficiles.

Camille avait le mal des transports mais essayait de prendre sur elle, ne voulant pas donner à Jan Hendrick de quoi la moquer. Elle réussissait cependant à soutenir la conversation avec Louison qui, à son grand soulagement, n'avait pas besoin de répliques trop fréquentes pour animer son discours. Lentement, Mme Renaud semblait se détendre et montrait par de timides sourires qu'elle s'intéressait aux échanges. Samuel était un petit compagnon discret et attachant : il parlait très peu, avec un vocabulaire enfantin pour son âge, mais sa mère le couvait d'un regard d'amour, comprenant chacune de ses mimiques.

On s'arrêta pour la soirée quelques lieues après la ville de Saint-Maixent, dans un relais simple mais confortable. L'établissement ne possédait que trois chambres, dont l'une était déjà occupée par un couple de riches bourgeois. Il fut convenu que les jeunes femmes et Samuel partageraient la plus grande des deux, laissant la dernière à M. Van Lynden.

Après le dîner qui présenta peu d'intérêt, sinon un vin goûteux vite enivrant, Camille eut besoin d'un moment de solitude et sortit dans la cour de terre battue. L'auberge possédait une petite écurie et des dépendances, car le maître d'hostellerie était également fermier et proposait sa production aux voyageurs qui s'attablaient chez lui. Les aliments étaient de bonne qualité, mais la transformation en cuisine ne leur rendait pas honneur. À la lueur des lanternes, Camille alla flatter l'encolure des chevaux et leur parla doucement. Sa famille lui manquait déjà, et elle eut un premier pincement au cœur en imaginant la veillée au bout de la ruelle, et la chaleur du foyer rétais.

En revenant vers le bâtiment principal, elle leva les yeux vers les fenêtres de l'étage et aperçut Louison qui marchait dans leur chambre, sans doute occupée à plier ses vêtements. Juste à coté, dans la chambre de Jan Hendrick, elle distingua malgré le verre grossier deux silhouettes enlacées dont l'une, immense, les cheveux noués sur la nuque, ne faisait aucun doute. Camille vit Jan saisir les épaules de la forme féminine et l'écarter doucement. Comme il s'approchait des vitres et regardait vers la cour, Camille se plaqua dans un recoin sombre, s'écorchant les coudes contre la pierre poreuse.

Quand elle remonta vers la galerie de bois qui desservait les chambres, elle était en colère. Cet Hollandais mal aimable lui faisait la leçon depuis deux jours, la reprenant régulièrement sur sa façon de parler aux gens et sur son comportement, alors qu'il recevait une femme le soir, sans doute une soubrette peu farouche, en usant de sa position sociale. Elle ne doutait pas de l'influence qu'il exerçait sur la gent féminine : de la maîtresse aubergiste aux jeunes servantes, elles minaudaient toutes en l'approchant, cherchant à lui plaire de façon à peine voilée. Et aussi désagréable puisse-t-il être avec Camille, il s'armait alors d'un sourire charmeur, qui faisait rosir les joues de ces dames.

Énervée, la jeune fille monta bruyamment les dernières marches et passa d'un pas lourd devant la porte du gentilhomme, en continuant à pester. Elle serra les dents en se maudissant quand elle entendit le loquet se soulever.

— Qu'est-ce qui vous arrive encore, à faire un tel raffut ? demanda-t-il derrière son dos, d'une voix désabusée.

Il prit soin de refermer sa porte derrière lui et s'approcha dans le corridor en levant une chandelle. Il avait ôté sa veste et son gilet, ne gardant que sa chemise dont le foulard de cou était dénoué et découvrait le haut du buste :

— Où êtes-vous donc passée ? Votre robe est pleine de poussière, et votre bras ?

Il retourna le poignet de Camille et aperçut un filet de sang qui coulait de son coude. Elle distinguait mal ses traits dans le couloir mal éclairé, mais il avait froncé les yeux.

— Demandez à Louison de vous soigner. Et je vous interdis de sortir à la nuit tombée ! Vous n'êtes plus dans votre île ici, à connaître tout le monde. Le moindre garçon d'écurie pourrait vous renverser sur la paille ! Oh, ne prenez pas cet air ahuri : vous n'êtes pas plus bête qu'une autre, je vous soupçonne même d'une certaine intelligence pour votre âge, mais cessez de n'en faire qu'à votre tête ! J'ai d'autres préoccupations en ce moment !

— D'autres préoccupations ? Je n'en doute pas ! répondit Camille en dégageant son bras qu'il retenait toujours. Le genre de préoccupations qu'on ne fait pas attendre trop longtemps !

Et elle le planta là, refermant vivement la porte de la chambre derrière elle.

— Je crois que je le déteste ! cria-t-elle à Louison, qui lui intimait de faire moins de bruit.

— Chut ! Samuel s'est endormi. Il était inquiet de ne pas avoir sa mère à ses cotés, mais j'ai réussi à l'apaiser avec une chanson de chez moi.

Camille embrassa la chambre des yeux. À droite, Louison, en chemise de nuit blanche, était assise sur la couche qu'elles partageraient pour la nuit. À gauche, l'enfant dormait dans un lit à duchesses[1] un peu incongru dans ce bâtiment de ferme, mais il était seul.

— Où est Mme Renaud ?

---

1. Ancien nom du lit à baldaquin.

— Elle est descendue chercher une infusion de thym, car elle a senti Samuel un peu fiévreux. Mais c'est vrai que cela fait longtemps à présent.

Comme pour lui répondre, la jeune veuve poussa la porte et entra dans la chambre. À la lumière de sa chandelle, elle donnait l'impression d'avoir pleuré, mais personne ne lui posa de questions. Au bout d'un moment, Louison demanda cependant :

— Vous avez ramené l'infusion ?

— L'infusion ?

— Le thym pour la fièvre de Samuel ?

— Ah, non ! fit-elle en semblant se souvenir. Ils n'en avaient pas en cuisine. J'ai un peu discuté avec la maîtresse de maison. Mais je vois que Samuel s'est endormi. J'espère que cela ira pour la nuit, car ce vilain rhume m'inquiète un peu. Bonne nuit, mesdemoiselles.

Elle se coucha au coté de son fils puis souffla rapidement la chandelle, laissant Camille à ses réflexions sur ses occupations galantes de la soirée, et ses relations sulfureuses avec le donneur de leçons hollandais.

Le lendemain, la petite équipée reprit la route vers Poitiers. L'état de Samuel était effectivement inquiétant : l'enfant, fiévreux, toussait par quintes violentes. Mme Renaud le cajolait en se voulant rassurante, mais ses traits tirés montraient une extrême fatigue. Camille avait épié la réaction de Jan Hendrick au matin quand il avait croisé la jeune veuve, mais n'avait rien pu déceler de plus, sinon qu'il était affable avec elle et très prévenant. Quand ils arrivèrent aux environs de

Poitiers, Jan arrêta le carrosse et fit quelques recommandations :

— Nous allons entrer dans la ville, et il se peut qu'on nous demande des papiers justifiant notre voyage. J'ai tout en ma possession, et je vous demande de ne pas intervenir.

Il jeta un regard entendu à Camille, puis se tourna vers Gabrielle Renaud :

— Comment va Samuel ?

— Il dort depuis notre dernier arrêt. Il est brûlant ! Je souhaite qu'on arrive rapidement.

— Dieu vous entende.

Camille devina plus qu'elle n'entendit cette dernière phrase de Jan. Il paraissait inquiet, guettant un danger dont elle n'avait pas conscience. Ils entrèrent bientôt dans la cité pictave par la porte de la Tranchée, et roulèrent dans les rues tortueuses. La ville était une capitale régionale et offrait un dynamisme important dans de nombreux domaines : on y trouvait une université, l'intendance de la Généralité, un tribunal de grande réputation, plus de trente couvents et presque autant d'églises. Poitiers se présentait comme une grande cité catholique, particulièrement impliquée dans la contre-réforme et la condamnation des pratiques protestantes, en particulier depuis les Grands Jours[1] du siècle précédent. Tout cela, Camille

1. Les Grands Jours de Poitiers (1634-1635) : sessions extraordinaires de justice destinées à affirmer le pouvoir royal, et par là même la religion catholique, au détriment des minorités protestantes contre lesquelles se concentrent les plaintes.

l'apprit le soir au dîner, quand Jan se montra plus détendu, et presque bavard.

— Ils ont beaucoup d'églises, mais aussi des auberges qui valent le détour ! lança-t-il en piquant à nouveau dans la potée au lard qu'on leur avait servie.

Ils s'étaient arrêtés aux *Trois Piliers*, un établissement d'architecture médiévale réputé pour sa cuisine. Mme Renaud était restée dans la chambre pour s'occuper de Samuel qui avait réussi à boire un bouillon léger. Dans la salle principale, que le maître aubergiste avait pompeusement nommé « Salon », Louison et Camille, attablées devant une assiette bien remplie, ne se faisaient pas prier. C'est le ventre repu qu'elles montèrent se coucher pour une nuit qui allait être longue.

Elle trouvèrent Gabrielle assise près du grand lit, une bible à la main, qu'elle lisait comme si elle y cherchait des réponses. Samuel respirait fort et rapidement, mais s'était assoupi.

— Pouvons-nous vous aider, Mme Renaud ? demanda Louison.

— Je vous remercie. Je crois que la décoction de thym et tilleul que vous avez préparée lui a fait du bien. Allons nous coucher.

Mais vers le milieu de la nuit, Camille fut réveillée par les pleurs de Gabrielle qu'elle devinait à genoux contre le lit de Samuel. Des cris de plus en plus déchirants lui échappaient.

— Non ! Non ! Seigneur, viens-nous en aide ! Samuel !

Louison et Camille se levèrent, découvrant le petit corps secoué de convulsions. Quelqu'un tambourina à la porte et Camille, en ouvrant, vit Jan Hendrick, les cheveux détachés et la chemise enfilée à la va-vite, se précipiter dans la chambre avec un chandelier. Il éclaira la scène et saisit par les épaules la mère rendue à moitié folle :

— Gabrielle, reprenez-vous ! On ne doit pas nous entendre ! Je vais chercher un médecin. Vous ! ordonna-t-il à Louison, essayez de faire baisser la fièvre le temps que je revienne.

L'arrivée du médecin, un vieil homme peu conciliant, redonna foi à Gabrielle qui s'était résignée, le regard vide. Camille avait éclairé la pièce et disposé des linges propres. Louison rafraîchissait le front du petit malade avec le contenu d'une bassine de cuivre, posée à coté d'un autre broc empli d'eau bouillante. L'homme de science, pour sa part, ne semblait s'être levé qu'appâté par l'argent promis par le Hollandais, une coquette somme encore majorée au vu de l'horaire nocturne.

— Écartez-vous ! ordonna le médecin.

Il alla ouvrir la fenêtre en grand, laissant entrer un froid glacial dans la chambre. S'approchant de Samuel, il prit son pouls puis demanda après ses urines :

— J'ai bien peur qu'on ait affaire à une fièvre maligne d'une grande intensité. L'haleine est chargée et annonce un début de putréfaction, des suites d'un rhume opiniâtre et épidémique. Vous arrivez de La Rochelle, c'est cela ? Il ne vient jamais rien de bon des ports ouverts sur l'étranger. A-t-il vomi ou rendu des crachats glaireux ?

— Non, non, répondit la mère qui se décomposait peu à peu.

— Il s'agit d'un mal de gorge gangreneux, qui a pris de l'ampleur, et trop rapidement. Si j'avais un peu d'orviétan[1] sous la main, peut-être aurais-je pu intervenir. Je vais tenter une saignée pour réguler les humeurs, mais en dernier recours.

Il s'approcha du gentilhomme resté en retrait et lui dit à voix basse :

— Il y a peu d'espoir. Faites chercher un prêtre.

Camille vit Jan se figer alors que Gabrielle, qui avait entendu, gémissait comme une bête blessée. L'adolescente assistait à tout cela, totalement sidérée par la soudaineté des événements, l'insoutenable douleur de la mère et la bêtise évidente du médecin. À la vue du Hollandais immobile, dont le visage se décomposait pour ressembler lentement à celui d'un gisant, une pensée soudaine effleura son esprit : peut-être était-il le père du petit garçon, ce qui expliquait beaucoup de choses. La scène n'en était que plus tragique. Dans un élan, Louison agrippa Jan Hendrick par le bras et le secoua pour le faire réagir :

— Ne le laissez pas faire cette saignée : il va le tuer ! À l'Hôspital d'où je viens, cela fait des années qu'on a écarté ces pratiques désormais, surtout pour les enfants.

Jan, étrangement pétrifié jusque là, sembla reprendre conscience. Sa mâchoire se serra et il marcha d'un pas décidé vers le médecin, qui s'était déjà saisi d'un scalpel.

— Je vous remercie, monsieur, mais nous nous passerons de vos services, réussit-il à dire

1. Drogue très appréciée au XVIIe siècle, devenue depuis synonyme de charlatanisme.

calmement, avec un accent sonore. Je vous donne la somme convenue, et nous en restons là.

— Vous ne donnerez pas à cet enfant le droit à l'extrême onction ?

— Cela ne sera sans doute pas nécessaire ! dit une voix grave à l'entrée de la pièce.

Camille reconnut alors l'un des voyageurs qui avait dîné près d'eux, un homme d'une quarantaine d'années, aux cheveux noirs et aux sourcils broussailleux, qui ressemblait un peu à son père pour la présence rassurante. Il était accompagné par le maître aubergiste, qui l'avait mené jusqu'à la chambre.

— Quand vous m'avez demandé le nom d'un médecin, M. Van Lynden, je me suis permis de réveiller notre hôte, dont je connais les qualités. M. Tissot, ici présent, dit-il en désignant le vieux médecin, est un homme très compétent et bien connu à Poitiers, mais un deuxième avis s'avère parfois profitable.

L'aubergiste prenait des risques en s'opposant au médecin du quartier, mais il n'y avait rien de bon à enterrer un petit client de cinq ans. Le nouveau venu s'approcha de l'enfant inconscient, pendant que son confrère, saisissant la bourse tendue par Jan, sortait en jurant, promettant qu'on entendrait parler de lui et insultant copieusement les étrangers malhonnêtes, qui plus est soumis aux jérémiades des femmes. Camille craignit que Jan riposte mais le gentilhomme haussa les épaules avec dédain, murmura ce qui ressemblait à un « bon débarras » entre ses dents et se tourna vers le nouveau venu.

— Je me nomme Nicolas Quériand, se présenta celui-ci. Je suis physicien et membre d'une corporation de médecins parisiens. Permettez-moi d'ausculter ce petit. Et fermez cette fenêtre !

Jan le laissa passer avant de relever Gabrielle, en la soutenant près de lui. Camille poussa les vantaux et crocheta la poignée pour garder la chaleur de la pièce.

— La fièvre a causé les convulsions, mais je ne vois pas d'autres infections. L'air est sain et vous avez conservé une hygiène importante autour de lui, félicita-t-il en regardant Louison dont il avait perçu le dévouement, et sans doute la beauté appétissante dans sa seule chemise de nuit. Puis il se concentra à nouveau et reprit, après une palpation de la poitrine et de la gorge :

— Je vais lui administrer un peu de quinquina. C'est une écorce, certes amère au goût, mais qui fera baisser la température du corps. J'en rapporte justement d'une expédition en Amérique du Sud, afin de l'étudier plus avant. N'ayez crainte : dans quelques heures, cela ira mieux.

Après avoir terminé, il salua les jeunes femmes et fit signe à Jan Hendrick de le suivre. La conversation des deux hommes se perdit dans le couloir, mais Camille perçut le grand soulagement du gentilhomme hollandais.

Au milieu de la chambre, Louison et Mme Renaud, pleines d'espoir, se tenaient les mains à coté du lit où Samuel respirait plus facilement. Gabrielle tendit son bras vers Camille qui les rejoignit dans un élan, se sentant après une telle épreuve si proches de chacune d'elles.

Carbonate d'ammonium

Au matin, Samuel allait un peu mieux mais on attendit l'après-midi pour reprendre la route, ce qui permit à chacun de récupérer après cette nuit éprouvante. Nicolas Quériand s'informa au petit déjeuner de l'état de son jeune patient et donna des conseils à Gabrielle.

— Je pense que votre fils a des problèmes d'audition, liées à des infections répétées des voies respiratoires, ce qui explique en partie son retard de langage et cette distance avec les autres, dont M. Van Lynden m'a entretenu. Mais je le crois très intelligent et sensible. Il se protège peut-être du monde extérieur.

C'était un homme agréable, d'une grande simplicité, qui faisait montre d'un esprit affûté et curieux. Il avait beaucoup voyagé, en Afrique du Nord dans sa jeunesse pour en apprendre plus sur les sciences médicales, puis dernièrement au Pérou pour étudier des remèdes nouveaux. Visiblement sensible au charme de Louison, il lui donna de précieux conseils, en particulier pour aider Samuel.

— Faites des infusions de cyprès et d'échinacée, auxquelles vous pouvez ajouter de la réglisse. C'est à la fois préventif et curatif.

— Je vous remercie grandement de vos conseils. Vous êtes un médecin éclairé, si je peux me permettre, répondit Louison en rougissant.

— Ces deux termes devraient avoir le même sens. Bien ! Je vais vous quitter et reprendre la route. M. Van Lynden m'a dit que vous vous rendiez à Paris : je serais ravi de vous y revoir à l'occasion, mademoiselle Louison.

— Oui, à l'occasion, sourit-elle. Nous logeons chez Mme de Tencin, rue Saint-Honoré, à hauteur de l'Oratoire.

Il acquiesça, montrant qu'il avait bien noté, et salua la compagnie. Jan paya le séjour à l'aubergiste puis pressa le départ, et c'est sans grand enthousiasme que Camille retrouva l'habitacle confiné du carrosse.

Ils franchirent rapidement la porte Saint-Lazare, et s'apprêtaient à quitter Poitiers pour continuer leur route vers Paris quand, soudain, le véhicule ralentit et s'arrêta sur le bas côté. Camille se pencha et vit Jan Hendrick descendre de cheval et rejoindre un groupe d'hommes en uniforme. Elle n'entendait pas ce qui se disait mais, de toute évidence, le gentilhomme hollandais était tendu et peinait à garder son calme. Il dépassait celui qui semblait être le chef d'au moins un demi-pied, ce qui contraignait ce dernier à faire le coq, le menton dressé, pour montrer son autorité.

— Que se passe-t-il ? s'inquiéta Gabrielle Renaud dont la pâleur faisait peur à voir.

— Je ne sais pas, répondit Camille. Des hommes en uniforme nous ont arrêtés et interrogent M. Van Lynden.

Le groupe se rapprocha et Jan ouvrit la portière, hochant discrètement la tête avec une expression grave mais rassurante.

— Ces messieurs contrôlent les papiers des voyageurs, afin de vérifier que tout est en règle. Pouvez-vous descendre un instant, mesdames ?

L'officier aurait pu être bel homme, sans une maladie de peau dévorante qui rendait sa face et ses mains rouges et purulentes. Son second, beaucoup plus jeune, semblait timide et emprunté devant les jeunes femmes qui se tenaient devant lui. Jan fournit les papiers et croisa les bras avec assurance. Il était assez impressionnant, avec son habit noir ajusté à sa large carrure et ses bottes à revers. Camille s'aperçut qu'il portait une arme à feu à la ceinture, qu'elle ne lui avait pas vue jusque là, même si elle avait deviné l'étui d'une épée accroché à son cheval. Il fixait de ses yeux étirés le policier zélé :

— Pouvons-nous y aller, monsieur ? demanda-t-il avec une impatience polie.

— Attendez ! J'aimerais m'entretenir avec la jeune Mme… Renaud, c'est cela ?

— Oui, répondit-elle d'une voix étouffée en s'avançant. C'est moi.

— Quelles sont les raisons de votre voyage, madame ?

Gabrielle, livide, regarda Jan qui l'encouragea discrètement :

— Mon mari est mort il y a quatre mois, me laissant seule avec un enfant en bas âge. Nous vivions à La Rochelle, mais nous avions prévu d'embarquer prochainement pour la Nouvelle-France, où mon époux avait des relations commerciales. Je me suis retrouvée seule et sans revenu suffisant. Pour cette raison, je rejoins ma famille à Blois, qui va m'héberger avec mon fils, en attendant.

— Comment s'appelle votre fils ?

— Pierre... Pierre Renaud, comme son père.

L'homme contrôla les papiers remis par Jan, mais continuait à se montrer suspicieux. Il regarda Camille puis Louison, toutes deux debout le long de la roue arrière, puis passa sa tête dans l'habitacle du carrosse. Il n'eut pas le temps d'attraper la main de l'enfant terrorisé que Mme Renaud s'évanouissait contre le jeune officier, totalement dépassé par ce qui lui tombait littéralement entre les bras. Jan le libéra de son fardeau tandis que Louison sortait rapidement un petit flacon de sels qu'elle passa sous le nez de Gabrielle. L'odeur du carbonate d'ammonium eut un effet immédiat et celle-ci reprit très vite connaissance, mais elle faisait peur à voir.

— Qu'est-ce qui vous a pris ? Que craignez-vous ? demanda l'officier sans aménité.

Gabrielle hoqueta mais ravala ses larmes, puisant dans le regard de Jan la force qui lui manquait :

— Je n'ai pas peur. Je suis juste très fatiguée parce que... parce que j'attends un enfant.

Alors elle laissa libre cours à sa peine, à ce chagrin contenu qu'elle cachait à son fils et à ses compagnes de voyage. Seul Jan ne semblait pas surpris et jetait des regards incendiaires aux policiers. Camille, interdite, assistait à cette scène improbable, priant intérieurement pour que tout cela cesse et qu'on les laisse repartir. Son menton se mit à trembler et elle n'aurait pas été loin de pleurer elle aussi, si elle n'avait senti les doigts de Louison serrer les siens. Le policier, qui se donnait des airs agressifs mais n'était pas un mauvais bougre au bout du compte, sembla se résigner et rendit les passeports à Jan.

— D'où vient votre accent, monsieur ? Vous êtes un homme du Nord, assurément.

— Je suis Hollandais mais je vis en France depuis longtemps maintenant, où j'ai trouvé asile pour échapper à la guerre qui secoue nos deux pays[1]. Mais, comme vous l'avez constaté sur mes nombreuses lettres de recommandation et engagements officiels, je suis en règle avec votre administration.

— Je vois. On nous aura mal renseignés.

— Il me semble, répondit Jan avec calme. Qui recherchez-vous ?

L'officier hésita puis répondit laconiquement :

— On nous a laissé entendre que vous escortiez des adeptes de la religion réformée. Il n'en est rien d'après mon constat, dont je ferai le compte-rendu à la caserne.

Son ton restait énigmatique, mais se tournant vers les jeunes femmes, il prit congé :

— Je vous souhaite bonne route, mesdames, et vous prie de nous excuser pour cette fâcheuse méprise !

---

1. Guerre de succession d'Autriche (1740-1748) : conflit européen pour l'attribution du trône d'Autriche et la succession des états dépendant des Habsbourg, qui oppose la Prusse, la Bavière et la France d'une part, l'Autriche, la Grande-Bretagne, les Provinces-Unies et la Russie d'autre part.

Ce fut dans un soulagement indicible que tout le monde prit à nouveau place dans le carrosse. Jan installa Gabrielle, toujours en état de choc, puis s'inquiéta de Camille, dont le cœur faisait encore des bonds dans la poitrine.

— Tout va bien, chuchota-t-il en effleurant sa main.

Samuel joua avec le navire de bois tout le reste du trajet, laissant dormir sa mère qui s'était effondrée au bout de quelques minutes. Il avait encore de la fièvre, comme le prouvaient ses joues rouges et ses yeux brillants, mais ne délirait plus. Louison parlait peu depuis le contrôle de papiers, et Camille en profita pour regarder le paysage qui semblait glisser contre les fenêtres.

C'étaient de grandes plaines aux couleurs d'automne, qui vallonnaient bientôt en bocage verdoyant. Il y avait peu d'habitations mais des preuves de la présence humaine, paysans, laboureurs et éleveurs, se voyaient partout. Elle réfléchissait aux événements, essayant de mettre en place les différentes pièces. Depuis le départ, Jan et Gabrielle étaient sur le qui-vive, et entretenaient une relation à part, dont Camille avait imaginé qu'elle cachait une liaison coupable. Elle s'était interrogée sur ce qui la portait à condamner cet amour, alors que cela ne la touchait en rien : cela ne se faisait pas, voilà tout ! Mais cette réponse pleine d'à-priori ne lui convenait pas non plus : Gabrielle n'était pas austère, comme Camille l'avait d'abord pensé, juste triste et épuisée, mais elle avait menti sur le prénom de son fils, « Pierre » étant sans doute moins connoté que Samuel, prénom biblique répandu chez les huguenots. Elle se comportait parfois étrangement, observant beaucoup et parlant peu. Et elle et Jan avaient refusé le prêtre et la dernière prière pour Samuel quand ils l'avaient cru perdu. Camille regarda la jeune femme qui s'éveillait en face d'elle mais n'osa rien demander, préférant se laisser bercer par les cahots de la route. Gabrielle était protestante, elle n'en doutait plus et, en fin de compte, qu'est-ce que cela changeait vraiment ?

L'étape à Châtellerault fut la bienvenue. On se préparait à une route plus longue le lendemain, donc chacun eut pour mission de se reposer et de reprendre des forces. Pour Camille, cela passait toujours par un bon dîner. L'hostellerie proposait une terrine appelée far[1] dont elle se régala. Ici aussi, elle put s'enquérir des ingrédients auprès du cuisinier qui se plia de bon gré à l'exposé de sa recette :

— Je prépare le far en fonction des légumes de saison. Celui-ci contient du chou, de l'oseille, et les dernières bettes du jardin. Je cisèle le tout dans une farce où j'ajoute du lard, des œufs entiers et du pain ramolli. C'est ma mère qui m'a appris la technique, et je l'ai travaillée pour que cela soit beau, en plus d'être bon.

— Oui ! La forme en boule est appétissante, et les tranches sont régulières.

— En fait, je ficelle le farci dans des feuilles de chou, recouvertes de beurre et ça bouillonne lentement dans la marmite avec du thym et du laurier.

---

1. Appelé aussi farci dans la région, du latin *far,* « bouillie » ou « gâteau ».

— C'est délicieux ! remercia Camille avec enthousiasme, en engloutissant de larges morceaux de la terrine verte et parfumée.

Louison et Gabrielle prenaient de petites bouchées, tout comme Samuel encore convalescent. Mais Jan Hendrick mangeait de très bon appétit et écoutait avec curiosité les échanges improbables sur les aliments. Il avait fourni à Camille un écritoire de voyage grâce auquel elle notait chaque soir, sur des feuillets reliés, les informations culinaires de la journée.

Après la dégustation d'un petit fromage de chèvre savoureux et d'une purée de châtaignes au miel, Camille se lança :

— Excusez-moi, M. Van Lynden, mais j'aimerais vous poser une question. Vous allez encore me trouver naïve et me reprocher de sortir de mon île, mais je ne suis pas au fait de toutes ces histoires de religion, et sur ce que le policier cherchait cet après-midi... enfin si ! Je sais ce qu'est un protestant, mais je me suis toujours demandé pourquoi c'était mal.

Jan faillit s'enrouer et toussa bruyamment. Une lueur d'intérêt passa dans son regard, qui chercha discrètement celui de Gabrielle, assise en face de lui, alors que Camille évitait soigneusement la jeune veuve pour ne pas la mettre mal à l'aise. Jan but une longue gorgée de vin avant de répondre à voix basse :

— Je ne vais pas vous accuser d'être naïve mais imprudente. Faites attention à vos remarques, qui pourraient passer pour trop tolérantes vis-à-vis des calvinistes. Cependant on peut aussi vous féliciter d'être curieuse. Votre enseignement religieux a, de toute évidence, laissé un peu de place pour la réflexion. Le mal est une vision très relative des choses, parfois. Le vieux médecin aura trouvé étrange notre petite compagnie et le refus d'aller chercher un prêtre même si, Dieu merci, ce n'était pas nécessaire. La mentalité poitevine est toujours très remontée contre les huguenots qui auraient l'imprudence d'être restés sur ces terres. Vous savez sans doute comme moi qu'ils ne reconnaissent pas l'autorité du Pape ou bien encore que leurs pasteurs peuvent prétendre au mariage. Les persécutions ont été d'une grande violence par ici.

— Est-ce que vous êtes protestant vous-même ? demanda-t-elle inquiète, sans bien savoir pourquoi.

— Dieu m'en garde ! répondit-il en partant d'un rire qui lui fit penser qu'il se moquait. Je viens d'un pays qui a longtemps connu le pluralisme religieux et la coexistence des pratiques de culte. Je n'ai pas l'intransigeance française.

Son accent semblait reprendre tous ses droits quand il évoquait son pays d'origine. Louison avait abandonné la conversation, tout occupée à répondre aux questions d'un jeune noble qui s'était installé à coté d'elle à la grande table de chêne, mais Gabrielle écoutait de loin, avec un visage indéchiffrable.

— Et j'ai voyagé aussi depuis mes quatorze ans, plus jeune que vous aujourd'hui, reprit Jan en se servant à nouveau du vin. Le spectacle des cultures et des civilisations est d'un bon enseignement, si on l'observe avec un esprit neuf.

Les mots qu'il employait n'étaient pas sans rappeler à Camille ceux du père Jean-Baptiste : une façon posée d'appréhender le monde, même si leurs idées divergeaient sur la morale à en retirer. L'un faisait confiance à Dieu avant tout, l'autre ne semblait compter que sur lui-même.

— Vous avez voyagé où ? demanda-t-elle avec curiosité.

— Une fois au Canada, puis principalement en Asie et en Afrique orientale, dans les colonies néerlandaises.

— Mais vous n'êtes pas si vieux que ça, non ? Et vous n'avez pas de famille, pas d'enfant ? osa-t-elle en regardant Samuel.

Il avait suivi son regard et riait cette fois ouvertement.

— Dieu m'en garde également ! Votre imagination semble me prêter toutes sortes d'existences parallèles. Non, je veux rester libre de mes mouvements et je n'ai pas ce genre d'engagements. Mais j'y penserai sur mes vieux jours qui, comme vous le faites remarquer si élégamment, se rapprochent dangereusement !

Au regard amusé mais détaché de Gabrielle, Camille comprit qu'il n'avait rien à voir avec Samuel et l'enfant à naître. Elle avait cherché mais n'avait de toute évidence trouvé aucune ressemblance entre le petit garçon brun et ce géant aux airs de viking, qui se montrait protecteur mais jamais vraiment affectueux.

Quand chacun eut regagné ses pénates, Gabrielle s'installa sur un coffre au bout du lit, qui rappelait à Camille les maies dans lesquelles on conservait les farines, et parla longuement :

— Je suis désolée de vous avoir causé du tort cet après-midi, avec ce policier. Mon intention n'était pas de vous exposer au danger. Je veux juste mettre mon fils à l'abri, et être prête à accueillir le bébé. C'est à cause de cette grossesse que nous n'avons pas quitté la France avant. Puis mon mari est mort de cet accident dans le port, fin juin, et rien n'a plus été comme avant.

Elle s'arrêta un instant, cherchant à déceler une réaction sur le visage attentif de Camille et Louison. Elle trouva sans doute la compréhension et l'empathie qu'elle y cherchait car elle continua :

— Jan Hendrick était comme un frère pour lui, car ils avaient navigué ensemble lors d'une expédition au Canada, il y a de cela une dizaine d'années, alors que Jan était très jeune… et il paraît qu'il y a des épreuves qui créent des liens indéfectibles, au-delà des croyances. Jan est le parrain de Samuel devant Dieu, même si cela reste symbolique. C'est pourquoi il a proposé de nous accompagner à Blois, en profitant de son voyage vers Paris. Sans cela, je n'aurais jamais quitté La Rochelle mais il n' y avait plus rien pour nous là-bas.

Des larmes silencieuses coulaient sur ses joues. Après un long moment, Camille regarda Louison pour avoir son assentiment, puis se leva et posa ses mains sur les épaules de Gabrielle :

— Nous garderons votre secret et ferons tout ce qui est possible pour vous protéger jusqu'à Blois, soyez-en sûre.

La rage au ventre

Les flammes avalaient tout sur leur passage, dans un crépitement ininterrompu. Une fumée noire s'élevait dans le ciel et semblait peu à peu occuper tout l'espace, brûlant la gorge en pénétrant dans les poumons saturés. Camille entendait des cris atroces mais ne distinguait ni silhouettes, ni bâtiments, seulement un brasier infernal qui dansait autour d'elle sans l'atteindre. Le visage de son père, grièvement brûlé, émergea de l'incendie, puis celui de ses frères, et de Gaspard, mais leur regard semblait déjà mort. Soudain, un craquement sourd annonça la rupture de poutres au-dessus d'eux et une masse sombre s'abattit brutalement, écrasant tout dans une lumière sanglante, qui s'estompa rapidement jusqu'à l'obscurité totale.

— Non ! Non !

Camille gémissait dans son sommeil, se débattant entre les draps. Louison, réveillée en sursaut, la secoua doucement :

— C'est un rêve. C'est juste un rêve !

Camille ouvrit des yeux hagards dans la pénombre de la pièce. Le soleil se levait et commençait à répandre une faible clarté sur les meubles et les vêtements entassés, révélant la petite chambre d'une auberge, dont la cheminée brillait encore de quelques braises. Camille se redressa en sueur, cherchant à reprendre ses esprits, à la fois soulagée de retrouver la réalité et oppressée par l'impression si palpable que lui laissait ce cauchemar. Depuis cinq jours qu'elle avait quitté l'île de Ré, elle n'avait pensé à sa famille et à Gaspard que par courts moments, car toutes les découvertes, les relations sociales, la fatigue du voyage occupaient amplement ses journées. Pour être honnête, elle écartait consciemment les réminiscences qui s'invitaient çà et là, par peur d'en pleurer. Mais le souvenir s'était rappelé à elle de la pire façon, nourri par l'angoissant secret de Gabrielle.

— Ça va aller ! rassura-t-elle, j'ai fait un cauchemar où les gens que j'aime brûlaient dans un incendie : mon père, mes frères et un ami d'enfance avec lequel j'ai grandi. Mon Dieu ! J'avais presque oublié qu'il pouvait leur arriver quelque chose pendant mon absence et que je n'en serais avertie que plusieurs jours après, voire des semaines.

— Vous pourrez envoyer des lettres quand nous serons à Paris et ils vous répondront sans doute.

— Oui, sans doute.

— Je n'ai pas ce problème, reprit Louison en essayant d'alléger la conversation mais se rendant compte trop tard du sens de ses propos. Je n'ai aucun lien familial si bien que je ne m'inquiète pour personne. Et personne ne s'inquiète pour moi.

— Pardon, Louison ! Je réalise combien je suis maladroite. Détrompe-toi : moi, je m'inquiète pour toi désormais.

Le voyage avait rapidement créé des liens entre les deux jeunes filles qui découvraient pour la première fois l'amitié féminine, loin des rivalités ou des jalousies. Camille avait couru ci et là toute son enfance, entourée principalement de garçons du village, et Louison ne se souvenait pas d'une compagne de son âge dans les hospices où elle avait été accueillie. C'était nouveau et sécurisant. Cependant, la relation s'établissait sur des fondations un peu tronquées car Louison était censée servir Camille, ce que Jan rappelait trop souvent. « Vous préparerez les bagages de Mlle Lemonnier, faites-lui monter une vasque et un pichet pour ses ablutions, pourriez-vous la coiffer un peu mieux, on dirait encore qu'elle a couru face au vent... »

Camille secouait négativement la tête en regardant Louison, mais celle-ci prenait sa tâche à cœur et redoublait d'efforts, mettant souvent mal à l'aise la jeune maîtresse qui n'en demandait pas tant. L'adolescente préféra en parler ouvertement et il fut convenu qu'elle tutoierait Louison, celle-ci mettant un point d'honneur, par déférence, à garder le vouvoiement. La servante cherchait des repères dans une hiérarchie sociale que Camille ne comprenait pas bien, d'autant plus que, avec les deux bustiers, les deux jupes et la simple robe bleue que possédait Camille dans son petit bagage, la séance d'habillement ne nécessitait pas d'aide particulière.

— Nous verrons cela quand vous aurez à piquer des épingles, à nouer des corsets et à dompter votre crinière de sauvageonne ! se moquait Jan Hendrick. Vous constaterez que les habitués du Salon de Mme de Tencin sont apprêtés, poudrés, enrubannés et parfumés jusqu'à la nausée. Je ne pourrai résister au plaisir de rester quelques jours là-bas, pour voir votre introduction dans ce petit monde.

Le gentilhomme hollandais se montrait moins distant et coupant qu'au départ, mais il se moquait facilement. Camille y voyait de la commisération envers sa jeunesse, sa naïveté ou son inexpérience. Et revenait toujours ce mot de « sauvageonne » qu'il affectionnait particulièrement. Elle n'aurait pu l'attaquer sur ce point : il était tout ce qu'il y avait de plus civilisé, dans son apparence comme dans ses manières. Il descendait tous les matins rasé de près, parfumé légèrement, habillé pour le voyage sans sacrifier l'élégance, comme si une armée de lavandières s'étaient occupées de ses bagages pendant la nuit. Certes, jamais encore elle n'avait vu un homme aussi bien mis, mais elle ne pouvait se garder de le trouver par trop méprisant.

La petite troupe avait fait deux haltes après Poitiers, l'une quelques lieues au-delà de Châtellerault, puis en direction d'Amboise. On avait contourné Tours, car il y était encore impossible de traverser la Loire, faute de pont, bien que le projet soit déjà à l'étude[1].

On s'apprêtait donc, après plus de soixante lieues, à entrer dans la ville de Blois le soir du sixième jour. Samuel s'était remis et se montrait plus communicatif, encouragé par sa mère, apaisée

---

1. Pont au dessus de la Loire à Tours : ce n'est qu'un peu avant 1760 que la route d'Espagne passera par la capitale tourangelle pour rallier Paris.

elle aussi et qui conversait volontiers. En cette fin d'octobre, la nuit tombait plus vite et Jan pressa le cocher pour accélérer un peu, mais la route du bord de Loire était quasiment impraticable, du fait des averses et des crues des jours précédents. Il fallut emprunter une sorte de déviation pour rejoindre le pont qui entrait dans la ville. Ce genre de désagrément était courant et l'on avait aménagé, grâce à la main d'œuvre gratuite de la corvée royale[1], un passage par la forêt.

Le chemin était étroit et força plusieurs fois l'arrêt pour éviter des fondrières. Les chevaux avançaient au pas dans une visibilité de plus en plus restreinte, du fait du crépuscule et de l'ombre portée par les arbres épais. Camille entendait les branches agripper le toit du véhicule et ripper contre les fenêtres. Une inquiétude sourde saisit les jeunes femmes, verbalisée très vite par Samuel qui répétait en sanglotant qu'il avait peur. Et il n'était pas le seul : Louison s'accrochait à Camille et cachait son visage contre son épaule à la moindre secousse. Bientôt, le cocher encouragea son attelage et le carrosse accéléra dans un espace dégagé.

Alors, tout alla très vite. Un cri du conducteur suivi d'un hennissement strident vit la voiture dévier de sa route et basculer violemment sur la droite, dans un craquement sec. Les voyageuses furent projetées les unes sur les autres contre la fenêtre qui avait touché le sol. Coincée entre Louison et

1. Sous le règne de Louis XV, sorte d'impôt (travail non rémunéré) mis en place pour construire et entretenir les chaussées. Chaque contribuable devait trente jours de corvée par an.

Gabrielle, qui protégeait son fils comme elle pouvait, Camille sentit une douleur vive sur sa tempe et un filet de sang chaud couler sur sa joue. Le tissu qui protégeait les montants n'avait pas résisté au choc, laissant saillir une pointe de bois fendu. Par chance, il n'avait qu'effleuré l'arcade sourcilière de l'adolescente qui, malgré des douleurs dans l'épaule et le cou, s'en sortait plutôt bien. Louison semblait s'être enroulée sur elle-même au milieu de ses jupons, et cherchait péniblement à retrouver la gravité pour se redresser.

— Tout le monde va bien ? demanda Camille.

Mais elle n'entendit pas la réponse, car un coup de feu retentit au même moment, suivi d'un hurlement atroce et d'un juron de Jan.

— In Godsnamm !

Les chevaux ruaient et hennissaient à tout va. Camille réussit à se redresser jusqu'à la portière du haut, mais la poignée résistait. Soudain, la porte s'envola et Jan passa la tête dans l'habitacle.

— Est-ce que ça va ? Est-ce que tout le monde est vivant ? Samuel ?

Une petite voix lui répondit, qui rassura la compagnie. Jan le hissa à l'extérieur, puis ce fut au tour des dames. En sortant, Camille s'aperçut que le gentilhomme hollandais était couvert de boue, avec les cheveux trempés qui lui cachaient la moitié du visage.

— Vous êtes blessée ? Votre tête ? s'enquit-il en apercevant le sang sur sa tempe.

— Non, ce n'est rien. J'ai heurté un montant dans la chute. Que s'est-il passé ? Nous avons été attaqués ?

— Oui, mais par la dernière chose à laquelle je m'attendais. Un loup ! J'avais entendu dire qu'ils rôdaient dans la région[1], mais si près de la ville… Il s'est jeté devant les chevaux, qui ont rué et fait basculer le carrosse. Le mien s'est cabré et m'a mis à terre. Je compterai mes côtes ce soir.

Il cherchait à détendre l'atmosphère mais le cocher semblait en état de choc. Tout l'attelage avait volé en éclat et l'un des chevaux était blessé à l'encolure. Le conducteur avait réussi à en retenir trois alors que le dernier, arrachant sa bride, était parti au galop droit devant. Leurs yeux étaient comme fous sous les oreilles baissées et les naseaux palpitaient bruyamment. Le loup gisait un peu plus loin, avec la gueule ouverte et le poitrail en sang. Camille ne put s'empêcher d'éprouver une sorte de pitié pour la forme maigre, victime de ses instincts et de sa faim.

Jan Hendrick rattrapa son cheval qui s'était enfui lui aussi, puis fouilla dans les sacoches de la selle. Après avoir trouvé sa pochette de cuir contenant son briquet à silex, il s'évertua à allumer les lanternes, mais l'humidité et son propre énervement rendaient la chose difficile. Au bout de plusieurs tentatives, la fibre d'amadou[2] prit feu et il put

---

1. Loups en Loir et Cher : de 1742 à 1755, des loups ont plongé la Touraine et le Vendômois dans une grande peur car ils attaquaient et tuaient les hommes avec plus de 130 cas recensés. Un détachement de louveterie fut envoyé sur place.
2. Matière cotonneuse issue d'un champignon, très inflammable. Pour obtenir du feu, on battait le briquet (sorte d'étrier en métal) sur un morceau de silex, en maintenant l'amadou à proximité afin qu'il s'enflamme.

éclairer un peu la scène. À l'avant, le cocher avait rattaché les chevaux et faisait le tour du carrosse pour voir les dégâts. En apercevant la roue arrière brisée, il fit un signe négatif à Jan Hendrick, qui jura à nouveau et revint vers les jeunes femmes.

— Mesdames, nous ne pouvons pas repartir avec la voiture et il reste environ trente minutes de route. La seule solution est de rejoindre Blois à cheval ; mais un seul est sellé, et il est impossible de prendre les bagages. Je les enverrai chercher ensuite, en espérant que les brigands ne prendront pas de l'avance. Samuel va monter à cru avec le cocher, tout comme moi qui vais prendre Mlle Lemonnier en croupe. Louison, vous chevaucherez la jument noire : elle est calme et, même sans selle, ne vous malmènera pas – bien que vous soyez quitte demain pour quelques douleurs. Ne vous inquiétez pas, nous resterons au pas. Je vous laisse mon cheval, Mme Renaud, sur lequel nous allons juste attacher l'essentiel. Ne traînons pas : ce loup n'était certainement pas tout seul.

Joignant les gestes à la parole, il entreprit de libérer les chevaux de l'attelage et incita les voyageuses à récupérer ce dont elles avaient besoin, avant d'aller se positionner près de la monture attribuée. Seule Gabrielle resta immobile, appuyée contre le carrosse renversé.

— Je... Je ne peux pas... monter à cheval !

Alerté par sa voix gutturale, Jan approcha la lanterne pour découvrir un visage tordu de douleur. Gabrielle pleurait, secouée par des spasmes dont il comprit l'horrible cause en éclairant la broderie souillée ourlant sa robe. Suivant son regard, Camille aperçut avec terreur les bas blancs tachés de sang et interrogea en silence Louison, qui s'était rapprochée :

— Dieu du ciel ! Elle est en train de perdre son enfant !

Pour la première fois, Camille voyait Jan Hendrick anéanti, sa haute silhouette figée par l'impuissance. Puis sa mâchoire se serra et il frappa de toutes ses forces sur le caisson du carrosse, qui s'enfonça sous le choc. S'ensuivirent des phrases incompréhensibles en néerlandais où, de toute évidence, Dieu n'avait pas du tout le beau rôle.

Après avoir retrouvé un calme relatif, il s'approcha de Gabrielle avec laquelle il s'entretint à voix basse, la maintenant debout comme un objet fragile. Puis il revint vers le groupe et s'adressa au cocher :

— Monsieur Duclos, vous escorterez les jeunes dames et l'enfant jusqu'à l'auberge, où vous vous installerez. Vous enverrez des palefreniers chercher les bagages avant demain midi : dites que je paierai grassement.

Puis il attrapa la bride d'Elegast[1] :

— Camille, prenez mon cheval et fermez la marche. Je m'occupe de Mme Renaud, que je vais conduire à l'hospice. Soyez prudents et ne nous attendez pas !

L'installation à l'auberge, qui aurait dû être joyeuse et se solder par un repas de fête, fut d'une effroyable tristesse qu'on essaya de cacher tant bien que mal au petit garçon, séparé de sa

1. Esprit elfe, héros du poème néerlandais épique *Karel ende Elegast* vers le XIIIe siècle.

mère dans d'atroces conditions. À leur arrivée, les deux jeunes filles supervisèrent le choix de trois Blésois pour soigner le cheval blessé et ramener les bagages dès l'aurore. Une autre équipe prendrait en charge un peu plus tard le carrosse renversé. Mais une fois ces tâches accomplies, le précipice s'ouvrit sous leurs pieds : l'attente se révéla bien pire que tout le reste.

Ni la décoration soignée, ni l'accueil odorant venant des cuisines ne purent lutter contre la rage que Camille ressentait, au plus profond de son ventre. Il y avait une injustice profonde dans cet acharnement du sort, qui lui rappela les souffrances de sa mère et les douleurs réservées aux femmes. Elle buttait constamment contre cette fatalité admise d'une soi-disant volonté divine.

Beaucoup moins tourmenté, le cocher s'était attablé avec d'autres conducteurs et racontait son aventure devant des mines ébahies, faisant claquer sa langue en buvant dans un gobelet d'étain.

— Un loup ! À l'approche de la ville ?

— Un loup énorme ! Grand comme trois chiens ! Avec des poignards à la place des dents et des yeux luisants dans le noir !

L'affaire allait nourrir les fantasmes et devenir anecdote terrifiante. Camille n'en revenait pas d'appartenir pour cette fois à l'histoire qu'aurait pu raconter Amélie à la veillée.

Jan ne revint qu'au petit matin, le visage ravagé et les traits marqués par une barbe naissante, aux reflets roux. Ses yeux bleus, naturellement étirés au point qu'ils disparaissaient presque quand il les fronçait, semblaient enfoncés profondément entre les sourcils larges et les pommettes saillantes. Camille, qui avait attendu toute la nuit près de la cheminée de la grande salle, avant de s'assoupir aux premières lueurs du jour, ne l'entendit pas approcher. C'est lui qui serra doucement son épaule pour l'éveiller. À son regard funeste, elle comprit qu'il n'y avait plus d'espoir.

RUE SAINT-HONORÉ, PARIS

Ali-Baba aux raisins de Corinthe

Confortablement installée dans un boudoir aux tentures turquoise, Camille relut la lettre qu'elle venait d'écrire à sa famille, datée du 6 novembre 1747.

Chers tous,

Cela fait maintenant dix jours que je suis installée chez Mme de Tencin, rue Saint-Honoré, bien que je ne puisse pas vraiment vous parler de la vie parisienne, car je ne suis pas encore sortie. Je ne sais par où commencer tant il s'est passé de choses depuis mon départ. N'ayez crainte, j'ai été fort bien reçue mais cela ne peut faire oublier comme fut éprouvant ce terrible voyage. Par un tragique accident de carrosse avant Blois, j'ai perdu l'une de mes compagnes, qui laisse un jeune enfant orphelin. Le gentilhomme hollandais qui nous accompagnait a fait son possible pour la sauver mais elle a été rappelée à Dieu dans d'atroces souffrances. Nous avons séjourné à Blois un peu plus longtemps, afin de confier le petit garçon à sa famille maternelle, qui ne le connaissait pas. M. Van Lynden s'est montré d'une grande bienveillance en prenant l'engagement de pourvoir à son éducation, mais ce drame nous a tous marqués, de telle sorte que l'arrivée à Paris s'est faite dans les larmes et le désespoir. Je suis heureusement aidée par Louison, engagée comme servante, mais qui joue surtout le rôle de confidente et amie. C'est une jeune fille de vingt-deux ans, très intelligente et gaie mais qui, comme moi, peine à reprendre pied après cette épreuve.

La vie à Paris s'organise doucement : Mme de Tencin a insisté pour nommer des précepteurs, qui me donneront des cours de latin et de musique, et autres enseignements paraît-il « indispensables ». Il est pourtant certain que je m'en serais dispensée sans regret, tout comme ces robes où l'on ne peut respirer et ces souliers à talons... Mais la nouveauté est partout, et je ne sais plus où regarder tant c'est grisant. Je dois bientôt être présentée dans le « Salon » de la baronne, qui m'a aussi promis du temps libre afin de découvrir les rues de Paris, et surtout les échoppes tenues par les maîtres boulangers du quartier.

Elle reprit sa plume pour terminer mais, n'ayant plus de place sur la feuille, écrivit verticalement dans la marge de gauche :

Je pense à vous très souvent et espère que vous vous portez bien. Ne vous inquiétez surtout pas pour moi. M. Van Lynden repart dans deux jours pour La Rochelle et vous fera porter cette missive.

Bien à vous, Camille.

Satisfaite, elle plia soigneusement la lettre pour former une enveloppe protectrice et la posa sur le petit secrétaire d'acajou, en attendant de la confier à Jan Hendrick. Il devait repartir le mercredi mais passerait la veille chez Mme de Tencin, car il était convié au dîner intime qui précédait l'ouverture du « Salon ».

Après deux mois de séparation, Camille avait retrouvé la baronne très affaiblie physiquement, ne se levant que par grande nécessité, mais gardant toujours un esprit vif et pertinent. Elle attendait la jeune Rétaise avec impatience et développa des trésors d'activités pour éloigner le spectre envahissant de la mort de Gabrielle Renaud. Camille se laissa guider dans une sorte d'indifférence polie, qu'elle se reprochait mais contre laquelle elle ne pouvait lutter.

Dès les premiers jours, il fut question de se vêtir à la parisienne. Un tailleur et son apprenti vinrent spécialement rue Saint-Honoré et proposèrent des tissus chamarrés et des dentelles arachnéennes. Camille n'avait jamais vu des matières aussi fines et osait à peine les toucher, de peur de les déchirer comme du papier. Trois robes furent commandées et une quatrième en camaïeu de verts, déjà prête, fut ajustée sur elle à coup d'épingles et de coutures. Le tailleur proposa également, avec un léger dédain, de reprendre la robe bleue qu'Antoine Lemonnier avait fait faire chez un drapier de La Rochelle, en y ajoutant un fichu de guipure écrue et des sous-manches de dentelle assortie. Il ajouta deux prétintailles[1] de la même broderie pour souligner le buste et présenta des bas accordés à chaque tenue. Cette garde-robe fut

1. Ornement fait d'une bande de tissu découpée et posée en applique. Le sens a évolué péjorativement en « fioriture ».

complétée de plusieurs chemises en cotonnade et d'un peignoir de taffetas jaune. Une malle à chaussures s'ouvrit sur des escarpins hauts à boucles, que Camille trouva grotesques mais sur lesquels il semblait bon de s'extasier.

— J'ai senti vos réticences face à ces tenues et ces ornements qui n'ont rien de confortable, lui dit peu après Mme de Tencin, mais c'est la rançon sociale que nous avons tous à acquitter ici. Vous y prendrez goût, vous verrez.

En cette fin d'après-midi, Camille était assise sur une bergère de velours rouge et profitait d'un moment calme avec son hôtesse, autour d'un thé parfumé.

— Je reconnais la beauté de ces étoffes et les coupes harmonieuses, répondit-elle en riant, mais je ne peux m'empêcher d'imaginer ces corsets et ces lourdes jupes sur nos plages rétaises. Et ces chaussures surélevées d'au moins cinq pouces : jamais vous ne me ferez tenir dessus !

— Voyez-vous, je les regrette presque, maintenant que j'ai tant de mal à me déplacer et que je ne tolère que les pantoufles.

En parlant, Mme de Tencin releva sa magnifique jupe de damas rose à passements verts, découvrant contre toute attente des souliers mous assez comiques.

— Rappelez-vous, Camille, le masque doit être attirant, sans trop intriguer, et l'on vous passera tout ! Même d'affreuses pantoufles de laine !

Elles avaient toutes deux retrouvé leur connivence, même si certains sujets étaient évités. Claudine-Alexandrine ne questionna pas sur les circonstances du voyage et éludait rapidement les interrogations de Camille sur le lien qu'elle entretenait avec Jan Hendrick. Au mieux avait-elle appris qu'ils s'étaient rencontrés six ans auparavant alors que, tout jeune homme, le Hollandais traitait des affaires commerciales à Paris et avait visité son Salon. Mais sur ce qui les rapprochait depuis, elle n'en sut pas davantage.

De fait, à leur arrivée rue Saint-Honoré quelques jours plus tôt, le gentilhomme, s'inclinant courtoisement, avait marqué respect et déférence pour la dame mûre, mais une tacite rivalité flottait dans l'air. Gênée au début, Camille s'était sentie intruse dans un dialogue truffé de sous-entendus et d'allusions qui semblaient pleines d'esprit à ceux qui les comprenaient. Le jeu des regards et l'attitude particulièrement prévenante de Jan à son égard lui avaient donné l'étrange sensation d'être l'enjeu d'une petite guerre de territoires. L'affection réciproque de la baronne et du Hollandais était cependant manifeste, laissant à nouveau Camille dubitative sur les liens qui les unissaient. À la fin de l'entretien, Jan avait pris congé souhaitant bon séjour à la jeune fille en la gratifiant d'un baise-main exagérément maniéré.

Les premières journées prirent très vite un rythme routinier avec des leçons littéraires le matin et des pratiques artistiques l'après-midi. Louison, quand on ne lui confiait pas d'autres tâches, eut le droit d'assister aux séances et se montra très assidue en latin, dont le vocabulaire l'enthousiasmait. Camille était plus dubitative et ne se passionnait pour la langue qu'au moment d'aborder les mythes chantés par les poètes. Elle montra en revanche d'excellentes aptitudes en musique mais, au bout de dix jours, elle manquait déjà cruellement de dépense physique. Le « Salon » du mardi allait amener un peu d'air puisqu'elle y serait présentée et ferait de nouvelles connaissances.

L'appartement connut dès le mardi matin une grande effervescence. Un ménage minutieux fut fait, des parquets aux plafonds, en passant par les lourdes tentures qui encadraient les fenêtres. La grande cheminée de marbre rouge fut époussetée, tout comme les candélabres de cuivre qui la décoraient et éclaireraient la pièce le soir venu. On dressa sur une grande nappe de lin blanc un couvert pour sept personnes, les « Sept Sages » comme les appelait Claudine de Tencin, avec une vaisselle en porcelaine de Vincennes[1] et des couverts d'argent ciselés.

— C'est toujours un dîner assez simple, précisa la baronne, avec un service à la française sans trop de zèle, afin que les invités se sentent bien. Quand vous pensez qu'à votre âge, Camille, je dînais vers 15 h puis soupais légèrement avant de me mettre au lit. On évitait absolument de sortir le soir. Voyez comme les mœurs changent : on n'imagine plus de nos jours converser et changer le monde à un autre moment qu'à l'approche de la nuit. Il paraît qu'on donne même des médianoches[2] à Versailles !

---

1. Ancienne porcelaine de Sèvres, dont l'entreprise fut fondée en 1740 avec le soutien de Louis XV et de Mme de Pompadour, pour rivaliser avec la porcelaine de Saxe. En 1756, la fabrique est transférée de Vincennes à Sèvres.
2. Dîner au milieu de la nuit.

Puis s'adressant à sa cuisinière, réunie avec les autres domestiques pour les dernières consignes :

— Qu'avez-vous prévu, Toinette, pour ce repas ?

— Sur vos conseils, madame, j'ai préparé des mets légers et variés : deux entrées de poissons pour le fil de la table, deux oilles[1] aux lentilles et à la paysanne à la mode de Versailles, des terrines de champignons et de chou-fleur, deux hors-d'œuvres dans des plats à festons et deux entremets. Il ne me reste qu'à aller chercher les petits pains chez maître Foucher et quelques douceurs.

— Bien. Alors nous sommes prêts. Nous recevons ce soir M. Marivaux, M. Duclos, M. Van Lynden, Mme Geoffrin et M. Montesquieu qui a quitté son cher château bordelais pour quelques semaines. Marmontel est souffrant : cela nous aurait amené un peu de jeunesse mais qu'importe ! Camille, vous vous joindrez à nous : j'ai déjà parlé de vous à nombre de mes convives et chacun est impatient de vous connaître. Prenez le temps de vous préparer : la robe verte sera parfaite. C'est une couleur qui sied à vos yeux.

Mme de Tencin semblait déjà très fatiguée par l'effort de ces préparations, si bien que Camille hésitait à faire sa demande.

— Comme il vous plaira. Mais je me disais : il reste encore plusieurs heures et… enfin… peut-être…

— Oh, Camille ! Ne tournez pas ainsi autour du pot ! Que voulez-vous donc ?

---

1. Potage léger préparé avec diverses herbes et sans beurre, qu'on servait sur les bonnes tables.

— Puis-je accompagner Toinette pour ses achats ? Je ne suis pas encore sortie et vous savez comme je m'intéresse à la boulangerie. Je meurs d'envie de connaître ce maître Foucher et…

La baronne sourit et posa sa main baguée sur l'épaule de sa jeune protégée :

— C'est bon, Camille ! Je me demandais quand votre curiosité serait plus forte que votre chagrin ou les bienséances. Je vous retrouve ! Emmenez Louison avec vous et dites à Guillaume de vous escorter. Je vais aller me reposer un peu avant d'accueillir tous ces brillants esprits.

La découverte du quartier Saint-Honoré, qu'elle n'avait aperçu jusqu'alors qu'à travers les fenêtres, fut d'un grand exotisme pour Camille. Partout cela grouillait d'activités, de carrosses, de livreurs, d'aristocrates apprêtés et de domestiques pressés. Les bâtiments immenses et ouvragés encadraient la rue boueuse où chacun pataugeait allégrement, allant de boutique en boutique, ou conversant sous une porte cochère. Les bijoutiers et les marchands merciers étaient nombreux, soulignant la richesse du quartier. Toinette, qui ouvrait la voie à l'aide de son panier, en retenant ses jupes, décrivait chaque recoin, tandis que Guillaume, sorte d'homme à tout faire dévoué corps et âme à la baronne, suivait la petite équipée en veillant au grain.

— Maître Foucher a sa boutique juste avant le Palais-Royal, précisa Toinette au bout de la rue.

Et comme elle voyait que la jeune protégée de sa patronne buvait ses paroles, elle en profita :

— C'est plus simple d'avoir à faire à un maître boulanger car il fabrique son pain tous les jours pour ses habitués. C'est un peu plus cher mais c'est propre ! Si vous allez sur le faubourg Saint-Antoine, vous trouverez des boulangers libérés de la guilde, donc moins contrôlés. Et c'est encore pire quand ce sont les forains qui viennent vendre sur les marchés. Il y a tout à Paris, du pire au meilleur. Ah, nous y sommes !

La boutique avait une belle devanture de bois vert aux charnières dorées, assorties à l'inscription de l'enseigne : *Foucher, maître boulanger*. À l'intérieur, le spectacle du comptoir garni, de la balance, du couteau sur socle, et surtout l'odeur du pain chaud émurent Camille aux larmes. Au centre, Mme Foucher pesait et tenait le registre, se montrant aimable et avenante avec sa clientèle.

— Bonjour Toinette ! salua-t-elle. La commande est prête : huit petits pains mollets, et trois pains longs de quatre livres. J'ajoute tout cela sur la note. Je vois que tu amènes du monde avec toi.

— Oui, voici Louison et Mlle Camille Lemonnier, la jeune protégée de Mme de Tencin, qui nous arrive de l'île de Ré, près de La Rochelle. Elle est passionnée par les métiers de la boulangerie.

— Eh bien, jeune demoiselle, voilà qui est peu courant ! C'est un métier terrible, sans doute le plus difficile qui soit. Après femme de boulanger bien sûr !

Elle rit en déposant la commande dans le panier tendue de Toinette.

— Je plaisante mais ce n'est pas une sinécure d'avoir un homme debout au milieu de la nuit, qui gémit ensuite de douleur d'avoir pétri et repétri la pâte. M. Foucher est aidé par des ouvriers aujourd'hui, mais c'est une autre fatigue d'avoir à surveiller la farine, le four, les levains et les crapules de commis !

Puis elle interpella fermement ses employés :

— Pierrot ! Tu livreras la corbeille au 372, rue Saint-Honoré avant la nuit. Hyacinthe ! Prends un linge pour attraper les pains, je te l'ai dit cent fois ! Et pourquoi vous intéressez-vous à ce métier, mademoiselle ? Vous avez un amoureux qui entre en compagnonnage de boulangerie ?

— Euh non ! répondit Camille un peu gênée. Je voudrais moi-même apprendre et ouvrir une boutique comme la vôtre un jour, pour proposer des pains différents, parfumés.

La commerçante la regarda sans comprendre, puis sourit avec pitié :

— Le contrôle royal est draconien sur la production. Épousez un maître boulanger, c'est la seule solution ! Mais si vous en avez l'occasion, jolie comme vous êtes, je vous conseille de mettre plutôt le grappin sur un riche bourgeois qui ne se salit pas les mains !

Camille cacha sa déception en se forçant à sourire, dépitée que le discours à Paris soit le même que celui de son père. Toinette salua et entraîna les deux jeunes filles dehors, puis reprit sa route en doublant la place du Palais-Royal.

— J'avais compris que vous étiez passionnée de cuisine, enchaîna Louison en suivant l'itinéraire, mais je ne savais pas que vous vouliez en faire un métier. Enfin... je veux dire un métier dans lequel il n'y a jamais eu aucune femme, à part les cuisinières bien sûr, mais ce sont des domestiques.

— Il n'y en a pas encore, Louison, mais je serai la première, je te le promets !

Après une petite marche à travers les rues, où Camille put découvrir un autre visage de la ville, en particulier près des Halles, elles arrivèrent rue Montorgueil devant la boutique de Nicolas Stohrer. Pendant le trajet, Toinette avait vanté les gâteaux de ce « pâtissier de la reine », dont Marie Leszczyńska, épouse de Louis XV, s'était attaché les services. Toinette acheta trois « Ali-Baba », la spécialité de la maison, espèces de kouglofs imbibés de vin liquoreux avec épices et raisins de Corinthe, qu'on servirait accompagnés d'une crème pâtissière[1]. Camille s'extasia devant les autre propositions de la vitrine, les choux sucrés ou les « petits pains à la duchesse[2] » et se promit de revenir rapidement.

Les paniers bien garnis, la joyeuse troupe prit le chemin du retour. Camille et Louison proposèrent de porter les gâteaux et revinrent ravies de leur escapade, d'autant plus que l'alcool sucré avait un peu coulé sur leurs doigts, qu'elles avaient goûtés avec délice.

Camille se changea rapidement en arrivant, après une petite toilette de circonstance. La robe verte lui allait divinement bien, elle devait l'avouer, et rehaussait son teint encore doré par l'été. Sur les

1. Ancien nom du baba au rhum, inventé par Nicolas Stohrer.

2. Avant 1850, nom de l'éclair, qui en changea car on le mangeait très vite.

conseils de Mme de Tencin, Louison voulut la poudrer pour atténuer le hâle et la maquiller mais elle refusa tout, si ce n'est une pointe de rouge sur les pommettes. Ses cheveux furent montés au-dessus de la tête en boucles entourées sur elles-mêmes, à la mode du moment. Quand elle fut prête, elle se présenta dans la salle à manger, où les convives prenaient place autour de Mme de Tencin. Tous étaient habillés de soies très colorées et portaient des postiches couverts de poudre claire.

En voyant Camille approcher, Jan Hendrick se leva. Il portait lui aussi une perruque blanche, coiffée en rouleaux au-dessus des oreilles, qu'elle trouva d'abord ridicule mais qui mettait en valeur, il fallait l'avouer, ses traits réguliers et l'expressivité de sa bouche. Sa peau claire apparaissait presque dorée à la lumière des chandeliers car il n'avait pas eu recours au maquillage surchargé de ses comparses. Et à côté des autres convives qui semblaient déguisés, il n'avait aucun mal à paraître élégant. Camille redoutait qu'il se moque de sa mise apprêtée en comparaison du jour de leur rencontre, et se sentait prête à lui retourner la pareille d'une réplique discrète mais bien sentie. Or, il lui prit la main avec douceur et l'accompagna à sa chaise :

— Vous voilà installée dans la cage aux lions ! chuchota-t-il. Voyons si vous trouverez dans cette « Ménagerie » plus sauvage que vous.

Le vin de Champagne

— Mes chers amis, laissez moi vous présenter cette enfant dont je vous parle depuis quelque temps maintenant. Je ne pensais pas, en acquérant la baronnie de Ré, découvrir là-bas de quoi égayer mes vieux jours. Mme Geoffrin, ne trouvez-vous pas que Camille incarne l'harmonie de la beauté et de l'esprit, sans aucun des artifices que notre siècle charge sur nos épaules ?

Camille, déjà en train de mordre à pleine dents dans un des petits pains mollets de maître Foucher, s'arrêta net sous le regard curieux des convives, et rougit jusqu'aux oreilles de se voir décrire comme un être d'exception, alors qu'elle était prête à s'étouffer d'une bouchée trop goulûment avalée. Elle devina plus qu'elle ne vit le sourire narquois de Jan Hendrick, assis à sa gauche. Cela l'aiguillonna et la força à se redresser, pour retrouver un peu de dignité :

— Merci de tous ces compliments, trop bien tournés pour que l'on puisse les croire entièrement. Vous êtes si bienveillante avec moi,

Mme de Tencin, mais sans doute n'ai-je pas encore assez parlé pour que vos hôtes me prêtent tant de qualités, répondit-elle en cherchant à imiter le ton qui semblait de mise.

Marie-Thérèse Geoffrin pouffa et replia son éventail :

— Eh bien, voilà qui nous donne une autre image de la province. Fait-on salon à Ré, entre les crabes et les galets ? Quel âge avez-vous, jeune demoiselle, pour manier ainsi les mots ?

Assise en face de Camille, Mme Geoffrin était une femme frôlant la cinquantaine, aux traits un peu lourds mais dont les yeux vifs animaient véritablement la physionomie. Son ton n'était pas méprisant, mais il témoignait d'un usage aguerri des conversations de salons, qu'elle fréquentait assidûment dans le dessein d'ouvrir définitivement le sien. Il fallait attirer l'attention pour plaire, avant d'atteindre la profondeur des propos.

— Je suis fille de meunier, ce qui ne m'a pas empêchée de lire autant que possible, et je viens d'avoir quinze ans, répondit Camille se sentant toute petite dans cette assemblée qui la dévisageait.

— Eh bien, profitez ! À quatorze ans, j'étais mariée et bien loin d'avoir votre instruction, raconta Mme Geoffrin. L'île de Ré doit être un beau pays pour qu'on y ait les meuniers en tant d'estime ! Comme vous le savez, ajouta-t-elle en s'adressant aux autres invités, ma mère était princesse et dauphine de France[1], mais mon père qu'un

---

1. Marie Anne Christine Victoire Josèphe Bénédicte Rosalie Pétronille de Bavière, née Maria Anna Christina Victoria von Bayern (1660-1690), épouse du dauphin, fils de

simple valet de garde-robe. J'ai dû me hisser à la force de l'esprit, car la moitié du sang royal qui coule dans mes veines n'était pas assez puissante pour me donner la science infuse, celle qui vient si naturellement à nos monarques.

Camille reconnut l'ironie dont savait si bien faire preuve Claudine de Tencin, Jan, et parfois le père Jean-Baptiste, mais qui n'était pas si répandue dans le milieu dans lequel elle avait grandi.

— Qui diable a convié tous ces gens du peuple à votre table, Mme la baronne ? surenchérit Charles Duclos, faussement indigné. Si je n'étais moi-même fils de chapelier breton, je m'en offusquerais. Nous faut-il accepter cette infâme décadence sociale ? Pire encore : ne voit-on pas un roturier tel que moi se pavaner désormais à l'Académie française ? Qu'importe la naissance, me direz-vous, quand on a du mérite, et de bons amis !

Il riait de lui-même, et les autres l'imitèrent, s'accordant sur une plaisanterie qui échappait à Camille. Jan se pencha et lui glissa à l'oreille :

— M. Duclos a été élu à l'Académie l'année dernière, malgré ses détracteurs. Le soutien de Mme de Tencin et de Mme de Pompadour, l'actuelle maîtresse du roi, n'y sont pas pour rien.

— Il s'en est fallu de peu, mon ami, reprit la baronne, que votre entrée à l'Académie soit encore retardée. Le « Géomètre », non content d'avoir voté contre vous, continue à donner de ses petits coups de griffes ridicules, par amour de la chicane.

Louis XIV. Le père de Mme Geoffrin était effectivement valet à son service.

Jan se pencha à nouveau vers Camille, qui tentait de faire le moins de bruit possible en dégustant son potage :

— La baronne a donné le sobriquet de « Géomètre » à Voltaire, pour se moquer de la façon dont il parle de Dieu, qu'il appelle « l'éternel géomètre » et parce ce qu'elle le trouve imbu de lui-même. Ces deux-là sont si semblables qu'ils se détestent cordialement.

M. de Marivaux, qui observait beaucoup mais avait encore peu parlé, sourit à la remarque chuchotée du Hollandais, puis se saisit du sujet sur Voltaire. C'était, de toute évidence, un passage obligé de la conversation où chacun trouvait ses marques pour critiquer et médire. Mme Geoffrin restait plus modérée et Montesquieu écoutait sans intervenir, mais Duclos, Marivaux et Claudine de Tencin s'en donnaient à cœur joie.

— Croyez-vous qu'il soit l'auteur de ce *Memnon, histoire orientale*[1], imprimé à Amsterdam il y a deux mois ? demanda Mme Geoffrin. Il soutient pourtant que non.

— J'en suis sûre, répondit la baronne. Je le tiens de Fontenelle, qui est au mieux avec la duchesse du Maine. C'est chez elle que Voltaire aurait parlé de ce conte, avant même de le commencer. Il n'est passé qu'entre très peu de mains sur Paris.

— Eh bien, par exemple, il est passé entre les miennes, annonça Pierre de Marivaux, par le biais d'un ami que je ne nommerai pas ici car il serait dès demain jeté en pâture aux curieux.

---

1. Conte philosophique de Voltaire dont le héros, Memnon, prendra le nom de Zadig en 1748 dans le conte qui suivra.

Je reconnais des qualités à cet écrit, bien que le sujet persan ait déjà été traité de meilleure façon !

Tout le monde s'esclaffa à nouveau. Jan allait expliquer à Camille qui cette fois l'interrompit, en parlant distinctement :

— Voilà une chose que je sais ! J'ai lu les *Lettres persanes* de M. de Montesquieu l'an dernier, sur les conseils de Mme de Tencin. Usbek et Rica ne me sont pas inconnus.

L'auteur ainsi cité hocha la tête avec révérence.

— Moi non plus, ajouta-t-il, je n'ai pas révélé tout de suite que j'étais l'auteur de ces lettres, qui offrent un autre regard sur notre société. M. Voltaire doit avoir ses raisons.

— Ses raisons ? coupa Duclos. Ce livre est d'une férocité sucrée ! Tout y passe : les rois, le peuple, la providence, les médiocrités humaines, mais sous couvert de fioritures et de dorures, comme d'habitude. Il ne signe pas parce qu'il ne veut pas retourner à la Bastille ! Il attend d'abord de voir les réactions. Il ne change pas : c'est un courtisan dans l'âme !

— C'est un brillant esprit dont nous ne pourrions nous passer, défendit Mme Geoffrin. Sa position contre un certain clergé et l'intolérance religieuse est terriblement moderne. Reconnaissez-le !

Les autres convives mirent une mauvaise volonté certaine à acquiescer, et se montrèrent bien plus motivés à commenter les plats fumants que Toinette avait préparés. Jan, d'évidence grand adepte des écrits de Voltaire, entama une conversation animée avec Camille, toujours curieuse de nouvelles idées, alors qu'une chartreuse de volailles au coulis d'écrevisses était posée devant eux par un domestique. De son côté, Marivaux s'enquit du roman dont Mme de Tencin venait de terminer l'écriture :

— Où en est la publication de votre histoire, ma chère ?

— Chut ! Tout est prêt, mais je ne souhaite pas en parler et garder encore le secret. Vous en serez le premier informé. Sachez juste que cela parle d'amour, mais pas de ces amourettes fleuries qui finissent bien. Non ! L'amour véritable, les souffrances, et la solitude des femmes car, comme mon héroïne, « tous mes sentiments sont contraints, je n'ose ni me permettre de haïr, ni me permettre d'aimer[1] ».

— Vous devenez sombre, mon amie.

— N'est ce pas le privilège de l'âge ? répondit-elle, un peu amère.

Puis elle se tourna vers Jan et Camille qui continuaient leur conversation privée.

— Mônsieur Van Lynden, l'interpella la baronne sur un ton théâtral, n'avez-vous pas passé assez de temps avec ma petite protégée depuis La Rochelle, que vous ne puissiez faire profiter notre aréopage de vos remarques, et cesser ces charmants apartés ?

Jan soupira face à tant de simagrées et répondit un peu sèchement :

1. Citation provenant des *Malheurs de l'amour*, roman-mémoires de Mme de Tencin, publié anonymement en 1747, racontant la vie de Pauline et d'Eugénie dont les malheurs en amour les conduisent à faire des choix douloureux. Ce roman eut un succès littéraire considérable.

— Comme vous le savez, madame, notre voyage ne se prêta malheureusement pas aux conversations subtiles et légères, dont on fait festin ici.

Puis, se rendant compte que ce rappel douloureux des épreuves passées faisait naître une tension inutile, il reprit plus gaiement :

— Mlle Lemonnier, comme à son habitude, cherche à en savoir plus sur les sujets que vous abordez, tout en gardant un œil – et une fourchette – sur ce savoureux dîner, puisque c'est l'un des ses nombreux centres d'intérêt, n'est-ce pas ?

La jeune fille ne savait jamais s'il se moquait ou pas, et s'en voulait un peu d'avoir mécontenté Mme de Tencin. Celle-ci montra qu'il n'en était rien en souriant affectueusement, puis elle décrivit le parcours de Camille, ses aspirations et ses expériences gastronomiques, évoquant la boîte à épices et la visite prochaine des hauts lieux de la gourmandise parisienne. Chacun parla de mets, de maîtres queux réputés, de souvenirs de l'enfance liés à la cuisine mais aussi de cette nourriture simple et authentique désormais à la mode, après la débauche du siècle précédent.

La suite du dîner se déroula au mieux, du moins jusqu'à l'arrivée des desserts : Camille écoutait, fascinée mais aussi légèrement indisposée par les saillies et le flot d'idées qui émergeaient. Chaque convive semblait spécialiste de l'un des domaines de la conversation, sans en imposer aux autres pour autant. Charles de Montesquieu développait des idées politiques, en évoquant

De l'esprit des lois[1], son ouvrage à paraître, vivement soutenu par la baronne. Jan parlait commerce et économie, illustrant ses connaissances d'anecdotes de voyage, tout en critiquant le sort réservé aux esclaves pour le seul enrichissement des Occidentaux.

— Je vous entends, M. Van Lynden, coupa Montesquieu, et c'est l'un des points que je développerai dans mon *esprit des lois*, mais les choses me paraissent complexes, et je n'ai pas dépassé encore le stade des idées. Vous qui connaissez le commerce, qui venez d'un pays qui s'est enrichi grâce aux esclaves, comment pouvez-vous concilier l'économie et le droit dont vous parlez ? Ce café que vous avez transporté et que nous buvons tous avec délectation, comment nous serait-il accessible sans le travail de ces hommes et de ces femmes asservis ?

— Effectivement, vous parlez bien d'hommes et de femmes ! C'est pourquoi j'ai cessé cette activité depuis longtemps, et c'est l'une des raisons qui permet ma présence parmi vous, présence dont je remercie encore Mme de Tencin. J'ai trouvé un havre rue Saint-Honoré quand j'ai quitté la Compagnie des Indes, après mon retour de Java. Je ne pouvais supporter la souffrance des esclaves là-bas et la corruption de mes compatriotes. Il m'était devenu intolérable de participer à cela. Je repars dans les prochaines semaines pour une mission toute différente. Mais vous avez raison : il

---

1. Traité de théorie politique publié en 1748 avec l'aide financière de Mme de Tencin, qui eut un impact majeur sur son époque et les siècles suivants.

est facile de condamner, plus ardu de proposer un autre équilibre, peut-être d'autres lois. Se mettre à l'écart est une forme de lâcheté, je le reconnais, si c'est ce que vous reprochez.

— Ne vous méprenez pas sur mes idées : je m'interroge seulement. Il est évident que je défends moins le droit des esclaves que le droit des hommes à ne pas l'être.

— Je crois que, sur ce point, nous nous accordons.

Camille découvrait un autre Jan par bribes de sa vie d'aventurier, comme l'appelait Louison, et par petites touches de langage, bien qu'il parlât de façon moins sophistiquée que les esprits lettrés. On l'écoutait pour son expérience, qui mettait les grandes idées et la théorie à l'épreuve. Elle apprit, par une allusion de Mme Geoffrin sur son incompréhensible célibat, qu'il n'avait que vingt-cinq ans :

— M. Van Lynden, quand vous déciderez-vous à vous marier ? badinait-elle. Nous manquons d'intrigues !

— J'admire votre capacité à passer d'un sujet philosophique au libertinage le plus léger, riait-il.

— Comment du libertinage ? Ce n'est que vérité ! Elles sont nombreuses à Paris, celles qui vous ouvriraient leur cœur. Et pas seulement leur cœur !

— Libertinage éhonté aurais-je dû dire !

— Oh, ne faites pas le censeur ! Vous êtes l'un des plus beaux garçons de Paris ! Mme de Morens se pâme dès qu'on prononce votre nom ! On raconte qu'elle s'est habillée en soubrette pour venir vous surprendre à votre retour, et que vous l'avez renvoyée. Vous n'en direz rien, bien sûr ! Mais voilà une aventure de faux-semblants que vous pourriez exploiter, monsieur Marivaux.

Camille essayait de suivre les prises de parole mais avait parfois l'impression d'entendre une langue étrangère prononcée sur un rythme effréné, avec des allusions intellectuelles ou croustillantes qui lui échappaient encore. Le dramaturge, assis en face d'elle à la table ovale, s'anima dès qu'il entendit parler d'amour et de cette sorte de conversation enjouée qu'il affectionnait particulièrement.

— Ne vous en déplaise, c'est un peu trivial pour moi : j'aime la subtilité et les tournures coquettes, qui dévoilent peu mais évoquent beaucoup afin de révéler les âmes.

— Qu'avez-vous écrit sur le mariage par exemple, que nous persuadions notre bel étranger ?

— Sur le mariage ? Voyons...

Claudine de Tencin, véritable admiratrice des œuvres de son ami Marivaux trouva plus vite que lui :

— Dans votre pièce *Les Serments indiscrets*[1], les personnages refusent le mariage car il leur paraît difficile que la volonté du mari s'accorde avec celle de sa femme. C'est pour ça, Jan, que vous ne trouvez pas chaussure à votre pied !

— Oh oui ! Je m'en souviens ! s'écria Mme Geoffrin avant de citer : « De ces deux volontés, il y en a toujours une qui va de travers, et c'est assez la manière d'aller des volontés d'une femme. » Horrible misogyne que vous êtes, Marivaux !

---

1. Pièce en cinq actes de Marivaux créée en 1732.

Il y eut une exclamation indignée de Mme de Tencin, à laquelle répondirent des rires masculins et des réparties pleines d'esprit.

— Vous savez bien que c'est faux, se défendit Marivaux en riant. Mes personnages féminins sont toujours doués d'une intelligence égale, voire supérieure à celles des hommes. Vous souvenez-vous de Mme Dorsin dans *La Vie de Marianne*[1], qui n'est autre que vous, Claudine !

— C'est vrai, mon ami ! Et Marianne, votre personnage, pourrait bien prendre les traits de Camille : une jeune fille promise à tous les espoirs par ses qualités. Camille !

L'adolescente avait le tournis. Les sujets s'enchaînaient en arborescence, les uns continuant sur la politique, les autres badinant à l'envie, tous se retrouvant tout d'un coup sur un thème commun avant de se séparer à nouveau. Les couverts tintaient sur les assiettes, piquaient des bouchées dans un plat puis dans l'autre, les mâchoires mastiquaient et s'ouvraient pour engloutir de longues gorgées de vin, que les manches de dentelles essuyaient d'un revers.

— Camille ! Vous vous sentez bien ? demanda Mme de Tencin, inquiète.

— Je… j'ai mangé trop vite, je crois. Et ce vin de Champagne me monte à la tête. Je suis désolée.

— Ne le soyez pas ! Tout cela est bien nouveau pour vous. M. Van Lynden, voulez-vous

1. Roman inachevé de Marivaux (1728 à 1742) sur une jeune orpheline pauvre qui accède à la fortune grâce à ses qualités.

accompagner Mlle Lemonnier dans le boudoir pour qu'elle retrouve ses couleurs ?

Camille sentit Jan acquiescer puis repousser un peu sa chaise avant de se lever. Elle devina quelques bribes de conversation et des rires étouffés pour accompagner leur sortie :

— Peut-être avez-vous trouvé une future épouse à votre Hollandais, Claudine !

— Êtes-vous folle ? C'est une enfant !

— J'étais déjà enceinte à son âge !

— Dieu ! Enceinte ! Quel sacrifice ! Et pour votre ingrate de fille, en plus ! Mais ne m'a-t-on pas raconté que...

Le reste de la discussion se perdit dans les limbes des tentures et des tapisseries. Camille sentait le bras solide de Jan contre sa taille et lui sut gré de sa délicatesse quand il l'aida à s'asseoir sur un divan, avant d'aller ouvrir légèrement la fenêtre de la petite pièce.

— Est-ce que cela vous convient ? dit-il avec sollicitude. Voulez-vous que je fasse appeler Louison ?

— Non, c'est inutile. Elle est plongée dans un traité de médecine que lui a amené Mme Geoffrin. Cela va déjà mieux, merci. C'est cette robe aussi. Et ce corset atroce !

Elle se contorsionnait pour échapper à la sensation d'oppression. Oubliant les convenances, elle se débarrassa d'un coup des escarpins étroits qui comprimaient ses pieds depuis des heures en les envoyant valser sous un guéridon, et poussa un bref soupir de soulagement. Soudain, elle le vit sourire et s'emporta brusquement, des larmes de rage au bord des cils :

— Vous allez encore me dire que je suis une sauvageonne et que les lions vont me dévorer, ou je ne sais quelle autre image ridicule pour me rappeler que je suis une gamine et que je manque d'éducation ! Mais tout le monde n'a pas eu la chance de naître dans des draps de soie comme vous !

Il la dévisagea un instant sans comprendre cet accès de colère, puis ôta sa perruque lentement en se laissant tomber sur une chaise médaillon près du divan. La lueur des chandelles jouait sur son visage, glissant sur les pommettes et la mâchoire saillantes. Il semblait las mais, malgré son ressentiment, Camille s'étonna de le trouver si beau. Avant qu'elle ait pu prévoir son geste, il lui prit délicatement la main. Elle en fut si surprise que le flot de paroles qu'elle s'apprêtait à prononcer se tarit brutalement. Le ton de sa voix était doux quand il reprit :

— Vous aurais-je mortifiée à ce point ? Je pensais que... enfin... vous avez vous-même une répartie acerbe, et ce jeu semblait équitable. Mais vous avez raison.

Pour la première fois, il semblait mal à l'aise, ayant perdu toute arrogance.

— Je ne voulais pas vous blesser, Camille. J'apprécie votre naturel, et votre mauvais caractère au bout du compte.

Il tenait toujours sa main, qu'il porta lentement contre ses lèvres. Il s'y attarda, respirant le parfum doux aux notes d'oranger offert par Mme de Tencin. Au contact léger des doigts sur son poignet, le cœur de Camille se mit à battre plus rapidement. Elle n'avait aucune idée de ce qui était en train de se passer mais elle ne voulait pour rien au monde que cela cesse. Ils ne bougèrent pas pendant un moment qui lui parut hors du temps.

Quand il releva la tête, elle chercha ses yeux mais déjà, il évitait son regard et se redressait. Dans la salle voisine, les voix des convives, qui accueillaient avec enthousiasme de nouveaux arrivants, brisèrent le charme fragile. Jan se rajusta dans le miroir qui surplombait la petite cheminée du boudoir, lissa ses cheveux sous sa perruque puis fit une révérence polie :

— La soirée n'est pas encore terminée mais je vais faire mes adieux à cette aimable compagnie. N'aviez-vous pas une lettre à me remettre pour votre père ?

Massepain aux cerneaux de noix

Une lettre de Nicolas Quériand à la main, le médecin rencontré à l'auberge de Poitiers, Louison était d'une gaieté que Camille ne parvenait pas à partager. Depuis le dîner du mardi précédent, elle flottait dans une sorte de mélancolie qui la rendait presque insensible aux événements extérieurs. Sa mémoire repassait en boucles les paroles échangées, les gestes ambigus et la froideur dans laquelle Jan s'était réfugié après leur tête-à-tête dans le boudoir. Cela aurait pu en rester là, mais son esprit revenait toujours au moment des adieux, à son geste insensé à elle !

Jan avait salué les convives du dîner et les nouveaux arrivants qui venaient profiter du salon en soirée, puis s'était entretenu seul à seul avec Mme de Tencin, en haut du grand escalier de pierre qui descendait vers la cour. Camille avait surpris leurs messes basses où un désaccord était à l'œuvre, sans qu'elle pût en comprendre un traître mot. La baronne, visiblement épuisée, avait pris congé vertement, soutenue par son valet Pierre qui n'était jamais loin, alors que Jan commençait à descendre vers le beau portail en fer forgé.

Un peu gênée de cette intimité qui s'offrait à nouveau à eux, Camille l'avait rappelé poliment pour lui tendre la lettre adressée à son père, qu'il avait saisie en remontant quelques marches, lui jetant un regard énigmatique. Il portait alors le manteau sombre qu'elle lui connaissait depuis La Rochelle et projetait son ombre immense contre les murs éclairés par des flambeaux. Il avait définitivement abandonné sa perruque et une barbe naissante soulignait sa mâchoire d'un reflet cuivré. Pourquoi, à cet instant, avait-elle senti sa poitrine se serrer ? Pourquoi avait-elle eu cet élan vers lui, qui l'aurait fait basculer de tout son poids s'il ne l'avait retenue d'une poigne de fer, contre la rampe ouvragée ? Elle ne s'expliquait rien, mais c'était elle qui avait cherché ses lèvres dans un baiser d'adieu chaste auquel, passé un moment de stupeur, il avait répondu beaucoup moins sagement. Sous cette bouche douce et attentive, et les mains chaudes qui retenaient sa nuque, son esprit avait perdu pied, avide et emporté. Camille ne se souvenait pas avoir ressenti un tel égarement de toute sa vie, et lorsqu'elle fermait les yeux, le souvenir de cette étreinte faisait battre son cœur à tout rompre. L'intensité de ces quelques secondes avait marqué son corps et son esprit à jamais.

Elle l'avait ensuite senti sourire contre sa joue et prononcer doucement à son oreille « *Wild meisje*... » puis il s'était écarté à regret, la fixant de ses yeux bleus pénétrants, avant de descendre l'escalier quatre à quatre et de disparaître dans la rue. Il ne restait à Camille que le souvenir estompé des sabots du cheval sur le pavé.

— C'est M. Quériand qui demande de nos nouvelles, et de celles du petit Samuel, lisait Louison un peu fort. Il écrit qu'il serait heureux de nous rendre visite, si Mme de Tencin le permet, bien sûr. Qu'en pensez-vous, mademoiselle ?

Camille, alanguie sur un canapé, fit un effort pour s'intéresser à la conversation. Depuis plusieurs jours, Louison guettait un signe du médecin qui lui avait promis de reprendre contact à Paris. C'était chose faite, mais plutôt que réjouir l'adolescente pour sa confidente, cela lui causait un douloureux pincement au cœur. Malgré son caractère habituellement volontaire et énergique, elle ne parvenait pas à prendre le dessus sur les événements des derniers mois : le départ de l'île, les adieux à Gaspard, la séparation familiale, le voyage mouvementé et sa fin tragique, la vie parisienne et surtout ce sentiment intense et imprévisible qu'elle éprouvait pour Jan.

— Je vais demander à Mme de Tencin ce qu'elle en pense, répondit-elle à Louison d'un ton détaché. Si M. Quériand ne peut venir ici, nous irons à sa rencontre aux Tuileries ou au Cours La Reine. Je veillerai à vous laisser deviser seuls, ne t'inquiète pas.

Camille comprenait bien que Louison était séduite par cet homme dont la science ne se paraît d'aucune supériorité et l'attrait, de toute évidence, était réciproque. Après sa leçon de latin et autres humanités « essentielles à l'éducation esthétique, rhétorique et morale d'une jeune fille », comme l'avait rappelé le précepteur, Camille retrouva la baronne dans son cabinet, où elle signait un certain nombre de courriers sur les conseils de son secrétaire. Son médecin et ami Jean Astruc, installé à l'écart sur un fauteuil cabriolet en bois clair, discutait avec elle de sujets économiques et d'investissements. Camille savait qu'il étaient très proches et que c'était lui, originaire du Gard, qui avait fait venir Louison à Paris, avec qui il partageait d'ailleurs l'accent méridional et la passion pour la médecine. Scientifique réputé, spécialiste des maladies vénériennes, c'était un homme maigre et nerveux, au visage émacié sous un grand front fuyant, dont Mme de Tencin vantait sans cesse l'intelligence et la mémoire formidable. La relation qu'ils entretenaient tous deux était un peu floue pour Camille, et ne répondait pas aux repères qu'elle s'était faits sur le couple. Mais ses expériences à Paris remettaient en cause un certain nombre de choses qu'elle tenait autrefois pour acquises, lui donnant l'impression d'être une frêle embarcation face aux écluses successives d'un fleuve agité.

— Eh bien, mademoiselle Lemonnier, Claudine me raconte que vous vous êtes sentie mal la semaine dernière, lors du dîner hebdomadaire. Je suis arrivé plus tard et je n'ai pas eu le plaisir de vous croiser, car vous aviez déjà regagné votre chambre. N'hésitez pas à me consulter si cela arrive à nouveau. C'est assez habituel chez les jeunes filles de votre âge.

Il fit un exposé des troubles de la puberté, exposant les faits comme un traité de science, allant à l'essentiel et trouvant une explication logique à tout. Camille fut d'abord surprise car on ne lui avait jamais parlé si directement, d'autant plus de la part d'un homme, mais Jean Astruc avait fait sa renommée sur la médecine féminine et l'obstétrique et ne semblait nullement gêné d'en faire état. Mme de Tencin écoutait d'une oreille distraite, tout à ses papiers, et acquiesçait par moment.

Cette liberté de parole sur de tels sujets était nouvelle pour la jeune fille : son éducation s'était plutôt faite sur les sous-entendus, les non-dits, voire les vulgarités moissonnées ici ou là, ce qui laissait une grande part à l'imagination et aux divagations angoissantes. Cela dit, Camille avait aussi l'intuition qu'on ne pouvait pas tout expliquer froidement et qu'une part de secret entretenait la magie de certains instants. Mais Jean Astruc continuait à disséquer son domaine de prédilection, et c'est entre les évocations des « cycles », des « menstruations » et autres « accouchements par le siège » que fut servie une légère collation, sur le plateau en marbre d'un guéridon à quatre pieds. Camille rassura le médecin :

— Je vous remercie de votre sollicitude, monsieur Astruc, mais cela va mieux depuis ce fameux soir. Je pense que la fatigue y était pour beaucoup.

Face au présentoir appétissant qui lui faisait face, elle ne put s'empêcher de piocher du bout des doigts un petit massepain décoré de cerneaux de noix. Jean Astruc ironisa gentiment devant sa gourmandise :

— Et ce n'est pas simple pour nous, les gens du Sud, de supporter la vie parisienne, et cette nourriture si grasse.

— Voulez-vous cesser, Jean ! intervint Mme de Tencin en souriant. Si les paysans de votre lointaine province se contentent de céréales et d'herbes potagères, ne m'avez-vous pas conté ces grands festins autour d'un mouton rôti, à la fête des moissons ? Vous êtes d'une complexion fragile, voilà tout ! Ce n'est pas le cas de Camille qui a une santé excellente.

— Je n'en doute pas à la voir déguster les gourmandises de Toinette. Mais je dois cependant dire que vous êtes un peu pâlotte, Camille, avec un regard qui me semble éteint.

— C'est vrai, ma très chère petite, coupa la baronne en regardant la jeune fille. Vous avez quelque peu perdu votre bonne mine depuis votre arrivée. Que que se passe-t-il ?

Face à la clairvoyance de Mme de Tencin, Camille, initialement venue pour évoquer ses sorties dans la capitale et la visite de Nicolas Quériand, eut du mal à paraître étonnée puis à nier cet état de fait. Elle serra les dents pour atténuer le tremblement de son menton, en frottant ses paumes contre la robe de brocart rosé dont les broderies dorées formaient des reliefs sous ses doigts nerveux. Le tailleur avait fait envoyer la veille les trois tenues commandées, ce qui n'avait pas manqué de provoquer les exclamations admiratives dans l'appartement. Mais pour l'heure, la baronne songeait moins à complimenter Camille pour sa joliesse qu'à s'inquiéter de ce petit visage chagriné. Quand elle vit les larmes monter aux yeux de sa jeune pensionnaire, elle prit les devants :

— Tout le monde dehors ! ordonna-t-elle en rangeant rapidement ses papiers dans un tiroir. Sauf vous bien sûr, ma chérie ! Jean, mon ami, repassez demain si vous le pouvez, nous reverrons les dispositions de ce contrat. Allez ! Dehors tous les deux, répéta-t-elle en congédiant son secrétaire resté discret jusque là ! Et fermez la porte !

Claudine de Tencin avait autant que possible repoussé cet entretien, craignant d'entendre de la bouche de Camille qu'elle ne s'adaptait pas du tout à l'environnement, et qu'elle souhaitait repartir dans sa province d'Aunis, après seulement deux semaines. La joie de vivre de l'adolescente, son enthousiasme et la roseur de ses joues lui manquaient. Elle avait d'abord attribué cette réserve au tragique voyage depuis La Rochelle mais cela ne passait toujours pas, comme si chaque jour ravivait une douleur.

— Camille, mon petit, qu'est-ce qui ne va pas ? Ne vous plaisez-vous pas ici ? Sont-ce les cours que je vous impose ? Les allers et venues de mes amis ? Peut-être devriez-vous sortir un peu plus, même si le temps est hivernal désormais. Votre famille vous manque ?

— Oui... et non... oh ! Je me sens coupable, face à toutes vos bontés, de paraître si ingrate. Bien sûr, ma famille me manque, et il est difficile de ne pas avoir de nouvelles mais je m'y étais préparée. Les cours du précepteur sont intéressants, et si je ne m'y rends pas toujours de gaieté de cœur, je reconnais à chaque fois combien cela m'apporte.

— J'en suis heureuse !

— Ces deux semaines ont été d'une richesse intellectuelle incroyable, reconnut Camille. Vos amis sont tous de brillants esprits, et le tourbillon d'idées qui anime votre appartement est un spectacle de tous les instants.

— Mais vous vous sentez à l'écart ?

— Oui... et je serais bien naïve de ne pas l'accepter : ce n'est pas mon monde, ni mon éducation, mais j'observe et cela me plaît. Tout dans votre accueil me comble, je vous l'assure !

— Alors, est-ce que vous souhaitez sortir davantage ? Depuis que je marche difficilement, je ne suis pas de bonne compagnie pour les promenades, mais Paris regorge d'activités et vous pourriez être reçue chez les amis que vous connaissez.

Camille se saisit de l'occasion pour orienter la conversation sur un terrain moins périlleux :

— Je le sais, et je venais justement vous parler de mes projets : j'aimerais dans les jours qui viennent, si cela vous agrée, retourner chez M. Foucher, le maître boulanger, pour en apprendre davantage sur son métier. Nous avions également imaginé avec Louison faire le tour des lieux de gourmandise dont Toinette nous a parlé.

— Tout cela me va : voilà de quoi vous occuper !

— De plus, j'avais une requête à vous faire : à Poitiers, nous avons fait la connaissance d'un gentilhomme, médecin à la faculté, qui s'est montré extrêmement serviable. C'est lui qui a sauvé le jeune Samuel dont je vous ai parlé.

— Le garçon pour lequel M. Van Lynden s'est engagé ?

À ce nom, Camille rougit, ce qui n'échappa pas à Mme de Tencin dont la longue expérience des intrigues rendait l'œil aiguisé. Pour se donner une contenance, Camille toussota et vint s'asseoir sur le fauteuil laissé par Jean Astruc.

— Oui, c'est ce jeune enfant qui est tombé malade, et qui a bien failli être tué par un charlatan.

Heureusement, M. Quériand a pu faire montre de sa science des remèdes. Plût au ciel que nous l'ayons eu à nos cotés quelques jours après, pour sauver Gabrielle Renaud.

— Je sais que cet événement vous a beaucoup peinée, et c'est tout fait compréhensible. Jan m'a expliqué les circonstances, qui l'ont lui-même profondément affecté. Ce qui me laisse imaginer ce qu'il en était.

Mme de Tencin observait Camille d'un air apparemment détaché mais son esprit vif était aux aguets. La jeune fille se sentait honteuse d'avoir à se cacher derrière la mort de Gabrielle pour justifier sa tristesse, dont elle n'était pas la seule cause.

— Nous avons tous été secoués par la fatalité qui s'est abattue sur notre petite équipée. M. Van Lynden s'est montré secourable, en tous points.

— Cela ne m'étonne pas de lui, et c'est pour cela que je lui avais demandé la faveur de vous escorter. À sa façon, Jan est un homme fiable et direct. Il m'arrive d'avoir des mots avec lui, mais je lui sais gré de ne pas me ménager quand il a des choses à dire.

— Certes, il ne ménage personne.

Il y eut un silence pendant lequel Camille froissa à nouveau sa robe entre ses doigts, puis regarda par la fenêtre d'un air désinvolte. Mme de Tencin sourit affectueusement et ouvrit un tiroir de son bureau marqueté. Elle en sortit un ouvrage relié, qui semblait tout juste sorti de presse.

— Savez-vous que j'ai terminé mon roman et qu'il a été imprimé ces jours-ci ? Je vous en avais parlé vaguement lors de ma venue à l'île de Ré, vous confiant que vous étiez pour beaucoup dans la genèse de cet ouvrage. J'ai utilisé votre jeunesse et votre bonté, votre liberté innée aussi, puis mes personnages ont pris leur envol, menant leurs propres combats, aspirant au bonheur, mais ne sachant pas le trouver.

Camille saisit le livre qu'on lui tendait et l'ouvrit aux premières pages :

— *Les Malheurs de l'amour* ?

— C'est un titre plein de sens, n'est-ce pas ?

Mme de Tencin était trop fine pour ne pas jouer sur les allusions et les états d'âme de Camille.

— Le sujet est une aubaine, précisa-t-elle, qui brasse tous les sentiments qu'un cœur peut éprouver : passion, trahison, désespoir, renoncement, remord... d'autant plus quand ce cœur est féminin ! Les femmes ont le talent d'être leur principal bourreau.

— Mais le roman est anonyme ? releva Camille en cherchant le nom de l'auteur.

— Oui, c'est très courant, et j'aime l'idée qu'on ne connaisse pas l'identité ou le sexe de l'écrivain, afin d'éloigner toute analyse sociale ou autobiographique, du moins pour un temps.

— Pourquoi cette vision malheureuse de l'Amour ?

— Ma chérie ! J'oublie parfois que vous êtes toute jeune ! Je cherche moins à blâmer l'amour qu'à en dénoncer les méandres. Quel autre sentiment conduit les femmes à tous les désespoirs, par mortification ou au contraire excès de passion ? Serions-nous condamnées à n'être que nonnes, ou bien courtisanes ? Alors, je vous retourne la question : pourquoi l'amour rendrait-il malheureux ?

Il me semble que vous en apercevez les rivages escarpés, me trompé-je ?

— Non, enfin oui, peut-être.

Camille ne savait pas quoi répondre pour la bonne raison qu'elle ne savait plus quoi penser. Du sentiment de propriété et d'appartenance qu'elle ressentait pour Gaspard à l'attirance inexplicable, teintée d'agacement, qui plaçait Jan Hendrick au centre de ses pensées, elle n'aurait pu expliquer quoi que ce soit. Mme de Tencin sourit et lui prit affectueusement la main :

— Quelle chance de ne pas savoir, ma douce enfant, et d'avoir face à vous cette mer d'illusions qui incite au voyage !

— Mais si c'est tellement trompeur, si cela apporte tant de malheurs, à quoi bon souffrir ?

— Pour se sentir vivante, répondit-elle songeuse. On court vers cette sensation toute notre vie et il est parfois terrible d'être trop lucide, car on ne retrouve jamais l'heureuse cécité.

Puis elle reprit d'un ton de gronderie maternelle :

— Mais ce serait un comble de se noyer dans la mélancolie, comme vous êtes en train de le faire, et ce pour un Hollandais à la réplique acerbe, aussi séduisant soit-il ! Car c'est bien de cela qu'il s'agit, n'est-ce-pas ? Oh, ne prenez pas cet air coupable ! D'ailleurs ce petit rougissement vous sied à merveille ! Vous n'êtes plus une enfant, Camille ! Toutes les filles de mes amies sont promises à votre âge. Et je crois me souvenir que votre mère, paix à son âme, vous a eue assez jeune ! De plus, c'est un fait : aucune femme de ma connaissance ne résisterait à Jan, mais aucun homme – aucun, vous m'entendez ? – ne mérite qu'on se flagelle ainsi !

Mme de Tencin, forcée à la position assise, chaussée de pantoufles confortables et couverte d'une longue étole protectrice, avait cependant trouvé une énergie dans le verbe qu'on ne lui soupçonnait plus. Camille eut la vision de la grande séductrice qu'elle avait dû être, libre et hautaine, brillant de tous les attributs qu'une femme intelligente peut faire valoir.

— Aimez, Camille, rêvez, abandonnez-vous, mais n'en devenez pas victime. Vous aurez le temps d'oublier Jan Hendrick, que vous connaissez à peine ! Ou bien de le soumettre à vos charmes, si vous croisez sa route à nouveau. Il se pourrait qu'il y soit sensible car il s'est montré fort aimable avec vous, je le concède et m'en étonne, mais vous n'avez pas choisi la proie la plus facile ! finit-elle en riant.

Camille sortit rassérénée de cette conversation toute féminine, dont l'influence se faisait déjà sentir. Bien plus guillerette, elle courut dans le corridor parqueté, emportant avec elle le petit plateau de massepains qu'elle avait subtilisé pour Louison. Elle la trouva dans la grande chambre qu'elles partageaient, depuis le refus de Camille qu'elle dorme sous les combles avec les autres domestiques. La jeune servante s'était aménagé un espace coquet derrière un grand paravent à quatre feuilles, qui avait été déplacé depuis le boudoir où il protégeait initialement des courants d'air. Quand la porte s'ouvrit, elle leva un regard plein d'espoir. C'est alors que Camille perdit son euphorie et se sentit un peu ridicule avec ses friandises aux noix : elle avait complètement oublié Nicolas Quériand !

Les marrons glacés de Versailles

Janvier 1748

Depuis un mois, l'appartement de la rue Saint-Honoré prenait le soir le rythme routinier de l'hiver, où chacun aimait à rester au chaud, les pieds sur une chaufferette recouverte de tissu moelleux. Camille avait reçu des nouvelles de sa famille et pouvait imaginer les veillées dans la salle principale de la petite maison rétaise, à la lueur des bougies et du feu de cheminée. D'après les écrits d'Antoine Lemonnier, Marie-Anne, qui terminait son sixième mois de grossesse, se portait bien, tout comme les garçons dont l'énergie semblait décupler au fil des mois. À lire la dernière lettre de son père, Camille croyait les entendre courir et se chamailler dans le jardin, ce qui accentuait un peu plus le silence feutré de l'appartement parisien. La vie à l'île de Ré suivait son cours, au rythme du vent et des éclaircies. Il était juste fait mention du départ de Gaspard Fournier qui, renié par les siens, avait quitté Sainte-Marie deux semaines avant Noël pour s'installer à La Rochelle, abandonnant tout patrimoine et revenu. « *N'est-ce pas la plus grande chance qui lui ait été donnée ?* » écrivait

Antoine qui se voulait rassurant et promettait de se renseigner rapidement sur le devenir du garçon.

Ainsi, chaque courrier amenait son lot de petits bonheurs à Camille, mais aussi d'angoisses et de mélancolie pour toute la journée à suivre. Pourtant, elle ne s'ennuyait pas le moins du monde, comme elle l'écrivit en réponse à son père dans un style enjoué, narrant les balades avec Louison, les rencontres lors des dîners de Mme de Tencin, ou encore les visites chez maître Foucher qui l'accueillait dans sa boulangerie chaque semaine. Mais la dernière phrase était toujours écrite au prix d'un sanglot étouffé : « *Vous me manquez beaucoup, Camille qui vous aime.* »

Ce matin de janvier, le givre s'était accroché aux vitres, où il dessinait d'éphémères arabesques traversées par la lumière blanche de la rue. La circulation paraissait ralentie par le froid si bien qu'un calme inhabituel régnait dans le quartier, comme si chaque habitant, à l'abri dans son repaire, attendait de meilleurs auspices pour saluer la nouvelle année. La chambre de Camille et Louison baignait dans une atmosphère étrange, entre lueur rougeâtre de l'âtre et clarté froide des fenêtres qui jouait sur les meubles sombres. La jeune servante avait même dû allumer un chandelier pour terminer le pli qu'elle envoyait à Nicolas Quériand.

— Je lui ai fixé rendez-vous au Café Procope demain en début d'après-midi, puisque vous m'avez donné congé pour la journée. Mais je serais heureuse que vous m'accompagniez cette fois, mademoiselle ! Ce café est toujours d'une animation incroyable : cela vaut le détour, je vous l'assure.

Camille acquiesça. Elle retrouverait M. Quériand avec plaisir, n'ayant eu de ses nouvelles qu'à travers les comptes-rendus exaltés de Louison, qui le voyait chaque jeudi depuis un mois. Le médecin enseignait à l'Université, où il continuait ses recherches sur les plantes médicinales, tenait un cabinet réputé et trouvait encore le temps de faire sa cour, en suivant toutes les bienséances de rigueur. Louison était la seule jeune femme de sa connaissance à s'extasier sur un traité médical, sur les nouveaux symptômes d'une fièvre inconnue ou sur quelque expérience sanguinolente dont il accentuait les détails. Nul besoin de lui décrire le ciel étoilé ou chanter les vers des grands poètes pour faire vibrer son esprit et son cœur. Et Louison n'avait pas à justifier ses humbles origines, ni sa condition inférieure, car il admirait sincèrement son intelligence. Bien sûr, la joliesse de la jeune femme et ses courbes harmonieuses n'ôtaient rien à cet attrait spirituel. Ces deux-là semblaient s'être bien trouvés et Camille vivait par procuration le début de leur histoire, à la fois heureuse pour eux et vaguement envieuse.

— Madame ! Madame !

Par la porte entrouverte de sa chambre, Camille entendit Pierre, le valet de Mme de Tencin, marcher précipitamment à travers l'appartement à la recherche de sa maîtresse. Elle jeta un œil dans le long couloir et le vit passer de pièce en pièce, revenant régulièrement dans l'antichambre où attendait sans doute un visiteur important. Louison, la rejoignant, glissa elle aussi sa tête dans l'entrebâillement et elles pouffèrent toutes les deux en voyant le vieil homme s'agiter, la perruque en bataille et le pied encore agile dans ses ballerines colorées. Il procédait à une sorte de danse, retenant son pas de façon assez comique pour ne pas courir, tout en conservant un air distingué en toutes circonstances. Quand il arriva à leur niveau, il leur fit les gros yeux avec malice :

— Jeunes péronnelles ! Voulez-vous cesser de vous moquer et vous rendre utiles : je cherche Madame. Un gentilhomme est arrivé de Versailles ! C'est M. de Vandières, le frère de la marquise de Pompadour. Il est tôt pour une visite, mais il souhaite présenter ses hommages.

— Madâme doit être dans son cabinet de toilette, singea Camille à la manière prétentieuse de certains aristocrates. J'ai entendu qu'on lui montait de l'eau chaude et des onguents pour délasser ses jambes.

— Juste ciel ! Nous voilà bien !

Comme il semblait indécis sur la marche à suivre, la jeune fille prit les choses en main : il irait rapidement s'occuper de sa maîtresse, pendant qu'elle accueillerait le visiteur en l'installant au salon. Il en fut convenu ainsi. Revenue dans sa chambre, Camille ajusta sa tenue aidée par Louison, qui continuait à imiter la démarche saccadée du valet pour se déplacer du coffre à escarpins à la commode des atours. Elles en riaient encore dans le couloir quelques minutes plus tard.

Avant de pénétrer dans l'antichambre, Camille réussit à se calmer et s'arrêta devant le miroir à trumeau du corridor, pour vérifier sa mise. Le tain un peu doré de la glace, ajouté au décor floral du panneau de bois qui la surplombait, lui donnait un air de faune espiègle :

— Vous êtes très belle, la rassura Louison.

Effectivement, son teint s'était éclairci depuis son arrivée mais elle n'avait pas besoin de fard pour avoir bonne mine, car elle avait retrouvé son entrain et sa bonne santé. Elle rajusta une boucle derrière son oreille et tourna la tête de droite à gauche. Ses cheveux fonçaient toujours un peu l'hiver, en conservant des mèches plus claires qui brillaient dans son chignon. Elle se pinça deux fois les pommettes, se mordit un peu la lèvre inférieure puis, satisfaite du résultat, entra majestueusement pour accueillir le visiteur.

— Bonjour monsieur, salua-t-elle avec une rapide révérence. Je me permets de vous accueillir en attendant que Mme de Tencin nous rejoigne. Je m'appelle Camille Lemonnier et je séjourne chez madame la baronne pour une partie de l'année.

Le jeune homme restait sans réaction, dardant cependant sur elle un regard légèrement sévère, si bien que Camille eut peur d'avoir commis un impair. La liste des bienséances et des protocoles de salutations en fonction de son interlocuteur, du lieu ou des circonstances, était si longue qu'il y avait de quoi s'y perdre. Au bout d'un instant, il réagit, s'inclina profondément et se présenta :

— Abel-François Poisson de Vandières. Pardonnez-moi, mademoiselle, c'est que je m'attendais si peu à rencontrer une jeune personne ici. Je ne me souviens pas que ma sœur en ait fait mention. Vous m'en voyez confus.

Il parlait vite, d'une façon un peu supérieure, mais une légère rougeur s'était répandue sur son visage, au demeurant agréable : le nez était un peu long, les lèvres un peu fortes mais le regard alerte donnait à la face une harmonie engageante. Il portait une veste de soie rouge et une culotte assortie, coupée aux mollets sur des bas blancs. Son gilet à fines rayures brillantes montrait une grande richesse tout en restant sobre et élégant. Camille lui donnait une vingtaine d'années, malgré l'air important qu'il affichait sans modestie aucune.

— Je me suis présenté plus tôt que je ne l'avais annoncé, continua-t-il, pensant que Mme de Tencin n'y verrait pas d'inconvénients, car je suis rentré de Versailles hier à la nuit tombée et je repars en fin de matinée une fois mes missions accomplies, souligna-t-il avec un certain orgueil.

— Ne vous inquiétez pas ! sourit simplement Camille qui ne voulait pas entrer dans ce jeu de surenchères. Je suis peu au fait des usages de la cour et je serais bien mal placée de vous en tenir rigueur ! Voulez-vous m'accompagner au salon ?

Camille avait l'impression de jouer un rôle un peu ridicule dans une pièce qu'elle n'avait pas lue. Ce fut avec un grand soulagement qu'elle trouva Mme de Tencin assise sur la grande bergère, apprêtée et pomponnée pour recevoir son hôte, comme si de rien n'était.

— M. de Vandières ! Quel plaisir ! Je vous attendais plus tard...

Elle le grondait gentiment, nullement impressionnée par la condition élevée du jeune homme, à ce qu'il en laissait paraître tout du moins. Il parut vexé un instant puis ravala sa susceptibilité et engagea la conversation avec amabilité, évoquant les nouvelles de la cour, en particulier de la marquise de Pompadour, favorite en titre de Louis XV, sa sœur. Camille savait que Mme de Tencin était pour beaucoup dans cette liaison, qui alimentait les commérages de salon et les pamphlets populaires contre la « Poissonnière ». C'était elle qui avait fomenté la rencontre des deux amants, pressentant chez la jeune Jeanne-Antoinette Poisson, malgré ses origines roturières, toutes les qualités d'une femme de tête capable d'impressionner et guider un homme, tout roi qu'il fut. Mme de Tencin avait pu retirer tous les avantages politiques et relationnels de son amitié avec Jeanne de Pompadour et, fidèle à son caractère entier, ne s'en cachait pas. La marquise lui restait fidèle, ayant même nommé son unique fille[1], née de son mariage avec son cousin Charles-Guillaume d'Étiolles, du deuxième prénom de sa bienfaitrice.

— Comment se porte la petite Alexandrine ? demanda la baronne.

— Du mieux possible, madame. Vous aurez sans doute l'occasion de la voir plus souvent dès l'année prochaine car elle entrera au couvent des Dames de l'Assomption, dans la rue Saint-Honoré, à quelques centaines de mètres de chez vous.

— Si jeune ? Au couvent à cinq ans ? Je lui souhaite en tout cas d'être aussi ravissante que sa maman car c'est une qualité dont les femmes peuvent difficilement se passer à notre époque.

---

1. Alexandrine Le Normant d'Étiolles : née le 10 août 1744 à Paris, et morte dans la même ville le 15 juin 1754, à l'age de 9 ans, d'une péritonite.

N'est-ce pas Camille ? Avez-vous fait connaissance de ma jeune filleule, M. de Vandières ? Elle nous arrive d'une lointaine contrée, cette exotique île de Ré où j'ai quelques intérêts.

— Oui, j'ai eu ce plaisir. Mais quant à l'île de Ré, je n'y suis jamais allé. Il me semble en avoir parlé avec M. Van Lynden lors d'une soirée chez vous, il y a quelques temps. Il était alors sur le départ pour La Rochelle, afin d'y réceptionner une « cargaison secrète » dont il se méfiait beaucoup. Je n'ai jamais pu savoir de quoi il s'agissait – vous connaissez Jan Hendrick mieux que moi – mais j'ai pensé à quelque animal sauvage pour le jardin tropical de l'un de nos amis.

Mme de Tencin éclata d'un rire sonore comme elle savait si bien le faire, alors que le jeune homme, ayant peur de comprendre, jetait des regards dubitatifs sur Camille qui sentait déjà le courroux lui monter au visage.

— Je crois que vous êtes assis en face de la « cargaison secrète » ramenée par M. Van Lynden, confirma la baronne. Mais rassurez vous, Abel, Mlle Lemonnier cache bien ses griffes !

Puis, ayant capté la moue outrée de Camille, partagée entre le plaisir d'entendre parler de Jan et la colère d'être passée pour un vulgaire colis, Mme de Tencin reprit :

— Il se pourrait bien cependant que la goujaterie de notre Hollandais reçoive un jour la cicatrice qu'il mérite. Sacré Jan ! Il est à peine parti que son caractère me manque déjà.

M. de Vandières, d'abord gêné de sa maladresse, ne s'excusa pourtant pas et reprit avec un naturel désarmant :

— J'ai entendu dire qu'il se rendait à nouveau dans l'île de Java pour une mission diplomatique entre les rois autochtones et les compagnies néerlandaises. M. Van Lynden est toujours un sujet de conversation à succès dans le cercle de ma sœur, qui aime à dire qu'il ne tient pas en place. Il ne sera pas de retour avant au moins une année, n'est-ce pas ?

Cela semblait l'arranger fortement.

— Un peu plus, il me semble, répondit Mme de Tencin. Je n'y connais pas grand-chose en navigation, mais il y a une histoire de mousson pour le voyage de retour. Il vous aurait expliqué tout ça mieux que moi ! Il vogue le long des côtes d'Afrique occidentale à cette heure, et nous devons faire sans lui, termina-t-elle en regardant Camille avec insistance.

Pendant la conversation, Pierre avait déposé sur la table basse aux pieds-de-biche ouvragés un service en faïence de Vincennes que Camille n'avait encore jamais vu. Les anses des tasses étaient d'un finesse incroyable, et semblaient s'entourer comme de fins branchages sur la porcelaine aux entrelacs d'or fin. Mme de Tencin proposa du thé à ses hôtes puis saisit du bout des doigts sa soucoupe raffinée avant de souffler sur le breuvage brûlant :

— C'est pour Mme de Morens que le temps paraîtra peut-être long sans Jan Hendrick. On me dit qu'elle s'en est entichée comme une jeune fille de son premier amour mais je suis persuadée qu'elle trouvera à se consoler sur une autre épaule.

M. de Vandières rougit jusqu'aux oreilles, souffla mécaniquement sur son thé, puis changea de sujet, en louant le service de faïence :

— Je vois avec bonheur que les présents de Mme de Pompadour vous sont utiles. Ils sont du plus bel effet dans votre salon, qui reste l'un des lieux les plus agréables de Paris. Cela m'amène à la raison principale de ma visite. Vous savez combien ma sœur vous chérit et mesure chaque jour les bienfaits qu'elle vous doit. Elle espère que ce petit différend autour de la nomination à l'Académie de M. Voltaire n'a pas entaché votre affection, tout comme son soutien à... enfin, vous savez... son soutien à M. d'Alembert dans ses recherches.

Il se racla la gorge comme s'il avait dit quelque chose de grave mais Mme de Tencin restait de marbre, ne manifestant aucune émotion et attendant la suite. Camille assistait à cet échange sans vraiment savoir si les deux protagonistes s'appréciaient tout de même, ou se défiaient en gardant toutes les formes d'une politesse de façade.

— Je me rends compte que je m'écarte du cœur de ma mission. Pour être concis, la marquise de Pompadour, ma sœur, souhaite à nouveau vous assurer de son attachement et m'a chargé de vous offrir le colis d'étrennes qu'elle a fait préparer spécialement pour vous, en cette nouvelle année.

Il fit un signe à un domestique resté dans l'ombre, jusque là si discret que Camille eut l'impression de le voir s'extirper d'une des grandes tentures qui conservaient la chaleur de la pièce. L'homme approcha un petit coffre de bois précieux qu'il posa devant Mme de Tencin. M. de Vandières commentait avec suffisance :

— Offrir des étrennes est la dernière folie à Versailles. Autant la célébration des veillées de

Noël y est sobre et recueillie, autant la nouvelle année s'accompagne de réjouissances gourmandes, de présents et de marques d'affection. Mme de Pompadour a pensé à vous de la plus belle façon !

Il ouvrit le coffret précautionneusement et découvrit un magnifique objet ouvragé. Même si la présentation du jeune homme frôlait l'obséquiosité, Camille admira sans réserve la précieuse tabatière dont le couvercle s'ornait d'un guillochage à motif de vaguelettes, entouré d'un filet d'or torsadé sur fond amati. Le corps était décoré de petits panneaux où les initiales de Mme de Tencin s'enlaçaient comme un feuillage d'acanthes. Camille avait déjà vu de nombreuses femmes de la noblesse priser du tabac, en déposant à la base de leurs narines une pincée de poudre, mais jamais d'une tabatière sculptée par un orfèvre. Le coffre contenait également une blague de feuilles fraîches à pétuner, un flacon de parfum de la Maison Oriza et une boîte argentée entourée d'un ruban mauve.

— Il me semble que cette boîte contient des friandises que vous apprécierez, Camille, confia la baronne. C'est mon pécher mignon, et Jeanne le sait mieux que quiconque.

La jeune fille dénoua le galon, souleva le couvercle et découvrit sur un lit de velours rose des fruits translucides, fendillés par la concentration de sucre aux effluves de vanille, chacun emmailloté dans un petit carré de tulle blanc.

— Ce sont des marrons glacés. Goûtez-en un, ma chérie !

— Ma sœur les fait préparer par le cuisinier du roi, ajouta le gentilhomme.

Cette prétention était gênante mais Camille voyait bien que les cadeaux mettaient aussi du baume au cœur de son hôtesse. Elle imaginait les sentiments d'une femme de soixante-cinq ans, qui avait régné comme une impératrice sur tout un monde, et se retrouvait cloîtrée au soir de sa vie. Elle partagèrent ensemble un marron glacé que Mme de Tencin dégusta les yeux fermés. L'impression était grisante à mordre et fendiller le fruit qui éclatait en copeaux sucrés sur la langue, laissant le goût remonter lentement en cet endroit entre le nez et la gorge où il s'ancrait comme un long souvenir. L'idée d'un pain aux châtaignes vint alors à Camille, qu'il lui faudrait sans tarder prendre en note dans son carnet, avec toutes les déclinaisons possibles pour accompagner les terrines et autres poêlées forestières.

Quand elle s'intéressa à nouveau aux échanges, elle eut du mal à suivre le fil car la conversation avait glissé sur l'architecture et les jardins du château de Crécy, offert par le roi à sa maîtresse, tout comme une parcelle du parc de Versailles qu'elle projetait d'aménager à son goût. Camille découvrait ainsi les privilèges insensés qu'un homme amoureux accorde à son amante, sans que personne ne semble s'en émouvoir. Que représentait le don d'un ruban ou d'un simple anneau gravé à coté d'une telle opulence ? Et surtout, quel prix fallait-il payer en retour ? Elle en était à ce stade de ses réflexions quand le gentilhomme sollicita son avis sur les statues antiques et les colonnades ornementales qu'on dresse sur les fontaines. Il semblait spécialiste de la question et elle eut bien du mal à donner l'illusion d'un quelconque intérêt en retour.

En fin de matinée, M. de Vandières finit par prendre congé, ayant répété plusieurs fois tous les compliments qui lui paraissaient de bon ton. Il lança même une vague invitation à Versailles, sachant pertinemment que Mme de Tencin ne se déplaçait plus. Celle-ci le prit cependant au mot :

— Et pourquoi pas ? Mlle Lemonnier serait ravie de voir le Château et ses jardins aux premiers jours du printemps. Et si je ne peux me déplacer, je lui trouverai une escorte de qualité. Parlez-en à Jeanne et gardez-moi informée, mon ami.

Il se permit de baiser les mains de ces dames en partant, trouvant que Camille le méritait sans doute plus qu'à son arrivée.

— Ce n'est pas un mauvais bougre, précisa Mme de Tencin après son départ, mais il est jeune et cherche toujours à passer pour plus aristocrate qu'il n'est. La position de Mme de Pompadour lui donne un statut qu'il n'aurait jamais pu espérer seul, malgré ses qualités intellectuelles. Mais je ne leur jette pas la pierre : j'en ai fait autant pour mon propre frère, le Cardinal de Tencin. Ne dit-on pas que derrière un grand homme se cache toujours une femme plus grande encore ? Ah ! Ce M. de Vandières ! Il montera les échelons, je vous le prédis[1] ! Comme vous l'avez vu, il a de nombreux centres d'intérêts, dont les arts paysagés. Quand même, ajouta-t-elle un peu moqueuse, a-t-on idée

1. Abel-François Poisson de Vandières, marquis de Marigny (1727-1781), entré dans les bonnes grâces du roi grâce à son illustre sœur, assura la direction générale des Bâtiments, Arts, Jardins et Manufactures, et jouera un rôle important dans l'évolution des arts en France.

de parler colonnes antiques avec une jeune fille ? Franchement ?

Elle rit et ôta ses chaussures élégantes qu'elle envoya sous un fauteuil, en soupirant d'aise.

— Mais le jeune coq sait ce qu'il me doit lui aussi, même si c'est un peu du feu sur sa peau de s'en souvenir. Pour autant, c'est lui qui est venu en personne aujourd'hui, et non un valet, ce qui flatte la vieille dame que je suis devenue. Et avec un peu de chance, mon enfant, vous verrez Versailles avant de repartir.

Le pain de quatre livres

— Mademoiselle Lemonnier, quel plaisir de vous voir ! Entrez !

Comme toutes les semaines depuis trois mois, Camille venait passer sa matinée avec maître Foucher, le boulanger de la rue Saint-Honoré. Flatté qu'une jeune fille qu'il pensait bien née s'intéresse à son travail, et soucieux de plaire à Mme de Tencin, une célébrité du quartier, il avait accepté de laisser l'adolescente observer les rudiments du métier. Au fil des visites, sa femme et lui, dont le seul regret était de ne pas avoir d'enfant, s'étaient trouvés charmés par cette jeune fille simple et enthousiaste. Elle regardait, posait des questions, notait sur son carnet les étapes de la préparation des levains et goûtait les pâtes à différents stades. Son arrivée dans l'atelier était toujours accompagnée de quelques sifflets admiratifs des commis, que M. Foucher faisait taire vertement. Les ouvriers boulangers avaient en effet mauvaise réputation car les horaires de leur métier ne leur permettaient pas d'avoir une vie de famille stable, si bien qu'on les accusait aisément de « frénésie crapuleuse » dans les tavernes mal famées. En aparté, maître Foucher défendait pourtant ses employés avec bonhommie, après s'être assuré de leur obéissance :

— Il ne faut pas leur en vouloir, mademoiselle, ce sont de bons gars. Mais dans leur monde, c'est comme cela qu'on salue les jolies filles.

Camille n'osait pas dire que c'était le monde dans lequel elle avait grandi et qu'elle n'était, par conséquent, pas plus outrée que cela. De surcroît, elle expérimentait depuis quelques mois les baisemains, les sous-entendus et les œillades de ces messieurs de l'aristocratie, qui ne lui paraissaient pas beaucoup plus respectueux.

La boulangerie Foucher constituait pour Camille un lieu d'admiration constante, dont l'organisation pointilleuse lui rappelait le travail aux moulins. Chacun avait sa tâche dévolue, dans une hiérarchie respectueuse et efficace. Tôt le matin, les matières premières arrivaient par chariots alourdis des sacs de blé de trois quintaux qu'on portait ensuite à l'arrière, et chacun se mettait à l'ouvrage. La boutique était propre et bien tenue, Mme Foucher veillant à tout, de la disposition des panières à la présentation des pains selon l'heure de fournée. C'était également elle qui gardait la caisse et tenait les registres de compte. Elle accueillait les clients aimablement, reconnaissant les uns et les autres, mais ne s'en laissait pas conter : personne ne négociait quand elle annonçait une pesée, un tarif ou refusait une commande. Avec son long nez et ses yeux vifs, elle évoquait pour Camille un grand oiseau nocturne, dont la tête semblait tourner sur elle-même pour tout surveiller.

— Mme Foucher, lui disait son mari, la fournée de pains mollets arrive dans trois minutes. Aurez-vous la place pour les grilles sur votre comptoir ?

— Et pourquoi ne l'aurais-je pas, M. Foucher ? Comme toujours, c'est nous qui vous attendons !

Les employés s'amusaient de ce manège sans cesse renouvelé, tout comme les habitués attirés par la qualité du pain autant que par l'ambiance de l'atelier qui ouvrait aux aurores, inondant la rue d'une lumière chaleureuse et d'effluves appétissantes. Camille ne pouvait venir la nuit, au moment de la confection des pâtes, mais le maître boulanger lui avait tout expliqué :

— Plus le blé est bon, moins il faut de levain, mais c'est quand même le secret d'un pain réussi. Le levain-chef est comme un enfant qu'il faut élever, surveiller, dorloter pendant des heures, pour qu'il tienne toutes ses promesses. Dès le premier pétrissage, on sait s'il va faire bon ménage ou pas avec la farine, pour une belle fermentation qui libérera les arômes.

Après quelques visites, il avait senti l'irrésistible envie de l'adolescente qui, tout en restant extrêmement serviable et polie à ses cotés, ne pouvait se contenter d'observer : elle voulait en découdre et relever ses manches. Sa confiance naissant, il lui avait réservé un espace dans l'arrière-boutique avec une table-billot où son premier commis déposait pour elle une cagette de farine et de pâte, protégée par un torchon de lin à liseré rouge. Le gros du travail avait été fait par les geindres, qui tiraient leur sobriquet des gémissements causés par la préparation du feu, la pesée des ingrédients, et le pétrissage. La pâte, divisée pour éviter les grumeaux, frasée, contre-frasée, bassinée puis battue, était prête à la cuisson. Protégée par un grand tablier, Camille se livrait à toutes les expériences et ajoutait à l'envie des herbes, des noix, des châtaignes, des fruits confits... Puis elle envoyait à la cuisson dans des moules qui conservaient une forme rectangulaire à ses préparations. C'était en fait très inhabituel, et maître Foucher, grand adepte des pains ronds qui se convertissait peu à peu à la large baguette pour répondre à la nouvelle mode, mais rejetait la levure de bière et toutes les évolutions que d'autres appliquaient sans vergogne, jetait de temps en temps un œil dubitatif sur les mélanges de Camille.

Pour lui donner raison, le premier essai fut catastrophique : la pâte était retombée et le mélange de noix et de figues sèches avait brûlé lamentablement. Camille vit arriver un pain dur comme du bois, où les ingrédients ajoutés formaient des sortes de cailloux noirs au goût fumé. Devant la déception de l'adolescente, maître Foucher lui avait accordé d'autres tentatives, en l'aidant de ses conseils. En échange, il l'interrogeait sur le travail du meunier et sur la vie au bord de l'océan. Son épouse et lui n'avaient jamais quitté Paris et il s'imaginait la mer comme un grand fleuve sombre agité de vaguelettes, comme si la Seine pouvait border les plages d'Aunis. Camille décrivait avec passion la colère du vent, les rouleaux d'écume et la confusion à l'horizon entre le ciel et la mer.

— Rien n'arrête le regard, vous êtes seul face à l'immensité, racontait-elle songeuse en tapotant une dernière fois un pâton prêt à cuire.

— Mme Foucher et moi avons quelques économies mais je n'ai jamais eu l'idée de partir, de voyager. C'est un passe-temps d'aristocrate, ça, qui peut passer sa journée à nouer ses rubans et ajuster sa perruque ! grogna-t-il avant de se radoucir. Je ne dis pas ça pour vous, bien sûr ! Vous êtes bien différente. J'en ai rencontré des gens dans ma vie, mais une jeune fille éduquée dont le grand rêve est de faire du pain : jamais ! Et où vous mènera cette expérience, au bout du compte ?

— À fabriquer moi-même mes pains, et d'autres choses, peut-être des pâtisseries, répondit-elle une lueur dans les yeux, mais j'aimerais surtout pouvoir vivre d'un travail qui me passionne. Je veux créer, partager et voir le bonheur apporté par mes fabrications. Ce serait nouveau dans mon île.

— Vous n'avez pas choisi la voie la plus facile avec la boulangerie. L'apprentissage dure cinq années. Et il faut ajouter quatre années de compagnonnage et la création d'un *chef-d'œuvre*. Et encore faut-il pouvoir payer à la fin le brevet et la maîtrise ! Mais le vrai obstacle, mademoiselle Lemonnier – et j'en suis profondément désolé – c'est qu'aucune fille ne peut suivre cette formation.

— Je le sais, mais je n'aspire pas au titre de maître boulanger, du moins pour l'instant.

Elle eut peur qu'il lui rappelle la bonne parole dont on la berçait depuis toujours, malgré l'ouverture d'esprit de son milieu familial : les filles ne travaillent pas, elles font de bons mariages et élèvent leurs propres filles dans la même idée. Mais maître Foucher s'en garda bien : il avait bâti sa réussite avec l'aide de sa femme, et bien que ce soit son nom à lui qui orne la devanture, il savait tout ce qu'il lui devait. Il acquiesça avec une moue confiante : rien n'était impossible après tout.

Les pains élaborés par Camille se firent peu à peu nettement plus appétissants et, les jours où elle était là, emplirent la boutique de nouveaux parfums. La version aux éclats de châtaignes, inspirée des marrons glacés de Mme de Tencin, eut un franc succès. Maître Foucher accepta de marquer trois pains de quatre livres, comme la loi l'exigeait afin d'en connaître le poids, et de les proposer à la vente. Il savait qu'il contournait un peu les règles assez strictes de la production boulangère mais n'y voyait pas grand mal.

— Je vais finir par vous adopter et vous léguer mon affaire, jeune ambitieuse ! lui dit-il en riant, pendant que Mme Foucher expliquait déjà au premier client ce qu'était ce pain à la croûte craquante, dont la première tranche découvrait une mie moelleuse parsemée d'éclats plus clairs.

Au début du printemps, Camille maîtrisait beaucoup mieux les dosages et les cuissons. Chaque lundi, jour où elle prenait son poste à la boutique, une quinzaine de pains « parfumés » trouvaient leur place dans la corbeille d'osier qui leur était réservée. Le succès d'estime, fortement encouragé par Mme de Tencin et ses amis, devint un succès commercial car les pains étaient vendus aux riches habitants du quartier avant même d'avoir été fabriqués.

Un matin pourtant, peu avant midi, alors que Camille se préparait à rentrer chez Mme de Tencin, un client vraisemblablement mécontent fit irruption dans la boutique. Les voix fortes de la commerçante et de l'homme agressif parvinrent jusqu'à l'arrière-boutique où Camille finissait de ranger son plan de travail. Elle ôta son tablier, lissa sa robe simple en drap bleu et se glissa discrètement vers la porte du magasin où Léonce, l'un des jeunes commis, attendait déjà en embuscade, au cas où sa patronne ait besoin d'aide. Maître Foucher, parti faire les livraisons pour les belles demeures du quartier, était malheureusement absent pour une bonne heure encore.

— C'est Guémard, lui chuchota Léonce. Paraît qu'il est noble et qu'il fréquente les femmes de Versailles, mais c'est bien la pire canaille que j'ai rencontrée ici. Il fait un peu sa loi dans le quartier et promet sa protection en échange de services et d'un paiement sur les bénéfices. Maître Foucher paie pour être tranquille.

— Sinon ? demanda Camille.

— Sinon on pourrait retrouver la boutique en flammes un soir, ou la devanture détruite. Le mercier du bout de la rue en sait quelque chose : sa réserve d'objets précieux a été saccagée pendant la nuit, le mois dernier. On a retrouvé les horloges, les girandoles et les lustres brisés et éparpillés dans la rue : rien n'a été volé, juste détruit.

Camille n'en croyait pas ses oreilles : elle avait eu connaissance à l'île de Ré de ce genre d'arrangements, où le nom du père Fournier revenait d'ailleurs régulièrement, mais c'était de la « petite truanderie » dont chacun s'accommodait, en haussant les épaules et en laissant venir. Elle se pencha et écarta du bout des doigts le rideau qui couvrait l'ouverture vers la boutique. La voix de l'homme devenait menaçante :

— Il me semble, Mme Foucher, que les pains que vous exposez ne répondent pas à la législation en vigueur et pourraient vous attirer bien des ennuis.

— Des pains ? Quels pains ? Vous pouvez contrôler : ils pèsent tous quatre livres et respectent les normes de la boulangerie.

— Ne jouez pas à la plus maligne ! Je vous parle des nouveaux pains moulés que vous vendez une fois par semaine depuis un mois, et qui rencontrent un joli succès.

— Je ne vois rien de tel sur mon étal.

— C'est l'évidence même, puisque vous avez tout vendu ! Je peux d'ailleurs vous dire à qui, par le menu !

Le sieur de Guémard était un homme de taille moyenne, plutôt mince mais avec une forme de mollesse dans toute sa personne, jusqu'au visage dont les traits paraissaient allongés et bouffis par les excès en tout genre. Seuls les yeux, étirés en demi-lune sous des sourcils sombres, amenaient un peu de vie à l'ensemble. Les riches habits et la posture donnaient le change au premier abord, mais l'éclat malsain du regard n'attirait aucune sympathie.

— Monsieur de Guémard, répondit Mme Foucher avec un calme étonnant, mon mari est absent, ce que vous savez sans doute et explique en grande partie votre venue à cette heure, mais je suis au courant de ses affaires. Nous sommes en règle avec la législation. Et avec vous, malheureusement. Il me semble que vous avez reçu ce mois encore la somme entendue pour l'« entretien du quartier ». Le reste ne vous concerne pas ! Les pains que nous vendons répondent aux exigences de notre confrérie et n'engagent que nous.

— Ils engagent aussi ceux qui les achètent et les mangent, et il se trouve que nombreux de vos clients sont de mes amis. Pour une raison que j'ignore, car je n'y trouve pour ma part aucun intérêt gustatif, vos pains parfumés provoquent l'enthousiasme lors des dîners, l'attrait de la nouveauté à n'en point douter, doublé de l'esprit grégaire de mes semblables. Quoi qu'il en soit, vos revenus s'en trouvent augmentés, ce qui modifie quelque peu notre contrat. Songez comme il serait dommage qu'un pain sorti de vos fourneaux provoque une dysenterie, ou des éruptions purulentes. À moins que je ne puisse me porter garant de la qualité, en échange d'une contribution supplémentaire. Vous me suivez ?

— Sortez de chez moi ! ordonna d'une voix sourde Mme Foucher, dont Camille apercevait le dos crispé et les jointures des doigts agrippés au comptoir.

Soudain, la porte de la boutique s'ouvrit, laissant entrer Guillaume, l'homme à tout faire de Mme de Tencin, qui venait chercher Camille afin de l'escorter jusqu'à l'appartement. Guémard reprit une contenance polie et souleva élégamment son chapeau en abaissant la tête en une courbette hypocrite :

— Je vous salue, Mme Foucher. Au plaisir de converser à nouveau avec vous très prochainement !

Il sortit enfin du magasin, au grand soulagement de la boulangère, qui se laissa tomber sur un tabouret. Camille ouvrit le rideau et entra dans la pièce, l'air affolé.

— Je suis désolée ! Je n'ai jamais voulu vous mettre dans une situation pareille ! Pardonnez-moi !

— Il n'y a rien à pardonner, Camille ! Cet homme est un odieux personnage qui trouve toujours les interstices pour se faufiler. Cette fois, c'est votre pain, mais il aurait trouvé autre chose : la couleur des rideaux, la provenance des farines ou encore le nombre de commis. Il a à sa botte une sorte de milice des bas-fonds, qu'il paie à la sueur de nos fronts.

— Mais personne ne le dénonce ? La justice doit intervenir !

— C'est lui, la justice ! Les bas-fonds le matin, les salons luxueux le soir. Il a des protecteurs puissants. Certains ont voulu s'opposer mais aujourd'hui ils pleurent leur bien, ou croupissent en prison pour des accusations fallacieuses. J'en parlerai avec M. Foucher ce soir, ne vous tracassez pas ! Revenez la semaine prochaine, ma jolie, et nous aviserons.

Camille serra la main de la boulangère avec chaleur et fit signe à Guillaume de prendre la commande de Mme de Tencin, réservée dans un tiroir. Puis, ils sortirent tous deux dans la rue animée.

Après les événements de la matinée, la préparation du dîner du mardi changea les idées de Camille, qui supportait très mal l'injustice faite au couple Foucher, et dans laquelle elle se sentait une responsabilité directe.

— Vous avez de l'or dans les doigts et des étoiles sous le palais, mon enfant, la félicita la baronne à la vue du pain aux châtaignes rapporté de l'échoppe.

Loin de s'offusquer que sa protégée passe sa journée dans un atelier, au milieu des commis et des garçons de cuisine, et qu'elle rentre le soir couverte de farine et percluse de courbatures dans les épaules, Mme de Tencin encourageait ce passe-temps « exotique » qui faisait un excellent sujet dans son Salon. On y proposait le pain cuit la veille en dégustation, et Camille conseillait Toinette sur les garnitures qui se marieraient le mieux avec le parfum du jour.

Ainsi, le pain aux châtaignes fut-il associé à une terrine de foie gras aux figues, dont l'origine remontait à l'Antiquité romaine. Lors du dîner des sept sages du mardi, l'apport culturel autour de la dégustation ouvrit des débats légers qui se développèrent rapidement en joutes philosophiques.

— Saviez-vous, raconta Mme Geoffrin en dégustant un carré de pain, que le « foie gras aux figues » est une recette d'Apicius[1] qui l'appelait *Jecur ficatum* ? L'expression fut raccourcie en *Ficatum*, ne gardant que l'idée du fruit, plus appétissante à l'oreille que *jecur* qui signifie « viscère ».

Des cris d'orfraie se levèrent pour exprimer un dégoût surjoué.

— Et pourtant, reprit Mme Geoffrin, très en verve ce soir-là, c'est bien *Ficatum* qui a donné le mot « foie » que nous connaissons. C'est étonnant,

1. Marcus Gavius Apicius (env. 25 av. J.-C.-37 apr. J.-C.) : célèbre cuisinier romain à qui on attribue de nombreuses recettes dont le foie gras aux figues, les tétines de truie farcies ou les murènes en sauce.

non ? Quand vous parlez d'un foie gras aux figues, vous dites en fait deux fois « figue » !

— Oh ! rit la baronne, je suis sûre que Camille qui suit avec assiduité ses leçons de latin, sait tout cela. N'est-ce pas ma chérie ?

La jeune fille, flattée que la conversation tourne autour de ses créations, ne put que faire la moue sur la question du latin, mais Mme Geoffrin était lancée :

— Notre Camille marie les aliments comme l'auraient fait les Antiques, retrouvant les sources des goûts et des mots. Cette bouchée prend alors une autre dimension, presque mystique.

— Est-ce à dire que vous retrouvez une part divine dans une bouchée de pain ? demanda Marivaux, éternel habitué des soupers du mardi. Est-ce le père, le fils ou le saint Esprit ?

— Et pourquoi pas ? Ces augustes entités me semblent bien plus présentes ici que dans ces pitoyables hosties que l'on nous sert à la messe !

— Voulez-vous vous taire, infâme blasphématrice ! rit Duclos qui enchaîna sur des jeux de mots douteux où la Foi en Dieu se découpait en lamelles pour agrémenter les nourritures terrestres.

Camille était toujours surprise de la liberté de ton qu'adoptaient les hôtes de Mme de Tencin et la propension à faire feu de tout bois à partir d'un détail, d'un mot, d'une pensée. Mais elle se sentait fatiguée et demanda à la baronne l'autorisation de ne pas veiller trop tard, car la menace sur la boutique de maître Foucher tournait en boucle dans son esprit et ne lui laissait que peu de répit. Le Salon accueillait d'autres convives après le dîner, ce qui prolongeait jusqu'au milieu de la nuit les conversations et les parties de pharaon[1] mais Camille ne resta qu'une petite heure, accompagnée de Louison.

Au moment où elle prenait congé de l'assemblée, Mme de Tencin, avec une mine indéchiffrable, la fit venir pour lui présenter un hôte nouvellement arrivé, dont les yeux évoquaient une fouine en chasse. Camille sentit son cœur manquer plusieurs battements.

— C'est un plaisir, mademoiselle, commença-t-il. Je ne crois pas avoir eu l'honneur de vous croiser auparavant, malgré les grands éloges que j'entends à votre sujet dans la bonne société.

— Je vous remercie, monsieur, répondit-elle la gorge sèche.

— Vous cuisinez, c'est cela ? Des pains originaux, m'a-t-on dit.

— Oui, fit-elle de manière détachée, priant pour qu'il s'éloigne. Mais je suis au regret de vous quitter ce soir : un affreux mal de tête me lance depuis midi et j'allais me retirer. Adieu, monsieur.

Avec une révérence rapide, Camille sortit du salon, suivie par une Louison curieuse de savoir quelle mouche avait pu piquer sa jeune maîtresse. Après avoir franchi la porte de la chambre, que les domestiques avaient éclairée avant leur arrivée, les confidences vinrent immédiatement :

— Tu as vu cet homme, Louison ? C'est celui dont je t'ai parlé, qui a fait scandale chez maître Foucher ce matin pour cette histoire de pain qu'on n'aurait pas le droit d'exposer sur l'étal. Il a

1. Jeu de cartes, très en vogue à Versailles sous Louis XV, entre un « banquier » et un nombre illimité de joueurs.

menacé Mme Foucher de représailles si je continuais à promouvoir mes créations « anormales ». Elle m'a dit que c'était un homme abject, qui ponctionne les commerçants contre sa protection. Un M. de Guémard, je crois. Je suis sûre qu'il sait qui je suis.

— C'est impossible. Comment le saurait-il ?

— Il m'a parlé des pains que je fabrique, et je l'ai vu dans ses yeux. Mais que faisait-il ici ?

— C'est un invité comme un autre. Vous demanderez à madame demain, s'il est de ses amis.

Louison s'affairait à délasser le corset de Camille, qui ne parvenait pas à passer à autre chose. Elle enjamba le jupon tombé à terre et enfila sa chemise de lin pour la nuit, en sachant que le sommeil la bouderait longtemps malgré son épuisement.

— Quand même, reprit Louison avec ironie, elle est belle la noblesse ! Comment se fier à ces gens qui utilisent leurs privilèges pour nuire aux autres ? Ne vous en faites pas, mademoiselle, il a sûrement d'autres chats à fouetter.

Mais Camille en doutait : le regard mauvais qu'il lui avait lancé dans le salon bondé annonçait tout le contraire.

La limonade du Café Procope

La nuit fut courte et peu reposante. Camille s'endormit juste avant le lever du jour pour plonger dans des rêves angoissants où les traits de M. de Guémard se confondaient avec ceux de Joseph Fournier. L'ignoble personnage entrait dans la boulangerie de la rue Saint-Honoré, tenue pour une raison inexplicable par son père Antoine, et dévastait la boutique, jonchant le sol de lustres brisés qui luisaient comme autant de lames menaçantes.

Au matin, le soleil de printemps brillait déjà haut dans le ciel qu'elle dormait encore. Sur les conseils d'une Louison un peu inquiète, le précepteur qui enseignait les Lettres fut renvoyé et Mme de Tencin fit également prévenir le professeur d'arts d'une indisposition de son élève pour l'après-midi. Vers onze heures, Camille les trouva toutes deux réunies dans le boudoir, en compagnie de Jean Astruc, le bon ami de la baronne, qui faisait ses visites régulières à cette heure-là. Le silence se fit à son entrée.

— Bonjour Camille, salua Mme de Tencin. Comment vous portez-vous ? Nous avons préféré vous laisser dormir ce matin. J'ai donc pris la liberté de suspendre vos leçons, ce dont vous ne me tiendrez sans doute pas grief. Deux lettres sont arrivées ce matin, l'une pour Louison et l'autre pour vous, de votre père vraisemblablement. Voilà qui va vous remonter un peu le moral. Nous parlerons ensuite de ce qui vous préoccupe, si vous le voulez bien.

Elle jeta un regard entendu à Louison qui, sa missive à la main, rassembla ses jupes et quitta la pièce. Camille ouvrit le pli que lui tendait la baronne et lut les dernières nouvelles de sa famille. Marie-Anne avait accouché le mois précédent d'une petite fille prénommée Suzanne et tout le monde se portait bien. Antoine racontait les journées de travail, les escapades des garçons et les petits problèmes de santé de la vieille servante Amélie. Il se réjouissait d'une certaine aisance financière depuis qu'il s'était libéré d'un fermage à payer sur l'un des moulins de Bellevue. Comme à chaque fois, Camille souffrait d'une petite nostalgie de les savoir heureux ensemble, accentuée ce matin-là par l'angoisse des événements parisiens et l'envie de connaître cette petite sœur qui lui était née. Antoine terminait sa missive sur des nouvelles de Gaspard Fournier qui, selon la rumeur, avait rejoint la maisonnée d'une riche veuve de La Rochelle pour l'aider à gérer ses affaires « *en tout bien, tout honneur* » ajoutait-il pour rassurer sa fille.

Camille replia la lettre avec un sourire en coin : elle avait eu bien tort de s'en faire pour Gaspard !

Son petit succès auprès des bourgeoises rétaises était de notoriété publique, mais il faisait ses armes sur un plus grand terrain désormais. Nul doute que la Rochelaise n'aurait pas à regretter son investissement ! Le souvenir estompé du visage de Gaspard se raviva un instant, avec sa moue boudeuse et ses yeux brillants, et une pointe de jalousie s'invita furtivement.

— Vous avez l'air renfrognée, Camille. De mauvaises nouvelles ?

— Au contraire ! répondit-elle très vite. Ma belle-mère a eu son bébé, une petite Suzanne ! Je suis juste triste d'être loin d'eux en ce moment.

— Vous serez repartie mi-juin : cela ne sera plus long avant que vous les retrouviez.

— Mais après, c'est vous qui me manquerez, répondit Camille chaleureusement.

Mme de Tencin sourit et lui prit les mains avec affection :

— Vous faites la joie des mes vieux jours, ma chérie. C'est votre absence qui me sera insupportable.

— Voyons, Claudine, coupa Jean Astruc jusqu'ici silencieux, ne soyez pas si sentimentale, mon amie ! Je veillerai sur vous, vous le savez. Allons ! Commençons immédiatement : mesdames, que puis-je aller demander en cuisine pour vous satisfaire ? Un thé ? Du café ? Quelques gourmandises pour notre palais délicat, mademoiselle Lemonnier ? Mais quelque chose de léger pour vous Claudine, pensez à votre foie.

— Oui, oui, j'y pense, mon ami, comment pourrais-je oublier avec cette douleur constante ?

Faites au mieux et cela sera parfait ! répondit la baronne, lui faisant signe d'y aller de ce pas.

Le boudoir était calme, bien éclairé le matin par une grande fenêtre donnant sur la rue Saint-Honoré, dont on percevait le bruit feutré et sécurisant. La pièce communiquait en enfilade avec le grand salon d'un coté, que les domestiques s'affairaient à remettre en état après la soirée de la veille, et la chambre de Mme de Tencin de l'autre. Celle-ci, tenant toujours les mains de l'adolescente, prit une longue respiration et commença :

— Je voulais vous dire que je suis désolée, Camille, de vous avoir mise en fâcheuse posture hier soir avec M. de Guémard. Dès qu'il est arrivé et que Mme Geoffrin a vanté votre pain aux châtaignes, j'ai vu son œil mauvais s'allumer et il a commencé à fureter. Il voulait absolument vous saluer. J'ai espéré que vous seriez déjà partie mais Marivaux vous a aperçue et n'a pas cru mal faire en vous désignant du doigt. Je ne pouvais dès lors que vous appeler pour vous présenter. Votre froideur m'a surprise mais je viens de faire les recoupements avec ce que m'a raconté Louison – j'espère que vous ne lui en voudrez pas mais je ne lui ai pas laissé le choix, pauvre enfant ! M. de Guémard est un intrigant de la pire espèce, dont la richesse démesurée était jusqu'ici un mystère. Je n'imaginais pas qu'il versait dans le brigandage et la dénonciation.

— Je suis tellement embêtée pour les époux Foucher qui m'ont accueillie à bras ouverts. Que peut-on faire contre cet homme ?

— Pas grand-chose, malheureusement. Je vais lui fermer mon Salon mais il continuera à être reçu partout. Il est sous la protection de sa sœur, Mme de Morens, à qui il rend toutes sortes de services. Et elle-même rend toutes sortes de services à beaucoup de monde. Il y a des dépendances financières et sociales contre lesquelles nous ne pouvons lutter. Mes amis eux-mêmes sont pour certains soumis au bon vouloir de cette femme. C'est une organisation tentaculaire de clientélisme, dont je suis heureuse de m'être extirpée à temps.

— Mme de Morens ? Ce nom me dit quelque chose, s'interrogea Camille

— Et pour cause ! Nous l'avons évoquée plusieurs fois, mais votre attention était fixée sur une autre personne, sourit Mme de Tencin. La seule faiblesse de cette femme est son attachement passionné pour Jan Hendrick, qu'elle poursuit de ses assiduités depuis des années.

— Jan ? demanda Camille un peu ahurie, commençant à remettre en place les différentes pièces du puzzle.

— Oui-da ! Jan ! Jan Hendrick Van Lynden ! Vous savez : ce petit Hollandais insignifiant, qu'on remarque à peine. L'auriez-vous déjà oublié ?

— Vous vous moquez, dit Camille en rougissant.

— Mais non ! Et vous le savez bien ! Quoi qu'il en soit, Jan et elle ont été amants l'année passée. Ou la précédente ? Ah ! Je ne sais plus. Mais il a découvert le coté sombre de sa dulcinée et a rompu en douceur, du moins officiellement, mais officieusement il faut croire qu'il n'a pas clairement coupé le lien, si bien qu'elle nourrit toujours un espoir passionné. Il est ainsi resté informé de ses entreprises. Je ne m'en plains pas, car c'est comme cela qu'il a pu me sortir de ses griffes, et m'éviter le chantage financier qu'elle exerce sur la bonne société, pendant que son frère s'attaque aux petites gens.

— Mais c'est atroce !

— Quoi, mon ange ? La malhonnêteté de cette femme et de son frère ? Certainement ! À moins que ce ne soit la vie amoureuse de M. Van Lynden qui vous choque ?

— Je ne sais plus. Je n'imagine pas qu'on puisse utiliser les sentiments à des fins inavouables.

— Les sentiments se jouent bien de nous : pourquoi ne nous leur rendrions-nous pas la pareille ? Vous seriez bien naïve d'idéaliser Jan, mais mal avisée de le juger trop vite. Il suit ses propres règles, certes, mais son dessein est juste. En ce qui concerne M. de Guémard, qui déteste d'ailleurs au plus haut point notre cher aventurier, je vous conseille de l'éviter autant que possible et de prendre vos distances avec les Foucher. Vous irez leur expliquer et ils comprendront. Cela leur ôtera même une épine du pied. Et je ne veux pas que Mme de Morens, par le bras de son frère, puisse vous atteindre : elle sait que vous avez voyagé avec Jan et, ayant vent de toutes vos qualités, a déjà dû développer une jalousie dévorante. Votre jeune âge vous protège et je crois qu'elle se méfie encore de moi, à juste titre. Je ne vous ai jamais caché la vie que j'ai menée, Camille. Eh bien, cette jeune courtisane ne m'arrive pas à la cheville ! finit-elle en riant.

Jean Astruc, qui devait guetter derrière la porte, choisit ce moment pour entrer et déposer la collation sur le guéridon :

— Vous voilà bien guillerette, ma chère.

— Oui, je médisais sur Mme de Morens, ce qui me met toujours en joie !

— Vous êtes incorrigible !

— Et vous, mon ami, vous êtes charmant ! Merci pour ces attentions. Vous me direz à quelle affreuse consolation j'ai droit dans l'assortiment gourmand que vous apportez. Aucune sans doute ! Mon Dieu, il ne faut pas vieillir, soupira-t-elle en choisissant une grosse bouchée de massepain, sous le regard désapprobateur mais blasé du médecin.

Avec un sourire en coin qui la rendait encore charmante, elle reprit :

— Camille, qu'avez-vous prévu cet après-midi pour vous changer les idées ?

— Nous pensions aller nous promener aux Tuileries avec Louison, pour rejoindre à pied la rive gauche, car nous avons rendez-vous au Café Procope avec M. Nicolas Quériand, dont je vous ai parlé.

— Quériand, le physicien ? demanda Astruc soudainement intéressé.

— Oui, il est médecin à la Faculté. Nous l'avons rencontré à Poitiers, lors de notre trajet.

— Et vous avez eu de la chance ! Ses travaux sur les remèdes qu'il a rapportés de ses expéditions lointaines sont en passe de faire autorité en la matière. Vous me le présenterez à l'occasion.

— Louison vous le présentera, rectifia Camille en souriant. C'est surtout elle qu'il vient voir lors de nos rendez-vous. Je ne suis que la garantie des bienséances.

Avec le Café de la Régence place du Palais-Royal, le Café Procope, situé près des universités, était un haut lieu parisien où il fallait voir et être vu. Peu sensible à l'ambiance du premier qui accueillait surtout des joueurs d'échecs, Camille s'était vite prise de passion pour le second où tout, de la décoration au service, était un émerveillement continu. Elle regrettait juste une cuisine un peu impersonnelle, et des gourmandises misant sur le sucre et la couleur, au détriment parfois de la finesse.

En fin d'après-midi, après leur marche revigorante dans les rues de Paris, Louison et Camille arrivèrent en vue de la devanture bien reconnaissable du café, devant laquelle quelques habitués discutaient avant de se séparer. Les deux jeunes filles attendirent quelques minutes l'arrivée de Nicolas Quériand. Le médecin exerçait en effet un peu plus loin dans le quartier de la Sorbonne, et se libérait quand il pouvait. Ce jour-là, se croyant très en retard, il pressait le pas sur le pavé humide, envoyant les pans de sa redingote sombre virevolter autour de lui. Dès qu'il aperçut Louison, un sourire sans équivoque illumina son visage.

— Bonjour mesdemoiselles ! J'espère que vous ne m'attendiez pas depuis trop longtemps, mais je n'ai pu différer une autopsie absolument fascinante : pensez-donc, l'homme a été retrouvé mort dans la Seine au niveau du Pont-Neuf, sans aucune blessure apparente, ce qui laisse supposer une banale noyade des suites d'une chute malencontreuse. Mais l'un de mes collègues souhaitait un deuxième avis, au vu des ongles abîmés, voire arrachés sur trois des phalanges et...

— Nicolas, je vous en prie ! interrompit Louison pourtant passionnée par le sujet. Camille ne goûte pas autant que nous les descriptions de cadavres et autres détails morbides. Installons-nous et vous me conterez cela en aparté !

Camille sut gré à son amie d'être intervenue avant d'avoir à entendre l'ouverture de la cage thoracique et la pesée des organes, que Nicolas Quériand racontait comme on parle du menu de son souper. Ses émotions avaient déjà été mises à rude épreuve le matin avec les révélations de Mme de Tencin, et elle n'aspirait qu'à un peu de diversion.

Ils entrèrent dans le café où Camille s'extasia à nouveau sur les lustres à pampilles de cristal qui éclairaient les tables nappées de blanc et les divans écarlates. Le sol de pierre naturelle à cabochons jouait avec la lumière, répondant aux grands miroirs et aux vitres hautes. Nicolas Quériand s'avança jusqu'à l'emplacement que leur désignait un garçon de salle et s'installa sous un pan de mur en stuc, orné de feuillages en guirlande. Des groupes se formaient puis se séparaient au gré des conversations, tandis que les serveurs glissaient légèrement entre les clients avec des plateaux bien garnis. L'un deux vint prendre la commande, dont ils avaient déjà parlé.

— Ce sera deux limonades de jasmin pour ces jeunes demoiselles, et une « eau des Barbades[1] » pour moi.

Les boissons furent apportées rapidement, et Camille admira son verre qui était une merveille en soi, avec sa coupe en tulipe décorée de nids d'abeilles sur un pied torsadé. Elle goûta avec délectation la recette unique de la limonade, qui

1. Eau-de-vie et eau de cédrat.

se déclinait aussi au citron, à la fleur d'oranges, de roses muscades ou d'œillets. Pendant que M. Quériand racontait avec enthousiasme l'autopsie qu'il avait pratiquée, Camille s'évada quelques temps dans ses pensées : elle rêva de tenir un tel endroit, où l'on pourrait profiter des plaisirs conjugués du goût et de l'esprit. Elle imagina ses créations à l'honneur dans ce café réputé, et se vit circuler de table en table pour s'enquérir du bien-être de ses clients, réalisant peu à peu que c'était là l'accomplissement qu'elle souhaitait.

— Mais n'est-ce pas la jeune Camille que je vois là ? Comment vous portez-vous ?

L'adolescente reprit pied dans la réalité et reconnut Abel-François de Vandières penché vers elle, la perruque bien lissée et le teint discrètement poudré. Le frère de Mme de Pompadour était presque trop élégant pour un en-cas de fin d'après-midi, mais affirmait ainsi son statut aux yeux du tout-Paris. Camille le salua poliment, surprise qu'il s'affichât avec elle sous les yeux curieux des autres clients. Elle ne put s'empêcher de penser qu'il y trouvait sans doute un intérêt, et écouta son périple du jour, des grilles de Versailles à l'île de la Cité. Il s'enquit de Mme de Tencin, blâma l'injuste vieillesse qui la diminuait, puis se souvint des deux hommes qui l'accompagnaient.

— Je manque à tous mes devoirs. Laissez-moi vous présenter mes amis : M. Turner, qui nous revient de Chine ce jour et M. d'Alembert, mathématicien à l'Académie des Sciences, qui allait nous quitter. Messieurs, voici Mlle Lemonnier, qui loge actuellement chez Mme de Tencin.

Celui qui se nommait Turner salua Camille avec enthousiasme, ajoutant quelques mots dans un fort accent anglais. M. d'Alembert, dont Camille avait déjà entendu parler chez Mme Geoffrin, se montra plus réservé, le regard dans le vide comme s'il avait vu un fantôme. C'était un homme d'une trentaine d'années, au visage rond et aux traits francs, dont les yeux froncés étaient cependant peu engageants à cet instant. Camille aurait juré qu'elle le mettait mal à l'aise.

— Vous allez bien, mon ami ? lui demanda Vandières.

L'autre reprit ses esprit et rassura la compagnie.

— J'ai cru voir une ancienne connaissance par le jeu des miroirs. Mais c'était une erreur. Veuillez m'excuser, messieurs, le devoir m'appelle ! Mademoiselle, au plaisir de vous croiser à nouveau. Chez Mme Geoffrin, peut-être ? Bonne fin de journée !

Camille ne put qu'acquiescer et salua d'un hochement de tête poli, pendant que M. de Vandières et son ami Turner s'asseyaient à la table voisine. Elle suivit des yeux d'Alembert qui, le dos voûté, se pressait vers la sortie. Elle eut l'impression de croiser à nouveau son regard quand il passa devant la vitrine, mais il détourna bien vite les yeux et disparut rapidement. Que ces Parisiens étaient étranges dans leur comportement, soit trop empressés, soit distants et énigmatiques ! Elle eut peur un instant de voir surgir Guémard, qui devait lui aussi fréquenter le Café Procope quand il en avait fini avec ses basses besognes. Le sentiment désagréable d'une menace latente lui vrilla l'estomac, lui rappelant les angoisses du voyage en carrosse, quand les gendarmes les avaient arrêtés. Cette méfiance d'autrui était nouvelle pour Camille, qui s'était construite au contraire sur la foi en son prochain dans un monde par nature engagé vers le bien. Pour éviter de trop penser, la jeune fille essaya de suivre les deux conversations, celle de Louison, occupée à minauder avec son prétendant autour d'une conversation improbable sur les changements de compresses, et celle des deux hommes qui évoquaient un récent voyage. M. de Vandières se montrait enthousiaste à écouter le récit de son ami Turner.

— Vous n'imaginez pas les paysages de Chine ! Les plantations de thé où je suis allé négocier pour l'Angleterre sont un dépaysement total. Le désir m'a pris de m'installer là-bas et d'y rester, mais j'avais ma cargaison à ramener et les engagements signés auprès de nouveaux propriétaires, au service de la couronne britannique. Et j'oubliais ma tendre épouse qui serait venue me chercher à coups d'épée !

— Excusez-moi de vous interrompre, coupa Quériand qui avait lui aussi écouté la conversation de ses voisins, mais quelle sorte de thé avez-vous ramené ? Je me présente, Nicolas Quériand, physicien à la faculté de médecine. Je travaille à un mémoire sur les remèdes des pays exotiques. J'ai moi-même participé à une expédition en Amérique du Sud, mais je n'ai aucune connaissance sur la Chine, je sais seulement que le thé est parfois considéré pour ses vertus médicinales contre la migraine, ou les aigreurs d'estomac.

M. de Vandières prit l'air soupçonneux de l'aristocrate importuné par un badaud, mais Turner, beaucoup plus affable et chaleureux, sauta sur l'occasion :

— Enchanté, Ross Turner pour vous servir : soldat, armateur, aventurier et négociant à mes heures. Pour votre information, j'ai exclusivement ramené des jarres de thé noir. La Chine est le marché privilégié de la couronne britannique, que je représente officiellement, bien que je sois irlandais d'origine. J'aurais des choses à vous dire sur l'usage qu'on en fait là-bas.

Quériand aussitôt baisa la main de Louison, puis se déplaça et la conversation entre les deux hommes prit un tour technique sur la fermentation des feuilles de thé, qui se perdit dans le brouhaha de la salle. Vandières, laissé à l'écart, fut forcé de se tourner vers les deux jeunes filles qui finissaient de siroter leur limonade. Son agacement était palpable.

— Eh bien, mademoiselle Lemonnier, comment occupez-vous vos journées à Paris ? J'avoue que je n'ai jamais quitté la capitale et ne me figure pas le dépaysement incroyable que cela peut être pour une jeune provinciale. Et encore n'avez-vous pas vu Versailles !

C'en était trop pour Camille : la malhonnêteté de Guémard, le libertinage de Jan, le mépris du fameux d'Alembert et maintenant le dédain de cet homme poudré, parvenu au sommet par les bienfaits d'une sœur courtisane !

— Le dépaysement dont vous parlez fait honneur à la province, répliqua-t-elle piquée au vif. Il ne me semble pas moins enviable d'ouvrir mes fenêtres sur le grand large pour converser avec des gens simples mais utiles à leur prochain, plutôt que fixer des toits sombres et d'avoir à faire à des malotrus !

Louison posa sa main sur le genou de sa maîtresse en un avertissement discret mais les mots avaient été prononcés comme un cri. Les tables alentour se turent et l'attention fut accaparée par le petit groupe où Vandières avait rougi jusqu'aux racines de sa perruque et suffoquait un peu. Soudain, alors que Camille craignait le pire, il éclata de rire, en exagérant sans doute pour se donner une contenance face à son public. Sa jeunesse reprenait ses droits et lui rendait un certain charme. L'atmosphère se détendit totalement quand il saisit la main de la jeune fille, nerveusement agrippée à la nappe, et baisa le bout de ses doigts.

— Vous avez raison, mademoiselle ! Je ne suis qu'un malotru et vous m'avez donné une bonne leçon ! On m'avait vanté votre intelligence et votre fraîcheur : je ne suis pas déçu ! Ma sœur la marquise vous trouverait tout à fait à son goût, et il n'y a rien d'étonnant à ce que Mme de Tencin vous tienne en si haute estime.

— Je vous remercie, monsieur. Mes paroles ont dépassé ma pensée, précisa Camille qui sentait qu'elle était sur une pente dangereuse malgré tout, et je ne pensais pas à vous, je vous l'assure, en disant « malotru ».

— À qui donc alors ?

Louison resserra l'étreinte sur le genou de Camille pour la prévenir mais Camille joua le tout pour le tout.

— Un homme malhonnête qui se fait passer pour un gentilhomme !

— Et qui vous aurait importunée ? questionna-t-il, avide de potins. L'aura de Mme de Tencin ne suffirait-elle pas à vous protéger des méchants libertins ?

— Il ne s'agit pas de cela. Il s'agit de menaces physiques contre des gens qui me sont chers et qui m'ont accueillie.

Vandières prit enfin les choses au sérieux et la questionna sur l'identité de l'homme en question.

— Monsieur de Guémard ! répondit-elle sans vouloir réfléchir plus avant au bien fondé de sa dénonciation.

De toute évidence, ce n'était pas un inconnu pour le gentilhomme, dont les traits se durcirent instantanément.

— Voyez-vous donc ! Le mot « malotru » me paraît trop flatteur. Et comment vous êtes-vous retrouvée entre les griffes d'un tel individu ?

Camille raconta sa passion pour la boulangerie, la confection des pains dont la réputation était même parvenue jusqu'à lui et les menaces de Guémard. Vandières écoutait avec intérêt.

— Je vous remercie de votre confiance, mademoiselle Lemonnier. Croyez bien que ces informations sont entre de bonnes mains et ne vous porteront pas préjudice. Vous me permettrez d'en parler avec la marquise de Pompadour, qui connaît malheureusement bien Guémard, et surtout sa sœur, Mme de Morens, avec lesquels nous avions lié des liens dans l'enfance. Je reviendrai vous en entretenir dès que possible.

Il se leva, imité par son ami Turner qui salua la compagnie, visiblement enchanté de ses échanges avec Nicolas Quériand. Comme le soir tombait et que le ciel entre chien et loup se montrait menaçant, Vandières proposa de raccompagner Camille et Louison en carrosse. La jeune fille accepta, moins angoissée par la pluie de printemps que par une marche nocturne dans les rues parisiennes. M. Quériand, qui s'était également proposé mais pour un trajet à pieds, laissa sa place avec élégance, malgré le regret exprimé silencieusement par Louison.

La voiture attelée passa la Seine à hauteur du Pont-Neuf, offrant une vue étendue sur les façades du Louvre et la pompe de la Samaritaine, qui prélevait l'eau du fleuve pour alimenter les jardins et les bassins des Tuileries. Les bateaux-lavoirs étaient à quai et accueilleraient à nouveau le lendemain les nombreuses blanchisseuses avec leurs panières de linge. Les marcheurs se dispersaient peu à peu pour rentrer chez eux et les commerçants fermaient boutique en rabaissant les auvents colorés au bord des quais. Camille admira les rues où s'allumaient ça et là les lanternes et les flambeaux, qui contribueraient bientôt à la naissance du surnom de Paris, la « ville lumière ».

— C'est M. de La Reynie[1], au siècle dernier qui a instauré cet éclairage pour lutter contre les voyous cachés dans les coins sombres, commenta Vandières en suivant le regard admiratif de Camille. La ville prend un autre visage la nuit,

1. Gilbert Nicolas de La Reynie (1625-1709) : magistrat et lieutenant général de la police de 1667 à 1697 souvent considéré comme le père de la police judiciaire française. Il est connu pour s'être occupé de l'« affaire des poisons » qui touchait la haute société.

ne trouvez-vous pas ? Je m'intéresse beaucoup aux monuments et à leur mise en valeur, et j'espère rapidement entrer dans les fonctions de ma nouvelle charge à la direction générale des bâtiments et jardins, moins par ambition que par passion, quoi qu'on puisse en croire.

Dans l'habitacle feutré du carrosse, Camille découvrait un autre visage du jeune noble, dont le masque dédaigneux tombait doucement. Lui aussi, comme les autres, cherchait à prendre sa place dans le monde, mais il semblait conserver des valeurs que Camille reconnaissait bien. Il aida les jeunes filles à descendre devant l'appartement de la baronne et les salua avec une chaleur sincère, renouvelant sa promesse de donner suite à leur conversation.

La rue était calme, éclairée par les lumières des hautes fenêtres derrière lesquelles on devinait les appartements cossus et animés. Guillaume, fidèle à son poste, attendait les deux jeunes filles à l'entrée de la cour pavée, avec une lanterne à la main. Quand le carrosse s'éloigna, alors qu'il allait refermer les grands vantaux, Camille eut une étrange impression qui l'avait déjà saisie dans la journée, l'incitant à regarder plusieurs fois derrière elle. Elle scruta la rue dans l'ombre, mais n'entendit qu'un bruit de pas qui s'éloignaient.

L'aiguière de Porto

Dès le lendemain après le cours de langue ancienne, Camille rendit visite aux Foucher afin de convenir avec eux de la marche à suivre. Elle avait deux heures devant elle avant de rentrer accueillir le précepteur de l'après-midi et se préparer à un dîner en ville, où l'avait conviée M. de Vandières, chez une des ses amies salonnières. Quand elle franchit le grand porche entre l'impasse de l'Oratoire et la rue Saint-Honoré, Guillaume proposa de l'accompagner mais elle déclina, pensant qu'il n'y avait pas de danger en plein jour. Elle espérait vérifier cette impression tenace qu'on la suivait depuis quelques jours, et jugeait qu'elle aurait moins de chance de débusquer son mouchard avec le vieux serviteur sur ses talons. Louison était partie de son côté retrouver Nicolas Quériand aux Tuileries, où il lui avait donné rendez-vous, demandant exceptionnellement la faveur qu'elle y vienne seule.

Camille, vêtue d'une robe fleurie entre crème et vieux rose et d'une courte cape assortie, se hâtait le long de la rue Saint-Honoré, relevant ses jupes pour ne pas salir sa tenue dans les flaques laissées par la pluie nocturne. Ses escarpins et ses bas blancs avaient déjà piteuse allure, mais loin d'en désespérer, elle retenait une irrépressible envie de sauter à pieds joints le long du trottoir. Sa vie dans la nature, éloignée des considérations de bienséances et du souci de sa toilette, lui manquait de temps en temps, et elle rêvait parfois de dénouer ses cheveux et de courir face au vent, les jambes libérées des lourds jupons de soie. Elle marchait à vive allure, puis ralentissait pour jeter de temps en temps un œil derrière elle, mais la danse des badauds qui vaquaient à leurs occupations n'avait rien d'inhabituel. Dans une vitrine près du Palais-Royal, elle crut apercevoir le reflet d'une silhouette qui guettait au coin de la rue mais l'impression fut furtive, et Camille la mit sur le compte de son angoisse. Cette ville finirait par la rendre folle !

Quelques dizaines de mètres plus loin, elle s'aperçut que le rideau était tiré dans la boulangerie Foucher. Camille interrogea un commis voisin qui lui expliqua qu'une bagarre avait éclaté dans le magasin aux premières heures de la journée. Le maître boulanger avait alors mis tout le monde dehors avant de fermer boutique. La jeune fille prit peur et tambourina à la porte.

— Mme Foucher ! Mme Foucher ! Est-ce qu'il y a quelqu'un ? S'il vous plaît !

Soudain, elle entendit la serrure tourner et la porte s'entrouvrit. La face rouge de maître Foucher apparut d'abord, puis son large corps campé sur des jambes robustes. Il portait une chemise et un gilet sombre, ce qui surprit Camille qui l'avait toujours vu avec son grand tablier blanc.

— Mademoiselle Lemonnier ! Entrez vite !

Il referma la porte derrière elle. La boutique, éclairée par des chandelles car la lumière du jour y entrait difficilement, était dans un grand désordre : les panières jonchaient le sol, un comptoir était renversé et les ardoises de comptes semblaient avoir volé à travers l'échoppe. Un sac de farine avait sans doute été éventré car la pièce baignait dans un brouillard en suspension, et chaque meuble était recouvert d'une fine couche poudreuse aux allures lunaires.

— Je suis vraiment désolée ! cria Camille dans un sanglot.

— Et de quoi, ma jolie ? demanda Mme Foucher qui s'était approchée. Ce sont des choses qui arrivent dans nos métiers : deux hommes, qui se disputaient déjà dans la rue pour savoir qui entrerait le premier, ont continué dans la boutique et se sont battus comme des chiffonniers. Vous n'étiez pas là, me semble-t-il, alors en quoi seriez-vous responsable ?

— Je ne peux m'empêcher de penser que… mais comment est-ce que cela s'est fini ?

— La maréchaussée est arrivée un peu tard : les deux avaient filé mais maître Foucher leur a mis une sacrée raclée pour les séparer ! Ne reviendront pas de sitôt, les vauriens !

Elle toucha le coude de son mari avec fierté et lui tapota le dos. L'homme sourit tendrement mais semblait plus affecté par la rixe et gardait une marque rouge sous l'œil gauche.

— Vous ne pensez pas que c'est lié aux avertissements de Guémard ? demanda Camille. Ce ne sont pas des représailles pour la vente des pains ?

Son regard implorant passait du visage bienveillant de l'épouse à la face congestionnée de son mari. Elle vit le discret signe de tête de Mme Foucher et comprit qu'ils ne diraient rien. Elle décida d'entrer dans leur jeu pour ne pas les contrarier davantage mais ne fut pas dupe :

— Je venais justement vous dire que je ne voulais en aucun cas vous causer d'ennuis et que je ne viendrai plus vous embêter à l'atelier. M. de Guémard ne pourra rien vous demander de plus. Je m'en veux tellement de vous avoir causé du tracas, alors que vous m'aviez accueillie si chaleureusement. Et j'ai tant appris chez vous !

— C'est une sage décision, acquiesça le boulanger, même si nous la regrettons. Mais cette pourriture de Guémard, indépendamment de votre présence, nous cherche noise depuis trop longtemps. Nous ne voulons plus payer injustement, et les autres commerçants du quartier non plus ! Nous ferons à nouveau assemblée avec eux ce soir, pour nous organiser contre lui et ses sbires.

— Ne vous inquiétez pas, Camille, c'est notre problème, termina Mme Foucher. Vous n'y êtes liée en rien puisque cette situation existait déjà avant votre arrivée. Revenez nous voir à l'occasion, pour nous saluer : nous serons contents car vous avez été comme un soleil dans notre maison pendant ces mois d'hiver.

— Merci à vous, répondit Camille en tenant affectueusement les mains de la boulangère. Je repars dans quelques semaines chez moi à l'île de Ré, mais je ne manquerai pas de venir vous dire au revoir. Et je vous écrirai !

Après avoir partagé émotions et gentillesses avec les deux commerçants, l'adolescente prit le chemin du retour mais, peu pressée de s'enfermer dans l'appartement, rallongea grandement sa marche en bifurquant vers l'ouest, à travers les jardins des Tuileries. Elle comptait revenir par les quais, en faisant le tour du palais du Louvre. À tout hasard, elle chercha Louison du regard mais ne put la reconnaître parmi les promeneurs. C'était sans doute mieux ainsi, car Camille aurait été gênée de la trouver main dans la main avec le docteur Quériand, ou de surprendre une conversation dans laquelle elle n'avait aucune part. Mais elle se sentait seule. Malgré le soleil printanier qui jouait sur l'eau des bassins et le chant joyeux des passereaux perchés dans les arbres, elle ne parvenait pas à communier avec cette nature qui l'apaisait tant habituellement.

Soudain, dans une allée ombragée un peu à l'écart où elle se trouva isolée, elle eut à nouveau la certitude qu'on la suivait. Un homme râblé vêtu de noir, dont le feutre cachait une partie du visage, sortit effectivement de l'alignement des arbres et se hâta vers elle, bloquant sa course contre la grille et l'empêchant de revenir vers les zones fréquentées. Elle pressa le pas, attentive aux bruits des graviers provoqués par son poursuivant qui se rapprochait dangereusement mais ne cherchait pas à l'atteindre, comme pour l'effrayer. Il lui sembla bientôt discerner plusieurs cavalcades et un bruit de lutte, si bien qu'elle se mit à courir à perdre haleine vers l'allée principale. Quand elle sortit enfin de l'ombre et rejoignit la valse tranquille des marcheurs, elle prit le temps de regarder en arrière mais elle était trop loin désormais pour voir quoi que ce soit. Elle franchit rapidement le pont tournant vers la place Louis-XV[1] avant de héler une chaise à porteur stationnée parmi d'autres sur l'esplanade, à attendre le bon vouloir des promeneurs. Mme de Tencin ne lui en voudrait pas de cette petite dépense.

Pendant le trajet, le cœur encore agité, Camille se sentit un peu perdue : avait-elle à nouveau imaginé cet événement ? En voulait-on à sa maigre escarcelle ? Cherchait-on à lui faire peur, et pour quelles raisons ? Et qui s'était interposé, décourageant l'homme en noir ?

Une fois rentrée chez Mme de Tencin, Camille connut un grand découragement. Elle était venue à Paris pour découvrir et se former, mais au bout de quelques mois, elle devait se rendre à l'évidence : cette vie en société lui amenait plus de désagréments que de bonheurs, et ses projets d'émancipation se heurtaient toujours à un nouvel obstacle. Désormais de surcroît, elle se sentait en danger sans bien identifier pourquoi, ce qui laissait une grande place à toutes les extrapolations. Et plus que tout, elle se sentait seule : sa famille lui manquait, Gaspard était sorti de sa vie et Jan, pour lequel elle avait ressenti cet élan absolu et irraisonné, naviguait vers d'autres

1. Créé en 1716, détruit en 1817, le pont tournant permettait de franchir le fossé de l'enceinte Louis XIII pour gagner la place Louis-XV (actuellement place de la Concorde), tout en se rétractant le soir pour que le jardin des Tuileries soit fermé la nuit.

terres. Mme de Tencin restait une épaule fiable et attentive mais elle ne comprenait pas toujours les fragilités de Camille, s'étant elle-même armée toute sa vie pour les cacher. Il lui restait l'amitié de Louison qui comptait beaucoup mais, à cet instant, la jeune servante n'était toujours pas rentrée de son rendez-vous amoureux et ne pouvait la soutenir.

Pour s'occuper l'esprit, Camille écrivit une longue lettre à son père, demandant des nouvelles du bébé et racontant en les minimisant les événements récents, sans mentionner la poursuite des Tuileries. Elle évoqua M. de Vandières et Ross Turner, cet aventurier irlandais qui conduisait des expéditions dans le commerce du thé. Sur le papier, tout cela semblait passionnément dépaysant. Elle termina en annonçant son retour pour la fin juin, comme cela avait été convenu. Puis elle rangea sa plume d'oie dans son écritoire et pressa un buvard sur la lettre encore humide d'encre. La missive partirait dans la journée pour La Rochelle, en malle-charrette[1].

Du bruit dans l'antichambre annonça que la jeune servante était de retour, ce qui soulagea instantanément Camille. Elle vit alors débarquer une Louison surexcitée, rose de bonheur.

— Mademoiselle, si vous saviez ce qui m'arrive ! Je ne sais pas comment vous l'annoncer. Mais peut-être avez-vous déjà deviné ? M. Quériand a

1. Ancêtre de la malle-poste, véhicule à deux roues, couvert, tiré par trois chevaux qui convoyait le courrier sous Louis XV et Louis XVI.

demandé ma main ! Il veut que je m'installe avec lui et que je travaille à ses cotés.

Camille mit un imperceptible instant avant de partager la joie de son amie, puis elle oublia toute cérémonie et prit la jeune femme dans ses bras avec effusion.

— Je suis tellement heureuse pour vous ! Nos malheurs depuis La Rochelle auront donc une issue heureuse, malgré tout.

— Oui ! Qui eut cru une telle destinée pour une pauvre orpheline sans le sou ? soupira-t-elle des sanglots dans la voix.

— Tu es bien plus que cela ! J'ai rarement rencontré une jeune fille aussi intelligente que toi, et aussi charmante. M. Quériand a de la chance, et il le sait ! Tu es peut-être le seul bonheur que je regretterai de mon séjour parisien.

La jeune servante perçut le ton de la voix, lourd de lassitude, et se méprit sur les sentiments de Camille :

— Vous m'en voulez de vous laisser ? Mais nous avons convenu d'attendre la fin de l'été pour le mariage, que vous soyez repartie, rassura Louison. Je vais aller en parler à Mme de Tencin. Je vous assure que je veux rester à vos cotés jusqu'au bout.

— Ma chère Louison, je n'en doute pas. Je suis très heureuse pour toi. Pardon de mon humeur maussade en un si beau jour. Je suis préoccupée, voilà tout. Je suis passée chez les Foucher pour leur dire au revoir, puis...

Devant les yeux brillants de son amie, Camille n'eut pas le cœur de raconter et d'amener des inquiétudes nouvelles, prenant le parti d'oublier pour l'instant :

— Mais qu'importe ! conclut-elle. Fêtons cela, veux-tu ?

Elles firent apporter une aiguière de vin muté, appelé Porto, avec ses petits verres de dégustation, ce qui permit à Camille de se détendre peu à peu.

— Nicolas avait préparé sa demande, raconta Louison, et bafouillait comme si je pouvais refuser. J'ai d'abord été flattée d'avoir ce pouvoir sur un homme si brillant, parce que j'ai tendance à me sentir naturellement inférieure. Ma vie, sans doute. Je n'ai pas votre assurance, Camille, et votre foi justifiée en vos capacités. Mais petit à petit, les rôles se sont comme inversés : il me faisait croire que sa vie dépendait de ma décision. C'est amusant ! gloussa-t-elle. Mais ce qui est important pour moi, au-delà de tout, c'est qu'il ne m'offre pas une vie oisive dans une cage dorée, mais des responsabilités et de la reconnaissance. Je vais commencer comme assistante infirmière, et il a promis de me former plus avant.

— Vous êtes faits pour vous entendre, et accomplir de grandes choses ensemble.

— Oui, nous allons poursuivre ses recherches sur les remèdes, et je vais me sentir utile avec ma connaissance des plantes.

— Vous découvrirez le reste tous les deux. Peut-être lors de voyages, d'expéditions, vers les Indes, qui sait ?

Camille prit un air songeur, créant un long silence que Louison brisa d'une voix douce :

— Vous pensez encore à M. Van Lynden ?

— Jan ? Oui et non, ce fut juste une « courte folie », comme dirait la baronne.

— Vous savez combien j'apprécie notre hôtesse, s'excusa Louison, mais elle voit l'amour comme une défaite, ou un moyen d'arriver à ses fins parfois. Mais vous, pourquoi taire vos attachements ? C'est la plus belle chose qui soit !

Camille rit de l'enthousiasme tout neuf de son amie, qui avait la chance rare de faire un mariage d'amour à une époque où le contrat d'intérêts l'emportait encore.

— La plus belle chose, sans doute : c'est ce que tu vas vivre, ma chère Louison, mais moi, je crains le mariage comme une perte de liberté.

— Attention Camille, Mme de Tencin déteint dangereusement sur vous !

Elles badinaient plaisamment, aidées en cela par le vin doux dont elles s'étaient resservi un verre. Elles trinquaient à tout ce qui se présentait et retombaient sur les fauteuils de la chambre, en riant librement.

— Ne croyez-vous pas à l'amour, Camille ?

— Si, bien sûr. Il y a Jan. Et je t'ai parlé aussi de Gaspard, mon ami d'enfance de l'île de Ré. J'ai aimé follement l'un quelques semaines, et l'autre trop raisonnablement depuis des années. Il me semble en fait que je ne sais pas aimer vraiment. Tu sais, une rencontre, un sentiment naissant et partagé, un attachement qui se construit et des préoccupations communes. Pour cela, je t'envie, Louison. Moi, j'ai l'impression d'être à l'écart, de ne pas jouer dans la même pièce que les autres.

— Mais vous êtes toute jeune, mademoiselle. Vous avez juste quinze ans ! Bien que Mme de Tencin dise – avec affection, je vous le promets – que vous en avez déjà trente dans votre tête !

— Comment ? s'écria Camille, faussement offusquée. Je n'en reviens pas. J'ai honte de le dire, encore plus de le penser, mais elle est parfois insupportable !

Elles riaient toutes les deux, un peu ivres, et Camille retrouva pour l'après-midi l'insouciance de sa jeunesse. En début de soirée, ses états d'âme avaient laissé place à une humeur plus sereine, et c'est avec envie qu'elle se prépara pour le dîner chez Mme du Deffand, qui recevait en son Salon les personnalités du tout Paris. Camille s'y rendrait avec M. de Vandières qu'elle appréciait désormais, et son ami Ross Turner. Mme de Tencin ne sortait plus mais il était convenu que les deux hommes l'escorteraient du seuil de l'appartement rue Saint-Honoré au couvent Saint-Joseph de l'îlot Saint-Germain, où demeurait leur hôtesse. Mais la jeune fille restait sur ses gardes et glissa dans son aumônière son petit couteau fin qui, après avoir ouvert des huîtres et marqué les troncs de la futaie rétaise, avait fait le voyage jusqu'à Paris.

Effluves de jasmin

— Vous êtes sûre ? Cela ne vous ennuie pas que je me rende seule à ce dîner ? Je serais contente de rester avec vous, madame.

Camille était inquiète de la réaction de Mme de Tencin, qui avait organisé la soirée de la jeune fille, mais refusait désormais de sortir de chez elle après seize heures.

— Je suis trop lasse, Camille, pour aller badiner en société. Ils seront tous chez Mme du Deffand avec laquelle je suis en bons termes, mais nous jouons dans la même cour toutes les deux, et nous avons toujours veillé à ne pas empiéter sur le domaine de l'autre. Je lui laisse ma place à la table de jeu car elle est encore jeune, avec des atouts dans sa manche. Mais moi, je reprends mes cartes peu à peu. Mme du Deffand préfère les scientifiques et les philosophes, car elle goûte peu les littéraires. Pourtant, nous partageons certains de nos amis, et je ne serais pas étonnée, en plus de Vandières, que vous croisiez chez elle Montesquieu ou Fontenelle. Voltaire y a aussi ses entrées mais on le voit peu ces derniers temps car il est occupé à Versailles. Vous ne manquerez rien !

La jeune fille connaissait l'animosité de la baronne contre celui qu'elle surnommait avec dédain le « Géomètre » mais s'en amusait toujours.

— Ne vous inquiétez pas, Camille, vous serez entre de bonnes mains avec M. de Vandières et son ami irlandais : ils m'ont juré ne pas vous quitter des yeux. Je vous avais promis des découvertes pendant votre séjour à Paris, et ce n'est pas en restant au chevet d'une vieille dame que vous en ferez.

— Vous savez que votre conversation vaut plus que toutes les autres.

— C'est vrai, je vous l'accorde, répondit-elle en riant, mais ce serait dommage de se priver de tous ces beaux messieurs que vous allez croiser : emportez le cœur d'un marquis ce soir, et votre fortune est faite. Vous savez comme je crois au mariage en gage de liberté !

— Vous plaisantez ?

Camille scruta le visage impassible de son hôtesse et mit du temps à déceler la lueur d'ironie dans le regard :

— Vous plaisantez ! comprit-elle enfin avec soulagement. Je ne sais sur quel pied danser parfois avec vos traits d'esprit. Mais croyez-vous qu'un marquis se contenterait d'une petite provinciale d'à peine quinze ans qui en fait trente dans sa tête ?

Mme de Tencin resta un instant silencieuse puis bascula en arrière pour rire à gorge déployée :

— Camille, je vous adore ! Quel gâchis que vous ayez tant de beaux principes ! J'aurais pu vous placer à la cour comme je l'ai fait avec la Châteauroux[1], ou la marquise de Pompadour ! Mais je crois que vous n'auriez pas supporté les intrigues, l'hypocrisie ou encore les jalousies.

— Et les menaces ! ajouta Camille, amère.

— Des menaces ? Quelles menaces ? Qui vous veut du mal ?

— Personne ! C'est toujours cette histoire avec les Foucher. Je me monte un peu la tête, je crois.

— Je comprends, mais profitez de votre soirée, Camille. Observez, apprenez et durcissez moi ce cœur trop sensible ! Un peu de vilenie, que diable ! Mme de Morens pourrait vous y aider.

— Elle y sera ?

— Elle est toujours où il faut être !

— Et son frère ? demanda Camille en se décomposant.

— M. de Guémard est plus discret : il préfère les petits comités. Il ne se montre que s'il y trouve un intérêt impérieux.

C'est à moitié rassurée que, vers dix-neuf heures, Camille monta dans le carrosse de M. de Vandières qui la flatta pour la tenue qu'elle étrennait, une robe de soie rouge cinabre, un peu voyante au goût de la jeune fille, que Mme de Tencin avait sans doute choisie à dessein.

---

1. Marie-Anne de Mailly-Nesle, marquise de Tournelle, duchesse de Châteauroux (1717-1744) : poussée par Richelieu et Mme de Tencin, elle devient favorite royale en 1742, bien avant Mme de Pompadour. Sa présence auprès du roi est décriée par la morale mais il la rappelle toujours. Elle meurt d'une péritonite à 27 ans.

Marie de Vichy-Champrond[1], épouse de Jacques du Deffand de La Lande, louait depuis quelques mois l'appartement de la cour extérieure du couvent Saint-Joseph, connu pour avoir accueilli au siècle précédent la marquise de Montespan, favorite de Louis XIV. Mme du Deffand y avait fait faire de nombreux travaux, notamment des aménagements décoratifs dans le grand salon avec vue sur jardin. Camille et ses deux chevaliers servants furent annoncés à l'entrée, et leur hôtesse s'empressa de venir saluer le frère de Mme de Pompadour. C'était une femme d'une cinquantaine d'années, de petite taille, un peu ronde, qui avait un teint délicieux et des traits animés, mais Camille savait que cette physionomie aimable cachait une esprit acéré et un talent virtuose pour la conversation. Elle toisa un peu la jeune fille, dont la robe rouge fit sensation à son entrée. Camille ne put s'empêcher de pester intérieurement contre Mme de Tencin qui lui avait choisi une tenue propre à attirer l'attention, moins pour exposer sa candeur et son inexpérience, que pour la forcer à prendre sa place dans le monde. Elle l'entendait d'ici dire avec malice « Si vous avez quelque chose à cacher, montrez-vous ! »

Comme chez la baronne, les convives formaient de petits groupes bruyants autour des guéridons, sur lesquels on piochait nougats et fruits confits dans de hauts présentoirs. Camille salua

1. Mme du Deffand (1696-1780) : célèbre salonnière et épistolière, dont la riche correspondance (plus de 1500 pages) avec Horace Walpole, un Anglais dont elle s'éprit à l'âge de 70 ans, mais aussi Voltaire, constitue une mine d'informations sur le XVIIIe siècle.

quelques visages déjà rencontrés et s'aperçut que Ross Turner connaissait beaucoup de monde. L'Irlandais n'était d'ailleurs pas le seul étranger présent : de nombreux expatriés séjournaient régulièrement à Paris pour diverses raisons et, pour les plus nobles d'entre eux, fréquentaient souvent les salons fameux, où leur maîtrise du français était excellente.

Guidée par M. de Vandières et Turner, la jeune fille rejoignit bientôt une conversation animée, où dames et messieurs échangeaient aimablement. Une femme, vêtue d'une robe en soie violette, surjouait la candeur :

— Voulez-vous dire, M. d'Alembert, que la lune qui éclaire ce soir cet adorable jardin ne se préoccupe pas de nous ? Qu'elle ignore notre existence et ne suit pas tous nos mouvements du coin de l'œil, comme je le crois depuis l'enfance ?

— Ni la lune, ni le soleil, ma très chère. Ces astres ont leur propre intelligence, et la mettent en œuvre, indépendamment de notre présence. J'écris justement un article ces derniers temps sur la gravitation de la Lune vers le Soleil où j'étudie ses syzygies afin d'en comprendre le fonctionnement. Mes calculs me portent à penser que la Terre y joue aussi son rôle magnétique, ce qui explique…

D'Alembert se tut un instant quand il aperçut Vandières et Camille se frayant un passage entre les auditeurs. La jeune fille reconnut le mathématicien qui lui avait paru si sombre lors de leur rencontre au Café Procope, mais il semblait ce soir-là affable et disponible. Après les avoir salués discrètement, il balaya l'air de la main et reprit :

— Mais voilà qui me paraît trop sérieux pour ce soir. Résumons donc ma pensée : au mieux, la Lune, le Soleil et la Terre appartiennent-ils au grand œuvre de la Nature, dans lequel nous prenons nous-mêmes place, éléments parmi les éléments.

— Et que faites-vous de Dieu dans votre grand œuvre blasphématoire ? demanda un vieil aristocrate renfrogné.

— Je fais de Dieu ce qu'il a fait de nous, répondit d'Alembert en imitant le ton sentencieux de son interlocuteur : une création brillante, à l'imagination débordante, non dénuée d'humour. Pensez-donc : il vous a créé vous, monsieur de Précignac, dans le même temps que cette charmante jeune fille en rouge ici présente. Fallait-il qu'il ait le sens du paradoxe !

Tous rirent, à part le vieil homme qui grommela que tout se perdait, à commencer par le respect, et que la décadence guettait les esprits orgueilleux, fossoyeurs de l'équilibre social.

— C'est le contraire, monsieur, finit d'Alembert. Les connaissances nouvelles et le rejet des croyances non fondées ne peuvent qu'amener la société à progresser. Sachez que je m'y emploie depuis peu avec mes amis Le Breton et Diderot. Je vous réserve un exemplaire de notre *Encyclopédie*[1] quand elle sera sous presse !

---

1. L'*Encyclopédie* ou *Dictionnaire raisonné des sciences, des arts et des métiers* : projet qui démarre effectivement en 1746, qui sera édité par André Le Breton de 1751 à 1772 sous la direction de Denis Diderot et Jean Le Rond d'Alembert. C'est un ouvrage majeur du XVIIIe siècle,

Le petit groupe se dispersa bientôt, les uns voulant poursuivre le débat, les autres cherchant à rejoindre une table garnie de rafraîchissements et de vins fins. D'Alembert, installé sur un fauteuil tonneau en velours assorti aux tapisseries bouton d'or, fit signe aux trois jeunes gens de s'asseoir à ses côtés.

— Eh bien, M. de Vandières, j'ose espérer que votre sœur et vous-même accorderez votre bienveillance au projet que j'ai évoqué, cette *Encyclopédie* qui prend belle tournure. Nous étions partis sur une traduction d'ouvrages anglais, mais nous prenons désormais notre envol. Il nous faudra sans doute, d'ici un ou deux ans, des protecteurs influents.

— J'en parlerai en haut lieu, n'ayez crainte ! Vous souvenez-vous de Mlle Lemonnier ?

Jean d'Alembert sourit et inclina la tête :

— Vous faites tout pour qu'on ne vous oublie pas, jeune fille ! fit-il en désignant la robe écarlate. Vous logez chez Mme de Tencin, c'est cela ?

Il avait mis une certaine froideur à prononcer ce nom où affleurait, malgré ses efforts un dédain palpable.

— Oui, répondit Camille, pour quelques semaines encore. Puis, je rentrerai chez moi, à l'île de Ré, au large de La Rochelle.

— L'île de Ré, répéta-t-il d'un air songeur. Oui, j'en ai déjà entendu parler. Quel nom étrange, chargé de promesses. Savez-vous d'où il vient ?

---

symbole des connaissances des Lumières, qui eut aussi un rôle politique vis-à-vis du pouvoir et du clergé.

Camille reconnut cette soif d'apprendre qu'elle partageait quels que soient les domaines abordés, mais se trouva déstabilisée par cette question inattendue. Elle se sentit un peu honteuse de ne pas avoir de réponse satisfaisante, qui eut pu contenter cet esprit scientifique et curieux.

— Je ne sais pas vraiment l'origine du nom, mais je connais une légende, que me racontait ma vieille servante Amélie. Je ne suis pas sûre que cela vous intéresse.

Étonnamment, l'adolescente se sentait moins à l'aise sur un sujet qui lui était intime que sur les badinages de circonstance, comme si elle livrait une part d'elle-même. Mais d'Alembert l'encouragea, arguant de son goût pour les mythes comme source philosophique. Bien qu'évoquer son île dans ce salon précieux où perlaient l'orgueil et la manigance lui parut absurde, Camille s'exécuta sans grande conviction, sous le regard des trois hommes qui l'entouraient :

— Eh bien, on raconte qu'aux temps de la Création, l'île de Ré était en fait un archipel de quatre îlots, soumis aux séismes, aux colères océanes et aux Titans marins qui se disputaient ses côtes. Mais il arriva, lors d'un tremblement de terre plus terrible encore, qu'une créature se trouvât prise au piège dans le lagon formé par le rapprochement de deux îlots. Pour survivre, elle dut s'adapter et se mit à ramper, plantant ses tentacules comme des griffes dans le sable, afin de rejoindre la mer.

Quelques convives s'étaient approchés et écoutaient en silence la légende, après s'être passé discrètement le mot sur le sujet abordé.

La présence de d'Alembert visiblement captivé et de M. de Vandières avait attiré les curieux, et Camille continua, ajoutant aux mots simples d'Amélie un peu de poésie :

— Le mouvement douloureux de la créature provoqua des glissements de terrains, des raz-de-marée et de nouveaux séismes qui rapprochèrent les autres îlots pour former un grand territoire insulaire, mais ne permirent jamais au monstre de retrouver l'Océan. Il mourut tout près du rivage, tel Tantale supplicié tendant la bouche vers l'eau de la rivière. Mais, là où il avait agrippé ses multiples bras et planté ses griffes, comme Jason les dents du dragon, se mirent à pousser des branches fines au feuillage dentelé, petits rejetons du Titan. Cette végétation recouvrit le grand corps desséché et prit possession de l'île ainsi unifiée, la couvrant d'un manteau sans cesse renouvelé au cours des saisons. C'est ainsi qu'on lui donna le nom de Ré, du mot latin *ratis* qui signifie « fougère ».

Un court silence fut immédiatement suivi d'applaudissements nourris qui surprirent Camille, devenue centre de l'attention. Ces gens pouvaient débattre de l'existence de Dieu, puis se réjouir comme des enfants d'un folklore paysan. D'Alembert était ravi :

— Je vous avais dit qu'un mythe pouvait donner lieu aux plus grandes interprétations ! Nous avions l'allégorie de Platon et sa caverne pour l'intelligence, voici la parabole qui nous parle de volonté, d'adaptation et de régénération : tout a un sens, au bout du compte. Camille Lemonnier, fille de Ré, Diane des Fougères, voici votre blason !

Ross Turner applaudit derechef et fit résonner son accent irlandais en félicitant la jeune fille :

— C'est étonnant de voir comme les légendes se ressemblent, malgré les origines diverses, que ce soit en Irlande, en Angleterre mais aussi dans les contrées exotiques que j'ai traversées. Votre monstre marin, Camille, me rappelle les dragons chinois et le *Timingilam* indien. C'est en voyageant pour découvrir la différence, qu'on trouve d'étranges ressemblances.

— Vous connaissez les Indes, monsieur ?

La voix était à la fois autoritaire et charmeuse, et tous les regards pivotèrent vers elle. L'on se leva pour lui laisser la place, et Camille découvrit une femme brune d'une beauté époustouflante, ayant pleine conscience de son pouvoir. Ses traits d'une finesse admirable et son port de tête hiératique évoquèrent pour Camille ces divinités antiques que les plus grands statuaires avaient cherché à représenter. Elle s'installa lentement, contrôlant chacun de ses gestes avec une élégance hors du commun. Ross Turner s'empressa de répondre aimablement, séduit par cette apparition :

— Je connais surtout la Chine, n'étant allé qu'une fois jusqu'aux Indes. Je vous en entretiendrai avec plaisir, si telle est votre envie.

— Cela pourrait m'intéresser, prononça-t-elle bien fort pour qu'on l'entende, car j'ai un ami cher qui a emprunté la route des Indes à l'automne pour accoster dans l'île de Java, et dont j'attends quelques nouvelles prochainement.

— Un Français ? questionna Turner, bien loin de se douter de la petite guerre de territoire qui se jouait.

— Non, un gentilhomme hollandais ! Il partait pour une mission diplomatique auprès des rois javanais.

— M. Van Lynden ? s'écria Turner, ravi de voir la dame acquiescer. Je le connais ! Je l'ai croisé aux Canaries, où il a dû faire escale en territoire espagnol pour une avarie sur son navire. Cela a fait grand bruit sur place ! Il a fait réparer et a cinglé vers Bonne-Espérance, pour éviter la mousson. Un homme admirable !

Vandières toussota alors, mettant un terme à la conversation :

— Mme de Morens, salua-t-il froidement. Je constate que vous vous portez merveilleusement bien, contrairement à ce qu'on m'en avait dit.

— Et que vous avait-on dit, cher ami ? répondit-elle sur le même ton. N'écoutez pas les bruits de couloir, surtout dans les galeries de Versailles où les intrigantes tissent leur toile impunément.

L'allusion à la marquise de Pompadour était flagrante et personne ne s'y trompa, même pas Camille qui découvrait enfin cette Mme de Morens dont on lui avait parlé, sœur de Guémard, maîtresse éplorée de Jan Hendrick et ennemie affichée de Mme de Tencin. L'évocation de Jan par Ross Turner rendait la présence du Hollandais presque réelle, attisant encore les animosités, car Camille ne doutait pas que la courtisane sache pertinemment qui elle était.

— Mais dites-moi, reprit sournoisement Mme de Morens à l'adresse de Vandières, tout en regardant l'adolescente, qui baladez-vous ainsi comme un gentil petit animal de compagnie ?

Le sang de Camille ne fit qu'un tour, et si elle avait d'abord été impressionnée par la prestance de sa rivale, voire piquée de jalousie à l'imaginer dans les bras de Jan en reconnaissant qu'elle ne tiendrait jamais la comparaison, son esprit reprit violemment ses droits :

— Pardon madame, mais votre vue doit vous jouer des tours. Votre grand âge sans doute, car je ne vois ici aucun petit animal. Il me semble d'ailleurs que M. Van Lynden ne s'y est pas trompé, lui.

On s'offusqua derrière les éventails, des « Mon Dieu ! » furent chuchotés, au milieu des exclamations sur l'impudence de la jeune effrontée. Le teint de Mme de Morens passa par plusieurs couleurs mais son regard resta fixe, venimeux et menaçant :

— Sale petite garce ! siffla-t-elle entre ses dents sans qu'on puisse l'entendre.

Puis, jouant parfaitement la comédie, elle se mit à rire avec sarcasme, ce qui semblait la méthode commune pour sortir de toutes les situations ambiguës :

— La fraîcheur de la province ! dit-elle à la cantonade en désignant Camille. Un petit chardon juste cueilli, qui essaie ses tendres épines, avant de sécher aussi vite qu'il a piqué.

Pendant que les courtisans attroupés riaient méchamment, elle se leva avec majesté, faisant bruisser la robe de taffetas noir qui rehaussait sa carnation et soulignait sa taille fine. Puis, répandant autour d'elle l'effluve chargé d'un parfum au jasmin, elle se pencha vers l'adolescente à qui elle glissa d'une voix doucereuse :

— Et comme une fleur fanée, vous ne serez plus que poussière quand Jan reviendra.

Elle se redressa avec une souplesse féline, comme une panthère prête à bondir, puis inclina lentement la tête et sourit cruellement, découvrant des dents parfaites :

— Messieurs, je vous salue et vous souhaite à l'avenir meilleure compagnie que le menu peuple. Car que dirait le roi, M. de Vandières, s'il savait que vous chaperonnez une minable boulangère, qui travaille sans autorisation chez des bourgeois de bas étage ?

Le gentilhomme haussa les épaules avec mépris mais Camille sentit qu'il était touché dans son orgueil. Turner essayait de comprendre le drame qui s'était joué en quelques minutes pendant que d'Alembert tentait de réconforter Camille, abasourdie par la cruauté de la scène :

— Cette femme est un poison, dit-il. Je ne m'y frotte jamais car elle infecte tout ce qu'elle touche. La laideur de l'âme cachée sous les plus grands charmes.

— Elle s'en est donnée à cœur joie contre les cibles qu'elle affectionne, résuma Vandières avec dégoût. D'une part, à travers moi, elle cherche à atteindre ma sœur qu'elle jalouse terriblement depuis l'enfance – et encore plus depuis qu'elle a les faveurs du roi. Et je m'y suis laissé prendre, je dois l'avouer, en la courtisant plus que de raison quand nous étions jeunes. D'autre part, elle veut vous abattre vous, Camille, pour des raisons que je crois comprendre, ainsi que Mme de Tencin à qui elle voue une haine farouche. Toutes, vous lui avez pris quelque chose qu'elle convoite, et elle ne le supporte pas.

— Les membres de cette famille ne tolèrent pas qu'on se mette en travers de leur chemin, ajouta d'Alembert. J'ai moi-même un contentieux avec son frère, qui contrarie beaucoup de mes affaires, et depuis longtemps.

Turner plissa comiquement ses yeux sombres et écarta les bras pour faire lever le petit groupe :

— Mes amis, cessons de nous en soucier et profitons de la soirée malgré tout ! Tenez, allons boire un verre en l'honneur de notre « fille de Ré » ! Il me plaira de visiter votre île, jeune demoiselle, lors de mon prochain départ ! conclut-il joyeusement en entraînant tout le monde vers le jardin.

Mais Camille ne pouvait oublier le regard haineux de Mme de Morens et la façon dont elle s'était gagné le soutien des invités en quelques mots. La jeune fille avait bien compris qu'une guerre était déclarée, dont elle était une sorte de victime collatérale, au milieu d'anciennes intrigues qui la dépassaient.

La fiole d'antimoine

Le retour de Camille à l'île de Ré était fixé à la fin du mois de juin, après huit mois passés dans la capitale. La jeune fille était partagée entre son envie de rentrer chez elle loin de la ville, étouffante à bien des égards, et le regret de quitter Mme de Tencin et les quelques personnes avec lesquelles elle s'était sincèrement liée, à commencer par Louison. Depuis le dîner chez Mme du Deffand, les choses s'étaient plus ou moins calmées, Camille limitant autant que possible les sorties et restant sagement rue Saint-Honoré, malgré le beau temps qui s'installait au-dessus des toits parisiens. Elle suivait les cours prodigués par ses précepteurs dans une relative abnégation et conversait en soirée avec la baronne et quelques intimes de passage. Mme de Tencin s'amusait de la venue régulière de certains messieurs plus ou moins jeunes, assez empressés autour de sa protégée. Vandières et Turner, les plus aimables, étaient déjà venus présenter leurs hommages trois fois en dix jours, mais d'Alembert, avec lequel Camille avait grandement sympathisé, avait préféré envoyé un pli pour s'enquérir de ses états d'âme.

Ma chère mademoiselle Lemonnier, j'espère que vous ne verrez pas de mal dans ce courrier que je vous envoie, car il n'y en a aucun. Mon dessein vis-à-vis de vous est celui d'un ami qui reconnaît en votre personne les nombreuses qualités que l'on peut espérer chez nos jeunes gens. J'ai été peiné de voir la nuisance que mes semblables peuvent développer contre un être dont la pureté et l'intelligence ne font aucun doute. Vous avez eu l'amabilité de vous intéresser à mes travaux, et je serais heureux de vous tenir informée de l'avancée de cette Encyclopédie *dont je vous ai entretenue l'autre soir. Je vous supplie de croire en ma sincère affection, en espérant vous croiser à nouveau avant votre départ vers votre chère île aux fougères. Jean Le Rond d'Alembert.*

— Qui vous écrit, Camille ? demanda la baronne en voyant la jeune fille replier la missive.

— C'est M. d'Alembert, le célèbre mathématicien, que j'ai croisé au Café Procope puis à la soirée chez Mme du Deffand. Le connaissez-vous ?

Mme de Tencin marqua un temps d'arrêt, qui pouvait passer pour un moment de réflexion, puis répondit vaguement :

— Seulement de nom. Je l'ai peut-être croisé mais je n'en ai pas souvenir. Que vous dit-il ?

— Il m'assure de son affection après nos déconvenues avec Mme de Morens et s'engage à me tenir informée de ce projet encyclopédique qu'il mène avec M. Diderot. Il a été séduit par les légendes aunisiennes que j'ai racontées, et moi flattée de pouvoir converser avec un tel esprit. Il m'avait d'abord paru austère, mais il n'en est rien !

— Sans doute, ma chère, sans doute. Mais vous ne pourrez mettre à vos pieds tout ce qui porte culotte. Et celui-ci a au moins trente ans !

— Mais je n'ai jamais pensé que... nia Camille, surprise du ton de la baronne en opposition complète avec son discours habituel qui encourageait toutes les libertés.

— Plaise au ciel en effet que vous n'y ayez jamais pensé ! Sinon renoncez-y sur le champ ! Et resservez-moi de ce vin de Porto, si vous voulez bien !

Camille mit sur le compte de la fatigue et des douleurs persistantes cette humeur maussade, et n'en parla plus. Pour diversion, elle proposa de faire une course à la boutique de Nicolas Stohrer, rue Montorgueil, où elle avait acheté le fameux gâteau Ali-baba à son arrivée à Paris. Mme de Tencin raffolait des choux sucrés, même si son médecin Jean Astruc lui déconseillait régulièrement. La gourmandise à laquelle elle n'avait pas droit restait un de ses grands plaisirs, pour la satisfaction gustative en premier lieu, mais aussi pour la petite dissidence que cela représentait, Camille n'en doutait pas. Même si cela jouait contre sa santé, Mme de Tencin n'était pas femme à vivre sous la menace.

En milieu d'après-midi, Camille et Louison partirent à pied vers la pâtisserie. La fin du mois de mai amenait une chaleur estivale en pleine journée, et une agréable fraîcheur le soir pour permettre aux corps épuisés de récupérer de ces premières canicules. Les jeunes femmes avaient choisi des robes plus légères, ce qui n'empêchait pas Camille, toujours oppressée par le corset de mise, de regretter sa fine chemise et son caraco large bien plus adaptés à ses escapades à l'île de Ré. Elle portait un chapeau bergère pour se protéger du soleil, orné de galons assortis au tissu fleuri de son manteau de jupe. Les manches en pagode libéraient un peu les bras, même si les gants ajustés réduisaient une grande partie de cet avantage. Camille les ôtait dès qu'elle pouvait pour les fourrer dans la petite escarcelle qu'elle gardait toujours sur elle, malgré l'usage. Elle vérifia ainsi la présence du couteau au cas où, en regardant régulièrement si on les suivait.

En descendant la rue Saint-Honoré vers le quartier de Halles, Louison devisait avec bonheur sur son prochain mariage et toutes les qualités de son futur époux. Mme de Tencin avait accepté de se séparer de la jeune servante à la fin de l'été pour la laisser convoler, après la demande officielle de Nicolas Quériand. Ce fut l'occasion pour celui-ci de rencontrer le médecin de la baronne avec lequel il s'entendit immédiatement, le remerciant avec chaleur, car Quériand n'oubliait pas que c'était lui, Astruc, par l'entremise d'un ami toulousain, qui avait fait venir Louison à Paris.

Le quartier des Halles était plus calme à cette heure de l'après-midi, mais les odeurs de victuailles restaient tenaces, d'autant plus dans les espaces jonchés de détritus de toutes sortes. L'endroit était à la fois le ventre de Paris, car on y trouvait tout ce que l'air, la terre et l'eau pouvaient produire, mais aussi son dépotoir malgré les projets de réaménagement qui restaient encore à l'étude. Camille et Louison passèrent ainsi devant le chantier de l'hôtel de la Reine, ancienne propriété du comte de Soissons, qu'on commençait à détruire pour installer plus tard une halle au blé. La pestilence de la « cour aux carpes » rue de la Cossonnerie, où l'on vendait les poissons d'eau douce aux poissonnières des autres marchés de Paris, infectait l'air chaud et leur fit presser le pas, un mouchoir sur les narines. Dans une des rues adjacentes, Louison demanda à s'arrêter quelques instants chez un marchand drapier car elle avait entrepris, dans son propre intérêt, d'arranger le logement de son futur époux, avant qu'ils ne s'installent tous deux dans un appartement plus grand. Elle pénétra dans la boutique étouffante des *Brochant, marchands drapiers, fournissant les écuries du roi*, mais Camille resta attendre à l'extérieur, pour profiter du peu d'air qui circulait à l'ombre des bâtisses.

Soudain, elle se plaqua contre le mur de pierre du magasin puis s'engouffra sous le porche de la devanture car, à l'angle de la rue, elle venait d'apercevoir M. de Guémard, suivi de deux valets à la mine patibulaire. Les trois hommes marchaient de façon décidée, bousculant sur leur passage les commerçants qui rangeaient leurs étals. Instinctivement, Camille mit sa main au petit sac qu'elle portait dans les plis de sa jupe, tâtant la forme du couteau, en priant qu'ils ne regardent pas vers elle. Elle crut un instant que cette mauvaise troupe l'avait suivie et allait l'aborder, si bien qu'elle resta dos à la rue, fermant les yeux par réflexe, comme si cela pouvait les empêcher de l'apercevoir. Les pas se rapprochaient apportant avec eux le bruit d'une conversation dont elle saisit quelques mots :

— Ils vont voir de quel bois je me chauffe ! s'énervait Guémard. Ah, ça veut faire les malins ! Petits commerçants de bas étage ! Vous allez me faire le ménage dans le quartier du Palais-Royal ! Que certains servent d'exemple, et si ça ne suffit pas, je vais de ce pas trouver de quoi régler définitivement nos...

Camille rentrait les épaules et ne se détendit qu'au moment où les pas s'éloignèrent, emportant avec eux la fin des propos acrimonieux. Jetant un œil prudent derrière elle, elle les vit tourner un peu plus loin, sans avoir été repérée. Le soulagement n'effaçait pas pour autant la menace latente qu'elle imagina contre les époux Foucher. « Faire le ménage » ? « Régler définitivem*ent* » ? Quel était le criminel dessein de Guémard ? Elle chercha des yeux Louison, qui était en pleine discussion avec une marchande, à dérouler du tissu et tâter des étoffes, et renonça à la prévenir. Sans plus réfléchir, mue par un instinct qu'elle regretterait sans doute plus tard, elle s'élança derrière Guémard et ses sbires à travers le labyrinthe du quartier.

Elle faillit deux fois les perdre de vue, mais elle réussissait toujours à apercevoir la pointe d'un justaucorps ou le talon d'un soulier disparaissant près d'un carrefour. L'un des hommes se retourna bientôt sur le parvis de Saint-Eustache, qui ne laissait aucun endroit dérobé, mais ne sembla pas inquiété par cette promeneuse en chapeau, qui baissait la tête pour se protéger du soleil, sans doute avant d'aller prier. Camille fit une pause afin de ne pas éveiller les soupçons puis reprit sa marche rapide rue Montorgueil. Elle voulait savoir à quoi ce Guémard occupait ses journées, pour pouvoir le dénoncer en bonnes et dues formes. Elle crut un court instant qu'il allait lui aussi acheter des pâtisseries chez Stohrer puisqu'il en empruntait le chemin, ce qui rendait sa filature un peu ridicule. Mais il bifurqua juste avant vers l'ouest, pressa le pas et disparut avec son escorte dans la petite rue « Jussienne ». Camille resta cachée à l'angle de la voie et vit Guémard pénétrer dans une maison simple, dont la façade ne laissait rien deviner derrière des fenêtres aux rideaux foncés. Ses deux hommes de main attendaient à l'extérieur, bientôt rejoints par un autre domestique avec lequel ils ricanèrent grivoisement. Il y avait une animation étonnante à cette adresse, avec des entrées et sorties régulières de gentilshommes bien vêtus, qui se saluaient discrètement. Parmi eux, Camille reconnut avec étonnement Marivaux, l'ami de Mme de Tencin qu'elle avait déjà croisé plusieurs fois et qu'elle osa aborder avec toupet :

— Monsieur Carlet de Marivaux ! Quel plaisir de vous rencontrer au hasard de ma promenade !

Le dramaturge resta interdit quelques secondes puis, visiblement gêné, salua à son tour :

— Mademoiselle Lemonnier ! Êtes-vous seule ? Que faites-vous dans ce quartier ? Pour ma part, je... Eh bien je venais rendre visite à... à des connaissances.

— Qui habitent ici ? demanda la jeune fille avec candeur en désignant la maison où était rentré Guémard.

— Plus ou moins. Eh bien, pour tout vous dire, je travaille à une nouvelle pièce et j'essaie de comprendre certains fonctionnements, certaines pensées féminines. En tout bien tout honneur, je veux vous l'assurer ! La Maison de Mme Lise est un salon un peu différent, mais il y règne une grande liberté.

— Comment y entre-t-on ? continua-t-elle ingénument.

— Comment y entre-t-on ? Mon Dieu, mademoiselle ! Vous ne pourrez en aucun cas passer la porte ! C'est un lieu réservé aux hommes. Les femmes qui le fréquentent ne sont pas comme vous.

Camille commençait à comprendre de quoi il s'agissait, même si elle imaginait surtout des tables de jeu clandestines et de l'alcool à profusion.

— Bien sûr ! fit-elle avec assurance. J'essaie juste d'en apprendre le plus possible sur les mœurs parisiennes, avant de retrouver l'ennui sur mon île coupée du monde.

— Vos propos m'étonnent ! dit-il suspicieux. Eh bien, sachez que cet endroit n'est pas fréquentable pour une jeune personne de votre condition, et que Mme de Tencin n'aimerait pas vous savoir en ces lieux. Il vous faut rentrer de ce pas rue Saint-Honoré, je vous en prie ! Voulez-vous que je vous raccompagne ?

— Je vous remercie mais ma servante Louison est avec moi, répondit-elle avec un geste vague vers la rue. Nous allions chez Stohrer.

— Très Bien. Sur ce, je vous souhaite une bonne fin de journée, mademoiselle Camille.

Il s'éloigna d'un pas rapide, faisant claquer ses talons sur le pavé, sous le regard de la jeune fille qui s'en voulait quelque peu de l'avoir froissé avec ses questions indiscrètes. C'était un homme sensible qu'elle appréciait et qu'en aucun cas elle ne voulait choquer. Mais elle avait l'idée d'en savoir plus sur les faiblesses de ce Guémard, et n'en démordrait pas. Elle s'avança dans la rue d'un pas innocent, s'arrêta devant la maison puis, après une imperceptible hésitation, commença à gravir les quelques marches de pierre jusqu'à la porte, lourde pièce de bois percée d'un judas grillagé.

— Désolé jeune dame, fit une voix peu engageante. C'est une maison privée. Passez votre chemin.

— C'est que, tenta-t-elle se souvenant des propos de Marivaux, c'est que j'ai rendez-vous avec Mme Lise !

Il y eut un silence où elle se sentit évaluée de la tête aux pieds, puis le judas se referma et la clé tourna dans la serrure. C'est à ce moment qu'un des valets de Guémard commença à s'intéresser à cette jeune silhouette féminine qui ne lui était pas inconnue. Camille sentit l'homme approcher derrière elle et, paniquée, s'engouffra dans la maison dès que la porte fut ouverte. Elle entra dans un corridor tendu de lourds rideaux de velours bordeaux, à la manière d'une scène de théâtre. La totalité des ouvertures étaient occultées par des tentures de même ton, créant une ambiance confinée, chargée d'un mélange capiteux de parfums divers. Des candélabres sur pied éclairaient parcimonieusement l'espace, aménageant des zones d'ombre et de lumière.

— Attendez ici, dit la voix rocailleuse. Je vais prévenir Mme Lise.

Camille eut un moment de lucidité sur la situation, qui fit naître un début de panique : que faisait-elle dans ce tripot de luxe ? Elle connaissait l'existence de ces lieux car elle habitait dans une île dont les ports accueillaient les bateaux de passage mais aussi les marins solitaires qui finissaient souvent leurs nuits, pour quelques livres trébuchantes, dans le lit des filles. Mais ces endroits étaient mal famés, bien loin de la clientèle apparemment noble et riche qui fréquentait cette adresse parisienne. Elle embrassa du regard le rez-de-chaussée où des joueurs menaient des parties de trictrac[1], entourés de jeunes femmes bien peu vêtues, aux poses lascives. Son entrée fut remarquée par quelques clients, dont le regard avide ne la rassura pas. Elle ôta son chapeau qu'elle posa sur un guéridon, et saisit un masque de velours cramoisi dans une grande coupe argentée, sculptée de motifs érotiques qu'on retrouvait au mur, sur des tableaux et des tapisseries. Se déplaçant lentement entre les divans, elle chercha Guémard mais, ne le voyant pas, se mit à observer les allers et venues des courtisanes dans un petit escalier excentré. Une main lui saisit soudain la taille et elle se sentit basculer contre un accoudoir, sur les genoux d'un homme d'âge mur :

---

1. Jeu de société très en vogue au XVIIIe siècle, avec plateau, dé et dames à avancer. Les règles en étaient très strictes et demandaient beaucoup d'attention et de réflexion, même si la part de hasard y était grande (ressemblances avec le backgammon).

— Eh bien, ma jolie ! Tu es nouvelle, il me semble ! Dis-moi ton petit nom que je réserve ma place auprès de Mme Lise !

Camille se débattait et se rendit vite compte qu'elle attirait beaucoup trop l'attention. D'un mouvement de rein qui surprit son assaillant, elle se dégagea et fit une courte révérence :

— Blandine, monseigneur, c'est mon nom.

C'était la première référence à laquelle elle avait pensé : Blandine Boutonneau, « fille de petite vertu » comme l'appelait la servante Amélie. Pourtant, la peste rétaise, qu'elle avait surprise dans les bras d'un amant lors de la fête des vendanges, était bien loin des prostituées qui offraient leurs charmes ici. Avant de tomber de Charybde en Scylla, Camille s'éloigna prestement et, le cœur battant, commença à gravir l'escalier. Dans le sombre couloir desservant plusieurs appartements, elle vit arriver l'homme qui lui avait ouvert, accompagnée d'une femme très maquillée, couverte de bijoux. Passablement paniquée et désorientée, la jeune fille entra immédiatement dans une chambre dont la porte était entrouverte et se colla dans l'encoignure.

— Tu dis qu'elle a rendez-vous avec moi ? demanda la tenancière.

— Oui madame, une très jeune femme, ravissante et « verte » si vous voyez ce que je veux dire.

— Excellent ! Eh bien, si maintenant, elles viennent s'offrir elles-mêmes, je vais agrandir la boutique ! En attendant, tu veilleras particulièrement au confort du client de la chambre rouge, c'est un membre de la famille princière de...

Le reste du dialogue se perdit dans le hall, couvert par le bruit d'une autre conversation : un couple arrivait. Camille eut juste le temps de disparaître derrière un rideau qui cachait une sorte de renfoncement assez profond dans le mur de la chambre. Elle se sentit prise au piège, obligée à supporter les ébats bruyants qui commençaient à quelques mètres. Elle s'accroupit et plaqua ses mains sur ses oreilles pour en entendre le moins possible, se maudissant de son inconséquence. Mais sur le peu de paroles qui lui parvenaient, elle fut surprise du ton de la prostituée qui dominait totalement son client et lui donnait des ordres, en le traitant comme un esclave. Était-ce ainsi que les aristocrates s'amusaient ? L'échec complet de son expédition la frappa de plein fouet : elle avait semé Louison, suivi Guémard sans réfléchir et se retrouvait prostrée dans le placard d'une maison close, à essayer d'échapper à une mascarade peu discrète. Sans oublier qu'elle avait quitté Mme de Tencin sur un échange tendu qui ne s'arrangerait pas avec les récents événements, surtout si Marivaux ne tenait pas sa langue.

Pour échapper au spectacle de la chambre, elle recula un peu plus dans le renfoncement et s'appuya contre le mur. À sa grande surprise, elle entendit une sorte de déclic, comme une clenche qui aurait cédé sous la pression, et s'aperçut alors que ce qu'elle avait pris pour le fond du placard était en fait une porte dérobée qui ouvrait sur un petit cabinet de toilette, attenant à une autre chambre. Elle s'y glissa sans bruit et se rendit vite compte que là non plus, elle n'était pas seule. Une voix féminine, un peu mielleuse, évoquait de façon vulgaire le corps de son partenaire et les prouesses auxquelles il s'était visiblement livré. Le couple, dont Camille n'apercevait que les jambes nues, était allongé sur un lit à la romaine[1] dont les draps froissés tombaient au sol, à côté des vêtements éparpillés.

— Ma très chère, nous avons fait de la belle ouvrage, fit une voix qui glaça le sang de Camille, mais il vous reste une partie du contrat à respecter. Avez-vous trouvé ce que je vous ai demandé ?

Les corps se libérèrent et Guémard se leva, complètement nu dans la faible lumière qui pénétrait par la fenêtre voilée. Entre les montants du paravent, Camille le vit avancer vers une desserte sur laquelle il saisit deux verres d'un vin jaune liquoreux. Elle plaqua sa main sur sa bouche pour rester silencieuse et essaya de reprendre le contrôle de sa respiration. La femme, une brune au corps mince et athlétique, se leva à son tour et chercha dans les vêtements éparses pour en sortir une petit fiole sombre.

— L'apothicaire m'a recommandé d'être très prudente. La poudre est un mélange à base d'antimoine[2], à administrer pendant plusieurs jours dans

1. Lit de travers, dont le plus long côté est appuyé contre le mur, avec deux pans de rideaux retombant à la tête et aux pieds.

2. Cité par Diderot et d'Alembert dans leur *Encyclopédie*. Extrait d'un minerai, la stibine, sous forme de sulfure. La poudre noire a dès l'Antiquité été utilisée en médecine, et en cosmétique pour le crayon khôl. Sous la forme du tartre émétique, il est considéré comme un poison, dont l'action se rapproche de l'arsenic.

un liquide chaud et parfumé, car l'odeur est un peu soufrée.

— C'est indétectable ?

— Sous cette forme, il m'a assuré que oui. Il suffit d'augmenter peu à peu la dose pour causer transpiration, nausées, vomissements, et amaigrissement sévère.

— Combien de jours ?

— Moins d'un mois, le temps de perdre tout attrait, et de mourir d'épuisement, sans qu'aucun médecin ne puisse rien y faire. Au mieux mettra-t-on les symptômes sur le compte de quelque tumeur.

— Que voilà une réjouissante perspective ! répondit Guémard en levant son verre et en le vidant d'un trait. Fêtons cela, voulez-vous ? Il me vient un nouvel appétit à vous regarder déambuler ainsi, en tenue d'Ève.

Alors que Guémard faisait sa cour avec un vocabulaire amoureux qu'elle n'aurait pas soupçonné chez une telle brute, Camille essaya de faire marche arrière, consciente d'en avoir assez entendu, mais le loquet de la porte dérobée résistait sous sa main. Au son des baisers et des soupirs qui s'annonçaient, elle saisit alors le crochet avec un bout de sa jupe et força en silence jusqu'à ce que l'ouverture cède enfin. À tâtons, elle se glissa dans le réduit qui séparait les deux chambres, en priant pour que le passage soit libéré. Tout paraissait calme, la courtisane et son client ayant déjà quitté les lieux, en laissant la pièce dans un désordre éloquent : un chevet avait été renversé, les tentures du lit arrachées et le plateau de collation avait volé à travers la pièce. Le client avait sans doute de quoi payer ce genre d'excentricités. Avant qu'une domestique vienne remettre de l'ordre, Camille chercha le masque qu'elle avait glissé dans le pli de sa robe puis se dirigea vers l'escalier. Les habitués, pris par d'autres occupations, ne prêtèrent aucune attention à son passage à travers la grande salle. Elle savait qu'elle ne pouvait pas ressortir par l'entrée principale, gardée par le cerbère de service, et se mit à chercher une autre issue.

Ce fut son odorat développé, formé par sa curiosité culinaire, qui vint à son secours. La maison close avait une cuisine, qui permettait de nourrir les filles qui y habitaient, mais aussi de préparer les plateaux de gourmandises qu'on mettait à disposition dans les chambres. Une odeur délicieuse de gâteaux sortant du four attira Camille vers la seule pièce qui devait avoir sa propre sortie. Elle trouva effectivement la cuisine, où s'affairait une petite femme gironde, dont le visage était rougi par l'effort, car elle venait de sortir une fournée parfumée aux amandes.

— Qu'est-ce que tu fais là, toi ? grogna-t-elle sur Camille en l'apercevant. Pas de filles dans ma cuisine, c'est la règle ! Est-ce que je viens dans vos lits, moi ?

Le cerveau de l'adolescente tourbillonnait pendant qu'elle cherchait comment expliquer sa présence. Ôtant son masque, elle choisit de flatter la bonne femme sur ses pâtisseries qui embaumaient la demeure :

— Je me demandais d'où pouvait venir cette odeur extraordinaire, de l'amande il me semble ?

La cuisinière en resta bouche bée :

— Oui, de l'amande. C'est des « visitandines[1] », des gâteaux d'ma région, la Lorraine.

— Mmmm, fit Camille trouvant là l'occasion de nouer conversation. J'ai tellement faim que j'en suis nauséeuse. Les émotions sans doute. Puis-je vous prendre un gâteau et sortir un peu m'aérer ?

— Ben ça alors ! C'est bien la première fois qu'une de ces mijaurées s'intéresse à mon travail. Pensent qu'à leur derrière d'habitude ! « C'est trop gras, Guillemette ! », « Y a trop de miel ! » Nourrir des précieuses maigrichonnes, voilà mon calvaire ! Elles supportent rien ! Mais toi, t'es plus élégante, et tu sais parler ! Allez ma jolie, prends un gâteau et va t'promener tranquille ! J'vas m'occuper de ton client en attendant, mais pas sûr que ça lui aille ! finit-elle dans un grand rire.

Camille ne se le fit pas dire deux fois et, après avoir pris une « visitandine » sur le plan de travail, s'élança dans la cour attenante à la cuisine. La voie semblait libre. Mais à peine eut-elle franchi le portillon qu'un homme l'interpella dans la rue :

— Il me semblait bien t'avoir déjà vue, ma jolie ! On ne file pas un charmant minois comme le tien sans s'en souvenir. Viens un peu par ici !

Camille reconnut paniquée un des hommes de main de Guémard, et se trouva vite encerclée, le deuxième étant venu prêter main forte. Elle voulut s'enfuir mais une poigne de fer la saisit et lui coupa la respiration, sans aucune précaution. Elle

1. Ancêtres des financiers, petits gâteaux ovales à base d'amande, farine, sucre, beurre et blancs d'œufs préparés par les sœurs Visitandines à Nancy en Lorraine.

se sentit défaillir, lutta mais finit par s'abandonner à la fatigue et au découragement.

Quand elle reprit connaissance, elle se trouvait dans l'habitacle sombre d'un carrosse à l'arrêt, par les fenêtres duquel elle aperçut l'église Sainte-Marie-L'Égyptienne[1]. Ils étaient donc encore dans la rue Jussienne, à l'extrémité nord.

— Tiens donc ! Regardez qui nous voilà…

M. de Guémard terminait en se léchant les doigts le petit gâteau aux amandes qu'il lui avait pris des mains.

— C'est étonnant cette pâtisserie : elle me rappelle beaucoup celles que l'on sert chez Mme Lise, la maison dont vous sortiez, semble-t-il. Que faisiez-vous là-bas ?

La voix était autoritaire et sans aucune commisération. Camille reconnut l'air féroce qu'elle avait craint chez Mme de Morens mais, autant cela conférait un charme vénéneux à la sœur, autant le frère se trouvait défiguré par ce rictus agressif.

— Répondez ! Que faisiez-vous là-bas ?

Tout se bousculait dans la tête de Camille. Que lui voulait cet homme ? Après tout, elle n'avait rien fait d'autre que fabriquer des pains chez les Foucher. Pourquoi la faisait-il suivre ? Et qu'allait-elle bien

1. Église signalée depuis le XIVe siècle, utilisée au XVIIIe siècle pour les cérémonies de la corporation des drapiers, puis détruite en 1792. On la trouve également désignée sous le nom de Gipecienne que le peuple finit par nommer « Jussienne », d'où le nom de la rue, qui abritait en effet une maison close à cette époque.

pouvoir inventer pour justifier sa présence dans cette rue. Totalement désorientée et incapable de mettre ses idées en place, elle garda le silence.

— Je lis sur votre visage apeuré comme dans un livre ouvert : vous vous demandez pourquoi vous avez eu mes hommes à vos basques. Et pourquoi je perds encore du temps avec votre insignifiante petite personne. Moi-même je m'interroge... Vous m'avez ennuyé avec votre collaboration chez le boulanger du Palais-Royal mais, avant de vous avoir rencontrée, je n'avais pas fait le rapprochement avec la petite intrigante logée chez cette vieille garce de Tencin. Il semble que vous ayez également causé des angoisses à mon auguste sœur, en ouvrant votre lit à son cher Hollandais.

— Je n'ai pas..., commença à nier Camille la gorge sèche.

— Bien sûr, vous n'avez pas... Pour quelle autre raison aurait-il rompu définitivement avec Mme de Morens à son retour de La Rochelle ? J'aurais pu m'en réjouir et vous remercier de m'en avoir débarrassé, car je me suis toujours méfié de lui. Seulement ma sœur vous en veut à mort, et ce n'est pas un vain mot pour elle. Et puis vous avez mis le grappin sur Vandières d'une façon mystérieuse, car ce pauvre garçon est bien incapable de se lier avec quiconque, si ce n'est par procuration aux bons soins de la putain du roi. Il fut une époque où ma sœur le menait au doigt et à l'oeil. Et d'Alembert ? Tout cela fait de vous un petit être nuisible qui contrarie beaucoup mes affaires. Je vous ai fait suivre, mais il s'est encore trouvé un ange gardien pour vous défendre par deux fois. Et puis c'est vous, aujourd'hui, qui venez vous jeter dans la gueule du loup. Alors je vous le demande une dernière fois : que faisiez-vous chez Mme Lise ?

Camille écoutait tout en cherchant une façon de s'enfuir, mais Guémard était trop proche et trop fort pour qu'elle tente quoi que ce soit. Il était de plus assis de telle façon que son genou condamnait la portière accessible. Elle rassembla donc son courage et mêla le vrai au faux pour essayer d'être crédible, en cherchant à tout prix à cacher l'histoire du poison :

— Je me rendais rue Montorgueil à la pâtisserie Stohrer, avec ma servante, expliqua-t-elle d'une voix timide, mais je l'ai perdue de vue vers Saint-Eustache. Je ne suis pas d'ici, et je n'ai aucun repère dans cette ville.

Elle prit le parti de jouer la provinciale godiche, essayant de contrôler l'expression de son visage en ce sens, un peu naïve, un peu craintive, et sur ce dernier point, elle n'avait pas beaucoup à feindre.

— Je me suis retrouvée dans cette rue par hasard, et c'est là que j'ai croisé M. de Marivaux ! Il était visiblement gêné et beaucoup moins bavard qu'à son habitude. J'ai compris qu'il ne souhaitait pas être vu à cet endroit, c'est pourquoi je me suis approchée, un peu curieuse. Je sais que c'est mal, mais j'allais repartir vite. Et puis, enchaîna-t-elle rapidement, cela sentait bon. Et je suis passionnée de cuisine.

— Inutile de me servir vos couplets bien préparés. Je m'en moque ! Mes hommes vous ont vue rentrer par la porte.

— Ah ça ? C'était une erreur ! Je cherchais l'origine du parfum qui emplissait la rue et je l'ai trouvée un peu plus loin, à l'entrée de l'office, là où vos hommes m'ont agressée. Et là où l'on m'a donné la « visitandine » que vous venez de manger ! finit-elle, feignant un mécontentement boudeur.

Guémard la dévisageait, cherchant la malice et le mensonge, presque déçu de cette petite personne sans intérêt qui lui faisait face. Comment sa propre sœur pouvait-elle se sentir menacée par cette gamine ? Certes, elle était ravissante, mais une ravissante idiote !

— Je n'ai rien fait, supplia Camille, laissez-moi partir. Mme de Tencin doit m'attendre et s'inquiéter. Je ne dirai rien, je vous le promets !

Camille sentit qu'après avoir été sur le point de le persuader, elle était en train de perdre du terrain. Il prit un air suspicieux et s'avança lentement pour scruter la jeune fille, les yeux dans les yeux. Il eut un sourire en coin qui ne présageait rien de bon, et, tapant fermement sur la cloison du carrosse, il cria au cocher :

— Ramenez-moi, mais prenez votre temps : nous ne sommes pas pressés.

Le véhicule s'ébranla et prit son rythme cahoteux sur les pavés. Guémard se déplaça comme un fauve et vint rejoindre Camille sur la banquette arrière, l'obligeant à se plaquer contre le montant droit. Par la fenêtre, elle aperçut la statue de bronze de Louis XIV et sut qu'ils arrivaient place des Victoires[1]. Cela la rapprochait de la rue Saint-Honoré et lui redonna espoir :

— Laissez-moi partir, je vous en prie.

1. L'une des cinq places royales de Paris (place des Vosges, place Dauphine, place Vendôme et place de la Concorde).

— Plus je vous regarde, et moins j'ai envie de vous laisser. Vous mentez, et cela donne à vos yeux une teinte inquiète qui vous va à ravir. Je me demandais ce que Van Lynden avait pu vous trouver mais je commence à comprendre.

Il était désormais contre Camille, lui soufflant au visage son haleine avinée, pendant que ses mains s'accrochaient aux manches de sa robe et tiraient d'un coup sec. La dentelle craqua, découvrant les épaules et la naissance de la poitrine.

— Je vais doubler mon plaisir : vous posséder et faire cocu ce traître de Hollandais. Et puis nous aviserons de votre devenir.

Camille cria et se débattit quand il colla sa bouche humide dans son cou, immobilisant ses bras à lui faire mal. Il l'embrassa avec une brutalité qui se déchaîna encore après qu'elle l'eut mordu au sang à la lèvre. Guémard la frappa deux fois ce qui la conduisit, immobile, au bord de l'inconscience. Pendant qu'il cherchait à trousser sa jupe en haletant comme un aliéné contre sa tempe, Camille retrouva assez d'énergie pour atteindre son petit sac et saisir le manche de son couteau. Dans un dernier sursaut, elle lança la lame de toutes ses forces au visage de son agresseur, qui hurla et tomba en arrière, les mains sur son œil gauche. Camille vit le sang se répandre, mais n'hésita pas : elle se rua sur la portière, poussa de toutes ses forces et se jeta à l'extérieur.

Pain perdu

De cette chute et de la course poursuite qui s'ensuivit, Camille ne garda qu'un souvenir flou, déformant le temps et les distances. Il lui semblait courir au ralenti, se traînant sur une cheville blessée, en tenant son coude sévèrement amoché. Quand un des valets de Guémard, lancé derrière elle, tenta de la rattraper, elle hurla qu'on voulait la tuer, ce que son état déplorable ne démentait pas. Les cheveux dénoués, le visage tuméfié, la robe en lambeaux et le bras en sang, Camille courait au milieu des passants qui s'écartaient surpris mais n'intervenaient pas. Alors qu'elle apercevait les toits du Louvre et se savait à une centaine de mètres de la porte cochère où attendait Guillaume, elle crut son heure arrivée. L'homme lui saisit le bras et la fit trébucher à genoux sur le bord du trottoir, où elle échappa de justesse aux roues d'une calèche qui passait. Mais il eut ensuite un moment d'hésitation, sans doute indécis sur ce qu'il devait faire de la fille, isolé qu'il était dans ce quartier fréquenté. Cet instant suffit à précipiter les choses. Camille entendit Louison hurler à l'entrée de l'impasse, devina plus qu'elle ne vit le bond arrière de son agresseur qu'une poigne puissante avait saisi, se releva douloureusement et courut sans se retourner. Ayant échappé à son assaillant qui avait maille à partir[1] avec un inconnu alerté par ses cris, elle s'écroula dans les bras de Louison qui se précipitait vers elle. Guillaume, venu à la rescousse, souleva Camille comme une brindille et la porta à l'abri.

Par la suite, de la bagarre qui s'engagea dans la rue Saint-Honoré entre l'homme de main et celui qui l'avait défendue, elle n'aperçut rien. Guillaume lui raconta que le jeune inconnu avait eu le dessus, refusant cependant toute récompense. Il disparut avant que les policiers n'arrivent, laissant le scélérat aux mains du vieux domestique qui le livra à la justice.

Jean Astruc étant absent, Louison fit quérir Nicolas afin qu'il ausculte Camille, dont l'état était pitoyable. Elle se retrouvait avec une pommette bleue, un coude orné de cinq points de suture et une cheville bandée qu'elle ne pourrait pas poser avant plusieurs jours. Mais l'inquiétude venait plutôt de son état moral : la jeune fille, incapable de parler, était en état de choc, passant de crises de tremblements à une apathie de mauvais augure. Mme de Tencin et Louison se relayèrent pour la veiller, craignant une crise plus violente.

1. Expression du Moyen Âge venant de *maille* (petite pièce d'un demi-denier) et *(dé)partir* (partager), qui évoque les conflits, au départ engendrés par le partage de l'argent.

— Faites-lui boire cette tisane calmante toutes les deux heures, avait prescrit Nicolas Quériand. S'il n'y a pas d'amélioration, je reviendrai lui administrer quelques gouttes de laudanum, mais je n'y tiens pas. J'apprécie moins l'efficacité de ce remède que je ne me méfie de ses conséquences.

Camille dormit deux jours mais son sommeil fut traversé de cauchemars qui l'épuisèrent un peu plus. Dans son délire, la maison close devenait une prison, hantée par des cris dont elle ne savait plus s'ils évoquaient l'amour ou la souffrance. Des corps sans visage étaient allongés sur les divans, chevauchés par des femmes ailées et vampiriques. Camille se débattait, gémissait puis ouvrait grand les yeux avant de replonger dans une semi-inconscience pour retrouver les angoisses de son rêve. Quand le docteur Quériand, inquiet, se penchait vers elle, elle croyait voir la face lacérée de Guémard, et le repoussait maladroitement.

Au soir du deuxième jour, les visions furent moins hostiles. L'esprit de Camille cherchait une échappatoire qu'elle trouva dans le souvenir de Jan. Ce fut lui qu'elle imagina lui tendre la main pour la libérer du renfoncement où elle se cachait entre les deux chambres, lui dont elle vit les traits aiguisés et les yeux bleus surgir de sa mémoire, d'une façon étonnamment précise. Quand il sourit avec cette moue moqueuse bien reconnaissable, un instinct mêlé d'orgueil et de rage de vivre prit le dessus. Elle se souviendrait avoir sciemment fait le choix de saisir sa main tendue, dont le contact lui parut douloureusement réel. Alors, quittant lentement la fièvre qui l'oppressait, elle retrouva la réalité de sa propre chambre et sentit contre sa paume glacée la main chaude de Mme de Tencin qui, les yeux rouges d'avoir pleuré, serrait tendrement les doigts crispés :

— Ma chérie ! Quelle peur vous nous avez faite ! Mais que vous est-il arrivé ?

Il fallut un peu de temps pour que les mots viennent, mais quand Camille put parler, ce fut dans un flot ininterrompu. Mme de Tencin faisait des efforts pour garder son calme malgré l'inconscience avérée de sa protégée, et surtout la haine incommensurable que lui inspirait Guémard. Sa seule consolation fut de savoir qu'il avait été blessé au visage, ce qui affichait enfin ses crimes au grand jour.

— Enfin ma chérie ! Suivre Guémard ! Avez-vous perdu la tête ? Et entrer chez Mme Lise ! Quelle idée avez-vous eue ? C'est un bordel, ni plus ni moins ! Quand je pense à ce qui aurait pu advenir là-bas, et dans ce maudit carrosse !

— Oui, je m'en rends compte, reconnut Camille sans aucun orgueil. Je suis désolée.

— Je connais votre caractère indépendant mais ce n'est plus un jeu ici. Ces hommes sont prêts à tout !

Camille fut sur le point d'évoquer la fiole de poison que Guémard avait récupérée des mains de son amante, mais décida d'attendre encore un peu, pour réguler le flot d'émotions de la journée. Mme de Tencin commençait juste à se détendre après ces heures sombres, dont Camille se sentait en partie responsable.

— Avec un couteau à huîtres ! s'esclaffa la baronne toujours fixée sur la blessure du scélérat.

C'est d'un drôle quand même ! Je regrette seulement que vous n'ayez atteint que l'œil !

Louison continua à veiller Camille et à soigner cicatrice, tuméfaction et foulure avec dévotion. Elle donna sa version des événements quand, ayant commandé ses draps d'ameublement, elle avait vainement cherché la jeune fille dans la rue. Après avoir tourné plus d'une heure dans le quartier des Halles, elle s'était rendue sans succès à la boutique du pâtissier Stohrer, puis était revenue rue Saint-Honoré dans l'espoir d'y retrouver Camille. Avec l'attente insupportable, la panique l'avait gagnée, partagée par Mme de Tencin d'autant plus inquiète qu'elle ne pouvait quitter son fauteuil, pendant que Guillaume guettait l'entrée de l'impasse.

— Quand je vous ai vue tourner au coin de la rue, raconta Louison, avec votre robe déchirée et vos yeux hagards, cet affreux à vos trousses, j'ai eu la peur de ma vie ! Heureusement qu'un homme s'est interposé, sinon je n'ose imaginer ce qui vous serait arrivé. Guillaume m'a dit que votre sauveur était venu ce matin prendre de vos nouvelles à la conciergerie.

— A-t-il laissé son nom ? demanda Camille. Et a-t-on d'autres nouvelles ? Qui a eu vent de ma mésaventure ?

— Non, votre héros veut rester discret, semble-t-il. Pour ce qui est de Guémard, on n'en a pas encore entendu parler. Nicolas sait qu'un de ses confrères chirurgiens a été appelé chez Mme de Morens avant hier soir, pour une blessure assez grave, mais cela s'arrête là. Vous aurez quelques jours de répit mais il sera grand temps que vous quittiez Paris, même si cela m'attriste fortement.

À la fin de la semaine, Vandières et Turner vinrent visiter Camille, qui ne leur cacha rien de son agression. Turner loua son esprit téméraire, ce qui l'amena à partager des anecdotes édifiantes de sa vie de corsaire, mais Vandières ne trouva de toute évidence aucune excuse à ces imprudences. Il prit le parti néanmoins de ne pas laisser ce crime impuni et promit de mettre en œuvre ce qui était en son pouvoir pour faire cesser les odieux agissements de Guémard.

— Je vous avais fait la promesse de vous convier à Versailles et j'aurais aimé que cela soit dans d'autres circonstances, mais la marquise de Pompadour souhaite vous rencontrer afin d'évoquer le cas de notre ennemi désormais commun. Disons la deuxième semaine du mois de juin ? Je vous demande d'ici là de ne pas, enfin d'essayer de...

— De rester tranquille ? comprit Camille.

— Oui ! Et de ne pas vous jeter ainsi au devant des ennuis, je vous en conjure !

Quelles que soient ses qualités, Vandières restait un jeune homme né sans titre de noblesse, parvenu à une place sociale qu'il ne voulait perdre sous aucun prétexte, ce qui exigeait de réguler tous les excès de son entourage.

— Je vous enverrai une lettre pour fixer la date exacte, selon les disponibilités de ma sœur. Turner, si vous acceptez, pourrez-vous escorter Mlle Lemonnier à Versailles ? Je pense que je vous attendrai sur place. D'ici là, Camille, je vous le répète : restez enfermée, et ne répondez à aucune provocation !

La semaine qui suivit respecta ces injonctions. On entrait dans le mois de juin et l'appartement baignait sous une lumière différente, qui pénétrait les pièces par traits puissants et matérialisait en particules brillantes l'air estival. Cette clarté intérieure ne cessait de fasciner Camille, habituée aux maisons basses et sombres, construites pour garder la chaleur ou la fraîcheur selon les saisons. Immobilisée sur une bergère, elle lut beaucoup, écrivit et reçut de nombreuses lettres. À l'île de Ré, la famille Lemonnier se portait bien, en particulier Suzanne la nouvelle venue, qui faisait la joie des siens. Camille répondit avec chaleur, sans s'étendre sur l'accident dont elle avait été victime, préférant narrer des anecdotes de la vie parisienne. Elle glissa juste la nouvelle de son entorse et de son coude recousu après une chute malencontreuse, puis termina en avouant son regret ardent des premiers bains de mer, bonheur dont les « pauvres Parisiens » n'avaient pas même connaissance.

Informés de l'indisposition de sa jeune protégée, les amis de Mme de Tencin envoyaient des vœux de rétablissement, sans savoir tout à fait de quoi il retournait. Seul Jean d'Alembert, instruit par Turner, fit porter plusieurs courriers de soutien, accompagnés d'articles simplifiés sur ses travaux en cours « *qui vous aideront à passer le temps, comme je vous l'avais promis* ». L'homme menait un nombre d'activités incroyables et possédait, en plus de son esprit scientifique et de sa culture éclectique, une plume bien agréable à lire à laquelle Camille répondit avec plaisir. Ces petites animations faisaient qu'elle ne s'ennuyait pas, et gardait juste le temps nécessaire pour réfléchir aux événements, sans extrapoler inutilement. Par l'intermédiaire de Guillaume, elle fit porter un message à la boulangerie pour s'enquérir de la santé des époux Foucher et les prévenir, au cas où Guémard voudrait se venger.

La grande surprise arriva un matin sur le plateau de courrier que Pierre, le fidèle domestique, présenta à sa maîtresse un peu avant l'heure du déjeuner.

— Tiens donc ! Cette lettre est pour moi, précisa Mme de Tencin avec une figure qui en disait long, mais celle-ci vous est adressée, Camille.

La jeune fille saisit le pli avec curiosité car il ne ressemblait pas aux messages habituels qui circulaient par porteurs entre les maisons parisiennes. C'était un courrier de provenance plus lointaine, mais pas de La Rochelle cette fois, car le papier était de plus belle qualité, avec un filigrane clair en son milieu. Le cœur de Camille fit un bond quand elle reconnut la signature :

Ma chère mademoiselle Lemonnier,

cela fait presque quatre mois que je vous ai quittée, et il en faudra presque autant pour que vous lisiez ces lignes, à l'autre bout du monde désormais. Je ne sais comment vous les recevrez, ou ce qui me pousse à les écrire, si ce n'est notre étrange séparation qui me reste un peu plus en mémoire qu'il ne faudrait. Est-ce le grand âge qui me guette, ou l'imprudence de votre jeunesse qui ont ancré en moi l'inquiétude de votre petite personne ? Je ne pourrais le dire. Je vous interdis cependant de sourire du ridicule de la situation ! Au pire pourrez-vous adopter ce petit air renfrogné dont je me souviens. Quoi qu'il en soit, puisque vous n'en ferez qu'à votre tête, soyez prudente : je ne peux supporter l'idée qu'il vous arrive malheur, wild meisje, *sur votre île ou ailleurs.*

Jan Hendrick Van Lynden, cap de Bonne-Espérance, mars 1748.

Au-dessus de ses bésicles retenues par un ruban, la baronne regardait le visage de Camille où passaient toutes les émotions. Quand la jeune fille leva les yeux, elle reprit vivement la lecture beaucoup plus administrative du courrier qu'elle avait en main, comme si de rien n'était.

— C'est une lettre de M. Van Lynden, dit Camille dont le teint rosit au seul plaisir de le nommer.

— Ah ? fit Mme de Tencin d'un air faussement étonné mais résolument moqueur. Quelle gentille attention ! La nouvelle de vos aventures serait-elle déjà parvenue au bout du monde ?

— Certes non, répondit l'adolescente en riant, mais n'est-ce pas un heureux hasard que cette lettre m'arrive à ce moment justement ?

Elle n'ajouta pas l'étrange vision qui l'avait sortie de ses cauchemars, la main tendue de Jan dont elle avait senti la douceur, mais n'en trouva le destin que plus joueur, tissant des fils invisibles.

— C'est un heureux hasard, assurément, reprit Mme de Tencin. Ce diable de Hollandais va réussir à se faire aimer en étant absent, c'est un comble ! C'est peut être la meilleure façon de procéder cependant. Regardez Jean et moi : moins nous nous voyons, plus nous nous apprécions ! C'est le secret d'une union durable.

Camille s'amusait beaucoup des sorties de la baronne qui en jouait allégrement pour la divertir. Mais se cachait derrière ces saillies une vision plus ambitieuse, liée à la liberté et l'indépendance féminines, qui avait ouvert l'esprit de l'adolescente en quelques mois. Aucun Guémard ne réussirait à l'abattre et, ranimée par les mots de Jan qui se souciait d'elle sous couvert de taquinerie, elle mit toute son énergie à oublier ses peurs et retrouver des forces.

Guillaume, chargé de porter à la boulangerie un message pour rassurer les époux Foucher et les mettre en garde contre de nouvelles représailles, trouva porte close, ce que Toinette confirma en précisant que la boutique n'avait pas ouvert depuis deux jours. Elle achetait donc son pain un peu plus loin en attendant la remise en service du fournil du Palais-Royal. Ces nouvelles inquiétèrent sérieusement Camille qui ne voyait pas de raison valable pour interrompre un commerce prospère. De surcroît, cela ne ressemblait ni à l'état d'esprit, ni à la ténacité des Foucher. Elle fit envoyer Louison qui rapporta que les commis avaient congé pour la semaine, le temps que les propriétaires « règlent leurs affaires ».

Le lendemain, avec l'accord de Nicolas Quériand qui conseillait de reprendre doucement la marche, elle se déplaça avec Louison et le vieux Guillaume jusqu'au Palais-Royal, qu'on atteignait en quelques minutes ce qui limitait le danger. La vision du rideau clos sur la devanture lui rappela de tristes souvenirs : avait-on à nouveau menacé les commerçants ? Elle leva les yeux au-dessus du magasin, vers l'appartement où logeaient le maître boulanger et sa femme, mais n'aperçut âme qui vive. Camille eut l'idée de passer par derrière où l'on livrait les sacs de farine, ce qui donnait directement accès à l'arrière-boutique où elle avait elle-même travaillé. Guillaume resta surveiller dans la rue mais Louison suivait, demandant s'il était judicieux de gambader ainsi. Camille, avec une cheville fragile et un visage qui s'ornait d'un camaïeu allant du violacé au jaune, là où Guémard avait frappé, n'en avait cure cependant. Les deux jeunes filles entrèrent difficilement dans l'atelier, car un gros sac en barrait l'accès. Comme elle le craignait, Camille trouva les lieux sans dessus dessous, et se fraya un passage entre les meubles renversés, malgré l'obscurité.

— Mademoiselle Camille, appela Louison, on ne voit rien ! Il vaudrait mieux ressortir et aller chercher de l'aide ! Camille, s'il vous plaît !

Soudain, un cri atroce lui répondit depuis la pièce voisine : la jeune fille venait de trouver les époux Foucher attachés l'un à l'autre derrière le comptoir. Mme Foucher semblait inconsciente et son mari pleurait en silence.

— Ils l'ont tuée ! réussit-il à articuler. Ils sont venus et ils l'ont tuée !

Camille essaya de desserrer les liens et finit par reprendre son couteau pour aller plus vite. Maître Foucher, engourdi, mit du temps à se relever, alors que sa femme restait prostrée, la tête étrangement inclinée. Quand Louison arriva, elle embrassa du regard une scène sinistre où l'homme, désorienté, s'appuyait sur Camille, elle-même bien peu stable. Elle s'agenouilla près du corps désarticulé et chercha un signe de vie, mais dut se résigner et fit un signe de tête à Camille qui hurla sa douleur, alors que maître Foucher avait compris depuis longtemps. Il se redressa péniblement et se dirigea vers la boutique pour en ouvrir les rideaux, mais son attention fut accaparée par un bruit de pas rapides qui s'éloignaient. Quelqu'un essayait de s'enfuir. La porte arrière claqua alors bruyamment et il ne fallut pas longtemps avant qu'une forte odeur de brûlé se répande sournoisement.

— Mon Dieu ! La poussière de farine ! cria Foucher. Protégez-vous !

Soudain, une forte explosion retentit au fond du bâtiment près du fournil, suivie d'un souffle puissant qui mit tout le monde à terre. L'air devint suffocant et ne semblait vouloir pénétrer les poumons que pour les brûler. Le feu prit très rapidement, léchant les murs enduits, les plans de travail, les sacs de blé, détruisant en quelques minutes une vie entière de labeur. Louison chercha des linges qu'elle mouilla dans les seaux de nettoyage avant de montrer aux autres comment les plaquer sur la bouche, pendant que Camille tirait sur les rideaux pour essayer d'ouvrir la porte principale. Elle fut aidée par Guillaume qui, de l'autre coté, poussa le vantail de toutes ses forces. À l'ouverture, le souffle d'air de la rue attisa les flammes qui arrivaient jusqu'à la boutique. Dehors, les gens s'étaient rassemblés et s'organisaient, criant qu'il fallait prévenir la brigade et se raccorder à la pompe de l'Oratoire[1].

1. Compagnie des Gardes des Pompes du Roy : fondée par Louis XV en 1722, avec au départ huit brigades de sept hommes non professionnels, qui exercent d'autres métiers (cordonniers, menuisiers...) et utilisent plusieurs pompes à des endroits stratégiques de Paris (Augustins, Carmes, Oratoire...).

Dans la fumée noire, Guillaume attrapa le bras de Louison qu'il tira hors du bâtiment, puis revint chercher Camille qui se débattait en criant :

— Maître Foucher ! Il faut l'aider à sortir d'ici !

Une violente quinte de toux lui coupa la parole mais elle s'enfonça un peu plus dans la fournaise. Le feu atteignait désormais les poutres comme des langues rougeoyantes qui cherchaient les interstices pour passer et dévorer l'étage. L'arrière-boutique, encore sombre quelques minutes auparavant, était désormais noyée d'une lumière incandescente dans laquelle volaient des lucioles ardentes. La fumée se déplaçait par gros nuages réduisant la visibilité et rendant l'air irrespirable. Tâtonnant à l'aveugle, Camille trouva le boulanger allongé au sol, serrant sa femme dans ses bras. Les yeux suppliant, il tendit à Camille un large portefeuille en cuir et lui fit signe de partir, mais elle repoussa les documents et tenta de le soulever. L'homme était trop lourd et s'était déjà abandonné à son sort, mais Guillaume réussit à l'attraper sous les aisselles et à le traîner, veillant à ce que la jeune fille suive. Elle s'accrocha à son pourpoint et se laissa guider, épuisée par ses efforts, la gorge en feu et le visage couvert de poussière noire.

Elle aperçut alors le portefeuille jeté au sol et eut l'instinct de le ramasser, puisque cela semblait si important pour le boulanger. Comme elle se penchait, sa cheville fragile se déroba sous son poids et elle trébucha. Cette seconde suffit à lui faire perdre l'orientation pendant que la silhouette de Guillaume disparaissait dans la fumée. Tournant la tête de gauche à droite, Camille tenait toujours le linge humide sur sa bouche mais ses yeux la brûlaient, et les flammes s'attaquaient déjà au bas de sa robe, qu'elle fouettait de plus en plus faiblement. Elle se vit encerclée par l'incendie et se sentit glisser vers les ténèbres, pensant en un éclair à l'ironie du sort qui la voyait mourir si jeune dans une boulangerie, au milieu des panières vides et de l'ardoise à compter.

— Camille ! Camille !

Une voix sourde l'appelait mais elle n'avait plus la force de répondre. Sa peau la brûlait au point qu'elle souhaitait juste s'endormir et ne plus se réveiller. Il semblait cependant que ce ne soit pas le dessein de celui qui la cherchait et qui continuait à crier à travers le crépitement assourdissant. Bientôt, elle devina une silhouette à genoux à coté d'elle qui la palpait et la secouait sans ménagement pour la faire réagir. Deux mains saisirent son visage et la forcèrent à ouvrir les yeux :

— Camille ! Reste avec moi ! Je t'en prie ! Camille !

Son esprit ne parvenait pas à faire le lien avec cette voix qu'elle connaissait pourtant et ce regard implorant, intense sous les mèches brunes. Elle sentit les bras puissants la soulever du sol et l'emporter à travers la fournaise, la serrant comme une enfant. Alors elle se blottit contre la poitrine protectrice et accrocha ses doigts aux plis de la chemise, cherchant à aspirer une bouffée d'air moins toxique.

La lumière du jour apparut enfin par la grande porte et des mains happèrent les rescapés. Camille fut séparée de son sauveur qui ne voulait pas la lâcher, bien qu'il tienne à peine debout. Au moment d'être emportée à l'écart, elle croisa, au milieu d'une face couverte de suie, un regard cuivré où les flammes dansaient encore :

— Gaspard !

Sable chaud

Les secours s'organisaient, mais la boulangerie et les appartements de l'étage étaient perdus, de sorte qu'on ne pouvait désormais que circonscrire l'incendie afin qu'il n'atteigne pas les maisons mitoyennes. Comme le quartier avait été rénové quelques décennies plus tôt sous l'influence du Régent Philippe d'Orléans qui résidait alors au Palais-Royal, il restait peu de maisons à pignon de bois dans la rue, transformées au fur et à mesure en bâtiments maçonnés, pour lutter efficacement contre les flammes. Le feu put donc être maîtrisé et on ne déplora qu'une victime et quatre blessés sans gravité, dont Camille qui fut emmenée sur une civière, car elle était trop faible après avoir inhalé tant de fumée. Pendant qu'elle lui tenait la main, Louison, bien remise, fit un rapide examen de ses lésions, lui intimant de rester calme :

— Cessez de vous agiter ! Tout va bien. Vous êtes sortie de l'enfer. Et ne vous inquiétez pas pour maître Foucher : il est vivant et en bonne santé, du moins autant qu'on puisse l'être en ces tristes circonstances. Guillaume s'occupe de lui.

Mais Camille continuait à se contorsionner, cherchant à apercevoir celui dont elle ne savait plus si elle avait rêvé ou s'il l'avait réellement sauvée des flammes.

— Gaspard ! Où est Gaspard ? Il était là ! Il est venu me chercher !

— Gaspard ? demanda Louison sans comprendre. Votre ami d'enfance ? Vous délirez, Camille. Essayez de vous calmer. Je vous ramène à la maison.

— Non !

Le cri s'étrangla dans sa gorge douloureuse et elle fut incapable de parler à nouveau. En cherchant encore dans la foule assemblée, elle crut apercevoir la silhouette du jeune homme appuyé à l'écart contre une façade, mais une violente céphalée lui troubla la vue et elle retomba inconsciente sur le brancard que deux hommes éloignaient du brasier.

À son réveil, elle crut revivre la scène de sa convalescence après l'agression : Mme de Tencin, anxieuse, était assise d'un côté du lit, Louison de l'autre, et Nicolas Quériand rangeait son matériel médical en se voulant rassurant. Camille bougea légèrement sous les draps, vérifiant que ses bras et ses jambes répondaient à l'appel. Certes, elle avait la tête lourde et la gorge irritée, mais elle se dit qu'elle s'en sortait à nouveau plutôt bien.

— Comment vous sentez-vous ? demanda la baronne qui suivait ses réactions.

— J'ai survécu, je crois.

— Le contraire m'eut étonnée, marmonna-t-elle. Vous nous avez encore inquiétés, Camille. Je vois que vous récupérez et vous me permettrez donc ces petites remontrances. Quelle idée vous a traversé l'esprit cette fois ? « Voyons, et si nous allions nous jeter dans les flammes aujourd'hui ? »

— Pardonnez-moi, fit la jeune fille d'une petite voix.

— Mais bien sûr que vous êtes pardonnée, mais vous êtes sous ma responsabilité et je ne me vois pas écrire à votre père que vous avez été enlevée, battue, violée, brûlée et que sais-je encore ? Et surtout, Camille, voyez comme nous sommes attachés à vous et la douleur que cela serait de vous perdre !

La voix de Mme de Tencin vacilla un peu, déraillant sur les derniers mots, mais elle se reprit et continua avec le ton ironique qu'elle affectionnait et qui la sécurisait :

— Faudra-t-il prendre rendez-vous chaque semaine avec le docteur ? C'est une habitude dont nous pouvons nous passer, je vous l'assure, et ce malgré votre extrême compétence monsieur Quériand, croyez le bien.

— Je vous remercie, madame, répondit Nicolas. Rassurez-vous, les séquelles seront minimes, au pire quelques nausées et maux de tête pendant cinq jours. Les brûlures sont superficielles, et un onguent suffira à les traiter. Mais vous voilà encore bien amochée, mademoiselle Camille ! À ce rythme, nous vous renverrons en petits morceaux dans l'île de Ré !

Camille réussit à rire, puis se souvint soudain de l'affreuse tragédie : Mme Foucher était morte, assassinée dans sa propre boulangerie, et son corps avait disparu dans les flammes. Aussitôt, de grosses larmes emplirent ses yeux et se mirent à rouler sur ses joues, irritées par les brûlures.

— Mon Dieu ! sanglota-t-elle. C'est ma faute ! Ils l'ont tuée par ma faute !

— Vous savez que c'est faux, Camille ! dit fermement Louison. Ce sont des criminels, et vous aussi êtes une victime. Votre intervention a sauvé M. Foucher, sinon ils seraient morts tous les deux.

— Vous ne comprenez pas ? Ils se sont vengés de la blessure de Guémard ! Je ne me le pardonnerai jamais. Jamais !

— Bien sûr que si ! gronda Mme de Tencin avant de se tempérer. Vous êtes épuisée, ma chérie. Reposez-vous et nous en reparlerons. M. Foucher s'est installé dans la loge de Guillaume et viendra vous voir demain. D'ici là, essayez de dormir.

Elle étreignit affectueusement ses épaules, puis embrassa son front avant de quitter la chambre, soutenue par Nicolas Quériand qui s'en allait également. Louison les accompagna à la porte, serrant le bras de son futur mari pour le remercier. Il se retourna et baisa longuement sa main :

— La vie auprès de vous est tout sauf ennuyeuse, mon amie, chuchota-t-il. Faites attention à vous !

Louison, le visage passablement marqué elle aussi par la chaleur de l'incendie, revint auprès de Camille qui continuait à pleurer, si menue dans ce grand lit à colonnes. On l'avait déshabillée avec précaution pour s'assurer que les vêtements ne collent pas à sa peau, tamponnée doucement à l'eau froide et vêtue d'une chemise fine de flanelle. Chacun oubliait souvent son jeune âge, tant elle était indépendante et mûre dans ses raisonnements, mais Louison avait pour la première fois devant elle une petite fille fragile, profondément blessée. Elle l'imagina à huit ans, à la mort de sa mère, seule avec trois jeunes frères, un père foudroyé par la douleur et elle, Camille, faisant face et grandissant plus vite par obligation. À considérer cette vie parfois injuste qui répétait les pires épreuves, un élan d'amitié la poussa vers l'adolescente.

— Ne vous torturez pas, Camille. Les choses se sont passées ainsi, et nous n'y pouvons rien. Chacune de nos actions a des répercussions que nous ne mesurons pas sur l'instant et qui nous échappent ensuite. Tant d'événements, tant de détails, tant de coïncidences nous ont conduits au moment présent, qu'il ne sert à rien d'en chercher l'origine, encore moins la culpabilité. Il vous faut trouver la force, encore une fois.

Louison pesait chacun de ses mots, espérant trouver un écho dans les longues réflexions que Camille s'était déjà imposées depuis l'enfance. Les larmes de l'adolescente coulèrent un peu plus, moins pour le chagrin cette fois que sous l'émotion d'avoir trouvé une âme sœur. Elles restèrent un long moment silencieuses. Louison alluma peu à peu les chandelles et revint s'asseoir au chevet de son amie.

— As-tu vu celui qui m'a sauvée ? demanda Camille après de longues minutes.

— Pas vraiment. Tout est flou dans ma mémoire. Après m'avoir sortie du magasin, Guillaume est retourné vous chercher, mais il est revenu sans vous, Foucher dans les bras. Je hurlais votre nom en voyant les fenêtres et la toiture s'enflammer, mais on me maintenait si fort que j'en sens encore l'empreinte sur mes poignets. Et puis ce jeune homme a surgi : je l'ai vu entrer dans les flammes, alors que tous cherchaient à le retenir. Il s'était couvert la tête d'une sorte de cape.

— C'était Gaspard ! J'en suis sûre !

— Le garçon de l'île de Ré ? C'est ce que vous m'avez dit là-bas, mais j'ai cru que vous étiez en proie à des hallucinations. Comment pouvait-il être là ? C'est impossible ! Vous m'avez raconté qu'il était meunier dans un village de votre île.

— Oui, mais il était là ! C'est lui qui m'a portée dehors. Je ne peux pas te dire pourquoi ou comment, mais c'était lui ! Il faut le retrouver ! Il s'appelle Gaspard. Gaspard Fournier.

Devant tant d'agitation, Louison promit de faire ce qu'elle pouvait, pas tout à fait convaincue cependant que Camille ait les idées claires, puis elle donna des nouvelles de Guillaume. Le vieux valet avait retrouvé une seconde jeunesse malgré une toux persistante et profitait de son statut de héros auprès de la maisonnée et des voisins. Il avait proposé d'héberger maître Foucher dans la loge qui lui était attribuée au rez-de-chaussée de l'appartement, ce que Mme de Tencin accepta après avoir demandé à ses domestiques de redoubler de vigilance. Un lieutenant de police devait venir le lendemain pour éclaircir les événements.

Camille s'apaisa un peu, aidée par la tisane du médecin, et demanda à Louison de lui trouver le petit sachet que son père lui avait confié lors de son départ de l'île de Ré. Ces quelques grains de plage qui crissaient sur les coquillages dentelés amenèrent un semblant de sérénité, mêlée de nostalgie. Elle s'endormit le cœur empli de soleil et de sable chaud, avec le souvenir de Gaspard, de leur complicité et leurs disputes, de ce moment hors-du-temps à l'abbaye des Châteliers où ils s'étaient embrassés après avoir lutté l'un contre l'autre, et de leur séparation un matin d'octobre quand elle l'avait vu au loin, immobile dans la petite crique.

Le lendemain, elle demanda à rencontrer M. Foucher au salon. Elle avait décidé de ne rien lui cacher et cherchait encore les mots adéquats alors qu'il entrait dans la pièce, un peu gêné de se trouver là, entre la cheminée de marbre et les meubles marquetés. Il avait la mine affreuse de ceux qui n'ont pas dormi depuis longtemps, et dont les yeux sont secs d'avoir trop pleuré. Camille n'avait aucune idée de sa réaction et redoutait cet entretien, consciente pourtant qu'il fallait s'y soumettre. Contre toute attente, le boulanger s'avança et la serra spontanément dans ses bras, ce qui fragilisa toute l'armure qu'elle s'était forgée et fit à nouveau couler ses larmes :

— Je suis désolée, tellement désolée, dit elle. Je ne voulais pas vous causer tant de peine.

— Je le sais, mon enfant, je le sais.

— Non, vous ne savez pas ! Et ce que j'ai à vous avouer est la chose la plus terrible qui soit. Je suis responsable de votre malheur, d'abord pour m'être imposée dans votre atelier pendant plusieurs mois, d'avoir par orgueil cherché à commercialiser ces maudits pains en attirant un peu plus sur vous l'attention de Guémard et d'avoir provoqué sa vengeance après une ridicule imprudence de ma part.

— Que voulez-vous dire ?

— Je l'ai bêtement suivi il y a une dizaine de jours pour en savoir plus sur ses activités et pouvoir le dénoncer aux gens haut placés qui pourraient l'empêcher de nuire, mais il m'a surprise et agressée. Alors je l'ai blessé grièvement, avec mon couteau à huîtres, termina-t-elle d'un air farouche.

— Et vous avez bien fait ! Mais cela n'a aucun rapport avec la mort de ma chère épouse et l'incendie de la boulangerie.

— Bien sûr que si ! Guémard a envoyé ses hommes pour le venger, pour m'atteindre à travers vous ! Et vous avez tout perdu !

Le flot de larmes reprit de plus belle, entrecoupés de sanglots nerveux qu'elle ne pouvait maîtriser. Pendant ce qui sembla une éternité à Camille, M. Foucher garda le silence et fixa la cheminée d'un regard vide. Elle tenta de se calmer par respect pour le vieil homme dont la souffrance surpassait grandement la sienne, et bientôt le grand salon sembla hors du temps, au son de leurs seules respirations. Quand il reprit la parole, sa voix était ferme et son regard décidé, comme si le caractère volontaire de son épouse s'incarnait en lui :

— Camille, cet événement n'a rien arrangé, je vous le concède, mais ce n'est pas la seule cause. Et il ne sert à rien désormais de chercher plus avant. Avec Mme Foucher, nous avions commencé à mettre nos affaires en ordre bien avant votre arrivée chez nous. Nous connaissions les risques à nous opposer à Guémard et sa clique, mais nous ne voulions plus être soumis à ce harcèlement constant. Ce que vous ignorez, c'est que l'un de ces criminels a un intérêt spécial à nous nuire. Il s'appelle Clément Lefevbre. C'était l'un de mes anciens ouvriers que j'avais commencé à former comme apprenti car il montrait des dispositions et une force de caractère impressionnantes pour son âge, comme vous. Mais lui était fourbe, vicieux et dénué de toute compassion. Nous l'avons traité comme un fils pendant plusieurs années avant de découvrir sa vraie nature. Et j'ai dû le renvoyer. C'est pour Françoise que cela a été le plus difficile, alors elle s'est forgé une carapace. Peut-être que son caractère vous a surprise au début, mais c'était une femme extraordinaire.

— Je sais, souffla Camille. Il ne fallait pas longtemps pour s'en rendre compte. C'était l'âme de votre maison.

— Et elle n'aurait pas voulu que je m'apitoie sur mon sort ! Cette ordure de Clément était possédé du démon et il a rejoint la milice de Guémard quand je l'ai mis dehors. L'autre a dû lui promettre la boulangerie s'il parvenait à ses fins.

— C'était lui hier, dans le magasin ?

— Oui, avec un pauvre idiot qui le suit partout. Ils nous ont torturé le corps et l'esprit. Mme Foucher a souffert mille morts de ce garçon qu'elle avait sincèrement aimé et dont elle espérait toujours qu'il reviendrait à la raison. Elle est morte dans mes bras, avant qu'ils ne nous attachent l'un à l'autre pour en finir. Au moins a-t-elle échappé à cette vision terrible de notre boulangerie dévastée par les flammes. Oui, les hommes de Guémard l'ont tuée, et ils devront payer pour ça !

— Cela aurait pu se passer autrement si je n'avais pas...

Foucher saisit Camille aux épaules et la secoua un peu rudement :

— Est-ce que vous écoutez ce que je vous dis ? Vous voyez bien que ces gens n'ont pas besoin de vous pour faire du zèle. Comme nous vous l'avons confié, vous avez été un rayon de soleil dans notre malheur et, après avoir discuté avec vous de voyage, d'océan et de grands espaces, nous étions prêts à céder l'exploitation de la boutique pour nous installer à l'extérieur de Paris, avec nos économies et la rente de la location. Mais cela n'a pas plu à cette pourriture de Guémard, qui estimait qu'on lui était redevable.

— Mais rien ne va en ce monde ? Les êtres infâmes l'emportent-ils toujours ?

— J'espère que non ! Avez-vous gardé les feuillets que je vous ai tendus hier ?

— Le portefeuille ?

Camille chercha en vain ce qu'il avait pu en advenir. Elle se souvenait l'avoir ramassé et tenu en mains quand on était venu la sauver, puis plus rien !

— Je ne me souviens plus. Tout est brumeux dans mon esprit. C'était important ?

— Nous voulions vous en parler mais nous attendions le bon moment. Nous avons fait rédiger devant notaire un document en votre faveur, au cas où il nous arriverait quelque chose. Vous avez trouvé chez mon épouse des qualités qu'elle a reconnues immédiatement chez vous : honnêteté, volonté, gentillesse et goût du travail bien fait. Comme la fille que nous aurions aimé avoir. Votre inquiétude constante à notre égard nous a confortés dans ce choix. Avec cette notion testamentaire, ma corporation voyait d'un meilleur œil que j'encadre votre apprentissage, à la seule condition, en ce qui vous concerne, de ne pas exercer à Paris. Il vous restait à signer le document. Mais tout est réduit en cendres désormais.

Camille mesurait l'immense honneur qui lui était fait, et par là-même la perte irrémédiable de ces bienfaits. Elle serra le maître boulanger dans ses bras avec affection et reconnaissance.

— Je suis tellement touchée de ce que vous me dites ! Et plus encore d'avoir gagné votre cœur, à vous et Mme Foucher. Ce souvenir sera précieux pour moi, et surpassera les affreuses expériences que je garderai de Paris.

Quand il fut parti, Camille tourna vingt fois dans sa tête les différents événements et l'issue à en attendre. Guémard et ses hommes devaient être punis et il fallait trouver un moyen d'indemniser maître Foucher pour sa boulangerie, œuvre de sa vie. Mais quand elle en parla à Mme de Tencin, celle-ci lui parut plus réservée qu'à l'accoutumée. D'une part, elle avait peu d'espoirs pour le devenir de l'artisan, qui pourrait au mieux vendre son expérience dans une autre échoppe. D'autre part, en ce qui concernait Guémard et indirectement sa sœur Mme de Morens, les choses étaient déjà allées trop loin. Il fallait désormais rester discret jusqu'au rendez-vous avec Mme de Pompadour, seul atout encore jouable, puisque le policier qui était venu ce jour classait l'affaire sans suite : le feu avait simplement pris dans le fournil. Camille en serra les poings de rage, acceptant difficilement cette corruption généralisée.

— Il reste une chose que je ne vous ai pas encore confiée, commença-t-elle dans l'espoir de faire réagir la baronne. Quand j'ai suivi Guémard chez

Mme Lise, j'ai surpris une conversation où il était question de poison – de l'antimoine, je crois – destiné à une personne qu'on souhaitait voir mourir à petits feux.

— Du poison ? Miséricorde ! Et moi qui avais peur que vous vous ennuyiez, en vous arrachant à votre île ! Mais comment faites-vous, Camille, pour vous mettre dans des situations pareilles ? Allons bon : qui était visé, d'après vous ?

— Je ne sais pas. Une jeune femme, je pense, car il était question de lui faire perdre ses attraits.

— Mon Dieu ! Pensez-vous que cela vous était destiné ?

Camille n'avait pas même eu la prétention d'y songer. Mais Guémard avait sous-entendu que sa sœur lui en voulait « à mort », pour sa relation avec Jan, pourtant bien innocente.

— Il y eut un temps, reprit la baronne, où Mme de Morens ne cachait rien de la haine qu'elle me vouait. Elle m'a menacée plusieurs fois d'ailleurs, mais je ne représente plus aucun danger pour elle désormais. Vous, peut-être. Elle doit craindre que je vous hisse au sommet de la haute société, comme je l'ai fait pour Jeanne-Antoinette aujourd'hui marquise de Pompadour, ce que j'ai refusé de faire pour elle. Vous le savez, Camille, j'aime les femmes de caractère, intelligentes et libres. Si en plus elles sont belles, cela facilite grandement les choses. Mais je ne peux souffrir le manque de valeurs, de fidélité et de cœur. Cette histoire de poison est digne d'un autre siècle ! Déjà petite, elle...

Mme de Tencin s'interrompit brusquement car un tumulte se faisait entendre dans la rue. Des voix d'hommes s'invectivaient, sans qu'on puisse apercevoir quoi que ce soit du salon. Camille se précipita à la fenêtre du boudoir car elle avait cru reconnaître une intonation familière qui avait fait bondir son cœur.

— Camille, criait la baronne, allez-vous un jour rester tranquille ? Que se passe-t-il encore ?

Mais la jeune fille n'écoutait plus. Elle courut à travers le salon, traversa l'antichambre en coup de vent et descendit quatre à quatre le grand escalier, au risque de se rompre le cou avec sa cheville fragile. Guillaume, en train de discuter avec maître Foucher, la vit passer, volant presque sur les pavés de la cour, et la suivit avant qu'elle n'aille encore aux devants de quelques malheurs. Dans la rue, deux hommes étaient prêts à en venir aux mains, un troisième cherchant à les calmer. Guillaume connaissait bien M. de Vandières, l'un des protagonistes, et son ami Ross Turner qui retenait son bras car ils étaient souvent venus présenter leurs hommages aux dames de la maison, mais il avait plus de mal à remettre l'autre jeune homme. Pourtant il l'avait déjà vu, il en était certain.

— Faquin du Diable ! criait Vandières. Vous m'en répondrez !

— Quand vous voudrez ! Je suis votre homme !

Le nouveau venu était grand, bien bâti et aurait impressionné n'importe qui par la force sauvage qui se dégageait de lui. Il portait les cheveux plutôt courts, ce qui contrastait avec les perruques des deux autres, tout comme ses vêtements simples de bourgeois à côté des gilets de soie. À ses mèches brunes, son teint hâlé, marqué par des traces de brûlures récentes, et ses yeux d'un ambre noisette peu commun, Guillaume le reconnut. C'était lui qui avait fait fuir l'agresseur de Mlle Camille la semaine précédente et qui était revenu plusieurs fois demander de ses nouvelles. De toute évidence, la jeune fille le connaissait aussi et s'appliquait à le récompenser car, à la grande surprise de tous et sous le regard outré de Vandières, elle se jeta contre lui et l'enlaça follement, comme des amants qui se retrouvent.

Thé brûlant

Ce ne fut pas une mince affaire d'expliquer qui était ce « va-nu-pieds insolent et buté comme une mule » qui osait refuser la priorité à M. de Vandières, à l'entrée du logement de Mme de Tencin. Occupé avec maître Foucher, Guillaume n'avait pas entendu le début du contentieux, qui avait passablement dégénéré sous le regard amusé de Turner. L'Irlandais trouvait tout à fait attrayant cette façon dont les Parisiens conduisaient leurs affaires, avec des courbettes pour commencer puis à coups de becs dès que cela n'allait plus dans leur sens. Vandières, habituellement calme et peu porté sur le conflit, pour la bonne raison qu'il n'en avait qu'une piètre expérience, s'était exagérément énervé contre le jeune homme qui avait l'audace de se présenter en même temps que lui sous le porche de la rue Saint-Honoré, en clamant qu'il venait voir « Camille Lemonnier ». En l'écartant sévèrement, le gentilhomme n'avait pas imaginé que ce malappris, sorti d'on-ne-sait quelle branche de la populace, répondrait sur le même ton, dans une escalade de noms d'oiseaux.

L'arrivée de Camille se jetant dans les bras du malotru acheva le spectacle auquel assistaient les badauds curieux.

Quand la jeune fille avait entendu la voix de Gaspard depuis la fenêtre du boudoir, elle s'était précipitée sans réfléchir. Tout à la joie de le retrouver, à peine se rendit-elle compte que Vandières et lui étaient près d'en arriver aux mains. Il était là, à la fois semblable à son souvenir de l'été précédent et différent. Gaspard allait avoir dix-huit ans et ces mois d'hiver, au fil des épreuves vécues, avaient transformé l'adolescent dont la carrure s'était développée en même temps que son visage se durcissait. Mais lorsqu'il reçut Camille contre son cœur, il se sentit faible comme le garçon fasciné qui la suivait sur tous les chemins de Ré.

— Qu'est-ce que cela veut dire, mademoiselle Lemonnier ? éructait Vandières comme un coq dans sa basse-cour. Vous connaissez cet odieux individu ? Je vais le faire enfermer au For-l'Évêque[1], et il aura le temps de réfléchir au respect de l'autorité !

Gaspard retrouva vite sa colère et, sans ménagement, poussa Camille de côté pour en découdre.

— Vous en êtes témoin, Turner ! glapit Vandières en reculant imperceptiblement. Ce blanc-bec m'agresse. La lettre de cachet sera longue et renseignée !

---

1. Prison royale parisienne de 1674 à 1781 (actuel 1er arrondissement), souvent destinée aux comédiens ou aux débiteurs endettés, emprisonnés par lettre de cachet sans jugement devant un tribunal. Le marquis de Sade et Beaumarchais y furent enfermés.

Camille eut l'impression de deux chiens enragés qui se disputaient une proie ridicule et s'interposa, pinçant le jeune Rétais à l'avant-bras en lui jetant un regard courroucé. Il répondit d'une moue dédaigneuse mais recula et resta calme le temps qu'elle s'explique.

— Oui, je le connais, et pour cause. C'est... mon frère !

L'hésitation avait été infime. Seul Gaspard poussa une exclamation sourde et en fut quitte pour une douleur plus vive au poignet.

— Oui, mon frère, Gaspard Lemonnier, né à l'île de Ré, comme moi. Il m'a sauvé des flammes hier, lors de l'incendie de la boulangerie Foucher. Et il est vraisemblablement venu m'expliquer ce qu'il fait à Paris, lui lança-t-elle en faisant les gros yeux, et peut-être, qui sait, prendre de mes nouvelles.

— Comme nous ! s'exclama Vandières. Nous avons dormi aux Tuileries[1] la nuit dernière et nous avons appris seulement ce matin le danger que vous avez couru. Je suis ravi de vous voir en si bonne forme, mademoiselle. Mais il n'empêche que chacun doit rester à sa place et... Votre frère, vous dites ? Il ne vous ressemble absolument pas !

— Nous n'avons pas la même mère, mais c'est compliqué. N'en parlons plus, voulez-vous ! minauda-t-elle en lui décochant un sourire. J'ai

1. Ancien palais parisien construit sur l'emplacement d'une fabrique de tuiles (1564) en partie détruit (incendie volontaire en 1871), rattaché au Louvre, qui fut habité entre autres par Henri IV, Louis XIV, Louis XV, Louis XVI et Napoléon. Les courtisans pouvaient y loger quand ils n'étaient pas à Versailles.

déjà enduré trop d'épreuves ces derniers temps pour voir se disputer deux personnes que j'apprécie, et à qui je dois tant.

Camille tenait toujours la manche de Gaspard et sentait sa résistance, alors que Vandières ne semblait pas disposé non plus à baisser pavillon. Heureusement Turner, qu'elle appréciait décidément beaucoup, prit les choses en main et fit glisser l'entretien vers un ton plus léger, que son accent égayait encore :

— Que peut bien contenir cette terre sablonneuse de l'île de Ré pour engendrer des rejetons avec un caractère pareil ? Venez Vandières, allons poursuivre cette passionnante querelle chez la baronne plutôt qu'au milieu de la rue, où tous les curieux se délectent.

Il entraîna son ami qui, avec un demi-sourire, passa le porche le premier, obtenant la victoire tant désirée dans ce combat de coqs, pendant que Camille tirait un Gaspard boudeur par la manche.

— Ton frère ? chuchota-t-il. Tu as honte à ce point de fréquenter un petit paysan, devant tes beaux messieurs ?

— Ne complique pas les choses, Gaspard, je t'en prie. Je t'ai sauvé la mise !

— Je crois que sur ce point, tu m'es plus redevable encore.

— Je sais, répondit-elle avec un regard qui le désarma.

Ils montèrent au premier étage et Mme de Tencin vit entrer dans son salon une troupe hétéroclite dont le nouveau venu, un jeune homme élancé aux iris indéfinissables, lui était totalement inconnu. Camille s'avança la première en roulant des yeux, avec des simagrées incompréhensibles que les trois autres ne pouvaient voir. La baronne s'empêcha de sourire, se redressa et se tint prête à improviser.

— M. de Vandières et M. Turner venaient nous visiter et prendre de nos nouvelles quand ils ont croisé mon frère, Gaspard, dans la rue, expliqua Camille en insistant particulièrement sur le mot « frère ». Un malentendu a entraîné la rixe dont nous avons eu écho mais tout est rentré dans l'ordre, finit-elle en souriant.

— Votre frère ? tiqua la baronne le temps d'un instant. Votre frère, bien sûr ! Je n'avais pas l'honneur de le connaître mais soyez le bienvenu, jeune homme ! Et vous messieurs, allez-vous obliger une vieille dame à se lever pour vous faire la révérence ou pourrez-vous trouver seuls de quoi asseoir vos augustes personnes ?

Vandières et Turner rirent poliment et s'installèrent sur deux fauteuils face à leur hôtesse qui dévisageait Gaspard avec insistance. Le jeune homme, assis sur le divan, sans doute impressionné par les riches tapisseries, les meubles et les bibelots dorés, se montrait emprunté et osait à peine lever les yeux. Il avait tant entendu parler de cette femme, détestée des Rétais parce qu'elle avait acquis la baronnie dans des conditions troubles, qu'il se l'imaginait monstrueuse et cruelle. Mais il découvrait qu'elle avait visage humain et que la vieillesse la diminuait beaucoup, excepté dans ce regard pénétrant qui augmenta son malaise. Mme de Tencin le jaugeait de la tête aux pieds, comme on estime un étalon qu'on est sur le point d'acquérir. Gaspard ? Il s'agissait donc du meunier amoureux. Voilà qui ferait un bon titre de roman, se dit elle, et le garçon présentait toutes les qualités d'un héros chevaleresque, beau et ténébreux, un peu brut sans doute mais ne demandant qu'à apprendre. Elle se sentit une âme de démiurge et s'impatientait à écouter Camille qui narrait avec émotion les événements de la veille aux deux gentilshommes attentifs, depuis la découverte des époux Foucher attachés l'un à l'autre, jusqu'à l'incendie destructeur. Le dénouement somme toute heureux du sauvetage de Gaspard fut salué unanimement, même si M. de Vandières y mit un peu plus de réserve.

— Et que faisiez-vous là, jeune homme, si je peux me permettre ? demanda-t-il.

Mme de Tencin s'amusait beaucoup des tensions viriles entre les deux hommes et des mimiques de Camille, enferrée dans son joli mensonge. Elle croisait de temps en temps le regard entendu de Ross Turner qui n'était pas dupe et se divertissait autant qu'elle. De toute évidence, le jeune Gaspard n'avait pas prévu d'explications collégiales, mais les réservait sans doute à des retrouvailles plus intimes avec cette « sœur » qu'il avait du mal à ne pas dévorer des yeux. Il n'eut pourtant pas le choix et expliqua d'une voix peu assurée :

— Je suis à Paris chez des parents de maître Berthelot, un drapier rochelais bien connu chez nous. Il est mort l'an passé mais sa veuve a repris ses affaires, et je suis à son service. Tous les ans, les Berthelot passent un mois dans la capitale pour faire leurs commandes de tissus et draps. Après, ils les transforment et les revendent à La Rochelle. Dame Berthelot était obligée de faire le voyage seule cette année. Alors je l'accompagne dans ses déplacements.

En parlant, il croisait et décroisait les mains sur ses genoux, ou tapotait nerveusement le tissu brodé du canapé. Camille, assise à coté de lui, s'en voulait de lui imposer cet entretien, mais il l'avait cherché avec son fichu caractère : se quereller en pleine rue avec un noble tiré à quatre épingles, quelle idée ! Il n'avait pourtant pas à rougir de sa mise, simple et seyante, lui offrant un air de jeune bourgeois apprêté, bien loin du sauvageon de son souvenir qui courait pieds nus sur les dunes.

— Je savais que Camille logeait dans ce quartier, continuait-il, et je l'ai croisée avant qu'elle ne pénètre dans la boulangerie du Palais-Royal. C'est aussi simple que ça.

Camille essayait de se voir, marchant dans les rues parisiennes, à travers ses yeux à lui : quelle image renvoyait-elle avec sa robe à freluches et ses cheveux savamment relevés ? Les mois passés à Paris lui semblèrent une éternité qui les avait presque rendus étrangers l'un à l'autre, si bien qu'elle espérait se retrouver seule avec Gaspard pour en savoir plus, tout en redoutant cette proximité.

Pierre, le valet de la maisonnée, apporta comme à son habitude un plateau de friandises et de boissons chaudes, qui amenèrent un nouveau sujet de conversation. Les tasses fumantes furent servies et distribuées aux convives pendant que Turner expliquait la culture et la récolte du thé, ce qui sembla ennuyer profondément Vandières mais passionner Gaspard, dont les connaissances sur le commerce maritime impressionnèrent Camille.

Il se glissait au bout du compte assez facilement en société, pour peu qu'on lui montrât du respect. Mme de Tencin, après avoir ouvertement profité du premier acte de la comédie, semblait soudainement soucieuse.

— Ne buvez pas, Camille ! intima-t-elle, mue par une subite impulsion.

Tous la regardèrent sans comprendre.

— Pierre, qui a préparé cette collation ?

— C'est Toinette, madame, comme d'habitude, avec son aide-cuisinière.

— Une aide-cuisinière ? Quelle aide cuisinière ?

Le domestique, habitué au caractère de sa maîtresse, semblait cependant désappointé. Se pourrait-il qu'elle ait oublié l'arrivée de l'aide-ménagère au printemps ?

— La jeune Jeannette, précisa-t-il inquiet, la nièce de Toinette, que ses parents lui ont confiée. Vous aviez accepté de la prendre à votre service.

Mme de Tencin se souvint immédiatement, montrant par un geste nonchalant que cela lui était totalement sorti de l'esprit.

— Oui, la petite Jeannette, bien sûr ! Excusez-moi, mes amis, toutes ces émotions des derniers jours me tourmentent plus que de raison. Mais, Camille, il me semblait que le docteur Quériand vous avait déconseillé le thé ou le café, me trompè-je ? Demandez donc à Louison cette tisane qui se trouve dans votre chambre, ce sera plus prudent.

Camille avait compris la peur de la baronne mais n'imaginait pas qu'on pourrait l'empoisonner au cœur de cette maison, où elle connaissait et montrait de l'affection à tout le monde. Elles échangèrent un regard lourd de sens, où se mêlaient la détermination et l'inquiétude. Camille devint pâle et se mit à trembler malgré elle, inclinant dangereusement sa tasse.

— Il me semble d'ailleurs, continua Mme de Tencin, qu'il ne vous faut pas abuser des plaisirs de la conversation après ce que vous avez vécu. M. de Vandières et M. Turner le comprendront aisément. Je souhaite au reste les entretenir de votre escapade à Versailles prévue la semaine prochaine, et nous n'avons pas besoin de vous, ma chérie.

Elle lui prit la soucoupe avec autorité et mit Camille dehors d'un geste éloquent de la main qui n'admettait aucune contestation :

— Allez ! Prenez un temps de repos à côté et revenez-nous quand cela ira mieux !

Turner et Vandières s'empressaient déjà pour la soutenir mais Gaspard fut plus prompt et, saisissant son bras, l'emmena vers la porte du boudoir que la baronne avait indiquée, et dont la voix narquoise les accompagna :

— Très bien, monsieur Lemonnier ! railla-t-elle. Prenez soin de votre sœur… comme à votre habitude !

Quand la porte de la petite pièce se referma derrière eux, la gêne n'avait jamais été si grande. Dans le silence pesant, la conversation d'à côté leur parvenait étouffée, ponctuée des exclamations de Vandières, à qui Mme de Tencin devait faire ses recommandations. Camille s'était assise un peu vite et sentait la présence de Gaspard derrière elle, immobile. Elle remarqua que, par un coup tortueux du sort, la scène reproduisait son échange avec Jan lors du premier dîner, là sur ce divan.

Cela la troubla et, pour se donner contenance, elle se releva pour ouvrir la fenêtre qui laissa entrer le chaud soleil de juin, créant une atmosphère toute différente. Quand elle se retourna, Gaspard la fixait d'un air indéchiffrable comme s'il avait suivi le cours de ses idées, mais toujours pas disposé à parler. Alors elle se lança :

— Je te remercie de m'avoir sauvée, dit-elle avec affection. Je ne sais pas ce qui serait advenu sans toi.

— Tu serais morte brûlée. En tout cas pour hier. Mais la semaine dernière, tu te serais vidée de ton sang, poignardée au milieu de la rue, et la semaine d'avant, tu aurais sans doute fini étranglée dans un coin sombre du jardin des Tuileries.

— C'était toi ? À chaque fois ?

— Qui d'autre ? Quand je suis arrivé à Paris, je t'ai cherchée. Tu vas te moquer encore : « Bien sûr, tu me cherches toujours ! », mais cette fois je t'ai trouvée facilement, et heureusement pour toi, car je me suis vite rendu compte que tu étais régulièrement pistée par des mines peu fréquentables. Alors je me suis fait discret.

— Tu aurais dû venir me voir ! Je m'inquiétais pour toi.

Elle ne savait pas pourquoi elle avait dit cela, car elle avait en fait peu pensé à lui depuis l'automne, tout occupée aux distractions parisiennes, mais elle voulait lui faire plaisir et reprenait innocemment ce jeu de séduction. Or, il avait mûri et ne semblait plus dupe. Il fronça les sourcils avec suspicion, et fit un pas vers elle.

— Tu t'inquiétais ? Vraiment ? Sais-tu ce que j'ai souffert depuis que tu es partie ? Depuis ce qui s'est passé à la fête des vendanges ? Mon père m'a fait endurer les pires misères, me rabaissant constamment. Cela n'a pas duré jusqu'à Noël. Un soir qu'il était encore plus ivre que d'habitude, je ne me suis pas laissé faire et nous nous sommes battus, sous les cris de ma mère et de mes plus jeunes sœurs. Je l'ai laissé pour mort au milieu de notre maison. Rien ne me retenait plus dans l'île.

Camille s'imaginait nettement la violence de la scène, en même temps qu'elle revivait leur dernière rencontre à l'abbaye des Châteliers, entre colère et désir.

— J'ai pris le premier bateau pour La Rochelle où j'ai cherché du travail. Pendant deux mois, j'ai déchargé des cales et rangé des entrepôts. Je ne sentais plus ni mon dos, ni mes mains. À cette période, je pensais à toi pour me donner du courage.

Il se rapprocha encore et posa sa main sur sa joue :

— À tes yeux quand tu es en colère, à ta bouche quand tu m'as embrassé. À tes seins que j'avais caressés.

— Gaspard, s'il te plaît.

— Je sais, cessa-t-il en marquant un recul. Je n'espère rien ! Et puis, ton image s'est effacée doucement, sous le poids de la fatigue et du désespoir. J'essayais en vain de retrouver ton souvenir qui me restait caché.

Il s'éloigna et s'assit sur le divan bleu, les coudes sur les genoux, observant Camille de haut en bas avec un œil appréciateur.

— Même avec ces atours trop raffinés qui feraient passer n'importe qui pour une cocotte, tu es toujours aussi belle, peut-être plus encore. Tu es plus ronde, et plus femme.

Camille rougit de colère. Il parlait avec un petit ton supérieur, un ton de connaisseur qui l'insupportait. Si c'était pour prendre cet air lubrique, il aurait dû rester chez lui ! Quel goujat ! Elle lui en voulait d'autant plus qu'elle était forcée de le reconnaître : le mode de vie parisien, les pâtisseries, les dîners copieux, l'inertie des journées passées à converser avaient sensiblement arrondi ses courbes, mais il était la dernière personne dont elle désirait l'entendre.

— Je te retrouve quand tu piétines de rage comme ça, riait-il. Je ne devrais pas te taquiner autant, car ce que j'ai appris avec toi m'a sauvé. J'étais de toute évidence plus instruit que les autres commis. En mars, sur un chargement plus lourd, l'armateur n'a pas été vigilant, mais moi j'ai compté les ballots et j'ai lu les inventaires, où j'ai trouvé une erreur de plusieurs quintaux à l'avantage de mon employeur. On m'a récompensé généreusement, puis j'ai été recommandé à dame Berthelot au printemps. Et je l'ai accompagnée à Paris où je suis là, avec toi.

— Comment as-tu pu me sauver tant de fois ? Enfin, je veux dire, tu es jeune et ces hommes étaient aguerris.

Il souleva une mèche brune qui lui barrait le front, découvrant une balafre à peine cicatrisée entre sa tempe et son sourcil droit. À éviter de le regarder en face depuis leurs retrouvailles, la jeune fille n'avait rien vu :

— Je ne suis plus le même, Camille. J'ai travaillé plusieurs mois dans un port avec la racaille. J'ai dû me battre, mais pas de ces petites bagarres qu'on organisait à La Flotte ou à Sainte-Marie, avec les gars de l'île. Non ! Des luttes sans merci, pour survivre. Plus d'une fois, j'ai dormi au milieu des rats, les côtes brisées, le visage en sang parce qu'on m'avait délogé de l'abri que je m'étais trouvé, mais j'ai appris à me défendre.

Elle vit passer dans ses yeux l'horreur et le traumatisme de ces moments, et une fureur contenue alluma son regard. Camille approcha sa main de la sienne posée sur l'assise brodée, mais il ne bougea pas et ne répondit pas à son étreinte.

— Quand repars-tu ? demanda-t-elle doucement.

— Dans quelques jours, autour de la Saint-Jean. Je ne serai plus là pour toi. Est-ce que tu as encore pour projets de te faire suivre, agresser ou brûler vive ?

— Cesse de te moquer ! Je vais rentrer à la fin du mois, ce qui devrait limiter les risques, mais je ne sais pas encore comment je me suis retrouvée au cœur de tant d'histoires.

— Raconte, intima-t-il.

Camille ne savait pas par où commencer : elle évoqua d'abord les époux Foucher, puis Guémard et sa sœur Louise de Morens, passa rapidement sur Jan Hendrick, précisa enfin qui étaient M. de Vandières et Ross Turner que Gaspard venait de rencontrer dans des circonstances particulières. Elle parla de Louison dans les termes les plus affectueux et ne cacha pas son admiration pour d'Alembert, dont le jeune Rétais n'avait jamais entendu parler.

— Tu n'as pas perdu ton temps, à ce que je vois ! Et lequel de tous ces messieurs te fait la cour ?

Ce Vandières enrubanné ? L'Irlandais avec son accent à couper au couteau ? Ou peut-être ce mathématicien qui te fascine apparemment ?

— Tous en même temps ! répondit-elle de façon cinglante. Et je te rappelle que je fais ce que je veux. Et toi, avec ta riche patronne ? Vous parlez uniquement de draps et de tissus à broder ?

— Ce n'est pas pareil ! fit-il avec la pire mauvaise foi qu'elle ait jamais entendue.

— Tiens donc ! Bien sûr ! Alors tu me permettras également de choisir librement mes attachements !

Camille s'énervait, autant pour sa façon de s'immiscer dans sa vie amoureuse que pour le demi-aveu de son commerce impudique avec sa patronne. Il avait toujours eu le don de l'agacer mais elle le manœuvrait d'ordinaire facilement. Désormais cela semblait moins aisé parce qu'il avait vécu de son coté de quoi lui donner la répartie. Ils restèrent un moment silencieux, comme deux enfants boudeurs qui ont oublié l'objet de leur dispute mais s'entêtent par orgueil. Ce fut lui qui céda et ramena la paix, d'une voix basse, en caressant sa joue :

— Camille, pardonne-moi ! Je suis jaloux, voilà tout, et tu le sais. Il y a des choses qui ne changent pas.

Elle croisa son regard tendre qui la troubla singulièrement. Il dut s'en rendre compte et sourit comme s'il avait reçu un trésor, mais n'en profita pas :

— Mais ce n'est pas seulement pour recevoir ta gratitude, ou te renouveler mes sentiments que je suis venu te voir ce matin. J'avais quelque chose à te rapporter.

Il se leva et écarta les pans de sa veste en drap gris et, d'une poche intérieure, sortit le portefeuille de maître Foucher qu'il lui tendit :

— Tu tenais ça comme une forcenée quand je t'ai sortie des flammes. J'ai pensé que c'était important.

— Oh, Gaspard !

Elle lui sauta au cou, oubliant toutes les réserves précédentes, et l'embrassa sur la joue, en se hissant sur la pointe des pieds car il la dépassait de plusieurs pouces. Instinctivement, il referma ses bras autour d'elle et caressa la fine étoffe de la robe, cherchant les formes de ce corps dont il rêvait encore trop souvent.

— Je vois que le frère et la sœur se sont parfaitement retrouvés ! fit la voix de Mme de Tencin à la porte du boudoir. Bien ! Alors, parlons sérieusement !

Pommes de terre irlandaises et oranges amères

En prenant place aux aurores sur la banquette du carrosse, Camille sentit une délicieuse nervosité s'emparer d'elle, qu'elle partagea du regard avec Louison. Elle partait chargée des recommandations de Mme de Tencin qui, ne pouvant se déplacer, lui avait appris tout ce dont elle avait besoin pour son audience privée avec Jeanne-Antoinette Poisson, marquise de Pompadour. Il ne s'agissait plus seulement d'une simple visite de courtoisie mais de la condamnation une fois pour toutes des agissements criminels de Guémard, avec preuves à l'appui. Cela serait également l'occasion de découvrir le domaine de Versailles, qu'elle n'aurait sans doute plus la chance d'admirer à nouveau. M. de Vandières, parti honorer les charges qui lui incombaient au service du roi, l'attendait déjà là-bas. Comme convenu, ce fut Ross Turner, logé pour sa part à Paris, qui tint la main de Camille pour l'aider à monter dans le véhicule puis s'installa à coté d'elle, en face de Louison. La jeune fille avait refusé la voiture privée, ne souhaitant plus être redevable à qui que ce soit et préférant payer son trajet. Il fut donc convenu de louer pour quelques livres un carrosse à quatre chevaux au comptoir de la rue Niçaise, qui ferait la route en deux heures. Vandières fit un peu le difficile : « Et pourquoi pas un Carabas ? Ou pire, le coche d'eau[1] ? Vous arriveriez à la nuit tombée, et nous serions bien avancés ! » mais Camille avait tenu bon, acceptant seulement que soit payée la dernière place disponible pour ne pas avoir à partager l'habitacle avec un inconnu.

Bercée par le ballottement des roues, Camille repensait aux tensions qui s'étaient invitées rue Saint-Honoré depuis la conversation du boudoir où la baronne, après avoir joué le ton de la plaisanterie, avait mis Gaspard en garde assez âprement : « Je ne vous remercierai jamais assez, monsieur Fournier, de ce que vous avez fait pour Camille. Pour autant, aussi difficile que cela soit à dire, vous ne pouvez compromettre sa situation ici, en affichant plus qu'une amitié sincère. » Une opposition de classes se jouait, jusque là étrangère à l'adolescente qui reconnut sa naïveté. Mme de Tencin avait proposé au jeune Rétais une récompense qu'il avait déclinée avec fierté, lui rétorquant qu'elle ferait mieux de concentrer sa bienveillance sur sa baronnie de Ré et les gens qui lui étaient

1. Carabas : surnom du Coche de Versailles qui transportait douze à seize personnes en quatre heures, dans des conditions difficiles, en référence ironique au marquis de Carabas du *Chat Botté* de Perrault, en fait un pauvre meunier.
Coche d'eau : on embarquait le matin au Pont-Neuf jusqu'à Sèvres pour finir à pieds la longue distance restante jusqu'à Versailles.

assujettis par obligation. Claudine-Alexandrine avait accusé le coup, surprise de son aplomb, avant d'objecter qu'elle plaçait de grandes espérances en Camille et qu'il devait le comprendre s'il tenait à elle. Ces échanges tumultueux s'étaient soldés par une intervention de la principale intéressée qui avait remis chacun à sa place en rappelant son libre arbitre, si bien que la séparation s'était faite de part et d'autre dans le dissentiment. La jeune fille n'avait plus revu Gaspard et ne s'était adressée à la baronne que par nécessité, pour les impératifs du voyage à Versailles. Elle ne lui avait même pas parlé du portefeuille retrouvé qu'elle avait dissimulé en attendant.

— Vous voilà bien songeuse, mademoiselle, intervint Ross Turner. Cette visite vous inquiète ?

— Non, ce n'est pas ça. Il me tarde de voir Versailles dont on me parle tant depuis que je suis à Paris, et rencontrer Mme de Pompadour est un honneur certain. Mais j'ai parfois la nostalgie de mon île, des grands espaces et d'une certaine innocence, à jamais révolue j'en ai peur. Et pour tout vous avouer, j'ai la crainte de ne pas être touchée au cœur par toute cette magnificence.

— Vous êtes bien la première Française que je connaisse à émettre ce genre de doute. En général, vos compatriotes n'ont pas assez de mots pour décrire leur fierté. Mais je dois reconnaître que cette fois, c'est justifié. Je n'ai jamais rien vu de plus harmonieux que Versailles, et la réputation des lieux a légitimement passé les frontières.

Camille sourit et admira par la fenêtre le paysage qui changeait. Après avoir longé et franchi la Seine, on avait quitté Paris pour traverser des espaces forestiers, où le soleil matinal semblait suivre le carrosse de ses rais lumineux. La route droite mais recouverte d'une caillasse irrégulière était très fréquentée car on allait beaucoup à Versailles. Des cavaliers chevauchaient ainsi à vive allure et dépassaient les marcheurs qui s'étaient lancés dans l'expédition. Il restait encore une bonne heure de trajet pendant laquelle Camille chercha à mieux connaître Ross Tuner. Le gentilhomme irlandais était toujours avenant, serviable et non dénué d'un humour incisif, mais elle le savait aussi homme d'affaires et aventurier à ses heures. Elle avait compris au gré des conversations qu'il négociait pour des intérêts anglais, tout en clamant ses origines irlandaises, nettement plus en faveur en France depuis les soulèvements jacobites[1] des années précédentes. Turner semblait jouer dans plusieurs pièces, sans que Camille puisse démêler qui il servait vraiment. Mais il restait certain que Vandières le respectait beaucoup et le considérait à la fois comme un diplomate et un combattant hors-pair.

— Dites-moi si je suis indiscrète, demanda Camille, mais que faites-vous à Paris ?

— Je visite. Et je découvre cet animal incroyable qu'est le Français ! répondit-il en riant, avec cette moue qui lui faisait pincer les joues et pétiller les yeux.

---

1. Rébellions qui ont secoué l'Irlande et l'Écosse contre le pouvoir anglais, de la fin du XVIIe siècle à 1746, pour la restauration sur le trône des Stuart catholiques (au départ Jacques Stuart, d'où le terme jacobite). La France a soutenu les jacobites.

Âgé d'une trentaine d'années, les cheveux noirs ondulés lui descendant jusqu'à la mâchoire, il avait une bouche longue et expressive qui lui donnait du charme et devait infiniment plaire à la gent féminine. Il avait troqué ses bottes et ses habits de voyageur pour une tenue de courtisan de soie bleu nuit, élégante et sans surcharge de dentelles.

— Accessoirement, ajouta-t-il en soupirant, je remplis également une mission qui s'éternise un peu, à mon grand regret, mais qui m'a au moins permis de vous connaître, vous et cette surprenante lady qui vous loge. Voyez-vous, mademoiselle, votre île vous manque, et la mienne aussi. J'ai une épouse qui m'attend, que je n'ai pas revue depuis plus de deux ans, et deux enfants que je connais à peine.

Camille et Louison soupirèrent en même temps et durent offrir un bien malheureux spectacle car il cessa de parler et les fixa d'un air interrogateur.

— Vous êtes souffrantes ?

— Non, mais c'est terriblement triste, répondit Louison dont le menton tremblait.

— Certes, sourit-il, mais ma femme Elizabeth ne m'aime jamais autant qu'après une longue absence. J'ai besoin d'aventures et elle d'indépendance : nous nous entendons parfaitement sur l'essentiel. Elle dirige notre domaine et nos affaires en Irlande d'une main de maître et, avec elle, nos champs sont bien tenus et les récoltes abondantes, bien mieux que si je m'en occupais, je vous l'assure !

— Et pendant ce temps, vous courez le monde ?

— Et pendant ce temps, je cours le monde, répéta-t-il pensif. Mon histoire familiale ne m'a pas laissé beaucoup le choix. Je suis le fils d'une noble irlandaise et d'un lord anglais, union contre nature s'il en est entre une catholique et un protestant. Mais il faut croire que l'amour a ses raisons.

— Votre femme est protestante elle aussi ?

— Mon dieu, non ! C'est une farouche Irlandaise catholique ! Cela ne me facilite pas toujours les choses avec l'autorité anglaise, mais c'est ce qui fait prospérer notre domaine. C'est elle qui commande nos métayers, organise la vie de nos gens et décide des cultures. Elle est l'une des leurs, ce qui est parfois plus complexe pour moi.

Il se tut un instant, et sourit au souvenir de son épouse qui prenait aux yeux de Camille et Louison l'existence presque mythique des grandes figures féminines. Turner, visiblement heureux d'évoquer sa famille et son domaine, suivait son idée :

— Elizabeth fait des recherches et choisit même les nouveaux plants à semer. Tenez, vous qui vous intéressez à la cuisine, Camille, connaissez-vous la pomme de terre ?

— À peine, glissa la jeune fille un peu gênée, je crois que c'est réservé aux cochons.

— Aux cochons ? Ignorants et dédaigneux Français ! Pourtant, moi qui suis aussi marin par nécessité et qui sais combien sont rares les denrées que l'on peut embarquer longtemps, je peux vous assurer que c'est la récolte la plus étonnante qui soit, offrant des surprises gustatives si peu qu'on s'y intéresse. Les sols humides[1] de mon pays s'y prêtent bien et c'est ce que mes paysans cultivent

1. Pomme de terre irlandaise : originaire des Andes, la pomme de terre arrive en Europe au XVIe siècle mais remporte peu de succès, si ce n'est en Irlande au XVIIIe siècle où

en plus des céréales. Il faut vous y intéresser, je vous l'assure !

— C'est pour cela que vous êtes à Paris ?

— Pour la pomme de terre ? Non ! Mais c'est une idée à creuser ! Je suis ici pour une raison commerciale : si je parviens à faire signer cette entente entre la France et l'Angleterre sur la production de thé en Chine, et ce malgré les tensions politiques, je ne serai plus redevable au gouvernement anglais et je pourrai rentrer m'occuper de mes terres, et reconquérir mon épouse, ce qui s'avérera sans doute la tâche la plus ardue. Vandières, que je connaissais par ailleurs, a parlé en ma faveur, si bien que j'ai moi aussi un rendez-vous important aujourd'hui.

— En fait, vous nous escortez par intérêt ? le taquina Camille.

— Exclusivement ! Sinon à quoi bon voyager avec deux jeunes filles charmantes dans un carrosse confortable ?

Ils continuèrent à plaisanter, Turner racontant encore sa vie en Irlande, son ascendance compliquée, ses exploits de bretteur et le caractère infernal de sa femme dont il était de toute évidence très amoureux, de sorte qu'ils arrivèrent aux portes de Versailles sans s'être rendu compte du temps écoulé. Quand la voiture ralentit, Camille et Louison passèrent leur tête à la fenêtre pour découvrir une grande avenue[1] bordée d'arbres qui

---

les conditions sont réunies pour la culture et où ses intérêts alimentaires permettent de nourrir une population affamée.

1. Avenue de Paris : construite sous Louis XIV pour accéder au château de Versailles sous une belle perspective.

offrait une perspective incroyable sur le château. Jamais elles n'avaient vu un bâtiment d'une telle ampleur et dont les proportions s'accordaient si bien entre elles. Sur la place d'armes où le carrosse les déposa, elles restèrent immobiles à admirer les ornementations en plomb doré qui brillaient au soleil, au-dessus des toits en ardoise. Le temps estival formait comme un écrin pour la blancheur des pierres et le ton soutenu des briques, sertis du reflet des bassins et de la fraîcheur des bosquets qu'on devinait un peu plus loin. Camille doutait que cela puisse être réel.

Comme ils étaient un peu en avance pour leurs rendez-vous respectifs, Turner proposa une promenade dans les jardins, dont il vanta le style à la française, les ornements somptueux et les jeux d'eau. Ils contournèrent le château à gauche, en direction du sud par le chemin de Saint-Cyr. M. de Vandières, qui guettait leur arrivée, les attendait à l'entrée jouxtant les grands bâtiments de l'Orangerie. Il salua, fit un rapide examen de la physionomie générale de la petite troupe et sembla rassuré. Camille portait une robe claire légèrement rosée, où les motifs champêtres, fleurs et feuillages vert amande, amenaient une fraîcheur à la fois élégante et discrète, en soulignant la couleur de ses yeux. Elle était d'un naturel charmant qui séduirait sans faire ombrage, ce que Vandières reconnut comme la patte de Mme de Tencin. La vieille salonnière n'avait rien perdu de son jugement.

Quatre années de terrassement furent nécessaires pour ouvrir la butte de Montbauron qui en cachait la vue.

Camille et Louison s'extasièrent devant la beauté de l'Orangerie et surtout sur les milliers d'arbres, orangers, grenadiers ou myrtes exposés sur les parterres dont la symétrie apaisante montrait l'harmonie parfaite entre la main de l'homme et la nature.

— C'est incroyable ! admira Camille en passant près des orangers en fleurs. Quel dommage que cela ne soit plus la saison des fruits, car je n'ai jamais vu ou goûté d'oranges. J'ai senti l'eau de fleur d'oranger chez Mme de Tencin, mais rien de plus !

— On m'en a offert une il y a quelques années, intervint Louison, que mon bienfaiteur avait ramenée de Perpignan où on les cultive. C'était assez amer.

— Celles de Versailles sont des oranges douces, qui régalent la cour pendant les mois d'hiver, précisa Vandières. Vous avez dû goûter le fruit du bigaradier, mademoiselle Louison, qui pique désagréablement et qu'on nomme « orange amère » bien justement.

Par sa charge à la direction générale des Bâtiments et des Jardins, le gentilhomme était un guide formidable dont les connaissances passionnèrent ses auditeurs. Quand le petit groupe arriva en haut des marches qui dominaient le domaine, il laissa chacun profiter du ravissement vertigineux de la vue en espaliers sur les fontaines et les espaces verts. Près du bassin central de Latone, représentée au milieu d'incroyables jets d'eau avec ses enfants Apollon et Diane, Camille se sentit étourdie par tant de beauté et demanda un peu d'ombre pour se reposer. M. de Vandières les conduisit au sud vers le Bosquet de la salle de Bal, imaginé par Louis XIV, grand amateur de danse. C'était une esplanade bordée de coquillages et de pierres de meulière, sur lesquels l'eau ruisselait en cascade, amenant la fraîcheur dont la jeune fille avait besoin. Louison et Camille s'installèrent à l'écart sur les gradins en demi-cercle, tandis que les deux hommes conversaient un peu plus loin, sous une allée d'arbres. Il furent bientôt rejoints par un groupe de courtisans, tout de dentelles et de soies vêtus, qu'ils saluèrent avec dévotion. Turner dit quelques mots, encouragé par M. de Vandières, puis fit une profonde révérence.

— Cela doit être des gens importants, commenta Louison.

Camille avait fermé les yeux pour échapper au tournis qui martelait ses tempes et les rouvrit avec difficulté. Elle vit la troupe s'éloigner, sorte de petite ribambelle qui lui évoqua un groupe de canards endimanchés. Mais soudain, au milieu des hommes en bel habit et des femmes aux robes raffinées, elle reconnut la silhouette gracieuse mais dangereuse de Mme de Morens, qui parlait fort et jouait nonchalamment avec son éventail. Seule dame à porter ses cheveux naturels dans le cortège, au milieu des perruques et des postiches, elle était d'une beauté époustouflante pour qui ne connaissait pas sa méchanceté et son acrimonie. Vandières l'avait vue lui aussi et leur échange de salut fut bref et d'une froideur éloquente.

— Que vient-elle faire là ? cria-t-il en revenant vers les jeunes filles. Elle aura réussi à se faire inviter à Versailles plus vite que je n'aurais cru, et lors de la promenade du roi ! Il est grand temps d'agir !

— La promenade du roi ? demanda Camille qui commençait à réaliser.

— N'avez-vous pas vu Louis le Bien-Aimé[1] nous adresser la parole à l'instant ? fit-il visiblement déçu. C'est un honneur qu'il nous a fait devant la cour, et j'ai pu présenter M. Turner. Vous étiez trop éloignée, et il m'aurait été impossible de vous héler comme une marchande des Halles.

— Bien sûr ! C'est préférable ainsi, car comment auriez-vous pu me présenter ?

— Comme l'invité de ma sœur ! Ne doutez pas que son nom ait un pouvoir immédiat !

Vandières était simple et accessible par moments, baissant sans doute un peu la garde, mais reprenait par sursauts cet orgueil de la haute société où il avait encore tout à prouver. Il était visiblement inquiet de la présence de Mme de Morens et s'assura qu'elle n'avait pas aperçu Camille.

— Je ne crois pas, dit-elle. J'étais en retrait et elle était occupée à discourir et à séduire tout ceux qui l'entouraient.

— La marquise de Pompadour doit déjà être informée de sa présence. Allons de ce pas la retrouver, mais évitons de croiser à nouveau la route de cette hétaïre ! Turner, je vous laisse rejoindre le cabinet du secrétaire d'état. N'oubliez pas de glisser que le roi vous a salué, si l'information n'est pas encore parvenue en haut lieu, mais j'en doute.

1. Surnom donné à Louis XV en 1744, à la suite de sa maladie à Metz, lors de la guerre de succession de l'Autriche. Le royaume entier prie pour sa guérison dont un chanoine messin qui le nomme Bien-Aimé dans son sermon.

Donnons-nous rendez-vous sur la place d'armes vers 18 heures, si cela vous va.

— C'est entendu ! Que Dieu favorise nos projets !

Pendant que Turner s'éloignait au sud, Vandières entraîna à l'opposé Camille et Louison qui reprirent le grand escalier extérieur pour arriver à hauteur du château. On approchait midi et Camille savait bien qu'elle pouvait mettre son léger malaise au compte de la faim qui lui tiraillait le ventre. Elle n'osa pas demander la moindre collation car il lui semblait que les courtisans, quand il était question d'étiquette, développaient une résistance hors du commun, se privant de sommeil, de nourriture, ou acceptant de loger dans de minuscules espaces, selon la volonté du roi. Ils entrèrent à l'intérieur des bâtiments et se trouvèrent rapidement dans une galerie aux dimensions incroyables dont les nombreuses fenêtres cintrées, placées en vis-à-vis d'arcades ornées de miroirs dorés, ouvraient sur les jardins qui s'y réfléchissaient à l'infini. Camille suivit son reflet de panneaux en panneaux, comme si une étrangère élégamment vêtue l'accompagnait du regard sous les voûtes peintes de motifs allégoriques.

— C'est la galerie des Glaces, expliqua Vandières. Elle a remplacé une ancienne grande terrasse ouverte aux vents, pour le plus grand bien des courtisans et des visiteurs, et à la gloire de Louis le quatorzième.

Camille fut prise d'une irrépressible envie de courir sur toute la longueur de la pièce qui, à la lumière de midi, lui fit l'effet des grandes plages du sud de l'île de Ré. Elle n'en fit évidemment rien mais l'idée seule lui amena au visage un sourire radieux qu'elle offrit à tous ceux qui la croisaient. Dans l'aile nord, ils passèrent encore dans des pièces grandioses qui, au fur et à mesure qu'ils progressaient, devenaient des couloirs ouvrant sur des escaliers étroits. Certains endroits sentaient particulièrement mauvais, ce que Vandières expliqua par la présence de « cabinets d'aisance » publics, censés empêcher les visiteurs de prendre des libertés encore plus pestilentielles dans les recoins du château. Camille demanda l'autorisation de s'y arrêter, ce que le jeune noble consentit en agitant ses poignets de dentelles devant son nez et en précisant qu'il attendrait un peu plus loin avec Louison.

La chaise percée ressemblait beaucoup à celle qu'on utilisait chez Mme de Tencin même si la propreté en était plus douteuse. Camille ne fit pas sa mijaurée, et utilisa le linge brodé mis à disposition qu'elle jeta ensuite dans une corbeille. À l'aide d'un broc laissé là, elle fit couler un filet d'eau fraîche et parfumée dans un bassin et y plongea ses mains avec satisfaction. Elle tamponna son cou et ses avants-bras et s'observa rapidement dans un petit miroir accroché au-dessus d'une console. Avant de rejoindre ses amis, elle chercha ses gants qu'elle avait encore posés on-ne sait-où et fut prête à y renoncer quand une voix l'interpella :

— Est-ce cela que vous cherchez ?

Sans la regarder, Camille reconnut le timbre hautain de Mme de Morens qui tenait ses gants déchirés à la main. La fine dentelle n'avait pas résisté à sa poigne rageuse.

— Croyez-vous que je ne vous ai pas vue tout à l'heure dans les jardins ? Vous étiez aussi assortie au lieu qu'un ânon dans une école ! J'ai presque eu pitié de vous !

Elle s'approcha menaçante, forçant Camille à reculer contre un mur caché aux regards.

— Vous avez agressé mon frère de la pire façon, et je vais vous le faire payer. Quelle étrange ironie, n'est-ce pas, de vous retrouver ici, dans l'odeur de la fange d'où vous êtes issue.

Elle avait saisi le visage de Camille sous le menton et la forçait à la regarder, en serrant sa mâchoire de plus en plus fort. Elle s'approcha tout près, une lueur vicieuse dans les yeux :

— C'est vrai que vous êtes ravissante, mais qu'en restera-t-il après quelques estafilades là, là, et là.

Elle accompagnait ses mots de griffures légères qu'elle ponctua d'un baiser menaçant sur la commissure des lèvres de Camille, totalement sidérée. Elle mordit soudain cruellement la joue tendre de la jeune fille puis partit d'un rire atroce :

– Pauvre petite chose innocente et pure ! Il me tarde déjà de vous revoir.

Elle s'éloigna enfin, laissant Camille tremblante et pantelante. Essuyant ses larmes d'un revers de manche rageur, elle prit quelques minutes avant de rejoindre Vandières et Louison. Ils la virent arriver avec un mouchoir humide sur la partie gauche du visage, prétextant qu'elle s'était cognée de la plus idiote des façons. Elle avait trop honte pour en dire plus. Ils ne posèrent pas de questions et reprirent leur marche dans les détours du château, Vandières commentant toujours la visite comme si de rien n'était. Au milieu d'un escalier interminable, il expliqua :

— Ma sœur s'épargne la corvée des marches grâce à une « chaise volante[1] » qu'elle a gardée de l'ancienne occupante des lieux. Elle s'assoit et, par le jeu de contrepoids sur une poulie, elle accède au premier étage sans fatigue. Vous verrez que son appartement est d'un grand confort, juste au-dessus de ceux du roi.

Louison prit l'air intéressé mais jetait des coups d'œil inquiets sur sa jeune maîtresse qui marchait comme une somnambule prisonnière d'un affreux cauchemar. Enfin, tous trois arrivèrent sur un palier qui desservait plusieurs pièces. M. de Vandières installa les jeunes filles dans une antichambre, promettant qu'il viendrait vite les chercher.

— Je suis morte de faim, se plaignit Louison dès qu'il fut parti.

— Moi aussi, répondit Camille par réflexe, mais sans aucune intonation.

La jeune servante continua sur ce sujet qui passionnait habituellement son amie :

— C'est incroyable dans une bâtisse pareille qu'on n'ait pas vu une cuisine, ou au moins une table garnie. Il paraît que les offices sont à l'écart pour éviter les odeurs mais ces gens mangent bien quand même ! Ah ça, c'est beau et rutilant, mais

1. Sorte d'ascenseur avant l'heure, hérité de la duchesse de Châteauroux (ancienne maîtresse du roi, elle aussi choisie par les bons soins de Mme de Tencin) qui occupa les appartements avant la marquise de Pompadour. Plus tard, la chaise volante fut envoyée à Fontainebleau.

si on n'a rien à se mettre sous la dent, il manque quelque chose : j'ai connu des auberges plus...

— Plus accueillantes ? fit une voix grave derrière elles.

Elles se retournèrent brusquement et découvrirent un homme de grande taille, à la physionomie agréable qui sortait par une petite porte dérobée en trompe-l'œil dans la tapisserie. Il était richement vêtu et semblait bien connaître les lieux.

— Pardon monsieur, nous nous croyions seules, s'excusa Camille qui tenait toujours le mouchoir sur sa joue. Nous attendons une audience avec Mme de Pompadour.

— Et vous avez faim, j'ai bien compris ! Versailles a nourri vos yeux mais pas assez pour que vous en oubliiez vos estomacs. Je vous aurais volontiers conviées au petit couvert, mais les autres convives crieraient au crime de lèse-majesté.

Il se mit à rire d'une plaisanterie que lui seul semblait comprendre et se dirigeait déjà vers l'escalier quand la porte tapissée s'ouvrit à nouveau, laissant passer une très belle jeune femme que Camille reconnut pour être Mme de Pompadour :

— Sire ! Pardonnez moi, dit-elle, je vous croyais déjà parti.

— Je m'en vais, ma très chère, mais vous me ferez le plaisir de nourrir ces donzelles, dont j'ignore l'identité, mais qui ont le toupet de se plaindre de Versailles ! C'est un comble !

Et le roi quitta les appartements de sa favorite, sur un ton où l'on ne démêlait pas la colère de la moquerie. Louison était mortifiée de sa bévue, mais surtout paniquée par l'état de Camille qui présentait une joue clairement mordue au sang.

Pourtant, Mme de Pompadour ne sembla pas s'en formaliser et les salua courtoisement :

— Voilà donc notre demoiselle de Ré, dont mon frère me parle tant. Il attend dans le Grand Cabinet que je vous accueille. Suivez-moi !

D'un mouvement élégant que soulignait la coupe ajustée de sa robe, elle leur fit signe et traversa une petite pièce, avant d'entrer dans un salon très lumineux qui s'ouvrait sur les jardins. La vue sur le parterre et la forêt au loin était magnifique et apaisante, et Camille s'assit avec soulagement sur le fauteuil qu'on lui offrait, cherchant à rassembler ses idées. Elle sentait la présence rassurante de Louison, restée en retrait. Après les évènements de la journée, de la cruauté infâme de Mme de Morens au mécontentement du roi, l'audience ne pouvait débuter sous de pires augures.

Le sorbet de cerises

— Que vous est-il arrivé à la joue ? demanda la marquise sans circonvolutions.

Elle s'était installée sur l'un des fauteuils cabriolets tapissés de soie vert d'eau en tapotant sa robe dont le corsage, brodé de gros nœuds incarnadins, ressemblait à une boîte de dragées. Camille faisait bonne figure depuis leur entrée dans la pièce, mais elle avait conscience de la marque rouge qui lui causait une douleur térébrante.

— J'ai fait une mauvaise rencontre, répondit-elle les larmes aux yeux. Votre frère vous a sans doute dit que Mme de Morens était à Versailles. Je viens de la croiser dans un couloir. Elle m'a menacée.

— C'est elle qui vous a mordue ? s'offusqua Mme de Pompadour.

Camille acquiesça et toutes ses bonnes résolutions flanchèrent : elle sentit son menton trembler, son nez se pincer et les larmes rouler jusqu'à son menton. C'était une attitude naturelle mais tout à fait incorrecte, qui sembla mettre M. de Vandières mal à l'aise. Il devait regretter d'avoir introduit une pleurnicheuse, incapable d'éviter les chausse-trapes.

— Allons ! Allons ! consola la marquise sur un ton maternel. Ne laissons pas cette vilaine marque sur votre joli visage. Mme du Hausset[1], pourriez-vous aller chercher des compresses et de l'eau de Hongrie[2] ?

La femme de chambre s'exécuta et revint avec une eau odorante qui piquait terriblement, mais la jeune fille supporta en silence les soins prodigués pendant que Vandières rappelait les derniers évènements.

— Nous y voilà, conclut Mme de Pompadour. Voyez-vous, mademoiselle Lemonnier, cette morsure ne m'étonne guère, car j'ai eu à subir ce genre de sévices de Mme de Morens dans notre enfance. Mon frère vous a peut-être renseignée sur nos vieilles connaissances mais il vous manque certains éléments sans doute, qui resteront entre nous. Je souhaite avec votre aide établir la culpabilité indubitable de ces deux démons avant de m'en ouvrir au roi, car d'autres pouvoirs entrent en jeu.

Camille, la joue en feu, promit sa discrétion et se porta garante de Louison qui fulminait en silence sur la pharmacopée discutable de la favorite du roi.

---

1. Nicole Collesson, dite Nicole du Hausset (1713-1801), est la première femme de chambre de Mme de Pompadour. Elle a laissé des Mémoires dont l'authenticité est parfois mise en doute.

2. Eau de Hongrie ou Eau de la Reine de Hongrie : à base de romarin, d'eau de rose et de fleur d'oranger, elle est présentée comme un remède et un élixir de beauté, d'après la légende la reine de Hongrie qui aurait retrouvé sa jeunesse avec elle. Cette eau est très en vogue aux XVIIe et XVIIIe siècles, comme en a témoigné Mme de Sévigné dans ses lettres.

— Abel-François et moi-même avons été élevés à Paris et il ne fait secret pour personne que notre père non seulement n'était pas de noble naissance mais dut aussi s'exiler pour échapper à quelques condamnations, si bien que nous avons grandi auprès de notre mère, Mme de la Motte, qui avait parfois mieux à faire. J'ai rencontré Mlle Tourange au couvent des Urselines de Poissy alors que nous avions sept ans. C'est l'âge où se créent des liens forts si l'on se trouve des points communs et, comme moi, Louise avait un père bourgeois, M. Tourange, et une mère d'une famille plus élevée, les Guémard de Morens. Mlle Tourange fut ainsi la première amie avec qui je partageais tout : elle était intelligente et inventive, bien que son esprit sournois m'inquiétât parfois. Et je me souviens qu'elle mordait et griffait dès que quelque chose la contrariait. Le monde devait se plier à ses lois.

Camille perçut de la nervosité chez la jeune femme que ses souvenirs troublaient ostensiblement. Mme de Pompadour avait vingt-six ans, un teint d'albâtre et des mouvements de danseuse qui évoquaient la souplesse d'un jeune chat. En tant que favorite du roi, elle occupait une place enviable, mais il rôdait comme un danger, semblable à l'épée de Damoclès, éloignant l'idée même de sérénité. Cela jouait sans doute sur sa santé car Camille la trouva un peu cernée.

— Quand ma mère me retira du couvent, continua-t-elle, Louise et moi nous fîmes des adieux déchirants et elle promit de me revoir très vite. Je ne sais comment elle s'y prit mais je la retrouvai jeune adolescente dans la société parisienne que fréquentait ma mère, où évoluait également Mme de Tencin. Je fis alors connaissance de son frère jumeau Philippe Tourange, que vous connaissez mieux sous le nom de Guémard. Tout comme elle, il était d'une grande précocité, mais tournée vers le mal et la nuisance, et il ne s'en cachait pas. Car dans certains milieux, cela peut passer pour une qualité.

M. de Vandières était très peu intervenu depuis le début, remuant imperceptiblement la tête pour confirmer ce que racontait sa sœur qui reprit son récit :

— Abel-François était plus jeune, fit-elle en le regardant, mais ils les a bien connus à cet âge-là. Ma mère baignait dans le milieu de la haute finance parisienne et nous faisait éduquer comme de jeunes nobles, ce qui entraîna une sorte de compétition constante avec les deux Tourange, mais nous étions jeunes et portés sur l'amusement et la découverte. Cela pouvait passer pour de l'émulation. Abel n'était pas insensible d'ailleurs aux charmes nombreux de Louise de Morens. Qui ne l'est pas, me direz-vous ? Au bout du compte, je ne pourrais vous dire quand cela a basculé. Il y avait beaucoup d'argent de part et d'autre. L'argent amène le pouvoir, et le pouvoir l'argent. Leur père était financier et avait profité tout comme nous de l'ascension des frères Pâris[1].

1. Quatre frères, fils d'un simple aubergiste du Dauphiné, deviennent les plus grands financiers de Paris et se rendent indispensables, avec un réseau de relations dans les plus hautes sphères du royaume. Ils auraient contribué à placer Mme de Pompadour dans les bras du roi, pour continuer à exercer de l'influence.

— Vous avez dû entendre parler du clan Pâris, ajouta Vandières un peu gêné des confidences sur ses premières amours. Jean Pâris de Monmartel, qui a été nommé banquier de la cour, est aussi notre bienfaiteur et le parrain de ma sœur.

Camille montra qu'elle n'en savait rien ce qui, de façon surprenante, sembla contenter ses interlocuteurs qui échangèrent un regard d'intelligence. Ils semblaient craindre qu'elle soit elle aussi une ambitieuse effrénée, et s'en trouvaient donc rassurés.

— C'est un homme d'une grande influence et de bon conseil, précisa la marquise, à qui je dois beaucoup de ma situation. Il connaît les Tourange et, après les avoir accueillis, il a compris que leurs qualités n'étaient que défauts et calculs déguisés, et les a écartés il y a quelque temps. Ils ne l'ont pas supporté, et les relations se sont envenimées.

Elle s'interrompit à nouveau et fit un signe à sa femme de chambre :

— Je parle sans discontinuer mais j'ai cru comprendre que vous aviez faim et le roi m'a chargée de vous sustenter. On va nous apporter quelques douceurs.

Mme du Hausset revint, suivie d'une servante mieux vêtue que n'importe quelle grande bourgeoise rétaise, qui déposa un large plateau, fit une révérence et sortit de la pièce, après avoir jeté un rapide regard à Camille. Le plateau était garni de coupes au contenu coloré qui intriguèrent immédiatement la jeune fille.

— Ce sont des sorbets, expliqua Mme du Hausset, la femme de chambre. Cela semble approprié avec le temps qu'il fait dehors, mais j'ai également fait demander des boissons chaudes pour vous, madame, dit-elle à sa maîtresse.

Camille n'avait jamais mangé de sorbets et cette seule idée lui rendit sa bonne humeur. La glace était pilée avec des cerises fraîches pour les coupes rouges mais elle ne put déterminer le parfum des coupes jaunes. Mme de Pompadour suivit son regard :

— Ce sont des dés d'ananas en sirop. Jean Pâris, que nous venons d'évoquer, les fait pousser sous serres chaudes et ma cuisinière les conserve dans cet extrait de sucre pour les mois d'été. Goûtez, c'est exquis !

— Pardonnez ma curiosité mais les nouvelles saveurs me passionnent et je m'interroge sur cette glace. J'en ai rarement vu à l'île de Ré car les hivers sont relativement doux, mais je sais qu'il est impossible de la conserver.

— Impossible oui, mais pas à Versailles ! intervint fièrement Vandières. Elle provient des pièces d'eau du parc que l'on casse par grande froidure, puis se conserve dans les profondes glacières[1] du domaine.

— C'est délicieux ! se régala Camille, qui en oubliait presque pourquoi elle était là.

La marquise sourit avant de s'excuser, une main à plat sur son bustier :

— Je ne vous accompagne pas dans cette dégustation, pardonnez-moi, mais les dîners qu'on

1. Glacières de Versailles : gigantesques puits de 10 à 30 mètres de profondeur protégés par de la paille, où l'on gardait la glace pour les sorbets, mais aussi pour conserver les aliments ou lutter contre la fièvre.

m'impose sont très copieux, et le roi aime voir la cour se régaler, si bien qu'en journée, je n'ai plus d'appétit pour rien.

La mouche qu'elle portait au dessus des lèvres accentua sa moue de dégoût et rendit la grimace presque enfantine. Elle s'amusait de voir Camille lever les yeux au ciel à chaque nouvelle bouchée, comme pour remercier une puissance invisible.

— Mais dites-moi, mademoiselle Lemonnier, une chose m'intrigue : comment avez-vous rencontré Mme de Tencin ?

Camille ne se fit pas prier pour raconter la promenade sur le port de Saint-Martin, la correspondance suivie pendant plusieurs années et l'invitation parisienne. La marquise écoutait attentivement :

— Je vois que vous avez de l'affection pour elle. C'est une bonne chose car elle est isolée désormais. Elle a toujours apprécié les jeunes filles vives et nous avait prises sous son aile, Louise et moi. Elle n'a pas son pareil pour mener une conversation mais avec l'âge, elle savait qu'il fallait étendre la portée de son bras. Ne pensez pas que je sois cruelle, mais la vie nous pardonne peu de choses, à nous les femmes, et nous devons profiter de nos atouts.

— Il me semble l'entendre parler, remarqua Camille.

— Alors vous ne serez pas choquée par mes propos. Mme de Tencin nous observait comme on place des pions sur un échiquier : Louise Tourange était plus belle que moi, et quand elle a pris le nom de sa mère pour devenir Mme de Morens, les hommes se prosternaient à ses pieds, sans chercher à en savoir plus sur son compte. Le pouvoir que prenait son frère dans l'ombre multipliait les réseaux et les influences. C'est elle qui aurait dû être présentée au roi, et je sais qu'il y eut de nombreuses soirées où ce choix fut débattu. Mais sans crier gare, Mme de Tencin changea tout à fait sa position et me montra de l'intérêt. Vous comprenez la haine qui s'est fait jour et la reconnaissance qui est la mienne.

— Mais quel est mon rôle dans cette intrigue ? interrogea Camille. Je n'ai pour seul projet que de rejoindre mon île pour créer ma boulangerie, et voler de mes propres ailes.

— Cela, Mme de Morens et M. de Guémard ne peuvent le croire. Ils ne connaissent que l'ambition démesurée et l'opportunisme. Pour eux, vous êtes le nouveau jouet de la baronne, et vous entravez leur chemin, d'autant plus que vous avez empiété sur la seule faiblesse de Louise, son beau Hollandais au double jeu. Je ne vous cache pas que mon frère vous a approchée pour en savoir plus et juger du danger que vous pourriez représenter mais il m'a dit que vous étiez « différente ».

— Pardonnez-moi, mademoiselle, reprit Vandières, si j'ai usé de quelques stratagèmes, mais il le fallait. Aujourd'hui Mme de Morens se balade librement à Versailles et Guémard fait la loi dans les beaux quartiers de Paris : il nous faut mettre un terme à cela.

Camille essayait de faire tous les liens et en revenait toujours au même point.

— Vous m'avez utilisée comme appât ?

— Jamais ! s'écria immédiatement la marquise qui se tut aussi rapidement, car la servante bien vêtue venait à nouveau d'entrer dans la pièce, avec le service de boissons chaudes destinées à soulager l'estomac fragile de la favorite.

Quand elle fut sortie, la jeune femme reprit :

— Vous comprendrez que je ne souhaite pas que des oreilles indiscrètes nous entendent converser ainsi, sans voile. Je vous fais le serment que nous ne vous avons pas utilisée, Camille, mais nous vous avons observée, l'échiquier a bougé et les circonstances ont été favorables.

Elle continuait à parler tout en se servant une tasse d'une infusion très sombre qu'elle sucra abondamment. Camille aurait pu répliquer qu'être suivie, agressée et brûlée n'avait rien à voir avec ce qu'on pouvait appeler des « circonstances favorables » mais elle ne dit rien. En fait, depuis quelques minutes, elle n'écoutait plus car toute son attention s'était portée sur la silhouette de la servante qui ne lui était pas inconnue. Grande, brune et ténébreuse : c'était la maîtresse de Guémard, la femme nue dans les draps de la maison close, la troisième tête du cerbère !

— Camille, vous vous sentez bien ? demanda la marquise tout en reposant sa tasse fumante. Soyez sûre que vos épreuves trouveront récompense et...

— Chut ! Taisez-vous !

Personne ne lui avait parlé ainsi depuis longtemps et elle en suffoqua. Camille se leva et alla vérifier les issues du salon. En passant, elle chuchota à l'oreille de Louison qui se posta devant la porte principale.

— Allez-vous vous expliquer ! s'indigna la marquise.

— Mademoiselle Lemonnier, que se passe-t-il ? surenchérit Vandières.

Camille les aurait bien laissés tous les deux dans leurs intrigues nébuleuses auxquelles elle n'entendait rien. Ceux-là étaient plus honorables que les jumeaux Tourange mais l'ambition les menait eux-aussi et ils auraient mérité d'y laisser quelques plumes. Ce qui était en jeu s'avérait plus grave cette fois. Elle prit donc une profonde inspiration et se lança :

— Il y a un épisode des « circonstances favorables » dont vous parlez qui vous a échappé. Lorsque j'ai été agressée par Guémard dans son carrosse, c'est parce que je l'avais suivi et j'ai gardé pour moi une information que je n'ai pas comprise tout de suite mais qui prend tout son sens aujourd'hui. Il projetait d'empoisonner une rivale avec de l'antimoine, que lui procura une jeune femme brune, celle que je viens de reconnaître à l'instant pour votre servante. Ne buvez pas cette infusion !

— Comment ? Mais c'est impossible !

— Vous vous plaignez de l'estomac depuis quand ? demanda Louison qui s'était approchée.

La marquise de Pompadour était perdue sous les révélations et ne s'étonna plus d'entendre une servante lui parler d'égal à égal puis prendre son pouls avec concentration. Louison observa les yeux, les ongles et fit un signe à Camille.

— On vous empoisonne depuis plusieurs jours déjà, par le biais de cette boisson, ou de ce sucre roux où les grains noirs peuvent passer pour de la vanille. Mme de Morens et M. de Guémard sont plus proches de vous que vous ne le pensiez. Et plus proches du roi.

Ce fut au tour de la marquise de pâlir sous son fard et de pleurer doucement, faisant couler un maquillage qui ne cachait plus rien des ses fragilités. Son frère la soutint et remercia Camille, retrouvant l'humilité qu'elle avait parfois appréciée chez lui.

— Je pars de ce pas prévenir la garde, dit-il, pour qu'on intercepte la servante. Le roi en sera informé dès ce soir, et Guémard dormira en prison pour de nombreuses années, pendant que Mme de Morens finira au couvent. Nous voulions juste les éloigner, et voilà que vous nous en débarrassez totalement, Camille. Comment pouvons-nous vous rendre la pareille ?

— Sa majesté voudra vous dédommager, ajouta la marquise remise de ses émotions. Vous parliez d'ouvrir votre boulangerie. Si c'est votre rêve, il me semble que le roi de France réclamera d'y prendre part.

Camille prit un temps de réflexion et salua Vandières qui les quittait pour faire respecter la justice. Dans la précipitation, elle ne savait pas si elle le reverrait.

— Adieu monsieur ! Au plaisir de vous croiser avant mon départ, sur des bases plus sincères.

— Je n'ai pas eu à vous mentir, mademoiselle, croyez-moi.

Il lui baisa la main avec chaleur et sortit d'un pas décidé. Camille se tourna vers Mme de Pompadour, qui avait repris de sa superbe, et fit sa demande sans sourciller :

— D'autres personnes que moi ont été victimes de cette guerre en dentelles et je veux les dédommager. M. Foucher, le boulanger du Palais-Royal, a perdu sa femme dans l'incendie de leur boutique causé par Guémard et ses sbires. Rien ne pourra la faire revenir, mais lui donner de quoi rebâtir l'œuvre de leur vie me paraît juste. Pour moi, je veux une lettre de recommandation pour acquérir mon atelier à Saint-Martin-de-Ré et la somme nécessaire pour démarrer.

La marquise sourit et s'adressa à sa femme de chambre :

— Mme du Hausset, prenez note, je vous prie et je signerai cette demande. Vous êtes décidément une bien curieuse personne, Camille. Vous auriez pu demander une charge à la cour, un appartement parisien et un mari fortuné, mais cela ne vous intéresse pas et ne vous vient même pas à l'idée. Mme de Tencin m'étonne dans ses affections car elle ne peut attendre aucun bénéfice avec vous.

— Si ce n'est un attachement sincère.

— Vous avez raison, sourit-elle. Je suis trop sévère. Peut-être aura-t-elle ainsi trouvé l'apaisement d'une relation filiale.

— L'apaisement, pourquoi donc ? demanda Camille, intriguée.

— Eh bien pour cet enfant qu'elle n'a pas élevé et… Attendez Camille, vous ne savez pas ?

La jeune fille se souvint d'une allusion mais rien ne s'était ancré précisément dans son esprit :

— Je sais qu'elle a eu un enfant quand elle était très jeune.

— Non, pas très jeune car elle avait près de trente-cinq ans ! Mais elle n'en voulait pas et l'a abandonné à d'autres parents. Elle ne s'est jamais sentie mère, peut-être qu'avec vous cependant...

— Mais cet enfant, elle ne l'a jamais revu ?

— Comment ? Vous l'ignorez ? Mais tout Paris en a connaissance ! Le fils de Mme de Tencin, l'enfant abandonné sur les marches d'une église, c'est M. d'Alembert, le mathématicien !

Le goût du sang

Dans le carrosse qui les ramenait à Paris, seuls Louison et Ross Turner échangeaient sur leur journée respective. Le soleil se couchait derrière eux comme si Versailles et ses dorures en étaient la source, tandis que les chevaux semblaient courir vers les ténèbres inquiétantes de la forêt. Camille s'était blottie dans un des coins du véhicule et fixait silencieusement le paysage qui défilait entre chien et loup. Elle entendait vaguement le récit du gentilhomme irlandais, heureux de sa réussite et de son retour prochain parmi les siens, et la version concise de l'audience avec la Pompadour, mais ni les exclamations, ni les cris de surprise ne la sortaient de sa torpeur. Tout cela lui semblait lointain, comme si elle y était étrangère, comme si cela ne la concernait plus. Elle aurait dû se réjouir car elle avait gagné par ses propres efforts, au prix d'une certaine inconscience parfois, une émancipation impensable quelques mois auparavant. Son but était atteint, mais la réussite avait le goût du sang et de l'amertume. Mme Foucher n'était plus, ce qui rendait la récompense financière bien dérisoire, et la confiance placée en Mme de Tencin s'effritait, fragilisant ainsi tout un édifice. La baronne n'avait jamais parlé de l'identité de son enfant, même quand Camille avait rencontré d'Alembert et reçu ses lettres. Au contraire, elle avait montré animosité et défiance. Ces deux-là étaient aussi différents qu'on puisse l'être, n'ayant en commun qu'une grande intelligence et une grande ambition qu'ils n'avaient pas développées dans la même direction.

Il était douloureux pour Camille de réaliser qu'elle connaissait cet aspect de la vie de la baronne, mais qu'elle l'avait sciemment mis de côté pour ne pas avoir à y penser, parce que cela l'arrangeait sans doute. Maintenant que l'orphelin avait un visage, une existence réelle, elle buttait contre un mur d'incompréhension : comment pouvait-on abandonner son enfant ? Elle-même avait perdu sa mère et ce manque se rappelait à elle comme une longue écharde sous la peau, une douleur à laquelle on s'habituait mais qui restait là, toujours. Or sa mère à elle était morte : elle ne vivait pas dans la même ville, au su de tous ! Et lui, d'Alembert ? Il savait aussi en l'approchant qu'il côtoyait une amie de sa génitrice. Il s'était montré distant au début certes, mais il avait ensuite baissé la garde, envoyant même des messages rue Saint-Honoré ! Et tous leurs amis, toutes leurs connaissances, partageant ce secret qui n'en était pas un, avaient bien tenu leur langue. Quels étranges comportements ! Camille avait beau analyser, tourner et retourner ce qu'elle en savait, elle ne comprenait pas et se sentait ridicule. Elle pensa subitement à Jan, parce qu'il aurait pu l'éclairer sur ces stratégies sociales qui la dépassaient, mais aussi parce qu'il lui restait en tête une phrase de la marquise : « Son bel Hollandais au double jeu. » Les apparences étaient-elles toutes destinées à tomber les unes après les autres ? À quoi et à qui se fier ? Une sorte de gouffre s'ouvrait qu'il fallait enjamber pour grandir mais Dieu que c'était difficile !

Camille regarda Louison qui jetait de temps en temps un œil sur elle et y trouva le réconfort dont elle avait besoin mais trop brièvement, car il fut aussitôt balayé par une nouvelle appréhension : dans quelques jours, elles seraient séparées, l'une rentrant dans son île, l'autre convolant en justes noces. Un sentiment de solitude la frappa de plein fouet.

— Comment va votre joue, Camille ? demanda la jeune servante qui avait le nez pour tout comprendre.

— Cela me brûle toujours, répondit-elle d'une voix enrouée comme si elle se réveillait. La douleur irradie jusqu'au cou.

— Cette femme est une véritable furie ! s'exclama Turner. J'ai vu Vandières en sortant du cabinet du secrétaire. Il se trouvait avec M. Berryer[1], le lieutenant général de police avec lequel il organisait l'arrestation de Guémard. La servante s'était enfuie mais les « mouches[2] », comme vous les appelez ici,

1. Nicolas-René Berryer, comte de La Ferrière (1703-1762) : magistrat, ami de Mme de Pompadour qui le fait nommer lieutenant de police (de 1747 à 1757). Il aurait mis en place une sorte de « cabinet noir » de surveillance des correspondances pour défendre entre autres les intérêts de la favorite.

2. Réseaux d'indicateurs qui donnent les renseignements à la police ; mouchards.

sont déjà à ses trousses. À cette heure, elle doit être entre leurs mains. La garde de Paris va être envoyée chez Mme de Morens dans la plus grande discrétion. Berryer espère qu'on y trouvera aussi son frère qui s'est rendu invisible depuis quelques semaines.

— Depuis que je l'ai blessé au visage ! C'est pour cela que Louise de Morens m'a mordue : œil pour œil, dent pour dent.

— Il n'y a pire sauvagerie que celle qui se pare de dentelles, conclut Turner.

Camille remarqua qu'il posait la main sur le pommeau en laiton d'une épée, attachée à sa ceinture et reposant le long de sa jambe gauche. La garde en était ouvragée sur une longue lame brillante. Elle ne lui avait pas vue le matin même.

— Vous êtes armé ? lui demanda-t-elle inquiète.

— Oui. J'avais glissé le fourreau sous la banquette à notre départ, avec mon coffre à pistolets, en prévision du voyage retour. Cela me semble plus prudent à la nuit tombée, et M. de Vandières est de mon avis.

— Vous pensez que nous pouvons être attaqués ? s'enquit Louison qui perdit d'un coup ses belles couleurs. Nous avons eu une terrible expérience avant notre arrivée à Paris. Un loup s'est jeté devant les chevaux, et nous avons perdu notre amie Gabrielle dans la violence de l'accident.

— Comment vous êtes-vous débarrassé de l'animal ?

— M. Van Lynden, que vous avez croisé aux Canaries il me semble, nous a défendues, répondit Camille. Il a tiré.

— Il avait été prudent d'armer son pistolet. Malheureusement, je crains des loups d'une tout autre espèce, ajouta-t-il comme pour lui-même. Mais ne vous tourmentez pas, mesdemoiselles : nous sommes bientôt aux abords de la ville. Vous serez dans vos lits dans moins d'une heure.

Camille ne voyait encore que la cime des arbres, sans aucun toit parisien à l'horizon dans le crépuscule qui tombait. Elle tâta l'aumônière qu'elle portait toujours sur elle, glissée sous les plis de sa robe, et sentit la petite forme du couteau ce qui la rassura. Elle se détendit, lutta encore quelques minutes puis, éprouvée par cette journée épuisante, s'abandonna à la douce somnolence avant de s'endormir profondément. La conversation entre Turner et Louison continua mais elle n'en perçut plus rien.

Quand elle se réveilla, il faisait nuit noire. Le carrosse ne bougeait plus. Camille mit du temps à ouvrir les yeux et à s'habituer à l'obscurité, puis elle discerna une présence : quelqu'un était assis face à elle et l'observait en silence. Elle essaya de bouger mais ses pieds et ses mains étaient liés.

— Bonsoir, mademoiselle Lemonnier. Comme l'on se retrouve ! À l'endroit même où nous nous sommes quittés en si mauvais termes.

Camille, terrifiée, entendit la voix et n'eut pas besoin de voir l'affreux visage balafré s'avancer vers elle pour reconnaître Guémard. Son œil gauche, à moitié fermé par une cicatrice boursouflée qui courait de l'arcade sourcilière à la pommette, restait vif et haineux. La jeune fille poussa un cri d'effroi vite étouffé par un épais foulard qui lui couvrit immédiatement la bouche en l'asphyxiant à moitié.

— J'aime voir la peur dans vos yeux. Et ce moment où votre esprit s'affole : où suis-je ? Que s'est-il passé ? Qu'est-il advenu de mes amis ?

Il la regardait en prédateur et lui saisit l'avant-bras qu'il serra à le briser.

— On fait moins l'arrogante ainsi ligotée, sale garce ! Je ne vais pas te promettre qu'il ne te sera fait aucun mal, je mentirais. Et tu sais combien j'ai le mensonge en horreur ! Allez descends !

Il la poussa vers la portière ouverte mais ses pieds entravés la firent trébucher et elle tomba lourdement au bas du marchepied, sur un sol en terre battue.

— Relevez-la et emmenez-la à l'intérieur ! Toi, ramène le carrosse rue Niçaise comme si de rien n'était. Si tu vois que cela bouge déjà, tu l'abandonnes sur le quai.

Le cocher obéit promptement et s'éloigna dans l'allée sombre. Camille sentit qu'on la faisait entrer dans une petite maison aux ouvertures basses, plongée dans les ténèbres. La porte fut refermée derrière elle, les rideaux tirés et une flamme s'alluma dans un angle. Mme de Morens avançait vers eux, le visage éclairé d'une chandelle qui lui donnait un air de démone :

— Changement de programme : il ne s'agit plus seulement de se venger, nous avons besoin d'elle.

Puis se penchant vers Camille :

— Je t'avais promis qu'on se reverrait rapidement, dit-elle d'une voix glacée. Mais si j'avais su ce que tu allais déclencher à Versailles, je t'aurais coupé la langue !

Elle caressa dangereusement le visage de la jeune fille qui essayait de se débattre, alors que Guémard la ceinturait, le torse contre son dos. Et avec un regard empli d'une haine innommable, elle pinça la blessure sur la joue jusqu'au sang avant de susurrer à l'oreille de sa victime :

— Espèce de petite saloperie ! Tu nous as tout pris ! Mais tu vas payer, pour toi et pour les autres. On t'emmène avec nous.

— Explique-toi ! demanda son frère. Tu voulais qu'on s'en débarrasse ce soir. Qu'est-ce que c'est que cette histoire de partir ?

— Tu ne comprends pas ? Tous les bien-pensants, ces culs-bénis débiles et incapables vont nous poursuivre. Elle leur a parlé des extorsions, des agressions, et surtout du poison. Tu t'es fait avoir comme un débutant, Philippe ! Le roi est informé et la garde doit déjà être chez moi.

Elle revint vers Camille et la gifla violemment à deux reprises :

— À cause de cette putain demeurée !

La jeune fille ne parvenait plus à réfléchir : son visage n'était que douleur et elle s'inquiétait tant pour Turner et Louison que son cœur s'essoufflait, provoquant des halètements anxieux, que l'étouffement causé par le bâillon n'arrangeait pas. Assise sur une chaise inconfortable où Guémard la maintenait bloquée, les mains sur ses épaules, elle se concentra pour comprendre. Elle ne reconnaissait pas les lieux mais pensa qu'elle n'était pas à Paris : tout était trop calme et isolé. Ce devait être quelque village limitrophe, de quoi ne pas attirer l'attention mais assez proche pour les commodités. La maison avait une pièce unique du type fermette et Camille entendait des chevaux à l'extérieur. Il y avait donc une écurie ou une étable. Ses sens essayaient d'enregistrer tous les indices qui auraient pu indiquer où elle était séquestrée. Pendant ce temps, Guémard restait figé, enregistrant peu à peu les nouvelles que sa sœur venait d'assener. Leur plan était mis à jour et la consécration à portée de doigt leur échappait.

— As-tu des nouvelles d'Inès ? demanda-t-il inquiet.

— Voilà ton problème ! Tu es sentimental ! Cela te ramollit l'esprit. Si tu avais été plus attentif, rien ne serait arrivé.

Mais devant sa mine de chien battu, elle changea de ton :

— Comme cela s'est passé, Philippe, sur la route de Versailles ?

— Cela n'a tenu qu'à un fil. Nous avons attaqué juste avant Paris. Cette idiote s'était endormie et ne s'est rendu compte de rien. Quand le cocher a ralenti, comme c'était prévu, nos hommes armés ont fait descendre Turner et la servante en silence, et le carrosse est reparti immédiatement avec la gamine. L'Irlandais s'est défendu comme un diable et a tué deux hommes à l'épée. J'ai tiré et j'ai touché la fille, mais Turner n'est pas un débutant : le temps que je prenne mon deuxième pistolet, il m'a désarçonné. La Vrille et Bérurier sont venus en renfort et se sont occupés de lui. Je les ai laissés sur place pour rejoindre le carrosse. À cette heure, la souillon est morte et Turner doit agoniser au milieu du bois.

— Tu aurais dû t'en assurer. L'Irlandais n'est pas n'importe qui.

— Certes. Mais je ne comprends pas comment les choses ont basculé. Ce matin à l'auberge, nous étions sûrs de notre fortune : tu étais reçue à Versailles, la Pompadour n'en avait plus que pour quelques semaines et nos caisses débordaient. Au pire aurais-je séjourné à la Bastille quelques jours pour l'histoire de la boulangerie.

— Oui, ce matin à l'auberge. Mais tout a changé quand Inès m'a retrouvée au château en milieu d'après-midi : elle avait épié le salon de la Pompadour et sentait que quelque chose clochait, que l'entretien prenait un tour néfaste pour nous. Dans l'heure qui a suivi, j'ai vu passer Berryer qui montait chez la marquise. J'ai conseillé à Inès de se faire oublier et je suis rentrée à bride-abattue ici, sans pouvoir te prévenir. Ma jument est épuisée et je suis fourbue. Comme je savais que tu ramènerais la fille, j'ai revu nos plans. Elle sera notre laissez-passer pour quitter Paris. On s'en débarrassera sur la route vers La Rochelle.

— La Rochelle ?

— Oui, nous embarquons pour la Nouvelle France dans une semaine.

Camille écoutait pour comprendre, tandis que Mme de Morens rédigeait des courriers sur une table d'office, qu'elle cachetait rapidement.

— Nous n'avons pas encore perdu tous nos amis, rassura-t-elle.

Elle se releva puis s'avança avec une corde et un coffret entre les mains :

— Attache-la sur la chaise, et serre-bien ! Je pars récupérer ma cassette, La Vrille viendra avec moi. Arme-moi un pistolet au cas où. À mon retour, dans moins de deux heures, nous quittons cette maison.

Guémard s'exécuta. Il sangla Camille qui chercha à se débattre en vain. La jeune fille était liée au dossier de la chaise, les pieds entravés et les mains nouées sur ses genoux, le foulard toujours en place. Sous les coups, la terreur avait laissé place au découragement, qui s'accentua quand elle vit le pistolet briller à la lueur des bougies. Guémard vérifia tous les rouages, versa la poudre dans le canon, et y glissa une balle protégée d'un bout de tissu. Pendant ce temps, sa sœur se changeait en pestant contre les lacets et les agrafes.

— Regarde l'état de ma robe, pleurnicha-t-elle soudain avec une voix d'enfant. Je l'avais spécialement commandée pour mon entrée à Versailles. Le roi lui-même m'a complimentée. Elle est en lambeaux maintenant.

Camille assistait à cette scène improbable de sauts d'humeur, où Mme de Morens passait d'une attitude de guerrière régentant tout à celle d'une petite fille frustrée qui tapait du pied. Son frère semblait habitué à cette versatilité et la rassura d'un ton très doux. Elle parvint à ôter sa robe qu'elle abandonna à ses pieds avec jupons et corset, puis elle traversa la pièce en bas et chemise fine, vers une malle d'où elle sortit une tenue masculine. En quelques minutes, la belle Mme de Morens devint un cavalier vêtu sobrement, botté et chapeauté. La longue chevelure brune fut nouée sur la nuque et le visage nettoyé de tout fard. Dans la nuit, cela donnerait le change. Elle avait retrouvé son rictus malsain et regarda Camille avec mépris :

— Occupe-toi d'elle, Philippe. Garde le visage en bon état si on en a besoin, mais le reste est à toi. J'ai une idée ! reprit-elle avec sa voix de gamine démoniaque. Et si tu lui coupais deux doigts : un pour Jan et un pour la Tencin ! Ils regretteront de s'être mis en travers de notre route.

Elle partit d'un rire cristallin qui finit sur des accents cruels, releva le col de sa redingote, s'assura de la présence de l'arme à sa ceinture en envoyant un baiser à son frère et sortit dans la nuit.

Comme Guémard s'était attablé un peu plus loin pour réfléchir, Camille déplaça subrepticement ses mains liées pour chercher la petite aumônière sous sa jupe. L'homme se leva comme un fauve et bondit sur elle :

— Ne crois pas que je ferai deux fois la même erreur ! souffla-t-il. C'est ça que tu cherches ?

Il rit méchamment en pointant le couteau sous les yeux de Camille, qui le trouva tout aussi instable que sa sœur.

— À moi de te refaire le profil !

Il attrapa une boucle dorée qu'il trancha d'un coup sec :

— Que pensera cette vieille catin de Tencin quand elle recevra une mèche de tes cheveux, souillée de sang ? Je paierais pour le savoir. Mais je serai déjà loin.

Il appuya le couteau contre la joue de la jeune fille et descendit la pointe le long de la mâchoire puis du cou, suivant les veines qui palpitaient jusqu'à la base de la jugulaire. Camille ferma les yeux, attendant la douleur fatidique et espérant que cela irait vite. Mais le couteau glissa sur la gorge et pénétra dans l'échancrure du corsage.

— Je ne suis pas sentimental, grogna-t-il entre ses dents. Je n'aurais aucun remords à te tuer ici. Mais ce serait gâcher la marchandise.

D'un coup sec, il déchira le bustier brodé sur toute la largeur des épaules.

— On va te changer toi aussi. Laisse-moi te servir de chambrière.

Il utilisa le couteau pour ouvrir les manches et découper le corsage jusqu'à la taille. Camille se fit la réflexion idiote que Mme de Tencin ne serait pas contente qu'elle ait ainsi abîmé sa belle robe, puis se rendit compte qu'elle était en train de perdre la tête pour échapper aux sévices. Une douleur vive la ramena à elle : Guémard avait entaillé son avant-bras, exprès ou pas, en maniant le coutelas. La robe n'était plus qu'une guenille informe dont les morceaux étaient jetés à ses pieds. Elle restait en corset et jupon blanc, à la merci de son agresseur qui, à genoux, glissait le couteau sur les chevilles et suivait la courbe du mollet. Retrouvant un peu de force, elle se débattit en tout sens et réussit à le déséquilibrer, faisant basculer la chaise sur laquelle elle était toujours retenue. Sa tête heurta le sol mais elle serra les dents et essaya de ramper, malgré les lourdes entraves. Déjà Guémard était sur elle et la secouait rudement :

— Tu ne t'arrêtes jamais ! Je te trouverais divertissante si je ne te haïssais pas autant. Vas-y ! Continue à me fixer comme si tu allais me tuer, rit-il, mais tu vois, ce n'est pas dans ce sens que les choses ont l'air d'aller. Je suis curieux de savoir si, même morte, tes yeux continueront à lancer des éclairs de chaton en colère !

Il la laissa quelques secondes au sol et se dirigea vers la table, pour s'armer d'un poignard beaucoup plus long, abandonnant le petit couteau près de l'écritoire. En passant, il sortit du coffre à vêtements une culotte ocre et une veste plus foncée :

— Ces frusques vont être un peu grandes, mais cela sera plus facile à enfiler, surtout si tu continues à gigoter ! Désolé madame, reprit-il avec une courtoisie surjouée, il va falloir me montrer vos secrets.

Il attrapa le dossier de la chaise et redressa l'ensemble avec son occupante. Ayant défait la corde, il menaça Camille et lui intima de rester calme pendant qu'il coupait le lien des jupons superposés. Elle se retrouva en bas, sa chemise la couvrant à peine jusqu'à mi-cuisses, mains et pieds toujours attachés. Le regard avide qu'il lui lança alors la paniqua et elle chercha à reculer pour atteindre la table derrière elle. En l'observant, il ôta sa veste, défit sa cravate de cou avec lenteur puis brusquement s'élança, la souleva comme une brindille et la bascula sur son épaule, les fesses littéralement à l'air.

— Nous y voilà ! Au moins, je n'aurai pas tout perdu !

Il la jeta sur un lit paillasse dans le coin de la pièce, coupa les liens à ses chevilles d'un seul coup de lame, puis se laissa tomber lourdement sur elle, remontant ses poignets liés au-dessus de sa tête. Camille avait l'impression d'être broyée par une vague immense qui la rejetait de part et d'autre sur les rochers, et revenait la chercher sans répit, sans qu'elle puisse reprendre son souffle. Guémard mordait son cou, sa poitrine, dans une frénésie abjecte, écartant ses jambes par coups de genoux successifs et glissant ses mains partout avec impudeur. Elle se débattait, tournait en tout sens mais s'épuisait inutilement, augmentant la violence des coups qui pleuvaient, pour la plier à ce désir bestial.

— Je suis sûr que tu ne faisais pas tant de manières quand Van Lynden te déflorait ! haleta-t-il.

Et le nom même du Hollandais sembla décupler sa rage. Il abaissa le bâillon sous le menton de Camille et posa sa bouche sur la sienne, fouillant, léchant, aspirant comme aurait fait un sanglier puant se vautrant dans la boue. Elle chercha à le mordre mais il la tapa à plusieurs reprises sur la lèvre, qui s'entailla contre les dents. Camille sentit un sang âpre couler dans sa gorge et abandonna. Elle se laissa peu à peu glisser, cherchant à éloigner l'image de cette face inhumaine et le souffle animal qui emplissait ses oreilles bourdonnantes.

Poudre noire

Le messager de Versailles qui arrivait au galop sur les lieux de l'attaque aurait pu se rompre le cou s'il n'avait réagi très vite, avec une maîtrise parfaite de sa monture. À quelques secondes près, il aurait heurté violemment Turner qui, au milieu de la route, faisait de grands signes en appelant à l'aide. La scène était plongée dans une certaine obscurité, mais le cavalier discerna quatre corps au sol, dont celui d'une jeune femme. Faisant tourner son cheval autour de l'homme dressé devant lui, il se demanda d'abord qui, des cadavres ou du survivant, étaient les brigands de l'histoire. Puis il avisa la tenue du gentilhomme et sa détresse, exprimée dans un fort accent britannique, et se dit qu'il ne craignait rien.

— Nous avons été attaqués ! cria Turner. Une jeune servante a reçu un coup de feu. La demoiselle que j'escortais a été enlevée par des hommes recherchés, avec le carrosse que nous occupions. J'en ai tué deux, un troisième est blessé grièvement et le dernier s'est enfui, mais le chef s'en est sorti.

Laissez-moi votre cheval, et je vous ferai envoyer des secours !

— C'est impossible, monsieur. J'ai un message urgent à transmettre de la part du roi !

Il se tut d'un coup sous la menace d'une pointe d'épée qui avait surgi contre sa gorge. Turner, comprenant rapidement qu'il n'en tirerait rien, avait saisi la bride de l'étalon et pris une décision drastique. Il fit descendre le messager qu'il rassura :

— Je ne vous veux aucun mal, mais c'est une question de vie ou de mort, au service de votre roi justement. Restez là : le prochain passage de poste vous trouvera, et comme je vous l'ai dit, je vais prévenir à Paris qu'on vienne vous chercher. Aidez-moi à relever la jeune femme.

Le garçon, qui ne devait pas avoir plus d'une vingtaine d'années, s'exécuta. Il était assez intelligent pour comprendre que son adversaire venait de terrasser trois criminels à lui-seul, et ne plaisantait pas. Au clair de lune, la demoiselle blessée était très pâle, et l'on discernait une large tâche sombre sur son épaule gauche, mais elle respirait. Turner se mit en selle et, avec l'aide du coursier, hissa Louison qui gémit de douleur.

— Je vous remercie, jeune homme, dit-il. À combien sommes-nous du centre de Paris ?

— Chargé comme vous êtes, en fin de course de mon cheval, il vous faudra encore une trentaine de minutes.

— Entendu ! Il va y avoir des convois depuis Versailles pour l'affaire dont je vous ai parlé : dites que c'est Ross Turner, au service de M. de Vandières et Mme de Pompadour, que vous avez aidé. Vous serez récompensé. Adieu !

Turner éperonna le cheval et s'éloigna le plus rapidement possible vers la ville, en maintenant le corps évanoui de Louison contre lui.

Rue Saint-Honoré, l'inquiétude s'était installée insidieusement, passant de cette étape où l'on s'interroge avec raison sur les causes d'un retard à celle où l'on imagine le pire, en ayant perdu toute cohérence. Mme de Tencin avait attendu calmement en début de soirée le retour du carrosse, jusqu'à ce que Vandières se fasse annoncer vers vingt-et-une heures trente, encadré par deux hommes de la garde du roi. Il lui avait raconté les événements du jour, s'étonnant que Camille et Louison ne soient pas encore rentrées. Lui-même avait participé sans succès à la recherche de Louise de Morens à Versailles et avait décidé de rentrer à Paris à cheval vers dix-neuf heures, donc à peu près en même temps que le carrosse de location qu'il avait vite dépassé. Le trajet au galop était plus rapide mais tout le monde aurait dû être à bon port à ce moment de la soirée, d'autant plus que, sous les ordres du lieutenant de police, Vandières avait déjà eu le temps de suivre la traque pour débusquer Guémard, qui n'était pas chez lui. Le frère et la sœur restaient introuvables.

— L'appartement de Mme de Morens va être fouillé et on cherche d'autres adresses où ils auraient leurs habitudes.

— La maison de Mme Lise où Guémard rencontrait sa maîtresse ? proposa la baronne qui commençait à s'alarmer de l'absence de Camille.

Vandières fit un signe à l'un des gardes qui l'accompagnaient pour qu'il en informe immédiatement son supérieur et demanda un groupe d'hommes plus important devant le logement de Mme de Tencin. Puis il se posta à la fenêtre ouverte, tendant l'oreille afin d'entendre le claquement des roues sur le pavé, mais la rue parisienne restait calme et endormie. Au bout d'un long moment où l'angoisse avait fini par s'emparer de chaque parcelle d'air du salon, Guillaume demanda une audience à sa maîtresse.

— Veuillez me pardonner, madame, mais j'ai cru comprendre ce qui se tramait à voir le va-et-vient de la garde, et nous avons eu une idée avec maître Foucher. Le jeune homme qui a sauvé Mlle Lemonnier est encore passé à la loge aujourd'hui, comme tous les jours du reste, mais nous n'en avons pas parlé pour ne pas risquer de vous déplaire. Il est très aimable et très attaché à Mlle Camille, je peux vous l'assurer.

— Quel jeune homme ? demanda Vandières. Son frère ?

Guillaume ne comprenait pas mais Mme de Tencin fit un geste pour tout balayer et confirma :

— Oui, son frère, Gaspard ! Eh bien, Guillaume, qu'y a-t-il ?

— Vous savez qu'il a aidé mademoiselle à plusieurs reprises, pas seulement au moment de l'incendie ?

— Oui ! Pressez-vous Guillaume ! Venez en au fait, je vous en prie !

— Eh bien, après la bagarre au jardin des Tuileries, il a suivi l'homme de main de Guémard. Il a traversé tout Paris par le sud jusqu'à Montrouge. C'est que c'est un sacré gaillard, le gamin ! Il en a sous...

— Au fait, Guillaume, au fait ! Nous sommes très inquiets !

— Pardon madame. Il m'a dit qu'il y avait là-bas une sorte de repaire où se retrouvent les hommes de Guémard, une maison de village avec des dépendances.

— Vous avez l'adresse ? questionna Vandières qui sentait enfin une piste intéressante.

— Non, pas exacte, mais il ne doit pas y avoir plus d'une cinquantaine de maisons dans ce hameau. Le garçon repassera demain sûrement, on lui demandera.

— Pas plus d'une cinquantaine ! Demain ? Mais nous n'avons pas le temps ! s'énerva Vandières.

Mme de Tencin, sur le même ton exaspéré, essayait de trouver des solutions :

— Faites chercher Gaspard Fournier qui loge chez des parents. « Berthelot » je crois. Ils doivent être drapiers. Réveillez le chef de la corporation et trouvez-le ! Et commencez à envoyer une compagnie à Montrouge, que Diable !

Vandières ne releva même pas le nom de « Fournier » qu'il n'avait jamais entendu encore mais tenta de calmer la baronne.

— Madame, rassurez-vous, nous ferons tout notre possible, mais il est impossible de retrouver ce garçon dans Paris ce soir. Et les gardes qui partiraient pour Montrouge ne sauraient même pas quoi chercher. Ce ne sont que des suppositions. Attendons nos amis pour l'instant, et nous aviserons demain pour les Guémard de Morens.

— Pardonnez-moi à nouveau, madame, interrompit Guillaume, mais je sais où trouver le jeune homme. Il loge près des Halles.

— Diantre de Mordieu ! Pourquoi ne le disiez-vous pas ! Partez sur le champ le tirer du lit et ramenez-le !

Guillaume ne se fit pas prier et sortit aussitôt, suivi du deuxième garde qui lui emboîta le pas, comme il en avait reçu l'ordre. C'est à cet instant que les sabots d'un cheval se firent entendre dans la rue :

— Help ! Help !

Tous reconnurent Turner et Vandières courut dans la cour. Mme de Tencin se leva difficilement, aidée de son valet Pierre, et se posta à la fenêtre. Elle vit Louison, inconsciente et couverte de sang, qu'on transportait avec d'infinies précautions, elle entendit Turner parler à toute allure, mélangeant anglais et français dont un jargon incompréhensible, mais n'aperçut Camille nulle part. Sa peur la plus enfouie prenait réalité. Pierre eut juste le temps d'avancer un fauteuil qu'elle tombait inconsciente, victime d'un étourdissement nerveux.

Après avoir installé Louison dans sa chambre, on fit chercher Nicolas Quériand en urgence, de l'autre côté de la Seine. Mme de Tencin fut ranimée avec des sels d'ammonium qui réveillèrent ses sens, mais n'eurent aucun effet sur sa nervosité. Le récit de Turner n'arrangea rien, mais il confirmait au moins que Guémard possédait bien un lieu de repli.

Il était déjà près de vingt-trois heures quand le médecin, dont le flegme habituel était clairement mis à mal face à la blessure de sa bien-aimée, arriva chez Mme de Tencin, suivi de très près par Gaspard. Il n'avait pas été si simple de réveiller la maisonnée où logeait le jeune Rétais, mais la vue d'un soldat du roi produisit des miracles. Une sorte de conseil de guerre fut mis en place dans le salon même de la baronne et des décisions s'imposèrent rapidement : on partait en escouade vers Montrouge, guidés par Gaspard Fournier. Les renforts de la maréchaussée rejoindraient dès que possible le groupe d'éclaireurs.

Quinze minutes plus tard, la petite troupe armée, composée de Turner, Vandières, Gaspard, Guillaume et l'un des gardes, un jeune homme nommé Marmange, était en route. Pendant ce temps, Nicolas Quériand, après avoir nettoyé la plaie par balle au niveau de la clavicule, veillait Louison qui avait perdu beaucoup de sang. Et pour qu'elle trouve la force de se battre et de survivre, il se mit exceptionnellement à prier avec dévotion.

Turner, Vandières et le garde possédaient un cheval, mais on fit un arrêt aux Tuileries pour réquisitionner deux autres montures aux écuries du Manège[1], bien aidés par les documents officiels qui semblaient ouvrir toutes les portes. Gaspard n'osa pas avouer qu'à part quelques trajets à dos de mule pour transporter du sel ou du grain, il n'était jamais monté à cheval. La rage le tenait tant cependant que rien ne lui paraissait impossible,

1. Manège des Tuileries : commandé par Marie de Médicis, transformé en académie équestre de renom sous Louis XV pour l'éducation hippique des jeunes gentilshommes, avec une écurie de 50 chevaux. Il sera utilisé à la Révolution pour les réunions des Assemblées parlementaires et c'est là que sera votée la mort de Louis XVI.

même galoper dans les ténèbres sur plus d'une lieue, vers une destination imprécise.

À minuit, ils entraient dans Montrouge. Le village était silencieux et les maisons réparties de chaque coté de la rue principale avaient clos leurs portes et fenêtres pour la nuit. Gaspard cherchait à se repérer, aidé par une lune pleine qui révélait les bâtisses fantomatiques au milieu des arbres feuillus, bruissant doucement dans le vent nocturne. Il bifurqua à l'est, s'éloignant peu à peu du centre pour arriver devant un bâtiment isolé, et fit signe aux autres : c'était là !

La fermette semblait abandonnée, sans aucune trace d'activité agricole. Nul troupeau, nul moisson, ni charrette ou abreuvoir n'étaient discernables. Les murs d'enceinte étaient délabrés, tout comme les clôtures attenantes. Comme rien ne bougeait, Vandières craignit qu'ils se soient tous fourvoyés, perdant un temps précieux à poursuivre une chimère, mais un hennissement tout proche le mit en alerte, suivi de plusieurs ébrouements.

— Qui va là ? fit une voix sortie de ce qui devait être l'écurie.

En silence, ils descendirent de cheval et avancèrent tels des ombres vers la dépendance.

— Il y a quelqu'un ? reprit la voix.

Un homme émergea alors de la bâtisse et scruta autour de lui la nuit spectrale. Il crut entendre un craquement et distinguer une silhouette qui passait près de la barrière, derrière le corps de ferme. Inquiet, il recula vers la maison principale, une épée à la main et, après une longue hésitation, tambourina à la porte.

— Monsieur ! C'est Bérurier !

Personne ne répondit et l'homme retenta sa chance :

— Monsieur !

— Qu'est-ce que tu veux ? répondit une voix agressive que Vandières identifia tout de suite malgré l'éloignement.

— Excusez-moi, monsieur, mais les chevaux sont agités. J'ai peur que nous ne soyons pas seuls.

La porte s'ouvrit et la silhouette de Guémard, tête nue et chemise débraillée, se découpa dans l'ouverture. Pendant ce temps, Turner conduisait les opérations, cherchant à savoir combien il y avait d'hommes à éliminer. Il fit signe à Guillaume et au garde d'aller aux écuries pendant qu'ils entreraient en force dans la maison.

— J'espère que tu ne me déranges pas pour rien ! grogna Guémard. Où ça ?

Il s'avança un peu dans le clair de lune et chercha à discerner ce qui effrayait les chevaux qui continuaient à renâcler et s'agiter. Trois autres vauriens, réveillés par ce raffut, sortirent de l'écurie.

Soudain, au signal de Turner, tous s'élancèrent l'épée à la main, excepté Gaspard bien plus habile avec deux longs poignards qu'il faisait siffler dans l'air. Réagissant rapidement, Guémard se précipita à l'intérieur et barricada l'ouverture pendant que ses hommes essayaient de faire face. Gaspard, laissant Turner s'occuper du fameux Bérurier, tenta d'enfoncer la porte mais elle était épaisse et résistait à ses coups d'épaule. Se retournant, il vit le combat faire rage et les épées s'entrechoquer : le garde du roi gagnait du terrain sur son adversaire, mais Guillaume, moins leste était en difficulté. Vandières rendait coup pour coup, sans être véritablement assez hargneux pour faire la différence. Sa maîtrise des armes restait un loisir de jeune gentilhomme qui n'avait pas encore eu à faire la guerre. En revanche, Turner était un bretteur hors pair qui se débarrassa rapidement de Bérurier, blessé à l'estomac, puis alla prêter main-forte au vieux serviteur de Mme de Tencin. Mais il n'eut pas le temps d'arriver : une déflagration venue d'une fenêtre de la maison terrassa le vieil homme qui s'effondra. Le deuxième coup toucha Turner au bras gauche, qui fut vite soutenu par le jeune garde, débarrassé de son adversaire. Gaspard, caché sous la fenêtre, attendait pour donner l'assaut. Après le deuxième coup de feu, espérant que Guémard n'avait plus de munitions ou qu'il lui fallait recharger ses armes, il sauta à l'intérieur de la pièce par l'ouverture à peine entrouverte, brisant le carreau et atterrissant sur le sol au milieu des éclats.

Guémard s'était déjà précipité pour saisir son épée et venait sur lui. Un peu étourdi, Gaspard eut le temps d'apercevoir Camille, ce qui lui remit immédiatement les idées en place. À moitié vêtue, elle était prostrée comme un petit animal sur un lit au désordre éloquent, situé au fond de la pièce. Il fut saisi d'une telle fureur qu'il se rua sans réfléchir sur son ennemi, malheureusement aguerri aux duels et dont l'arme, plus longue, était aussi plus dangereuse. Le jeune homme s'épuisait à lancer des coups puissants que l'autre esquivait avec facilité en le tenant à distance, poussant le cynisme jusqu'à la moquerie. Une attaque plus ciblée transperça la cuisse de Gaspard, qui trébucha et tomba en arrière, devenant une proie facile pour son assassin. Un rictus cruel aux lèvres, Guémard pointa son épée vers le cœur découvert.

— Un paysan venu sauver une paysanne ! Pas plus doués l'un que l'autre, ni pour aimer, ni pour se battre. La leçon aura été courte, maraud !

Gaspard fermait déjà les yeux attendant le coup fatal, mais Camille, sortie de sa torpeur par l'urgence de la situation, saisit le petit couteau sur l'écritoire et se rua sur l'infâme. De toutes les forces dont elle était capable, elle planta la lame entre les deux omoplates de l'agresseur, qui hurla et retourna son arme contre la jeune fille. Sa surprise était visible car il pensait l'avoir laissé à moitié morte à force de coups, alors qu'elle dardait à nouveau sur lui un regard vengeur. Il dirigea son épée contre sa gorge, qu'elle chercha à éviter en reculant contre le mur d'entrée. Au moment où il l'atteignait, donnant à son bras impulsion pour lui traverser la carotide, il fut stoppé brutalement par un tir de mousquet en pleine poitrine, qui projeta un nuage de poudre noire à l'entrée de la pièce. Guémard s'écroula face contre terre, fixant Camille d'un regard désormais vide. M. de Vandières s'avança gravement par la porte enfoncée : c'en était fini.

Quand la troupe royale arriva, guidée par le jeune garde qui s'était posté à l'entrée du village, personne ne put lire aucune joie sur les visages fatigués, malgré la victoire sans doute trop chèrement acquise. Les renégats étaient morts, en particulier le gentilhomme dont la traque avait commencé en fin d'après-midi. À la lumière des torches qu'on allumait peu à peu, Vandières fit un compte-rendu au capitaine, demandant une aide immédiate pour les blessés. Mais ce qui troubla le plus les soldats, ce fut la vision étrange d'une jeune fille hagarde, vêtue d'une veste d'homme qui recouvrait ses jambes nues, et qui semblait se déplacer devant la maison sans toucher le sol, à la lumière de la lune. Camille regardait les mouvements des uns et des autres comme dans un brouillard dont elle ne parvenait pas à émerger, percevant au loin les geignements de douleur qui emplissaient la nuit fraîche.

Elle aperçut Turner dont on bandait le bras blessé et s'approcha de Gaspard, allongé au sol, à qui Vandières finissait de nouer un garrot autour de la cuisse. Elle se souvint du coup de feu, du calme relatif qui avait suivi, du visage de Gaspard crispé de douleur qui se penchait sur elle, de ses mains qui cherchaient à refermer sa chemise pour la vêtir, des mots hurlés pour la faire réagir et pourtant inaudibles. Devant elle, le grand corps de Guillaume gisait dans la cour, sans vie. Elle s'agenouilla, caressa son visage dont les traits avaient trouvé la sérénité et pleura doucement. En même temps que sa conscience refaisait surface, sa mémoire cherchait à se fixer sur un élément essentiel qui lui échappait. Elle devait se souvenir, c'était là, juste là !

— Louison !

Le cri attira Vandières qui vint la relever.

— Venez Camille, nous allons rentrer à la maison.

— Louison ! répéta-t-elle.

C'est Turner qui intervint. Il parla doucement, tournant le visage de la jeune fille pour emprisonner son regard à la lumière d'un flambeau :

— Elle est chez Mme de Tencin. Je l'ai ramenée gravement blessée, mais vivante. Nicolas Quériand s'occupe d'elle avec tout le soin que vous imaginez.

Les larmes redoublèrent, mais cette fois, elles étaient porteuses d'espoir.

Le drageoir de polichinelle

À l'arrivée de la troupe rue Saint-Honoré, Mme de Tencin, qui veillait depuis plusieurs heures, se montra empressée, posant des questions, cherchant à savoir, détaillant la tenue de Camille et son visage tuméfié, mais la jeune fille resta mutique et fit comprendre qu'elle avait besoin de temps.

Louison fut inconsciente deux jours entiers, pendant lesquels son médecin et fiancé resta à son chevet, dormant à peine et dépérissant à vue d'œil. Quand elle ouvrit les yeux le matin du troisième jour, elle reconnut difficilement Nicolas Quériand, les yeux cernés et le visage creusé, mangé par une barbe naissante. Ce fut lui qu'il fallut soutenir car il n'avait plus aucune force. Louison avait été touchée sous la clavicule. Par chance, la balle était entrée puis ressortie, fragilisant l'os sans le briser et évitant le poumon. Elle ne retrouverait pas l'usage de son bras gauche avant de longues semaines mais la guérison était déjà en bonne voie car la blessure était saine. Il s'agissait désormais de se fortifier. Camille laissa son lit, plus grand et confortable, et s'installa derrière le paravent dans l'espace habituellement occupé par son amie. Ce n'était pas pour lui déplaire car la petitesse de la couche la rassurait la nuit, quand les images de son agression revenaient la hanter.

La journée, elle parlait peu, malgré les sollicitations de la baronne. La mort de Guillaume hantait les esprits et imposait, en plus de l'état incertain de Louison, une ambiance funèbre et recueillie dans l'appartement. Camille se tenait cependant informée du devenir des uns et des autres : Vandières était reparti à Versailles auréolé de ses prouesses et Turner se remettait de sa blessure chez sa logeuse, rue des Petits-Champs à côté de l'hôtel Tubeuf. Un chirurgien avait été mandé par Quériand car l'os du bras était fracturé et de petits cartilages brisés gênaient la cicatrisation de la blessure. L'Irlandais, dont le courage n'était pourtant plus à prouver, supportait mal la douleur et faisait un patient très difficile, si bien que l'opération fut semble-t-il épique. Cela divertissait un peu Camille de savoir qu'il était prêt à pourfendre le monde entier mais poussait des cris d'orfraie dès que le chirurgien montrait à nouveau le bout de son nez. Il y avait peu de nouvelles de Gaspard, sinon qu'il était sain et sauf, laissé aux soins de sa patronne dame Berthelot, qui avait paraît-il hurlé quand on le lui avait ramené estropié, et ne laissait plus personne l'approcher.

Quand Camille se retrouva vraiment seule avec une Louison convalescente quelques jours plus tard, elle sentit le besoin de se confier à son amie. Elles avaient toutes les deux l'impression que plusieurs années s'étaient écoulées et que ce mois de juin 1748 marquerait un avant et un après, scellant pour toujours leur amitié.

— Je me sens si coupable, Louison, de t'avoir attirée dans ces problèmes.

— Et moi de n'avoir pu vous défendre. Ce sont des épreuves que nous avons traversées ensemble. Mais avec Guémard, vous étiez seule. Nicolas m'a raconté. Je veux vous dire que je comprends, je sais ce que vous avez subi.

— C'est étrange : personne ne m'en parle. C'est comme si j'étais responsable, ou que je devais en avoir honte.

— Vous n'y êtes pour rien.

— Et pourtant, je pense tout le temps à ce que j'ai pu faire pour le provoquer.

— Rien, j'en suis certaine, mais ce genre d'hommes ne voit la femme que comme un territoire de plus à posséder. On pourrait croire que ce n'est le fait que de paysans, de marins exilés, de pauvres hères sans éducation, mais le plus souvent, ce sont des puissants, qui se servent de leur statut.

Camille sentit que Louison parlait avec une émotion toute personnelle, comme si elle témoignait de sa propre expérience. Elle la regarda intensément et eut confirmation de son horrible intuition. Très vite, la jeune servante baissa les yeux, serra les mâchoires dans une concentration douloureuse le temps de plusieurs respirations puis, comme si elle avait remporté la victoire, redressa le menton. Appuyée sur plusieurs coussins de lin blanc, l'échancrure de la chemise laissant entrevoir un large bandage, Louison ressemblait à une madone flamande avec ses cheveux lâchés sur les épaules et ses mains jointes en une mystérieuse prière :

— J'avais quinze ans, commença-t-elle. C'était un des capitouls[1] de Toulouse, administrateur et bienfaiteur de l'Hôtel-Dieu, qui venait souvent visiter les lieux, avec des femmes différentes à chaque fois. Il se donnait l'image d'un bon samaritain et elles se pâmaient toutes à son bras. Je le trouvais séduisant, c'est vrai. Il m'amenait des petits présents, des breloques sans doute, mais pour moi, un véritable trésor. Et puis un après-midi, il est venu seul. Je pensais qu'il attendait le dignitaire pour quelques négociations mais il m'a dit que c'était moi qu'il venait voir. J'étais ignorante à un point qui me sidère encore aujourd'hui. Ça s'est passé dans une cellule réservée aux sœurs, malgré mon refus et mes larmes. Je lui en veux mais j'en veux aussi à ceux qui savaient et ont laissé faire, pour garder leurs pensions sans doute. Seule une religieuse, Sœur Anne, a eu pitié de moi et a fait intervenir son frère, un autre capitoul, en conflit avec mon agresseur. C'est là qu'on m'a envoyée à Saint-Émilion, comme je vous l'avais raconté, pour me protéger, mais cela arrangeait tout le monde qu'on oublie cette histoire, « cette histoire si banale » m'a-t-on dit.

— Oh, Louison ! Je n'aurais jamais imaginé !

— Parce que je suis d'un naturel gai, parce que j'ai l'air insouciante ? Je me suis construite avec ça. Vous êtes la deuxième personne à qui j'en parle. Nicolas sait aussi. J'ai voulu être honnête avec lui pour notre nuit de noces, mais il m'a dit que cela ne changeait rien. Cela ne change rien pour lui. Mais pour moi si. Et j'ai peur. C'est cela qui est

1. Magistrats de la ville de Toulouse de 1147 à 1789.

terrible : ces hommes nous volent aussi notre vie d'après.

Camille se sentit fautive d'un coup du malentendu qu'elle avait laissé s'installer et ne savait plus vraiment comment expliquer.

— C'est un peu différent pour moi, dit-elle timidement. J'ai été agressée, violentée mais, comment dire ? Il n'est pas parvenu à ses fins, pas totalement. Comprends-tu ? Oh, mon Dieu, Louison, c'est tellement gênant ! Quelqu'un a frappé à la porte et il s'est rhabillé en toute hâte, puis tout s'est enchaîné très vite : les coups de feu, le duel et sa mort sous le tir de Vandières. Mais cela me hante tout de même car les gestes étaient là, les coups aussi. Il s'est permis des choses ignobles. Je ne veux pas vivre ça, avec personne, jamais ! Jamais !

La réserve de Camille s'était muée en une rage sourde qui faisait briller ses yeux d'un éclat farouche. Louison reconnut cette colère et la comprit mieux que quiconque, mais savait par expérience qu'il ne fallait pas s'y abandonner. Dans le silence nécessaire, on entendit des bruits de pas lointains au bout de l'appartement, sans doute Pierre ou Toinette qui s'affairaient, mais tout redevint vite calme, empreint d'une sérénité réconfortante. Louison voulait que Camille éprouve à nouveau cette plénitude, peut-être pas tout de suite mais progressivement, étape par étape, victoire après victoire.

— Je suis heureuse malgré tout de ce que vous me dîtes, répondit Louison soulagée. Cette fureur que vous ressentez est légitime, mais elle ne vous aidera pas longtemps. Elle m'étreint de temps en temps car mon violeur continue à se pavaner et à sévir, et c'est ce qui m'est insupportable, mais j'en ai fait une force. J'ai voulu apprendre et remplacer ma naïveté par la connaissance. Je n'étais qu'une petite servante, orpheline et sans grande ambition, mais voyez comme la vie me gâte. Ce qu'un homme m'a pris, un autre va me le rendre en n'exigeant rien de moi, que mon amour.

— Je te l'ai déjà dit : tu es vraiment exceptionnelle, Louison, admira la jeune fille avec affection. Tu mérites tant !

— Comme vous, Camille ! Dès que je vous ai rencontrée, j'ai souhaité votre bonheur. Avec Guémard, justice a été faite, et vous y avez pris part. Acceptez le tourment, mais ne le laissez pas vous détruire de l'intérieur, ou votre agresseur vous aura entièrement possédée. Continuez votre route, laissez venir les épreuves, les obstacles, les bonheurs, et les sentiments à leur heure.

— Cela prendra du temps, répondit-elle sombrement.

— Bien sûr, et il le faut. Mais gardez espoir !

On arrivait dans la deuxième moitié du mois de juin et le retour de Camille à l'île de Ré se préparait, comme il en était convenu depuis le début. Le problème du voyage se posait : puisque Guillaume n'était malheureusement plus là pour s'en acquitter, qui escorterait la jeune fille jusqu'à La Rochelle ? Les échanges avec Mme de Tencin étaient rares depuis les événements de Montrouge, la baronne respectant les réserves de l'adolescente, mais ne comprenant pas tout à fait cette distance qui s'était immiscée entre elles. Camille repoussait l'entretien mais savait qu'il était nécessaire. Il eut lieu un mardi matin dans le boudoir, pièce qui, pour diverses raisons, resterait définitivement inscrite dans les souvenirs de la jeune fille.

— Asseyez-vous, ma chérie, accueillit Claudine-Alexandrine quand Camille pénétra sur l'épais tapis qui recouvrait le parquet.

Le petit salon bleu semblait toujours attendre quelques confidences dans son ambiance feutrée. Toinette y avait déposé une carafe fraîche d'une sorte de citronnade aromatisée puisque, malgré l'heure matinale, il commençait à faire déjà très chaud. Un drageoir en émail, dont le couvercle représentait une scène de la Commedia dell'arte, débordait de bonbons colorés. Camille pensa ironiquement que le polichinelle finement peint symbolisait bien ce monde de faux-semblants où évoluait la baronne, car le secret de la naissance de Jean d'Alembert la tourmentait toujours. Il y eut un silence pesant, où Camille piocha une dragée dont le goût anisé la surprit. Elle grignota du bout des dents le bonbon craquant, ne sachant pas si elle l'appréciait ou pas. Puis elle se décida mais la baronne fut plus prompte :

— Comment vous sentez-vous ? Nous n'avons pas reparlé de ce qui vous est arrivé mais Louison m'a rassurée, j'espère que vous ne lui en voudrez pas.

— Non, bien sûr.

Pourtant Camille fulminait, sans véritablement savoir pourquoi. Violée ou pas, voilà ce qui les intéressait tous, mais ce n'était que des mots, cachant une réalité beaucoup plus trouble. Pour la première fois, elle sentait une dissidence croître en elle contre Mme de Tencin, à qui elle avait voué jusque là une estime démesurée et une affection filiale. La conversation commençait ainsi sur des bases inégales dont la baronne n'avait pas connaissance.

— Quelque chose vous irrite, Camille, je le vois bien. Que s'est-il passé à Versailles que vous me taisez ? Vous craignez encore la vengeance de Mme de Morens ? Elle a disparu, mais ils la trouveront tôt ou tard. Cela ne doit plus vous angoisser.

— Ce n'est pas cela.

— Mais vous convenez qu'un je-ne-sais-quoi vous chiffonne. M'en voulez-vous de ne pas vous avoir assez protégée ?

— Bien sûr que non, j'ai toujours pu compter sur vous, malgré mes écarts.

— Vous n'avez pas apprécié que j'intervienne dans votre relation avec le jeune Fournier ? Il est vrai que votre vie amoureuse ne me concerne pas, mais je vous voyais plus épouser M. de Vandières que votre ami d'enfance.

— Vandières ? Jamais de la vie ! Il ne s'est d'ailleurs jamais prononcé en ce sens.

— Il s'en est ouvert à moi avant votre agression, mais n'en a pas reparlé depuis. Les hommes perdent vite la mémoire quand leur réputation est en jeu.

Camille espérait que la baronne ne le détromperait pas sur la suspicion de viol qui, ajoutée à la condition inférieure d'une petite provinciale, avait certainement découragé le prétendant. Tant mieux ! Elle appréciait M. de Vandières, mais connaissait son orgueil et ne s'imaginait absolument pas à ses côtés, en perruque poudrée et robe à paniers. Cette perspective, qui ne l'avait jamais effleurée, la fit même sourire.

— Cela m'arrange bien, je vous l'assure, répondit-elle sans aucun regret.

— Alors qu'est-ce qui vous chagrine ?

— En fait, je n'ai rien à vous reprocher en ce qui me concerne.

— Mais ?

Camille était d'autant plus amère qu'elle savait que cet abandon d'enfant, trente ans auparavant ne la regardait pas, mais cela la touchait intimement, viscéralement. Il était peut-être temps de distendre les liens, ce qui rendrait également la séparation moins douloureuse.

— La marquise de Pompadour m'a appris ce que tout le monde sait, jeta-t-elle comme une accusation, que vous êtes la mère de Jean d'Alembert.

Mme de Tencin leva un sourcil et répondit calmement, à peine surprise par l'attaque, comme si elle s'y était préparée :

— Je n'ai jamais été mère, Camille. Je n'ai jamais désiré d'enfant, jamais éprouvé cet amour viscéral et cette dépendance que d'autres décrivent. J'ai engendré un être qui ne m'était rien, et pour ne pas faire peser sur lui ce que vous considérez sans doute comme une monstruosité, je l'ai confié à une mère véritable. Mon tort principal vis-à-vis de lui précède sa naissance, par cette inconscience amoureuse qui semble toujours n'incomber qu'aux femmes. Reprocheriez-vous avec autant de sévérité l'abandon d'un père ? Non, bien sûr ! Vous vous doutez que, pendant toutes ces années, j'ai eu le temps d'y réfléchir. C'est ainsi, parce que cela ne pouvait être autrement.

Camille écoutait, partagée entre l'incompréhension qui persistait et la pitié pour cette femme seule dont toute l'existence avait été un combat. Avait-elle lutté contre l'instinct maternel par insouciance, par ambition ou véritablement, comme elle le disait, à cause d'une assimilation impossible ?

— Mais vous n'avez jamais cherché à rencontrer votre fils ? Vous saviez qu'il vivait là, tout près ?

— Je vous le redis, Camille : il n'est pas mon fils, mais celui d'une autre mère, aimante elle, qui lui a tout donné et qui a fait de lui ce qu'il est. Je n'ai pas éprouvé le besoin de perturber sa vie, et lui non plus. Nous sommes étrangers l'un à l'autre. En quoi est-ce condamnable, si chacun y trouve son compte ?

— Vous ne regrettez jamais ?

La baronne ne répondit pas tout de suite, hésitant de toute évidence à trouver les bons mots :

— Non, je n'ai aucun regret en ce qui concerne cette naissance. J'ai cousu mon armure à même le corps depuis longtemps. Mais elle s'est fendillée par endroits, en particulier quand je vous ai rencontrée, Camille. Pourquoi ai-je ressenti sur le tard cette affection, ce besoin de protéger, je ne le sais. J'ai exercé de l'influence sur de nombreuses jeunes filles, mais mon estime restait intellectuelle, jamais sentimentale. Je ne me suis jamais exposée. Et voilà que vous paraissez quand je m'y attends le moins, petite princesse de dix ans avec un aplomb de général en chef. Vous n'êtes pas ma fille bien sûr, ce serait impossible, et croyez que je le regrette, mais je comprends avec vous ce que peut ressentir une mère. J'ai souffert mille morts de vous savoir blessée. Et je souffre aujourd'hui de cette déception que je lis dans votre regard.

Pour la première fois, Mme de Tencin ne s'abritait pas derrière l'ironie ou les sarcasmes. Elle se livrait corps et âme, les larmes aux yeux, avec une sincérité qui toucha Camille profondément. La jeune fille mit de côté ses réserves et la consola affectueusement, mais quelque chose s'était inversé dans leur relation : malgré une grande reconnaissance pour la liberté qu'elle avait acquise, Camille se sentait enfin prête à repartir.

— Vous savez que vous pouvez rester si vous le souhaitez.

— Je le sais, et je vous remercie pour tout, mais j'ai besoin de rentrer chez moi. Cette vie parisienne fut une expérience incroyable mais, comme dirait mon père, ce n'est pas mon monde. Pas encore du moins, sourit-elle. Si un jour je veux en faire partie, je serai mieux préparée.

Camille rassemblait ses affaires depuis plusieurs jours mais la date de départ n'était toujours pas fixée car on ne trouvait pas de carrosse assez confortable, et encore moins d'escorte. Ce fut maître Foucher qui fit la proposition la plus improbable. Doublement peiné par la mort de sa femme et celle de Guillaume avec qui il s'était lié, sans domicile et ne trouvant pas l'énergie pour remonter son affaire dans l'état actuel des faits, il offrit son aide. Il était prêt à tenter l'aventure du long voyage pour voir l'océan et « advienne que pourra ! ». L'aide financière promise par Mme de Pompadour lui avait été remise, ce qui lui laissait le temps de vivre, avant de prendre d'autres décisions. Et comme il le disait lui-même, il ne pouvait laisser « sa seule héritière » abandonnée sur les grands chemins.

Camille se réjouit de cette nouvelle et mit de l'ordre dans sa correspondance : elle remercia la favorite du roi pour ses bienfaits et les nombreux présents qu'elle faisait envoyer rue Saint-Honoré, annonça à sa famille son retour prochain et prit le temps de faire ses adieux à Jean d'Alembert qui avait eu l'amabilité de s'inquiéter d'elle à de nombreuses reprises. Mme de Tencin vit passer les lettres mais ne fit aucun commentaire cette fois. D'Alembert promettait de continuer à écrire et envoyer des copies d'articles en échange de nouvelles : « À l'occasion parlez-moi de ces baleines qui croisent au bout de votre île car je n'en ai jamais vues. » Camille savait que les échanges seraient très espacés mais elle était ravie de garder un contact avec lui.

Un après-midi, elle profita d'une promenade aux Tuileries avec Abel de Vandières et Ross Turner, lui aussi sur le départ, pour faire ses adieux. L'Irlandais se remettait de sa blessure et remercia Camille :

— Je saurai désormais qu'il n'y a nul besoin de courir le monde pour vivre des aventures, mais qu'il suffit de vous suivre. Ce fut un plaisir, mademoiselle Lemonnier. Au fait, que signifie votre nom en français ?

— Cela indique la profession des membres de ma famille : je suis fille de meunier et mon père, comme son père et son grand-père avant lui, a toujours fait ce métier. « Le meunier », « Lemonnier », c'est la même chose.

Vandières semblait se désintéresser totalement de cette roture paysanne mais Camille, d'un sourire charmant, lui fit regretter de ne pas être plus simple. Elle craignit un instant de l'avoir encouragé, mais il lui fit des adieux définitifs, prolongeant cependant à l'envie le dernier baise-main. Elle rentra le cœur léger, se permettant pour la première fois de penser à la suite. Ce séjour parisien avait été si intense, comme un coup de vent, une tornade qui avait bouleversé son existence. Dans les allées du parc, enchantées par les oiseaux et le clapotis des bassins, il lui tardait de retrouver la simplicité de sa vie rétaise, et de mettre en place tous les projets qui germaient déjà dans sa tête.

Quand elle rentra à l'appartement, elle trouva Mme de Tencin en grande conversation avec une jeune femme à l'épaisse chevelure rousse, vêtue simplement mais avec goût et raffinement, qui portait le deuil d'une très jolie façon. Sans être d'une beauté exceptionnelle, elle était pleine de charme et en jouait avec parcimonie dans ses mouvements, ce qui la rendait d'autant plus séduisante. C'était sans doute une bourgeoise aisée, appartenant à l'un des nombreux cercles qui gravitaient autour de la baronne. Camille fit la révérence et fut surprise de ces yeux clairs qui la dévisageaient d'un air sibyllin.

— Camille, s'écria Mme de Tencin ravie, nous sommes sauvées ! J'ai trouvé un carrosse pour vous ramener à La Rochelle ! Je vous présente Mme Berthelot, qui accepte de vous reconduire.

Fleurs de lin

Le grand départ eut lieu juste après la Saint Jean. À cause de la blessure de Gaspard, Clémence Berthelot avait repoussé son retour à La Rochelle de plusieurs jours, sans que cela ne pénalise ses affaires car les commandes de draps qu'elle avait passées arriveraient par chariot à la mi-juillet. Étant donné la nouvelle organisation, maître Foucher aurait pu se dispenser du voyage mais se montra le moins du monde disposé à laisser sa place. Bien qu'il ait longtemps hésité à partir, rien n'aurait pu l'en dissuader une fois sa décision prise.

Camille rassembla ses robes et remplit une grande malle de voyage, s'amusant du bouleversement depuis le maigre sac qu'elle avait emporté de Ré, dont Jan s'était moqué. Elle l'entendait encore lui lancer le défi de la vie parisienne : « Voyons si vous trouverez plus sauvage que vous. » Elle aurait aimé partager avec lui ses victoires et lui démontrer combien son inexpérience l'avait au bout du compte servie, démasquant la barbarie là où on ne la cherchait pas assez. De temps en temps, elle se rappelait qu'il avait été l'amant de Mme de Morens, mais son cœur lui trouvait toutes sortes d'excuses plus ou moins fallacieuses. Et son imagination ne passait pas l'obstacle physique, d'autant plus depuis l'agression. Elle se disait qu'il serait grand temps de se torturer l'esprit si elle se retrouvait un jour en sa présence mais, à cet instant, elle utilisait son souvenir comme ange-gardien et cela lui convenait ainsi.

Tout à ses pensées, elle ajouta les nombreux livres, l'écritoire et les petits présents achetés pour sa famille. Louison, qui commençait à se lever mais souffrait encore beaucoup de son bras en écharpe, lui rappela le nécessaire de toilette, les bracelets et pendentifs envoyés par Mme de Pompadour et autres atours qui seraient pourtant bien inutiles sur le port de Saint-Martin-de-Ré. Elle en offrit ainsi une partie « en cadeau de mariage » à son amie, qui refusa d'abord pour la forme, puis rosit de plaisir en accrochant les pendeloques or et grenat à ses oreilles, assorties d'un ruban de cou orné de la même pierre.

Avant de quitter la chambre qu'elles avaient partagée de longs mois, Camille en fit le tour une dernière fois, caressant le marbre d'une commode et lissant l'un des lourds rideaux, consciente qu'elle ne reviendrait jamais à cet endroit. Mme de Tencin projetait de déménager rue Vivienne[1], dans un logement plus petit, espérant ainsi se retirer peu à peu du monde, sans regret. Les meubles seraient

1. Voie romaine puis rue au milieu des champs (dont le propriétaire se nomme Vivien) au Moyen Âge, orientée vers le nord depuis les jardins du Palais-Royal. Mme de Tencin s'y installe vraisemblablement fin 1748, au numéro 75.

vendus et il ne resterait rien des confidences, des larmes et des fous-rires qui avaient habité la pièce cet hiver 1748. Les pensées de Louison suivaient le même cheminement et elles se retrouvèrent enlacées juste avant de franchir le seuil, devant la porte ouverte, se promettant de s'écrire et de se revoir.

Mme de Tencin, qui ne pouvait faire preuve du même optimisme, s'était résignée : son état de santé ne lui permettrait plus de rejoindre sa demeure à l'île de Ré et elle connaissait les délais du courrier, d'autant plus lorsque l'on échangeait avec une jeune fille dont la vie commençait juste et se chargeait de promesses. Par décence, elle n'avait pas souhaité faire ses adieux, prétextant une indisposition qui la gardait au lit. Elle fit passer un court message à Camille, lui souhaitant bon voyage en l'assurant de toute son affection. La jeune fille ne s'en formalisa pas et entra dans la chambre de la baronne, malgré l'opposition de façade de Pierre, son valet. Elle marqua un temps d'arrêt devant la forme blanche assise au milieu d'un grand lit à tentures. Mme de Tencin portait un bonnet dormeuse en dentelle ajourée, sans aucun autre artifice pour masquer ses traits fatigués.

— Je vous avais dit de ne pas venir, Camille ! Je ne suis pas en état ! Quelle image garderez-vous de moi ? Celle d'une vieille femme impotente qui ne peut retenir sa sensiblerie ? Je ne le veux pas ! Ne prolongeons pas plus loin un départ inéluctable. Partez, puisqu'il le faut !

— Pardonnez-moi, mais je ne pouvais vous quitter ainsi. L'image que je garde de vous est à jamais gravée dans ma mémoire : c'est celle d'une grande dame qui marche au soleil sans se soucier des regards, d'un parfum qui la suit sur les quais de Saint-Martin, de traits d'esprits inimitables et surtout d'une liberté que j'admire, pour toujours. C'est ce que vous êtes et resterez pour moi, madame.

En un élan sincère, Camille franchit la courte distance qui la séparait du lit et, sans se soucier plus longtemps des bienséances, enlaça la baronne qui la reçut sur son cœur :

— Ma chérie, ma toute petite ! Tu vas tellement me manquer.

— Vous aussi ! Je vous dois tant, je ne l'oublierai jamais.

Elles pleurèrent ensemble puis rirent tout à la fois. Quand l'heure fut venue de se quitter, Claudine-Alexandrine avait retrouvé des couleurs.

— Adieu, ma Camille.

— Adieu, madame.

Camille embrassa la baronne sur le front et, les larmes aux yeux, lui murmura :

— Je vous aime.

Puis elle partit sans se retourner, flattant avec affection l'épaule de Pierre debout à l'entrée. Le valet referma doucement la porte après s'être assuré que tout allait bien : Mme de Tencin, les yeux fermés, serrait sur son sein un petit sachet de lin empli de sable et de coquillages.

En fin de matinée, sous un beau soleil, Louison et Nicolas Quériand, ainsi que la maisonnée de la rue Saint-Honoré, agitèrent mains et mouchoirs jusqu'à ce que le carrosse disparaisse au premier carrefour. Commença alors un périple à l'ambiance insolite entre la curiosité enthousiaste de maître Foucher et un Gaspard taciturne qui aurait de toute évidence payé très cher pour être ailleurs. On lui avait sans doute imposé cette promiscuité et il ne parvenait pas à rester naturel, ni avec son amie d'enfance qu'il connaissait depuis toujours mais qu'il ne comprenait décidément pas, ni avec Mme Berthelot à laquelle il devait obéissance.

Camille, assise en face de lui, dos à la route, participait sans entrain à la conversation de bienséance, tout comme la bourgeoise rochelaise. Au bout d'une heure, les sujets habituels ayant été épuisés, on se tut pour dormir ou regarder le paysage. Tout semblait différent quelques mois après : l'aller s'était fait à l'automne, ocre et boueux, mais les derniers jours de printemps habillaient les champs de couleurs vives et de parfums légers. Camille s'extasia au milieu des plants de lin, semblables à une immense vague bleue :

— Les fleurs ne tiennent pas plus de quelques jours, regretta M. Foucher. De toute façon, nous n'en verrons plus en allant au sud : le lin aime la fraîcheur et l'humidité. Pas moi : je crois même que je vais très bien m'en passer !

Le boulanger amenait un peu de bonne humeur et réussit à intéresser Mme Berthelot sur des thèmes vraisemblablement passionnants, allant des affaires commerciales à la mise au pas des employés. Elle avait d'ailleurs fort à faire pour mater le jeune homme revêche assis à ses côtés, dont elle s'inquiétait trop souvent et qui lui rendait peu de son attention. En tentant de rester discrète, Camille les regardait de temps en temps. La veuve qui employait Gaspard était loin d'être la vieille commerçante replète et empâtée qu'elle avait imaginée au début. Clémence Berthelot avait moins de trente ans, la peau laiteuse et le maintien gracile. Une grande douceur se dégageait d'elle, mais Camille ne s'y trompa pas : elle pouvait certainement faire preuve d'une volonté de fer au besoin, impression qui lui fut nettement confirmée le peu de fois où elle croisa son regard.

Comme à l'aller, les étapes devaient s'organiser dans les auberges pour les dîners et le couchage. À Blois, maître Foucher fit remarquer qu'il n'était jamais allé plus loin que cette ville, où il avait terminé son apprentissage. Après quelques anecdotes savoureuses sur sa jeunesse et les tavernes blésoises, qui amusèrent tous les voyageurs, il décrivit les lieux et se lamenta sur l'état du château[1] où il se souvenait avoir livré du pain.

— Quelle pitié, ma bonne dame ! Un si bel édifice ! Tout tombe en ruines ! Il est habité par des chenapans qui ne respectent rien. On l'appelait le coupe-gorge avec les autres commis.

Au bout du compte, il gardait pourtant un bon souvenir de la ville et Camille découvrit un peu mieux sa personnalité, parfois bourrue mais décidément attachante.

---

1. Château Royal de Blois : délaissé par Louis XIV et Louis XV, puis mis en vente par Louis XVI en 1788. Au XVIIIe siècle, il est cloisonné en appartements et l'entretien en est abandonné. Après la Révolution, il sera question de le détruire, puis il accueillera des corps d'armée avant d'être classé monument historique et restauré grâce à Prosper Mérimée.

Sur les indications de la jeune fille, le carrosse s'arrêta devant la même auberge que celle où, à l'automne dernier, avec Louison et le petit Samuel, elle avait attendu toute la nuit des nouvelles de Gabrielle Renaud et de Jan Hendrick. Le souvenir en était encore vif et douloureux mais l'hostellerie était accueillante, et Camille espérait glaner quelques nouvelles de l'enfant laissé à sa famille blésoise. Ils s'installèrent mais on les prévint que, lors de cette nuitée, ils devraient partager la même chambre, car tout était réservé. La salle était plus sombre que dans le souvenir de Camille car la cheminée ne flambait pas, et la fraîcheur fut en fait la bienvenue. On leur servit une galimafrée[1] de volailles, avec une sauce au vin savoureuse et un pain qui trouva grâce aux yeux du maître boulanger. Alors qu'ils étaient tous les quatre attablés, Camille reconnut une des servantes, croisée quelques mois auparavant, et lui fit signe, sous le regard curieux de Gaspard :

— Bonsoir. Je me permets de vous déranger pour un renseignement. Je suis passée par cette auberge à l'automne dernier avec d'autres voyageurs. Nous avions été attaqués par un loup dans la forêt, un cheval était blessé et…

— Pour sûr que j' m'en souviens ! On en parle encore par ici ! Et j' me souviens de vous aussi : vous aviez veillé toute la nuit avant que vot' mari arrive. Vous faisiez peine à voir tous les deux

1. Fricassée ou ragoût de diverses viandes, servi dès le Moyen Âge. Le mot est devenu aujourd'hui péjoratif pour parler d'un repas indigeste, ou cuisiné à base de restes.

dans vot' chagrin ! La pauv' dame avait point eu d'chance !

Camille sentit le regard lourd de Gaspard quand fut évoqué son « mari », qui ne pouvait être que Jan. Elle se réjouit naïvement de cette méprise, comme un petit bonheur qu'on attrape au vol, mais détrompa immédiatement la servante :

— Ce n'était pas mon mari, mais un gentilhomme qui m'escortait.

— Hein ? Vous aviez l'air de... Oh ! Mille pardons ! se reprit-elle, j'avais cru que... En tout cas, il était bien bel homme ! J'en aurais volontiers fait mon escorte, moi aussi ! rit-elle en prenant à témoin une autre servante qui suivait la conversation.

— Je n'en doute pas, éluda Camille que les yeux scrutateurs de Gaspard mettaient mal à l'aise. Ce jour-là, nous étions accompagnés d'un petit garçon que nous avons laissé à Blois, dans la famille de sa mère défunte. En avez-vous entendu parler ?

— Moi non, pas depuis... mais Geneviève doit en savoir plus. Bougez pas !

Camille se tourna vers sa table de convives et leur expliqua rapidement de quoi il retournait. Après les exclamations de circonstances, cela lança une nouvelle conversation sur les attaques de loup, que Gaspard suivit distraitement, plus attentif au retour des deux servantes. La fameuse Geneviève était une force de la nature, aussi large que haute, avec des mains de la taille d'un battoir à linge, mais quand elle parla, elle avait une voix de petite fille qui chuintait légèrement. Sous la table, retrouvant des gestes de l'enfance, Camille pinça Gaspard qu'elle sentait sur le point de rire, complicité qui n'échappa pas à Clémence Berthelot.

— B'choir mesdames, mechieurs, bégaya Geneviève. En quoi je peux vous aider ?

— Je cherche des nouvelles d'un petit garçon que nous avons laissé à Blois à l'automne, réexpliqua Camille.

— Ah ch'est vous, l'hichtoire du loup ? Vous voulez chavoir ch'que devient le p'tit Jean ? Enfin tout l' monde l'appelle Chamuel ici. Parle pas beaucoup comme gamin, mais l'est chacrément doué ! Il vit chez une cougine d'mon mari. L'a pas chix ans qui joue déjà d'la mugique et qui lit les partichions. Ils ch'en chont rendu compte à l'églige.

Gaspard s'était tourné vers la tablée pour cacher un rire irréfrénable que le discours rapide et difficilement compréhensible de la servante relançait à chaque nouvelle phrase.

— À l'église ? demanda Camille qui réussissait à rester sérieuse car elle s'étonnait des informations, connaissant l'origine protestante de Samuel.

— Oui-da ! Le gamin y est toujours fourré. Mais maint'nant, il peut auchi apprendre chez lui. Vot' monchieur avait promis qu'il ch'occuperait du p'tit – j'veux pas chavoir pourquoi – mais la cougine rechoit bien d'l'argent tous les mois. Alors ils lui ont ach'té une echpèce de clavier dans une boîte, un clavicorde[1] que cha ch'appelle. L'est bien heureux quand il en joue : un goche incroyable, j'vous dis !

---

1. Instrument de musique à cordes frappées, considéré parfois comme l'ancêtre du piano forte. Mozart et Schubert en possédaient un.

Camille remercia chaleureusement pour ces nouvelles rassurantes et tança Gaspard qui riait encore en montant à l'étage. Elle eut une pensée pour Gabrielle qui se serait réjouie du bonheur de Samuel, même si savoir son fils en enfant de chœur chez les papistes l'aurait passablement heurtée. Puis son cœur bénit Jan qui avait tenu sa promesse, en mettant en place la rente éducative annoncée.

Comme convenu, tous dormirent dans la même chambre lors de cette première nuitée, ce qui soulagea finalement Camille qui ne se voyait partager l'intimité d'aucun des trois voyageurs, et ce pour diverses raisons. Le lit fut donc laissé aux dames, les hommes se cassant les reins sur une sorte de paillasse améliorée à même le sol. Maître Foucher, insouciant comme un enfant depuis le départ, ne se plaignit pas et Gaspard prit sur lui malgré sa blessure à la cuisse, l'élan de gaieté de la soirée l'ayant passablement adouci. Camille garda autant de distance que possible avec Mme Berthelot et se retrouva plusieurs fois dans la ruelle du lit, à écouter les respirations croisées des trois autres, le vieux boulanger n'étant pas loin de faire trembler les murs.

Par la suite, Camille put mesurer l'influence que Jan avait jouée en octobre, car il y avait alors des chambres libres et des repas savoureux qui les attendaient à chacune de leurs étapes. Mais la nouvelle équipée, malgré une certaine aisance financière, devait négocier âprement, d'autant plus que les femmes tenaient la bourse ce qui ne facilitait pas les choses chez les tenanciers. Les repas servis sur ces premiers jours de voyage n'avaient d'autre objectif, la plupart du temps, que de combler la faim à coups de bouillies, ragoûts insipides et pains rassis. Maître Foucher ne décolérait pas des mies denses et des croûtes brûlées qu'on déposa devant eux.

À Poitiers, la chaleur devint insupportable et l'on demanda à l'auberge la possibilité de se rafraîchir à grandes eaux. On leur conseilla une sorte de crique propre et calme où le Clain qui arrosait la ville marquait un coude. La marche pour s'y rendre délassa les jambes et les esprits, épuisés par les longues journées de voyage. On s'établit près d'un bosquet qui cachait la vue, aussi bien depuis la route que vers la rivière, avec un panier de victuailles confié par l'aubergiste. Les deux jeunes femmes allèrent au bain en premier, pendant que les hommes faisaient le guet pour éviter tout désagrément. Camille pénétra avec bonheur dans l'eau fraîche, en essayant d'éviter les pierres glissantes. La sensation de son corps totalement immergé la combla d'aise et elle lava ses cheveux avec l'une des huiles de fleurs de son trousseau, qu'elle partagea volontiers avec la jeune bourgeoise, restée pudiquement en chemise. Le cadre idyllique, bercé par le bruit du courant et de cascades lointaines, fit l'effet d'une purification voire d'un nouveau baptême pour Camille, comme le début d'une nouvelle vie qu'elle avait hâte de mener.

Quand vint le tour des hommes, Adrien Foucher prévint qu'il n'entrerait « jamais entier dans l'eau ». Gaspard ne fit pas tant de manières, ôtant sa chemise avant même d'être caché aux regards, conscient de son buste ferme et vigoureux. La parade eut l'effet escompté. Camille ne put faire autrement que le trouver particulièrement beau et elle ne fut pas la seule : Clémence Berthelot, occupée à installer le pain et les terrines sur un grand drap, s'arrêta net et rougit avant de baisser le regard. Quand il revint en traînant un peu la jambe, sa tignasse brune dégoulinait encore sur sa chemise propre, en répandant des gouttelettes nacrées autour de lui. Maître Foucher, reboutonnant son gilet sur son ventre arrondi, ne provoqua pas le même émoi mais la bonne humeur fut de mise pour la soirée.

L'auberge avait cette fois mis deux chambres à leur disposition. L'entente entre Camille et Clémence Berthelot était cordiale mais de toute évidence soumise à une tension sous-jacente qui n'avouait pas son nom. Elles se couchèrent sans cérémonie après s'être souhaité par courtoisie une bonne nuit. Vers trois heures, la jeune fille fut réveillée par ce cauchemar d'incendie qu'elle faisait souvent, et qui avait trouvé une horrible réalité avec la destruction de la boulangerie. Cette fois encore, au milieu du rêve, elle essayait de crier pour prévenir son père mais elle était comme à l'écart de la scène, impuissante. Elle se leva pour ouvrir la fenêtre, espérant que cela ne dérangerait pas sa compagne de lit, et offrit son visage en sueur à la brise nocturne.

L'auberge était un beau bâtiment à colombages qui avait la particularité d'offrir au premier étage de l'un de ses flancs, au-dessus des celliers, une galerie extérieure couverte qui desservait certaines chambres. Camille n'y avait pas accès mais sa fenêtre sur la façade principale se trouvait en vis-à-vis, au dessus de la cour fermée pour la nuit. Dans la pénombre, elle aperçut soudain quelqu'un sur la galerie. Il ne lui fallut pas longtemps pour reconnaître la jeune commerçante rochelaise, et s'apercevoir qu'elle n'avait en fait laissé qu'un traversin de coutil sous le drap. Cachée derrière le rideau, Camille vit Gaspard sortir à son tour et enlacer sa maîtresse, qu'il embrassa longuement. Même si elle avait eu l'intuition de cette idylle dès le début, cela la blessa plus qu'elle n'aurait cru. Quand ils se séparèrent, elle courut se recoucher, essayant de calmer son cœur avant que Clémence ne revienne.

Le trajet du lendemain entre Poitiers et Niort prit la journée. Camille regardait en face d'elle le couple illégitime formé par son ami d'enfance et sa patronne. En public, Gaspard restait froid et distant alors qu'elle le frôlait dès que possible et susurrait ses consignes, oubliant parfois qu'il était à ses ordres. Il s'acquittait de sa tâche de façon irréprochable, transportant ses bagages et assurant sa protection, malgré sa blessure ; seul un œil averti pouvait soupçonner leur amourette. Avec une mauvaise foi dont elle eut pourtant conscience, Camille trouva Mme Berthelot nettement plus âgée qu'à sa première impression. Elle devait bien avoir dix ans de plus que lui et s'abaissait à une liaison interdite propre à nourrir les commérages rochelais. Camille en était aussi énervée que de ressentir cette jalousie ridicule et déconcertante. Sans se douter de ces pensées négatives, Mme Berthelot se montrait particulièrement guillerette et engagea d'elle-même la conversation :

— J'ai repensé aux propos de Mme de Tencin et à vos épreuves du voyage aller. Il me semble connaître M. Van Lynden dont il est souvent question. C'est un gentilhomme hollandais, n'est-ce pas ? Très grand et élégant, avec les cheveux blond foncé et les yeux bleus ?

— Oui, cela y ressemble, acquiesça Camille, étonné de la question

— Je crois qu'il côtoyait mon père, mais aussi feu mon époux. Il y a une importante communauté flamande à La Rochelle, du fait du commerce avec les Provinces Unies[1]. Mes parents étaient flamands et ils m'ont transmis beaucoup, à commencer par la couleur de mes cheveux. M. Van Lynden avait assuré la sécurité de certains chargements, il me semble. Il doit avoir mon âge mais, à vingt ans, il passait déjà pour une sorte de héros. C'est lui qui vous a sauvée de cette attaque de loup ?

Et soudain, Camille comprit son manège. Elle parlait pour provoquer Gaspard, pour prendre la mesure de son attachement et de sa jalousie. Bien obligée, la jeune fille raconta comment elle avait fait connaissance de Jan et ce qu'elle savait de lui, emportée malgré elle par le plaisir de l'évoquer. Clémence Berthelot, qui ne devait pas l'avoir croisé souvent, brodait autant que possible sur ses qualités, créant ainsi une sorte de mythe sans véritable fondement. Mais le poison dérisoire faisait effet : Gaspard écoutait sans en avoir l'air et serrait les mâchoires, ne résistant pas au piège de cette compétition absurde.

1. Nom donné à la République des Pays-Bas, appelée communément « Hollande » en France.

C'est ainsi qu'ils arrivèrent à Niort, dans une ambiance à couper au couteau, les deux jeunes femmes rivalisant de malice et de double-sens et Gaspard prétextant une douleur à la jambe pour expliquer sa très mauvaise humeur alors que Foucher émergeait au milieu de cette bataille tacite sans vraiment comprendre ce qui avait pu se passer pendant sa sieste. Le cocher entra dans la ville au milieu des travaux car on aménageait une grande place de marché hors des murs sur un terrain marécageux, à partir d'une brèche[1] réalisée dans les remparts. L'auberge fréquentée au voyage aller étant complète, on se rabattit sur un petit établissement situé dans une rue montante, difficile d'accès, qui proposait des chambres minuscules, mais au nombre de trois. Cette intimité serait assurément la bienvenue même si, par un mauvais esprit assumé, Camille se demandait où Gaspard finirait sa nuit.

1. Place de la Brèche : après les inondations de 1741 et pour accueillir les grandes foires niortaises jusque là intra-muros (actuelle place Chanzy), on perça une « porte de la Brèche » dans les remparts en 1747 en direction de la route de Paris, et on aménagea le terrain marécageux (source de Bouillounouse) pendant plus de vingt ans.

Fricassée d'anguilles et maigre grillé

En entrant dans sa chambre à la nuit tombée, Camille se sentit un peu nauséeuse. Elle revenait pourtant d'une longue marche vespérale sur les bords de la Sèvre niortaise, qui l'avait conduite au port où passaient les gabares chargées de tonneaux d'eau-de-vie et de vinaigre. Dans la soirée douce qui habillait la ville de teintes mauves, les bateliers terminaient leur journée en s'apostrophant de barge en barge, et l'avaient saluée joyeusement. Était-ce la fricassée d'anguilles servie à la taverne, pourtant succulente de l'avis de chacun, ou les tensions de la journée ? Elle ne savait pas vraiment mais elle gardait comme un poids sur l'estomac, surtout depuis les aveux touchants de Clémence Berthelot qu'elle tournait et retournait dans sa tête.

Quand Camille était partie marcher après le dîner, promettant de ne pas s'éloigner de l'immense donjon médiéval du centre de la ville qui attendait quelques travaux de rénovation[1], Mme Berthelot l'avait suivie :

---

1. Donjon de Niort : construction du XIIe siècle sur la volonté d'Henri II Plantagenêt, roi d'Angleterre et époux d'Aliénor

— Mademoiselle Lemonnier ! Attendez-moi !

Camille s'était retournée, redoutant le motif de cette démarche car le dîner, conséquence prévisible des dissensions de la journée, avait tourné en chicane entre les deux tourtereaux. Gaspard avait fini par quitter la table, faisant la sourde oreille aux ordres donnés par sa maîtresse, et mettant toute l'assemblée passablement mal à l'aise.

— Je voulais vous dire que je suis fâchée contre moi pour ce que j'ai fait aujourd'hui, commença la jeune Rochelaise avec sincérité. Je n'y ai rien gagné, comme vous l'avez vu. Je voulais savoir s'il vous aimait. Et je sais.

— Vous n'avez pas à vous justifier.

— Permettez-moi de terminer, de grâce, car c'est assez difficile pour moi. J'ai conscience que l'amour que je lui porte est indécent, que Dieu me punira pour ça mais je vous en supplie, laissez-le moi !

Cette prière résonnait encore dans la tête de Camille quand elle s'allongea tout habillée sur le lit simple, le ventre douloureux. Attentive au bruits extérieurs, elle écoutait les déplacements dans les couloirs de l'auberge, les portes qu'on claquait, les chuchotements, même quelques rires étouffés. Son imagination en construisait des histoires galantes, des disputes ou des jalousies entre les employés. Des cris dans la rue l'alertèrent, vite calmés par la maréchaussée dont elle suivit

---

d'Aquitaine. En 1748, l'édifice connut des catastrophes : le parement extérieur de la tour nord se détacha, d'où les travaux en cours, qui virent pourtant la tour s'écrouler en septembre 1748.

l'intervention comme on entend une histoire. Cette multitude d'existences dont les actions individuelles influeraient les unes sur les autres l'étourdissaient mais, malgré son épuisement, le sommeil ne voulait pas d'elle. Elle se releva donc pour rédiger une courte lettre à son père confirmant son arrivée à l'île de Ré le surlendemain en présence de maître Foucher, puis reprit la lecture du roman de Mme de Tencin, dont le titre *Les Malheurs de l'amour* lui parut plus que jamais bien trouvé.

Un bruit sur le plancher la réveilla soudain au beau milieu de la nuit, avec cette sensation paralysante d'un danger imminent. Elle voulut crier quand une main se posa sur son épaule en la secouant doucement, mais elle n'en eut pas l'occasion car une autre vint immédiatement se plaquer sur sa bouche.

— Chut ! Camille, c'est moi ! Tais-toi ! Tu vas réveiller tout le quartier !

Gaspard était là dans la pénombre, à genoux à côté du lit, avec son air de gamin pris en faute.

— Mais tu es complètement fou ! chuchota-t-elle en se redressant. Tu te rends compte que j'ai été agressée plusieurs fois et que j'en fais des cauchemars. Et toi, tu viens me terroriser en pleine nuit ? Comment es-tu entré d'abord ?

— Tu n'avais même pas fermé la porte à clé. Tu es bien imprudente, je trouve. Je ne pourrai pas te sauver continuellement.

Il souriait ! Elle ne parvenait toujours pas à reprendre son souffle, et il souriait ! Son sang ne fit qu'un tour :

— Et qui va me sauver de toi, Gaspard ? À quel jeu joues-tu ? Tu t'es trompé de chambre : Mme Berthelot t'attend à côté. Et vous serez bien aimables de me laisser dormir. Sinon retourne dans ton lit, et essaie tes charmes sur M. Foucher, tu auras certainement plus de chance !

— Chut ! Je ne viens pas me disputer avec toi, ni te demander quoi que ce soit. À moins que tu en aies envie bien sûr.

— Sors d'ici !

Plus il riait de son énervement, plus elle lui en voulait de prendre tout à la légère. Elle remonta le drap sur elle en s'appuyant contre le mur, décidée à ne plus lui adresser la parole.

— J'arrête, je te promets ! Je voulais juste discuter. Nous ne nous sommes pas revus depuis les évènements de Montrouge. Enfin je veux dire, juste toi et moi. Et je n'ose pas en parler devant les autres. Tu sais, tout est devenu si compliqué.

— Il me semble, oui, répondit-elle sévèrement.

Il prit cet air sot qu'elle lui connaissait bien quand il voulait la laisser décider, tout en jouant sur la corde sensible, et une fois de plus, cela fonctionna. Elle s'apaisa bientôt, se souvenant de tout ce qu'elle lui devait. Sans son intervention pour indiquer la maison de Guémard et pour la défendre contre lui, Dieu sait où elle serait à présent, sans doute dans un fossé des alentours de Paris, ou noyée dans quelque port tourné vers l'Amérique.

— C'est sûr que tu es plus doué contre les flammes ou le poignard à la main qu'avec la gent féminine, se moqua-t-elle.

— Et encore, regarde ma jambe, dit-il soulagé qu'elle ironise. Même dans l'action, j'aurais des leçons à recevoir. Je ne suis pas certain de remarcher normalement avant d'avoir besoin d'une canne. Pas sûr que je puisse séduire en traînant le pied.

— Voilà qui te met à l'abri de bien des maux.

Comme toujours, ils retrouvaient leur complicité et les conciliabules qu'ils tenaient enfants sur le dernier banc de l'église, au fond du cimetière ou derrière les chais couverts de lierre, dans tous ces endroits où ils n'avaient pas le droit d'aller parce que c'était dangereux, ou parce que les adultes en avaient décidé ainsi. Camille pensa à son père et à sa réaction s'il apprenait qu'elle s'était retrouvée seule avec Gaspard Fournier dans la petite chambre d'une auberge niortaise. Les commérages du village iraient vite, déjà qu'on devait jaser à tout-va sur le jeune homme et sa « dame » de La Rochelle.

— Tu l'aimes ? demanda-t-elle soudain, le cœur un peu plus rapide.

— Je ne sais pas, hésita-t-il. Je suis attachée à elle, je la trouve belle et douce, et intelligente. Mais ce n'est pas toi. Je ne veux pas la blesser, c'est juste quelque chose que je ne maîtrise pas.

— Mais comment peux-tu ?

Il la regarda étonné, à la fois ravi de sa naïveté et passablement gêné.

— L'embrasser ? L'étreindre ? C'est ce que tu me demandes ? Eh bien, le plus souvent, j'en ai envie. Je ne vais pas me faire moine parce que tu ne veux pas de moi !

— Arrête avec ça ! Toi et moi, on se ferait du mal, et même si tu m'insupportes, que tu es capricieux et entêté, je ne veux pas te perdre pour ça. Restons amis, veux-tu ?

Pourtant, malgré ses belles idées et ses appréhensions, ce serait si simple avec Gaspard. Elle n'avait qu'à sortir un peu le bras de la couverture, le glisser vers lui, caresser sa main, et le reste viendrait naturellement, parce qu'il était plus expérimenté et qu'il savait quoi faire. Il était beau et ferait preuve de douceur, elle le savait, effaçant peut-être le souvenir violent de ce pourceau de Guémard. Dans l'intimité de la chambre, elle sentit son souffle s'accélérer et, pour la première fois, naquit l'envie timide de l'attirer contre elle et de transformer leurs habituelles chamailleries en un combat plus tendre. Une partie de son esprit combattait ce désir, et en appelait à la raison : il était l'amant d'une femme qui dormait juste à côté, et la porte n'était même pas fermée, mais cela faisait peu de poids en cet instant.

— Camille, il faut que je te demande quelque chose.

Sa voix basse dans le silence la rappela à la réalité. Il n'avait pas suivi le même cheminement, aveuglé par l'ombre de la chambre qui lui cachait le regard changeant de Camille, et par cette inquiétude tenace qui le taraudait depuis l'agression.

— C'est toujours non ! rit-elle nerveusement, en se recroquevillant un peu plus contre le mur, pour ramener la distance raisonnable entre leurs deux corps.

— Je suis sérieux. Je ne sais pas comment t'en parler. Mais quand je suis entré dans la maison à Montrouge, tu étais sur ce lit. À moitié nue. Et j'ai vu les traces de coups après.

— Tu veux savoir jusqu'où il est allé, c'est ça ? Pourquoi ? Qu'est-ce que ça change ? fit-elle en trouvant dans l'agressivité de quoi s'extirper de ce moment de faiblesse.

— Pardon, j'ai été maladroit. Mais cela me hante. Je ne supporte pas l'idée qu'il t'ait fait du mal.

— Si je peux vivre avec ça, toi aussi. Mais rassure-toi, tu es arrivé à temps encore une fois pour sauver mon innocence. Je me présenterai blanche et pure devant Dieu. Et ça, tu ne peux pas en dire autant !

— Ce n'est pas pareil, rétorqua-t-il avec la pire malhonnêteté qui soit.

— Ah bon ? Et qu'est-ce qui est différent ?

— Ce n'est pas pareil pour les hommes. Ta baronne t'a mis des idées en tête que...

— Bonne nuit, Gaspard !

Il marqua un temps d'arrêt, sourit et se releva pour quitter la chambre, se félicitant intérieurement d'avoir avoué sa liaison, reçu des réponses et retrouvé les relations rituelles avec Camille, sans s'être trop exposé. Il était loin de penser qu'il aurait pu obtenir bien davantage.

Le courrier à qui Camille confia sa lettre partit très tôt le lendemain. Elle se retrouva donc dans la salle principale à une heure matutinale, et fut surprise d'y découvrir Clémence Berthelot qui triait nerveusement des papiers. Quand elle releva la tête au salut de la jeune fille, ses yeux clairs étaient chargés de reproches. Camille comprit que la nuit ne s'était pas passée comme elle l'avait sans doute espéré ou, pire encore, qu'elle avait surpris les escapades nocturnes de Gaspard. Indifférente à l'ambiance tendue, une servante leur proposa une boisson chaude dont l'habitude s'installait progressivement en France, alors qu'on attendrait dix ou onze heures pour la collation méridienne.

— Mme Berthelot, commença Camille qui souhaitait percer rapidement l'abcès. Je vous ai entendue hier et je vous remercie de votre franchise. Mon manque d'expérience en amour ne me permet pas de tout comprendre, mais votre attachement me paraît sincère. Il m'est impossible de parler pour Gaspard, mais sachez que je ne me mettrai pas sciemment en travers de votre chemin.

— Ah non ? Mais vous ouvrez votre porte la nuit, et que sais-je encore ? Je n'aurais jamais dû accepter de vous conduire à La Rochelle. Mme de Tencin s'est montrée persuasive, ce qui a flatté mon orgueil. Et peut-être que je cherchais inconsciemment à me faire du mal, pour expier ma faute.

— Il ne s'est rien passé avec Gaspard. Nous sommes liés depuis l'enfance et vous n'y pourrez rien, mais cela s'arrête là.

— Pouvez-vous le jurer ? demanda-t-elle avec espoir.

— Je n'ai pas à vous jurer quoi que ce soit, coupa Camille en se persuadant elle-même. Je vous le dis, simplement. Mais ce que j'ai pu voir entre vous deux, d'autres le verront.

La servante qui apportait les tasses fumantes baissa les yeux et repartit bien vite, colportant déjà en cuisine que les deux jolies dames allaient finir par s'écharper.

— Je sais tout cela, convint Mme Berthelot. Paris nous offrait une liberté plus grande, mais ce sera impossible à La Rochelle. Tout le monde me connaît, et connaissait mon mari surtout. Je suis perdue corps et âme.

Elle était plus âgée mais se confiait comme une enfant, totalement désespérée. Camille, touchée, s'étonnait du pouvoir des sentiments, même si elle se souvenait avoir ressenti cet élan violent pour Jan, instant fou qui l'avait ensuite rendue longtemps mélancolique.

— Clémence, osa-t-elle, je ne suis pas la mieux placée pour vous conseiller, bien que vous devriez moins vous blâmer et vous torturer l'esprit. Et je n'ai pas à vous dire ce qui est bien ou mal, mais si vous choisissez de vivre cet amour, il vous faut en accepter les aléas.

— C'est étrange de se dire que tout était plus simple avec mon mari, que je n'aimais pourtant pas. Il était âgé, volage et parfois violent mais, à ses côtés, j'étais pieuse et respectable, sans effort aucun.

Camille ne savait plus quoi lui dire, impuissante face aux méfaits combinés de la jalousie et des bienséances. Mais elle n'eut pas à chercher plus avant, car déjà la Rochelaise se redressait d'un air volontaire, ayant aperçu Gaspard qui descendait les marches. Rasé de prêt mais les cheveux en bataille quoi qu'il fasse, il les salua, hésitant sur la mine à adopter face aux deux sirènes qui perturbaient ses nuits, autant par leurs chants que leurs coups de bec. Clémence, étonnamment remise de ses émotions, se leva pour aller vers lui, en rajustant les dentelles claires qui garnissaient son corsage :

— Vous avez raison, Camille ! chuchota-t-elle. Il me faut faire un choix : la retraite ou le combat.

Et elle avait de toute évidence choisi quand elle passa un tantinet provocante devant le jeune homme. Sa robe d'un vert prasine mettait en valeur sa carnation et elle le savait pertinemment, tout comme elle avait conscience de ses atouts pour le séduire. Comme les créatures antiques qui piégeaient les marins imprudents, elle avait choisi d'attirer Gaspard par le charme. À les voir minauder ainsi à l'entrée de l'auberge, Camille se dit pour sa part qu'il était grand temps d'arriver à La Rochelle.

La ville aunisienne apparut en toute fin de journée, après une route si longue et si pénible que maître Foucher lui-même commençait à trouver le temps interminable. Il était convenu que Camille et lui dormiraient sur place avant de prendre le bateau pour l'île de Ré, à la première marée du lendemain. Clémence Berthelot offrit l'hospitalité par politesse mais Camille déclina, ne voulant pas alimenter un peu plus le serpent qui avait empoisonné une partie du voyage. Pourtant la jeune femme finissait par lui être agréable, car elle était fine et sensible, et assez fantasque malgré son austérité apparente. Camille comprenait mieux le penchant de Gaspard qu'elle ne lui aurait sans doute pas pardonné pour une simple aventure charnelle, comme celle qu'elle avait soupçonnée à la fête des vendanges avec cette peste de Blandine Boutonneau. Blandine Boutonneau. Que de temps avait passé ! L'idée de retrouver toutes ces querelles de basse-cour l'assombrit un peu mais, après tout, était-ce si différent des médiocrités d'une Morens ou d'un Guémard ?

Le carrosse déposa les voyageurs au bout de la rue Bletterie[1], qui réunissait de nombreuses auberges pour les clients venus négocier sur place, mais aussi de riches logis de commerçants dont la maison Berthelot. C'était une belle demeure à pans de bois où l'on devinait une cour protégée derrière le porche arrondi. Gaspard aida Clémence à descendre, puis commença à s'occuper des malles avant qu'un autre domestique, nettement moins séduisant, prenne le relai. Sa maîtresse, soulagée d'être enfin arrivée, salua ceux qui partaient chercher un gîte pour la nuit :

— Eh bien, mademoiselle Lemonnier, nous y voilà. Je vous souhaite un bon retour sur votre île et je vous remercie, fit-elle avec un regard entendu.

— C'est moi, madame, qui vous suis redevable.

— Bonne installation, M. Foucher ! ajouta-t-elle, tout en donnant des ordres à ses gens de maison venus l'accueillir. Et rappelez-vous que les bons boulangers sont toujours les bienvenus, où qu'ils s'installent.

— Merci Mme Berthelot, ce fut un plaisir. À bientôt, Gaspard ! Vous viendrez nous voir dans l'île de Ré ?

— J'essaierai, bien que je ne sois plus le bienvenu là-bas. Je suis brouillé avec ma famille,

1. Rue à l'origine des marchands de bleds (céréales), d'où son nom. C'est l'une des plus anciennes rues qui abritait des maisons à pans de bois de belle taille, montrant l'aisance de ses propriétaires.

regretta le jeune homme. Mais nous nous recroiserons, c'est certain.

Il fixa Camille avec ce sourire en coin qui découvrait sa cicatrice au sourcil et lui donnait un air de pirate irrésistible, puis il la salua de trois doigts sur le front comme on salue un capitaine de navire, avant de pénétrer sous le porche où Mme Berthelot l'appelait déjà.

Camille et M. Foucher dînèrent copieusement chez un cabaretier réputé pour ses plats de poisson. On leur servit un maigre entier cuit sur braise, assaisonné de grains de sel et d'un simple filet d'huile, avec du pain de qualité. Le boulanger abusa un peu du vin blanc local, et se trouva de nombreux amis tout aussi éméchés pour finir la soirée. Camille eut toutes les peines du monde à l'emmener se coucher, craignant à l'avance la traversée en barque entre le continent et l'île, alors qu'il aurait juste dessaoulé.

Le matin, il avait pourtant bonne mine, profitant du beau soleil des derniers jours de juin sur le port animé de La Rochelle. Il arrivait au bout de ce voyage courageux et attendait avec impatience de voir le grand océan. Un peu avant l'heure de la pleine mer, le coche les déposa avec leurs bagages dans la paroisse de Laleu, au bas de la falaise de la Repentie. La grande chaloupe, avec ses trois hommes d'équipage et son maître de barque, prit la mer sans encombre. L'île de Ré s'était faite belle pour l'occasion, offrant ses côtes d'or clair à une mer calme et conciliante, dont les teintes changeantes dansaient avec les nuages. Doucement ballottés par les flots, les deux voyageurs furent saisis de la même émotion : maître Foucher car il n'avait jamais vu une terre au milieu de l'eau, sans rien d'autre à l'horizon pour la retenir, Camille parce qu'elle rentrait enfin.

SAINT-MARTIN-DE-RÉ

La pêche aux pétoncles

Ce 29 juin 1748, Antoine Lemonnier attendait à l'embarcadère du fort La Prée que le bateau accoste. Quand il aperçut Camille, il ne reconnut pas tout d'abord la jeune femme aux cheveux relevés, drapée dans une cape légère qui la protégeait du vent de la côte. Puis elle se retourna, lui sourit et son cœur se réjouit. La rencontre avec M. Foucher fut chaleureuse, Camille ayant bien préparé les choses de part et d'autre entre le meunier et le maître boulanger.

On chargea les bagages sur le chariot. Un échange ininterrompu égaya le trajet jusqu'à la maison, pendant lequel Antoine fit un rapide survol des changements dont l'achat d'un cheval pour faciliter le transport du grain, tout en répondant gaiement aux saluts des marcheurs qui revenaient du marché de La Flotte-en-Ré. Ils dépassèrent les ruines de l'abbaye des Châteliers qui brillaient au soleil au milieu des coquelicots et des pétales de moutarde. M. Foucher observait tour à tour le père et la fille, à la fois si différents et si semblables, et ce paysage totalement exotique où la vigne couvrait la terre sablonneuse à perte de vue, jusqu'à la mer dont le vert profond se confondait aux ceps feuillus. L'air était empli d'un parfum nouveau qui pénétrait les poumons, mariage de sel, de sève et de marée.

— C'est la petite Camille qui nous revient ! se réjouit la Grande Margot, qui rentrait avec sa mule harnachée de deux panières immenses. Bienvenue chez toi ma jolie ! J'espère que tu leur as montré à ces Parisiennes ce que c'est qu'une vraie Rétaise !

Et elle ponctua sa phrase d'un geste un peu grivois, modelant sa poitrine avec orgueil, tout en jetant une œillade à Foucher qui n'en demandait pas tant. Camille retrouvait avec bonheur l'accent de son pays en regardant s'éloigner l'herboriste, qui chaloupait singulièrement de l'arrière-train et balançait sa coiffe amidonnée de gauche à droite.

Il contournèrent le village par l'ouest, rallongeant le trajet mais évitant ainsi de croiser toute la paroisse qui attendait déjà le retour de la fille Lemonnier pour commérer à plaisir.

— Nous vous avons trouvé un logement chez l'habitant, maître Foucher, informa Antoine guidant le cheval dans une ruelle de terre battue. C'est sans prétention, mais vous aurez une chambre indépendante, assez près de chez nous pour nous rejoindre au souper, et assez éloignée pour échapper à la grande vivacité de nos enfants. Le travail des champs et des moulins n'est rien à côté. Enfin, vous vous en rendrez vite compte.

— Je n'ai pas d'enfants, répondit tristement Foucher, mais si vos trois autres sont comme Camille, vous êtes un père heureux.

Antoine soupira avec humour en levant les yeux au ciel : ce Foucher lui plaisait définitivement.

— Les quatre autres, mon ami, quatre ! Lazare a douze ans, Jeannot dix, Paul va sur ses huit ans, et nous avons eu Suzanne il y a quelques mois avec Marie-Anne, ma seconde épouse. Camille vous a peut-être déjà présenté la maisonnée ?

— Oui, j'ai l'impression de les connaître un peu.

L'arrivée dans la petite cour herbeuse de la longère basse se fit dans les cris et les sauts de joie. Maître Foucher mit un prénom sur chaque visage. Lazare était grand pour son âge, les épaules et les bras développés par le travail. Il portait les cheveux mi-longs, d'une teinte semblable à ceux de Camille, entre or et cuivre sombre, mais ses yeux étaient bruns comme ceux de son père. Jean, plus frêle, la tignasse courte et foncée, ressemblait cependant à sa sœur par ses yeux clairs et expressifs, et ce petit retroussement du nez quand il souriait. Les caractères des trois frères différaient beaucoup, comme Foucher s'en rendit compte dès la première heure, chacun défendant une sorte de territoire acquis, que le retour de leur sœur adorée remettait en jeu pour leur plus grand amusement. Paul, le cadet, version rajeunie de son frère aîné, n'était pas en reste et se montra le plus opiniâtre de la bande.

Au milieu de cette agitation joyeuse, Marie-Anne s'avança sa fille dans les bras, poupon joufflu et rose d'environ trois mois dont les mèches très brunes dépassaient du bonnet de coton. L'enfant tenait surtout de sa mère, mais posait un regard observateur sur chaque chose qui rappelait les silences de Camille.

C'était la première fois que la jeune fille voyait cette petite sœur et, contrairement à ce qu'elle avait craint du fait de l'éloignement, elle s'en éprit immédiatement et flatta avec tendresse les grosses joues du bébé qui fit son premier sourire, à l'admiration de tous. Puis Camille enlaça la servante Amélie, qu'elle trouva vieillie et fatiguée, avant d'apprendre qu'elle avait été malade tout le printemps et se remettait difficilement.

— Pourquoi ne me l'as-tu pas écrit ? reprocha l'adolescente à son père.

— Pour ne pas t'inquiéter outre mesure. N'est-ce pas ainsi que l'on procède dans la famille, jeune fille ?

Il n'était pas dupe et savait que le séjour parisien n'avait pas été de tout repos, que les nouvelles qui lui parvenaient en donnaient un tableau par trop idyllique. L'essentiel était qu'il avait retrouvé sa fille, changée physiquement certes, comme souvent à cet âge, mais fidèle à son souvenir. Il espérait juste en apprendre davantage sur les traces encore bleutées qui marquaient son visage.

Foucher s'installa un peu plus loin, chez une famille de pêcheurs dont le père s'était noyé l'année précédente. Les fils avaient repris l'activité qu'ils partageaient avec le travail des vignes, mais les revenus étaient encore trop minces pour subvenir aux besoins de tous : on avait tout juste de quoi manger et boire, mais les autres achats étaient difficiles. La mère Perret louait donc l'une des chambres qui avait été aménagée très sobrement mais offrait le grand avantage d'être directement ouverte sur la ruelle, car elle avait servi d'entrepôt dans les premières années. L'odeur en était restée imprégnée dans les murs mais, malgré la chaleur, restait supportable. Foucher se rendit compte de la pauvreté et des conditions de vie des villageois dans cette partie du bourg, et de la relative aisance des Lemonnier. Cela restait un dépaysement total, comme s'il avait traversé l'océan sur un grand navire pour visiter des contrées étrangères peuplées de drôles d'autochtones, mais il restait curieux et généreux, fidèle à son tempérament et à ce qu'il imaginait que sa femme aurait fait à sa place. Après avoir déposé ses affaires, le boulanger partit marcher au cœur de ce village de La Flotte dont Camille lui vantait tant les mérites.

De leur côté, Antoine et les garçons partirent travailler car les moulins n'attendaient pas pour tourner et on convint de se retrouver en fin de journée pour un souper familial. Les femmes s'installèrent autour de la grande table : Marie-Anne reprit un ouvrage de broderie tout en veillant sur Suzanne qui dormait dans un berceau de bois à leur côté, pendant qu'Amélie hachait et assaisonnait une farce de viande relevée. Camille, restée les bras ballants, rejoignit assez vite le plan de travail et démarra la confection de la pâte à foncer qui entourerait la terrine. Elles retrouvaient naturellement leurs gestes, en conversant simplement sur les nouvelles du bourg.

— Sais-tu que la fille Gautier s'est mariée un peu avant la Saint-Jean ? raconta Marie-Anne, l'aiguille à la main. C'était une belle fête. Il s'en est passé des choses depuis l'automne. Le père Jean-Baptiste sera heureux de te voir. Il nous a demandé souvent de tes nouvelles, mais n'a pas osé t'écrire. Tu le trouveras peut-être un peu distant : il est devenu très prudent dans ses relations car les vieilles dévotes lui ont reproché une trop grande liberté d'esprit. Et c'est remonté jusqu'à Sainte-Marie.

— Ah bon ? s'inquiéta Camille. Que s'est-il passé ?

— Eh bien, tu te souviens de Blandine Boutonneau ?

— Une traînée ! souffla la servante.

— Amélie ! Ne sois pas pire que ces affreuses commères, nous en avons déjà parlé ! Blandine vient d'accoucher d'un petit garçon mort-né, conçu à l'automne avec Dieu-sait-qui. Elle n'a pas pu cacher sa grossesse bien longtemps et les mauvaises langues y sont allées à cœur joie. Mais Gaspard t'en a peut-être touché un mot ?

— Non, pourquoi ?

— *Thiau fumelle, a l'a l'diablle dans la pia*[1] *!* ponctua à nouveau Amélie retrouvant son patois, sous l'œil gentiment excédé de Marie-Anne.

— Blandine a dit que c'était lui, enfin tu comprends, avant de revenir sur ses paroles, heureusement. C'était facile de lui faire porter cette paternité : il ne pouvait ni confirmer, ni nier puisqu'il était déjà parti à La Rochelle pour fuir sa brute de père.

— Le Joseph Fournier ! Une racaille celui-là aussi ! *Thiau l'arou*[2] *!* Comme son grand fils ! J'serais pas étonnée que ce soit l'Étienne le géniteur : toujours à fourrer son nez partout, et pas

1. « Cette mégère, elle a le diable dans la peau » (patois charentais).

2. Personne louche, peu recommandable.

qu'son nez ! L'est aussi vile que son frère est honnête.

Camille eut un léger doute sur l'honnêteté amoureuse de Gaspard qui aurait fort à confesser sur d'autres attachements, mais elle était certaine qu'il n'avait rien à voir dans la grossesse de la fille Boutonneau, et pour cause : elle pensait bien avoir assisté malgré elle à la conception, lors de la fête des vendanges.

— Quoi qu'il en soit, reprit Marie-Anne, Blandine est allée voir le prêtre et a fini par dire la vérité : elle ne connaissait pas le père, un journalier du continent. Sa réputation a été perdue. Tous les vieux hypocrites l'ont condamnée et ses parents ont dû la tenir enfermée. Ils auraient mieux fait de la prévenir avant sur ce qui peut arriver quand on batifole avec les garçons, pauvre petite !

Voilà ce que Camille appréciait chez sa belle-mère : elle avait l'esprit ouvert et bienveillant, ne se réfugiant pas dans des idées reçues aussi nuisibles que ce qu'elles dénonçaient, et qui avaient le détestable avantage de complaire aux crédules paroissiens.

— Au sermon du dimanche, continua-t-elle, le père Jean-Baptiste a condamné sa conduite sévèrement, pour rassembler ses ouailles – il ne pouvait rien faire d'autre – puis le dimanche d'après, comme ça s'était un peu tassé, il en a appelé au pardon en citant L'Évangile selon Jean sur la femme adultère.

— « Que celui d'entre vous qui n'a jamais péché lui jette la première pierre » ! cita Amélie.

— Tu vois, même la Bible le dit !

Amélie en convint très difficilement et malaxa sa préparation avec d'autant plus de vigueur, la retournant énergiquement comme si elle avait un démon sur son billot.

— Et le père Jean-Baptiste ? demanda Camille qui ne comprenait pas pourquoi il avait eu à pâtir de cette situation.

— Tu connais les gens : il s'est dit qu'il protégeait Blandine et sa famille par intérêt, qu'il propageait des idées dangereuses, et qu'il laissait « entrer Babylone à Sainte-Catherine ». Il a eu un entretien avec son supérieur de Sainte-Marie pour un rappel à l'ordre.

— Ça l'a pas empêché d'aller ondoyer le p'tit, paix à son âme.

— L'enfant a vécu quelques heures, car il était mal-formé. Le prêtre a fait ce qu'il avait à faire, mais le diable s'était déjà invité. Heureusement que ce petit garçon n'a pas enduré toute sa vie le regard haineux des bons croyants.

Marie-Anne regarda sa fille, qui souriait dans son sommeil et se signa, fidèle à sa foi qui ne l'empêchait pourtant pas de réfléchir dans l'intimité du cercle familial. Amélie l'imita d'un geste plus automatique. Camille resta pensive, éprouvant de la compassion pour Blandine, et s'interrogeant sur la façon dont le destin se jouait parfois des existences.

La vie reprit son cours assez vite. Camille plia dans un coffre ses trop belles tenues parisiennes, ne gardant que les pièces qu'elle pouvait porter facilement, adaptées à la marche et au travail. Comme Marie-Anne l'avait promis avant son départ, on lui avait aménagé une chambre à elle, simple mais confortable, où elle pouvait s'isoler en particulier pour écrire quand la vie familiale lui paraissait trop agitée. Ses anciennes robes, trop petites, furent remisées et l'on fit venir la couturière pour la confection d'une nouvelle jupe, d'un corsage et de deux chemises.

Camille parla longuement avec son père de son séjour parisien, minimisant quelques événements, mais donnant au bout du compte une vision assez cohérente de l'ensemble, qui expliquait la présence de maître Foucher, les documents officiels d'un possible apprentissage et l'argent offert par la favorite du roi en récompense et dédommagement des « services rendus au royaume ».

— Tu veux dire que Gaspard Fournier est venu à ton secours au moins trois fois ? Ce garçon est décidément plein de ressources et relève un peu l'honneur de ses ancêtres. Car quelqu'un s'est ingénié pendant ces longs mois à me pourrir la vie, et je suis certain que c'est son père, j'en mettrais même ma main au feu ! Nous avons eu des dégradations aux moulins, des altercations ont encore éclaté avec nos gars sur la route de Sainte-Marie et un petit groupe de Flottais me tient la dragée haute pour tes liens avec la baronne. Il est derrière à chaque fois et attise tant qu'il peut.

— Gaspard a eu raison de partir.

— Il a pris la poudre d'escampette à temps ! Et si j'ai compris, il est installé sur La Rochelle, dans une bonne maison, où il est bien traité, glissa Antoine Lemonnier en scrutant la réaction de Camille qui resta de marbre, ou presque.

Elle changea rapidement de sujet en évoquant ses projets avec enthousiasme :

— Maître Foucher n'est pas encore fixé sur ce qu'il va faire, mais il va continuer à me former le temps qu'il sera là. Avec lui comme garant, je vais pouvoir me mettre en quête d'un local pour ma boulangerie, plutôt vers Saint-Martin, car je veux pouvoir développer l'affaire si cela marche. Je me fournirai directement chez toi en farine.

Son père rit avec fierté devant une telle volonté, qui s'était encore affermie au fil des mois :

— J'aurais dû me douter que tu ne changerais pas d'avis. Quelle caboche incroyable ! Ni les dorures de Paris, le beau linge ou les cours de latin ne t'ont donné d'autres envies ?

— Je n'écoutais que lorsque cela parlait cuisine !

— J'espère bien que non ! continuait-il à rire. Mme de Tencin m'avait promis de faire de toi une jeune fille accomplie.

Vers la fin juillet, un mois après son retour, Camille put s'entretenir avec le père Jean-Baptiste qui l'avait saluée le premier dimanche à l'église ainsi que les suivants, mais qu'elle n'avait pas encore eu l'occasion de rencontrer seul. Elle n'aurait pu dire qu'il l'évitait, mais il gardait effectivement ses distances. Elle le trouva préoccupé et pour tout dire désabusé, mais son état d'esprit à elle n'en était pas si éloigné.

— Je craignais que tu ne veuilles pas revenir chez nous, Camille, lui confia-t-il, que tous ces ornements te tournent un peu la tête, ce qui aurait été compréhensible. La vie doit être différente à Paris.

— Ne m'aviez-vous pas mise en garde contre l'oisiveté, les goûts superficiels ?

— Sans doute. J'y croyais alors sincèrement. Je ne voyais pas de meilleure vie pour toi que celle que tu menais ici, dans une famille aimante et relativement instruite. Je te souhaitais un mari de l'île pouvant t'offrir la même liberté, peut-être pas un gars d'ici, mais de Saint-Martin ou d'Ars... un mari patient et conciliant, bien sûr.

Il rit et elle retrouva furtivement sur ses traits la lueur d'espièglerie qui le rendait si particulier, surtout pour un homme d'église.

— Mais c'est parce que je croyais encore au paradis terrestre.

Cette dernière phrase plus sombre, elle la devina plus qu'elle ne l'entendit. Le prêtre, de son nom de baptême Adrien Guillet d'Orvillac, semblait la proie d'un doute destructeur.

— Mais dis-moi, reprit-il avec un entrain surjoué, notre baronne infernale s'est-elle montrée un bonne hôtesse ? As-tu trouvé ce que tu étais partie chercher ?

Camille raconta son séjour et ce qu'elle en rapportait, aussi bien matériellement qu'intellectuellement. Elle lui cacha moins qu'à son père car elle ressentait le besoin de se confier pour réduire quelque peu ce dialogue intérieur qui, caché derrière son sourire, accaparait son âme depuis son retour. Le paradoxe entre la vie parisienne et la vie rétaise se trouvait là : chez Mme de Tencin, on conversait vivement et, hormis les rares temps de prières, l'esprit ne prenait pas de repos ; à l'île de Ré on travaillait physiquement et on s'en tenait aux choses simples, ce qui semblait parfaitement convenir à maître Foucher. Mais Camille, initiée désormais aux débats et conversations brillantes, ne retrouvait pas tout à fait les plénitudes d'antan où, face à la mer, elle s'émerveillait candidement dans une communion complète avec la nature. Certes, elle était revenue mais cherchait encore sa place.

Le prêtre ressentait plus ou moins la même chose, blessé qu'il avait été par les réactions des uns et des autres dans l'affaire Boutonneau. Camille comprit qu'elle avait eu une version adoucie des événements.

— Je croyais être prêt. Quand je suis arrivé ici, mon sacerdoce ne m'a pas pesé mais libéré : j'ai tenu la main de mourants, j'ai entendu des confessions de douleurs et de cruautés, j'ai guidé des brebis égarées, j'ai enterré des enfants en partageant la souffrance des parents. Dieu marchait à mes côtés. Aujourd'hui, je sens toujours sa présence, mais je ne sais plus si je peux transmettre sa parole. Je comprends tes doutes, Camille : où est notre place ?

Ils se quittèrent cependant le cœur plus léger d'avoir partagé leurs états d'âme, le prêtre éloignant l'idée qu'il avait caressée dans ses jours les plus sombres de se retirer du monde dans un des monastères de la région.

Les grandes marées du mois d'août arrivèrent, découvrant une aire immense de fonds marins habituellement protégés du soleil, puis entourant l'île quelques heures plus tard de longues vagues voraces. Aux questions que maître Foucher posait sur ce phénomène, Camille parlait de l'observation des anciens qui régulait la vie des pêcheurs depuis des siècles, mais aussi des articles que lui avait fournis d'Alembert puisqu'elle avait déjà reçu deux lettres de sa part auxquelles elle s'était empressée de répondre. Le scientifique avait publié des *Réflexions sur la cause générale des vents*[1] qui expliquaient les marées par la force d'attraction des astres, rejoignant la conversation sur la lune entendue dans le salon de Mme du Deffand. Bien qu'elle n'y comprît pas grand-chose en théorie, cette magnifique orchestration des éléments fascinait Camille, et la portait parfois tard le soir sur le petit promontoire à l'est du village, pour observer la grande plaine salée ondulant sous les étoiles.

Le découragement qui l'avait étreinte le mois précédent perdurait mais laissait place peu à peu à une forme d'acceptation. Elle se formait avec maître Foucher le matin puis tous deux allaient aider aux moulins l'après-midi. Ils avaient convenu de peaufiner leurs projets à l'entrée de l'hiver, le retour à Paris pour le boulanger et l'achat d'un local pour Camille, et de profiter en attendant des derniers jours de beau temps.

C'est ainsi qu'elle l'entraîna une journée à la pêche aux pétoncles, à l'ouest de la petite baie flottaise, face au pertuis breton. Il fallait une grande marée pour ramasser ce coquillage fin, qui s'accrochait aux cailloux de l'estran bien loin des côtes et constituait donc un mets plus rare que

1. Dans *Réflexions sur la cause générale des vents* (1747), d'Alembert traite des marées à travers l'étude de la réponse d'un fluide à une attraction, abordant l'influence des astres et de la dynamique.

les autres récoltes marines. L'accès au littoral tombait sous la loi du roi et faisait l'objet de surveillance, mais Camille rassura le boulanger parisien : on ne risquait pas grand chose. Équipés de paniers de pêche en rotin et de crochets, ils marchèrent sur le sable mouillé, enfonçant par endroits leurs sabots dans la vase. Camille montra comment trouver les palourdes en repérant deux trous dans le sol. Plus loin, la mer descendait en rigoles vers le large, laissant apparaître un paysage surprenant d'algues et d'anémones violacées. La vie s'ébattait partout dans les flaques retenues par les aspérités de la roche : gobies vivaces, bigorneaux irisés ou bernard-l'hermite retranchés dans leur coquille. Le pétoncle, petite valve rainurée, était un coquillage difficile à repérer car il épousait son environnement, passant du brun nervuré à l'orange vif et moussu, et se nichait parfois dans des anfractuosités inatteignables.

— Vous pouvez les trouver en suivant les giclées d'eau qu'ils recrachent par moment, ou soulever les cailloux. Cela ressemble à une petite coquille Saint-Jacques. Attention, le bord est ciselé et coupant.

Camille fit une démonstration et découvrit un gros pétoncle couvert de laitue de mer qu'elle montra fièrement :

— En voilà un ! Toi, mon joli, je sais où tu vas finir, fit-elle en le posant dans sa nasse. On les fera ouvrir au chaudron, vous verrez, c'est succulent !

Dans la contemplation de cet équilibre marin, elle oubliait ce qui la tracassait et s'émerveilla au passage d'un syngnathe translucide. Soudain, dans le silence que troublait le seul clapotis de la mer encore lointaine, elle entendit M. Foucher crier. Elle le trouva à agiter sa main, paniqué, un crabe vert suspendu à son pouce. Camille l'aida à s'en libérer, reposant dans l'eau le crustacé amoché, qui ne s'enfuit pas mais resta dressé comme un combattant contre ses immenses adversaires. La blessure du boulanger était minime et il était presque enivré de son expérience de pêcheur à pieds :

— C'est magnifique ! Ah, Camille, je me sens bien ici !

Il tournait sur lui-même, montrant La Flotte au loin, les falaises de La Rochelle et la côte vendéenne qu'on devinait à l'horizon. Son panier n'était pas bien rempli mais Camille avait récolté pour deux, ajoutant même quelques étrilles trouvées dans la petite grève rocheuse.

De retour sur la plage, ils s'assirent pour regarder la marée montante qui s'infiltrait rapidement :

— Je veux vous remercier, Camille, commença le vieil homme. Je ne peux pas oublier, c'est impossible. Mais ici, je parviens à vivre.

Il sortit de son gilet un mouchoir brodé qu'il respira avec dévotion, avant de tamponner son pouce meurtri :

— Il appartenait à ma femme. Je la sens partout avec moi.

Et se tournant vers Camille avec une exaltation toute juvénile dans les yeux :

— Je ne veux pas repartir. Je veux rester ici, et ouvrir la boulangerie avec vous à Saint-Martin.

Miettes de pain

Été 1749

Une année entière était passée depuis le retour de Paris. Août refermait ses portes dans une ambiance orageuse et inquiétait Antoine Lemonnier pour la bonne conservation du blé, récolté fin juillet. La petite Suzanne, qui avait fait ses premiers pas à la fin du printemps, se cachait dans les jupes de Camille, effrayée par le roulement sourd du tonnerre encore lointain. Les garçons essayaient d'en rire mais les éclairs qui strièrent le ciel un peu plus tard les envoyèrent se cacher sous les draps, sans pouvoir fermer l'œil. À la lueur d'une chandelle, Camille s'installa dans sa chambre pour lire la lettre de Mme de Tencin, reçue dans la journée par le courrier de La Rochelle, mais qu'elle n'avait pas encore eu le temps de décacheter.

Ma chérie,

Je débute l'écriture de cette missive mais Jean, mon médecin que vous connaissez, la terminera peut-être si je n'en ai plus la force. Les heures sont devenues bien longues car je me déplace à peine et mes yeux souffrent terriblement. Il paraît incroyable que vous m'ayez quittée depuis plus d'un an déjà car je cherche toujours votre sourire quand Toinette m'apporte mon chocolat, maigre réjouissance d'une existence ritualisée. Je suis désormais installée dans ce petit appartement confortable de la rue Vivienne qui a la faiblesse de ne vous avoir jamais vue déambuler à tout moment de la journée, au grand dam de ma mémoire dont les souvenirs rue Saint-Honoré sont désormais trop lointains. Certains de mes amis continuent à me visiter mais je ne le souhaite guère, m'étant peu à peu éloignée de cette vie mondaine qui ne m'apportait plus que des désagréments. On me tient informée du devenir des uns et des autres mais j'ai peine à m'y intéresser, voyez ma lassitude. M. de Vandières se prépare à un long voyage en Italie pour étudier les Arts à l'Académie de Rome et faire son Grand Tour[1], *sur la recommandation de sa sœur, dont l'influence auprès du roi ne se dément pas puisqu'elle vient d'obtenir un appartement central à Versailles. Il me semble que M. Turner est rentré dans ses terres en Irlande : combien de temps résistera-t-il à la douce sédentarité auprès de sa chère épouse, je l'ignore et n'aurai sans doute pas l'occasion d'en savoir davantage. Louison a la bonté de me tenir compagnie chaque semaine, parfois avec son charmant époux qui vient surtout converser avec M. Astruc. Vous constaterez combien l'âge m'assagit puisque j'en viens à reconnaître la possibilité d'un mariage heureux…*

1. Long voyage en Europe effectué par les jeunes gens (surtout les hommes) des plus hautes classes de la société européenne pour élever leurs goûts et se sensibiliser aux arts. Abel-François Poisson de Vandières y passa vingt-cinq mois, ce qui affirma son goût pour l'antiquité et joua une grande influence sur les arts en France.

À cet endroit, l'écriture, déjà tremblante, devenait illisible, petites pattes de mouche au milieu de tâches d'encre grattées. La suite plus régulière était l'œuvre d'une autre main.

... d'un mariage heureux où l'homme ne s'évertue pas à tuer ou s'accaparer les aspirations de sa femme. Et je le dis sans ironie aucune, à moins que déjà la sénilité s'exprime à travers moi. Jean rit sous ma dictée alors qu'il faudrait en pleurer. Louison me dit entretenir avec vous une correspondance suivie. Vous savez donc dans quelle folle entreprise elle s'est lancée avec son dispensaire. L'idée lui en est venue au Café Procope avec le jeune Marmange, le garde du roi présent à Montrouge lors de cette sinistre nuit, que les Quériand ont pris en amitié. Allez savoir pourquoi ce garçon se trouve particulièrement sensibilisé aux violences dont les femmes sont victimes. Ah ! J'oubliais un dernier détail, une vétille, une bagatelle dont vous n'aurez peut-être cure : notre cher M. Van Lynden est sur le chemin du retour. J'ai songé que cela pourrait vous intéresser, à moins que d'autres sujets plus captivants vous aient accaparée depuis. Qu'importe, voici ce que j'en sais : son navire a quitté Java en début d'année et s'est arrêté à Bonne-Espérance à la fin du printemps, si bien qu'il devrait rentrer à Paris dans les prochaines semaines où j'attends sa visite. Aiguillez-moi sur les nouvelles que je dois lui donner à votre propos car il ne manquera pas d'en quérir. En attendant les chroniques de votre île, qui fut la mienne trop peu de temps, je vous embrasse tendrement.

Claudine-Alexandrine, août 1749.

Le ton désormais désabusé de la baronne blessait Camille à chaque lettre mais cette fois son cœur battit plus vite à l'évocation de Jan. À l'automne, cela ferait deux ans depuis leur rencontre et les quelques semaines qui resteraient à jamais marquées par leur intensité dramatique et sentimentale. L'homme dont elle se souvenait était désormais une construction de l'esprit que personne, peut-être même pas lui, ne pourrait égaler. Dans ses pensées, il revenait toujours tel qu'elle l'avait vu la première fois, en habit de voyageur, immense et hautain, et finissait par sourire en coin, ses yeux bleus disparaissant presque sous ses sourcils clairs. Était-ce pour cela qu'aucun des prétendants qui lui faisaient la cour depuis quelques mois ne trouvait grâce à ses yeux ? Allongée sur son lit et bercée par la pluie battant la petite fenêtre, elle les passa en revue. Étienne-Laurent Dechézeaux[1], âgé d'un peu plus de vingt-cinq ans, était un négociant prospère en bois et sel, bien connu à La Flotte. Garçon ambitieux, au physique agréable mais sans charme particulier au premier abord, il était issu d'une ancienne famille protestante qui, pour ne pas heurter l'ordre en place, restait discrète sur ses croyances. Le jeune homme n'aurait donc jamais dû tomber sous le charme d'une fille de meunier catholique, beaucoup trop libre d'esprit, qui s'apprêtait à ouvrir sa propre boutique avec des fonds dont la provenance restait floue. Mais voilà : Camille, qui passait déjà pour une aventurière indifférente aux convenances, soufflait un vent de liberté que le jeune homme ne s'était

1. Étienne-Laurent Déchézeaux (1723-1785) : négociant flottais, père d'un célèbre Rétais, Gustave Déchézeaux, député à la Convention nationale, sous la Révolution.

jamais autorisé et qui lui tournait la tête, autant que la silhouette féminine, lumineuse et espiègle, lui tournait les sens. Anthelme et Jean Léau, deux frères de Saint-Martin, se disputaient également ses faveurs depuis qu'elle et Foucher avaient acquis le bâtiment qui jouxtait leur entrepôt de spiritueux. Ils s'adonnaient à un commerce florissant avec les navires du nord de l'Europe qui jetaient l'ancre dans le port martinais pour repartir chargés jusqu'à plus-soif. Et il restait bien sûr Gaspard, qu'elle avait revu deux fois à La Rochelle pendant l'hiver et qui conservait une place à part dans son cœur, bien qu'il fît tout désormais pour garder ses distances. Camille se demandait parfois si le souvenir de Guémard, sa bouche repoussante et ses mains obscènes auraient une incidence sur sa vie amoureuse car elle s'étonnait d'avoir en quelque sorte occulté cette horrible nuit, qui ne se rappelait jamais à elle que sous la forme d'une pensée lointaine, comme si elle appartenait à quelqu'un d'autre.

À la lueur de la bougie, Camille se releva et se plaça devant la petite table qui lui servait de coiffeuse. Le miroir offert par Mme de Tencin était posé à côté du broc de toilette, en porcelaine blanche à liseré rouge. Son reflet était celui d'une jeune fille aux traits fins dans un visage rond et bien dessiné, où les pommettes hautes affleuraient sous la peau et le nez se retroussait de façon enfantine quand elle souriait. La bouche était longue et ourlée, légèrement charnue, et prenait vite une commissure boudeuse qui ne manquait pas de charme car les yeux, d'une teinte vert-gris douce, restaient rieurs. Elle joua sur plusieurs expressions, de la colère au rire, plissant ses joues, les étirant, dénouant ses longs cheveux souples et se cachant derrière. Elle se trouvait jolie, et on le lui rappelait souvent, mais loin de s'enorgueillir, elle jugeait cela bien vain et souffrait peu à peu d'une grande solitude. À quoi bon la beauté si elle faussait les relations ou attirait des esthètes de bas-étage, mal intentionnés ? C'est sur ce sentiment bien morne qu'elle s'endormit, alors que la tempête faisait rage au dehors.

Le rêve de cette nuit-là fut différent des cauchemars d'incendie qui la réveillaient brutalement depuis des années. Tout n'était que douceur et étreinte contre les épaules impérieuses d'une chimère amoureuse qui prenait la silhouette, la voix de Jan et le regard brûlant de Gaspard. Le baiser suave de lèvres à la fois familières et inconnues la laissa haletante, au milieu d'un lit dont elle avait rabattu les draps de tous côtés. Elle se leva relativement tard par rapport à ses habitudes, perturbée par ces sensations violentes, et se montra lunaire toute la matinée.

Camille eut ainsi du mal à partager sur le champ l'enthousiasme de maître Foucher qui finissait d'aménager la boutique, située au cœur d'une ruelle pavée descendant vers le port de Saint-Martin. Le comptoir avait été livré, ainsi que la balance, les ardoises et les panières. Le fournil permettait de travailler au propre dans un espace conséquent et n'attendait plus que les livraisons de farine pour se couvrir d'une fine poussière blanche. Seul le four en encorbellement n'était pas tout à fait prêt car le mortier de la sole, qui accueillerait les pains à cuire, était encore trop frais. Comme à La Flotte, les habitants avaient principalement accès à plusieurs fours banaux où les villageois amenaient leur pâton au fournier selon un fonctionnement ancestral, aussi réglementé que l'accès au lavoir. Privilégiée, la citadelle militaire avait sa propre boulangerie mais elle était réservée aux troupes en place. La boutique accessible à tous était donc plus rare et l'installation de celle-ci fit en premier lieu grincer des dents, d'autant qu'on murmurait que la Tencin y était pour quelque chose. Cependant, tous les papiers étaient en règle, et l'emménagement fut encouragé par les baillis de la ville que la signature royale impressionnait fortement, et toléré par les corporations de marchands qui voulaient soutenir l'activité du port en plein essor. Comment mieux accueillir les riches navires étrangers qu'en leur offrant hostelleries, magasins achalandés et nourriture appétissante ? Pour finir, le titre de « maître boulanger parisien » de M. Foucher mit tout le monde d'accord car on n'en connaissait pas d'autre dans l'île et il y avait une certaine fierté à ce qu'un boutiquier du Palais-Royal s'associe à une insulaire, qu'on avait vue gambader sur le port dès l'enfance.

Adrien Foucher allait passer sa première nuit chez lui, au dessus de la boutique où avait été aménagé un petit appartement. Il ne s'était jamais plaint de son séjour chez la famille Perret, mais attendait avec impatience de retrouver confort et intimité. Camille le salua et remonta vers la placette où elle avait laissé sa monture. Avec l'argent de sa bourse parisienne, elle s'était en effet offert à La Rochelle un cheval noir, croisé d'une mère frison et d'un père poitevin qu'on lui avait pourtant déconseillé pour la taille de l'animal, lourd et imposant, et son caractère parfois entêté, mais Camille s'était immédiatement entichée de la jument qu'elle avait nommée Séléné. Après un apprentissage épique des bases d'équitation, elle parcourait désormais des lieues sur son dos, ayant noué une relation exclusive avec elle.

Quand elle arriva aux moulins où se trouvait la petite écurie qui abritait Séléné, le cheval des Lemonnier et une mule poitevine à la robe pangaré, elle salua le père Jean-Baptiste, en grande conversation avec Antoine et Lazare.

— Bonjour Camille. Je passais annoncer une triste nouvelle : la mère Fournier est morte il y a deux jours et sera enterrée demain à Sainte-Marie. J'ai fait prévenir Gaspard même si son père refuse de le voir. Quels que soient les torts de cet homme, le voilà seul avec six enfants, dont la petite dernière n'a pas trois ans.

— De quoi est-elle morte ? demanda Camille, secouée par la nouvelle car Maria Fournier était une femme discrète, qui avait sans doute été malheureuse toute sa vie.

Elle pensa surtout à Gaspard qui lui était très attaché mais n'avait pu la protéger, ce qu'il se reprocherait toujours.

— Cette pauvre mère avait déjà perdu deux petits et fait une fausse couche, répondit le prêtre d'un air sombre, mais cette dernière grossesse lui a été fatale. Elle était trop âgée pour concevoir encore. L'aîné a vingt-cinq ans.

— Vous pensez qu'il va venir ?

— Gaspard ? Je ne sais pas mais au moins a-t-il été avisé. Il fera ce qui lui semble juste.

Le lendemain, Camille parcourut la distance qui la séparait de Sainte-Marie, coupant l'île du nord au sud à travers le vignoble et les bois plantés de peupliers, d'ormes et de chênes. Le clocher de Notre-Dame apparut bientôt, sonnant de façon lugubre sous le soleil éclatant de fin d'été. Elle vit de loin le triste cortège, Joseph Fournier et les frères et sœurs de Gaspard, accompagner le pauvre cercueil vers le cimetière accolé à l'église. Elle se recueillit un instant, puis fit demi-tour dans la ruelle pour retrouver sa monture. C'est alors qu'elle l'aperçut, seul, adossé contre un mur de pierres sèches couvert de lierre, dont l'ombre le cachait à moitié. Gaspard suivait la procession à l'écart, s'essuyant rageusement les yeux du revers de sa manche. À la vue de son ami d'enfance, son cœur gonfla comme s'il allait éclater et bouscula les sentiments tempérés qu'elle avait éprouvés jusque là, mais elle n'osa pas s'approcher, lui laissant ce dernier moment avec celle qui l'avait porté et aimé, malgré les affres de la vie. Il fut bientôt rejoint par le père Jean-Baptiste qui avait assisté à la messe mais n'officiait pas dans cette église. Une conversation s'engagea où Camille devina les tentatives du prêtre pour calmer le jeune homme au sang révolté. Au bout de quelques minutes, ils finirent pas s'éloigner tous les deux vers l'autre sortie du village et elle les perdit de vue. Le prêtre l'avait sans doute emmené dans un lieu isolé, peut-être à l'ouest vers la chapelle Saint-Sauveur. Elle rebroussa chemin, espérant que Gaspard chercherait à la voir avant de repartir mais il ne parut ni l'après midi, ni le soir et elle se coucha un vide béant à l'estomac, comme si on lui avait ôté une partie des entrailles.

N'ayant pas fermé l'œil, tout en résistant à l'envie de sortir en pleine nuit pour harceler le prêtre, elle se leva aux aurores et arpenta à nouveau les rues de La Flotte, guettant Gaspard au sortir d'une auberge, prêt à prendre le bateau au port La Prée deux heures plus tard, mais il n'était nulle part. Elle finit par se rendre à Sainte-Catherine où le père Jean-Baptiste, debout sur le parvis, ne parut pas surpris de la voir si tôt.

— Il n'est pas là, répondit-il avant qu'elle ait demandé quoi que ce soit. Il embarque ce matin. Ne le torture pas davantage, Camille, à moins d'être sûre de ce que tu vas lui dire. Et même là, il n'est plus temps des grandes déclarations.

— Où est-il ?

L'homme d'église fut surpris du ton, à la fois autoritaire et désespéré. Après la conversation qu'il avait eue la veille avec Gaspard Fournier, il savait que ces deux-là avaient passé beaucoup de temps à se faire du mal, mais pour la première fois, il sentait aussi la douleur de Camille qui n'était pas si indifférente qu'il l'aurait cru.

— Il est prêt à partir, pour de bon.

Comprenant qu'elle n'en saurait pas plus, Camille talonna sa jument et prit le galop à la sortie de La Flotte, pour le seul lieu qu'elle n'avait pas encore visité, cette petite crique cachée sous les arbres, entre la falaise du fort La Prée et la baie de Rivedoux, petit bourg dépendant de Sainte-Marie, là où Gaspard se tenait quand elle avait quitté l'île pour son séjour parisien.

Elle attacha Séléné à l'un des troncs noueux en abord du sentier et s'avança doucement à travers les fougères. Gaspard était assis sur les galets et regardait la mer encore terne et inquiétante sous le soleil naissant. Les vaguelettes prenaient peu à peu possession de la plage, dans un clapotis régulier de marée montante. Soudain le jeune homme se leva, ôta ses bottes, sa veste et sa chemise, ne gardant que sa culotte de drap, et se glissa dans l'onde jusqu'à la taille, puis il plongea et disparut trop longuement. Camille eut le temps de paniquer et de courir à son tour vers l'eau. Elle y était déjà jusqu'aux mollets, entravée par sa jupe alourdie, quand il refit surface loin devant, avant de disparaître à nouveau, sans la voir. Elle revint sur la rive, ôta maladroitement son corset et son jupon, ne gardant que sa chemise et s'avança. C'est alors qu'il l'aperçut.

— Camille, qu'est-ce que tu fais ?

La voix était à peine aimable et elle ne discernait pas son expression.

— J'ai cru que tu te noyais. Je viens me baigner avec toi.

— Non !

Elle n'était pas habituée à ce qu'il la rejette mais n'en tint pas compte et le rejoignit en quelques brasses. Plus grand qu'elle, il avait les pieds sur la banche, l'eau aux épaules, alors qu'elle agitait les jambes pour rester à flot. Sa chemise flottait autour d'elle et elle but un peu la tasse à essayer de la discipliner. Mais il ne s'en préoccupa pas et revenait déjà en direction de la grève sans la regarder, en évitant tout contact.

— Gaspard ! Je t'ai cherché, je pensais que tu viendrais me voir avant de repartir.

— C'est le monde à l'envers, maugréa-t-il.

— Qu'est-ce que tu as ? Regarde moi !

Avec l'eau à la taille, elle le força à se retourner et ne reconnut pas son visage sombre et torturé. Elle eut un élan vers lui mais il détourna subitement les yeux et la repoussa sans douceur.

— Arrête ça ! cria-t-il hors de lui. Tu crois que ce n'est pas assez difficile comme ça. Laisse-moi !

Il lui tourna le dos mais ne bougea pas plus avant, et elle vit bientôt ses épaules secouées de soubresauts et les muscles de ses bras se contracter de rage.

— Il l'a tuée ! C'est à cause de lui qu'elle est morte, et je n'étais pas là. Moi aussi, je l'avais abandonnée.

Camille s'approcha et posa doucement sa joue sur son dos en glissant ses mains autour de sa taille. Il les saisit et les plaqua sur son cœur, en tentant de calmer ses sanglots. Ils restèrent longtemps ainsi enlacés puis il dénoua ses doigts et se libéra, mais Camille ne voulait plus qu'il s'éloigne et, se collant un peu plus à lui, posa sa bouche par baisers légers sur ses omoplates et ses épaules, recueillant le goût de sel que la mer y avait laissé. Ses paumes caressaient son torse, son ventre ferme et s'attardèrent sur la couture de la culotte de drap qu'il avait gardée pour se baigner.

— Camille, tu ne sais pas ce que tu fais.

Il s'était tourné dans l'eau et la regardait comme on gronde une enfant mais la couleur de ses prunelles avait changé et il n'était plus aussi vindicatif, alors qu'il cherchait à écarter les mains trop entreprenantes. Elle sentit son regard s'abaisser sur elle, sur la chemise poissée d'eau de mer dont la transparence ne cachait rien de ses formes et profita de sa perplexité pour s'approcher. Du bout des doigts, elle suivit la ligne du cou, de la mâchoire et effleura sa bouche de la pulpe du pouce, qu'il ne put s'empêcher d'embrasser, tout en fermant douloureusement les yeux.

— S'il te plaît, murmura-t-il.

Se hissant sur la pointe des pieds, elle posa ses lèvres sur les siennes, emprisonnant avidement sa nuque, dans l'impatience de ce vertige onirique qui l'avait réveillée la veille mais Gaspard, sans la repousser, restait réservé, en proie à une lutte intérieure violente. Sa bouche ne répondait pas à celle de Camille, et son corps cherchait à s'écarter maladroitement, posant puis retirant ses mains comme sous l'effet d'une brûlure.

— Tu ne m'aimes plus ? demanda-t-elle naïvement, déroutée par sa froideur.

Elle n'avait jamais imaginé qu'un jour il se détournerait d'elle, que cet amour, ce désir même qu'il affichait depuis longtemps, disparaîtrait. Elle en conçut une effroyable tristesse. Son regard implorant, dont le vert bleuissait étrangement dans la lumière marine, sembla cependant entamer les résolutions du jeune homme qui secoua la tête, comme pour se débarrasser d'une idée obsédante. Avec ses cheveux mouillés qui retombaient sur ses yeux clairs, son teint hâlé et cet air ténébreux qui lui servait de protection, Camille le trouvait beau et voulait qu'il le sache.

— Je comprends, chuchota-t-elle. Embrasse-moi une dernière fois et je te laisserai partir.

Traîtreuse idée dont il ne fut pas dupe mais qui atténua un peu son cas de conscience. Juste un dernier baiser. Il sourit amèrement en sentant ses défenses fléchir. Un dernier baiser et il rentrerait à La Rochelle. Il céda bientôt et attira Camille contre lui un peu trop nerveusement. À sentir son souffle mêlé au sien, elle fut traversée d'un sentiment de victoire puéril et voulut pousser son avantage. Elle chercha sa langue avec douceur et se colla à lui, tout à fait consciente du désir qu'elle faisait naître et qui les perdrait tous les deux, malgré l'eau froide et le danger d'être découverts à tout moment. Gaspard ne résistait plus, soumis à une fièvre trop longtemps contenue. Sous son étreinte, Camille ouvrait les yeux sur le ciel, légèrement inquiète de cette première fois qu'elle savait interdite, mais le désir et le goût de la transgression balayèrent ses pudeurs. Quand il fit lentement descendre ses mains le long de ses cuisses pour la soulever, cherchant toujours des yeux son consentement, elle l'aida et entoura ses jambes autour de sa taille. Il sortit de l'eau avec son doux fardeau qu'il allongea sur les vêtements éparses, osant toujours davantage dans des caresses qui n'en finissaient pas. Il entrecoupait ses baisers de mots d'amour désordonnés qu'elle entendait à peine :

— Tu es si belle ! Je veux m'enfuir avec toi, qu'on parte loin, qu'on se marie...

Dans l'enivrante tempête qui bousculait ses sens, certains mots parvinrent cependant à l'esprit de Camille, alors qu'il dénouait le fin lacet de sa chemise, déjà relevée jusqu'aux hanches. Haletante, lui rendant chacun de ses baisers, elle eut la force d'immobiliser son visage entre ses mains :

— Gaspard ! Je ne veux pas partir. Pas maintenant. La boutique va ouvrir et...

Il se figea soudain, pesant de tout son poids sur elle et, comme s'il se réveillait, la regarda sans comprendre. Puis elle sentit qu'il se relevait sur un coude, rabaissant le coton trempé, en effleurant à regret la poitrine et le ventre tendre, là où la peau est plus douce. Il se redressa aussitôt de toute sa hauteur, se reboutonna rapidement et passa sa main sur son visage à plusieurs reprises. Dans un silence pesant, il enfila ses vêtements sans se soucier de l'humidité et, à l'aveugle, tendit à Camille sa jupe et son corset.

— Tu as besoin que je t'aide ? demanda-t-il d'une voix éteinte.

— Non, répondit-elle sur le même ton.

Il la regarda alors qu'elle s'énervait sur le crochet de sa jupe, jurant affreusement.

— Camille, ne m'en veux pas, mais je savais que c'était une folie de venir. Il le fallait pour ma mère, et je n'ai pas eu le courage d'aller jusqu'à chez toi. Il aurait mieux valu que je parte sans te revoir, sans que nous... enfin...

Il voulait marquer dans sa mémoire son image de sirène volée aux flots, dont le regard vert exprimait à la fois détresse et colère puis, par peur de sa faiblesse, se résigna :

— Il faut que je rentre à La Rochelle, asséna-t-il brutalement.

Il s'éloigna en reculant vers la route puis sembla se raviser et revint un peu sur ses pas :

— Je me marie la semaine prochaine. Clémence porte mon enfant.

Confiture de figues

— Vous le saviez, et vous m'avez laissée me ridiculiser !

— Je ne connais pas précisément la cause de tes reproches, répondit le père Jean-Baptiste, mais j'imagine que « ce que je savais » était sous le secret de la confession. Et je n'ai aucune idée de la façon dont tu as pu te ridiculiser, Camille. Peut-être souhaites-tu en parler ?

La jeune fille cachait sa déception sous une colère providentielle, que le prêtre attisait ostensiblement en ne faisant aucun effort pour comprendre. Cependant, après ce qu'elle venait de vivre, passant d'un sentiment intense à un vide dévorant, elle n'avait pensé qu'au sanctuaire de Sainte-Catherine pour s'apaiser. Tous deux se faisaient donc face dans le narthex, au bout de la travée nord qui débouchait sur le petit autel de la vierge.

— Vous saviez que Gaspard allait se marier.

— Oui, il me l'a confié, et c'est pourquoi je t'ai dissuadée d'aller le retrouver, à priori sans effet.

— Si vous m'aviez dit pour quelles raisons, je ne me serais pas...

Elle s'interrompit avec l'intuition soudaine qu'elle aurait peut-être agi de la même façon quoi qu'il en fût, et cela lui fit peur. Son énervement s'en trouva d'autant plus grand qu'elle se rendait compte de ses torts et de l'inconstance dont elle avait fait preuve, là, idiote et coupable dans sa chemise encore moite de son escapade marine. L'homme d'église l'entraîna à l'écart à côté du confessionnal, alors qu'*Armand-Jean*, la grosse cloche qu'on disait offerte par Richelieu[1] après les guerres de religion, sonnait midi avec fracas.

— Camille, ne confonds pas les sentiments qui t'assaillent ! reprit le prêtre. Tu n'es pas en colère contre moi, ni contre lui tout à fait, mais tu es triste et déçue, ce que je conçois aisément.

— Il m'aime !

— Oui, il t'aime, il ne l'a jamais caché, et tu l'aimes aussi à ta façon, mais cela ne suffit pas toujours, crois-moi. Gaspard a des engagements, des obligations désormais et je l'ai encouragé à s'y tenir.

Camille sentit son cœur se serrer sous cette réalité qu'elle n'acceptait pas encore et pleura doucement.

— Je me suis offerte à lui ! avoua-t-elle avec un air de défi, les yeux embués de larmes.

Le prêtre resta silencieux un instant, ouvrant les mains avec consternation et impuissance. Il y avait de la douleur dans son regard mais il sembla

---

1. Armand Jean du Plessy, cardinal duc de Richelieu (1585-1642), aurait versé de l'argent pour la reconstruction des églises de Ré vers 1630.

à Camille que c'était moins par déception que par empathie.

— Mais il t'a repoussée, n'est-ce pas ? Sinon il ne serait pas parti. Il a été plus fort que toi, plus mûr aussi. Il m'a parlé de tout ce qu'il a appris à tes côtés, continua le prêtre, de ce roman de M. Marivaux que tu lui as fait lire : *Le Paysan parvenu*, je crois. C'est quelque chose de très important pour lui. Gaspard s'est en quelque sorte hissé socialement, d'une façon qu'il n'a pas préméditée entièrement, et il est en train de se rendre compte du prix à payer, fort cher sans doute.

Camille avait conscience de tout cela et luttait pour ne pas lui en vouloir, mais à cet instant, elle voulait juste s'abandonner au ressentiment et à l'amertume. Lucide sur le temps qu'il lui faudrait, Jean-Baptiste força son enseignement :

— Je ne vais pas insister sur la pénitence ou les prières expiatoires, bien qu'un peu de spiritualité t'aiderait à avancer, mais il te faut grandir, Camille. Et grandir, c'est renoncer à… à certains caprices, à certains comportements. J'espère que je ne te blesse pas davantage mais c'est ce que ta mère t'aurait dit en pareille circonstance.

— Ma mère ? Pourquoi me parlez-vous d'elle ?

— Sophie m'a demandé de veiller sur toi, et je suis persuadée qu'elle n'aurait pas voulu que sa fille cède au pêché de chair à seize ans à peine révolus, et cela même par amour.

— Vous ne savez pas de quoi vous parlez, continua-t-elle pour le piquer.

— Certes, je te l'accorde, mais je connais les tourments qui y sont liés, n'en doute pas ! répondit-il sévèrement avant de s'éloigner.

Camille regretta aussitôt ses paroles et se tut, attentive au silence de la nef et à la lumière qui entrait en poussières fines par les étroites fenêtres. Elle rejoignit bientôt le prêtre qui s'était agenouillé devant le maître-autel.

— Pardon, mon Père, dit-elle tout bas. Je sais que les derniers événements vous ont atteint.

— Oui, profondément.

Il se releva et regarda Camille dont le visage était passé d'une colère et d'un entêtement enfantins à une expression plus apaisée. La beauté et la grâce de Sophie Lemonnier s'étaient réincarnées mais sa fille avait un charme plus piquant, plus dangereux aussi.

— Les méandres de l'amour, reprit-il, causent bien des complications dans une vie humaine, déjà soumise au travail et à la mort. Cette pauvre Blandine Boutonneau en sait quelque chose.

Camille se rendit compte qu'elle n'avait jamais pensé aux conséquences quand elle était allée trouver Gaspard, alors qu'elle connaissait le malheur de Blandine, la grossesse non désirée de Mme de Tencin et désormais la maternité de Clémence Berthelot. Par vanité, elle avait souhaité le ramener à elle, s'assurer qu'il la choisirait, sans jamais songer à la suite. Mais quand il avait parlé mariage au milieu de leurs ébats, son esprit transporté avait entendu et s'était cabré. Jean-Baptiste avait raison, il lui fallait grandir. Elle le remercia pour ses mots, l'assurant de l'importance qu'ils avaient depuis toujours dans ses réflexions, et lui proposa de l'aide pour l'office suivant, autant pour s'occuper que pour renouer confiance avec lui. Ils échangèrent alors sur d'autres sujets qui voilèrent les tourments de la jeune fille, éloignant momentanément la pensée tranchante de Gaspard traversant le pertuis pour rejoindre sa future épouse. Ils évoquèrent ainsi la fête des vendanges qui aurait lieu à la fin du mois et le pèlerinage à la chapelle de l'abbaye des Châteliers.

— Et votre ami, M. de Chesnel ? demanda-t-elle soudain. Revient-il pour la fête cette année ?

Camille venait de se rappeler ce gentilhomme saintongeais qui l'avait accompagnée sur le bateau pour rejoindre La Rochelle deux ans auparavant, en lui racontant la terrible légende de la falaise de la Repentie. Une douleur fugace passa sur le visage de Jean-Baptiste.

— Non, répondit-il froidement. Lui aussi vient de se marier.

De retour chez elle, Camille trouva une agitation dont elle était la cause. Son père, ne la croisant pas le matin, l'avait crue avec Foucher jusqu'à ce que le boulanger arrive à La Flotte pour demander auprès de « Mlle Lemonnier ». On avait fait des allers-retours aux moulins, au marché et au four banal où elle se rendait parfois. Séléné étant sortie de l'écurie, l'idée d'une promenade qui se prolongeait s'imposa mais, à quatorze heures passées, l'inquiétude gagna.

— Camille, cria son père, où étais-tu passée ? Tu as des engagements avec tes frères, avec maître Foucher, et tu disparais pendant plus de sept heures ! Et je te l'ai déjà dit : cesse de monter ta jument comme un dragon du roi, les jupes relevées.

Amélie, cachée derrière, acquiesçait comiquement chacune des remontrances paternelles que Camille savait justifiées. Elle imagina ce qu'elles seraient si Antoine Lemonnier avait eu vent de ses coupables occupations du matin. Marie-Anne calma tout le monde avec énergie, d'autant plus quand la petite Suzanne se mit à pleurer, angoissée des tensions à l'œuvre, et se jeta dans les jupes de Camille comme pour la protéger. Antoine, attendri, se montra plus conciliant mais resta de mauvaise humeur pour la journée. Sur ces entrefaites, Foucher annonça que des navires à gros tonnage arrivaient à Saint-Martin, ce qui le fascinait visiblement, car il lui tardait désormais de mettre le four en route pour répondre à cette clientèle qu'il imaginait nombreuse et exigeante. On avait prévu l'inauguration dans les derniers jours de septembre, une fois les sacs de farine rentrés, pour profiter de la présence des saisonniers juste avant la fête des vendanges.

Chacun repartit travailler pour la fin d'après-midi mais Camille, contrairement à ses habitudes, resta avec les femmes. Son père lui jeta un regard contrarié sur le pas de la porte, retenant ses commentaires sur l'état des vêtements et la coiffure négligée qu'elle arborait. Pour amener un peu de diversion, Marie-Anne proposa d'aller cueillir des figues près des moulins où les arbres sarcocarpes avaient poussé en cépées depuis plusieurs années. Antoine arrachait régulièrement les plants trop proches mais il restait encore deux magnifiques figuiers en touffe étalée qui donnaient de beaux fruits à la peau violacée. À hauteur des yeux, Camille cueillit une figue ronde et moelleuse et l'ouvrit en deux, découvrant une chair d'un rouge foncé affriandant. Suzanne, qui ne la quittait pas d'une semelle, y mordit à pleine dents, s'amusant de sentir couler sur son menton un jus sucré qui lui colorait la bouche. La récolte fut ramenée à la maison dans deux paniers tressés, au rythme des chants de pêcheurs qui ravissaient la petite fille, calée sur la hanche de sa mère. Marie-Anne se félicita de voir Camille ainsi distraite par l'enfant, car elle avait senti la sensibilité à fleur de peau de sa belle-fille depuis quelques jours.

En attendant, Amélie avait réuni les ingrédients pour la confiture[1] et la bassine de cuivre qu'on sortait à cette occasion. Camille dosa le miel et le vin doux. Elle ajouta une grosse part du sucre qu'elle tenait des frères Léau, en provenance de plantations des îles lointaines. Pour lui plaire, les deux prétendants martinais lui fournissaient en effet des denrées « tombées » des bateaux en route vers l'Europe du Nord, qui avaient chargé leurs cales à La Rochelle puis faisaient une courte escale dans l'île de Ré en échange de quelques tonnelets. Ce trafic semblait convenir à tout le monde. Les fruits équeutés furent déposés entiers dans le sirop qui se mit à réduire doucement en compotée, alors qu'un parfum suave embaumait l'âtre et la pièce attenante. Marie-Anne engagea la conversation :

---

1. Les Romains évoquaient déjà la conservation des fruits avec la technique de la cuisson au sucre ou au miel (Pline l'Ancien, *Histoire naturelle*). En 1689, un *Traité de la confiture ou le nouveau parfait confiturier* donne de nombreuses recettes « au sucre, au demi-sucre et sans sucre, au miel, au moût, à l'eau, sel et vinaigre ».

— N'en veux pas à ton père de sa mauvaise humeur. Il s'inquiète pour toi. J'ai pourtant cru que ton retour de Paris l'apaiserait.

— Il était si préoccupé quand j'étais chez Mme de Tencin ? demanda Camille étonnée, comme si elle découvrait un secret.

— Atrocement. Et il s'en veut car il souhaite le meilleur pour toi, et par le même temps il cherche à te garder auprès de lui. Je ne le comprenais pas avant d'avoir Suzanne. Mais quand elle a marché, j'ai senti ce déchirement : j'étais si fière, et pourtant je la perdais déjà un peu.

Marie-Anne, plus jeune qu'Antoine d'une dizaine d'années, était d'une nature calme et réfléchie, qui avait parfois paru un peu terne à Camille mais qu'avec l'expérience, elle découvrait autrement. La discrétion de sa belle-mère lui permettait de n'empiéter sur aucun territoire : ni celui d'Antoine qui gardait le rôle du patriarche, ni celui des garçons qu'elle laissait très libres, encore moins de Camille qu'elle n'avait jamais mise en danger affectif. Son intelligence se trouvait là : elle s'était rendue indispensable à chacun avec sagesse et discernement. Lazare, Jean et Paul l'adoraient et, au bout du compte, elle menait la barque familiale avec l'assentiment de chacun.

— C'est ce que l'on ressent pour ses enfants, reprit-elle. Quand j'ai rencontré Antoine, il n'y avait plus que cela dans sa vie. Il avait perdu ta mère depuis deux ans et ne survivait que pour vous. C'était un homme brisé.

— Je ne me souviens pas trop, confessa Camille. J'avais neuf ans et je ne me rendais pas compte.

— Tu étais dure avec lui, parce que tu étais malheureuse.

Camille écoutait comme si la discussion parlait d'une étrangère vivant à une autre époque : tant de choses s'étaient passées depuis. Assise sur une chaise haute en merisier, Suzanne jouait calmement avec un pantin de bois qu'elle cherchait à recouvrir de dentelles tandis qu'Amélie lui tendait de temps à autre un bout de figue et surveillait la cuisson de la confiture.

— Comment vous êtes-vous rencontrés, je ne l'ai jamais su ? demanda Camille.

— Comme beaucoup d'autres, à la fête de la Saint-Jean. En fait, je connaissais déjà ta mère par ma sœur, qu'elle venait voir de temps en temps sans qu'elles soient très liées cependant. Je crois qu'elles étaient allées à l'école ensemble à Saint-Martin avant que ta mère ne parte à Paris pour y travailler comme servante chez un maître vitrier. Même si j'avais à peine dix ans, je me souviens comme elle était différente des filles de l'île quand elle est revenue. Et si belle.

Marie-Anne évoquait la première femme d'Antoine avec une forme d'affection, sans jalousie aucune.

— Ma sœur disait qu'Antoine l'aimait follement, continua-t-elle, et qu'il était le plus heureux des hommes à son mariage. J'avais à peine treize ans à l'époque et je m'imaginais ce couple comme dans les contes de M. Perrault.

Elle sourit à ce souvenir tout en faisant signe à Camille de l'aider à préparer les pots, une dizaine en terre cuite et cinq en verre soufflé à large rebord, qui furent sortis du vaisselier et ébouillantés.

— Ton père était veuf depuis deux ans quand je l'ai rencontré. Je l'avais croisé plusieurs fois mais c'était une époque où il ne levait pas les yeux. Le roi aurait pu venir à La Flotte qu'il ne l'aurait pas vu ! À l'été 42, il vous a emmenés à la messe de la Saint-Jean avec Amélie.

— J'm'en souviens ! coupa la servante qui n'en avait pas perdu une miette. Mon pauv'monsieur, avec ses quatre petits !

— Il m'a souri, se rappela Marie-Anne. Il se souvenait que j'étais passée quelques jours auparavant demander des bûches pour le brasier de la fête, comme cela se fait tous les ans dans chaque maison du village. Je croyais qu'il ne m'avait pas vue alors, car les jeunes gens qui m'accompagnaient étaient bien plus joyeux et délurés que moi. Mais il paraît que c'est toi, Camille, qui lui as fait remarquer mes beaux cheveux.

— Et pi l'soir, il s'en est allé au bal ! raconta gaiement Amélie.

— Oui, il s'en est allé au bal, conclut la jeune femme, rêveuse.

La mixture parfumée fut versée dans les pots avec précaution, alors que le soir tombait doucement. La tâche accomplie, Marie-Anne ôta son tablier de robe et s'adressa doucement à Camille qui disposait les derniers fruits sur un plateau, pour les faire sécher :

— Ce que je veux te dire, c'est que certaines choses ne sont pas faites pour être vécues et que d'autres arrivent quand on ne les attend plus.

La jeune fille, surprise par ce discours, chercha le regard de sa belle-mère. L'expression bienveillante mais sagace de Marie-Anne lui confirma qu'elle avait cerné beaucoup de choses, et que sa sagesse se couplait d'une fine sensibilité. Elles sourirent, posant en alignement sur des feuilles de laurier les dernières figues fraîches que Camille exposerait au soleil dès le lendemain.

Le courrier en provenance de Paris réunissait les lettres de Louison et de Mme de Tencin, datées du 18 septembre. La jeune infirmière avait vraisemblablement écrit les deux mais les tons en étaient bien différents. La baronne, tout en assurant sa protégée de son affection, restait sombre et cynique, soumise à des souffrances de plus en plus grandes, ce que confirma la version de Louison. La jeune Mme Quériand se montrait plus enthousiaste sur sa propre existence, décrivant une vie trépidante d'activités au service des autres, en particulier dans ce dispensaire pour femmes qu'elle avait ouvert à côté de la faculté. À lire cette plume vive, Camille sentit combien son amie lui manquait et combien les nouvelles, si espacées dans le temps, les éloignaient inévitablement. Elle chercha vainement des nouvelles de Jan Hendrick mais il ne s'était toujours pas montré dans la capitale.

Déçue, elle replia les missives qu'elle plaça dans le tiroir de sa table de chevet et retourna à sa tâche à la cuisine, où elle empaquetait les figues sèches dont la peau avait pris l'aspect d'un cuir clair et fripé. Elle les emmènerait dès ce matin à Saint-Martin où le travail de boulangerie commençait et où elle espérait proposer rapidement des pains spéciaux. Pour cela, on avait recruté un commis et un ouvrier dont la courte formation se terminait, juste avant l'ouverture de la boutique.

Le four était opérationnel, les levains attendaient dans les pots et c'était une réelle satisfaction pour Camille de voir maître Foucher trouver une seconde jeunesse, s'affairer, partager ses compétences et grogner à l'occasion.

Le magasin se trouvait au nord-ouest de l'église, sur une placette pourvue d'un puits, ouvrant sur une rue passante qui descendait vers le port. À la demande des nouveaux propriétaires, un artisan rétais avait aménagé la devanture à la parisienne, peignant d'un vert fougère les pans de bois rainurés. Au-dessus de la grande fenêtre à petits carreaux et de la porte ajourée entourées d'un fin liseré doré, s'étalait l'inscription en lettres calligraphiées du même ton *Au Pain de Ré*. L'ensemble était du meilleur effet et Camille, figée au milieu de la placette à regarder le résultat de tant d'efforts, réalisa soudain que son rêve prenait forme. Une fierté presque étouffante lui emplit la poitrine, alors qu'Adrien Foucher entourait paternellement ses épaules, tamponnant ses yeux humides avec le mouchoir brodé de son épouse. La silhouette de Françoise Foucher était là, assise derrière eux sur le couvercle du puits, couvant de son regard protecteur la petite boulangerie accueillante.

Quand tout fut en place, avant le lancement de la première nuit de travail, Camille sentit le besoin d'être seule et partit à travers les ruelles de Saint-Martin que le soleil en fin de course laissait dans une ombre chaude. La ville citadelle était belle, dans l'effervescence constante des villes portuaires où résonnaient de nombreux accents étrangers et la gouaille des autochtones. Le commerce maritime qui s'y était établi avait permis le pavage des rues, puisque les navires marchands arrivaient les cales lestées de pierres qu'ils remplaçaient par des cargaisons de sel ou de vin. On récupérait ainsi le dallage pour habiller peu à peu les artères du bourg.

Camille passa devant l'église Saint-Martin, en partie détruite par les boulets des flottes anglaises et hollandaises au siècle précédent, mais qui gardait de beaux portiques en ogive. On racontait que le père de Mme de Sévigné[1], dont Mme de Tencin lui avait fait lire certaines lettres, y était enterré. Cette pensée pour la baronne la conduisit naturellement sur sa gauche vers le port, dans la rue où se situait la belle demeure de la baronnie que Claudine-Alexandrine ne visiterait plus. Camille caressa les murs de pierre en passant, cherchant au-delà du porche une lumière, un signe de vie, le souvenir de cette après-midi insouciante au jardin quand Mme de Tencin l'avait invitée à Paris, mais tout restait inerte.

Quand elle arriva sur le port, le soleil avait disparu mais le ciel orangé gardait une luminosité picturale, accentuée par la noirceur des hauts flots qui mouillaient les quais. Elle emprunta le passage qui séparait les bassins du havre, dont on ouvrait les écluses selon les marées et les arrivages,

1. Celse-Bénigne de Rabutin, baron de Chantal (1596-1627) : père de Mme de Sévigné, mort au champ d'honneur à l'île de Ré le 22 juillet 1627 (à 31 ans). Il était allé avec son ami Toiras combattre la flotte du duc de Buckingham, ce qui lui permettait d'échapper à la condamnation pour duels qui le menaçait.

et arpenta les ruelles de l'îlot jusqu'à la jetée la plus avancée sur la mer. De plein jour, elle aurait pu distinguer la côte vendéenne et imagina à l'est les lumières de La Rochelle qu'elle ne pouvait pas voir au-delà des terres. Gaspard était rentré chez Clémence Berthelot et devait à cette heure enlacer son épouse dans un lit aux draps brodés, tableau qui hantait Camille depuis plusieurs semaines et qu'elle tentait de repousser avec colère. Les larmes lui venaient encore trop facilement, mêlées de tristesse et de rage. Mais ce soir, elle ne voulait plus y penser, pour savourer la réalisation de son rêve d'enfant, l'ouverture de cette boulangerie tant désirée, dont le projet avait traversé toutes les épreuves et surpassé jusqu'aux attraits de la vie parisienne. Elle essuya ses joues humides et, le visage fouetté par le vent qui se levait, admira la haute mer immuable dont le ressac frappait bruyamment les remparts. L'étendue océane qu'elle savait entourer l'île de part en part isolait et rassurait à la fois, comme un manteau épais à la moire bleuâtre.

Au loin, deux beaux navires étaient à l'ancre, dont les canots entreraient sans doute dans le port au matin, à moins que les équipages aient déjà accosté. Son cœur se mit soudain à battre un peu plus fort, mu par une folle espérance : l'un des vaisseaux à gros tonnage, balancé mollement par les flots, semblait battre pavillon hollandais.

Casse-Noisette

À la nuit tombée, Camille revint à la boutique. Les ruelles autour du port, éclairées par endroits, témoignaient de cette vie nocturne qui commençait quand allaient se coucher les enfants et les mères de famille. Comme l'aurait très justement clamé Amélie, il était grand temps pour une jeune fille seule de rentrer dans ses pénates, où l'attendait une petite pièce située à l'entresol, meublée d'un lit simple et d'un chevet. Tout était éteint à l'étage car, afin de dormir quelques heures, maître Foucher s'était couché tôt avant le réveil impérieux de la boulange.

Camille saisit une bougie qu'elle alluma avec la timide flamme de l'âtre qu'il lui fallut attiser un peu, et parcourut l'atelier. Les sacs de froment entreposés dans la réserve provenaient de la production des moulins Lemonnier, gage d'une qualité reconnue dans l'île. Antoine s'approvisionnait en blé sur le canton d'Ars-en-Ré pour une petite partie, et importait le gros de sa matière première du port de Marans[1]

1. La production de blé avant la Révolution provenait pour beaucoup des terres du Poitou qui arrivait sur le

sur le continent. Adrien Foucher préférait ne pas travailler l'orge, à laquelle les Rétais étaient pourtant habitués par facilité d'accès et coût réduit. Les ménagères continueraient donc, en plus des farines de mesture, à cuire leur pâton chez les fourniers mais *Au Pain de Ré*, on ne proposerait qu'une mouture de blé tendre.

La quantité nécessaire à la production de la semaine avait été passée au tamis pour extraire le son, en attendant l'investissement dans un bluteau[1] mécanique qui faciliterait le travail. Camille caressa une des grandes maies qu'on avait achetée garnie de tous ses instruments de boulangerie pour plus de quatre livres, soit cinq fois le salaire d'un ouvrier. Elle servirait au pétrissage et levage de la pâte, avec ses quarteaux, coffineaux et coupe-pâte. Comme au Palais-Royal, la jeune apprentie aurait son étal et façonnerait ses pains spéciaux après le gros du travail. On avait convenu d'une pâte unique pour l'instant, mais Camille espérait travailler sur ce point assez rapidement. Elle proposerait pour commencer une recette aromatisée par semaine et tiendrait le comptoir en matinée. Pour l'ouverture, elle avait imaginé un mariage figues et noisettes, ancré dans l'automne qui s'annonçait, testé avec succès auprès de ses frères et de Marie-Anne. Son espoir était que la clientèle vienne peu à

---

marché de Marans, et parvenait à l'île de Ré par la Sèvre puis la mer.

1. Appareil servant à tamiser la farine pour la séparer du son, en forme de long rouleau incliné avec manivelle et entonnoir, cités et illustrés avec les autres instruments dans l'*Encyclopédie* de Diderot et d'Alembert.

peu acheter du pain non plus seulement par besoin alimentaire, mais aussi par envie et plaisir, à un rythme différent du sempiternel pain hebdomadaire qu'on finissait rassis le dernier jour.

Elle s'allongea, retrouvant dans la torpeur de l'endormissement cette idée un peu folle que peut-être Jan pourrait faire escale à Ré avant de rejoindre La Rochelle. La pensée insidieuse, que le pavillon hollandais avait avivée soudainement, l'effleurait pour la première fois car elle avait pensé qu'il accosterait plutôt à Bordeaux ou Nantes pour remonter vers Paris, voire qu'il y était déjà à s'enquérir dans les Salons des événements édifiants des deux années passées. Elle se trouvait orgueilleuse d'imaginer qu'il se soucierait encore de sa petite personne et s'interrogeait sur ce qui pourrait les lier s'ils se retrouvaient. Elle s'endormit au bout du compte fort tard et n'entendit pas maître Foucher battre le briquet vers deux heures du matin, pour prendre son poste à l'atelier, rejoint par les deux ouvriers.

Quand elle les retrouva aux aurores, une grande partie de la pâte était levée et les pâtons en forme de larges baguettes attendaient la cuisson. Maître Fournier avait en effet choisi cette forme allongée qui se répandait à Paris mais restait rare en Aunis, pour amener de la nouveauté. La chaleur étouffante dans la pièce prouvait que le four, attisé par le commis qui rapportait des bûches de l'appentis, approchait de la température voulue. On pousserait ensuite les braises vers le fond, pour déposer les pains sur la pierre brûlante. Camille récupéra son banneton de pâte et s'installa sur son billot, avec des bols d'eau et de farine. Elle travailla très doucement la matière, en y incorporant les lamelles de figues sèches et les noisettes entières qu'elle avait décortiquées la veille, goûta, ajouta un filet d'huile de noix et quelques cristaux de sel. Elle disposa la quantité pesée dans quinze moules rectangulaires achetés dans ce dessein, et plaça sa production sur une grille, pour une dernière levée en attente de cuisson.

La boulangerie allait ouvrir et tout était en place : les pains encore chauds emplissaient les panières, parfumant la rue au-delà de l'échoppe. Camille, libérée de son tablier, prit place derrière le comptoir, rajustant ses cheveux qu'elle avait tirés vers l'arrière pour dégager son visage, et offrit son plus beau sourire au premier client, un des frères Léau, qui s'intéressait moins au pain qu'au charme de la boulangère.

Défilèrent ainsi dans la matinée élites martinaises, Rétaises curieuses et marins attirés par l'appétissant fumet. Un capitaine étranger acheta trois pains aux figues, après avoir goûté avec délectation les cubes à la fois moelleux et croustillants que Camille proposait en échantillon. Ils eurent du mal à se comprendre, mais la jeune fille saisit qu'il était bien hollandais et commandait le vaisseau à l'ancre à l'entrée du port. Elle voulut savoir d'où il arrivait mais la conversation, très amusante mais incompréhensible, ne lui amena aucune information supplémentaire. Elle osa demander après un certain Van Lynden mais, soit que sa prononciation fût inaudible, soit qu'il n'en eût jamais entendu parler, elle ne reçut pas la réponse escomptée.

Les fournées du jour se vendirent rapidement, faisant même des mécontents qui devraient attendre le lendemain pour avoir leur miche, mais ne se décidèrent pas pour autant à essayer le pain aux figues, dont la forme et la texture ne les attiraient pas, au prix parfois de quelques grimaces. Les matelots étrangers se montraient moins réticents, habitués qu'ils étaient aux découvertes en tout genre. Ainsi, seule la moitié de la panière fut écoulée, ce qui déçut Camille considérablement, mais pas maître Foucher décidé à tout voir du bon côté :

— Laissez leur le temps, rassura-t-il. D'abord le pain traditionnel, qu'on leur a déjà un peu changé, et bientôt ils seront prêts à tout goûter. Ne vous inquiétez pas ! La matinée fut bonne et il nous faut maintenant nous installer dans le temps et fidéliser nos clients.

Vers midi, la caisse était effectivement bien remplie et le carnet de commandes pour le lendemain déjà aux deux-tiers complété, ainsi que pour les jours suivants. Avec un peu de baume au cœur, Camille couvrit la panière des sept pains aromatisés restants qui pourraient encore être vendus, et nettoya le magasin en remisant casse-noisette et spatules de bois, pendant que les ouvriers finissaient le ménage de l'atelier. Alors qu'elle discutait entre deux portes avec Martin, l'ouvrier boulanger épuisé mais heureux de sa première journée, la cloche accrochée à la porte tinta bruyamment.

— Désolée, nous fermons ! cria Camille en vraie tenancière, tout en revenant vers la boutique, il n'y a plus de pain pour aujourd'hui !

Le client, qui attendait au milieu de la pièce, ne bougea pas, cachant la clarté de sa haute taille. La jeune fille ne discerna pas ses traits tout d'abord, juste une silhouette sombre, coiffée d'un tricorne de voyageur d'où s'échappaient des mèches claires indisciplinées. Le regard restait enfoui sous l'ombre du feutre, mais quand il sourit un peu en coin, découvrant une rangée de dents régulières, elle ne s'y trompa pas. Elle eut un imperceptible élan vers lui, mais l'émotion la stoppa brutalement, étouffant dans sa gorge le nom qui lui venait aux lèvres.

— Bonjour mademoiselle Lemonnier, salua-t-il un peu railleur. Il n'est pas si facile de vous trouver sur cette île, que je croyais pourtant minuscule.

Et comme Camille restait silencieuse, il continua sur le même ton :

— Depuis ce matin, j'arpente les ruelles du petit village de La Flotte où j'ai d'ailleurs croisé votre charmante belle-mère, qui m'a appris que vous étiez installée ici, tout près de l'endroit où j'ai accosté hier soir. Le sort se joue de nous, me semble-t-il.

Il souriait mais une lueur d'inquiétude passa bientôt dans son regard à la vue de Camille, à moitié pétrifiée, appuyée d'une main crispée sur le comptoir. Lentement, il ôta son chapeau et s'approcha pour qu'elle le vît mieux.

— Ne me reconnaissez-vous pas ? Je pensais vous avoir marquée davantage, ajouta-t-il se moquant à moitié.

Il lui prit la main qu'il porta doucement à ses lèvres, baisant le bout des doigts. Camille eut honte de leur rudesse, conséquence des cueillettes, pêches et autres travaux manuels qu'elle menait chaque jour, et les retira un peu vite.

— Bonjour M. Van Lynden, réussit-elle à articuler, se maudissant d'être aussi émotive et d'avoir mis si peu de naturel dans la prononciation de son nom.

Elle avait tant rêvé ce moment, mais jamais dans ces circonstances, dans cet espace qui lui parut soudain étroit, avec sa robe de travail aux manches retroussées, de la poudre blanche jusqu'aux cheveux. Il était là, impressionnant et déjà narquois, campé sur ses jambes bottées, comme s'il venait conquérir en pirate la petite boulangerie nichée en haut d'une ruelle insulaire. Les traits de son visage paraissaient flous, émergeant d'un lointain souvenir qui cherchait à renouer avec la réalité, que seul le regard clair et incisif animait un peu. Il continuait à parler mais Camille entendait à peine, occupée à calmer son cœur qui tambourinait jusque dans ses oreilles. Elle se sentait au bord du malaise, et peut-être aurait-elle sombré si elle n'avait perçu dans ses yeux de quoi reprendre toute sa contenance, car il ne semblait absolument pas déçu par l'apparition improbable de cette boulangère enfarinée à la gouaille autoritaire. Tout au contraire montra-t-il un intérêt certain et presque fasciné qui flatta l'orgueil de Camille alors mis à mal.

— Vous avez changé, confirma-t-il, j'avais le souvenir d'une enfant et vous voilà.

Il baissa la voix, exprimant dans une moue admirative tout le bien qu'il pensait de cette rencontre. Ce fut un silence court mais d'une intensité qui coupa les jambes de Camille et lui fit bénir le comptoir sur lequel elle était toujours appuyée. Jan sourit et, écartant les bras pour montrer la boutique, reprit sur un ton léger :

— ... et vous voilà propriétaire d'une boulangerie, c'est bien cela ? Votre belle-mère n'a pas tari d'éloges à votre propos. Il me semble que nous avons beaucoup à nous raconter.

— Vous n'imaginez pas à quel point, répondit-elle à brûle-pourpoint, se rendant compte un peu tard du ton sensuel qu'elle avait pris.

— Eh bien, je reste quelques jours, dit-il ravi, le temps d'organiser mon départ pour Paris. Nous aurons l'occasion de nous croiser à nouveau, je l'espère.

Il n'en dit pas plus mais Camille voulut croire qu'il était venu pour elle et se sentit rougir délicieusement. Avec audace, elle allait lui proposer de la raccompagner jusqu'à La Flotte, quand ils furent interrompus :

— Bonjour monsieur, fit la voix fatiguée de maître Foucher, depuis la porte de l'atelier. Nous n'avons plus de pain ce jour. Vous pourrez revenir demain pour la prochaine fournée, mais il vaut mieux passer commande.

Le regard interrogateur de Jan alla de l'homme quinquagénaire visiblement patron des lieux, qui venait de poser sa main avec tendresse sur l'épaule de la jeune fille, à Camille dont les joues empourprées le trompèrent douloureusement. L'affection du boulanger pouvait passer pour l'assurance bonhomme d'une propriété maritale, que la gêne de la jeune fille n'infirmait pas. Plusieurs expressions passèrent sur le visage du Hollandais qui se ferma d'emblée, si bien qu'il salua d'une voix blanche sans rapport avec la chaleur dont il venait de faire preuve :

— Je vois. Merci de cette information mais cela sera sans doute inutile. Madame, monsieur, je vous salue.

Ayant coiffé nerveusement son tricorne, il sortit sans que Camille, interdite, comprenne aussitôt le malentendu. Le temps qu'elle contourne le meuble et s'élance derrière lui, il avait disparu dans une des ruelles adjacentes.

Camille sillonna Saint-Martin de long en large pour apprendre que le navire hollandais, en provenance des Indes, appareillerait à la prochaine marée diurne après s'être ravitaillé, car les liens commerciaux avec l'île lui permettaient d'éviter La Rochelle et de reprendre la route vers Amsterdam. Sur le quai, un matelot aux cheveux si clairs qu'ils en paraissaient blancs lui confirma, dans un français fantaisiste mais compréhensible, qu'ils étaient venus déposer un homme important à Saint-Martin, une sorte de diplomate issu de la noblesse, dont il disait ne rien savoir sinon qu'il ne repartait pas vers les Provinces Unies avec eux. Elle ne trouva cependant nulle trace de Jan dans les tavernes ou les belles auberges de la capitale rétaise.

De retour à La Flotte, où l'on se préparait pour la fête des vendanges du lendemain, Camille attacha Séléné à l'anneau serti dans le mur de la cour. Bientôt, la carriole conduite par Marie-Anne tourna au coin de la rue et s'arrêta devant la façade.

— J'ai rencontré quelqu'un qui te cherchait ce matin, rapporta-t-elle, un étranger, très grand, qui parlait bien français. Un monsieur Van quelque chose.

— Oui ! M. Van Lynden. C'est un ami de Mme de Tencin, qui m'a escortée il y a deux ans pour rejoindre Paris.

— C'est ce qu'il m'a dit. Il paraît que depuis neuf heures, il demandait à la cantonade qui connaissait « Camille Lemonnier ». M. Dechézeaux, plutôt méfiant, l'a conduit jusqu'à moi au milieu des étals du marché. Je l'ai envoyé à la boulangerie de Saint-Martin. Il semblait bien impatient de te voir.

— Un sacré beau gars, admira Amélie assise sur le banc du véhicule. M'a fait penser à ces grands vikings du Nord qui ravagent tout.

Marie-Anne fit une moue amusée, descendit de la carriole en soutenant la vieille servante qui portait Suzanne somnolente dans ses bras et fit signe à Camille de l'aider à décharger. Tout en transportant les paquets de linge et les casiers de victuailles jusqu'au chais, Marie-Anne jetait de petits coups d'œil à sa belle fille dont l'esprit semblait en pleine effervescence.

— Et il t'a dit autre chose ? demanda promptement Camille, d'un air faussement détaché. Je l'ai effectivement vu à la boutique tout à l'heure, mais il est reparti aussitôt. Je crois qu'il s'est mépris sur maître Foucher. C'est drôle quand j'y pense… Il a dû le prendre pour mon mari.

En entendant cela, Amélie, le dos courbé par l'âge mais les oreilles toujours affûtées, éclata soudainement d'un rire formidable qui montait dans les aigus à chaque aspiration, ce qui provoqua l'hilarité générale. Suzanne, réveillée par l'agitation, se demanda ce qui se passait puis se mit à rire à son tour, singeant la vieille servante qu'on dut asseoir pour qu'elle retrouve son calme. La coiffe de travers et les yeux humides de gaieté, Amélie se tapait encore les cuisses quand Camille lui porta un verre de vin coupé d'eau, sur le banc de pierre appuyé à la maison.

— Toi avec m'sieur Foucher ! Est y sot ? Voudrait pas d'une drôlesse comme toi ! Mais l'aime bien la Grande Margot, le boulanger, pour sûr !

Marie-Anne riait plus discrètement et continuait son ouvrage. Quand Amélie rentra dans la fraîcheur de la bâtisse, elle posa la main sur l'épaule de la jeune fille et lui dit en aparté :

— Si j'étais toi, j'essaierais de retrouver rapidement ce gentilhomme, avant qu'il ne croise ton père. Je ne sais pour quelle raison il a débarqué dans l'île mais j'ai peur qu'Antoine n'approuve pas du tout. Il est resté sur une très mauvaise impression quand il l'a rencontré à La Rochelle, et s'en voulait de t'avoir laissée partir avec cet « orgueilleux malappris ». À l'heure qu'il est, à la vitesse où vont les commérages, ton père est sans doute déjà au courant de son arrivée à La Flotte, surtout qu'il y a eu cuisson au four banal ce matin et que toutes les jacasses s'en sont donné à cœur joie. Ce soir, on en parlera jusqu'à Ars.

— Mais je ne sais absolument pas où il est. Si cela se trouve, il est d'ores et déjà reparti.

— Ce doit être la fatigue qui t'embrouille les idées, jeune fille, sourit Marie-Anne. N'oublie pas que tu es sur une île qu'on ne quitte pas comme on veut. À moins d'embarquer en pleine nuit, ou de commencer la route à pied sur le varech, ton Hollandais dormira à Ré ce soir. Il doit avoir quelques relations car il est descendu à la maison Clerjotte[1], dans le nouveau bâtiment réservé aux officiers royaux. C'est là que tu pourras le trouver, m'a-t-il dit.

— Préviens mon père que je dormirai sur Saint-Martin encore cette nuit, cria Camille en rentrant telle une flèche dans la maison pour se changer et prendre sa mallette de voyage.

— Pas d'imprudence, Camille, je t'en prie !

La jeune fille sortit rapidement et embrassa la femme de son père, un peu dubitative sur le tour que prenaient les événements.

— Ne t'inquiète pas, rassura-t-elle. Merci Marie-Anne !

L'hôtel de Clerjotte, d'architecture médiévale mêlée d'ajouts plus récents, n'avait d'hostellerie que le nom car il avait été réquisitionné comme arsenal militaire, mais des travaux en cours aménageaient des logements pour les officiers, donnant sur un agréable jardin à l'arrière du bâtiment. Les ailes se raccordaient au logis principal par deux tours de tailles différentes dont l'une, à l'ouest, desservait une belle galerie à colonnes. Camille laissa Séléné à un garçon d'écurie qui tenta quelques grivoiseries mais qu'elle renvoya sévèrement, avec un

1. Hôtel Clerjotte : construit vers 1480 par Louis Clergeat, receveur de l'île de Ré. Il a été modifié et a changé de propriétaire avant d'être réquisitionné pour servir d'arsenal à la citadelle à l'époque de Vauban. Classé monument historique en 1929, il appartient aujourd'hui à la ville qui l'a transformé en Musée Ernest Cognacq, du nom du fondateur rétais de la Samaritaine à Paris.

air de grande dame offusquée. Elle constata avec satisfaction que sa robe de drap bleu, modifiée par le couturier parisien de la baronne, donnait encore le change sans la faire paraître trop apprêtée. Quand elle demanda après Jan Hendrick Van Lynden, on lui fit savoir avec révérence qu'il était descendu à la *Taverne du Foudroyant*[1] pour y souper. Comme l'endroit était tout proche, elle s'y rendit à pied.

Un brouhaha se faisait entendre dans la rue, d'où émergeaient des exclamations et des injures de la pire espèce. Quand Camille identifia un accent hollandais et des imprécations étrangères qui ne laissaient aucun doute, elle se fraya un passage dans l'attroupement de la taverne, débouchant sur une bagarre que les clients encourageaient furieusement. Jan avait laissé sa veste au sol et tenait immobilisé, plaqué dos à lui, un homme plus petit se débattant comme un diable et cherchant à jouer des coudes contre la masse inébranlable du Hollandais. Celui-ci le lâcha soudain, lui montrant ses mains en signe d'apaisement :

— *Kalmeer ! Kalmeer !*

Mais l'autre, totalement déchaîné, se rua en avant et lui asséna un coup dans le ventre qui le fit vaciller. Camille reconnut alors Étienne Fournier, le frère de Gaspard, le visage rouge de colère mais aussi du vin qu'il avait visiblement ingurgité à l'excès. Jan semblait avoir également abusé de

1. *Le Foudroyant* : nom du bateau commandé en 1672, lors de la guerre de Hollande, par Jean Gabaret, seigneur d'Angoulins et Rétais célèbre (1631-1697), qui devint gouverneur de Martinique.

la boisson car son regard manquait de vivacité et il riait en évitant les attaques faiblardes de son adversaire. Soudain il aperçut Camille et se figea une seconde de trop, qui permit au fils Fournier de lui décocher un coup de poing mieux senti. Le rire du Hollandais se transforma alors en une rage calme et déterminée, qui effraya la jeune fille. Il marcha sur le Rétais et, en deux soufflets d'une grande violence, le laissa assommé au sol où le récupérèrent ses amis tout aussi avinés, qui continuèrent, mais de loin, à agonir l'étranger d'insultes.

En fixant Camille comme une pestiférée, les spectateurs échangeaient leurs impressions, les uns mécontents qu'on agresse un insulaire, les autres philosophes sur la responsabilité de Fournier qui cherchait constamment la bagarre. Quand la garde arriva pour remettre de l'ordre, tous se dispersèrent en assurant n'avoir rien vu. Jan ramassa sa veste, tâta sa mâchoire avec une grimace et s'approcha de Camille :

— Eh bien, mademoiselle Lemonnier, je suis à peine arrivé sur cette île qu'il me faut déjà défendre votre honneur.

— Vous auriez dû laisser mon vieil époux s'en charger, lança-t-elle croyant qu'il se moquait encore.

Jan s'en amusa, tout en se tenant la pommette gauche qui rougissait rapidement :

— J'ai appris par ces aimables et accueillants Rétais que maître Foucher n'avait pas eu à vous passer la bague au doigt pour vous attirer dans son honnête commerce. Mille excuses pour ce quiproquo ridicule qui, je l'espère, ne vous a pas fait offense mais vous a confirmé l'estime que je vous porte. Je me suis montré d'une arrogance sans mesure – « à nouveau » me direz-vous, et vous n'auriez pas tort – mais j'ai pour moi l'excuse du voyage qui m'embrouillait encore les idées. Pourquoi Diable ne m'attendiez-vous pas sur le port, dévorée d'impatience, comme ses femmes de pêcheurs qui guettent l'horizon ?

Sa contrition entre dérision et tendresse finit de charmer Camille, qui haussa les épaules avec un sourire :

— Parce que vous êtes un incorrigible pêcheur mais pas de cette espèce là. Parce qu'il m'était impossible de savoir que vous passeriez à Ré. Et parce que vous êtes bien trop vieux vous aussi pour être mon mari.

Son rire spontané fit se retourner deux marins étrangers qui, le reconnaissant sans doute, le saluèrent avec respect puis s'installèrent à une table éloignée, un peu gênés de se trouver là.

— J'ai mérité vos sarcasmes, reprit-il. En revanche, permettez-moi de vous annoncer que votre réputation laisse à désirer auprès de cette gent masculine supérieure, que je viens de rosser gentiment. Votre nom s'est vu associé à tout un vocabulaire fleuri que je vous épargnerai, mais qui m'a empêché de dîner sereinement. Vos détracteurs réfléchiront sans doute la prochaine fois, avant de prendre à témoin toute une taverne sur vos mœurs dissolues.

Camille retrouvait son humour et surtout cette manière alambiquée de s'exprimer qui, elle devait se l'avouer, lui manquait beaucoup depuis Paris. Contre toute attente, à croiser ses yeux rendus brillants par l'alcool et les lueurs timides qu'on commençait à allumer sur le port, elle le trouva plus jeune. Il avait peut-être un peu maigri pendant son interminable voyage, et sa peau était burinée par le soleil et les embruns salés, mais il gardait ce charme dans les expressions qui faisait battre son cœur à chaque sourire. Conscient de l'attention qu'elle lui gardait, Jan paya rapidement l'aubergiste pour le repas et la table renversée, puis l'entraîna dans la rue :

— Le soir est doux, *wild meisje,* marchons ensemble, voulez-vous ?

Orageuses vendanges

Camille ne savait ni par où commencer, ni ce qu'elle souhaitait taire. De nombreuses interrogations flottaient entre eux, et celles qui concernaient Louise de Morens étaient comme une épine insidieuse qui se manifestait de temps en temps, de même que la relation complexe qu'elle avait perçue entre lui et Mme de Tencin. L'attirance indubitable qu'elle éprouvait ne pouvait occulter les quartiers d'ombre de sa vie de courtisan et d'aventurier. Elle s'était déjà demandée si cette ombre, loin de la repousser, n'était pas en grande partie séduisante et s'inquiétait de sa propension à convoiter la mauvaise personne. N'avait-elle pas reconnu son désir et son attachement pour Gaspard au moment où il lui échappait ? Comme s'il avait suivi le fil de sa pensée, Jan s'enquit de la famille Fournier :

— Qu'avez-vous pu faire à ce pauvre hère, pour qu'il vous haïsse à ce point ?

— Étienne Fournier ?

— Sans doute. Je n'ai pas encore mémorisé le nom de tous les vauriens de cette île mais il me semble, comme pendant mon expédition à

Java, que la sauvagerie des hommes guette derrière chaque buisson. Est-ce l'effet des territoires insulaires ? Est-ce de là que vous tirez votre esprit frondeur ?

— Ne recommencez pas à être méprisant, fit-elle en apparence fâchée mais soulagée cependant que la conversation reprenne le ton polémique dont ils avaient une courte habitude. Nous avons à peine marché cinquante perches[1], reprit-elle, et vous commencez à être désagréable. Je vous rappelle que vous fréquentiez assidûment les salons où la médiocrité, cachée derrière les atours, est tout aussi abjecte.

— Comme je vous retrouve, à la fois rebelle et bien pensante, répondit-il ravi. Alors, cet Étienne Fournier ? Un amoureux éconduit ? Ses propos n'étaient pas très cohérents mais il vous accusait de rouler facilement près des meules en galante compagnie. Avec son frère peut-être ? J'arrange quelque peu le propos, qui était beaucoup moins élégant. Il m'a d'ailleurs fallu tendre l'oreille pour être bien sûr d'avoir reconnu votre nom.

Camille tenta de jouer la calme indifférence, mais serra les poings dans les replis de sa jupe :

— C'est une famille de meuniers, comme la mienne. Le père cherche constamment des noises au mien. Et oui, le frère, Gaspard, était mon ami d'enfance.

— Était ?

— Il vient de se marier sur le continent.

1. Unité de longueur équivalent à un peu plus de 8 mètres en Poitou, validée dans le dictionnaire de Trévoux, rédigé par les jésuites au cours du XVIIIe siècle.

Il y eut un silence un peu long alors qu'ils revenaient vers le port éclairé par le soleil couchant qui s'enfonçait derrière les remparts. Jan cessa ses sarcasmes en percevant la blessure probable, cachée derrière les derniers mots de la jeune fille. Deux années avaient passé, dont il ne savait rien, et lui-même revenait chargé d'expériences qui l'avaient modelé autrement.

— Vous parliez de l'île de Java à l'instant, changea-t-elle de sujet. En quoi les habitants vous ont-ils paru sauvages ? Il semble me souvenir que c'est un terme que vous affectionnez. Tout ce qui vous paraît différent mérite-t-il cet attribut ?

Il s'amusa de sa question, tout en l'aidant à traverser une rigole d'eau saumâtre qu'on avait aspergée sur le quai, du côté de l'îlot du port. Sa main resta nonchalamment posée sur la taille fine tandis qu'ils marchaient côte à côte.

— Je me suis sans doute mal exprimé. J'ai un profond respect pour toutes les populations que j'ai pu côtoyer pendant mes voyages, et en particulier dans les royaumes de Java que je connais un peu mieux, car je m'y rendais pour la seconde fois. La sauvagerie n'est pas tant de leur fait que du comportement intolérable de mes compatriotes. Je me sens parfois plus proche d'un homme né de l'autre côté du monde que d'un bourgeois d'Amsterdam au service de la Compagnie des Indes, qui se croit chez lui en terre étrangère, juste parce que sa bourse est pleine.

— Vous voilà philosophe à présent. Je me souviens vous avoir entendu débattre avec M. de Montesquieu de ce paradoxe, à propos de l'esclavage, je crois.

— Ah, les philosophes aux belles idées ! Vous n'imaginez pas ce que j'ai vu là-bas et sur le chemin du retour, où nous avons fait escale.

Ils arrivaient au bout de l'îlot situé entre les deux bassins du port, et s'arrêtèrent sur la jetée la plus au nord, d'où l'on apercevait le mouillage du navire hollandais. Des lanternes témoignaient de la présence à bord d'une partie de l'équipage, préparant sans doute l'appareillage du lendemain. Camille pencha un peu la tête pour regarder Jan, dont les yeux se perdaient au loin, sans qu'elle sache s'il se réjouissait d'être désormais sur la terre ferme, ou s'il nourrissait quelques nostalgies exotiques. Il lui parut alors étranger et une intuition douloureuse la saisit.

— Vous allez repartir ? demanda-t-elle.

Il sembla sortir de ses pensées et la découvrir à ses côtés, silhouette de Néréide dont les cheveux flottaient doucement dans le crépuscule. Le ciel à l'ouest était lourd de la chaleur accumulée depuis quelques jours et menaçait d'un orage prochain.

— Non, pas en mer en tout cas, asséna-t-il. J'ai rempli les missions qu'on m'avait confiées, qui engageaient ma famille et mon pays, et j'ai « quartier libre » en quelque sorte.

— Quelles missions ? demanda-t-elle vivement, espérant enfin trouver des réponses à l'existence mystérieuse qu'il semblait mener.

— Cela vous intéresse-t-il vraiment ? La jetée ne sera jamais assez longue et la nuit bien trop rapide.

— Les remparts font le tour de la ville !

— Et vous êtes têtue, je le sais. Votre père vous laisse déambuler ainsi avec un quasi inconnu ? Il m'avait pourtant semblé très protecteur à

La Rochelle. Pour ce soir, j'ai déjà eu affaire à l'un de vos compatriotes et j'aimerais si possible éviter la colère paternelle, finit-il en tâtant sa pommette endolorie.

— Vous éludez encore le sujet de notre conversation. J'ai souvent cru que c'était par dédain, quand nous voyagions vers Paris il y a deux ans, mais je crois qu'en fait vous vous montrez laconique à dessein, sur ce qui vous arrange.

— Mon Dieu, je suis découvert ! fit-il narquois. Que voulez-vous savoir ? De quoi comprendre cet orgueil que vous me reprochez ? Eh bien allons-y, mais ne me blâmez pas ensuite d'avoir perdu tout mystère ! Dans ma famille, les héritiers mâles suivent des voies toute tracées et, pour exister au sein d'une République, s'accrochent désespérément et contre toute attente à ce vieux modèle aristocratique. Depuis mon enfance, tandis que je déambulais à mon aise dans une grande insouciance, mon père et mes frères aînés assuraient la présence politique de la famille au service de la maison d'Orange-Nassau[1]. Comme j'étais beaucoup plus jeune, on m'avait confié aux soins d'une gouvernante française, qui me parlait gentiment, dans cette langue que je considère un peu comme maternelle, étant donné que ma propre mère avait beaucoup mieux à faire que m'éduquer. Nous pouvions ainsi converser librement sans oreilles

1. « *Huis Oranje-Nassau* », maison régnante aux Pays-Bas à partir de 1813, qui joua un rôle important auparavant au sein de la République des Provinces-Unies dont les fonctions de *Stathouder* (gouverneur général) étaient tenues par beaucoup de ses membres.

indiscrètes et j'ai pris, faut-il l'avouer, un malin plaisir à maîtriser le français, seul échappatoire du carcan familial. Ces aptitudes linguistiques m'ont été reprochées, comme la preuve d'un esprit buté et indiscipliné, inconciliable avec ce que mon père avait prévu pour moi. « C'est le vice qui mène ton intelligence ! » me disait-il, et en néerlandais, je peux vous assurer que ce n'est pas plus poétique ! Je vous entends rire sous cape à cette évocation.

— Je ne me permettrais pas, jura Camille. C'est la première fois que vous parlez de vous avec sincérité, il me semble.

— C'est la tendresse pour ma nourrice française qui vous émeut ? Certes, j'y fus très attaché mais on m'en écarta, pour éviter que je m'attendrisse, figurez-vous ! On m'envoya donc très jeune vers une carrière militaire où je montrai à nouveau bien peu d'aptitudes pour l'obéissance. Et je ne vous parlerai pas de ma vocation religieuse, inexistante, au grand dam de mon précepteur. Par lassitude autant que désintérêt, mon père me confia à plusieurs familles puissantes de la Compagnie des Indes, pour m'endurcir soi-disant, à bord de leur flotte. Plutôt que la punition escomptée, cela m'offrit des possibilités infinies. Par le biais des alliances, à quatorze ans tout juste, je naviguai d'abord sur un navire flamand qui fit escale à La Rochelle, d'où les liens que j'ai conservés avec les marchands de la ville où j'ai séjourné quelques mois. Puis j'embarquai pour le Canada, petit page au nom illustre qui servait de faire valoir : c'est lors de ce voyage éprouvant que je rencontrai Pierre Renaud, le mari de Gabrielle, qui me prit sous son aile. Paix à leurs âmes.

Jan s'était à nouveau arrêté contre le parapet et se recueillait en silence. Camille osa intervenir d'une petite voix :

— J'ai eu des nouvelles de Samuel en passant par Blois, lors de mon retour. Je sais que vous avez veillé à ce qu'il ne manque de rien. Il va bien et montre un talent certain pour la musique.

— Comme son père ! Merci, Camille, de cette nouvelle ! Vous avez le don d'illuminer les endroits sombres qui m'attirent tant. Je m'y arrêterai en remontant vers Paris.

— Quand repartez-vous ?

— Dans deux jours. J'ai à rendre compte des effets de ma mission à Java, puis quelques visites à honorer, et je serai libre.

— Cette mission fut donc un succès ?

— En un sens. Tout dépend du côté dont vous vous placez. Java est une île aux multiples sultanats, où la Compagnie des Indes hollandaise a installé ses comptoirs fortifiés, en jouant sur les rivalités des différents rois, qu'elle a financées pour mieux régner. Pendant que les uns s'étrillent, les autres exploitent tranquillement le bois exotique et les multiples richesses de l'île. Les marchands, en quête de profit et de promotion personnelle, en oublient l'essentiel, et nos accords avec les dirigeants asiatiques en sont parfois fragilisés. Aucun européen ne voudrait me croire, mais les dignitaires d'Insulinde[1] nous prennent pour des barbares incultes et grossiers, et je ne

1. Vaste archipel entre les océans Indien et Pacifique comprenant entre autres les îles de Java, Bornéo, Sumatra et Timor.

peux leur donner entièrement tort. C'est pour cela qu'on fit appel à moi, puisque mon père se souvient toujours de son fils quand cela sert ses intérêts. Mes contacts respectueux avec le roi de Mataram, noués il y a quelques années déjà, ont en effet permis de conclure un nouveau traité, car il s'est montré flatté qu'un grand nom de l'aristocratie hollandaise vienne négocier. Et j'ai quelques talents de diplomate, m'a-t-on dit.

Il avait parlé d'une traite, sans fierté, plutôt sur un ton amer et ironique, comme si cette réussite ne le satisfaisait guère. Camille sentait pour la première fois chez Jan une sorte de cas de conscience difficile à cerner.

— Vous pensez avoir mal fait ?

— Voilà une notion toute relative, mademoiselle Lemonnier, répondit-il étrangement. J'ai fait ce que j'avais à faire, comme à mon habitude. Mais parlez-moi donc de votre expérience parisienne : je vous ai laissée aux griffes de la « Ménagerie » de Mme de Tencin et vous semblez pourtant entière, sans une égratignure, associée à un boulanger réputé que vous avez débauché de je ne sais quelle manière.

Cela paraissait léger et amusant vu comme cela, mais Camille eut soudain le vertige à l'idée de tout raconter et s'arrêta en se pinçant les lèvres, laissant passer sur son visage toutes sortes d'émotions liées aux souvenirs qu'elle ne maîtrisait pas tout à fait. Décidée finalement à ne lui rien cacher, elle se hissa à la force des bras sur le muret qui penchait doucement vers la mer et dont l'épaisseur lui aurait permis de tenir tout allongée. Jan s'éloigna un instant pour emprunter une petite lanterne à deux sentinelles qui discutaient plus loin, car on n'y voyait goutte. Quand il revint pour éclairer la scène, il trouva la jeune fille assise en tailleur sur le rempart, les coudes appuyés sur les genoux et les chevilles nues dépassant de l'ourlet de la robe. Il se dégageait d'elle une liberté et une fraîcheur qui le troublèrent alors que, l'air décidé, elle commençait son récit. Il ne l'interrompit pas au début, puis n'y tint plus et questionna à tout bout de champ, avec une admiration non feinte :

— Vous voulez dire que vous avez acheté la boulangerie et le droit de vendre du pain grâce au soutien de Mme de Pompadour, avec l'accord du roi ? Vous êtes allée à Versailles ?

— Oui, et j'ai fait de nombreuses rencontres. J'entretiens toujours une correspondance suivie avec la baronne bien sûr, même si les lettres s'espacent car je la sens épuisée et lasse, avec Louison que vous connaissez, qui a ouvert un dispensaire pour les femmes, aidée de son mari Nicolas Quériand.

— Le médecin de Poitiers ?

— Lui-même ! Un homme absolument charmant. Je reçois aussi des nouvelles de M. d'Alembert, que j'ai rencontré de nombreuses fois.

— D'Alembert, le mathématicien ? demanda encore Jan d'une voix blanche.

— Le mathématicien bien sûr ! Qui d'autre ? Saviez-vous qu'il était le fils de Mme de Tencin ?

— C'est un secret de polichinelle : tout Paris en a connaissance mais d'où le connaissez-vous ?

— Je l'ai rencontré au Café Procope en compagnie de M. de Vandières, le frère de la favorite.

— Je sais qui est Vandières. En avez-vous parlé à Mme de Tencin ?

— Oui, répondit Camille surprise de sa brusquerie, lors d'un échange assez vif d'ailleurs, où elle s'est fâchée pour de bon. Elle croyait qu'il me courtisait ! C'est drôle quand j'y songe.

Jan ne semblait pas goûter la plaisanterie et Camille voulut croire qu'il était un peu jaloux, ce qui la ravit secrètement.

— Vous savez qui est le père ? demanda-t-elle naïvement.

— Non. Il s'est dit que c'était le chevalier Destouches, mais d'autres soupçonnent le duc d'Arenberg, un flamand qui vécut à Paris. Au bout du compte, Mme de Tencin a eu trop d'amants pour que la chose soit sûre. Mais revenons à nos aventures, d'où vous est venue cette reconnaissance de la Pompadour ?

Le gentilhomme montra un énervement grandissant à l'évocation des exactions de Guémard, de l'agression du carrosse à la terrible nuit de Montrouge, en passant par l'incendie de la boulangerie du Palais-Royal et la fiole de poison. Camille n'osait pas prononcer le nom de Louise de Morens, mais sa présence malfaisante était partout, et Jan ne pouvait l'ignorer. Elle finit par l'évoquer à demi-mots :

— Guémard a été tué lors de cette fameuse traque, mais sa sœur s'est enfuie avec une partie de ses biens. Mme de Tencin m'a écrit quelques mois plus tard que la garde royale avait perdu sa trace. J'y pense moins aujourd'hui mais j'ai longtemps craint qu'elle cherche encore à se venger.

Jan ne parlait plus et, au bout de quelques minutes, lui suggéra d'une voix neutre qu'il était peut-être temps de rentrer. Dans un silence plus pesant, ils descendirent des remparts par un petit escalier escarpé. Le gentilhomme hollandais marchait devant, prévenant la jeune fille des marches étroites, car l'obscurité était désormais complète. Il la souleva pour franchir le dernier obstacle comme on aide un enfant, puis la reposa sans tenter aucun geste tendre. Avec la sensation brûlante de ses mains sur ses hanches, Camille le suivit à regret vers le port éclairé, les joues en feu et le cœur agité, souhaitant ardemment qu'il se retourne pour l'enlacer dans l'obscurité rassurante, mais il n'en fit rien. Au contraire, il pressa le pas et la raccompagna à la boulangerie.

— Je passerai vous voir demain pour goûter ce fameux pain et vous faire mes adieux, avant d'embarquer mercredi. Ne m'en voulez pas pour mon humeur taciturne, Camille, mais je me sens responsable de ce qui vous est arrivé. Et j'ai peur de vous tromper en me faisant passer pour un homme fiable et d'une moralité exemplaire.

— Qu'importe ! répondit-elle rapidement, ne comprenant pas grand chose à ce qu'il essayait de lui dire, mais désireuse de le retenir à tout prix. C'est la fête des vendanges demain soir à La Flotte, et je pensais que vous pourriez m'accompagner.

Jan hésita devant ce visage implorant, levé vers lui à la lueur des flambeaux, puis sourit :

— Va pour la fête des vendanges alors ! Vous me réserverez une danse… peut-être deux ?

Camille lui rendit son sourire, se disant qu'Étienne Fournier devait avoir bien bu pour s'attaquer à un adversaire pareil, qui le dépassait d'au moins dix pouces. Jan lui paraissait immense bien qu'il se tînt en dessous d'elle dans la rue légèrement en pente. Au moment de se quitter pour la nuit, leurs yeux se croisèrent et s'attardèrent un instant, faisant battre un peu plus vite le cœur de Camille dont l'émoi ne pouvait tromper un homme expérimenté, mais il resta sage et salua en s'inclinant :

— Bonne nuit, mademoiselle Lemonnier.

La deuxième fournée des pains figues noisettes se vendit mieux car le bouche à oreilles avait fonctionné, mais également du fait que Camille, tournant et retournant dans son lit, avait décidé au matin d'abandonner les moules rectangulaires pour une forme traditionnelle de pain de quatre livres. Les habitudes s'en trouvaient moins bousculées, ce qui encourageait les aventures gustatives. Maître Foucher avaient travaillé d'arrache-pied avec ses ouvriers pour préparer une partie des pains de la fête des vendanges, qu'il irait livrer en rentrant à La Flotte. L'effervescence dans la boutique était donc à son comble, mais n'effaçait pas l'attente presque douloureuse qui obnubilait l'esprit de la jeune fille. À midi, Jan n'était toujours pas passé et Camille ne comprenait plus.

Quand elle retourna chercher sa jument aux écuries de Clerjotte, elle espérait le croiser mais on lui fit savoir qu'il était sorti aux aurores explorer le sud-ouest de l'île, au-delà du hameau de la Couarde, en direction d'Ars-en-Ré. Le ciel menaçant se chargeait de gros nuages sombres, qui semblaient s'immobiliser en plein vol pour rendre l'atmosphère étouffante et moite.

Chez les Lemonnier, comme tous les ans, on se préparait à la fête dans une alacrité contagieuse, même si Suzanne et Paul, les plus jeunes, semblaient inquiets de l'orage à venir qu'un grondement lointain mais intermittent annonçait déjà. Chacun espérait que le temps resterait clément jusqu'à la première partie de la nuit, afin de profiter des festivités. Antoine était absent, occupé à assurer les moulins pour la tempête et les rejoindrait plus tard, ce qui permit à Marie-Anne de questionner discrètement Camille dont la mine morose ne présageait rien de bon.

— M. Van Lynden devait passer aujourd'hui à la boulangerie et venir ce soir à la fête, mais je n'ai pas de nouvelles, se plaignit-elle. Je ne comprends plus : il fait escale à Ré alors que rien ne le lui impose, mais se montre lunatique et distant. Faut-il que mon orgueil m'ait laissé croire aux contes d'Amélie.

— Écoute, Camille, je ne devrais pas te dire cela... ton père était à Saint-Martin ce matin, et ils se sont vus.

— Papa et Jan ? Mais pour quelle raison ?

— Il me semble que ton père se doit de veiller sur tes relations, jeune fille. Il ne voit pas d'un bon œil qu'un aristocrate étranger vienne te faire les yeux doux, au su de tous.

Le sang de Camille se mit à bouillir, autant de rage contre l'intrusion paternelle que de difficulté à accepter ce qu'elle savait pourtant légitime car Antoine avait toutes les raisons de s'inquiéter. Mais la colère l'emporta :

— Il a peur que je finisse comme Blandine Boutonneau, c'est ça ? Mais je suis assez grande pour savoir comment me comporter !

— Je n'aurais pas du t'en parler, je le regrette, répondit Marie-Anne désolée.

Camille avait pourtant conscience de sa propre mauvaise foi car Jan n'aurait eu qu'un geste à faire la veille pour qu'elle tombe dans ses bras, bien loin des convenances, comme elle avait failli tout oublier dans les bras de Gaspard. Elle se changea dans un état d'énervement complet, et salua à peine maître Foucher, qui passait la chercher avec le chariot chargé.

— Vous êtes ravissante, Camille. Ce vert vous va à ravir, vraiment !

Par le plus grand des hasards, du moins le croyait-elle, Camille avait choisi la robe verte de Paris, celle qu'elle portait précisément lors du départ de Jan pour Java, au moment inexplicable où, à quinze ans à peine, elle l'avait embrassé fougueusement. C'était bien inutile, se dit-elle rageusement, puisqu'il ne serait pas là pour s'en souvenir !

La messe traditionnelle eut lieu à la chapelle Saint-Laurent, près de l'abbaye des Châteliers. Le père Jean-Baptiste, que Camille n'avait pas revu depuis plusieurs semaines, officia avec abnégation, dans le silence religieux que son visage d'archange et sa voix grave imposaient aux fidèles. Blandine Boutonneau était présente, pour l'une de ses rares sorties publiques, et semblait transfigurée par la prière. Les deux jeunes filles se regardèrent un bref instant mais Blandine détourna vivement les yeux, et reprit sa psalmodie. Le regard de

Camille fut alors attiré par l'étrange spectacle de maître Foucher, en tenue du dimanche, qui frôlait du coude la Grande Margot, dont le sourire en coin en disait long. Qu'avait sous-entendu Amélie déjà ? « L'aime bien la Grande Margot, le boulanger. » Il y avait certes une petite ressemblance physique entre feue Françoise Foucher, une femme grande et sèche au visage décidé, et Margot, l'herboriste insoumise de La Flotte. Camille se réjouit pour son ami dont les épreuves semblaient prendre fin, ce qui lui mit un peu de baume au cœur malgré tout.

Vers vingt-et-une heures, la fête battait son plein dans une grande excitation, amplifiée par le vin nouveau et l'approche du changement de temps. Les anciens prédisaient que la tempête attendrait la marée avant d'envahir le ciel, ce qui laissait quelques heures à profiter de la douceur que l'automne chassait déjà. Camille salua les uns et les autres et sourit au comptoir improvisé de la boulangerie. Elle dansa plusieurs fois, dont quelques pas avec Étienne Dechézeaux, qui se mêlait aux villageois dans le seul but de l'approcher. Il lui disait des paroles aimables mais ne parvenait pas à l'atteindre, si bien qu'il abandonna et rentra chez lui un peu plus tôt que prévu, à la grande satisfaction de ses parents.

Antoine Lemonnier, arrivé au moment de la messe, avait cherché à croiser sa fille toute la soirée alors qu'elle l'évitait autant que possible, donnant l'illusion d'une grande activité qui ne pouvait attendre.

— Camille ! Vas-tu cesser de courir en tous sens ? lui reprocha-t-il quand il réussit à lui parler.

Je sais que tu es déçue parce que ton Hollandais n'est pas venu, mais c'est mieux ainsi.

— Il n'est pas venu parce que tu le lui as interdit !

— Je le lui ai déconseillé, rectifia-t-il informé par Marie-Anne. Mais tu me prêtes un bien grand pouvoir, jeune fille ! Crois-tu que c'est un homme à qui l'on dicte sa loi et qui, par peur de ma colère, serait resté chez lui contre son gré ? Réagis, Camille ! Ce Van Lynden n'est pas pour toi, et il le sait. Je te le répète, c'est mieux ainsi !

La musique, à laquelle s'ajoutait le grondement toujours plus proche du ciel, couvrait leurs voix, si bien qu'Antoine s'était mis à crier, autant pour se faire entendre que par colère et impuissance. S'apercevant de l'impasse dans laquelle il s'engageait, il changea de sujet et reprit plus calmement :

— Tu es très belle, Camille. Je ne compte plus les soupirants qui te suivaient des yeux ce soir.

— Papa, je ne suis pas une capricieuse qui change de jouet à l'envie. Personne ne trouve gré à tes yeux s'il a le malheur de me plaire. Et ce Van Lynden, comme tu l'appelles, me plaît !

Le vent se leva brusquement et agita les ormes qui entouraient le champ, jusqu'à en courber les branches dangereusement. Chacun comprit qu'il était temps de rentrer et l'on s'organisa rapidement pour démonter les tonnelles et éteindre les feux, avant de regagner ses pénates. Dans cette agitation, Camille et son père se faisaient toujours face :

— Il te plaît pour de mauvaises raisons, dont certaines sont des illusions ! Camille, je t'ai élevée dans une réelle liberté afin que tu fasses tes propres choix, je t'ai laissée partir à Paris et t'ai soutenue dans ton projet de boulangerie, parce que tu me semblais armée pour y faire face. Mais tu as perdu tout jugement parce qu'un galant hypocrite a claqué des doigts.

— Je l'aime !

L'exclamation de Camille, qui la surprit elle-même, fut couverte par le premier éclair tonitruant qui zébra le ciel, mais Antoine avait entendu.

— Nous voilà bien ! Et que crois-tu qu'il pourrait arriver ? « Ils se marièrent et eurent beaucoup d'enfants » ? C'est un aristocrate libertin, qui plus est étranger. En parlant avec lui ce matin, je n'ai pas compris ce qu'il cherchait. Et il ne le sait pas lui-même, me semble-t-il. Je te le redis, Camille, il n'est pas fiable ! Oublie ça !

Une bourrasque les força à presser le pas vers le village. Marie-Anne et les garçons étaient rentrés en chariot un peu plus tôt pour éviter la pluie qui commençait à tomber et les chevaux, naturellement inquiets, étaient restés à l'écurie. Le père et la fille marchaient rapidement mais la maison leur paraissait encore loin, alors que l'orage tonnait et la pluie ne les épargnait pas. Camille traînait derrière, et ses larmes se mêlaient désormais à l'averse qui les trempait jusqu'aux os. Elle croyait étouffer sous l'afflux de sentiments contraires, écartelée entre ses désirs et sa conscience, et se mit à grelotter et claquer des dents. Antoine voulut la consoler mais elle le repoussa de l'épaule et s'engouffra dans la cour sans lui parler.

Sa chambre, qui avait été son refuge tant de fois, ne la rasséréna pas davantage et elle tourna comme un animal en cage, sans trouver d'échappatoire. Au bout d'une heure, l'esprit épuisé par tant de pensées et par cette étrange confusion qu'amène la nuit, elle n'y tint plus. Comme l'orage s'était calmé et que la maisonnée dormait, elle prit une mante et sortit, bravant tous les interdits.

Gin hollandais

Jan avait chevauché toute la journée afin de se libérer l'esprit. Ces cas de conscience envahissants sur ce qu'il savait, ce qu'il avait fait et ce qui pourrait advenir étaient une expérience nouvelle dont il se serait volontiers passé. À vingt-sept ans, il menait une vie sans doute désordonnée pour les âmes bien intentionnées, mais qui lui apportait le lot d'imprévus et de découvertes dont il avait besoin et dont il s'était toujours accommodé. Habitué à agir dans son propre intérêt depuis longtemps, parce qu'il n'avait souvent pas le choix, il lui était rarement arrivé de se préoccuper des autres. Au mieux se souvenait-il de son amitié sincère pour Pierre Renaud et sa famille, de la relation complexe avec Mme de Tencin qu'il n'avait jamais pu détester totalement, et de l'intérêt qu'avait très vite suscité Camille quand il l'avait rencontrée. Cette curiosité, sans doute liée à l'effet miroir d'une enfance rebelle et indépendante, était devenue séduction malgré lui, s'installant au point qu'il se retrouvât sur cette île perdue de l'Atlantique, à faire taire des sentiments qui le fragilisaient. Il aurait voulu se persuader que seul le désir l'avait conduit en ces lieux, petite bagatelle qu'on oublierait vite, mais c'eût été trop simple, et surtout facilement résolu.

À découvrir les terres sablonneuses de Ré et les sentiers herbus qui reliaient les villages de sauniers, à admirer l'océan tumultueux du bout de l'île qui jouait sur des bancs de sable clair, il ne cessait de penser à elle. À Ars, il fut attiré par une église de style gothique dont le clocher servait d'amer[1] aux navigateurs. Il y entra, chose qui ne lui était pas arrivée depuis longtemps, car il avait fait de sa libre-pensée un moyen de fuir les traditions familiales. Il trouva en ces lieux un calme rédempteur et une courte lucidité, qui ne l'aida pas pour autant dans ses projets immédiats : qu'il embarquait définitivement le lendemain après-midi était sa seule certitude.

De retour à l'hôtel de Clerjotte à la nuit tombée, il admira le ciel orageux de la fenêtre de sa chambre. Camille l'avait sans doute attendu la journée et l'oubliait ce soir à danser dans les bras de quelques soupirants solidement bâtis, comme tous les îliens qu'il avait rencontrés. Cette pensée, qui l'énervait et le déculpabilisait à la fois, le garda éveillé à écouter la violence du tonnerre. Quand, minuit bien passé, le temps se calma, laissant place à une nuit claire arrosée d'ondées légères, il résolut de ne pas quitter l'île comme un voleur et

---

1. Clocher de l'église Saint-Étienne d'Ars-en-Ré : de plus de 40 m, il est construit en style gothique flamboyant vers le XVe siècle et sert d'amer, c'est-à-dire de point de repère identifiable sur l'horizon à plus de 20 km. Il est aujourd'hui peint en noir et blanc dans le même but.

s'endormit sur l'idée de revoir la jeune fille avant son départ, pour expliquer en partie son étrange comportement.

Camille, après avoir laissé un mot informant qu'elle se rendait à la boulangerie pour le pétrissage, était partie vers les moulins chercher son cheval. La lune pleine éclairait la route comme au crépuscule et habillait le paysage d'un froid manteau bleu, que de petites averses rendaient humide et boueux. Sous l'effet de cette pluie, le sable et la terre, chauffés tout l'été jusqu'à la fin septembre, répandaient une odeur entêtante d'humus et de décomposition végétale. À l'écurie, Séléné ne dormait pas, avec le regard inquiet que lui avait laissé l'orage, mais Camille la rassura et flatta son encolure en lui murmurant des mots doux. Dans la semi-obscurité, elle la sella et l'harnacha, puis l'entraîna dehors. Elles prirent sans se presser la route de Saint-Martin, la jument et l'humaine s'apaisant l'une l'autre sur la demi-lieue à parcourir.

À l'entrée de la citadelle, le garde reconnut Camille et la laissa passer sous la grande porte fortifiée sans faire de zèle, imaginant qu'elle rejoignait la boutique qui ouvrirait tôt. La circulation de nuit était surveillée mais, sans heurts notables dans la vie de la cité, on oubliait l'excessive sévérité. La jument suivit la grande route intra-muros, bordée de buissons et de petits espaces de pâture, et s'engagea dans la rue qui descendait vers la mer. Quand elle arriva le long de l'enceinte de l'hôtel de Clerjotte, dans la rue qu'on nommait Gabaret du nom de l'ancien propriétaire, Camille sentit son cœur battre la chamade. Elle n'aurait pas dû être là, elle le savait, et s'exposait à toutes sortes de conséquences, de sa propre désillusion à la déception qu'elle causerait à son père.

Séléné, sensible à son hésitation, piétina nerveusement le pavé, puis prit la direction des écuries qu'elle connaissait déjà, forçant la décision de sa maîtresse qui la laissa faire. Un palefrenier endormi la réceptionna mollement, sans poser de questions, et indiqua à Camille le bâtiment des officiers. Elle dut passer encore deux sentinelles qui, l'air goguenard, se chuchotèrent des commérages sur le Hollandais reçu comme un prince à l'Arsenal, qui leur tenait la dragée haute mais faisait venir des filles la nuit comme n'importe quel marin. Celle-ci était bien jolie et parlait pointu mais, avec ses cheveux qui tombaient de sa capuche sur les épaules et sa robe chiffonnée, ils n'eurent aucun doute à propos de sa mission galante. On la mena dans un large couloir éclairé par des lanternes, devant la porte en chêne derrière laquelle logeait M. Van Lynden pour son court séjour. Le garde toqua plusieurs fois avant qu'une voix forte lui répondît sans aucune amabilité :

— Godsnaam ! Est-il est possible d'être un peu tranquille sur cette île de malheur ?

Le reste des insultes se perdit dans le bruit sourd d'un déplacement dans la pièce où l'on entendit des meubles bouger et de nouveaux jurons. Le soldat se retourna vers Camille pour partager son hilarité, mais quand il vit son visage livide et perçut sa respiration difficile, il reprit son sérieux en haussant les sourcils.

— Quelqu'un a demandé à vous voir, monsieur, annonça-t-il contre le montant de la porte. Nous pensions que vous l'attendiez. Mais nous pouvons raccompagner la jeune personne à l'entrée.

Il y eut un silence puis la porte s'ouvrit d'un coup et Jan, de toute évidence habillé à la hâte, apparut immense dans l'embrasure, le regard noir et suspicieux. Le garde rentra la tête dans ses épaules et bougea légèrement pour découvrir derrière lui Camille qui, le capuchon rabattu sur le front, n'en menait pas large. Quand elle leva les yeux vers le Hollandais, elle crut percevoir une joie violente, vite remplacée par un mécontentement à peine voilé, qui s'adressait autant à elle qu'au soldat mal à l'aise. Le gentilhomme réfléchit plusieurs secondes devant l'apparition féminine, sembla évaluer la qualité de ce qu'on lui livrait avec un air de connaisseur puis, comme résigné, ouvrit plus grand la porte et laissa le passage :

— Oui, je l'attendais, même si c'est un peu tard. Mais je m'en contenterai. Merci, jeune homme ! finit-il avec une politesse retrouvée.

Il attrapa Camille par le bras sans grand ménagement et l'attira dans la chambre dont il referma la porte en la verrouillant, laissant le garde inquiet sur la sécurité de la fille et ce qu'ils auraient sans doute à assumer le lendemain matin. Comme souvent dans ces caprices d'officiers et de nobles pervers, on paierait rubis sur l'ongle[1] pour que la prostituée se taise.

---

1. Expression citée dès le début du XVIIe siècle, qui tirerait son origine de soirées bien arrosées, où on vidait son verre jusqu'à la dernière goutte, de sorte que celle-ci puisse

La chambre, peu éclairée, était spacieuse pour un logement militaire et offrait un confort sobre avec son grand lit couvert d'une courtepointe de damas vert. Camille devina un cabinet de toilette caché derrière un paravent et une table de travail sous la fenêtre. À l'entrée à droite, sur une commode de bois rouge aux poignées cuivrées, typique des meubles portuaires, étaient posées deux épées, un coffre à pistolets et une bouteille de terre ocre avec ses gobelets. Une grande malle de voyage était ouverte au fond, laissant paraître dans un certain désordre des manches à dentelles, le revers d'une veste et une partie du manteau sombre que Camille reconnut. Le temps qu'elle se repère dans l'espace, Jan avait allumé plusieurs bougies et s'était agenouillé devant la cheminée pour en attiser les braises. Elle se vit alors telle qu'elle devait paraître, intruse dans cet espace masculin où rien ne l'attendait, avec sa robe encore dégoulinante et ses souliers boueux.

— Vous grelottez, lui dit-il sur un ton neutre. Ôtez votre cape trempée et approchez-vous du feu.

Il s'était redressé et s'appuyait sur le linteau de bois du foyer, les cheveux noués à la va-vite, en chemise largement ouverte, à peine rentrée dans la culotte de velours noir. La lumière des flammes dansait sur l'ossature de son visage et lui donnait cet air sardonique qu'il prenait parfois pour

---

tenir sur l'ongle sans s'écouler (source CNRTL). L'idée de terminer avec rigueur son verre amena la notion de payer complètement. On disait d'ailleurs « rubis sur pieu » pour les clients qui payaient immédiatement « sur le lit » les prostituées.

éloigner les fâcheux. Camille dénoua sa mante qu'elle posa sur le fauteuil face à l'âtre et se sentit nue sous son regard bleu, qui restait froid et méfiant. Elle respirait par saccades, essuyant d'un revers de main l'eau dégoulinant encore sur ses tempes et son cou, en proie à une émotion trop forte qui la clouait sur place. Il la contourna et servit deux verres d'un étrange vin jaune qu'il partagea, avant de prendre la parole :

— Eh bien, mademoiselle Lemonnier, puis-je savoir ce que vous faites dans ma chambre à trois heures du matin ?

Camille ne savait plus vraiment quelle force l'avait poussée à tant d'imprudence, mais elle avait conscience de ne vouloir être qu'ici, avec lui, prête à sacrifier beaucoup pour sentir à nouveau le vertige du moindre effleurement. Elle prit le verre tendu, déglutit et rassembla son courage en demandant sur le même ton, mais avec la voix légèrement vacillante :

— Et puis-je savoir pourquoi, malgré vos promesses, vous n'êtes pas venu me voir aujourd'hui ?

— Votre père m'en a dissuadé.

— Je n'y crois pas un instant. Vous êtes venu dans l'île de Ré pour moi, sinon quelle autre raison ? fit-elle au toupet. Mais, par caprice, vous m'évitez, sans même vous donner la peine de vous excuser. Vous n'êtes qu'un mufle !

De colère, elle vida le verre d'un trait et crut mourir sur place. L'alcool était extrêmement fort et amer, et n'avait de vin doux que l'apparence. Camille s'enroua et chercha sa respiration, sentant avec rage les larmes rouler sur ses joues. Sa défaite lui parut complète et ridicule mais, contre toute attente, il vint vers elle, reprit le verre et lui tendit avec douceur un mouchoir brodé.

— C'est du gin, Camille, du gin hollandais[1]. J'aurais dû vous prévenir, pardonnez-moi.

— Non, je ne vous pardonne pas, je ne vous pardonne plus ! fit-elle hors d'elle, aidée par l'alcool dont elle sentait déjà les effets. Vous soufflez le chaud et le froid comme si c'était un jeu. Moi, je ne triche pas, je suis venue parce que... parce que je vous aime et que je voulais passer cette dernière nuit avec vous !

Il resta interdit devant l'impudeur d'un tel aveu, qu'il espérait et redoutait à la fois. Le visage levé vers lui était trop proche, les yeux trop brillants pour qu'il puisse résister encore, malgré ses déprimantes résolutions. Camille, profitant de son trouble, franchit la distance qui les séparait et posa son front à cet endroit de la poitrine découverte où la clavicule émerge légèrement. Comme il ne bougeait pas, elle embrassa doucement son cou, sa mâchoire puis posa ses lèvres sur les siennes, l'obligeant à se pencher vers elle en saisissant sa nuque. Elle livrait un combat des dernières armes, cherchant à voler quelques souvenirs avant qu'il ne la repousse et la renvoie chez elle. Mais elle sentit bientôt sa bouche s'animer et répondre à ses baisers, ses bras se refermant sur sa taille pour la

1. Un médecin des Pays-Bas aurait inventé son ancêtre *jenever* vers 1650, après distillation de farines de seigle fermentées puis aromatisées : baies de genièvre surtout mais aussi coriandre, fenouil, cumin, réglisse, anis, écorces d'oranges, amandes... En France, on n'aura le droit de le produire qu'après la Révolution.

coller contre lui. Camille se noya sans réserve dans cet étourdissement des sens, oubliant la chambre d'officier et la nuit qui semblaient tourbillonner autour d'eux. Tout aussi transporté, Jan ne l'écarta que pour reprendre son souffle et la regarder enfin dans les yeux, ne cachant plus son attirance.

— Il ne fallait pas venir, *wild meisje*, murmura-t-il en saisissant une mèche rebelle qu'il glissa délicatement derrière l'oreille de la jeune fille. Mais puisque vous êtes là, reprit-il, et que vous me reprochez à juste titre tant de choses, je n'ai le cœur de vous laisser repartir sans m'être fait pardonner.

La certitude d'une victoire acquise dut se lire sur le visage de Camille car il rit doucement et déposa des baisers légers à la naissance de ses cheveux, descendit sur ses tempes puis reprit sa bouche avec avidité. Ses mains caressaient les épaules et écartaient l'encolure de la robe, glissant sur la poitrine à travers le tissu. Un peu ivre, Camille le laissait faire, s'agrippant maladroitement à sa chemise pour la relever et trouver la chaleur de la peau. Il l'aida en retirant entièrement la pièce de tissu qu'il jeta au sol sans précaution, puis posa d'autorité les mains glacées sur son torse. Ses propres doigts suivirent la courbe de la gorge puis glissèrent le long du dos jusqu'aux reins, où ils s'attardèrent sur les lacets de la jupe et du corset. Il finit par tirer d'un coup sec, et défit avec dextérité les liens entremêlés, libérant le buste menu de son carcan. La robe et le jupon glissèrent à leur tour, laissant Camille dans sa chemise de lin fin qui descendait à mi-cuisse sur des bas blancs. La pointe de ses pieds, libérés des souliers humides, s'enfonçait sur le tapis moelleux à chaque fois qu'elle se hissait vers lui pour un nouveau baiser. Troublée, elle regardait l'homme pour lequel elle avait éprouvé son premier élan amoureux qui trouvait enfin son assouvissement. Mais une légère appréhension la saisit, de son inexpérience d'abord et de la douleur dont on lui avait parlé, comme du prix à payer pour le plaisir coupable. Par instinct, Jan la ramena vers lui et l'embrassa dans le cou en murmurant :

— N'aie pas peur.

— C'est la première fois, souffla-t-elle pour se justifier.

Cette confidence sembla le combler, répondant à des doutes qui l'assaillaient depuis son retour, bien qu'il n'eût aucun droit sur sa virginité, et qu'il n'ait jamais cherché l'exclusivité dans ses conquêtes précédentes. Mais ses sentiments se nourrissaient cette fois de cette pureté qu'il lui prêtait, et s'en trouvèrent grandis, flattant son orgueil. Il lui prit la main et la conduisit jusqu'au bord du lit où elle s'assit, luttant contre la pudeur de se voir déshabillée sous la lumière claire du chandelier. Jan s'agenouilla devant elle et, dénouant les galons des jarretières, fit glisser les bas sur les chevilles. Il sourit encore en voyant le piteux état des vêtements qu'il enlevait, témoignage de l'aventure dans laquelle elle s'était lancée pour le retrouver, et eut une pensée émue pour l'adolescente indocile qui s'était présentée à lui deux ans auparavant, la robe poissée d'eau de mer. Quand ses mains remontèrent en frôlant les cuisses galbées, dans une caresse plus osée, Camille se cabra malgré elle et s'excusa avant qu'il ne s'écarte.

— Je crois que je vais avoir besoin de plus de gin, avoua-t-elle.

Il rit, mais ses yeux avaient pris une teinte plus trouble et impatiente. Il se releva pour remplir à nouveau les verres d'alcool de seigle distillé, dans lequel Camille trempa ses lèvres avec lenteur, goûtant le fort arôme de genièvre. Reprenant le verre assez vite, il le posa sur le chevet :

— Vous n'êtes pas venue pour vous saouler, j'espère. Et je ne veux pas tenir dans mes bras une demoiselle inconsciente.

Il se pencha, l'embrassa à nouveau, savourant le goût liquoreux sur sa langue, puis l'allongea dans la largeur du lit. La chemise roula sur les hanches, puis la taille avant de passer par-dessus tête. Camille eut le réflexe de se cacher de ses bras mais il écarta toutes ses réserves une à une :

— Vous êtes encore plus belle que ce que j'imaginais.

Rassurée par l'idée qu'elle avait occupé ses pensées comme il avait envahi les siennes, elle s'offrit sans réserve à son regard et se montra peu à peu plus entreprenante, suivant le creux des reins et la rondeur des fesses. Elle dénoua elle-même le galon de sa culotte et admira pour la première fois et sans honte le corps d'un homme nu qui la désirait. Un dernier instant, elle le vit hésiter, un voile douloureux passant sur son visage, et eut peur une seconde qu'il l'abandonne. Le besoin qu'elle avait de le sentir contre elle en fut plus aigu et elle l'attira hardiment, lui permettant toutes les audaces. Leurs lèvres s'unirent à nouveau, puis leurs corps s'emmêlèrent, Jan témoignant de plus de patience et de douceur qu'il ne s'en croyait capable, faisant taire d'un baiser la plainte étouffée de Camille, puis revenant vers elle plusieurs fois, attentif à faire naître les soupirs d'une fièvre commune.

Les flammes de la cheminée habillaient les murs d'ombres dansantes, dans un crépitement léger et boisé. Allongée contre Jan, Camille savourait une plénitude chèrement acquise, faisant jouer ses doigts sur le torse et le ventre lisse que soulevait un souffle apaisé. Elle se demanda s'il s'était endormi, mais une caresse contre ses reins la détrompa. Dehors, la pluie s'était remise à tomber et fouettait les vitres losangées avec régularité, créant un confinement sécurisant. La sensation qu'elle avait éprouvée, mêlée de douleur et de plaisir, la laissait convalescente et comblée : quels que soient les événements à venir, elle avait volé ces instants au destin. Mais une angoisse la saisit soudain, que l'alcool et la griserie du moment avaient totalement occultée, et la fit se redresser. Blandine Boutonneau s'invitait dans le grand lit, avec Mme de Tencin, Clémence Berthelot, et toutes ces femmes qu'une seule nuit avait bouleversées ou condamnées.

— Je ne veux pas d'enfant ! s'exclama-t-elle, à genoux au milieu du lit, serrant la courtepointe contre elle.

Jan fronça les sourcils, prit un air coupable, puis se mit à rire en l'attirant sur lui.

— Voilà un nouveau point sur lequel nous nous accordons parfaitement, chuchota-t-il. Heureusement, je crois avoir été prudent pour deux, mademoiselle Lemonnier, car vous aviez perdu la tête, il me semble. Le gin hollandais, sans doute ?

Elle fit mine d'être offusquée, se débattit mais s'épuisa contre sa force dans une gaieté partagée. Il la renversa sous lui, tout à fait disposé à se montrer à nouveau prudent, mais Camille l'arrêta.

— Nous avions à parler, et vous ne vous défilerez pas davantage, lui dit-elle en le repoussant sur le côté et remontant la couverture sur elle.

— Parler peut attendre, tenta-t-il essayant de l'embrasser.

— Non ! Vous me devez des explications pour votre conduite des derniers jours. Pourquoi donc êtes-vous venu jusqu'à Ré ?

— Pour vous mettre dans mon lit, bien sûr, fit-il en évitant une tape qu'elle voulait lui asséner. Mais j'y ai renoncé pour vous protéger. Cela dit, c'était sans compter votre imprévisible caractère : vous êtes venue toute seule dans l'antre du loup.

— Vos paroles n'ont aucun sens.

— Elles en ont pour moi. Vous ne pouvez plus douter du désir que j'avais de vous retrouver, et c'est dans cet espoir que j'ai demandé à accoster ici, plutôt qu'à La Rochelle. Mais j'espérais sans doute être insensible à votre charme et me débarrasser de ce souvenir insistant. Il n'en fut rien : j'avais quitté une enfant agréable et je retrouvai la beauté du diable, prête à corrompre mon âme.

Il glissa sa main sous le drap et entoura un sein menu, mais Camille donna un coup de hanche et se cala sur le bord éloigné.

— Alors pourquoi partir ?

Résigné, il se redressa et s'assit contre le bois sculpté du lit, puis croisa les bras sur sa poitrine. Malgré son courroux, Camille fut troublée par sa beauté marmoréenne, sa peau pâle et ses muscles longs que l'ombre dessinait avec précision.

— Parce que la vie que je mène ne vous amènera que des dangers.

— Comme avec Mme de Morens ?

Le nom, jeté comme une dague au milieu des draps, brisa la fragile harmonie. Le regard de Jan se chargea de reproches mais Camille ne put deviner s'ils lui étaient destinés. Il s'était fermé d'un coup et le silence devint pesant. Lentement, il se leva et, complètement nu, se dirigea vers la commode. Camille aperçut alors dans son dos une longue cicatrice, puis une autre plus courte. Quand il se retourna un verre à la main, elle découvrit une troisième estafilade sous la poitrine et une marque en forme d'étoile sous l'aisselle gauche. Sous ce regard insistant, il avala d'un trait le verre de gin :

— Vous admirez mes médailles ? La dernière n'a pas six mois, fit-il en montrant une entaille recousue récemment derrière sa cuisse.

Il observait la jeune fille au milieu du lit : le tableau de Camille serrant le drap contre elle, les cheveux comme unique parure, lui fit regretter la chaleur de la couche, mais il secoua la tête comme pour lui-même, chercha ses vêtements et les enfila nerveusement.

— Mme de Morens était une mission parmi d'autres, dit-il froidement. Seulement certaines histoires sont plus complexes que ce que l'on peut en dire. J'ai prévenu Mme de Tencin de sa capacité à nuire, mais nous l'avions encore sous-estimée.

— Elle était votre maîtresse, reprocha Camille qui craignit soudain que leurs ébats n'aient pas plus de valeur.

Elle regardait Jan, debout devant la cheminée, silhouette sombre dont elle distinguait mal les traits. Il avait autrefois serré contre lui le corps magnifique de Louise de Morens, embrassé sa gorge et partagé ses soupirs, alors qu'il savait qui elle était et ce dont elle était capable. À quel point pouvait-il feindre et manipuler selon son dessein ?

— Et moi, suis-je une mission parmi d'autres ? questionna-t-elle.

Il eut une imperceptible hésitation mais secoua la tête, et revint vers le lit défait.

— Cette femme ne m'était rien, mais si vous me reprochez cette liaison, j'ai peur que d'autres déceptions vous attendent. Il m'est intolérable de savoir qu'elle a cherché à vous nuire par ma faute, que son frère a posé ses mains sur vous. S'il n'était pas déjà mort, je peux vous assurer qu'il aurait été ma première occupation en arrivant à Paris.

Jan ne la regardait pas, mais Camille imaginait ses yeux haineux et eut un peu peur de son caractère étrange.

— Mais quel est ce monde auquel vous appartenez, cria-t-elle malgré elle, où l'on ment, on trahit, on viole, on tue, comme on choisit un bijou ou une boucle de chaussure ? Un monde où l'on aime pour mieux tromper ? Comment pourrais-je vous faire confiance ?

— Vous ne pouvez pas et sur ce point, je ne vous ai jamais menti. Il y a des choses, des alliances, des secrets que je ne peux vous divulguer sans vous mettre en danger, et me condamner moi-même. Cela concerne votre pays, le mien, les gens qui nous gouvernent et financent le pouvoir.

Mme de Morens évoluait dans ces sphères corrompues, et je me suis perverti pour l'atteindre.

— Poussé par Mme de Tencin ?

Assis sur le bord du lit, Jan fixa Camille qui s'étonnait elle-même de sa sortie et de son intuition. Il lui prit les mains et les porta à ses lèvres avec tendresse.

— Vous êtes d'une intelligence peu commune, susurra-t-il. Comme elle. Disons que la baronne intriguait en ce sens et que je l'ai aidée, car nous avions des intérêts communs.

— Lesquels ? Me conterez-vous un jour le mystère de votre relation, dont elle ne m'a pas dit un mot ? Elle a ri de mon attachement pour vous, en me dissuadant de toute illusion, mais je n'ai jamais compris ce qui vous liait.

Il s'appuya contre l'un des montants, au pied du lit, grattant machinalement les reliefs de la courtepointe :

— Une vieille histoire... celle d'un gamin prêt à tout pour attirer l'attention paternelle, mouillé dans une sale affaire de diplomatie à double entrée. Nos deux pays étaient encore en guerre[1] il y a peu, et j'avais officiellement trouvé asile à Paris comme renégat à ma patrie. Mais officieusement, il en était tout autrement, ce que Mme de Tencin

1. Guerre de succession autrichienne : en 1740, après la mort de Charles VI, des princes européens revendiquent la succession d'Autriche. La France entre en guerre en 1741 pour sept ans en s'alliant à la Prusse contre les Autrichiens, les Britanniques et les Hollandais, et se trouve en position d'envahir la Hollande en 1747. Contre toute attente, Louis XV conclut la paix qui dura jusqu'à 1756.

a découvert. Nous avions un marché : elle ne me dénonçait pas auprès des autorités françaises, et je devenais ses yeux et ses oreilles chez ses ennemis des milieux financiers, qui se nourrissent par ailleurs de l'économie de guerre. Au bout du compte, je faisais d'une pierre deux coups.

— Et Java ?

— Une façon de m'éloigner du conflit franco-hollandais, qui arrangeait les deux camps. J'en savais trop, et j'ai échappé à plusieurs tentatives d'assassinat, qui ont laissé quelques traces. Mais me voilà à nouveau reconnu par ma patrie pour bons et loyaux services, et toléré comme citoyen étranger en France, avec laquelle nous sommes en paix.

— Vous êtes plus que toléré ! Je vous ai vu présenter des laissez-passer lors de notre voyage vers Paris, des autorisations frappées du sceau du roi, et vous êtes reçu ici comme un officier haut-gradé.

— L'intérêt des uns et des autres, toujours, conclut-il cynique. Mais vous comprenez combien tout cela est fragile, et pourquoi j'aurais dû faire preuve de plus de volonté quand vous êtes entrée dans ce lieu de perdition pour vous offrir à un suppôt du diable.

Il sourit en montrant la chambre plongée dans la pénombre et saisit le pied de Camille à travers la couverture, puis longea la courbe de la jambe jusqu'au bord du drap protecteur.

— Et quel est mon rôle dans cette histoire ? demanda-t-elle, en essayant d'ignorer son regard passionné et sa présence de plus en plus proche. Pourquoi Mme de Tencin vous a-t-elle chargé, vous, de m'escorter à Paris ?

Jan faisait maintenant danser le bout de ses doigts sur la peau nue, provoquant un délicieux frisson auquel Camille tentait d'échapper en jouant l'énervement, mais il ôta le drap d'un coup sec et la bascula en arrière.

— J'adore quand vous faites cette moue courroucée, dit-il en l'embrassant légèrement. Je suis venu vous chercher par pur hasard, répondit-il plus sérieusement en continuant d'embrasser sa tempe puis son menton, car je devais un service à la baronne et cela répondait à mes propres engagements à La Rochelle. Je peux vous assurer que je m'en félicite fortement, surtout à cet instant, murmura-t-il en suivant des lèvres les rondeurs du buste puis le creux du ventre.

Sous ses caresses et sa volonté évidente de lui faire oublier tout ce qui les séparait, Camille rendit les armes pour cette fois, se promettant cependant qu'elle n'en avait pas fini avec ses confidences, et s'abandonna sans scrupules à sa science amoureuse.

Ils auraient pu s'aimer ainsi pendant longtemps, indifférents au lever du soleil et à l'animation qui réveillait le port, si des coups violents frappés à la porte ne les avaient séparés brutalement.

Braises et empyreumes

— M. Van Lynden, pardonnez-moi, mais un homme est en train de faire scandale devant l'entrée. J'ai bien peur que ses récriminations vous soient adressées. Que devons-nous faire ?

Le soldat, très mal à l'aise, se tenait devant la porte, essayant de ne pas trop regarder le géant à moitié nu qui lui avait ouvert, et dont le regard ne présageait rien de bon. La chambre derrière lui, éclairée par les premiers rayons du soleil, était dans un désordre éloquent de vêtements jetés au sol.

— Je descends, répondit Jan. Laissez-moi quelques minutes.

Il referma la porte et revint vers le lit où Camille attendait, avec l'intuition claire de qui vociférait dehors. Elle interrogea Jan du regard, qui avait compris lui aussi. Il ramassa la robe verte et le jupon abandonnés sur le tapis et les lui porta, prit le temps de se pencher vers elle, de l'embrasser longuement, puis chuchota dans ses cheveux :

— Rhabillez-vous, Camille. Je crois malheureusement que votre père vient me faire la leçon.

L'adolescente restait recroquevillée, réalisant soudain les conséquences immédiates de son escapade, dont elle avait eu une conscience toute relative en quittant la maison familiale. Plus réactif, Jan s'était déjà habillé et enfilait ses bottes, habitué qu'il était aux conflits et aux règlements de compte. Quand il attacha un baudrier de cuir noir en travers de sa poitrine et y glissa son épée, Camille poussa un cri de panique.

— Vous n'avez pas besoin d'armes. Laissez-moi lui parler et ne descendez pas, je vous en prie.

— Désolée ma douce, mais je tiens à régler mes affaires moi-même. Votre père m'avait averti et je n'en ai pas tenu compte : il est en droit de demander réparation. Cela dit, persifla-t-il les yeux froncés, je peux vous assurer que vous ne serez d'aucune utilité si vous descendez dans cette tenue, avec l'air coupable d'une Eve surprise la pomme à la main.

La situation semblait l'amuser au bout du compte. Tout en parlant, il était venu prêter main forte à l'habillage forcé et bousculait Camille maladroitement, à essayer de nouer tant bien que mal les lacets de son corset dont il avait déchiré une partie quelques heures auparavant. Il ne montrait de toute évidence aucun talent de chambrière.

— Cela devrait tenir. Coiffez-vous un peu, même s'il sera difficile de nier. Peut-être pourrions-nous arguer que nous avons joué au trictrac toute la nuit ? Il y a du vrai.

— Jan, arrêtez immédiatement ! Ce que vous trouvez distrayant est un drame pour moi : mon père compte beaucoup et je vais perdre son estime.

Restez là, s'il vous plaît… d'ailleurs vous avez vos bagages à terminer.

Elle le suppliait, mais lui rappelait également qu'il était sur le départ et qu'elle serait seule à assumer les suites de leur nuit, volée aux convenances. Les yeux vert-gris, brillants et implorants, semblèrent avoir raison de Jan qui acquiesça et accepta d'attendre son autorisation avant de descendre la rejoindre, ce qui lui coûtait visiblement. Camille vérifia sa mise dans le miroir accroché au-dessus de la commode, et croisa dans le reflet le regard indéchiffrable de son amant. Il se rapprocha, rajusta sagement le pli du corsage et l'embrassa dans la nuque avec douceur :

— Je ne vous attire décidément que des complications, mademoiselle Lemonnier. Faites attention à vous quoi qu'il en soit.

Elle sourit tristement et déposa sur ses lèvres un baiser possessif, dont elle avait l'intuition qu'il serait le dernier avant longtemps puis, ouvrant à regret la porte qui donnait sur le monde extérieur, elle quitta la chambre sans le regarder. Il aurait deviné trop vite qu'elle venait de subtiliser la clé et s'apprêtait à l'enfermer à double-tour pour gagner du temps. Le connaissant, à aucun moment elle n'avait cru qu'il resterait sagement à compter les minutes avant de la rejoindre. Elle le soupçonnait même d'avoir imaginé arriver avant elle par un autre chemin, pour régler à sa manière l'inévitable affrontement. En s'élançant dans le couloir après avoir verrouillé la lourde porte, elle l'entendit secouer la poignée, puis frapper le panneau de bois avec force.

— Nom de Dieu ! Ouvrez ! Camille !

Il devait jurer comme un diable et appeler pour qu'on le libère, mais elle courait déjà vers l'esplanade du bâtiment.

Le soleil d'automne habillait fraîchement la ville encore endormie, épuisée par la tempête nocturne qui laissait les pavés et les toitures humides. La voix d'Antoine Lemonnier, qu'un soldat en faction cherchait à calmer, résonnait dans le silence matinal, à peine troublé au loin par quelques cris de marins prêts à embarquer. Dans la cour de l'hôtel de Clerjotte, Camille dépassa les sentinelles qui s'amusaient de la situation et échangeaient déjà des plaisanteries vulgaires dont elle perçut quelques bribes :

— Dieu merci, toutes les catins n'ont pas un père pour demander des comptes au matin.

— Ça ferait un bel entraînement pour les soldats, cela dit.

— Mais l'intendance serait ruinée !

Au milieu des quolibets et des rires gras, elle pensa amèrement qu'il était si facile pour la gent masculine d'humilier les femmes. Elle-même se retrouvait entre deux hommes auxquels elle était fortement attachée, qui vociféraient chacun de leur côté sans se soucier véritablement d'elle, mais surtout de l'idée qu'ils se faisaient respectivement d'une fille obéissante ou d'une jeune amante soumise. Ce fut donc l'esprit combatif qu'elle franchit le porche et parvint devant son père, planté au milieu de la rue.

Antoine Lemonnier s'était levé tôt pour aller constater aux moulins les dégâts causés par l'orage. Il ne s'était pas douté, jusqu'à trouver le mot de

Camille, que la nuit avait porté d'autres tumultes. Une intuition, et la bonne connaissance qu'il avait du caractère de sa fille, l'avaient mené directement à Clerjotte, sans même passer par la boulangerie, où il savait pertinemment qu'elle ne serait pas. Quand il la vit avancer, il fut saisi de sentiments contradictoires. Elle ressemblait tant à sa mère que son ventre se serra douloureusement à l'idée qu'il n'avait pu les protéger toutes deux entièrement. Il fut étonné qu'elle soit seule car, bien qu'il ne portât aucune estime au Hollandais, il lui prêtait cependant un certain honneur. Mais le bellâtre avait de toute évidence pris ce qu'il y avait à prendre sans en assumer les conséquences, ce qui décupla sa rage. Antoine n'avait pas imaginé qu'il viendrait demander la main de sa fille à genoux, ce qu'il ne souhaitait pas au demeurant, mais une explication d'homme à homme lui semblait inéluctable.

Courageuse, Camille se tenait devant son père, le menton droit, ne souhaitant donner l'image ni d'une victime, ni d'une pécheresse repentie. Mais Antoine prit cela pour du défi et, épuisé par la tension et l'attente avilissante, ne put se maîtriser davantage. Les dents serrées, il la gifla sèchement, attisant les rires de l'assistance. Les larmes furent immédiates, bien que Camille cherchât à maîtriser les lourds sanglots qui remontaient dans sa gorge.

— Papa, je sais que tu es en colère, commença-t-elle entre deux hoquets. Pardon de t'avoir menti. Je m'en veux pour cela. Mais pour le reste, je ne peux pas m'excuser.

Antoine la fit taire d'une main menaçante, peinant cependant à soutenir son regard clair et douloureux. Il lui fit signe de le suivre pour s'éloigner de Clerjotte, où les soldats gouailleurs s'étaient assemblés en nombre, dans l'espoir d'assister à l'avoinée. Camille, exceptionnellement docile, emboîta donc le pas de son père vers le port puis vers la boulangerie.

Ils n'avaient pas encore échangé un seul mot quand il furent reçus par maître Foucher, échevelé, couvert de suie du front aux avants-bras. Une forte odeur de brûlé envahissait l'espace, répandant ses empyreumes jusque dans la rue.

— Camille ! Mais où diable étiez-vous ? Nous ne sommes que deux à l'atelier ! Martin s'est cassé une cheville à la fête des vendanges hier soir, et ce pauvre Jeannot ne peut pas abattre le travail de deux ouvriers à lui seul. Les braises étaient mal préparées et la première fournée a brûlé.

Adrien Foucher courait en tous sens, en proie à une panique qu'elle ne lui avait jamais vue.

— Prenez un tablier immédiatement, ordonna-t-il, que je puisse retourner à l'office.

Il avisa soudain l'incongruité de la situation : le visage rouge de Camille ruisselait de larmes et son père, habituellement calme et posé, se présentait les traits creusés et les poings serrés.

— Qu'est-ce qui se passe ? Quelqu'un est mort ? demanda-t-il en cessant de s'agiter.

Antoine réagit le premier et rassura le maître boulanger :

— Non, pas quelqu'un, fit-il amer. Mais je vous ramenais ma fille justement, qui s'était égarée en chemin. J'aurais préféré, croyez le bien, que cela soit la faute d'une cheville cassée. Camille, fit-il avec autorité, tu as des obligations ici et pour commencer, tu vas les remplir. Tu ne quittes pas la boulangerie de la matinée et tu rentres immédiatement à la maison ensuite. Nous aurons à parler de ton comportement.

Antoine salua M. Foucher qui ne comprenait pas tout et sortit rapidement, laissant Camille à ses responsabilités. Elle n'en revenait pas elle-même d'avoir totalement occulté son travail, comme si ses sentiments et son désir pour Jan avaient tout dévoré sur leur passage.

Elle se mit à la tâche avec une apparente abnégation, préparant la boutique en évacuant les pains invendables et aérant l'échoppe. Dans l'atelier, sa part de pâte avait été préparée et attendait qu'elle la travaille. Machinalement, elle ajouta les figues et les noisettes et pétrit très doucement le mélange, en faisant pénétrer l'air afin que la préparation puisse encore gonfler. Son esprit divaguait, se remémorant le visage de Jan qui riait contre son oreille, lui murmurant des mots d'amour indécents. Les yeux mi-clos et un sourire béat à la bouche, elle croyait sentir son souffle dans son cou et ses mains contre sa taille.

— Si vous continuez à malaxer cette pâte comme ça, intervint maître Foucher en parlant fort, au mieux ferez-vous cuire des palets durs comme du bois, au pire mettrez-vous le feu au magasin pour de bon !

Camille regarda son plan de travail et s'aperçut du marasme, conséquence ultime d'une matinée où tout partait à vau-l'eau. La farine recouvrait le sol tout autour, la pâte avait pris un aspect gluant dont on ne tirerait sans doute plus rien et la jatte d'eau gisait dans un coin.

— Qu'est-ce qui vous arrive, mon enfant ? demanda le boulanger qui voyait bien que quelque chose clochait.

Le menton de Camille se mit à trembler devant sa gentillesse et sa sollicitude alors qu'elle ne méritait que des reproches. Le souvenir amoureux dans lequel elle trouvait refuge laissa place à une vision plus sombre, où Jan s'était embarqué pour toujours et son père la détestait. L'ignorance de ce qui se déroulait dehors accentua l'expression torturée de son visage et alarma le vieil homme.

— Vous êtes amoureuse, c'est ça ? demanda-t-il. De cette espèce de grand gars du Nord qui vous regarde comme si vous lui apparteniez ?

Camille acquiesçait, à la fois surprise et soulagée de la lucidité de son ami qui lui évitait d'expliquer ce qu'elle ne comprenait pas tout à fait elle-même.

— Et votre père n'est pas d'accord, conclut-il.

La brièveté de cette assertion contournait les méandres d'une relation de plus en plus compliquée mais la rendait aussi terriblement commune. Maître Foucher sembla longuement réfléchir, puis prendre une décision :

— Eh bien, Camille, je laisse à votre père la rude tâche de votre éducation. C'est un homme bon qui fera ce qui lui semble juste. Je vais vous dire une unique chose puis je n'en parlerai plus : notre amitié et notre goût commun du travail comptent beaucoup pour moi. Je comprends que le cœur ait ses exigences, d'autant que ces jours-ci je me sens moi-même la légèreté d'un tout jeune homme, mais il y a des valeurs qui surpassent tout cela. Ma femme Françoise vous aurait mise en garde contre un sentiment trop fort qui fait oublier tous les autres.

Il la regarda, soucieux de ne pas l'avoir blessée mais espérant avoir fait mouche, puis retourna brusquement au fournil. Cette petite morale lui avait beaucoup coûté car il n'était pas homme à prendre position ouvertement dans les relations, mais il repartait avec la satisfaction du devoir accompli, et Camille en ferait bien ce qu'elle voulait. De fait, les paroles de maître Foucher l'avaient impressionnée, comme souvent de la part des gens qui se livrent peu. Elle reprit cœur à l'ouvrage et tenta de chasser les pensées envahissantes des dernières heures.

La vue de la pâte gâchée la força à réfléchir et à trouver une solution de compensation. Sur les étagères, dans l'alignement des épices ramenées de Paris ou récoltées lors de ses promenades, elle prit un pot de miel dont elle versa une belle rasade dans un grand bol. La pâte fut ajoutée peu à peu, saupoudrée à nouveau de farine et déliée au lait pour obtenir la bonne consistance, puis répartie en petits pains ronds à peine plus gros que le poing, d'où saillaient par endroit des éclats de noisettes et de figues. Le résultat ne semblait pas si catastrophique, et Camille apporta la grille à la cuisson. Maître Foucher observa, tâta et fit un léger signe de la tête. Quand il croisa le regard de la jeune fille, elle put y lire l'approbation et une certaine fierté, qui la rasséréna.

Toute la matinée, Camille s'affaira ainsi sans relâche, surveillant les fournées, pesant les pains et animant la boutique. Elle montrait une amabilité derrière laquelle personne n'aurait pu soupçonner son tourment. Prise à son propre jeu, il y eut des instants où elle l'oublia elle-même mais son cœur, tressaillant dès qu'un nouveau client entrait, la rappelait à son bon vouloir trop souvent.

Les petits pains au miel furent une excellente surprise, tant par leur texture et leur goût, que par le succès qu'ils rencontrèrent. Pour quelques deniers, les clients découvraient le plaisir d'une gourmandise et avaient déjà croqué dans la mie chaude et moelleuse avant d'avoir franchi la porte. Les pains de quatre livres furent également écoulés, si bien que la matinée se termina bien mieux qu'elle n'avait commencé.

Quand Camille eut fini de ranger la boutique, elle sentit pourtant tout le poids de sa conscience et de ses incertitudes. Jan n'était pas venu et il lui fallait maintenant rentrer à La Flotte sans savoir où il était. Le doute atroce de sa duplicité l'effleura pour la première fois : certes, il l'avait prévenue contre lui maintes fois mais elle n'y avait pas accordé crédit car elle le voyait encore en preux chevalier, comme dans ses rêves d'adolescente. En marchant rapidement vers l'Arsenal, car il fallait bien qu'elle récupère son cheval, elle eut au moins les idées claires sur un point : aussi malhonnête et retors puisse-t-il être, elle n'effacerait cette nuit pour rien au monde, et devait s'avouer qu'elle était follement amoureuse de lui.

Aux abords de l'hôtel de Clerjotte, elle sentit son cœur s'emballer à deviner la chambre et sa présence toute proche mais, face aux gardes, elle passa tête baissée et demanda Séléné aux écuries. Le palefrenier ne laissa filtrer aucun commentaire mais, l'ayant de toute évidence reconnue, ne tarderait pas à en faire des gorges chaudes avec ses collègues. Camille, cachant sa honte sous un air un peu hautain, mit pied à l'étrier et se hissa sur la selle, surprise de sentir une poigne attraper sa cheville et glisser jusqu'au mollet avec audace.

— Je ne vous permets pas ! s'offusqua-t-elle. Ôtez immédiatement votre main !

— Tout doux la belle, on m'a dit que vous n'étiez pas trop farouche, lui répondit le garçon d'écurie, un lourdaud fier de lui qui passait sa langue sur ses grosses lèvres avec une gourmandise déplacée.

Hors d'elle, Camille leva sa cravache et menaça le malotru, qui finit par s'écarter en l'insultant copieusement. Comme un deuxième valet lui coupait la route, elle talonna sa jument pour passer outre.

— Mademoiselle ! Attendez ! Mademoiselle !

Celui-là, elle le connaissait : il s'était toujours montré aimable et arrangeant, et Séléné ne s'y trompa pas en s'arrêtant devant lui, offrant son chanfrein à la caresse.

— J'ai un pli pour vous ! Le gentilhomme hollandais qui logeait ici me l'a laissé ce matin, me faisant promettre de vous le remettre en main propre.

— Qui logeait ici ? Il est parti ?

— Oui, il y a plus d'une heure. Il a trouvé à embarquer pour La Rochelle dès que la marée l'a permis, en payant doublement. J'ai aidé à charger ses malles.

— Merci, balbutia Camille qui venait de recevoir plusieurs coups de couteau dans le cœur.

Elle attrapa nerveusement la lettre qu'elle glissa dans son escarcelle et prit le trot pour sortir de

Saint-Martin par la grande porte de La Flotte. La douleur était insupportable et la fit s'arrêter hors de la ville, suffocante et blême. Elle souhaitait juste être seule pour lire la missive qui déciderait de ses larmes ou de sa colère, les deux se mêlant intimement dès qu'il s'agissait de Jan. Comment avait-il acquis tant d'emprise ? Un peu d'orgueil dédaigneux de sa part et une attention minime avaient rendu son absence obsédante pendant deux ans. Les immoralités et les fragilités qu'il révélait depuis, loin de le discréditer, attisaient encore cette attirance, où le désir avait pris grande place. Elle savait déjà, quoi qu'il ait écrit, aveux libertins ou reproches, qu'elle accourrait au moindre signe. Elle en fut effrayée et ouvrit avec une certaine appréhension la petite sacoche attachée à sa ceinture, d'où elle sortit la lettre qu'elle froissa de ses doigts nerveux.

— Camille ! Je me disais bien que c'était toi !

Le père Jean-Baptiste arrivait à sa hauteur, sur son cheval barbe à la robe gris tacheté. Malgré son sourire bienveillant, Camille eut l'impression d'un ange justicier monté sur une chimère, qui venait lui imposer pénitence. Elle replia vivement la lettre dont elle avait aperçu quelques mots et essaya de faire bonne figure.

— Bonjour, mon Père.

— Je te dérange, il me semble.

— Pas du tout, mentit-elle. Je rentre de la boulangerie pour me reposer à la maison, et ramener quelques ingrédients pour ma prochaine recette.

— Tu as effectivement l'air épuisée. La fête d'hier soir sans doute ?

Camille rougit violemment, évitant de croiser le regard du prêtre dont elle connaissait le perspicacité.

— Je t'ai aperçue à la messe à la chapelle, reprit-il, puis tu as disparu très vite. Nos conversations me manquent, jeune fille, mais tu me sembles bien occupée de ton côté. Faisons route ensemble, veux-tu ?

Camille acquiesça sans enthousiasme et cala le pas de Séléné sur celui du cheval voisin, en tenant discrètement le papier plié contre les rênes. Le temps était humide et le bord du chemin boueux, mais le ciel semblait plus clément que la veille, ce que Jean-Baptiste fit remarquer sur un ton neutre pour combler le lourd silence.

— Après cette histoire avec Gaspard, continua-t-il, j'ai eu l'impression que tu m'évitais.

Camille fut surprise d'entendre ce nom. Gaspard ! Comme tout semblait loin ! Un siècle paraissait s'être écoulé depuis la fin du mois d'août.

— Il s'est marié, annonça le prêtre, il y a trois semaines de cela. La mésalliance de la jeune veuve Berthelot a fait jaser quelque temps, puis les commères sont passées à autre chose. C'est simple à La Rochelle, où les distractions sont nombreuses. Un ragot chasse l'autre. Cela dure plus longtemps chez nous, quand quelqu'un prête à médire.

À nouveau, Camille se concentra exagérément sur le chemin qui défilait sous les sabots de son cheval, sans regarder son interlocuteur. Allait-elle avoir à écouter les remontrances de tous les hommes qui croisaient sa vie ? Ne suffisait-il pas d'avoir quitté Adrien Foucher pour rejoindre les réprimandes d'Antoine Lemonnier ? Jean-Baptiste avait également revêtu sa soutane de moralisateur. Et Gaspard qui s'invitait bien malgré lui aux réjouissances !

— Camille, je te parle ! Tu es trop fine pour ne pas comprendre ce que j'essaie de te dire, de façon certes maladroite mais…

— Oui, je vous entends, répondit-elle en le regardant cette fois dans les yeux. Vous avez eu vent d'un étranger qui me cherchait à La Flotte il y a deux jours, puis Étienne Fournier est venu se plaindre des coups qu'il a reçus, et la conversation que vous avez eue avec mon père ce matin à propos de mes mauvaises fréquentations, voire de ma condition inéluctable de pécheresse, vous a édifié.

Le prêtre marqua un temps de réflexion, à assimiler les informations qui se croisaient.

— Presque. Mais voilà une confession bien originale. Tu m'en apprends plus qu'il n'en faut.

— Et pourquoi le cacherais-je et devrais-je me justifier ? fit-elle remontée.

— Si je te réponds en accord avec mes vœux et ma foi, les choses sont très simples, mais tu n'es pas en mesure de les entendre aujourd'hui, et cela jouerait contre mon intention. Si je te réponds en ami, je te souhaite juste les bons choix, et ménager ton père qui a déjà assez souffert.

— Ah ? Maintenant, c'est mon père qui souffre ? Et moi, qui s'en soucie ? Vous-même connaissez les douleurs d'un amour impossible, je le sais ! Alors ne me faites pas la leçon.

— Tu es jeune et naïve, fit-il plus sévèrement après un silence, et tu n'as qu'une vision partielle de la vérité.

— Arrêtez avec vos sous-entendus et vos mystères ! Lui ! Vous ! Mon père ! Vous vous donnez de l'importance, tous autant que vous êtes, et moi je devrais obéir et faire ce que vous attendez de moi ! Cela m'est impossible ! Impossible, vous entendez !

Et elle talonna fortement Séléné, qui prit le galop sur la dernière ligne droite en arrivant aux abords de La Flotte, propulsant sur son passage des éclaboussures de boue. Camille, avec le sentiment d'être prise au piège de tous côtés, se présenta à la maison dans cet état déplorable, les traits tirés, les yeux cernés et rouges, tenant toujours dans son poing fermé la lettre de Jan.

Grumeaux de farine

Camille,

Quel pouvoir avez-vous pris sur moi ? Je devrais vous maudire pour le tour que vous m'avez joué, mais j'en reconnais de bien mauvaise foi l'urgente nécessité. Je vous laisse donc subir seule l'ire de votre père puisque c'est votre vœu, et ne pourrai lui tenir rigueur s'il me traite doublement de scélérat. Il y a du vrai dans cette accusation, bien que votre attachement me rende sans nul doute meilleur que je ne l'ai jamais été. Le temps et l'expérience manquent pour expliquer les nouveaux tourments de mon cœur, qui viennent s'ajouter aux anciens que je vous devais déjà. Pourtant, le devoir aussi ingrat soit-il m'appelant au plus vite, je rentre à Paris sans tenter de vous apercevoir car je ne me crois pas capable de m'arracher à vos bras une seconde fois. Je ne vous fais aucune promesse qu'il me serait difficile de tenir, mais espère revenir sur votre île, dont je repars étrangement envoûté.

À vous, ardemment, Jan.

Antoine tenait la lettre de Jan du bout des doigts, comme si elle était pestiférée. L'attente, loin de le calmer, avait augmenté graduellement son ressentiment et il s'était retenu de gifler Camille à nouveau en comprenant ce qu'elle lisait, tapie devant l'entrée. Avisant la missive dans sa main recroquevillée, il l'avait prise de force pour la lire à haute voix, rendant gênants et ridicules les mots tendres et la déclaration à peine voilée.

— C'est un tissu d'immondices, d'hypocrisie et de salacité ! Comment t'es-tu laissée berner par ce libertin ? Il se sert de toi, comme il s'est servi d'autres. Enfin, Camille ! Je ne te reconnais plus ! Qui t'a mis des idées pareilles en tête ?

La jeune fille baissait les yeux pour cacher sa peine autant que sa colère pour le vol de cet instant intime. Jamais son père n'avait fait montre d'autant de violence, qui dépassait de loin la simple déception. Son visage en était déformé et il semblait voûté comme sous le poids d'un ancien fardeau. Comme elle ne répondait pas, il continua ses diatribes :

— Voilà à quoi t'aura menée la fréquentation du beau monde parisien ! La Tencin, avec ses idées licencieuses et sa moralité douteuse, t'a tourné les sens. Il n'y a pas assez de jeunes Rétais à te faire la cour, avec lesquels tu ferais un mariage respectable, que tu cherches la lie et la dépravation ? Dechézeaux se meurt d'amour, Anthelme Léau fait des détours constants dans Saint-Martin juste pour te croiser, mais non ! Pas assez bien peut-être ? Ce Van Lynden n'est pas de ton monde, ni par la naissance, ni par la morale. Il t'abandonnera comme une moins que rien, si ce n'est déjà fait.

La voix forte et autoritaire résonnait dans la maison qui, par un heureux hasard, était vide à cette heure-là. Antoine, les mains dans les poches de son gilet, se tenait au milieu de la grande pièce où un feu avait été allumé car le froid s'était invité rapidement après les grandes marées, et secouait la tête d'incompréhension en fixant Camille. Il attendait une réaction qui ne venait pas : qu'elle crie, qu'elle réplique vertement, qu'elle se justifie, mais ce silence et cette froide immobilité lui étaient insupportables.

— Mais vas-tu répondre, bon sang ?

La jeune fille leva lentement les yeux vers son père.

— Que veux-tu que je te réponde ? dit-elle tristement. Il n'y a rien à ajouter. Il ne te plaît pas, il n'est pas fiable, il n'est pas pour moi et ne me rendra sans doute pas la moitié de mon attachement mais je l'aime, je n'y peux rien. Tu n'as jamais connu cette douleur ?

— Si ! répondit-il violemment, en serrant les poings. Si, je l'ai connue ! Quand ta mère est partie à Paris pendant de longs mois alors que j'étais fou d'elle, mais qu'elle me regardait à peine.

— Alors tu sais.

— Ce que je sais surtout, dit-il menaçant, c'est qu'elle est revenue brisée, anéantie par un séducteur de pacotille comme ton salaud de Hollandais !

De rage, il déchira la lettre qu'il tenait encore entre ses mains, renversa un fauteuil et fit valser une cruche de lait et trois gobelets d'étain posés sur un plateau qui mouchetèrent un peu plus la robe de Camille, puis claqua la porte d'entrée. Même à la mort de Sophie, la jeune fille ne se souvenait pas d'une telle fureur. Restée seule, elle collecta les morceaux de lettre qu'elle fourra dans sa pochette, ramassa les objets à terre et nettoya le sol souillé, en tentant de réfléchir. Voilà donc le traumatisme dont il lui avait déjà parlé, qui avait ramené Sophie plus tôt que prévu à l'île de Ré, alors qu'elle avait à peine seize ans. Mais c'est aussi ce qui lui avait permis de se rapprocher d'elle et de l'épouser. Sophie avait-elle gardé pour un autre un amour lancinant et impossible, dont Antoine avait enterré la douleur au plus profond de lui, acceptant le pire des compromis ? Cette idée bouleversa Camille qui considérait ses parents comme un couple idéal, que seule la mort avait pu séparer.

Comme Amélie entrait avec un panier de calebasses[1] qu'elle laisserait sécher pour faire des gourdes aux garçons, Camille respira un bon coup, afficha son plus beau sourire et la salua comme si de rien n'était.

— Bonjour Amélie ! J'arrive comme toi. Tout le monde est sorti ?

La vieille servante, ravie de la trouver là, expliqua de long en large où chacun était parti, s'étonnant de ne pas voir Antoine à la maison. Elle commença ses commérages habituels, que Camille laissa défiler pour donner le change. Puis habilement, elle la conduisit à parler de ses parents et de leur union.

— Tu es triste, ma Camille ? s'enquit Amélie. Tu penses à ta mère ? C'est vrai que tu auras dix-sept ans le mois prochain. Elle aurait été bien fière de toi, belle et finaude comme t'es ! Ça va bientôt faire dix ans, ma pauv'dame. Au moins toi tu l'as

1. Sorte de courge en forme de poire, peu charnue qui, une fois séchée, pouvait être utilisé comme récipient.

connue, c'est pas comme ce p'tit Paul. Même Jean et Lazare ont pas beaucoup de souvenirs.

— Tu te rappelles quand ils se sont mariés, avec papa ?

— Ah ça oui ! L'était belle comme un charme ! Comme toi, tiens ! Se sont mariés au tout début du printemps. Tu penses que j'men souviens bien ! J'lui avais fabriqué une couronne de fleurs de cerisiers, qu'étaient en avance pour la saison.

— Elle rentrait de Paris, c'est ça ?

Amélie prit un air soupçonneux et se renfrogna un peu.

— Oui, elle était rentrée dans l'hiver. Mais c'est pas vraiment à moi de t'raconter tout ça. Vois donc avec ton père.

Amélie se mit à s'affairer dans la cuisine, à ranger des ustensiles qui n'en avaient pas besoin et à en déplacer d'autres, en créant un tintamarre opportun. Camille sentit alors la tête lui tourner, suite attendue de cette nuit sans sommeil et des émotions de la journée. Elle prévint juste Amélie qu'elle allait se coucher, qu'elle ne souperait pas et qu'elle partirait très tôt pour Saint-Martin.

Dans sa chambre, elle assembla avec minutie les petits morceaux de la lettre de Jan mais le charme s'était irrémédiablement estompé, et d'autres préoccupations s'immisçaient peu à peu dans son esprit. La maisonnée se coucha comme à son habitude : de retour, Antoine parla fort pour calmer les garçons, Suzanne gazouilla sur la douce berceuse de Marie-Anne, mais Camille n'entendit rien, car elle s'était endormie d'un sommeil de plomb, toute habillée sur son lit.

Aux aurores, elle se leva épuisée et courbaturée, comme si on l'avait rouée de coups, la tête envahie d'angoisse et d'appréhension. En une journée, sa vie avait basculé mystérieusement et elle ne trouvait plus ses repères. Dans la lumière timide qui filtrait par la fenêtre, elle prit le temps d'une toilette à l'eau glacée, cherchant à se débarrasser des odeurs prégnantes de sueur, d'amour, de lait séché et de boue qui se mêlaient dans son esprit en une ronde abrutissante.

À la boulangerie, elle fit bonne figure à la confection puis à la vente. Elle réitéra l'expérience des petits pains au miel, notant que les portions individuelles pour ce genre de gourmandises étaient davantage appréciées. En somnambule, elle souriait aux uns, répondait aux autres et évitait de réfléchir. Seul Adrien Foucher semblait deviner derrière le masque le douloureux dilemme. À la fermeture de la boutique, il lui proposa de s'installer temporairement à Saint-Martin pour limiter les allers et venues, mais surtout ménager un sas de repos loin des tensions familiales. Camille laissa sa réponse en suspens mais, sous l'angoisse oppressante du retour chez elle, l'idée fit son chemin.

Elle passa la fin de l'après-midi à élaborer une nouvelle recette à base de graines de courges et d'éclats de noix. L'idée lui en était venue des calebasses d'Amélie, qui devenaient instruments de musique quand les noyaux séchaient, en plus d'une allusion de Jean d'Alembert dans son dernier courrier. En plein travail sur l'*Encyclopédie*, il trouvait le temps d'envoyer une lettre tous les deux mois où, par égard pour sa destinataire, il privilégiait les références à la fois scientifiques et culinaires, et demandait en échange des informations sur les marées, qu'il confrontait à la théorie de ses calculs. Par hasard, le mathématicien avait évoqué l'ouvrage populaire de Noël-Antoine Pluche[1], qu'il avait lu adolescent alors que sa soif de connaissances n'était jamais rassasiée, citant pour exemple un passage sur le fruit du noyer. Il y avait ajouté un souvenir gourmand de son enfance où il parlait de sa mère adoptive avec affection, dans un style littéraire et agréable à lire. Elle lui préparait, quand il rentrait du collège des Quatre-Nations[2], des tartines de noix et fromage qui semblaient l'avoir beaucoup marqué.

Inspirée, Camille pila donc très grossièrement les graines de courge et les noix, auxquelles elle ajouta du fromage frais et des dés de lard dont le gras, à la cuisson, se répandrait savoureusement dans la mie. Le prix du petit pain serait un peu plus élevé mais, équivalant à un repas, il pourrait plaire aux membres d'équipage. Le premier essai, cuit dans les dernières braises, fut convainquant et la recette adoptée pour la semaine à venir.

Décidée à récupérer quelques affaires à la maison pour prendre ses quartiers à Saint-Martin,

---

1. Noël-Antoine Pluche (1688-1761) : ce fils de boulanger, qui devint prêtre et précepteur, publia en 1732 *Le Spectacle de la nature*, traduit dans plusieurs langues, qui vulgarisa les apports scientifiques et participa du goût pour les sciences du XVIIIe siècle.
2. Collège créé à l'initiative de Mazarin au XVIIe siècle, relevant de l'Université de Paris. Il abrite aujourd'hui, quai Conti, l'Institut de France. D'Alembert l'a fréquenté à partir de 12 ans et y a fait de brillantes études.

mais craignant une nouvelle colère de son père, Camille fut contente de ne croiser que Marie-Anne qui terminait les comptes des moulins pour le mois. Antoine l'avait formée dès les premiers jours de leur mariage, n'ayant jamais cherché à garder la mainmise sur les tâches intellectuelles, sous prétexte qu'il était un homme. L'écart de fonctionnement avec ce qui se passait chez les Fournier, quand la mère était encore en vie, avait toujours étonné Camille et fasciné Gaspard qui y avait trouvé la force d'évoluer. Marie-Anne leva la tête et sourit, mais la jeune fille vit bien que quelque chose clochait.

— Bonjour ma belle, tu as passé une bonne journée ? la salua sa belle-mère. Sais-tu que Suzanne te réclame beaucoup en cherchant « Mamille » partout ? Je lui ai promis que nous passerions te voir demain à la boulangerie.

— Bonne idée, car je vais être absente un bout de temps. Je suis trop fatiguée à faire les allers et venues entre les deux villages et maître Foucher m'a proposé de m'installer dans la petite chambre. Je viens juste chercher quelques affaires.

— Antoine le sait ?

— Pas encore, mais je pense que c'est mieux ainsi. Nous nous sommes disputés et il nous faut du temps.

— Il me l'a dit. Il est très malheureux, Camille, et je n'aime pas le voir comme ça. Je n'aurais pas dû t'aider, même indirectement, à retrouver cet homme. Je me sens aussi responsable.

— Tu ne l'es pas. J'ai décidé seule. Et j'aimerais que papa me laisse grandir. Je suis indépendante désormais avec la boulangerie.

— Oui, j'entends tout ça. Cependant si tu veux que l'on te considère comme une adulte, ne te comporte pas comme une enfant. Je n'aime pas avoir à te parler ainsi, mais je crois que…

— C'est ce qu'aurait dit ma mère ? coupa Camille sèchement.

La question était venue toute seule. Marie-Anne fronça les sourcils et se leva pour approcher Camille, qu'elle dépassait un peu. Elle posa sa main sur sa joue avec tendresse :

— Je ne sais pas ce qu'aurait dit ta mère, mais tu es la fille de l'homme que j'aime. Et il se trouve que je te reconnais en plus un certain nombre de qualités, malgré ce fichu caractère. Tu as de qui tenir, c'est sûr ! Antoine est aussi buté que toi parfois. Je lui parlerai. Va !

Camille embrassa Marie-Anne en lui serrant les mains de gratitude puis réunit dans sa chambre ce dont elle avait besoin.

— Ah oui, j'oubliais, cria la voix féminine depuis la salle, tu as reçu une lettre de Paris, que j'ai posée sur ton lit.

Camille reconnut immédiatement l'écriture ronde et penchée de Louison. Son amie lui donnait surtout de très mauvaises nouvelles de Mme de Tencin, dont l'état de santé se dégradait très vite.

… Nous lui rendons visite souvent car elle se retrouve assez seule. M. Marivaux vient encore de temps en temps, et Jean Astruc ne la quitte pas. Avec Nicolas, nous ne comprenons pas bien ce qu'il est pour elle, mais force est de constater qu'il la veille jusqu'à la mort, et en recevra tout le mérite. Vous garderez pour vous mes sous-entendus sans doute grossiers, mais à qui pourrais-je les confier sinon ?

Vous me manquez toujours autant, et je pense souvent à ce que vous auriez dit ou fait dans telle ou telle circonstance où il m'arrive de douter. Le dispensaire dont je m'occupe ne désemplit pas : il est incroyable de constater le nombre de femmes qui ont à souffrir de violences et d'abandons. M. Marmange, devenu policier de Paris, avec lequel je suis associée, me signale les cas les plus alarmants et me les envoie. Mais il est également incroyable de reconnaître que peu de femmes viennent de leur propre chef malgré l'information qui leur est faite. Grâce aux bienfaits de mes donateurs, dont la baronne fait toujours partie, je suis en train de former trois jeunes apprenties, qui pourront me remplacer dans les prochains mois, car Nicolas prépare une nouvelle expédition en Amérique pour ses recherches et m'emmène avec lui. Le croyez-vous ? Je suis en train de le décider à partir de La Rochelle pour vous croiser avant notre départ, sans doute vers la fin de l'hiver. J'ai espoir d'obtenir gain de cause, comme toujours. J'oubliais de vous parler de M. Van Lynden qui a annoncé son retour dans les prochains jours : son voyage se serait bien passé d'après les dires de Mme de Tencin qui l'attend impatiemment, et supporte mieux la douleur à cette pensée. Par une association d'idées détestable, je termine en évoquant Mme de Morens à propos de laquelle Marmange se renseigne régulièrement et qui n'a donné aucun signe de vie depuis deux ans. Voilà une bonne nouvelle pour conclure cette si longue lettre.

Bien à vous mon amie, Louison.

Sous ses feuilles virevoltantes et son ciel lourd de nuages menaçants, octobre s'installa en douceur puis le froid s'invita peu à peu pour rester de longs mois, faisant fumer les cheminées des hameaux et fermant les volets plus tôt le soir. Les journées de Camille furent panachées de petites joies, comme la lettre de Louison puis la venue de Marie-Anne et Suzanne à la boulangerie, et de douleurs lancinantes. Antoine restait silencieux et distant, et Jan ne donnait aucune nouvelle. Le gentilhomme hollandais avait sans doute mieux à faire, se disait-elle pour trouver des raisons de le détester. Rien n'y faisait : il occupait ses pensées nuit et jour, sans qu'elle puisse lutter.

Les petits pains au lard égayèrent le quotidien de bien des marins, et de quelques Martinais qui osèrent goûter. Le bouche-à-oreilles fonctionna et Camille dut augmenter sa production à la fin du mois, où elle varia encore les mélanges. Elle eut même la satisfaction d'apprendre qu'on venait du bout de l'île pour goûter les spécialités du *Pain de Ré*, ce qui mit un peu de baume sur son honneur meurtri.

Les journées s'écoulaient lentement et, le travail terminé, elle se promenait sur les quais, saluant ses connaissances avec un entrain de façade, puis retombant aussitôt dans une sorte de mélancolie que le souvenir de Mme de Tencin, débarquant avec son carrosse sur les pavés de la ville, ou celui de Jan, campé dans son manteau noir face à la mer, alimentaient sans cesse. L'ennui s'invitait parfois dans le réduit de l'entresol où elle avait pris ses quartiers et, à de multiples reprises, elle voulut courir vers son père pour renouer avec lui et l'interroger sur les zones d'ombre de sa vie, mais elle ne s'en sentait pas encore capable.

Elle n'avait pas revu le jeune Dechézeaux depuis la fête de vendanges, refroidi sans doute par son indifférence, mais Anthelme Léau, l'un des deux frères négociants en vin qui lui faisaient la cour, tenta sa chance un soir en l'abordant près des remparts, où ses pas la ramenaient toujours. Brun aux yeux noirs, il était plutôt beau garçon, agréable dans ses gestes et ses propos, mais Camille ne voyait que ce qu'il n'était pas. Elle se refusait à tout jeu de séduction, d'autant plus depuis sa nuit avec Jan, qui lui avait dévoilé les sous-entendus possibles des échanges courtois. Elle se souvenait ainsi avec un peu de gêne des gestes de coquette qu'elle avait pu avoir à Paris avec M. de Vandières, Turner et même d'Alembert. En échange de ses mots doux, le pauvre Anthelme ne reçut donc que banalités polies, visage impassible et main fuyante. Il finit par raccompagner Camille à la boulangerie et la salua avec une certaine aigreur, car il se racontait à Saint-Martin qu'elle n'était pas si réservée avec tout le monde. Il n'aimait pas donner crédit aux racontars mais Étienne Fournier, qui écumait tous les bars de la citadelle, en avait à dire sur la fille Lemonnier et ne s'en privait pas. Certes, l'homme était une crapule et l'on ne pouvait lui faire confiance, mais le dépit amoureux cause bien des résignations.

À la fête de la Toussaint, Camille ne put faire autrement qu'aller suivre la messe du père Jean-Baptiste à La Flotte, où elle croisa son père pour la première fois depuis plusieurs semaines.

Marie-Anne et les enfants étaient venus la voir souvent mais Antoine prétextait, par l'entremise de sa femme, un travail trop important. Debout face à l'autel, juste à côté de Camille, il semblait avoir vieilli de dix années et la regarda à peine. Jean-Baptiste fit un sermon à la mémoire des Saints et glissa quelques messages sur la Béatitude et la façon de s'en approcher, prêchant le lien familial et l'importance du pardon. Un léger égocentrisme porta Camille à croire qu'il parlait pour son père et elle, et lui fit espérer qu'Antoine y songeait également. De fait, il se montra plus cordial à la sortie de l'église et l'invita pour le jour des morts à se recueillir sur la tombe de sa mère.

Le deux novembre fut une journée grise où le temps sembla s'accorder avec la tristesse des Flottais qui formaient des processions douloureuses vers le cimetière du village. On pleurait un père, une mère, un enfant mort en bas-âge, en se remémorant les souvenirs communs. Sophie reposait sous une pierre simple, marquée d'une croix et gravée du nom « LEMONNIER », autour de laquelle s'assemblèrent Antoine et ses quatre enfants que Marie-Anne, leur laissant ce moment de recueillement, attendait ensuite pour le repas à la maison. Lazare et Jean restaient silencieux, cherchant à se souvenir de cette mère aimante et joyeuse, sans y parvenir tout à fait, alors qu'Antoine caressait la tête de Paul, dont la naissance était marquée du deuil maternel. Quand les garçons s'élancèrent pour rejoindre le foyer, Antoine laissa libre cours à sa peine et Camille vit avec émotion ses épaules se soulever sous les sanglots qu'il réprimait. Elle osa lui prendre le bras avec tendresse et ils rentrèrent ainsi en silence, sans oublier les non-dits et les incompréhensions, mais les laissant de côté au moins ce jour.

À la mi-novembre, la veille de ses dix-sept ans, Camille écrivit une longue lettre à Mme de Tencin, qu'elle espérait n'être pas la dernière. Comme elle se doutait que c'étaient là les maigres réjouissances d'une vieille dame, elle lui conta avec force détails la prospérité de la boulangerie, la visite de Jan dont elle espérait qu'elle comprendrait à demi-mots la portée amoureuse et la relation compliquée avec Antoine.

... *Mon père a du mal à me voir quitter la maison et me reproche mon attachement pour Jan dont je n'ai jamais fait secret. Nos retrouvailles n'ont que confirmé ce sentiment pour ma part, mais j'ai peu d'assurance en ce qui le concerne. Je vous ennuie avec ces bagatelles, alors que je sais par Louison vos souffrances quotidiennes, mais vous avez toujours montré tant d'intérêt pour moi, que je me confie à vous comme à une mère. Savez-vous que la mienne aurait connu un grand amour avant mon père, lors de ce voyage à Paris dont elle est rentrée désespérée à l'hiver 1732 ? Mes parents se sont mariés en mars de la même année et je suis née en novembre comme vous le savez peut-être, d'une union moins idyllique que ce que j'ai toujours imaginé. Passée la douleur de cette révélation, j'ai regretté de ne pas l'avoir su avant, afin de chercher à Paris quel homme avait pu voler le cœur de ma mère à peu près au même âge que celui que j'ai aujourd'hui. La vie est décidément pleine de surprises et je ne vous remercierai jamais assez de celles que vous avez semées sur ma route car je vous dois beaucoup et ne l'oublierai jamais.*

À vous pour toujours, Camille.

Elle reposa sa plume, satisfaite, espérant apporter un peu de distractions à la baronne, et s'habilla pour la nuit. La chambre de la boulangerie était fraîche car il n'y avait pas de cheminée, mais elle se glissa rapidement sous les draps et la grosse couverture de laine qu'Amélie lui avait confectionnée. Épuisée par les réveils matutinaux, elle ne tardait jamais à s'endormir, et convoquait à peine l'image de Jan que les bras de Morphée l'accueillaient pour la nuit.

Vers trois heures du matin, se débattant dans un rêve sombre et fantasmagorique où Mme de Morens arpentait les jardins de Versailles au bras du père Jean-Baptiste, elle fut réveillée par un bruit de vitre cassée. Tâtonnant dans le noir pour trouver son châle, elle se leva et descendit au rez-de-chaussée où elle trouva maître Foucher furieux devant la porte brisée.

— J'étais dans l'atelier pour préparer la farine. Hier, à cause de l'humidité, elle a fait des grumeaux et je voulais la passer un peu avant de pétrir. Et voilà qu'on nous casse la vitrine !

Il éclaira la scène avec sa lampe de chevet et ramassa un gros caillou délibérément lancé contre la boutique, qu'entourait une feuille de papier froissé retenue par un lien. Il lut le message et resta interdit, le temps que la jeune fille saisisse le billet d'un mouvement rapide.

— Camille, non ! cria-t-il.

Mais il était trop tard. L'horrible pamphlet, dansant devant ses yeux, instillait déjà un poison incurable :

« Le Hollandais a mis dans son lit
Cette belle putain de Ré
Qui parade dans sa boulangerie
Comme la bâtarde du meunier. »

L'alcool sur le feu

Qui s'était permis ? Qui savait ? Que croire ? Passé l'horrible sous-entendu et le bouleversement qui y était lié, Camille tournait et retournait douloureusement dans sa tête les informations contradictoires et malveillantes qui lui étaient offertes pour ses dix-sept ans. Elle aurait menti si elle s'était dite totalement stupéfaite, car le doute s'était déjà immiscé depuis l'évocation de sa mère et de son amour passionné. Mais il restait vague et elle évitait à tout prix de le solliciter mentalement, par refus d'une réalité déchirante. Comment serait-ce possible ? Antoine et Sophie s'étaient mariés fin mars et elle était née mi-novembre. Si on pouvait leur reprocher une petit écart pré-nuptial pour expliquer une naissance précoce d'une quinzaine de jours, rien ne laissait supposer autre chose. L'amant parisien avait rompu trois mois auparavant et, à moins qu'il ait profité d'une escapade rétaise, cette piste était absurde. Quelqu'un d'autre ? Une agression ? Une adoption ? Camille ressemblait trop à sa mère aux dires de tous pour mettre en doute leur lien filial. Et qui avait intérêt à sortir ce secret des oubliettes ?

Soudain le déchirement, comme à retardement, dévasta tout sur son passage : Antoine ! Le seul père qu'elle ait jamais connu, un homme bienveillant, fiable, aimant, sévère parfois mais elle ne pouvait le lui reprocher, un homme juste qui s'était toujours soucié d'elle : non, elle ne voulait personne d'autre ! Personne !

Le boulanger toqua à la porte de la chambre où elle s'était enfermée avec le message nauséabond.

— Camille ! dit-il doucement. Ce papier ne veut rien dire, on a juste voulu vous faire du mal. Ne tombez pas dans le piège.

— Je vais descendre, Adrien. Laissez-moi juste un peu de temps, répondit-elle d'une voix atone.

Maître Foucher, la voyant arriver quelques dizaines de minutes plus tard habillée et coiffée, légèrement fardée, avec cet air pugnace qu'il lui connaissait, en fut soulagé : elle ne se laisserait pas abattre. Il avait fait venir un verrier pour réparer la vitre brisée, derrière laquelle les curieux venaient déjà aux nouvelles, extrapolant sur qui avait fait quoi. Les gardes de la citadelle, appelés pour constater les faits, suggérèrent une jalousie entre commerçants, hypothèse que Foucher écarta : il entretenait des rapports de grande cordialité avec ses collègues, même en concurrence directe. Camille écoutait et cherchait de son côté qui pouvait être aussi bien renseigné sur sa vie intime, en lui vouant un tel ressentiment : cet infâme palefrenier de l'hôtel de Clerjotte ? Étienne Fournier ? Un de ses soupirants éconduits ? Elle n'imaginait pas ses proches se livrer à une telle vilenie mais ne savait plus à qui faire confiance.

À la fin de la journée de travail, elle était prête à rencontrer Antoine pour faire la lumière sur la « bâtarde du meunier ». L'idée lui vint qu'il en était peut être ignorant et la fit douter de sa démarche : et si Sophie avait menti à son mari ? La jeune fille se résolut à user de douceur et de persuasion mais elle se tint à sa décision car, au bout du compte, même si elle voulait connaître clairement ses origines, cela ne changeait en rien l'amour qu'elle portait à son père. Cette évidence s'imposa très vite et l'aida à supporter l'épreuve.

À la maison de La Flotte, elle retrouva l'ambiance de son enfance : l'âtre rougeoyait en répandant sa chaleur dans la grande pièce, parfumée par la cuisson d'un ragoût aux herbes. La table était mise, autour de laquelle gambadait la petite Suzanne riant à gorge déployée, que Paul faisait mine de poursuivre. Jean bricolait une maquette de navire, dont la technique l'avait toujours fasciné, aux pieds de Lazare qui lisait sur le grand fauteuil de son père. Camille observa ses frères un instant, cherchant dans leurs traits les expressions d'Antoine ou le sourire de Sophie, et tout ce qui les liait à elle. Leur ascendance paternelle ne faisait pas de doute, chacun présentant de manière criante une ressemblance avec Antoine, tout comme Suzanne dont les cheveux déjà épais et les yeux bruns rappelaient ses deux parents. C'était en fait la différence entre Camille et sa petite sœur la plus frappante, car rien n'indiquait un lien de sang.

Quand Lazare leva les yeux et aperçut son aînée, il fut frappé par sa solitude, comme si elle n'osait pas entrer, immobile devant la porte. Son sourire radieux en retour suffit pourtant à la faire bouger et tous s'élancèrent pour lui faire fête et la retenir à souper. Le repas fut délicieux et particulièrement animé, car le silence n'avait jamais été exigé chez les enfants Lemonnier. Antoine n'élevait la voix qu'en cas de débordement et le calme revenait immédiatement, jusqu'à ce qu'un nouveau rire l'emporte. Amélie fut félicitée pour son plat de poissons qui mariait à merveille des tronçons de mulet, crevettes et pétoncles avec des légumes et des herbes de saison. Camille suggéra d'ajouter dans le jus réduit une grosse louche de crème qui adoucit l'ensemble et régala les papilles, flattées de surcroît par les petits pains frais de la boulangerie, dont la mie se gorgeait de sauce. Quelques gouttes d'un vin blanc sorti du chais parachevèrent l'ensemble et on profita du reste de la bouteille à table, dans une bonne humeur communicative. Antoine paraissait détendu et, sans s'adresser encore à sa fille avec naturel, il faisait des efforts pour ne pas laisser paraître les tensions. De temps en temps, Camille le regardait discrètement, se demandant si cet homme droit, solide et protecteur avait accueilli l'enfant d'un autre par amour, gardant ce secret si longtemps.

À la fin du repas, les plus jeunes furent mis au lit et Amélie ne tarda pas à les rejoindre. La soirée familiale lui avait offert la plus grande des satisfactions et elle se coucha bienheureuse dans sa petite pièce derrière l'office, sans se douter des tourments qui guettaient encore. Marie-Anne rangea un peu, participant aux échanges sur la meunerie puis, prétextant un ouvrage à finir, s'éclipsa dans sa chambre où Suzanne s'était déjà endormie.

Camille et Antoine se retrouvèrent face à face devant la cheminée qui flambait, lui installé sur sa bergère tapissée aux fins accoudoirs, elle sur le repose-pieds assorti, plus près de l'âtre. Les lourds chenets en fer forgé retenaient les bûches incandescentes dont le crépitement emplissait la salle. Des étincelles et un éclat plus fort projeté contre le pare-feu furent l'occasion de quelques remarques sur la qualité du bois et le froid de l'automne, mais le silence reprit ses droits rapidement. Camille ne savait par où commencer et son père ne semblait pas plus avancé, bien que lui aussi parût avoir quelque chose à dire. Par peur qu'il aborde à nouveau le sujet épineux de son amour pour Jan, elle se lança la première :

— J'ai reçu une lettre de Louison au début du mois, tu sais mon amie de Paris. Mme de Tencin est au plus mal et ses jours sont comptés. Je n'ai d'ailleurs plus eu de ses nouvelles depuis l'été, ce qui m'attriste beaucoup.

— La baronne n'a jamais eu une bonne santé et son mode de vie n'a rien arrangé, répondit Antoine froidement, mais l'œil aux aguets. Les gens de l'île ne la pleureront pas.

— Je le sais mais je n'ai jamais compris pourquoi elle était tant honnie. Et que va devenir le domaine ?

— Elle va sûrement tout léguer à sa sœur, qu'on a vu un temps à la Grainetière, quand la baronne n'était pas encore « dame de Ré ». Ça ne changera pas grand chose pour les gens d'ici.

— Qu'est-ce qu'elle leur a fait ? demanda Camille, redoutant au bout du compte d'aborder trop vite le sujet pour lequel elle était venue.

— C'est une obscure histoire d'héritage dont je t'ai déjà parlé, mais tu n'as retenu que ce qui t'arrangeait : tu n'aimais pas qu'on dise du mal de Mme de Tencin.

— Encore aujourd'hui. C'est une femme que j'admire et que je pleurerai.

— Je le sais, Camille. Mais tu ne feras pas disparaître ses manigances pour obtenir la baronnie de Ré et la dépossession[1] d'une famille légitime. Le père, le baron Masseau de Beauséjour, était couvert de dettes, tout comme le gendre, La Fresnaye. Ils devaient tous deux beaucoup d'argent à Mme de Tencin, du fait de leur vie parisienne dispendieuse, en particulier lors de la fréquentation de son salon. Elle avait déjà tissé sa toile lentement, en récupérant des titres de propriété pour paiement et en leur rachetant le domaine de la Grainetière il y a treize ans. C'est ainsi que tu l'as rencontrée, à l'occasion d'une de ses visites estivales.

---

1. Famille Masseau et la baronnie de Ré : le baron de Ré Jean Masseau, couvert de dettes, laissa à sa mort une héritière Marie-Magdeleine Masseau, choisie par les Rétais pour devenir baronne de Ré, avec l'aide de son tuteur le comte Gilbon. Celui-ci vendit le domaine de la Grainetière pour commencer à rembourser les 95000 livres de dettes dues à Mme de Tencin. C'est en fait elle qui racheta le domaine puis fit valoir au tribunal son droit de propriété de la baronnie pour couvrir le reste des dettes, soit 60 000 livres déclarées : le 23 août 1743, « en vertu d'un arrêté du tribunal de Paris », elle devint baronne de Ré, contre la volonté des habitants.

— Tout ça est juste légal. Ces hommes n'avaient qu'à bien se comporter, et ne pas dépenser l'argent qu'ils ne possédaient pas. Pourquoi une femme n'aurait-elle pas de droit à faire valoir ? Mme de Tencin s'est élevée seule, et on en lui veut d'avoir réussi.

— Sans doute, mais cette ambition a fait des victimes. Puisque tu abordes le sujet, il me faut t'éclairer sur un point que j'avais tu jusqu'ici, en accord avec Mme de Tencin dont nous ne pouvons renier les bienfaits pour toi et notre famille. Mais les choses vont trop loin et j'aurais dû prendre les devants. L'orgueil m'a aveuglé moi aussi.

— Je t'écoute, répondit gravement Camille pensant que le moment était venu.

— Tout d'abord le gendre du baron de Ré, La Fresnaye donc, qui fut dit-on l'amant de Mme de Tencin, s'est tiré une balle dans le cœur sur un divan de la rue Saint-Honoré, ce qui a valu trois mois de Bastille[1] à la baronne.

— Je le savais : elle a été lavée de tout soupçon. L'homme était fou.

— Ou rendu fou. Quoi qu'il en soit, Jean Masseau avait aussi des héritiers légitimes, dont une petite fille un peu plus âgée que toi. C'est à elle que revenait la baronnie, et c'est ce que voulaient les Rétais.

1. La Fresnaye se suicide le 6 avril 1726 chez Mme de Tencin en laissant une lettre où il l'incrimine et révèle leur aventure. Elle est conduite au Châtelet, mise en présence du cadavre pendant 7 heures, puis transférée à la Bastille dont elle est libérée le 16 juin par ordonnance royale. Le procès la lave de l'accusation dont elle fait l'objet.

— Celle qui est enterrée dans l'église de Saint-Martin ?

— Oui, c'est elle, Marie-Magdeleine Masseau.

— Quel rapport avec nous ?

— Elle est morte à dix-neuf ans, dans des circonstances obscures, quelques jours après avoir donné les clés de la baronnie à Mme de Tencin.

— Je ne comprends rien à ce que tu essaies de me dire, s'énerva Camille qui se méfiait de cet aveu dont elle devinait les tragiques conséquences.

— À cette époque, René Dupin, l'homme de main de la baronne, celui qui était venu repérer les domaines rétais et poser les pions de sa maîtresse, tournait beaucoup autour de la jeune Masseau. C'était un gars méprisable, cruel et calculateur, que tout le monde détestait ici.

— Je n'ai jamais entendu parler de lui !

— Il a eu la bonne idée de disparaître après la mort de la petite. Mme de Tencin l'a éloigné.

— Tu racontes n'importe quoi ! Ce ne sont que des suppositions ! Tu veux salir tout ce qui compte pour...

— Camille ! la coupa-t-il sèchement.

Puis il reprit d'une voix sourde :

— Il n'était pas seul dans l'île au moment des événements, il y a cinq ans.

Antoine se tut quelques secondes, hésitant à asséner la blessure qu'il savait terrible.

— Van Lynden était avec lui.

Un coup de massue n'aurait pas été plus violent. Tout se mélangeait dans l'esprit de la jeune fille. Elle secouait la tête en niant vigoureusement, accusant son père de vouloir nuire à l'homme qu'elle aimait.

— Il était jeune et je n'ai pas fait le rapprochement tout de suite, expliqua-t-il. Déjà, à La Rochelle quand il est venu te chercher, sa tête ne m'était pas inconnue, mais il portait un chapeau sombre. Et puis, je ne l'avais pas beaucoup rencontré au bout du compte, même quand j'allais rendre visite à Mme de Tencin à Saint-Martin. Son nom n'avait jamais été prononcé. C'est à l'hôtel de Clerjotte que je n'ai plus eu aucun doute, quand... enfin... bref, tu comprendras pourquoi je ne veux pas qu'il t'approche.

— Et qu'allais-tu faire chez Mme de Tencin à cette époque ?

— J'y allais pour mes affaires, coupa-t-il. As-tu entendu ce que je t'ai dit ? C'est un assassin, Camille, ou au moins un complice !

— Il n'était jamais venu dans l'île avant ! nia-t-elle avec ses dernières forces.

— Il t'a menti sur ça aussi. Tu interrogeras les gardes de l'arsenal. Un Hollandais immense aux cheveux tirant sur le roux ne passe pas inaperçu.

Cruellement persuadée qu'il ne la trompait pas, mais blessée au plus haut point, elle voulut lui asséner la même douleur, et tendit par réflexe le papier froissé qui avait brisé la vitrine de la boulangerie.

— Et ça ? Tu as aussi des choses à dire sur ça, peut-être ? « La bâtarde du meunier » ! Tous les murs s'effondrent autour de moi ! Détruis celui-là aussi alors ! Qui suis-je pour toi ? Qui suis-je ?

Camille pleurait et Antoine ne put supporter son regard. D'abord déstabilisé par le message, il s'était redressé et montra un mépris qu'il semblait avoir préparé depuis longtemps.

— Des rumeurs pour nous nuire, rien de plus, fit-il avec une assurance retrouvée. Nous avons déjà eu à les subir avec ta mère, quand nous nous sommes installés ici. Demande-toi plutôt qui aurait intérêt à te séparer de moi. Ton Hollandais n'est pas le héros romanesque que tu imagines.

Antoine se rapprocha du feu, éparpilla les tisons pour limiter les flammes et ne se retourna que pour souhaiter bonne nuit à sa fille.

— Tu sais combien je suis attachée à toi, Camille. Écoute ton cœur : c'est ce qui doit compter.

Camille ne chercha plus à questionner son père, ni Amélie et Marie-Anne qui ne parleraient pas davantage. Elle se débattait désormais, en plus de ses interrogations sur sa naissance, avec cette accusation contre Jan. Certes, sa première impression sur lui avait été méfiante et critique mais son charme l'avait emporté, charme que le temps ne démentait malheureusement pas, bien au contraire. L'amour qu'elle lui portait s'ancrait viscéralement, au point que l'absence, le silence, les mensonges voire les crimes ne parvenaient pas à faire poids. Dix fois, elle commença une lettre pour lui, dix fois elle la déchira, ne sachant de toute façon pas où l'envoyer. Il fallait qu'il revienne et il lui expliquerait, elle en était certaine.

Camille se raisonna quelques jours, s'empêchant de tout, se blâmant pour ses pensées et retenant au bord des lèvres chacune de ses paroles, afin de prendre sa place dans la valse banale du quotidien. Mais sa nature insoumise, qui la portait à tout comprendre, ne supporta pas cette flagellation constante de l'esprit, et elle fut prise de crises d'étouffement régulières qui inquiétèrent son entourage. Le médecin interrogé parla d'une intolérance à la farine ou d'un asthme héréditaire, sans proposer aucune solution si ce n'est le repos complet. Après une semaine régressive passée au lit, dorlotée par Amélie, elle ne vit aucune amélioration, pressentant bien que le cœur du problème ne se réglerait pas par le sommeil et l'inaction. En attendant, Marie-Anne et Lazare aidaient à la boulangerie en alternance, mais il n'y eut plus de petits pains frais de tout novembre.

Quelques jours avant la fin du mois, Camille décida de réagir et prépara un petit paquetage pour partir. Elle ne prévint personne pour ne pas avoir à expliquer quoi que ce soit, et harnacha discrètement Séléné. La jument, délaissée depuis quelques jours, ne cacha pas son excitation à l'idée d'une promenade, mais se montra nettement moins enthousiaste quand elle comprit, les naseaux dilatés, qu'il faudrait monter sur une embarcation à bestiaux. Elle n'avait jamais fait la traversée vers La Rochelle et se montra nerveuse tout le long, d'autant que la mer n'était pas des plus calmes. Camille, protégée par son long manteau bordé de castor canadien, et d'un manchon de fourrure assorti, regardait le continent comme la bouffée d'air qui la guérirait peut-être. La haute falaise de calcaire attendait immuable, offrant ce jour un aspect plus sombre, en sinistre harmonie avec les teintes vaseuses de la mer agitée.

La semaine d'alitement lui avait permis de réfléchir et elle s'était souvenue de la sœur de Marie-Anne, dont elles avaient parlé en faisant les confitures, qui avait bien connu Sophie Giraudeau avant qu'elle ne prenne le nom de Lemonnier. Cette sœur s'était installée à La Rochelle avec son mari notaire dans un quartier recherché, et attendait Camille qui l'avait prévenue l'avant-veille. Après une heure de traversée, le bateau s'amarra au port du Plomb et Séléné retrouva la terre ferme avec un sensible soulagement. La jument et sa cavalière arrivèrent à La Rochelle en fin de matinée, la jeune fille espérant bien profiter de la seconde marée pour rentrer avant la nuit.

La maison du notaire Hirvoix était située plein centre, où Camille retrouva avec bonheur la grande effervescence du port et l'animation des rues. L'idée d'avoir sa boutique au cœur de la ville l'effleura à nouveau et elle se promit d'y réfléchir. Mme Hirvoix la reçut très cordialement, curieuse cependant de connaître la raison de cette visite, dont sa sœur Marie-Anne ne lui avait pas parlé. Quand Camille lui expliqua qu'elle écrivait une histoire sur sa famille, elle se fit la remarque que cette gamine était décidément originale mais se plia de bon gré aux questions. De cette lubie pour la cuisine, dont lui avait parlé sa sœur dans ses lettres, la boulangerie à Saint-Martin et maintenant ce projet d'écriture, elle se demandait si Antoine Lemonnier arrivait à tenir sa famille au pas. Marie-Anne elle-même lui avait toujours semblé un peu fantasque sous ses airs réservés.

— Quel souvenir avez-vous du retour de ma mère, après son séjour à Paris ? demanda Camille mal à l'aise sous l'examen chirurgical de son interlocutrice.

— Eh bien, c'était l'hiver... je dirais début janvier car il me semble qu'on fêtait l'épiphanie. Je m'en souviens car ta mère était à la messe, et tout le monde s'intéressait à elle, plus qu'au sermon du père Joseph en tout cas. Elle était très pâle, le voyage l'avait épuisée, mais d'une beauté presque céleste. Oui, c'est l'impression qui me reste : belle comme la Sainte Vierge. Tu tiens d'elle, les mêmes yeux.

— Merci, on me le dit souvent. Et mes parents se sont mariés au printemps. Vous y étiez ?

— Oui, un très beau mariage, à la fin mars. Les cerisiers étaient en fleurs. Ton père était si heureux. Je n'ai jamais vu un homme aussi attentionné – il l'est toujours pour Marie-Anne et pour ses enfants, je ne dis pas le contraire, mais là... Tu sais, c'était un peu le cœur à prendre à La Flotte, mais Sophie n'avait qu'à lever le petit doigt, ce qu'elle a fait ! finit-elle en riant.

— Et ils vivaient où quand je suis née ?

— Là, je n'en sais pas beaucoup plus. Ton père ne t'a pas dit ? Ils ont quitté l'île avant l'été et n'y sont revenus qu'en janvier de l'année suivante. Sophie avait trouvé du travail chez des marchands flamands de La Rochelle, et ton père finissait sa formation d'apprenti meunier entre ici et Marans. Avec les techniques qui évoluaient, les connaissances transmises par son père ne suffisaient plus. Moi je vivais encore à Saint-Martin à cette époque, alors je les ai perdus de vue. Et quand ils sont rentrés avec toi après Noël, je me mariais de mon côté avec maître Hirvoix, qui est Rochelais. Nous nous sommes croisés.

Camille essayait de comprendre ce qu'ajoutait cette révélation à son histoire : sitôt mariés, les époux Lemonnier avaient fui Ré, dérobant aux commères la grossesse de Sophie. Pour quelle raison, si ce n'était pour cacher des dates inappropriées ? La jeune fille prit congé en remerciant son hôtesse, l'encourageant à revenir dans l'île faire la connaissance de sa nièce Suzanne qu'elle n'avait encore jamais vue.

Dans la rue, elle hésita à rejoindre le quartier de la maison Berthelot pour demander son avis à Gaspard qu'elle n'avait pas revu depuis quatre mois, mais elle n'aurait pas su quoi lui dire, surtout si Clémence était là entre eux, avec son ventre désormais arrondi. Elle y renonça, se sentant trop fragile pour aller au devant de nouvelles contrariétés, et reprit le chemin de la côte. Comme il lui restait un peu de temps avant d'embarquer, elle emprunta le sentier abrupt qui montait sur le plateau de la Repentie où Séléné put s'ébrouer à l'envie, face au vent humide. Le tableau qui s'offrait du haut de la falaise lui donna l'impression étrange de comprimer son cœur, tout en ouvrant démesurément sa poitrine. Ré était à la fois si proche et si isolée, dans une immensité à l'affût, prête à déchaîner sa colère.

Le soir, pour expliquer son absence, elle prétexta une longue promenade entre Sainte-Marie et le Bois, face au Pertuis d'Antioche et Oléron. Avec un peu de chance, Geneviève Hirvoix n'en parlerait pas à Marie-Anne, et il serait grand temps d'aviser le cas échéant. De fait, la sortie rochelaise avait fait le plus grand bien à Camille qui se morfondait davantage dans l'oisiveté que dans l'action, si amère soit-elle. Elle retourna donc à la boulangerie dès le lendemain et maîtrisa tant bien que mal les accès d'angoisse qui se manifestaient encore.

Début décembre, elle rendit visite au père Jean-Baptiste qui la reçut comme si de rien n'était, oubliant leur dernière querelle. Sous le secret de la confession des différents partis, elle imaginait qu'il suivait par procuration ce qui lui arrivait. Elle lui fit part de ses doutes et perçut son embarras : il savait.

— Je n'étais pas le prêtre en charge de cette paroisse quand tes parents se sont mariés et pour cause : je n'avais que quinze ans. C'est le père Joseph qui officiait, un homme d'église plus traditionnel que moi, si j'ose dire, plus sévère sur certains principes. Tes parents ont pu craindre son jugement si tu as été conçue avant le sacrement. Il est vrai qu'il se sont mariés rapidement, mais cela arrive malheureusement très souvent.

— Vous m'avez dit avoir reçu la dernière confession de ma mère avant sa mort, qui vous a fait promettre de me protéger. Et de lui pardonner ses fautes, tenta Camille à l'aveugle, mais vous ne l'avez pas condamnée.

— Qui suis-je pour juger ? Dieu reconnaît ses enfants et a accueilli ta mère à ses côtés.

— Vous ne me direz rien, je le sais, mais vous ne pouvez pas mentir. Suis-je née le 14 novembre 1732 ?

Il soupira et leva les yeux au ciel, ce qui aurait pu être comique étant donné sa fonction, mais Camille resta impassible, emprisonnant son regard.

— Pas exactement sans doute, répondit-il évasif, comme pour tous les enfants. C'est la date de ton baptême qui apparaît dans les registres paroissiaux[1]. Tu as dû naître quelques jours avant. Il n'y avait pas encore de trace au bailli royal à l'époque.

— Quelques jours avant ou quelques semaines ?

— Qu'essaies-tu de me faire dire ? Aucun parent ne laisserait un enfant sans bénédiction. S'il est écrit dans le registre que tu as reçu le sacrement le 14 novembre, au pire es-tu née quelques jours avant.

— Ce registre, vous l'avez ?

— Oui, comme pour tous les Flottais.

— Alors, vous savez que je n'y apparais pas, asséna-t-elle. J'ai été baptisée à La Rochelle et pas ici dans l'île, où mes parents n'habitaient plus. Ils ne sont rentrés qu'au début de l'an 1733. Je suis sûre que vous avez vérifié quand ma mère vous a parlé.

— Camille, tu cherches des réponses que je ne peux pas te donner, répondit-il plus sèchement. Accepte les choses comme elles sont, réjouis-toi de la famille qui t'a été donnée et interroge-toi davantage sur ta conduite que sur celle de tes parents. Ton père est un homme admirable qui ne mérite pas ça.

---

1. Avant 1736, seule l'Église détenait ces registres datant les baptêmes, mariages et décès. Après de nombreuses lois contradictoires et non appliquées, une déclaration royale du 9 avril 1736 rappelle aux curés de tout le royaume l'obligation d'établir les registres en deux exemplaires dont l'un doit être déposé tous les ans dans les greffes des baillages royaux. (Source France Archives.)

— Oui vous me l'avez déjà dit, et vous avez raison. Mais cela me tue à petit feu. Ma vie n'est que mensonge, et je suis épuisée.

Jean-Baptiste lui prit les mains et essuya du pouce les larmes qui commençaient à couler.

— Prends patience, Camille. Tu es entourée d'amour, mais tu veux toujours plus. Je ne te demande pas de te contenter de ça ou de te résigner, mais de voir les choses en grand comme Dieu l'a choisi pour toi. Tu n'es pas seule, crois-moi.

Le 4 décembre 1749, Mme de Tencin rendit l'âme à Paris à l'âge de soixante-sept ans. La nouvelle parvint dans l'île quelques jours plus tard sous forme de billet :

Dame Alexandrine Guérin de Tencin, baronne de Saint-Martin de l'île de Ré, chanoinesse de Neuville, décédée rue Vivienne, enterrée à Saint-Eustache.

Le bruit se répandit à Saint-Martin comme une traînée de poudre, provoquant les quolibets et les sarcasmes. Camille l'apprit le soir par le père Jean-Baptiste, venu la soutenir dans cette épreuve. Elle regrettait de n'avoir pas reçu un dernier mot pour estomper les sombres révélations des semaines passées, mais l'affection qu'elle portait à la baronne l'emporta et son chagrin fut grand, d'autant plus à voir ses semblables trinquer et plaisanter en évoquant celle dont l'immense tort fut d'être une femme libre.

Quand elle ferma la boulangerie à la nuit tombée, son cœur se serra de solitude. Maître Foucher, qui ne travaillait pas le lendemain, jour du Seigneur, était parti tout guilleret en rendez-vous galant avec la Grande Margot et rentrerait plus tard. Camille se dirigea machinalement vers l'église pour prier à la mémoire de la chère disparue, puis redescendit vers le domaine de la baronnie. La ville calme, perdue dans la pénombre contre laquelle luttaient ici et là quelques flambeaux, laissait le froid de décembre s'engouffrer dans ses ruelles comme un torrent glacé qui fouettait les chevilles. Plongée dans le noir, la baronnie prenait les airs d'un mausolée immense que plus rien ne pourrait égayer. Camille fit quelques pas sous le porche comme à son habitude et caressa les pierres avec dévotion. Laissant libre cours à sa peine, elle ne vit pas la silhouette se détacher de l'ombre et sentit soudain une main emprisonner la sienne.

Brume de givre

— Je ne voulais pas vous faire peur.

Camille ne discernait pas les traits mais la voix et le léger accent firent bondir son cœur. Il était revenu et se tenait devant elle, entièrement vêtu de noir. Une joie intense la saisit et l'aurait jetée sans autre considération dans ses bras, si sa conscience n'avait glissé furtivement sur des noms qui résonnaient comme des tocsins : Morens, Masseau, Dupin... Elle eut un mouvement de recul auquel il ne s'attendait pas, et se plaqua contre le mur du domaine, portant ses mains en avant pour le dissuader d'avancer vers elle.

— Non, restez où vous êtes, souffla-t-elle. Ne m'approchez pas, je vous en prie !

Jan ôta son tricorne et se déplaça légèrement pour qu'elle aperçoive son visage à la timide lumière de la lanterne de rue. Ses yeux prouvaient clairement qu'il ne comprenait pas cet accès de méfiance. À le sentir si près, Camille était prête à défaillir, cherchant à calmer la crise nerveuse qui guettait. Tout son corps voulait le rejoindre, retenu par son esprit qui souffrait pourtant mille morts à résister.

— Qu'est-ce qui vous prend, Camille ? C'est cette histoire de départ précipité ? Qu'aurais-je dû faire alors que votre père me menaçait ?

— Non ! Je ne veux pas vous écouter. Vous mentez comme vous respirez vous aussi, cria-t-elle, surprise par son propre ton.

La colère prenait le pas sur le reste, nourrie à la fois du rejet et du désir tout aussi violent de ces bras entrouverts invitant à l'étreinte. Jan semblait indécis, passant de l'incrédulité à un regard plus opaque qui aiguillonna Camille :

— Vous partez, vous me laissez me débattre seule avec des histoires qui ne me concernent pas, mais dans lesquelles vous êtes toujours impliqué, puis vous revenez, et vous aimeriez retrouver une gentille petite maîtresse au port, à vous attendre.

Elle s'était avancée vers lui et le provoquait du regard, trouvant dans son immobilité et son manque de réaction la force d'aller plus loin. Sa détresse et sa rage prirent la forme d'accusations désordonnées qui lui brûlaient les lèvres depuis trop longtemps.

— Peut-être y a-t-il d'ailleurs une autre femme dans un des tripots de la ville ? Ou une ancienne liaison que vous auriez abandonnée ici il y a cinq ans et dont vous vous seriez débarrassé discrètement ? Parce que c'est là votre conduite habituelle. Il y a toujours un sombre projet derrière ! Et maintenant, c'est mon tour ? J'ai presque cru à vos sentiments, idiote que je suis, mais vous ne revenez pas vers moi par hasard, n'est-ce pas ? N'est-ce pas ?

Accrochée au col de sa redingote, elle laissa libre cours à sa fièvre et se mit à frapper de ses poings fermés aussi violemment qu'elle le pouvait, s'écorchant sur les boutons de son habit, s'épuisant surtout à crier, jurer sans vraiment l'atteindre.

— Je n'en peux plus de ces mensonges ! Je n'en peux plus de ces manigances !

Il finit par lui saisir les deux mains et la secoua sans aménité.

— Ça suffit, Camille ! Reprenez-vous ! On nous regarde !

En effet, des marins avinés s'étaient approchés et cherchaient à comprendre ce qui se passait sous le porche.

— Un problème, mademoiselle ? fit une voix peu assurée.

— Non, répondit Jan avec une légèreté surprenante. Une querelle d'amoureux. N'est-ce pas, Chérie ?

Camille se sentait exténuée, vidée de toute énergie, totalement déstabilisée par la propension de Jan à jouer tous les rôles à la demande. Désormais appuyée contre lui, elle ne savait plus rien, embrumée et nauséeuse.

— Oui, une querelle d'amoureux, articula-t-elle difficilement.

Le promeneur ne fut peut-être pas dupe, mais la carrure du Hollandais et la lame d'épée qui dépassait de son manteau eurent raison de sa méfiance. Il fit signe à son compagnon de beuverie et ils s'éloignèrent vers le port, en entonnant une chanson bien peu reconnaissable.

— Venez, fit Jan en entraînant Camille vers la cour de la baronnie.

À l'entendre marcher dans le noir avec une certaine assurance, il ne faisait aucun doute qu'il connaissait les lieux. Camille, d'abord réticente, se laissa entraîner, sentant comme une brûlure où le bras possessif lui enserrait la taille pour la guider avec autorité. Elle reconnut bientôt sous ses pieds la cour pavée, qu'enclavait le bâtiment à trois corps. Quand ils s'arrêtèrent devant l'entrée et que Jan la lâcha, elle se rendit compte qu'elle tenait à peine debout et qu'il l'avait portée jusque là.

— Ça va aller ? demanda-t-il avec sollicitude.

Elle ne savait plus que penser, notamment quand elle l'entendit manipuler un trousseau de clés, déverrouiller la serrure et tourner la poignée de la lourde porte. Ils entrèrent dans la demeure déserte et glacée, où l'on devinait le grand escalier et les pièces en enfilade. Sans hésiter, Jan emprunta un couloir puis un autre, tenant toujours la main de Camille qu'il fit entrer dans une petite pièce éclairée par un feu de cheminée. Les lourds rideaux de velours rouge étaient tirés, cachant entièrement la vue, ce qui désorienta un peu plus la jeune fille.

— Nous sommes dans la bibliothèque qui donne sur le jardin, expliqua-t-il. On ne peut pas nous voir de la rue.

Camille parcourut la pièce des yeux, avisant les pans de murs couverts de livres, la méridienne en indienne[1] vermeille, les fauteuils assortis et le petit

---

1. Tissu imprimé en Europe à partir du XVIIe siècle, inspiré des tissus importés des comptoirs d'Indes. Interdite en 1686 pour ne pas concurrencer les manufactures françaises, elle rencontra pourtant un grand succès par la contrebande. En détenir était une fraude sans grande conséquence, la

secrétaire. La présence de la baronne était partout, bien qu'elle n'ait pas fréquenté la résidence si souvent. Camille caressa la tranche des livres dont certains lui avaient été prêtés ces dernières années. Un flot de questions se bousculaient dans sa tête, qu'elle n'osait pas poser. Sa colère était tombée et elle se sentait un peu honteuse de la violence dont elle avait fait preuve, mais n'avait aucune intention de s'en excuser. Elle lui fit face, le regard fier et le menton droit, prête à en découdre. Jan avait ôté son manteau et son baudrier, et la regardait avec curiosité. Il avait dans les yeux une tendresse qui la déstabilisa alors qu'elle s'attendait à des reproches et des vexations.

— Qu'y a-t-il dans votre tête ? commença-t-il. Vous êtes imprévisible ! Je viens partager avec vous la peine qu'a dû vous causer la mort de Mme de Tencin et vous m'accusez de tous les maux, auxquels d'ailleurs je n'ai pas compris grand chose. Une maîtresse à Saint-Martin ? À part vous, je n'en connais aucune.

— Je sais que vous êtes déjà venu dans l'île autrefois ! D'ailleurs vous connaissez cette maison, et vous en avez même les clés ! Vous m'avez menti depuis le début. Et d'ailleurs sommes-nous vraiment seuls ici ? Où se cache ce René Dupin que vous accompagniez pour accomplir les basses besognes au service de la baronne ? Tout est façade : votre passé, votre personnalité, jusqu'à vos engagements au service de causes justes et supérieures.

---

produire était condamné. L'interdiction fut levée en 1759 et Nantes devint la capitale de cette production.

— C'est donc ce qui vous met dans cet état ? Camille, je suis désolé de ne pas être à la hauteur de l'image bien trop flatteuse que vous vous faites, et ce malgré les réserves que je vous ai moi-même annoncées, reconnaissez-le. Je peux me défendre à moitié de vos accusations, bien que mon procès m'ait l'air fort avancé.

Il tenta de la faire sourire et fit un geste vers elle mais son bras retomba devant le visage fermé et déterminé.

— Oui, avoua-t-il, je suis venu ici à Saint-Martin quand Mme de Tencin a acquis la baronnie, et oui je côtoyais le sieur Dupin, infâme personnage s'il en est, mais je ne l'aidais pas, au contraire. Vous le savez sans doute : Alexandrine avait manigancé, en respectant le droit cependant, pour obtenir le titre et le domaine. Sur place, Dupin se renseignait pour elle et posait les pions. Mais, après l'achat de la Grainetière, il a dépassé ses prérogatives : il s'est fait haïr des habitants et a abusé de la jeune fille qui devait hériter de la baronnie.

— Marie-Magdeleine Masseau.

— Oui, une innocente. Notre arrangement avec Mme de Tencin prévoyait que je l'aide dans ses affaires, afin qu'elle ne divulgue pas les miennes. Elle m'a demandé de l'accompagner lors de la réception des clés de cette demeure et d'enquêter sur son homme de main qui, selon elle, échappait à son autorité. Cela m'éloignait un moment de Paris, ce qui n'était pas pour me déplaire. Nous avons voyagé avec Dupin dont la tartufferie et la bassesse n'avaient pas d'égales.

— Alors pourquoi la baronne le gardait-elle à son service ? demanda Camille suspicieuse.

— Pour les mêmes raisons, toujours : par la force des choses, quand vous intriguez, un piège de relations se referme autour de vous. Dupin en savait trop et menaçait de parler.

— Et la jeune Masseau ?

— Quand nous avons débarqué au port Chauvet, avec carrosse, malles et tout l'apparat, Dupin se conduisait comme un seigneur, reçu avec les honneurs par le syndic général et le gouverneur, qui lui montraient autant d'égard qu'à Mme de Tencin. La jeune Marie était là, pâle et maladive, terrorisée par cet homme. Elle portait son enfant. Elle est morte des suites d'une fausse couche quelques semaines après notre installation. La rumeur a couru que la nouvelle baronne l'avait empoisonnée mais elle a tout fait pour la sauver, je peux vous en assurer. Le prêtre qui a entendu la mourante pourrait confirmer.

— Et lui ? Dupin ? Mon père m'a dit qu'elle l'avait éloigné avec votre aide, pour le soustraire aux accusations.

— Votre père aime que je sois le méchant de l'histoire, sourit-il à regret. Je ne peux nier que nous avons étouffé l'affaire, mais Dupin n'a jamais plus fait parler de lui.

— Parce que vous l'avez mis à l'abri !

— Parce que je l'ai tué ! Son corps a nourri les poissons entre Saint-Martin et la Vendée.

Un silence suivit où Camille marcha lentement jusqu'à la méridienne où elle s'assit, désemparée.

— Pourquoi ne pas m'avoir dit tout ça avant ? demanda-t-elle.

— Et vous avouer mes crimes alors que je voulais vous séduire ? Vous m'accusez d'être revenu pour une raison malhonnête, mais mon seul tort est de m'être attaché à vous, d'une façon qui me déstabilise encore.

Il s'approchait doucement et tomba à ses genoux, prenant ses mains dans les siennes. Elle ne l'avait jamais vu afficher un semblant de fragilité, si ce n'est à la mort de Gabrielle Renaud, après le terrible accident de Blois. Il la regardait intensément dans une prière qui la troubla et caressait ses poignets, en remontant lentement le long des bras.

— Camille, quel intérêt aurais-je à vous nuire alors que seul votre bonheur m'importe ?

La phrase pleine de sous-entendus résonna cependant avec les paroles d'Antoine et alluma une dernière réserve dans l'esprit de Camille, toute prête à céder aux avances amoureuses qui lui vrillaient déjà le ventre. Elle ferma les yeux pour échapper à son regard et à ses lèvres toute proches.

— Me connaissiez-vous à l'époque ? questionna-t-elle à brûle-pourpoint. Je devais avoir douze ans, peut-être un peu plus. La baronne m'invitait parfois à la Grainetière, puis ici. Nous sommes-nous croisés ?

Il commençait à l'embrasser doucement sur le front et les tempes, mais elle eut un geste d'impatience qui manquait de motivation et qui le fit sourire.

— Non, je ne vous connaissais pas.

Ses doigts jouaient dans les cheveux dénoués, détachaient la mante bordée de fourrure pour découvrir la rondeur des épaules.

— Mme de Tencin ne m'a parlé de vous qu'après, continua-t-il d'une voix rauque, juste avant que je vienne vous chercher à La Rochelle.

Le souvenir de leur froide rencontre, puis du lien qui s'était inexplicablement noué les rapprocha comme tant d'étapes parcourues. Il connaissait son pouvoir et Camille se laissait déjà bercer par ses caresses, et s'offrait sans résister désormais, cédant à l'attrait dévorant que la tension des derniers instants avait encore amplifié.

— C'est là que j'ai découvert qui vous étiez, chuchota-t-il entre deux baisers.

Mais elle n'écoutait plus et se montra plus audacieuse que lui, qui tâtonnait encore pour ne pas la brusquer et risquer un autre esclandre. Grisée, elle lui rendit ses caresses au centuple et le fit basculer sur l'épais tapis, oubliant tous ses scrupules en quelques secondes. Attentifs à cette harmonie des corps qu'ils retrouvaient avec le même émerveillement, ils n'échangèrent aucune parole et s'endormirent beaucoup plus tard, serrés l'un contre l'autre.

Dans la froidure de la nuit, malgré la chaleur du corps nu de son amant, Camille se réveilla glacée et attrapa à l'aveugle l'un des vêtements dont ils s'étaient débarrassés. Elle remonta sur elle le grand manteau de Jan, goûtant la douceur intérieure de l'étoffe, imprégnée d'un parfum masculin qu'elle n'identifiait pas bien, mais qui lui sembla exotique. Ainsi réchauffée, elle se blottit contre lui, bercée par sa respiration régulière. Il serait grand temps le lendemain de réfléchir à tout cela et, dans un demi-sommeil, elle caressa l'idée naïve de vivre avec lui sur son île, comme au paradis terrestre.

Une sensation désagréable contre sa hanche réveilla pourtant ses sens. Elle tendit la main pour écarter le contact de l'étoffe, tendue par un document rigide dont le coin lui avait égratigné la peau. C'était une lettre de plusieurs feuillets à en juger par le poids qu'elle soupesa en la sortant de la poche du manteau. Une petite voix l'avertit de ne pas aller plus avant mais, une fois encore, la curiosité l'emporta. Camille se releva, enfila sa chemise puis approcha le pli de la faible lumière de la cheminée dont les braises s'éteignaient doucement. Elle reconnut l'écriture de Mme de Tencin, dont la plume avait gratté et raturé le nom d'un destinataire puis réécrit distinctement dessus celui de « *Jan Hendrick Van Lynden* », avec la note « *À votre gré* ». Le cœur de la jeune fille fit un bond dans sa poitrine quand elle s'aperçut que c'était son prénom qui avait été barré d'une grande ligne : « *À Camille* ».

Jan semblait dormir d'un sommeil profond mais elle s'approcha pour s'en assurer et le couvrit du large manteau. Comme il ne bougeait pas, elle se dirigea vers le lourd rideau rouge qui masquait la fenêtre. Elle n'avait aucune idée de l'heure, mais une faible clarté filtrait sous la tenture. En passant derrière l'étoffe, elle vit que c'était l'aube. Sur le qui-vive, attentive à ne pas faire de bruit, Camille orienta la lettre vers la lumière, hésitant à en briser le cachet. Après tout, le pli lui avait été adressé en première intention et Jan était peut-être là pour la lui donner. Et sinon ? Il avait bien joué de cachotteries depuis deux ans et serait bien obligé de comprendre. D'un coup sec, elle détruisit sans remords le sceau de cire et déplia les feuillets couverts d'une écriture nerveuse mais régulière. Elle se fit la remarque que la missive provenait d'une époque où Mme de Tencin était encore alerte et, en effet, la première page était datée de l'été 1740 :

Camille, je viens de vous rencontrer en marchant sur le port de Saint-Martin et l'envie m'est venue de conter cet instant. Je ne sais si vous lirez un jour ces lignes et ce qu'elles signifieront pour vous, mais mon esprit cherche un exutoire à ce sentiment qui m'étreint et qu'il me faut taire, comme j'en ai fait le serment. Vous êtes une enfant ravissante et d'une intelligence si prometteuse déjà. Votre père a fait les gros yeux car il sait bien que le hasard n'est pour rien dans mon installation à l'île de Ré, si loin de Paris et de mes terres familiales près de Grenoble. Je voulais vous connaître, voilà tout, car la promesse que j'ai faite à votre mère n'a plus lieu d'être. Vous avez promis de venir me visiter à la Grainetière, où je vous offrirai des livres et de quoi développer votre curiosité. Je vous y attends avec impatience.

Camille retourna la page dont le dos était vide, mais un autre feuillet de 1745 suivait, d'une écriture plus heurtée déjà.

Je sais que vous ne lirez pas ces lignes, mais j'éprouve le besoin irrépressible de les écrire pour vous expliquer ma conduite. Je m'apprête à prendre possession de la baronnie de Ré dans des circonstances qui m'affligent. Je vous ai tenue écartée des négociations et des rumeurs au point de me priver de vos visites qui me font pourtant tant de bien, mais l'homme qui a découvert votre existence et m'en a fait part il y a quelques années est devenu incontrôlable et je dois vous protéger. Me pardonnerez-vous cet éloignement, mon enfant, et reviendrez-vous vers moi bientôt ?

Le troisième feuillet était une lettre d'Antoine dont Camille reconnut immédiatement la graphie penchée et minuscule.

Madame, je vous sais gré de l'intérêt que vous portez à ma fille, pour les raisons que nous connaissons tous deux, mais je vous demanderai de faire preuve de plus de discrétion car, comme vous le savez, votre réputation à Ré est exécrable et Camille ne doit pas en pâtir. J'ai bien reçu votre demande pour le séjour à Paris et votre proposition d'aide pour l'achat du moulin. Mon premier mouvement me porte à refuser mais, si vous le permettez, je vais prendre le temps d'y réfléchir encore un peu. Antoine Lemonnier.

Une lettre d'une autre écriture suivait encore, que Camille reconnut comme celle de Jan. Elle avait été écrite en octobre 1747, au moment où il était venu la chercher à La Rochelle.

Très chère Alexandrine, j'ai bien réceptionné la jeune fille que vous avez prise sous votre aile. Elle n'a jamais fait de cheval, a la nausée en carrosse, et rêve de faire la cuisine dans toutes les auberges où nous nous arrêtons. Comme vous me l'aviez annoncé, elle est certes ravissante mais d'un caractère impossible, qui me paraît bien proche du vôtre. Et pour cause ! Savez-vous ce que j'ai découvert à La Rochelle, chez un commerçant flamand de mes amis, avec lequel j'ai voyagé il y a quelques temps ? Votre secret devient le mien et je ne doute pas que nous négocierons âprement cette nouvelle donne quand j'arriverai chez vous, peu après ce courrier. N'ayez crainte en attendant et faites-moi confiance puisque vous n'avez pas le choix, Jan.

Camille sentait qu'elle était sur le point de comprendre les liens des uns et des autres, et surtout le rôle qu'elle jouait au milieu, mais dut s'arrêter de lire un moment car la tête lui tournait. Elle souleva le rideau et observa Jan qui dormait toujours, sans doute épuisé par le voyage depuis Paris qu'il avait effectué au rythme du courrier. Que lui avait-il encore caché ? Elle ne se sentait pas bien dans cette pièce, dans cette maison qui portait trop de souvenirs et de secrets, et ramassa très vite ses vêtements avant de se diriger à tâtons vers la porte. Jan bougea légèrement quand elle tourna la poignée mais, à son grand soulagement, ne se réveilla pas. Dans le vestibule, elle enfila son jupon, ses bas, ajusta tant bien que mal le corset et la robe, et sortit dans le matin glacé. Elle noua sa mante autour de son cou et avança vers les quais, formant à chaque respiration un petit nuage blanc, alors qu'elle serrait contre sa poitrine les lettres repliées.

Une brume de givre semblait posée sur les eaux du port que Camille dépassa rapidement, pour rejoindre les remparts à l'ouest de la citadelle. Elle avait besoin de s'éloigner de Jan pour garder la liberté de ses réactions face aux révélations que Mme de Tencin lui laissait en héritage. Face à la mer, éternelle amie de son enfance, elle ouvrit les derniers feuillets dont l'écriture lui semblait inconnue cette fois. La rédaction en était antérieure à tous les autres.

Madame, votre lettre m'est arrivée ce matin et avec elle, tous les souvenirs que je voulais oublier. Je ne sais de quelle manière vous avez découvert mon histoire mais je vous conjure de ne pas la divulguer. Ces dernières années ont été éprouvantes depuis mon retour à l'île de Ré, mais j'ai trouvé ici tout le soutien d'un homme que j'ai appris à aimer et qui m'a épousée malgré mon état. Nous sommes heureux désormais et attendons notre deuxième enfant pour l'hiver. Je ne veux plus songer au passé, mais votre Dupin est venu m'interroger de la façon la plus cavalière qui soit et a tenté de me menacer. Si vous voulez, comme vous me le dites, vous montrer bienveillante envers ma famille, éloignez cet homme de nous, gardez notre secret et je vous donnerai régulièrement des nouvelles de votre petite-fille. Bien à vous, Sophie Lemonnier.

Larmes de sel

Camille, le visage rougi par le vent froid venu du nord, fixait l'horizon vers l'ouest et le grand océan. Était-ce possible ? La fille de Jean d'Alembert. Le mathématicien était un adolescent à l'époque, abandonné par Mme de Tencin et élevé par une famille d'artisans. Comment avait-il connu Sophie ? Lui revinrent alors des informations que rien n'avait liées auparavant : sur le fatidique séjour parisien, Antoine avait mentionné le travail de Sophie « au service d'un maître vitrier », de toute évidence la famille adoptive[1] à qui l'orphelin, futur philosophe, avait été confié. Mme de Pompadour en

1. Famille adoptive de Jean le Rond d'Alembert : abandonné devant la chapelle Saint-Jean-le-Rond, d'où son nom (côté de Notre-Dame de Paris), il fut ensuite placé à l'hospice des Enfants-Trouvés, puis très vite confié à Geneviève-Élisabeth Legrand, femme du vitrier Pierre Rousseau, par le chevalier Louis-Camus Destouches, homme de confiance du duc d'Arenberg. Une somme d'argent fut allouée pour son éducation. On ne sait pas lequel des deux hommes pourrait être le père naturel bien que de récentes études penchent pour le duc, qui eut une liaison avec Mme de Tencin.

connaissait certains détails et ne s'était pas privée d'en faire part lors de leur entrevue : « D'Alembert appelle la femme qui l'a élevé la vitrière et lui voue une affection sans borne, mais ne montre qu'indifférence pour celle qui l'a engendré, et elle le lui rend bien. » Camille ne parvenait pas à réaliser l'étendue de cette révélation et le lien avec Claudine-Alexandrine, qui avait repoussé son fils, mais s'était de façon inattendue entichée de sa progéniture au point de se rapprocher par tous les moyens de l'île de Ré. Comment avait-elle eu connaissance de l'existence de cette enfant ? Qui d'autre partageait ce mystère ?

Elle lut les derniers documents liés par un ruban violet, couleur que la baronne affectionnait tant. L'un était un message de René Dupin qui évoquait ses recherches dans l'île après le commérage d'un habitant de Sainte-Marie de Ré à propos du couple Lemonnier :

« *Sitôt les épousailles déclarées, les tourtereaux ont déserté La Flotte pour La Rochelle et en sont rentrés onze mois plus tard avec une enfant trop développée pour l'âge annoncé.* » Il joignait une attestation établie devant notaire par un certain Jakob Anseel, commerçant flamand installé à La Rochelle. « *Certifie avoir hébergé Sophie Giraudeau épouse Lemonnier, entrée au service de mon épouse Griet Anseel de mai à décembre de l'an 1732, et son époux Antoine Lemonnier, meunier de l'île de Ré, à la demande par procuration de Léopold-Philippe-Charles-Joseph duc d'Arenberg. Certifie de surcroît avoir remis comme convenu la somme de cinq mille livres aux époux susnommés, à la naissance de l'enfant le 14 septembre 1732, sous condition du secret gardé par les différentes parties.* »

Voilà d'où venait l'héritage providentiel qui avait permis à Antoine d'acheter la maison de La Flotte et d'offrir à sa famille un train de vie bien supérieur à celui d'un meunier. Camille ne se remettait pas de ce mystère autour de sa naissance, marchandé par des gens dont certains lui étaient totalement inconnus. La paternité de l'amant parisien ne faisait plus de doute, non plus que son identité, mais l'ensemble des événements restait vague et incertain. Elle resta un long moment le regard dans le vide, imaginant sa mère toute jeune fille, avouant son état à son futur époux, prêt à accueillir l'enfant et bâtir une famille sur un mensonge monnayé. Quelle place avait eu l'amour en fin de compte, cet amour parental qu'elle idéalisait depuis toujours ?

Le port de Saint-Martin restait calme en ce dimanche d'hiver. Camille promena son regard sur les quelques mâts penchés dont les coques reposaient à marée basse sur un lit de vase. Le froid semblait figer le paysage sous une brume glacée et terne, transformant la lumière du jour en un spectre immobile. Ses yeux cherchèrent presque machinalement les toits de la baronnie, imaginant Jan encore endormi dans la petite pièce sombre où le feu avait dû mourir. Quel rôle jouait-il dans cette vaste mascarade ? Il lui devait des explications car elle ne pouvait imaginer qu'il ait détenu cette liasse de documents sans en connaître la teneur. Mais en fin de compte, elle n'était pas pressée de se confronter à nouveau à lui. Elle cherchait du calme et le temps nécessaire pour assembler toutes les pièces de cette histoire, de son histoire.

S'éloignant de la ville dont elle se sentait si étrangère, elle monta le talus abrupt et marcha le long du rempart qui longeait la mer vers l'ouest. Tout était désert et l'eau retirée au loin ajoutait au décor figé et assourdi. Un bruit de pas dans le silence la fit soudain se retourner sur la silhouette d'Antoine, emmitouflé dans son manteau brun sur le col duquel il ajoutait par grand froid une étole de renard.

— Je savais que je finirais par te trouver là, lui dit-il quand il fut tout près.

Avisant les feuillets qu'elle tenait en mains, il fronça les sourcils, se pinça les lèvres et prit une grande inspiration.

— Je vois que le messager a fait son travail, dit-il amèrement. On m'a dit qu'il avait accosté hier soir, mais je ne vous ai trouvés ni l'un ni l'autre, ni à Clerjotte, ni à la boulangerie.

— J'ai dormi à la baronnie.

Antoine accusa le coup et soupira bruyamment :

— Ne peux-tu tenir compte de mes avertissements de temps en temps ? J'espérais qu'il me laisserait le temps de parler avec toi, avant de te donner ces papiers, mais il n'y a décidément rien à espérer de cet homme. Si je le vois...

— Il ne me les a pas donnés, coupa Camille, je les ai pris dans son manteau.

Sous la lumière morne réverbérée par les remparts de pierre, tous deux se faisaient face, intimes étrangers que les événements opposaient de la plus improbable des façons.

— Je me suis toujours réjoui de ta curiosité, sourit-il tristement, sauf aujourd'hui. Je ne sais pas ce que tu as lu précisément, car Mme de Tencin m'en disait le moins possible, mais nous avions un arrangement qui ne tient plus malheureusement depuis sa disparition.

— C'est toi qui aurais dû m'en parler, et pas ces lettres d'inconnus ! Plusieurs fois je t'en ai donné la possibilité.

— Je ne pensais pas que cela irait si vite et, il faut l'avouer, j'avais même le secret espoir que tout cela soit enterré avec elle. À quoi bon savoir ce qui ne change rien et fait tant de mal ? Mais la Tencin a dû donner la liberté à Van Lynden de t'informer. Ou il lui a extorqué les informations. S'il est venu avec ces lettres ici, c'est qu'il a le projet de te ramener avec lui : pensez donc, voilà de quoi parader ! La fille du célèbre d'Alembert, la petite-fille cachée de la Tencin !

— Arrête papa. Il n'est pas question de lui, mais de toi et moi.

Antoine, dont le ton était monté crescendo, fit un effort pour se calmer et reprit plus doucement :

— Donc, je t'écoute Camille : tu dois avoir des questions.

Elle ne savait pas par où commencer et regardait son père avec un mélange de ressentiment et de compassion difficile à démêler. Il sentit les reproches qu'elle pourrait faire et prit les devants :

— Avant tout, sache que je t'ai toujours considérée comme ma fille, par amour pour ta mère, puis pour toi quand tu es entrée dans notre vie.

— Mais tu as été payé pour ça !

— Tu es dure, Camille. Mais je ne peux pas t'en vouloir : c'est sans doute un trait de caractère qui te sauvera. Ce n'est pas moi mais Sophie qui a reçu une sorte de dot pour t'élever et, bien que je m'y sois opposé il y a dix-sept ans, cela me semble tout à fait juste aujourd'hui. Pourquoi en aurions-nous honte ? Ces gens de la haute se croient tout permis, et nous n'aurions qu'à en pâtir ? Nous avons tout fait pour te mettre à l'abri du besoin, avec les moyens qu'on nous offrait.

— Qui a donné cette somme ?

— Vraisemblablement un grand dignitaire des territoires du Nord. Il a œuvré afin que ta mère soit reçue chez un de ses compatriotes, le sieur Anseel, pour cacher son état tout d'abord, puis pour nous aider à nous installer à notre retour dans l'île de Ré. Ta mère le connaissait : c'est lui qui pourvoyait déjà à l'éducation de Jean d'Alembert à Paris.

— Le duc d'Arenberg ?

— Je vois que je n'ai plus grand chose à t'apprendre, acquiesça-t-il admiratif. Oui, le duc d'Arenberg, l'ancien amant de la baronne, ton grand-père paraît-il. Encore que rien ne l'ait jamais confirmé, et certainement pas la vie dissolue de la baronne. Quoi qu'il en soit, aucun, ni lui, ni ton géniteur, n'a reconnu ton existence. Aucun à part moi.

Antoine s'approcha et caressa la joue glacée de sa fille. Retenir les émotions à cet instant était peine perdue et Camille sentit le goût salé des larmes au coin de ses lèvres.

— Je t'aime Camille, depuis le début.

— Je n'en ai jamais douté, coupa-t-elle pour ravaler les pleurs qui continuaient à couler, et je t'aime aussi. Tu es le seul père que je reconnaisse. Mais tu m'as menti, et j'ai besoin de connaître mes origines. Pourquoi as-tu accepté ?

Antoine se tourna vers la mer et s'appuya sur le parapet de pierre.

— Ta mère est arrivée dans un état proche de l'agonie, physique et morale. Elle n'avait personne pour la soutenir et j'ai joué au confident, un confident un peu intéressé évidemment. J'étais prêt à tout pour rester auprès d'elle, même quand elle m'a annoncé sa grossesse. J'ai réfléchi quelques jours et je l'ai demandée en mariage.

— Et l'autre, d'Alembert, il savait ?

Camille se rendit compte brutalement qu'elle avait côtoyé le mathématicien plusieurs fois, qu'il lui écrivait encore et qu'elle attendait ses lettres avec impatience car le lien avec cet homme s'était fait naturellement, sur des curiosités semblables. Elle se souvint également de sa réaction quand il l'avait aperçue au café Procope, comme s'il avait vu un fantôme, en fait la réincarnation de son ancien amour. Nul étonnement dès lors que Mme de Tencin ait vu d'un très mauvais œil ce qu'elle avait pris pour une romance incestueuse. Un sentiment de honte fit rougir Camille, qui n'échappa pas à Antoine mais qu'il interpréta différemment, un peu jaloux du rival invisible.

— Je ne crois pas qu'il l'ait su, rassura-t-il. Il n'avait pas quinze ans. Il était amoureux comme on peut l'être à cet âge, mais voulait privilégier ses études et son ambition. C'était déjà un érudit avec un pied dans la haute société, et même s'il passait pour un pauvre orphelin, ta mère et lui n'appartenaient pas au même monde. Sophie n'a jamais reçu une seule lettre par la suite. Quelqu'un est sans doute intervenu, comme pour le départ forcé et l'organisation de ta naissance. Quand l'amourette a été découverte, ta mère s'est retrouvée dès le lendemain dans une diligence sans confort, en direction de La Rochelle. C'est un miracle que tu aies survécu.

— Et Mme de Tencin ?

— Je n'ai jamais su si elle avait choisi l'île de Ré par hasard, mais elle a écrit à ta mère pour se présenter, quand tu étais encore petite. C'est son homme de main, ce René Dupin, qui t'avait trouvée. Elle y parlait de d'Alembert, de son désir tout neuf de connaître sa descendance, à près de cinquante-cinq ans. Elle a suivi ton évolution de loin, à travers de rares lettres qui ne nous inquiétaient pas. Mais à la mort de ta mère, elle s'est montrée plus insistante et a provoqué une rencontre sur les quais de Saint-Martin. Elle multipliait les cadeaux et les propositions. Nous avions pourtant convenu de garder le secret, qui n'amènerait rien à être révélé, ni pour toi, ni pour nous. Pour l'invitation à Paris, j'ai d'abord refusé, surtout avec ce qui s'était passé pour la jeune Masseau mais, pour la première fois, elle s'est montrée menaçante. Dupin avait disparu mais d'autres rôdaient, ton Hollandais peut-être déjà. Je n'aurais pas cédé, mais elle t'en a parlé : le poison était répandu... Je savais qu'on en arriverait là, même si elle a respecté son engagement pendant ton séjour chez elle.

— Qui d'autre sait ?

— Je n'ai pas eu d'autre choix que d'en parler à Marie-Anne. Et le père Jean-Baptiste a reçu la confession de ta mère avant sa mort. Nous n'en avons jamais discuté mais je pense qu'il a compris en grande partie. Il rencontrait également Mme de Tencin parfois mais je ne connais pas la teneur de leurs échanges.

— Qui a pu envoyer cette pierre dans la vitrine de la boulangerie alors ?

— Je ne sais pas. Une rumeur a couru dans l'île quand nous sommes revenus avec toi en janvier, malgré nos efforts pour te soustraire aux visites jusqu'à l'été. Tu étais censée avoir deux mois mais n'importe quel idiot pouvait s'interroger. L'idée que nous n'avions pas été sages avant nos noces l'a emporté.

Antoine s'arrêta un instant, se remémorant les instants de bonheur, l'amour naissant de Sophie et cette enfant si éveillée qu'il avait d'abord accueillie avec une réticence toute naturelle mais qui avait gagné son cœur. Il souriait, soulagé d'avoir enfin dévoilé le trop lourd secret et entoura avec tendresse les épaules de Camille. Mais il suspendit son geste et se figea soudain, changeant totalement de physionomie.

— Cette pourriture savait aussi !

Avant que sa fille ait compris, il la bouscula et marcha d'un pas décidé et menaçant vers une cible facilement reconnaissable. Jan avançait sur les remparts avec son assurance habituelle, grimaçant légèrement en regardant Camille qui lui avait encore joué un tour pendable. Quand il vit Antoine Lemonnier fondre sur lui, il le somma de se calmer mais son adversaire voulait en découdre et l'insultait copieusement.

— Toujours à rôder pour récupérer les miettes. Il n'y a pas d'héritage ! Rien à gagner pour un mercenaire de ton espèce !

Le gentilhomme hollandais commença par sourire avec dédain, ce qui eut le don d'éperonner la colère du Rétais.

— Pas la peine de prendre tes grands airs ! Ma fille est naïve, mais moi je vois clair dans ton jeu. Tu vas la laisser tranquille !

— Monsieur, je vous en prie, apaisait Jan. Je ne recherche rien de tel. Vous vous méprenez sur mes intentions.

Il se déplaçait lestement, évitant la confrontation physique avec un air détaché qu'Antoine prit pour un affront.

— Elles sont claires tes intentions ! criait-il. Séduire des gamines et les abandonner le lendemain.

Hors de lui, Antoine lançait des coups sans réfléchir, peu habitué à se battre malgré sa carrure imposante.

— La petite Masseau n'a pas suffi ? accusa-t-il, le regard noir.

— Papa, arrête ! Il n'a rien à voir avec cette histoire !

Camille, qui avait couru pour rattraper la distance entre elle et eux, essayait de s'interposer mais ils ne lui prêtaient aucune attention. Elle fut repoussée sur le côté sans précaution, si bien qu'elle manqua trébucher contre un pavé saillant.

— Est-ce que tu sais au moins que Marie Masseau est morte en couches, continuait Antoine, du fait du libertinage de ton ami Dupin ?

— Ce n'était pas mon ami, se défendait Jan cherchant encore la conciliation. Vous vous trompez, monsieur Lemonnier. J'aime votre fille.

Cette dernière affirmation qu'il prenait pour la pire des hypocrisies fouetta un peu plus Antoine qui ne voulait rien entendre. Jan dépassait de beaucoup son adversaire mais le combat s'équilibrait par la carrure musculeuse du meunier, dont le travail avait entretenu une santé vigoureuse. Déchaîné, il envoya un coup d'une rare violence dans le ventre du Hollandais qui se plia en deux, en suffoquant. Son assaillant en profita pour lui décocher un crochet dans la mâchoire, libérant des années d'empire émotionnel contre cet ennemi indistinct qui avait tour à tour pris le visage de d'Alembert, Dupin, parfois Mme de Tencin et de tous ces messieurs parisiens dont il avait imaginé qu'ils courtisaient sa fille pour la lui voler. Jan s'effondra tout près du bord intérieur du chemin de ronde, qui descendait en pente escarpée vers une zone militaire herbue. Il mit du temps à se relever, en secouant la tête pour retrouver ses esprits. Camille paniqua vraiment quand elle vit sa bouche en sang et surtout le regard meurtrier qu'il dardait désormais sur son père. Peu habitué à mordre la poussière, il ne se maîtrisait plus. Désespérée, la jeune fille se mit devant lui et le repoussa de toute sa force mais il l'écarta d'un simple mouvement de bras et laissa déferler sa colère.

— Ne la touche pas, cria Antoine.

— Trop tard, provoqua l'autre.

— Espèce de salaud !

Les deux hommes s'empoignèrent furieusement, juste avant le dernier bastion donnant sur la mer, dansant la plus affreuse des valses sur le rempart où le parapet s'ouvrait largement pour descendre vers les barques ancrées à marée haute. À la vue du vide et des rochers découverts, Camille leur hurla d'arrêter, cherchant à expliquer le ridicule de cette bagarre dans un discours incohérent qu'aucun des deux n'écoutait. Les coups échangés redoublaient de violence, donnant l'avantage tantôt à l'un, tantôt à l'autre, sans en départager aucun. Mais la force et la jeunesse du Hollandais prirent bientôt l'avantage et, dans le feu de la lutte, firent reculer Antoine à plusieurs reprises vers l'ouverture béante. Avec horreur, Camille vit soudain son père trébucher en arrière et basculer dans le vide. Dans un sursaut de clairvoyance, Jan chercha à le rattraper par son habit mais il ne retint que le malheureux col de fourrure qui lui resta dans les mains comme une affreuse relique.

Mer d'huile

Ce qui se passa dans les heures qui suivirent, Camille n'en gardait qu'un souvenir diffus. Dans sa mémoire, elle entendait un longue plainte inhumaine, sans reconnaître sa propre voix qui résonnait en contre-bas contre les rochers. Un bras de fer l'avait retenue pour qu'elle ne se jette pas dans le vide mais elle s'était débattue. La garde, déjà en route pour calmer le grabuge qu'un marin avait signalé sur les remparts, eut beaucoup de mal à comprendre ce qui s'était passé. Après avoir crié atrocement, la jeune fille était prostrée contre le parapet, les yeux hagards et semblait ânonner des phrases désordonnées. L'homme, un étranger de grande taille, de toute évidence de noble naissance, cherchait à la relever mais elle le repoussait comme un pestiféré.

Le corps d'Antoine Lemonnier, affreusement disloqué, fut remonté en fin de matinée et Jan Hendrick Van Lynden mis aux arrêts rapidement. On transporta Camille à moitié folle vers l'hôpital Saint-Louis[1]

1. Hôpital Saint-Louis de Saint-Martin, service des femmes : construit dans la première partie du XVIIIe siècle

où on l'installa près de l'apothicairerie. La Supérieure Monroy demanda aux gardes de se retirer et de laisser les sœurs la prendre en charge dans le service des femmes. Après une terrible crise de nerfs qui fut difficilement calmée par une décoction de mélisse, Camille retomba dans une apathie tout aussi inquiétante, semblable à celle qu'elle avait connue suite à son agression dans le carrosse de Guémard. Une des religieuses parla d'hystérie[1] et suggéra de l'attacher au lit, mais la compassion l'emporta, et on la laissa libre de ses mouvements.

À la nuit tombée, la jeune fille reprenait peu à peu ses esprits mais, fuie par le sommeil, souhaitait plus que tout retrouver l'inconscience pour échapper à l'atroce réalité. La culpabilité et le repentir étreignaient son corps de l'intérieur, à la manière d'un animal féroce qui lui dévorait les entrailles. C'est dans cet état que la trouva le père Jean-Baptiste, venu lui confirmer les tragiques nouvelles de l'extérieur. Il fut alarmé par l'état de la jeune fille dont il connaissait la sensibilité et les humeurs violentes, mais ne voulut rien cacher.

— Ton père est mort, Camille. Il s'est brisé la nuque en tombant des remparts. Son corps a été

---

avec son apothicairerie de 1744, il fut confié, à la demande de l'évêque Beaumont, à quatre sœurs de Saint-Vincent déjà sur place pour l'instruction des jeunes filles (elles logeaient auparavant à côté de la baronnie). (voir Dr Kemmerer, *Histoire de l'île de Ré*.)

1. Du grec ancien ὑστέρα (*ustera*) : « matrice », « utérus ». Considérée comme une maladie de femmes depuis l'antiquité, assimilée aux sorcières au Moyen Âge, elle devint une maladie nerveuse et cérébrale au XVIIIe siècle.

ramené chez vous où Marie-Anne et Amélie le veillent.

— Non ! s'effondra Camille. Mon Dieu, faites que ce soit un cauchemar ! Je vous en prie !

— Je suis profondément désolé. Je ne connais pas les circonstances mais le gentilhomme hollandais a été relâché. Il a l'air d'avoir certaines relations. Le drame est considéré comme un accident mais il doit quitter l'île rapidement.

— Dieu m'a punie ! Il avait pris ma mère et me vole mon père ! Mais c'est moi la responsable ! Moi ! Depuis le début ! Depuis ma naissance ! J'ai entraîné ceux que j'aime dans les ténèbres ! Qu'il me prenne, moi !

Camille criait dans son lit, se débattant, tapant du poing sur les draps de gros lin. Jean-Baptiste eut toutes les peines du monde à la calmer, tout en faisant signe aux religieuses qui amenaient déjà des liens de cuir que ce ne serait pas nécessaire.

— Tu dois trouver la force de résister à cette folie, Camille. Combien de fois m'as-tu fait la leçon, à moi l'homme de Dieu ? Voilà qu'arrive ton épreuve.

— C'est trop lourd ! Comment supporter ça ? J'ai tout perdu, votre Dieu m'a tout pris !

— Il ne prend pas, il ne punit pas, il accompagne dans les épreuves. Sois courageuse, Camille.

— C'est de votre faute, à vous aussi ! Si vous aviez parlé, si vous m'aviez dit pour mon vrai père, je n'aurais pas cherché à tout prix à découvrir ce qu'on me cachait. Et même la mort de Marie Masseau, vous saviez ! C'est vous qui avez reçu ses dernières paroles ! Et tout cela vous liait indirectement à Mme de Tencin, que vous n'aimiez pas mais dont vous partagiez les secrets ! Ce sont ces secrets, ces quiproquos, ces malentendus qui ont provoqué ce drame !

Jean-Baptiste acquiesçait, soumis lui aussi à l'affreuse culpabilité que le secret de la confession avait entretenue si longtemps.

— Tu n'es donc pas la seule responsable, consola-t-il tout bas. Voilà qui est mieux. Nous avons tous péché par orgueil. Sache que je prends ma part et t'aide à porter cette culpabilité. Et je te fais confiance : il faudra du temps, beaucoup de temps, Camille, mais tu te relèveras.

Camille sortit de l'hôpital Saint-Louis le lendemain, mais personne ne l'attendait. Elle gagna la boulangerie où maître Foucher, les yeux rougis, la reçut contre son cœur. Il était venu à l'hospice dès qu'il avait appris la nouvelle par le curé mais on ne l'avait pas laissé entrer. Il annonça que l'enterrement aurait lieu le mercredi suivant après une messe à l'église Sainte-Catherine, mais resta évasif sur Marie-Anne. Camille comprit à demi-mots ce qu'elle redoutait : elle n'était pas la bienvenue à La Flotte. « Il faudra du temps, beaucoup de temps », répétait-elle comme une litanie qui maintenait un semblant de conscience. Elle voyait bien que M. Foucher avait autre chose à dire, mais qu'il hésitait.

— Qu'y a-t-il, Adrien ? On raconte des horreurs sur moi, c'est ça ? Si ça leur fait plaisir. C'est ce que je mérite après tout.

— Non pas des horreurs, mais des rumeurs circulent. On ne vous tient pas directement pour responsable mais il vaudrait mieux ne plus voir l'étranger qui vous courtise. Il est déjà venu deux fois ce matin pour demander après vous. Et les gens parlent.

Camille fut d'abord meurtrie que les commérages atteignent le maître boulanger et qu'il s'inquiète pour la réputation de son commerce, mais elle comprit sa position et acquiesça douloureusement. Elle était consciente qu'il lui faudrait, quoi qu'il en soit, s'entretenir avec Jan une dernière fois, et c'était la chose la plus difficile qu'elle n'ait jamais eue à faire.

Elle le rencontra le lendemain. Il logeait toujours à la baronnie qui, comme elle l'apprit de sa bouche, devenait héritage de la sœur de Mme de Tencin[1]. Son cœur se serra quand elle vit son visage tuméfié et les cernes qui assombrissaient son regard. Il ne s'était pas rasé depuis deux jours et semblait avoir bu plus que de raison. Elle mit immédiatement une distance entre elle et lui comme elle l'avait décidé, et s'étonna presque de son sentiment résigné : tout paraissait lointain, comme une ancienne histoire dont la réalité s'estompait. Dans cette pièce où ils s'étaient aimés si peu de temps auparavant, elle ne percevait plus que remords et souffrance. Il sentit

1. Françoise Guérin de Tencin, comtesse de Grolée, sœur de Mme de Tencin la légua à sa mort en 1760 à son neveu Charles-Augustin de Ferriol d'Argental (1700-1788). Il en abandonne les droits au pouvoir royal et Louis XVI l'offrira à Marie-Antoinette à la veille de la Révolution. Pensionnat pour jeunes filles au début du XIXe siècle, c'est aujourd'hui un hôtel d'exception au cœur de Saint-Martin. (Voir Daniel Bernard, *La Tencin, la scandaleuse baronne des Lumières*.)

son rejet mais n'opposa aucun orgueil ni l'ironie belliqueuse dont il avait l'habitude.

— Je comprends que vous ne puissiez me pardonner, commença-t-il d'une voix enrouée, mais je veux que vous sachiez que je n'ai jamais voulu en arriver là, jamais.

— Je le sais.

— Vous pouvez me haïr, si cela vous aide à survivre. Je vous aime à ce point, Camille.

Entendre cet aveu dont elle avait tant rêvé, alors qu'elle ne pouvait plus l'écouter, fissura ses résolutions, l'obligeant à s'éloigner un peu plus en serrant les lèvres pour ne pas s'effondrer devant lui.

— Je vous en prie, lui dit-elle désespérée, ne me demandez pas l'impossible. Je ne peux désormais ni vous aimer, ni vous haïr.

Et rassemblant tout son courage, alors qu'il se levait et avançait vers elle :

— Il faut que vous partiez, fit-elle d'une voix sans appel.

Elle vit passer dans ses yeux toutes les pensées qui l'étreignirent, du refus de la sentence à l'envie de la faire fléchir. Son corps traduisait ses hésitations et Camille eut peur un instant de ses poings fermés et de l'impulsion qu'il mit à venir vers elle, mais il finit par hocher la tête et s'assit sur le bord de la méridienne, les coudes sur les genoux, en une pose méditative qu'elle ne lui avait jamais vue. Il passa plusieurs fois ses mains sur son crâne et sur ses yeux, évitant de regarder la forme pâle dans l'embrasure de la porte, dont il sentait qu'elle n'était déjà plus là.

— Puisque c'est là votre vœu.

Il se leva pour se diriger vers la fenêtre qui donnait sur le jardin, fixant au loin les arbres nus, puis reprit d'un ton officiel :

— Vous avez eu connaissance des courriers que Mme de Tencin m'avait confiés, que j'hésitais à vous livrer. Il me reste à vous faire part de sa dernière volonté. Elle vous lègue de façon officieuse la somme de quatre mille livres, que j'ai apportée dans une cassette depuis Paris. Le lien qui vous unissait n'a pas de valeur légale puisqu'aucune reconnaissance n'a pu être établie. Votre... votre géniteur ne connaît pas votre existence.

— Et vous, depuis combien de temps saviez-vous ? demanda-t-elle sur le même ton.

— Je l'ai découvert en partie en venant vous chercher à La Rochelle. Je m'étonnais de l'intérêt que vous portait la baronne. Certes, elle s'est toujours entourée de jeunes filles : Mme de Châteauroux, Mme de Pompadour...

— Mme de Morens, ne put-elle s'empêcher d'ajouter pour le piquer.

— Oui, également, fit-il avec indifférence. Mais malgré toutes vos qualités, il était évident qu'elle ne s'était pas amourachée de vous pour servir son ambition à la cour. Je savais que Dupin manigançait plusieurs affaires à Ré mais cela en restait là. Quand je suis venu il y a deux ans, j'ai interrogé sans en avoir l'air. Je connaissais le marchand flamand qui a hébergé votre mère à votre naissance, et le nom Lemonnier lui a échappé, sans que je l'aie prononcé. Un peu de gin a suffi à en savoir plus. Cela a fait chemin, et j'en ai eu confirmation en rentrant rue Saint-Honoré, lors de ce fameux dîner où vous vous êtes sentie mal et où vous m'avez embrassé.

Camille repoussa le tendre souvenir qui prenait place comme un rouage dans un grand et sinistre engrenage.

— Je me souviens que vous vous disputiez avec Mme de Tencin en haut des escaliers.

— Oui, j'avais un secret d'avance, dit-il avec amertume. Mais je partais pour Java, ce qui l'arrangeait bien.

Jan sourit tristement en caressant l'assise du canapé que Mme de Tencin avait choisi autrefois, comme beaucoup d'objets et de livres de cette bibliothèque.

— Elle me manquera, reprit-il. C'était une intelligence en avance sur son temps, dont je me méfiais cependant à tous les instants. Mais je ne peux lui ôter qu'elle vous aimait profondément. Vous êtes l'une des rares qui ait réussi à atteindre son cœur.

Jan se retourna et marcha vers le grand mur couvert de livres. Entre deux reliures, il actionna un mécanisme qui ouvrit une petite porte en trompe-l'œil, d'où il sortit un coffret de bois ouvragé. Il tendit l'argent à Camille qui fut surprise par le poids, ne sachant comment réagir. Elle entra plus avant dans la pièce et posa la boîte sur le secrétaire pour gagner du temps.

— Ne refusez pas, intima-t-il derrière elle, ayant senti sa réticence. Il y a là un peu plus de cent-cinquante louis d'or[1]. C'est votre héritage, minime

1. Un louis d'or vaut alors 24 livres, un écu d'argent vaut 6 livres, soit 120 sols ou sous.

en comparaison de votre ascendance, mais cela vous aidera dans les mois à venir. Le reste a été partagé officiellement entre les frères et sœurs de la baronne, et son ami Jean Astruc.

Il attrapa son manteau noir sur le dossier d'un fauteuil médaillon, lissa ses cheveux sous le tricorne de voyage, puis se dirigea vers la porte d'un pas lourd.

— Tout aurait pu être différent…

Ses regrets sincères et douloureux le retenaient encore. Soudain, il revint vers la jeune fille qui lui tournait toujours le dos pour cacher ses larmes.

— Partez avec moi, Camille, murmura-t-il dans sa nuque. Il est encore temps : laissez l'argent à votre famille et…

— Non !

Elle s'était dégagée de son étreinte et se retourna, lui offrant un visage dévasté par le chagrin, où l'amour le disputait au ressentiment mais dont la volonté restait farouche. Il s'inclina, fixant Camille comme s'il voulait mémoriser son image, s'arrêtant à regret sur sa bouche close et ses yeux sévères. Dans un dernier geste, il saisit son poignet qu'il porta à ses lèvres, s'attardant à en respirer une dernière fois le parfum doux aux notes d'oranger, puis posa la main glacée sur sa propre joue.

— Adieu donc.

Faisant claquer ses bottes sur le parquet précieux, il sortit sans se retourner, et la laissa seule avec sa cassette pleine de pièces. Troublée des larmes qu'elle avait senties au coin des yeux de Jan, Camille resta à l'intérieur de la grande demeure dans la sidération de cette succession d'événements, jusqu'à ce qu'un homme, qu'elle connaissait pour être le concierge du domaine, vînt la trouver. Elle s'excusa de sa présence tardive, récupéra le coffret discrètement en le glissant sous sa mante et sortit à son tour. Le départ de Jan, quoiqu'elle l'ait demandé, laissait un vide béant qui s'ajoutait à la disparition de son père. Elle réalisait qu'elle les avait perdus tous deux pour toujours.

La journée était bien avancée désormais, mais il restait à Camille une autre épreuve. Elle chevaucha jusqu'à La Flotte et attendit que les enfants soient couchés avant de se présenter à Marie-Anne.

Sa belle-mère l'attendait dans une appréhension palpable, et lui fit signe de s'asseoir sur le fauteuil d'Antoine, devant le feu qui faiblissait dans l'âtre mais que personne n'attisa. Très vite, il fit froid dans la pièce où la lumière d'un chandelier éclairait à peine les visages bouleversés.

— J'avais prévenu ton père de ne pas aller à Saint-Martin. Il était dans une colère folle et cette peur de te perdre était devenue obsessionnelle. Il pensait que tu allais partir avec lui, avec cet homme du Nord.

Marie-Anne ne cachait pas sa haine pour Jan et la culpabilité qu'elle lui attribuait en grande partie. Camille expliqua lentement les faits en choisissant ses mots, s'imputant la plupart des torts, conscients et inconscients. Elle ne défendit pas Jan pour ne pas heurter davantage sa belle-mère, mais refusa de l'accuser entièrement.

— Cela ne change rien, répondit la jeune femme. Depuis deux jours, j'essaie de ne pas t'en vouloir, Camille, mais c'est au-dessus de mes forces pour l'instant. Cela viendra mais je dois pour l'instant penser à l'avenir de mes enfants, de Suzanne et de tes frères. Je n'ai même pas le temps pour la peine et la douleur.

En effet, Marie-Anne était droite et volontaire, ne laissant filtrer que peu de sentiments. Pourtant Camille connaissait le fort attachement qu'elle portait à Antoine mais dans le deuil, ce n'était plus qu'une mère, une guerrière face à un combat qui s'annonçait long et inégal. Elle savait qu'il serait difficile pour une veuve de garder son niveau de vie et de protéger sa famille sans la présence d'un homme.

— Demain à l'enterrement, je veux que nous soyons côte à côte pour faire taire les rumeurs, ordonna-t-elle. Je réfléchirai ensuite à l'organisation familiale et à ce qu'il faudra vendre. Ton père a légué son patrimoine à ses enfants, avec une clause qui met à égalité ses fils et ses filles. Vous resterez sous ma tutelle pour l'instant, mais je ne vais pas pouvoir faire tourner la meunerie seule, et Lazare est encore trop jeune. Joseph Fournier attise déjà les ragots et convoite un des moulins. Tout cela est une aubaine pour lui. J'espère ne pas avoir à lui laisser le fermage : cela tuerait ton père une seconde fois.

Un sanglot fut étouffé et laissa place à un lourd silence. Camille savait gré à Marie-Anne d'être si franche avec elle.

— Je ferai tout pour t'aider, conclut la jeune fille. Ne te préoccupe pas de l'argent. Nous serons à l'abri du besoin, et l'avenir de Lazare, Paul, Jean et Suzanne est assuré, je te le promets.

Elle parla à demi-mots de l'héritage de Mme de Tencin, craignant que cela paraisse indécent, mais sentit Marie-Anne relâcher un peu l'emprise terrible qu'elle avait posée sur ses sentiments. La jeune veuve put laisser libre cours à sa peine, esseulée dans sa maison froide et désormais bien sombre.

Quittant l'enceinte glacée de Sainte-Catherine, le père Jean-Baptiste accompagna le cortège jusqu'au cimetière, après avoir dit une messe digne et émouvante devant de nombreux fidèles venus rendre un dernier hommage à Antoine Lemonnier. On s'était étonné de voir la femme et la fille assises ensemble à l'église car il se murmurait toutes sortes de choses sur la mort du meunier, mais on savait par Amélie que Camille avait veillé son père toute la nuit, ce qui rassura les consciences. Il fut enterré aux côtés de Sophie Lemonnier, sa première épouse, dans cette terre de Ré qui les avait vus naître et resterait leur dernière demeure.

Quand Camille se retourna sur la petite assemblée restée en retrait derrière la famille, elle croisa le regard bienveillant d'Adrien Foucher, qui tenait la main de la Grande Margot. Tous deux avaient prévu d'annoncer leur mariage mais attendraient quelques semaines avant de partager leur joie. Les ouvriers du moulin étaient là, comme les journaliers et les commis de la boulangerie, ainsi que des pêcheurs et des paysans, de nombreux commerçants et des armateurs, car Antoine Lemonnier avait toujours accordé de l'importance à chacun, et s'était hissé socialement avec respect et intelligence. Personne ne connaissait les méandres de sa réussite, et Camille ferait un point d'honneur à ne pas salir sa mémoire. Elle fut émue de reconnaître

Gaspard un peu à l'écart, au-delà des tombes, qui avait fait la traversée pour elle malgré ce qui les séparait désormais.

— Merci, merci d'être là, lui dit-elle simplement.

— J'ai appris la nouvelle lundi. Je suis tellement désolé, Camille. J'avais vraiment de l'estime pour ton père, et je sais combien il comptait pour toi.

— Je me sens affreusement coupable. On t'a dit comment cela s'est passé ?

— J'ai entendu plusieurs versions, et toutes sortes de rumeurs, dont certaines sont nées chez les Fournier, j'en ai bien peur. Mon frère se vante de ses bassesses pour suivre l'exemple de notre père. Mais cela ne change rien désormais, dit-il pour empêcher toutes confidences. Il faut vivre maintenant !

— Oui, il faut vivre, répéta-t-elle tristement.

Quelques mois plus tard, à la fin du printemps, Camille attendait au fort La Prée pour embarquer vers La Rochelle. Le vent doux emplissait l'air des senteurs de fleurs et d'algues noires, singulier mariage de terre et mer qui entourait l'île de Ré à cette saison. Elle respirait avec avidité, offrant son visage au soleil matinal qui jouait entre les nuages. L'hiver avait apporté tant de malheurs que son cœur se serrait encore quotidiennement au souvenir de son père disparu, du départ de Jan et des sillons que son histoire familiale avait laissés ouverts mais, sur le conseil de Gaspard et pour l'amour de ses proches, elle avait décidé de vivre envers et contre tout.

La visite de Louison en mars, qui accompagnait son époux Nicolas Quériand en expédition aux Amériques, avait contribué à lui redonner vie. Elles avaient pleuré ensemble et ri de leurs souvenirs parisiens qui semblaient si lointains désormais.

Le couple Foucher, nouvellement marié, gérait la boulangerie de Saint-Martin laissant à Camille plus de temps libre pour ses nouveaux projets. Pour s'occuper l'esprit, elle avait en effet ouvert fin avril une sorte de petit *Procope* attenant à la boulangerie, où l'on pouvait déguster assis les spécialités de la maison et commander des boissons chaudes. Le succès ne s'était pas fait attendre, en particulier auprès des bourgeoises rétaises, flattées de vivre à la parisienne. Pour développer l'échoppe, Camille partait négocier sur le continent avec le patron de la corporation des limonadiers. Elle espérait ainsi acquérir le droit de vendre de l'alcool au *Café Antoine*, afin d'attirer les clients masculins qui goûtaient assez peu le thé parfumé. Il lui fallait également étendre la liste de ses fournisseurs pour proposer des goûts nouveaux et travaillés, qui feraient de son café le rendez-vous incontournable des becs fins. Le voyage à La Rochelle serait aussi l'occasion de visiter le jeune couple Fournier, qui avait accueilli en février une petite fille rousse aux yeux or dont Gaspard semblait totalement épris. Depuis le drame, il écrivait régulièrement à son amie d'enfance en évitant désormais tous sous-entendus, cherchant à rattraper par sa présence épistolaire la responsabilité de sa famille dans les rumeurs et malveillances qui entouraient encore Camille.

À bord de la grande embarcation qui entamait la traversée sur une mer d'huile, Camille caressa du regard la côté blanche de son île, les ruines de l'abbaye des Châteliers au loin, les remparts du fort La Prée et la crique déserte où elle se baignait dans ses jeunes années, insouciante et légère. Cette innocence ne reviendrait pas, elle le savait, mais elle se sentait désormais riche d'autre chose, d'une expérience mêlée de blessures terribles et de bonheurs intenses qui lui donnaient sa force.

Les cheveux volant doucement dans le vent tiède, elle admira sur le continent la falaise claire de la Repentie, dont la légende tragique lui revint en mémoire. Combien de drames s'étaient joués entre l'île et la grande terre ? Camille imagina sa mère dix-sept ans plus tôt, de retour de ce séjour parisien qui changerait tout, seule, épuisée, consciente des difficultés que son état poserait aux siens, et pourtant volontaire et combative. Voilà ce qu'elle lui avait transmis. Au-delà des amours déçues et des séparations déchirantes, les femmes de sa lignée trouvaient toujours la force de se battre : Mme de Tencin, Sophie et désormais elle, Camille, faisant face aux promesses de son destin, âpre mais singulier.

Au moment de poser le pied sur la plage rochelaise, elle s'appuya sur la main ferme d'un des matelots de l'embarcation, qui lui sourit avec respect. Un riche négociant de vin, bien connu à Ré, lui proposa de partager son cabriolet pour rejoindre la ville, ce qu'elle accepta poliment. Elle ne pouvait ignorer l'empressement des hommes à la courtiser, mais n'y donnait aucune prise, cherchant au contraire à détourner leurs attentions trop appuyées. Le temps viendrait peut-être d'un cœur plus léger, libérant une infime place pour un autre que Jan dont le souvenir, malgré une pieuse résipiscence, restait vif et douloureux.

Quand elle descendit du fiacre face au port animé de La Rochelle, elle mesura le chemin parcouru depuis sa première visite dans sa robe de voyage toute simple, avec pour unique trésor un coutelas et un sachet de sable doré où crissaient les conques nacrées de petits coquillages. Elle se présentait désormais dans tous les atours d'une jeune commerçante aisée, dont la bourse résonnait de pièces trébuchantes, qui monnaieraient de nouveaux projets. Les blessures demeuraient mais, tout l'hiver, elle s'était répété cette phrase du père Jean-Baptiste qui l'avait portée dans les pires épreuves et qu'elle murmura à nouveau, dans un sentiment de confiance retrouvée :

— Il faudra du temps, beaucoup de temps, mais je me relèverai.

Remerciements

À Hélène Masson, dont les Lumières m'éclairent depuis longtemps, qui a insufflé les grandes idées de cette histoire lors de nos rencontres estivales et plus encore,

à Antony, Marie-Camille et Artus, sources inépuisables de créativité, de questionnements existentiels et de plénitude,

à mes parents, mon frère et ses enfants pour les liens qui surpassent tout, avec une pensée pour ma petite porteuse de tisane des soirs d'écriture,

à ma belle-famille qui porte décidément bien son nom,

à Sarah, Delphine, Nathalie, Fabienne, Mano, Isabelle, Myriam, Angélique et Jérôme dont les encouragements m'ont été précieux, et avec eux à mes premières lectrices et lecteurs de cette année étrange, sans lesquels je n'aurais pas trouvé l'énergie de courir sur la Falaise,

à l'équipe de La Geste qui a cousu les ailes pour le grand saut,

à Jojo et Jacques enfin, qui s'installèrent les premiers dans l'île de Ré, à *La Brigantine* de La Flotte puis à *La Fougeraie* de Rivedoux, prévoyant pour nous tant d'étés joyeux.

Table

13413

Composition
NORD COMPO

Achevé d'imprimer à Barcelone
par CPI Black Print
le 6 mars 2022

Dépôt légal mars 2022
EAN 9782290362358
OTP L21EPLN003157N001

Éditions J'ai lu
87, quai Panhard-et-Levassor, 75013 Paris

Diffusion France et étranger : Flammarion